Delia Konzi

∽ Gen B89 – Teil 2 ∾

Es ist, wie es ist

novum ◢ pro

Dieses Buch ist auch als
e-book
erhältlich.

w w w . n o v u m v e r l a g . c o m

Bibliografische Information
der Deutschen Nationalbibliothek:

Die Deutsche Nationalbibliothek
verzeichnet diese Publikation in
der Deutschen Nationalbibliografie.
Detaillierte bibliografische Daten
sind im Internet über
http://www.d-nb.de abrufbar.

© 2018 novum Verlag

ISBN 978-3-99048-496-8
Lektorat: Dr. phil. Ursula Schneider
Umschlagfoto: Mario Rottweiler
Umschlaggestaltung, Layout & Satz:
novum Verlag

Gedruckt in der Europäischen Union
auf umweltfreundlichem, chlor- und
säurefrei gebleichtem Papier.

www.novumverlag.com

─୦ Kapitel 1 ୦─

Ich will nicht mehr aufwachen

Der Kopf schmerzte, der Nacken war vollends steif, die Muskeln allesamt komplett verspannt. Die Bilder hatten sich wie so oft unwiderruflich in seinen Verstand eingebrannt. Schlafen. Nein, warum nur? Was war es, das ihn dazu gezwungen hatte? Ein Sturz über das Geländer, durchs Treppenhaus und dann der schmerzlich harte Aufprall auf den Terrakottafliesen im Flur. Dieses unwahrscheinlich widerliche Etwas hatte ihn unkontrolliert angegriffen und mit sich in die Tiefe gerissen. Was war das bloß? Jose etwa?! Oder hatte er sich die ganze Scheiße nur eingebildet und es war nur ein schrecklich übler Traum? Vielleicht lag er ja noch immer im Koma und durchlebte gerade eine Art Traumleben. Wenn auch hauptsächlich Albtraum, was jedoch kein Wunder war, denn er hatte schon sein ganzes Leben lang ausschließlich Albträume gehabt. Doch was nun? Wo steckte er fest? Dieses helle Licht da vor ihm blendete ihn grässlich. Es schien so hell und sendete dabei eine Art Wärme aus. Dies hatte wiederum etwas unbeschreiblich Anziehendes an sich. Ansonsten war dort nichts um ihn herum außer tiefster Dunkelheit. War er etwa …? Nein, oder?! Sollte er nun wie eine irre Motte in das warme Licht fliegen oder weiter in der Finsternis verharren? Die Entscheidung fiel ihm weiß Gott schwer, denn er traute dem Schein nicht wirklich. Doch dann, irgendwann, trat er schließlich doch einige Schritte vor. Aber das Licht schien so hell, dass es ihn gänzlich blendete. So hielt er sich gebannt die Hand vors Gesicht. In diesem Augenblick begriff er erst, dass dieses Licht noch kilometerweit entfernt sein musste und nicht wie zuvor gedacht nur einige Schritte vor ihm lag. Wo zum Teufel war er hier bloß gelandet? Und wie, verdammt, kam er hier wieder weg?! Während er dies dachte, ging er weiter auf das grelle Licht zu. Es war nicht nur unglaublich grell, sondern auch, Scheiße noch eins, verdammt heiß. War dies etwa der Eingang zur Hölle? Und wenn ja, musste man sich den Aufenthalt dort etwa auch noch durch einen langwierigen Todesmarsch erkämpfen? Noch während er sich dies fragte, bemerkte er, dass sein Shirt auf einmal Flammen fing. Er reagierte sogleich und zog es hektisch aus. Dann warf er es verwirrt auf den Boden, der so schwarz war, dass er wie das pure Nichts selbst aussah. Er ging sogleich einige Schritte zurück und sah zu, wie sein Shirt zu einem Häufchen schwarzer Asche verbrannte. Danach verschwand das Häufchen und schien zu einem Teil dieses absurden Ortes zu werden. Das konnte alles nicht real sein. So ein Irrsinn. Da – auf einmal ein Wispern aus der tiefsten Dunkelheit heraus.

Die Stimme flüsterte leise und scheinbar von allen Seiten her.

Stimme: „Lass dich nicht von dem Licht irreleiten."

Was zum Teufel dachte er sich, während er verwirrt um sich blickte, nun höre ich auch noch Stimmen. Ich muss zum Arzt, falls es hier überhaupt einen gibt und ich noch lebe. Da – ein weiteres Wispern aus der Dunkelheit heraus. Diesmal lauter und intensiver.

„Giro, halte inne! Ich bitte dich!"

Da wurde es ihm schlagartig klar, denn er kannte diese Stimme nur zu gut. Woraufhin er erschrocken und verdutzt zugleich sagte:

„Dong! Was zum … Wo steckst du? Wo zum Teufel sind wir hier? Was geht hier bloß vor sich?"

Giro schien kurz davor zu sein, völlig durchzudrehen, und er zweifelte an seinem Verstand. Denn auch wenn dies alles nur ein Traum sein sollte, war dieser doch ziemlich besorgniserregend und nicht mehr normal. Da, wieder die Stimme von Dong, nun jedoch nicht mehr wispernd, sondern klar und viel näher. Doch von seinem Großvater selbst war keine Spur zu sehen, nur seine Stimme, die nun zu ihm sagte:

„Nun beruhige dich erst mal, mein Junge."

Da fing Giro auf einmal an, wie irre zu lachen. Dies schlug jedoch sofort um und er sagte aufgebracht zu der Stimme seines Großvaters, die scheinbar aus dem Nichts kam:

„Keine Ahnung, wo du gerade bist. Aber ich stecke hier im Nichts fest, mit Ausblick auf den Höllenschlund! Also warum sollte ich mich beruhigen? Oder ist dies hier nur ein echt übler Traum? Oh, bitte, lass mich einfach aufwachen!"

Es herrschte einen Moment pure Stille. Bis auf einmal wieder wie aus dem Nichts die Stimme von Dong drang.

„Höre auf, immer alles kontrollieren zu wollen. So funktioniert das einfach nicht im Leben. Manchmal muss man Dinge auch erst gedeihen lassen."

Diese Worte ignorierte Giro jedoch und murmelte nur etwas ängstlich und verwirrt vor sich hin, um sich selbst ein wenig zu beruhigen:

„Das kann nur ein Traum sein … Ich … ich wache gleich auf … Es ist bald vorbei … Alles gut …"

Doch da drang wieder Dongs Stimme durch, die nun ein wenig energischer zu ihm sagte:

„Giro! Das hier ist kein Traum. Höre auf, an deinem Verstand zu zweifeln! Es ist, wie es ist!"

Da ging es völlig mit Giro durch und er rastete total aus. Wutentbrannt und wenig bei Verstand erwiderte er seinem Großvater:

„Es ist, wie es ist! Dein Ernst? So was würdest du niemals sagen! Das ist definitiv ein übler Traum. Also lass mich zufrieden und verzieh dich wieder! Auf deine blöden weisen Sprüche kann ich echt verzichten. Danke, Dong! Gerade kein Bedarf!"

Giro stampfte wütend auf den pechschwarzen Boden und ballte die Fäuste, nur war da nichts, das er hätte schlagen können. Da war einfach nichts, außer dem heißen und grellen Todesloch. Während seines Wutausbruchs sagte Dong auf einmal zu ihm mit überaus ruhiger Stimme:

„Deine Ehrlichkeit und vor allem dein Starrsinn sind einfach unglaublich. Nicht mal hier im Zwiespalt begreifst du, wie wichtig deine Aufgabe ist. Du musst fokussiert bleiben und darfst dich nicht von deinen Zweifeln blenden lassen. Du weißt, wie dein richtiger Weg aussieht. Also beschreite diesen auch."

Giro schloss nur entnervt die Augen und atmete ein paar Mal sichtlich angespannt ein und aus. Danach schien er sich wieder ein wenig beruhigt zu haben, jedoch stand ihm die Angespanntheit noch deutlich ins Gesicht geschrieben. Als er seine Augen wieder öffnete, sagte er nur, wenig überzeugt und immer noch sehr abweisend, zu der Stimme seines Großvaters:

„Was?! Ich komm nicht mit! Was meinst du mit Zwiespalt? Und woher soll ich den richtigen Weg kennen? So ein Schwachsinn, den du da von dir gibst! Und warum sehe ich dich nicht, wenn dieser Ort hier wirklich real sein soll? Das ergibt doch alles keinerlei Sinn!"

Frustriert, jedoch gebannt auf eine Antwort wartend stand Giro nun da in tiefster Finsternis und vor ihm lag lediglich eine Art Kremierungsofen, anders konnte er dieses Phänomen, das sich ihm da bot, nicht benennen. Nach einer Weile der vollkommenen Stille endlich wieder die Stimme von Dong.

„Der Weg liegt direkt vor dir. Du musst ihn nur beschreiten. Lege deine Fesseln ab und befreie dich von deinen Zweifeln, dann wirst du den Zwiespalt überwinden können."

Weise Worte, doch für Giro ergaben sie wenig Sinn. Er begriff gerade gar nichts mehr. Wo war er? Was war der Zwiespalt und von welchen Fesseln sprach sein Großvater? Er hielt sich verwirrt den Kopf. Es war einfach wieder mal zu viel des Guten. Einfach nur zu viel. Nachdem er die Worte seines Großvaters einen Moment lang hatte absacken lassen, sagte er, wie so oft eher ironisch:

„Keine Ahnung, was geschieht, wenn ich zurückgehe. Aber eines ist klar, wenn ich den Weg vor mir beschreite, verbrenne ich und werde zu einem Häufchen Asche wie mein T-Shirt. Also nein danke, ich verzichte gerne darauf. Ich bin ja vieles, aber nicht feuerfest. Und jetzt bitte ich dich, erkläre mir, was du mit Zwiespalt meinst und was für Fesseln? Denn wie gesagt, zurzeit trage ich noch nicht mal mehr ein Shirt, also was für Fesseln, bitteschön?"

Obwohl er nicht lange auf eine Antwort warten musste, kam es ihm in seiner Lage wie eine Ewigkeit vor und das Einzige, was er wollte, war weg von dort. Da sprach Dong wieder zu ihm und sagte, um Klarheit zu schaffen:

„Du befindest dich im Augenblick im Zwiespalt. Zwischen Leben und Tod. Im Moment liegt vor dir der Tod. Doch genauso liegt dort auch das Leben. Du selbst musst das Gewicht der Waage ändern, um am Ende zurückzukehren. Das Gewicht wieder ausgleichen und so auch deine Fesseln ablegen."

Doch Giro begriff immer noch nicht, was dies alles zu bedeuten hatte, und war sichtlich noch verwirrter als zuvor. Also sagte er ziemlich entsetzt zu der Stimme seines Großvaters:

„Leben und Tod. Leben und Tod. Bedeutet das … Ich bin … Bin ich etwa gestorben? Ist es das, was du mir klarmachen willst? Und du? Bist du etwa auch … tot? Großvater, ich bitte dich, sprich klarer mit mir. Ich … Ich … Es ist gerade ein wenig zu viel für mich. Ich meine, eigentlich war es mir immer egal, ob ich lebe oder – na ja – nicht. Aber nun? Es ist so viel geschehen, ich … ich kann noch nicht sterben."

In diesem Augenblick wurde das Licht vor ihm unsagbar hell und er wurde so stark geblendet, dass er gar nichts mehr sah außer Weiß. Dann ein lauter Knall, und als er seine Augen wieder öffnete, war aus dem unsagbar heißen Licht von zuvor ein blauer Schein geworden, der zu flimmern schien. Wie ein altes Video, das überblendet schien und über einen Projektor lief. In diesem Moment sprach Giro ein wenig verängstigt in die Dunkelheit:

„Was … Was war das? Was nun? Großvater, bist du noch hier?"

Während er fragend und verwirrt zugleich um sich blickte, erklang auf einmal die Stimme von Dong wieder, wobei sie Giro sichtlich erschreckte.

„Ich gratuliere dir. Du hast deine Fesseln abgelegt. Vor dir liegt nun das Leben. Nur eines noch, Giro. Wenn du zurück bist, dann suche deinen Bruder, er braucht dich. Und beschütze Naomi, sie ist äußerst wichtig. Und danke, dass du mich endlich nach all der Zeit wieder Großvater nennst. Dieses Wort aus deinem Munde werde ich nie vergessen, mein Junge."

Dies klang für Giro wie ein Abschied für immer und er sagte sichtlich erschüttert:

„Was? Das Leben? Du meinst, ich gehe durch das blaue Lichtdings und dann lebe ich? Und du? Was ist mit dir?"

Dong antwortete nachdrücklich: „Ach Giro, ich bin doch schon weiter als du mit meiner Reise und von hier aus gibt es kein Zurück mehr, nur noch ein Voran. Es tut mir so leid. Aber so ist der Lauf des Lebens nun mal."

Giro fragte traurig: „Sehe ich dich darum nicht? Wo bist du nur?"

Dong meinte nur friedlich: „Auf meiner Reise, und du musst auf deine. Nun kehre zurück. Du warst schon zu lange im Zwiespalt."

Das musste Giro zuerst mal verdauen, bevor er seinem Großvater eine Antwort geben konnte, denn auch wenn er oft gefühlskalt tat, war er es in Wirklichkeit ganz und gar nicht. Es hatte ihn gerade sehr getroffen, vom Ableben seines Großvaters zu erfahren. Da verlor sogar die Tatsache, dass er gerade selbst zwischen Leben und Tod stand, an Gewicht. Also sagte er sehr erschüttert zu seinem Großvater:

„Ich kann also zurück und du bist unwiderruflich tot? Schwer zu begreifen, die ganze Sache hier. Ich kann dich nicht einfach durch das blaue Lichtdings mitnehmen?"

Dong meinte ernüchternd: „Es ist, wie es ist. Und nun gehe, sonst wirst du noch zu einem Paradoxon."

Giro fragte leicht verwirrt: „Paradox, was???"

Dong antwortete: „Ein Widerspruch. Inexistent und doch existent, in etwa wie ein Schatten. Also gehe nun! Los!"

In den Augen von Giro war er schon sein Leben lang ein wandelnder Schatten. Jedoch klangen die Worte seines Großvaters ziemlich einschüchternd und wie ein harter Weckruf aus der Dunkelheit heraus. Also begab er sich, wenn auch mit zwiespältigen Gefühlen, in Richtung des blauen Lichtschimmers. Während er darauf zuging, wurde der Film immer klarer und er erkannte seinen leblosen Körper, liegend in einer modrigen Badewanne. Er ging, ohne weiter darüber nachzudenken, immer näher auf das zitternde und wackelnde Blaulichtbild zu. Da – auf einmal wie ein Flug durch tausend Wolken über tausend Meilen. Unter ihm einfach nichts und dann wie ein Schlag auf den Kopf und zurück. Was zum Teufel war das? War das real? Echt? Das konnte nicht sein. Oder hatte er nur zu viel getrunken und lag darum in der Badewanne? Vor allem – was war das für eine Badewanne und wo befand er sich? Kopf und Nacken schmerzten. Die Füße waren eingeschlafen und kribbelten beide wie irre. Aufstehen war eine wahre Pein, musste jedoch sein. Oh mein Gott, wo bin ich nur?, dachte er, entkräftet wie nach einem Marathonlauf durch die Dünen. Endlich stand er mit seinem Katerschädel wieder auf seinen noch immer schlafenden Füßen und wackligen Beinen. Das Badezimmer, in dem er sich befand, war schäbig und hatte kein Fenster. Es war ein Wunder, dass keine Kakerlaken Party feierten. Er war definitiv nicht mehr in der mediterranen Villa. Also wo war er? Und wie war er nur hierher gelangt in diese eklige Badewanne? „Ich bin ein Wolf, ich gebe niemals auf, auch wenn mein Marsch endlos sein sollte." Diese Worte gaben ihm stets Kraft. Sein Vater Jerome sprach sie zu ihm, wenn sie zusammen Falken jagten und mal wieder geduldig auf Beute warten mussten. Sie waren Wölfe und mussten geduldig bleiben, um an ihre Beute zu gelangen. Er lernte viel von seinem Vater. Auch wenn er nach dem Ableben seiner Eltern nicht gerne über sie sprach oder nachdachte, wusste er stets, was sie ihm alles mit auf den Weg gegeben hatten – außer den Sorgen versteht sich. Er hatte viel von ihnen gelernt und auch von ihrem Charakter sowie ihren Wertvorstellungen hatte er einiges mitbekommen. Dies wusste er nur zu gut, es war ihm stets bewusst. Doch was nun? Zuerst raus aus diesem Badezimmer, und zwar sofort! Egal, was hinter der vergilbten Tür war, es konnte nicht übler als seine zwiespältigen Gefühle oder dieses Badezimmer sein.

⟿ Kapitel 2 ⟾

Der zweite Schreck

Raus aus dem schäbigen Loch, das ein Badezimmer sein sollte, rein in den nächsten dürftig wirkenden Raum. Dieser war nicht viel größer als das schäbige Badezimmer von gerade eben. Hier, in diesem Raum mit einem Doppelbett, einem alten Fernseher auf einer wackligen Kommode und einem modrigen Minibarkühlschrank wurde ihm klar, dass er sich höchstwahrscheinlich in einem verwanzten Hotelzimmer befand. Doch wo? Und wie war er bloß in aller Welt hierhergekommen? Wo waren Naomi und ihr nerviger Bruder Ruben hin? Er hatte einfach keine Ahnung und so setzte er sich, immer noch ziemlich belämmert, auf das eklig wirkende Bett. War sein Großvater wirklich gestorben und dies alles real? Diese Frage gab ihm gerade am meisten zu denken und beschäftigte ihn sehr. Es fühlte sich schließlich alles so real an, also war es das wohl auch. Oder? Als er da so in Gedanken versunken auf dem Bettrand saß, in dem schäbigen Hotelzimmer, war er mental komplett weggetreten. Auf einmal öffnete sich die Zimmertür. Es waren Naomi und ihr Bruder Ruben, die das düstere Zimmer betraten. Man hätte nun denken können, dass die beiden erfreut wären, ihn bei mehr oder weniger guter Gesundheit vorzufinden. Aber nein. Nach einem erschütternden Schrei von Naomi zog ihr Bruder eine Knarre und richtete diese sogleich angespannt auf Giros Gesicht. Dieser war zuerst ganz perplex, denn das hatte er beim besten Willen nicht erwartet. Was war bloß los? Warum reagierten die beiden so auf ihn? Hatte er ihnen etwas getan? Während er sie erstaunt ansah, stand er langsam auf und sagte dabei ruhig:

„Wow … Alles klar? Ich weiß zwar nicht, was ich euch getan habe, dass ihr gleich so wütend auf mich seid. Aber wir können es sicher auch in Ruhe klären. Kommt schon. Ich bitte euch."

Die beiden sahen ihn einen Augenblick lang nur angespannt mit großen Augen an und es herrschte eine sehr unangenehme

Stille in dem armseligen Hotelzimmer. Doch dann sagte Ruben mit rauer Stimme und immer noch gänzlich angespannt:

„Du bist tot! Was soll das hier?! Bist du einer von denen? Los, sag schon! Sonst schieße ich dir mitten in den Kopf!"

Giro verstand wie so oft die Welt nicht mehr und sah die beiden äußerst verdutzt an, während er gestresst antwortete:

„Was?! Nein, schieß mir bitte nicht in den Kopf! Scheiße, Mann, beruhigt euch doch mal! Ich war tot, sagst du? Das versteh ich nicht …"

Doch bevor er weitersprechen konnte, unterbrach ihn Naomi und sagte ziemlich hart zu ihm:

„Erklär du es uns doch besser! Schließlich bist du derjenige, der tot war, und nun hier steht, als ob nichts gewesen wäre, nicht wir!"

Sie sah äußerst wütend aus und irgendwie fand er das echt anziehend, was komisch war. Oder? Obwohl ihm der wütende Anblick seiner Liebsten gefiel, versuchte er, weiter einzulenken. Er wollte schließlich nicht noch mal sterben und in diesem Zwiespalt-Dings landen. Was hatte sein Großvater gesagt? Er würde zu einem Paraschatten oder so irgendwas. Sein Kopf tat so weh und nun dieses Dilemma. Als hätte er nicht schon genug abbekommen. Aber da musste er nun mal wieder durch. Es gab kein Entkommen aus dem ekligen Hotelzimmer. Na gut, weiter im Takt, dachte er sich und sagte, immer noch ruhig und beherrscht:

„Okay … Okay … Alles gut … Ich war anscheinend nicht so ganz tot. Juhu! Oder etwa nicht?! Ich meine, seid ihr nicht froh, dass ich noch lebe? Besonders du, Naomi?"

Er sah sie einen Augenblick lang gebannt an, und als ihm keiner eine Antwort gab, sagte er ziemlich hart und direkt:

„Na gut, wenn das so ist, erschießt mich! Aber bitte, wie du gesagt hast, in den Kopf, nicht dass ich euch am Ende nochmals erschrecke oder besser gesagt, heimsuche! Ach ja, ich vergaß, Buh!"

Während er seine zynischen Sätze sprach, sah er beide mit einem eher gleichgültigen Blick an. Auf einmal griff Naomi an den Lauf der Waffe, die ihr Bruder immer noch auf ihn gerichtet hielt, und schob sie zur Seite. Dabei sah sie Giro jedoch mit hartem Blick an und meinte dann einlenkend:

„Vielleicht hat er ja recht und war nicht wirklich tot. Vielleicht haben wir uns geirrt und er war nur gänzlich weggetreten."

Doch Ruben erwiderte wenig begeistert:

„Das ist ein zu hohes Risiko! Ich finde, dies ist eine äußerst schlechte Entscheidung. Nur dass du's weißt!"

Während er sprach, ließ er Giro keinen Augenblick aus den Augen und sein harter Blick hatte es in sich. Doch Giro blieb erstaunlich ruhig und sah die beiden immer noch scheinbar unbekümmert an, wobei er sich wieder auf den Rand des ekligen Bettes setzte, um seinen brummenden Schädel zu halten.

„Ihr gestattet hoffentlich, dass ich mich setze. Ich hab nämlich übelste Kopfschmerzen und mir tut so ziemlich jeder Muskel weh. Ich fühle mich, als würde ich direkt aus der Hölle kommen. Nicht falsch verstehen!"

Nach dem die beiden sich ein wenig beruhigt hatten, jedoch immer noch relativ angespannt blieben, setzten sie sich zusammen auf das hässliche Doppelbett und versuchten, ein klärendes Gespräch zu führen.

Giro meinte sichtlich enttäuscht: „Ihr freut euch echt kein bisschen, mich zu sehen, oder? Nach all der Scheiße noch mehr Scheiße und kein Ende in Sicht!"

Naomi antwortete aufgebracht: „Giro! Du warst tot und das nicht nur ein paar Stunden! Nein, zwei ganze Tage lang! Zumindest dachten wir das."

Giro fragte nur zynisch. „Da habt ihr wohl ein wenig falsch gedacht, wie es aussieht, oder?"

Ruben beruhigte. „Alter, du kannst froh sein, dass du jetzt wiederauferstanden bist, denn wir wollten dich gerade bestatten oder besser gesagt, verbrennen! Du weißt schon – wegen der Seuche und so! Stell dir nur mal vor, du wärst auf dem Scheiterhaufen erwacht! Das wäre ziemlich uncool gewesen!"

Giro empfand dies als noch schockierender und sagte wütend und entsetzt: „Wie bitte? Ihr wolltet mich auf einem Scheiterhaufen verbrennen? Na danke! Ihr seid echt übel drauf, hätte ich nie von euch gedacht! Besonders nicht von dir, Naomi!"

Naomi wollte sogleich einlenken und meinte beinahe be-schwichtigend: „Nein, so ist das nicht …"

Giro sah sie seltsam an und fragte nur grimmig: „Ihr wolltet mich doch nicht verbrennen, oder wie?"

Ruben warf sogleich unsanft ein: „Oh doch, das wollten wir! Wir haben vorhin gerade den Scheiterhaufen vorbereitet, um dich … Na ja …"

Naomi sah ihren Bruder genervt an und sagte zickig: „Ach Ruben, halt doch einfach die Klappe! Giro, du musst wissen, in den zwei Tagen ist viel geschehen."

Giro verschränkte die Arme und sagte rau: „Na, dann erzähl mir doch mal, wie wir hier an diesem Punkt angelangt sind. Ich bin ganz Ohr."

Naomi versuchte, sogleich zu erklären. „Also gut, es begann alles mit Jose und deinem schweren Sturz. Ich weiß nicht, an wie viel du dich erinnern kannst …"

Giro meinte grob: „Ja, ich kann mich schmerzlich daran er-innern. Dein toller Bruder hat ihm den Schädel weggepustet und dann Blackout."

Ruben fühlte sich ziemlich angegriffen und erwiderte im-pulsiv: „Hey, immer langsam! Ich hab dir damit schließlich den Arsch gerettet und dazu kommt, er war mein Vater!"

Giro sah ihn nur genervt an und meinte ziemlich gleich-gültig: „Ja, ich sagte ja, du bist ein ganz toller Kerl. Und jetzt komm runter!"

Bevor Ruben ihm darauf eine andere Antwort geben konnte als seinen funkelnden Blick, lenkte Naomi ein wie meist. „Ihr solltet euch beide wieder einkriegen!"

Sie erzählte ihm dann, was nach seinem Zusammenbruch in den letzten zwei Tagen geschehen war. Nachdem er das Bewusstsein verloren hatte, waren Naomi und ihr Bruder mit ihm zusammen im Gepäck aus der Villa geflohen. Als er nach einigen Stunden immer noch keinerlei Anstalten machte, wieder zu Bewusstsein zu kommen, entschlossen sich die beiden, mit ihm ein Kranken-haus aufzusuchen. Dies taten sie dann auch und fuhren in eine Notaufnahme in Las Vegas. Dort wurde er auch sogleich untersucht, wobei man den Lotox-Virus bei ihm feststellte. Die Ärzte meinten, er sei infiziert und müsse in Quarantäne. Doch Naomi und ihr Bruder wussten, was dies bedeutete, nämlich den Tod. Die Infizierten wurden beseitigt, so war das nun mal, um die schreckliche Epidemie einzudämmen, denn ein Heilmittel gab es nicht, zumindest noch nicht. So entschlossen sie sich, ihn wieder da rauszuholen, was ihnen auch gelang. Sie brachten ihn dann in dieses verlassene Hotel außerhalb der riesigen Stadt. Doch dann, kurz nachdem sie das Hotel erreicht hatten, hörte er ohne offensichtlichen Grund einfach auf zu atmen und sie dachten, er sei tatsächlich dem Lotox-Virus erlegen. Als dann auch noch sein T-Shirt in Flammen aufging und sie merkten, dass sein lebloser Körper förmlich glühte, legten sie ihn in die Badewanne. Doch die beiden wussten, was mit ihm geschehen würde, wenn er wirklich das Lotox-Virus hätte. Es würde langsam die Kontrolle über seinen Körper übernehmen und sich wie ein Pilz in ihm ausbreiten, bis er unkontrolliert auf eine Art Beutesuche gehen würde, um das Virus so zu verbreiten. Diese Krankheit war einfach anders und unwahrscheinlich schrecklich. Da Naomi nicht zusehen wollte, wie er ein Monster wurde, beschloss ihr Bruder, eine Art Feuerbestattung in der Wüste abzuhalten. Also nicht wirklich ein Scheiterhaufen. Trotzdem gefiel Giro diese Vorstellung überhaupt nicht, auf einem Haufen Holz zu brennen, bis nur noch Knochen, Zähne und ein Häufchen Asche übrig blieb. Wer möchte dies schon, außer vielleicht einer Bratwurst, doch die hätte nie jemand danach gefragt. Dies waren also die Ereignisse, die zu dieser Situation geführt hatten, und Giro verstand nun ihre Beweggründe sowie ihre Reaktion auf sein Wiedererwachen ein wenig besser. Doch was nun? Wie sollten sie weiter vorgehen, um an ihr Ziel Alaska zu gelangen und dabei auch noch gleichzeitig der Seuche zu entrinnen? Keiner wusste, wie es dazu gekommen war, denn seit dem Regenschauer tauchten immer mehr Infizierte auf. Die meisten waren frisch infiziert und mussten sich irgendwie anders angesteckt haben als die Ersten, die sich über den Regen infiziert hatten. Doch wie? Ob nun bereits Infizierte oder etwas anderes dafür verantwortlich war, wusste keiner so recht zu diesem Zeitpunkt. Doch eines war klar, Infizierte waren dem Tod geweiht und danach sollte man sie am besten verbrennen, denn sonst kämen sie zurück, nur anders halt. Die unkontrolliert wandelnden Toten waren äußerst gefährlich und hoch ansteckend. Sie griffen Gesunde einfach an und rissen ihnen die Haut vom Leibe, während sie diese mit ihrem Schnodder volltrieften, um sie auch zu infizieren, einfach widerlich. Sie spürten nichts mehr, weder Schmerz noch sonstige Gefühle, denn der Mensch war schon tot. Es blieben nur noch der Virus und sein neues Zuhause, in dem es sich gemütlich einnistete. Doch Naomi verstand nicht, wie dies sein konnte, dass Giro trotz der Infizierung und seinem scheinbaren Tod nun vor ihnen saß. Wie konnte dies sein? Sie wusste zwar, dass er das Gen B89 in sich trug, doch er war tot und nicht nur das, sie hatte das Ergebnis im Krankenhaus selbst gesehen, es bestand kein Zweifel, dass er auch infiziert war. Aber auf diese Frage hatte auch Giro keine Antwort und er dachte, es sei momentan besser, wenn er den beiden nichts von seinem Aufenthalt im Zwiespalt erzählt. Er konnte sich einfach nicht vorstellen, dass dies ein geeigneter Moment dafür wäre. Er hatte nämlich das Gefühl, dass Naomi trotz allem immer noch auf Abstand zu ihm ging. Dies fühlte sich sehr seltsam und ungewohnt an, denn für ihn war sie so ziemlich die einzige Person neben seinem Bruder Sunny, die er so nah an sich heranließ. Dazu kam, dass sie auch eine Beziehung auf romantischer Basis angefangen hatten und er dies wirklich sehr genoss. Sie war für ihn stets ein ganz besonderer Mensch gewesen und er hatte das Gefühl, das sie ihn verstand. Doch nun schien wieder mal alles auf der Kippe zu stehen. Aber er würde die Schrammen irgendwie kitten und diese Beziehung retten, denn er liebte diese Frau nun mal.

Als die drei schließlich nach all den Verzögerungen und unerwarteten Wendungen ihre Reise nach Alaska richtig angehen wollten, mussten sie ein weiteres Hindernis überwinden, weil Ruben das Licht des Wagens nicht ausgemacht hatte und nun die Batterie am Ende war – genauso wie die Nerven der drei. Anscheinend wollte irgendwer nicht, dass sie ihre Reise angingen, so schien es zumindest. Zwar kann es jedem mal passieren, dass er das Licht vergisst oder die Herdplatte anlässt. Jedoch kann dies in einigen Situationen zu großen Problemen führen, wie zum Beispiel einen Brand auslösen (Herdplatte). Doch in diesem besonderen Fall war das mit der Autobatterie fast schon schlimmer als ein Brand in der Küche. Na ja, zum Glück wussten die drei noch nichts von den riesigen Problemen, die sie bekommen würden, nur um an eine neue Autobatterie ranzukommen. Naomi war stinksauer auf ihren Bruder, was Giro wiederum gerade gelegen kam, da sie nun besser auf ihn zu sprechen war. Verstehe mal einer die Frauen, dachte er, aber gut, mir soll's recht sein. Da sie sich ein ganzes Stück außerhalb von Las Vegas befanden und Ruben sagte, dass er beim Hinfahren einen Wal-Mart gesehen habe, der nur etwa 10 Kilometer von dem verlassenen Hotel entfernt gewesen sei, beschlossen sie, dort nach einer Autobatterie zu suchen. Ruben versicherte nämlich, die hätten dort alles, was man sich nur vorstellen könne. Was Giro nur belächeln konnte, denn er konnte sich so einiges vorstellen und war sich fast sicher, dass es die meisten Dinge davon dort bestimmt nicht gab. Gerade in diesem Augenblick stellte er sich eine Tüte vor, voll mit … ach, egal. Es hätte seinem Kopf bestimmt gutgetan und wahrscheinlich auch seinem momentan eher wirren Verstand. Doch dies war bestimmt eines der Dinge, die Wal-Mart nicht in seinem Sortiment führte. Aber ein guter Wodka und ein paar Aspirin halfen bestimmt auch. Die 10 Kilometer schienen echt lang und er war sichtlich ausgebrannt. So schlecht hatte er sich noch nie gefühlt, nicht mal, als er das erste Mal Schmerz spürte. Nein, dieses Gefühl war anders, irgendwie leer und kalt. Als wäre er immer noch ein Toter. Es dämmerte schon, als sie den Wal-Mart fast erreicht hatten, er war schon gut zu erkennen. Trotz der sinkenden Sonne blieb die Temperatur konstant und es war sehr schwül. Es herrschten 40 °C und dies so gut wie durchgehend, kaum erträglich ohne Brise. Die Luft war erdrückend und stickig zugleich, mit all dem Sandstaub der Wüste dazu. Alle schwitzten und litten sichtlich unter der brütenden Hitze außer einem, Giro. Dieser hatte eher mit Schüttelfrost zu kämpfen und griff sich aus dem

Wagen noch schnell seine Trainerjacke, bevor sie loszogen. Aber trotz seiner langärmligen Jacke und der brütenden Hitze fror er, wobei seine Lippen schon bläulich anliefen. Er versuchte jedoch, dies vor Naomi und ihrem Bruder Ruben zu verbergen, denn er wollte sie nicht nochmals aufschrecken. Er selbst fand dies ja schon ziemlich beunruhigend, was hätten erst die beiden davon gehalten? Er wollte dies lieber nicht herausfinden.

⸺ Kapitel 3 ⸺

Der Kampf um die Autobatterie

Endlich war das riesen Ladengeschäft erreicht. Jetzt nur noch den viel zu großen Parkplatz überqueren, um dann durch die Schiebetür zu wandeln. Das Geschäft war trotz der Seuche gut besucht und die Menschen schienen sich auf eine Art Apokalypse vorzubereiten, was wiederum an der Seuche lag. Dosenfraß und Batterien waren nun eher Mangelware. Genauso waren auch die Getränkeregale ausgeräumt und außer Orangenwasser und Tomatensaft war so gut wie alles ausverkauft. Bäh, Orangenwasser, dachte sich Giro, während er eine Flasche griff, um seinen unsäglichen Durst zu stillen. Da sagte Naomi auf einmal.

„Hm … Orangenwasser, echt eklig …"

Dies konnte er nur mit einem entnervten Blick erwidern, woraufhin sie fortfuhr:

„Besser als nix, oder so. Aber es riecht bis hierher nach Orange. Als hätten wir Weihnachten, fehlen nur noch Zimt und ein Mistelzweig."

Darauf entgegnete er ihr, eher genervt:

„Ja, hab's kapiert! Es ist widerlich! Aber hier gibt's ja anscheinend nix anderes außer dem Orangenscheiß oder der Tomatensoße. Ich wollte mir ja eine Bloody Mary mixen, aber mir fehlen Wodka, Tabasco und natürlich dieses eklige Fischsoßending von Sunny, um mir eine zusammenzumixen, also sorry, Lady!"

Dies brachte Naomi zum Lachen und sie erwiderte leicht amüsiert:

„Fischsoßending? Du meinst Worcestersoße! Du bist manchmal echt eine Nummer! Gib mir mal das Hammerdings da oder das Fleischklopfding, oder siehst du das Blumending dort …?"

Da unterbrach er sie jedoch jäh und antwortete selbstsicher:

„Äffst du mich etwa gerade nach? Du freches Stück! Aber gut, wenn es dich amüsiert, ruhig zu! Wenigstens bist du ehrlich und erzählst nicht irgendwelche Märchen wie dein Bruder."

Ruben, der gerade aus einem Regal etwas herauskramte, sah ein wenig verdutzt hoch, da er in der Hocke saß, und meinte dann, während er Giro scheinbar starr mit seinen dunklen Augen fixierte:

„Was? Hast du mich etwa gerade einen Lügner genannt?! Was ist dein Problem, Alter? Die ganze Zeit schon stichelst du gegen mich. Ich hab's langsam echt satt. Eigentlich solltest du dankbar sein, Arschloch!"

Er erhob sich wütend aus der Hocke und baute sich vor Giro auf. Er war ein ziemlich gut durchtrainierter und vor allem auch ein großer Kerl. Jetzt gerade wirkte er ziemlich wütend und einschüchternd. Na ja, Giro sah eher wenig bekümmert aus. Naomi hingegen sagte gleich sichtlich angespannt:

„Wow … Ruben, beruhige dich wieder! Was soll das hier? Giro hat das bestimmt nicht so gemeint. Er … Er ist manchmal ein wenig sarkastisch, das ist jedoch kein Grund, so aufzudrehen!"

Ruben stand währenddessen immer noch vor Giro und sah ihn vernichtend von oben herab an. Da sagte Giro auf einmal, immer noch scheinbar wenig bekümmert:

„Nein, schon gut, Naomi. Lass ihn nur. Er fühlt sich wahrscheinlich nur in seiner Ehre gekränkt. Oder, Ruben, hab ich recht?"

Warum tat Giro dies wieder? Er provozierte. Konnte dies gut ausgehen? Ruben war nicht dumm und auch nicht schwach. Er hatte schließlich in der Armee gedient und dort eine Spezialausbildung genossen. Doch Giro war wieder mal egal, was er konnte oder wie stark er war. Bei solchen Dingen war er furchtlos. Gerade jetzt fand er die Vorstellung, sich zu prügeln, gar nicht mal so übel. Warum nicht mit Ruben? Dieser war wenigstens ein echter Gegner und Naomi würde es schon verkraften. Die Sticheleien zeigten auch Wirkung und Ruben hätte ihm eine runtergehauen, wenn Naomi sich nicht vor Giro gestellt hätte, wobei sie die Arme hochhielt und gestresst forderte:

„Fertig jetzt! Aufhören, und zwar sofort! Ihr Idioten!"

Ruben war immer noch auf 180 und sagte äußerst aufgebracht zu seiner Schwester:

„Wenn hier einer ein Idiot ist, dann dein dämlicher Freund! Ein richtiger Vollidiot!"

Giro schüttelte nur mit einem schelmischen Grinsen im Gesicht den Kopf. Naomi entgegnete dagegen sichtlich entnervt:

„Ja, das ist er! Ein provozierender Vollidiot! Aber du bist nicht besser, denn du steigst voll drauf ein! Also seid ihr beide Vollidioten! Und da wir dies nun geklärt hätten, können wir uns endlich wieder der eigentlichen Sache zuwenden und diese blöde Autobatterie besorgen, wegen der wir schließlich auch hier sind!"

Ohne auf eine Antwort zu warten, lief sie den beiden Männern davon. Diese sahen sich noch einen Moment verbittert an, bevor sie ihr nachfolgten. Der Wal-Mart war echt riesig und äußerst chaotisch, da die Leute die Regale regelrecht in einem Zuge leerräumten. Endlich war die Bau- und Elektroabteilung erreicht. Nun mussten sie nur noch zwischen den vielen riesigen Regalen das Autozubehör finden. Easy, kein Stress, oder? Ruben frohlockte auf einmal, während er freudig eines der Regale ansteuerte.

„Hier! Sind zwar nicht mehr viele übrig, aber eine reicht uns ja zum Glück!"

Er griff sich eine Autobatterien. Doch als er sie in den Händen hielt, meinte Giro besserwisserisch von der Seite:

„Dein Ernst? Die ist viel zu klein! Oder hab ich was verpasst, du Genie?"

Man sah förmlich, wie die Wut in Ruben hochkochte. Seine Augen schienen zu brennen und er ließ sogleich die Batterie fallen, um sich wütend auf Giro zu stürzen. Wow, der Kerl ist stark, dachte sich Giro, während er mit Ruben durchs Regal flog, um schmerzlich auf dem Linoleumboden des Hauptganges zu landen. Doch Ruben war in diesem Augenblick wie ein wütender Stier, der nur noch Rot sah. Einige Leute erschraken, denn die beiden rissen alles mit sich und machten einen Heidenlärm. Wie peinlich, dachte Naomi. Doch als Ruben sich über Giro aufbaute, um ihm noch eine zu verpassen, ertönte auf einmal lauter Alarm. Er erschreckte nicht nur die beiden Männer, sondern auch alle anderen Leute, die den Kämpfenden zugesehen hatten. Nun sahen alle erschrocken hoch und fragten sich, was da durch den Raum hallte. Doch dann brach Panik aus, alle rannten zum Ausgang. Aber die Türen gingen nicht auf. Lautes Geschrei drang durch das Ladengeschäft. Auf einmal rief Naomi gestresst zu den beiden verdutzten Männern:

„Was ist hier los?! Steht doch endlich wieder auf!"

Daraufhin gingen sie auch vor zu den verschlossenen Türen, wo sich die Menschenmasse nun panisch staute. Was war passiert? Brannte es etwa? Und warum waren die Türen verschlossen? Was ging hier vor? Sie sollten es schon bald schmerzlich erfahren, und zwar alle.

Plötzlich eine Männerstimme, die über die Lautsprecher zu der verängstigten Menschenmenge sprach.

„Guten Abend, meine geschätzte Kundschaft! Leider muss ich Ihnen mitteilen, dass unser Laden heute früher schließt und alle Kunden, die noch hier sind, nun an einer überraschenden sowie unfreiwilligen Marktumfrage teilnehmen. Wir bitten Sie, Ruhe zu bewahren, das Gas wird bald eingeleitet." (Es folgte ein böses Lachen.)

Das Gas? Was war das für eine seltsame Durchsage? Nach dieser waren die Leute noch aufgebrachter und das Chaos ging erst richtig los. Die armen Mitarbeiter, die selbst ahnungslos schienen, wurden nun regelrecht auseinandergenommen und mussten vor den wütenden Kunden fliehen. Nur wohin? Einige versuchten, mit den Einkaufswagen die Scheiben des Geschäfts einzuschlagen, jedoch ohne Erfolg. Sie waren einfach zu dick und stabil. Auf einmal zerbrachen die Dachfenster. Aber nicht einfach so, denn sie zerbrachen alle gleichzeitig. Was war hier bloß los? Plötzlich sagte Ruben, der gebannt wie alle in jenem Moment nach oben starrte:

„Hat der Kerl gerade nicht was von Gas gesagt?"

Naomi sah ihn nur verdutzt an und antwortete dann mit eher seltsamer Stimmlage. „Ja, warum meinst du?!"

Ruben entgegnete erschrocken, aber überzeugt: „Das kenne ich vom Militär! Die werden uns hier drin allesamt vergasen!"

Naomi wurde kreidebleich. „Was?! Wie bitte? Nicht dein Ernst gerade! Wir müssen hier raus!"

Da sah sie, dass Giro einfach davonlief, und rief angstvoll:

„Giro, wo gehst du hin? Wir müssen raus hier! Hast du nicht gehört, was Ruben gerade gesagt hat?"

Doch dieser drehte sich nicht um und rief nur zurück:

„Hab ich! Und wenn das wirklich das Militär sein sollte, dann kommen wir hier nicht raus. Ich frag einen der Mitarbeiter, wo sie hier Atemmasken haben! Dein Bruder sagte schließlich, dass die hier alles führen, also …"

Ruben sah seine Schwester nur mit großen Augen an, wobei diese zu ihm sagte:

„Was ist? Klingt doch gar nicht mal so dämlich."

Dabei zuckte sie mit beiden Schultern. Giro kämpfte sich gerade durch die aufgebrachte Menge und versuchte, einen Mitarbeiter zu erwischen, was echt nicht einfach war in dieser Situation. Die meisten waren ziemlich verstört. Einige wurden gerade verprügelt, andere versuchten, sich irgendwie zu retten. Doch Giro hatte vorhin einen gesehen, der sich, schon bevor die Sache eskalierte, verkrümeln konnte. Doch zum Leidwesen von Giro war dessen Versteck in der riesen Getränkekühltruhe, die so gut wie leer war, außer dem Orangenwasser. Der war dort hinein durch eine der Türen verschwunden. Warum nur?, dachte sich Giro, der so schon an Schüttelfrost litt. Na gut, Zähne zusammenbeißen und rein da. Kalt und eng war es hier, aber es gab nichts Anständiges zu saufen. Doch dort sah er den jungen Verkäufer in der Ecke hocken mit dem Smartphone in Händen und schlotternd wegen der Kälte. Dieser erschrak fürchterlich, als er Giro sah, und sagte ängstlich:

„Bitte tu mir nichts! Ich kann nichts dafür! Okay? Gar nichts!"

Doch Giro sah ihn nur an und sagte ganz unbekümmert zu ihm:

„In welchem Gang finde ich hier Atemmasken?"

Der junge, afroamerikanische Verkäufer sah ihn einen Augenblick verdutzt an, bevor er verwundert fragte:

„Wie bitte? Atemmasken?"

Giro bestätigte, ebenfalls schlotternd vor Kälte.

„Atemmasken, ja. Also wo finde ich die Dinger?"

Der Verkäufer antwortete sogleich, immer noch ängstlich wirkend: „Gang 16!"

Während Giro schon wieder halb aus der Kühltruhe raus war, empfahl er dem Jungen noch:

„Gutes Versteck! Wenn ich du wäre, würde ich da drin bleiben!"

Nun nichts wie weg zu Gang 16 und Naomi nicht vergessen. Scheiße – ist der Laden groß! Ein Roller wäre gerade praktisch. Wie viel Zeit blieb ihnen überhaupt noch, bevor das Gas kam? Giro rannte so schnell er konnte zu Gang 16. Dann hektisches Durchsuchen der Regale. Scheiße, wo sind die Dinger nur? Da auf einmal die Stimme des Verkäufers. Was ist das? Warum trägt dieser Kerl nur Unterwäsche? Wo sind seine Arbeitsklamotten von vorhin? Egal, der Junge kramte eine Kiste mit – wer hätte es gedacht – Atemmasken heraus, dabei sagte er:

„Hier Sir! Dies sind alle Atemmasken, die wir hier haben!"

„Wie viele sind das? Habt ihr auch noch mehr davon auf Lager?", wollte Giro wissen.

Der Verkäufer sah ihn verdutzt an, doch bevor er ihm antworten konnte, kamen auch schon Naomi und Ruben in den Gang gestürmt. Naomi fragte etwas verwirrt:

„Ähm, hast du sie gefunden?!"

Dann sah sie den halb nackten Verkäufer.

„Wer ist das?! Ich meine den Nackten da!"

Dies schien den Verkäufer etwas zu beschämen. Doch Giro meinte nur locker:

„Das ist ein Verkäufer. Ich glaube, er heißt Drak. Das stand zumindest auf seinem Hemd, bevor er es abgelegt hat. Warum, versteh ich auch nicht. Aber egal, denke ich. Wir haben andere Probleme als das. Die Atemmasken reichen nicht aus. Es sind zu wenige."

Da mischte sich Ruben ein und sagte verständnislos zu Giro, während er sich eine davon griff:

„Wie viele sind das? Ein Dutzend etwa. Reicht doch. Da bleibt sogar noch eine für den nackten Verkäufer übrig!"

Giro sah ihn nur genervt an.

„Und die anderen Leute? Die Frauen und Kinder da vorne? Egal, die müssen jetzt halt reichen, da das Sortiment nicht mehr hergibt. Hier, Naomi, du nimmst eine und der nackte Verkäufer kriegt auch eine, weil er sie besorgt hat. Und du, Ruben, nimmst auch eine davon."

Ruben sah ihn fragend an und meinte verdutzt:

„Was? Warum das? Und die Kinder?"

Da musste Giro schmunzeln.

„Für die reicht's. Danach sollten sogar noch einige übrig bleiben. Wenn ich keine nehme und auch noch einige andere darauf verzichten, geht das gut. Und jemand muss schließlich auf Naomi aufpassen. Also nimm dir bitte auch eine Maske und verteile dann die restlichen. Aber denk daran: Frauen und Kinder zuerst. Wie bei der Feuerwehr oder einem sinkenden Schiff."

Ruben sah ziemlich überrascht aus und griff sich dann eine der Masken sowie die Kiste, wobei er kleinlaut sagte:

„Okay, ist gut, mach ich."

Giro war froh, dass er die Masken nicht selbst verteilen musste, sondern Ruben dies für ihn übernahm. Als dieser loseilte, sagte Naomi:

„Wenn ich dich nicht besser kennen würde, dann würde ich dich für verrückt halten."

Giro antwortete mit genügend Nachdruck:

„Aber da du mich kennst, weißt du, dass ich es auch bin! Ja, schon klar! Aber jetzt zieh die Maske über! Wir wissen schließlich nicht, wann es so weit sein soll. Also mach schon!"

Dabei sah er sie mit ernstem Blick an. Doch sie warf die Maske zu Boden und meinte schnippisch:

„Nein! Wenn du keine trägst, trage ich auch keine! Ich lass dich nicht nochmals im Stich!"

Während sie so schnippisch tat, hob er hastig die Maske vom Boden auf und sagte dann sichtlich wütend:

„Für einen deiner seltsamen Wutanfälle haben wir jetzt wirklich keine Zeit! Ich meine es doch nur gut …"

Doch da unterbrach ihn der nackte Verkäufer Drak und sagte, zur Decke starrend:

„Hey, Leute, hört ihr das auch? Klingt das nicht wie …?"

Giro unterbrach ihn und rief, nun auch nach oben starrend:

„Helikopter! Zieht die Masken an! Schnell!"

Noch während er sprach, zog er Naomi hektisch und ein wenig grob die Maske übers Gesicht. Diese leistete nun keine große Gegenwehr mehr. Jedoch sah sie wenig glücklich aus. Da flogen auf einmal durch jedes der vielen Dachluken-Fenster granatenartige Dinger in den Raum. Sie gingen allesamt nacheinander hoch und entluden ihren Inhalt. Es war irgendeine Art von Gas und roch wie faule Eier und Katzenpisse zugleich. Echt übel. Während sich das Gas langsam verteilte, hielt Giro den Kopf von Naomi fest in seinen Armen und drückte sie an sich. Denn auch er hatte in jenen Moment Todesangst. Dazu kam, dass ihre Haare einfach wunderbar rochen und ihm so über den üblen Geruch des Gases hinweghalfen. Irgendwann hatte sich das Gas schließlich im gesamten Laden verteilt und dieser war wirklich groß. Das Gas hatte eine leicht violette Farbe, so was hatte er noch nie zuvor gesehen. Was würde nun mit ihm und den andern geschehen, die es eingeatmet hatten? Als sich der violette Schimmer und der eklige Geruch endlich wieder ein wenig verzogen hatten, herrschte nach den vielen panischen Schreien auf einmal ein Moment komplette Stille.

Da griff Giro Naomi am Handgelenk und sie gingen zusammen nach vorne zum Eingang. Da die Lichter alle aus waren und es schon fast 9.00 Uhr abends war, herrschte ziemliche Dunkelheit, was die Situation nicht besser machte. Der ängstliche Verkäufer folgte den beiden hastig nach und schien hinter ihnen förmlich Schutz zu suchen. Beim Eingang herrschte sichtlich Chaos und einige, die keine Maske trugen, lagen reglos auf dem Boden. Was war hier bloß los? Es sah aus wie auf einem Schlachtfeld. Einfach schrecklich.

✣ Kapitel 4 ✣

Die Maus im Labyrinth

Am Eingang angekommen, herrschte noch immer pure Panik. Ruben stellte sich auf eine der Kassentresen und versuchte, irgendwie Ruhe reinzubringen. Einige rissen sich in der Panik die Masken vom Gesicht. Hier konnte man nichts mehr machen, dafür war es schon zu spät. Giro beschloss, Ruben da herunterzuholen. Doch dazu kam er nicht, denn auf einmal erklangen ein ätzendes Pfeifen aus den Lautsprechern und dann wieder diese Männerstimme. Wer war der Kerl? Giro kannte diese niederträchtige Stimme von irgendwoher. Doch von wo, wollte ihm einfach nicht einfallen. Die Lautsprecherstimme sagte dann wieder äußerst ruhig und sachlich, was echt widerlich war angesichts der Ereignisse:

„Die erste Phase wäre damit abgeschlossen. Ich bitte Sie um ein wenig Geduld, der zweite Vorgang ist sozusagen schon in Arbeit. Ich wünsche Ihnen allen noch viel Glück, was Sie auch brauchen werden angesichts Phase drei. Aber ich möchte Ihnen nicht zu viel verraten, denn Sie werden es schon früh genug erfahren. Und natürlich freue ich mich, dass Sie alle an unserer Marktumfrage teilgenommen haben, wenn auch unfreiwillig. Hiermit verlasse ich Sie. Und vergessen Sie nicht, Ihr Schicksal liegt ganz allein in Ihren Händen, geschätzte Kunden! Ihr Wal-Mart-Team!" Es folgte wieder ein widerwärtiges Lachen und dann herrschte erneut Panik.

Da zupfte auf einmal Naomi an Giros Ärmel, und während sie ihn erschrocken ansah, sagte sie ein wenig unklar hallend durch ihre Maske hindurch: „Scheiße! Giro, deine Nase!"

Er sah sie nur fragend und verdutzt an. „Was?!"

Da strich sie ihm leicht mit dem Zeigefinger unter der Nase entlang und zeigte ihm den blutverschmierten Finger. „Du blutest und das ziemlich stark!"

Als er das begriff, nahm er sich einige Taschentücher von einem der Kassentresen. Während er ein paar Tücher in sein Gesicht drückte, sah er sich die Leblosen auf dem Boden an und musste dabei feststellen, dass alle ebenfalls stark aus ihren Nasen bluteten. Jedoch waren sie alle bewusstlos oder vielleicht sogar schon tot. Aber er selbst offensichtlich nicht. Er stand zumindest noch auf seinen Beinen. Doch er spürte einen seltsamen Schmerz in seinem Kopf und ihm war übel. Dazu kam, dass er alles wie besoffen sah. Doch er hatte mal wieder einen großen Vorteil, denn er sah so gut wie eine Katze im Dunkeln, wenn nicht sogar besser. Er nannte dies Grünlichphase, da er dann alles in einem grünbläulichen Spektrum wahrnahm und dies nur mit seinem einen grünen Auge. Da streckte ihm auf einmal in all der Hektik Naomi aufgeregt eine Atemmaske entgegen, wobei sie besorgt drängte: „Nimm schon! Nicht dass es noch schlimmer wird! Keine Sorge, die lag dort am Boden. Irgendeiner muss sie ausgezogen haben. Also braucht er sie auch nicht mehr. Los, nimm!"

Zuerst sah er sie nur an, denn er hatte das Zeug schließlich schon zur Genüge eingeatmet. Also was sollte ihm die Maske nun noch bringen? Aber vielleicht hatte sie ja recht und die Luft war immer noch voll mit dem Zeug. Es roch ja auch noch danach. Also griff er sich die Maske und zog sie über. Doch da stürmte auf einmal ein Irrer mit blutverschmiertem Gesicht auf Giro zu und brüllte wie ein Verrückter: „Das ist meine Maske! Gib sie mir zurück! Ich will nicht sterben!"

Als der Verrückte ihn schließlich erreicht hatte und wie ein Irrer nach seiner Maske griff, packte Giro sich den Fettsack und schmetterte sein Gesicht mit Schwung gegen die Kassentheke, die sich direkt neben ihm befand. Der Mann lag sogleich flach und war k. o. Da kam schon ein völlig hysterisches Weib angerannt. Während sie bei ihrem bewusstlosen und sichtlich kranken Mann hockte, sah sie Giro mit entrüstetem Blick an und sagte bitter zu ihm: „Oh mein Gott! Du hast meinen Mann umgebracht!"

Giro antwortete grob: „Der schläft nur! Seien Sie doch froh! Er hätte fast einen Herzkasper gemacht! Und im Übrigen, er hat mich angegriffen, wobei ich mich lediglich verteidigt habe."

Das Weib sah ihn voller Zorn an und sagte dann wutentbrannt: „Er ist tot! Und daran sind nur Sie schuld! Mein Mann war zwar ein wenig füllig, jedoch litt er nie an Herzproblemen!"

Giro blieb jedoch hart und gefühlskalt. „Wenn Ihr dicker Ehegatte wirklich tot sein soll, warum bewegt er sich dann noch? Das passt nicht zusammen! Sorry, Lady!"

Da sah sich das Weib zum ersten Mal ihren fetten Gatten genauer an und musste feststellen, dass der Fettsack im zu engen Jackett doch noch nicht von ihr gegangen war. Doch da sie zuvor so erbost und entsetzt getan hatte, musste sie nun die Besorgte spielen. Dies fiel dem Weibsstück sichtlich schwerer als der Aufstand zuvor. Während sie seinen dicken Kopf auf ihren zu dünnen Beinen abstützte, die wie zwei Streichhölzer unter einer riesigen Wassermelone begraben wurden, wimmerte sie seltsam vor sich hin. Der Kerl war echt fett. So um die 200 kg wog der bestimmt, dachte Giro. Darum hatte es auch zuvor so gekracht, als er auf der Kassentheke aufschlug, dieser dicke Brummer. Wie eine dicke Fliege, die einem auf der Autobahn bei 180 Stundenkilometern direkt in die Windschutzscheibe fliegt. Man erschrickt schrecklich, weil man es nicht erwartet hat und es echt laut ist. So ging es auch Giro, denn er wusste, es würde gleich nur so krachen. Uppsala, mein Fehler. Als das Weib ihren Gatten so hielt und ihm ihre Liebe spendete, musste Giro mit Erschrecken feststellen, dass der so schon dicke Bauch des Mannes beunruhigend weiter anschwoll. Dies ging ziemlich schnell und Giro war nicht der Einzige, dem dies auffiel, denn Ruben, der ein Stück hinter ihm stand, sagte mit starrem Blick: „Scheiße! Siehst du das auch? Der fette Kerl platzt gleich, oder?"

Giro sah wie die anderen nur entsetzt zu dem Fettsack und meinte dabei perplex: „Sieht wohl ganz danach aus."

Da sagte Ruben, immer noch starrend und fast fasziniert: „Ich hab so etwas noch nie zuvor gesehen. Und glaub mir, ich habe so einiges gesehen! Das ist echt so was von widerlich!"

Giro wendete seinen Blick ab und sah Ruben seltsam an, während er warnte: „Das ist es! Wir sollten Abstand von ihm nehmen! Weg von ihm!"

Dabei packte er Naomi und zog sie hektisch mit sich weg. Die anderen Leute zogen sogleich mit. Nur das arme Weib steckte mit ihren Zahnstochern unter dem Fettsack fest und kam nicht mehr fort. Aber nun wollte auch sie weg von ihm. Doch er war einfach zu schwer und so schrie sie nur erbärmlich. Als Giro einen gebührenden Abstand mit Naomi zusammen erreicht und sie sich hinter einem der riesigen Regale verschanzten hatten, hörte er die Schreie des nervigen Weibs. Er zögerte zuerst einen Augenblick, bevor er dachte, scheiß drauf, um dann zurückzurennen.

Bitte, ich bitte dich, explodiere nicht! Dies dachte er die ganze Zeit während seinem Spurt nach vorne. Wahrscheinlich dachte das hysterische Weib dasselbe. Doch dann, kurz bevor er die schreiende Furie erreicht hatte, griff ihr fetter Gatte nach ihrem Hals und dann – bumm. Er explodierte. Warum nur?, fragte Giro sich, während er sich hinter der Kassentheke verschanzte. Alles, was zuvor in dem fetten Kerl war, spritzte nun meterweit durch die Luft. Zusammen mit dem widerwärtigen Gas, das ihn zuvor so extrem aufgebläht hatte und dann schlussendlich auch zum Platzen brachte. Die Gedärme hatten die gleiche violette Farbe wie das Gas zuvor. Nachdem sich die üble Gewebemasse und alles Sonstige weitestgehend verteilt hatten, hörte Giro auf einmal wieder die quietschende Stimme des Weibes. Nun jedoch nur noch schwach und kraftlos. Er dachte nur, oh nein, warum lebst du noch? Er stand langsam aus der Hocke auf und sah sich das Dilemma an, das sich ihm bot. Überall Blut und sonstige Innereien. Seine Boots klebten in der schmierigen Masse, die sich über den gesamten Linoleumboden des Einganges hinwegzog. Dazu kam das matschige und äußerst widerliche Gefühl beim Gehen. So klang es natürlich dann auch. Als würde er durch matschigen Morast waten. Er hatte ja schon viele üble Dinge gesehen, aber das! Dem Fettsack war einfach der Bauch geplatzt wie bei einer verdammten Kuh, nur noch ein ganzes Stück übler. Dort, wo zuvor sein Bauch war, befand sich nun ein enormes Loch. Alles, was zuvor dort drin war, lag nun hier draußen und das war eine Menge. Das Weib war voll mit der ekligen Pampe und das von Kopf bis Fuß. Während sie kraftlos unter ihrem explodierten Ehegatten lag, wimmerte sie flehend um Hilfe. Doch als Giro sich endlich dazu überwinden konnte, ihr zu helfen, und vorging, bewegte sich der Fettsack auf einmal wieder. Wie konnte das sein, so ganz ohne Bauchorgane? Der Fettsack biss nun seiner Gattin auch noch in einen von ihren dürren Schenkeln und riss ihr das wenige Fleisch von dem kargen Knochen. Neben Giro, direkt auf der Kassentheke, lag eine große Metallschere und dies auf jeder Seite. Also griff er sich die zwei und dann ... Na ja, was hatte er für eine andere Wahl? Also stach er zu und rammte dem Fettsack jeweils eine der großen Scheren durch seine Augäpfel bis in sein matschiges Gehirn. Dabei legte er sein ganzes Gewicht rein. Die großen Metallscheren durchdrangen den dicken Schädel des Fettsacks ohne Probleme und Giro musste aufpassen, dass er nicht auch noch aus Versehen das Weib anstach. Doch dann stieß dieser widerwärtige Fettsack eine Art Blut/Schleimsekret aus und traf Giro voll damit. Nicht schon wieder, dachte dieser. Doch zu seinem Glück hatte es nur seine Trainerjacke getroffen. Aber trotzdem, sein T-Shirt war schon verbrannt und außer dieser Trainerjacke, die er übrigens auch sehr mochte, hatte er nichts weiter dabei. Sollte er etwa von nun an wie einer vom mexikanischen Drogenkartell andauernd oben ohne rumrennen, um so voller Stolz allen seine ach so krassen Tätowierungen zu präsentieren? Dann konnte er ja auch gleich ein Halstuch anziehen und sich Chico nennen. Fast noch schwuler als die Jungs der Yakuza. Da musste er an Kasumi denken und die weißen Tiger. Was war in Hongkong wohl so los? War dort auch die Seuche ausgebrochen? Doch jetzt hieß es, erst mal das Weibsstück unter dem Fettsack rauspulen und dann ... Was war das? Noch während er den widerwärtigen Leichnam von ihr rollte, sah er, wie die anderen Leblosen auch anfingen, aufzuquellen wie verdammte Muffens. Scheiße, das gibt eine riesen Schweinerei, nichts wie weg hier. Aber verdammt, das Weibsstück kann nicht gehen, ihr Bein ist hin. Da seine Trainerjacke eh schon voll mit dem ekligen Scheiß war, griff er nach dem dürren Weibsstück und hob es hoch. Eine leere Kartonschachtel hätte mehr als diese Frau gewogen, jedoch hätte der nicht so ätzend geschrien wie die Alte. Noch während er nach hinten zu den anderen eilte, vernahm er deutlich, wie die Ersten der etwa ein Dutzend Leiber wie Popcorn in der Mikrowelle aufplatzten. Einfach ein widerliches Geräusch, vom Rest mal ganz abgesehen. Als er endlich wieder in Gang 12 angekommen war, ließ er das Weib unsanft auf den Boden fallen, wobei er wütend schrie: „Halt die Fresse, du Kuh! Verdammt, was schreit die Alte laut und dann noch voll in mein Ohr!"

Da kam Ruben an und griff ihn an der Schulter. „Beruhige dich! Erzähle uns lieber, was da genau abgeht! Platzen die etwa alle?!"

Giro sah ihn nur bitter an und meinte angewidert: „Hm … Wenn das alles wäre! Die platzen nicht nur. Die greifen einen auch an! Da sieh doch, ihr Bein! Das war der Fettsack, und zwar erst nachdem er aufgeplatzt war wie ein verdammt widerlicher Eiterpickel!"

Ruben und die andern sahen ihn nur entsetzt an, wobei Naomi auf einmal sagte: „Das klingt wie bei Jose."

Giro meinte besorgt: „Das dachte ich auch sofort. Deshalb habe ich ihm schließlich eine Schere in den Kopf gerammt, danach war endlich Ruhe."

„Ja, stimmt", meinte Ruben, „ich musste Jose auch zuerst den Schädel wegpusten, bis endlich Ruhe war. Aber warum stecken die uns mit dem verdammten Lotox-Virus an?"

Giro schüttelte nur nachdenklich seinen Kopf. „Das verstehe ich auch nicht wirklich. Aber ich denke, dass dieses Lotox-Virus eine Kriegswaffe sein könnte und dies einer von vielen kleinen Anschlägen oder Tests. Ich meine, überleg doch mal, was dein Vater Jose darüber erzählt hat, bevor er starb. Obwohl ich das meiste ehrlich gesagt für Irrsinn hielt, kommt es mir nun schon fast wieder plausibel vor. Vielleicht stimmt es ja sogar und irgendeiner infiziert absichtlich bestimmte Gebiete oder so."

Da unterbrach ihn Naomi aufgeregt: „Hey ihr, ich will ja nicht stressen, aber die vier, die vorhin umgekippt sind, werden allmählich dick und fangen auch an aufzugehen … Also …"

Dabei sah sie in die Ecke, wo sie die vier Infizierten abgelegt hatten. Oh Mann, wie viele denn noch? Von vorne hörte man das unkontrollierte und widerliche Rumkrabbeln der bereits Zurückgekehrten. Aber okay, der Laden war ja zum Glück groß, also noch ein paar Reihen nach hinten. Man sagt ja, aus der hintersten Reihe habe man den besten Überblick. Zumindest behaupten das die an der Kasse im Kino immer. Aber ob dies auch tatsächlich der Wahrheit entspricht? Verkäufer lügen jedoch nicht, nein, sie verkaufen lediglich und dies um jeden Preis, wenn ihr versteht. In der 22. Reihe angelangt, waren sie auch am Ende des großen Wal-Mart angekommen. Doch was nun? Sie mussten dort irgendwie raus und dies am besten, bevor die Zurückgekehrten sie anfielen. Der Verkäufer Drak oder wie er auch immer hieß, war noch immer, bis auf die Maske, die Baseballsocken und seine farbigen Boxershorts, nackt. Neben einigen Kindern, darunter auch ein kleiner Rotschopf mit Sommersprossen und Brille im Knautschgesicht, hatten auch noch einige weitere Leute bis dahin überlebt. Doch wie lange noch? Außer Giro, Ruben, dem halb nackten und eher nutzlosen Verkäufer sowie vier seltsamen Mexikanerjungen hatte nur noch ein Opa mit Hornbrille überlebt. Ach, und ich vergaß den Hooligan mit seiner Punkbraut an der Seite. Jedoch weinte dieser wie ein kleines Mädchen unter seiner Atemmaske. Doch da – auf einmal das Geräusch der Eingangstüren. Ruben sah vorsichtig nach und musste feststellen, dass diese nun offen standen. Doch davor schlichen die widerlichen Infizierten herum und wandelten unkontrolliert durch ihre eigenen Innereien. Manchmal rutschten sie aus und platschten in die Soße am Boden, wo sie dann wild herumzuckten. Als Ruben die Lage abgecheckt hatte, kehrte er zurück hinter Regal 22 und sagte zu Giro: „Die Türen stehen nun offen! Aber davor wandelt etwa ein Dutzend von den Dingern. Und ich finde die Tatsache seltsam, dass die Türen nun einfach so aufgehen. Das ist bestimmt eine Falle oder so etwas!"

Noch während Ruben dies erzählte, stand der weinende Hooligan auf und stürmte panisch zum Eingang vor. Als er dort jedoch ankam, wurde er von den Dingern jäh aufgehalten und schließlich zu Boden gerissen. Na ja, dann fraßen sie von ihm, anders kann man dies nicht nennen. Er sah aus wie ein lebendes Büfett und die Gäste waren echt hungrig. Als seine Liebste, die Punkbraut, dies sah, packte sie energisch eine Spitzhacke aus dem

Sortiment der Bauabteilung, in der sie sich zurzeit befanden, und stürmte dann mit einer Art von Kriegsschrei los. Sie hatte ein wenig was von Xena, der Kriegerin, nur dass diese schwarze und nicht pinkfarbene Haare hatte. Vorne beim Eingang angekommen, fing sie an, den Dingern die Köpfe zu spalten. Da griffen sich auf einmal auch die mexikanischen Jungen Waffen aus den Regalen der Bau- und Gartenabteilung. Ruben sah Giro an, und als sogar der Opa zum Spaten griff und nach vorne stürmte, wenn auch in kleinen, gichtartigen Schritten, griff auch Giro endlich einen Vorschlaghammer und sagte, bevor auch er loszog in die eher unwirkliche Schlacht: „Naomi, du bleibst hier mit den anderen! Ruben, pass auf deine Schwester auf!"

Ruben sagte sogleich: „Klar doch, immer!"

„Gut", meinte Giro nur, bevor er losstürmte, um den anderen zu helfen und den Dingern die Köpfe zu spalten. Doch die Dinger waren gar nicht mal so schwach und der Opa schon Geschichte. Genauso wie zwei der Mexikaner und auch die Punkbraut hatte schwer zu kämpfen. Giro konnte ihr gerade noch helfen, bevor drei der Schleimer sie zerlegt hätten. Doch er zerschmetterte ihre Schädel mit dem Vorschlaghammer und dann ging es weiter. Verdammt, wie viele sind das nur? Während die einen sich durch die Verseuchten kämpften, sah es zuerst ziemlich sicher in Gang 22 aus. Zumindest machte es den Anschein, doch der Schein trog oft und dann hatte man am Ende die Scheiße. Ruben entschloss sich nun, Naomi mit dem nackten Verkäufer und den Übrigen dort zu lassen und den andern kämpfend zur Seite zu stehen. Diese hatten dort vorne schließlich sichtlich Mühe. Bevor er losging, gab er noch dem Verkäufer die Aufsicht. Er solle aufpassen, sagte er. Naomi hielt ihn nicht auf, sondern drückte ihm sogar noch eine Axt in die Hand. Zuerst war alles gut und Gang 22 blieb sozusagen sauber. Da gab es nur ein Problem: das Weibsstück von vorhin mit dem lädierten Bein. Sie war zuvor durch die starken Schmerzen in Ohnmacht gefallen, doch nun wurde sie wach und schrie wie am Spieß. Während Naomi ihr zuerst helfen wollte und ihr eilig das Bein abband, kam auf einmal der nackte Verkäufer an und sagte mit panischer Stimme.

„Sie soll still sein! Die Dinger kommen! Mach, dass sie den Mund hält! Mach schon!"

Doch Naomi sagte nur, während sie sich weiter konzentriert der klaffenden Wunde zuwandte: „Das kann ich nicht! Sie hat schreckliche Schmerzen!"

Da griff sich der Verkäufer eine der Spitzhacken aus dem Sortiment, und während er mit großen Augen den Gang 22 runterstarrte, sagte er, immer noch völlig panisch: „Sie sind da! Verdammt, du Schlampe, halte dein verfluchtes Maul! Sie werden uns töten, allesamt! Was sollen wir nur tun?"

Naomi sah ihn hart an. „Dann leg sie um!"

Der Verkäufer starrte sie einen Moment an und holte dann mit der Spitzhacke aus, woraufhin er dem Weibsstück den Schädel entzweite. Naomi erschrak fürchterlich, denn das hatte sie nicht damit gemeint, sondern eigentlich die Dinger. Diese waren auch schon fast bei ihnen und Naomi handelte sogleich. Obwohl sie voll mit dem Blut des Weibsstücks war, hielt ihr Schreck nicht lange an. Sie riss dem perplexen Verkäufer die Spitzhacke aus seiner zitternden Hand. Dieser leistete keine Gegenwehr und war von seiner Tat selbst geschockt. Doch das war sein Problem und nicht das von Naomi oder der anderen. Als sie auf einen der Verseuchten einhackte, griff der kleine Rotschopf auch nach einer Waffe und half mit aufzuräumen. Es waren zum Glück nur die vier vom Gang vorhin, die sie zuvor in die Ecke gelegt hatten. Aber diese reichten und stellten schon eine große Gefahr dar. Als sich Naomi den letzten vornahm und mit dem Rücken zu dem Rotschopf stand, schrie dieser auf einmal hysterisch. Als sie sich umdrehte, wurde sie von dem Weibsstück zu Boden gerissen. Während sie versuchte, das Weibsstück von sich wegzudrücken, tropfte dessen Hirnmasse über ihr gesamtes Tank-Top. Doch Naomi war mehr damit beschäftigt, nicht von der Verseuchten angeknabbert zu werden. Mit einer Hand versuchte sie noch, an die Spitzhacke zu gelangen, die ihr zuvor leider aus der Hand geglitten war. Doch ohne Erfolg, sie war einfach zu weit weg. Doch dann erblickte sie gelbe Turnschuhe mit einer Art gelben Schwamm drauf abgebildet. Als sie hochblickte, sah sie in das

Sommersprossengesicht des Rotschopfes. Der rundliche Junge sah sie zuerst nur starr an. Doch dann griff er sich die Spitzhacke und holte zum Schlag aus. Woraufhin Naomi zusammenzuckte und die Augen schloss, was auch besser war, denn der Junge zerfetzte dem Weibsstück förmlich den Kopf. Als die arme Naomi ihre Augen wieder öffnete, musste sie schmerzlich feststellen, dass sich der Kopf des Weibs nun nicht mehr auf ihrem dürren Hals befand, sondern verteilt auf ihrem Shirt, so wie auch sonst überall, sogar auf den gelben Schuhen des Rotschopfs.

Während dies geschah, waren die anderen immer noch fleißig beim Eingang am Aufräumen. Als Giro gerade einem die Birne mit dem Vorschlaghammer zu Mus schlug, packte ihn ein Weiterer unerwartet am Bein. Dieser war jedoch schon selbst nur noch eine Hälfte und besaß keine Beine oder besser gesagt keinen Unterleib mehr. Trotz allem klammerte er sich fest an eines von Giros Beinen. Als Giro dieses ruckartig wegziehen wollte, rutschte er auf den blutigen Innereien, die überall auf dem Linoleumboden verteilt waren, aus und legte sich unsanft zu dem Verseuchten auf den Boden. Dies war eine ziemlich heikle Situation. Er rang mit dem halben Wal-Mart-Mitarbeiter um sein Leben, denn dieser wollte nur eines: ihn zerreißen. Giro versuchte, ihn mit dem Vorschlaghammer wegzuhalten, woraufhin das eklige Ding ihm auch noch eine Ladung Rotzschleim entgegenschleuderte. Giro war froh, dass ihm Naomi die Maske gegeben hatte, denn so bekam er die Scheiße wenigstens nicht in Mund oder Augen. Er musste so schon fast kotzen. Nun waren nicht nur seine gesamten Klamotten im Arsch, sondern er hatte auch noch das Gesicht und den kompletten Irokesen voll mit dem Zeug. In diesem Augenblick sah er, dass der Fettsack mit den beiden Scheren in den Augen nur ein kleines Stück über ihm lag. Also griff er sich fix mit einer Hand eine der Scheren und zog sie aus dem Kadaver. Im gleichen Zug stieß er den Verseuchten ein Stück hoch und stach zu – genau in die verdammte Mitte seiner Fratze. Aber das Ding wollte nicht draufgehen. Da auf einmal – zack – Kopf ab. Was war das, verdammt? Der Kopf des Verseuchten flog einfach in hohem Bogen in die Ecke und dann schoss Blut heraus, eine ganze Welle entlud sich über Giro. Dabei sackte auch noch der restliche Korpus des Ex-Wal-Mart-Mitarbeiters über ihm zusammen. Da der Unterleib und nun sogar das Haupt gänzlich fehlten, war er eher leicht. Vor allem eines war sicher, er war nun blutleer. Dafür war Giros zuvor noch hellblaue Trainerjacke nun ekelhaft rotbraun getränkt durch das viele Blut, mit dem sie sich vollgesaugt hatte. Schrecklich, denn so fühlte er sich wie ein vollgesogener Tampon. Einfach nur widerlich, eine Dusche würde für diese Sauerei nicht ausreichen. Nachdem er den ekelhaften Rest von sich weggestoßen und sich dann auch noch das viele Blut von der Maske weggewischt hatte, erblickte er zu seinem Erstaunen Ruben mit einer blutigen Axt in der Hand. Dieser sagte irgendwas zu Giro. Doch dieser hatte so viel ekelhaftes Zeug in seinen Ohren, dass er kein Wort verstand. Also pulte er sich zuerst den größten Teil des blutigen Dreckes aus seinen blutverschmierten Ohren und sagte aufgebracht und wenig erfreut über Rubens Erscheinen: „Was tust du hier? Du solltest doch bei Naomi bleiben!"

Dabei stand er von dem blutüberströmten Linoleumboden auf. Doch Ruben entgegnete nur selbstsicher: „Dir wieder mal den Arsch retten! Aber schon gut, dank mir später! Das war übrigens der Letzte von den Schleimern!"

Giro antwortete nicht darauf, denn sonst hätte er ihm definitiv eine reingehauen oder noch Schlimmeres. Wie konnte dieser Vollidiot nur so handeln und seine Schwester sich selbst überlassen? Besonders in dieser Situation? Giro rannte sofort los, um zu Gang 22 zurückzugelangen, wobei ihm Ruben gestresst nachfolgte und dabei beschwichtigte: „Was hast du? Der geht's schon gut! Sie ist ein großes Mädchen! Da waren keine weiteren von den Dingern. Sie ist und war dort sicher. Dazu kommt, dass sie nicht allein ist. Sogar der nackte Verkäufer ist bei ihr."

Immer noch keine Antwort, denn Giro rannte vorwärts und war stinksauer. Dies aber auch auf sich selbst. Wie konnte er sie nur so im Stich lassen? Er wusste, dass ihr Bruder ein Idiot war. Also war er auch selbst daran schuld. Wenn ihr nun etwas geschehen sein sollte!

Da endlich, Gang 22, schnell rein da, dachte er sich und dann – scheiße, was war hier los? Hier liegen überall welche rum und alles voller Blut, schon wieder. Dort in der Ecke – Naomi – sie lebt. Schnell zu ihr und nach ihr sehen! Was er auch sogleich tat. „Naomi! Geht's dir gut?!"

Sie fiel ihm zuerst nur um den Hals und dann sah sie ihn mit großen Augen unter der Maske hervor an, während sie zu ihm sagte: „Alles gut! War nur ein wenig Chaos hier!"

Da mischte sich Ruben ein und meinte aufgeregt: „Sieht nach viel Chaos aus! Das hätte ich nicht erwartet! Ich dachte wirklich, ihr seid hier sicher!"

Doch bevor seine Schwester ihm eine Antwort darauf geben konnte, herrschte Giro ihn wütend an: „Ach halt doch deine Fresse! Sonst stopf ich sie dir mit der Scheißpampe vom Boden!"

Da lenkte Naomi einmal mehr ein und besänftigte Giro: „Es ist nichts passiert! Mir geht's gut! Aber können wir nun endlich weg hier?"

Giro sah Ruben noch einen Moment lang vernichtend an, bevor er zu Naomi und den anderen sagte. „Ja! Die sind alle hinüber und die Türen stehen offen! Also gehen wir raus hier!"

Noch während sie alle zusammen nach vorne liefen, sah Giro, wie die pinkfarbene Punkbraut, die nun schwer lädiert war, versuchte, über die Eingangspforte hinwegzukriechen. Wobei sie sich über den Boden durch die blutige Masse hindurch schleppte. Er dachte sich zuerst nichts dabei, doch dann, als sie die Schwelle halb überschritten hatte, kamen auf einmal wie aus dem Nichts Schüsse aus einer automatischen Handfeuerwaffe. Zuerst nur auf die Punkbraut, doch dann wurden sie von allen Seiten her beschossen. Giro packte sich Naomi und hechtete mit ihr zusammen zur Seite. Da stand direkt neben den beiden ein Kühlschrank. Sie waren wohl in der Haushaltsabteilung gelandet, wie's aussah. Giro überlegte nicht lange, sondern verschanzte sich mit Naomi in dem Kühlschrank. Zuerst herrschte panisches, lautes Geschrei, doch dieses verstummte schnell und daraufhin auch bald die allseitige Beschießung. Während er Naomi fest in seinen Armen hielt und gespannt lauschte, spürte er, wie etwas

Warmes über seine Hände lief. Was war das? Da – ein Wispern von Naomi, die leise seufzte. „Giro … Ich fühle mich nicht gut … Ich möchte schlafen …"

Was sagte sie gerade?, ging durch seinen Kopf. Doch bevor er darauf reagieren konnte, hörte er Schritte, die sich ihnen näherten. Wie viele waren es wohl? Er konzentrierte sich und hörte genau hin. Zwei. Nein, nein, es sind drei in der unmittelbaren Nähe. Okay, sie wissen nicht, wo wir sind, Ruhe bewahren. Giro wusste nicht, wie lange sie da in dem Kühlschrank verharrten. Jedoch kam es ihm wie eine Ewigkeit vor. Als er jedoch irgendwann bemerkte, dass seine Liebste kaum noch atmete und das Warme, das über seine Hand lief, ihr Blut war, musste er schnell handeln, denn Naomi war anscheinend zuvor von einer Kugel getroffen worden. Als er sich bereit machte, um sich den Männern zu stellen, und den Kühlschrank langsam öffnete, fand er jedoch nur ein verlassenes Schlachtfeld vor. Es war ein schreckliches Bild, das sich ihm bot, als er mit seiner Liebsten im Arm zum Ausgang schritt, denn sie waren allesamt tot. Die Kinder, Frauen, sogar der nackte Verkäufer. Sie wurden regelrecht durchsiebt von den Kugeln. Doch er hatte keine Zeit, um sich darüber Gedanken zu machen, und rannte auf den Parkplatz hinaus. Dort sah er einen Jeep und schlug gleich dessen Fenster ein. Nachdem er Naomi auf den Beifahrersitz gesetzt hatte und sich gleich ans Kurzschließen des Fahrzeugs machte, erklang auf einmal eine Stimme. Es war Ruben. Er humpelte stark und schrie über den gesamten Parkplatz hinweg: „Hey Giro, warte doch! Mich hat's übel am Bein erwischt! Ich hab dafür aber auch zwei von den Arschlöchern umgenietet! Scheiße, tut das weh!"

Doch Giro ließ sich nicht ablenken und schloss den Wagen kurz. Nachdem der Motor endlich lief, stand auch Ruben da und stieg schnell ein. Giro gab sofort Gas. Als Ruben den kritischen Zustand seiner Schwester erkannte, wurde er kreidebleich. Um Naomi stand es sehr übel. Würde sie es überleben? Die Kugel, die sie getroffen hatte, ging mitten durch ihre linke Schulter. Giro wollte sich jedoch nicht das Schlimmste vorstellen und hoffte natürlich, dass sie dies überstehen würde. Doch dafür brauchte sie Hilfe, und zwar schnell. Naomi, stirb bitte nicht! Dies war der einzige Gedanke, der ihm wie eine Endlosschlaufe durch den Kopf ging. Ruben hingegen laberte andauernd wirres Zeugs vor sich hin. Er schien völlig von der Rolle zu sein. Doch dann auf einmal sagte er: „Verflucht! Was nun? Wo wurde sie überhaupt getroffen?"

Giro, der noch keinen Plan hatte zu diesem Zeitpunkt, erwiderte wütend: „In die linke Schulter! Wir fahren jetzt ins Krankenhaus, und zwar sofort!"

Zuerst herrschte einen Moment lang Stille in dem Fahrzeug, bis Ruben schließlich, scheinbar ein wenig erleichterter, meinte: „Wenigstens wurde sie nicht in die Nähe des Herzens getroffen!"

Was laberte dieser Idiot auf dem Rücksitz da bloß? War er etwa tatsächlich so dumm? Also sagte Giro verständnislos und aufgebracht zu ihm: „Ich sagte, links in die Schulter! Was definitiv in der Nähe des Herzens ist!"

Doch Ruben entgegnete sofort: „Nicht bei ihr! Bei ihr ist dort die Lunge. Meine kleine Schwester ist ein wenig anders, was dies betrifft. Wusstest du das nicht?"

Was, bei Naomi befand sich das Herz rechts und die Lunge links?! Doch bevor Giro dies richtig begreifen konnte, spürte er auf einmal, wie seine Hände langsam vom Steuer wegglitten. Was hatte er nun auf einmal? Doch bevor er dieser Frage nachgehen konnte – peng. Er sackte zusammen und dann lautes Dauerhupen, da sein Kopf direkt auf der Hupe gelandet war. Währenddessen fuhr der Wagen natürlich unkontrolliert in die dunkle Wüstenlandschaft hinaus. Ruben, der völlig überrumpelt war, versuchte, vom Rücksitz aus ans Steuer zu gelangen. Doch dann überschlug sich der Wagen und flog unkontrolliert ein ganzes Stück durch die staubige Wüste. Warum war Giro einfach zusammengesackt? Was war nun wieder los mit ihm? Als sich der Wagen überschlug, flog Ruben, der als Einziger nicht angeschnallt war, durch die Windschutzscheibe und wäre danach beinahe von dem Reserverad erschlagen worden. Ganz zu schweigen von seinem Bein, das nun echt übel aussah. Neben den zwei Kugeln, die in seinem Oberschenkel steckten, klaffte nun auch noch eine 10 cm lange und äußerst tiefe Fleischwunde an seiner Wade. Dazu kamen Dutzende von Glassplittern, die sich überall in seine Haut eingeschnitten hatten. Na ja, er war nun mal durch die Windschutzscheibe geflogen und dies mit voller Wucht. Ruben sah echt scheiße aus und so fühlte er sich auch. Doch was war mit den anderen beiden? Er rappelte sich langsam vom staubig sandigen Boden der dunklen Wüste auf, was ihm äußerst schwerfiel und schreckliche Schmerzen bereitete. Als er mehr oder weniger stand und sich so einen Überblick verschaffen konnte, sah er gleich den Wagen. Dieser lag etwa zwanzig Meter weit weg von ihm. Er hatte sich mehrmals überschlagen, war ein Stück auf dem Dach durch die Wüste geschlittert und schließlich zum Stillstand gekommen. Doch noch während Ruben belämmert zu der Unfallstelle blickte, fing die Scheißkarre auch noch an zu brennen. So eine Scheiße, denn seine Schwester und ihr dämlicher Freund steckten ja noch da drin. So humpelte Ruben, so schnell er nur konnte, zu dem brennenden Wrack, um sie dort rauszuholen. Dies gelang ihm auch. Er packte zuerst seine Schwester und schleppte sie ein Stück von dem Wagen weg, bevor er dann auch Giro aus dem glühend heißen Fahrzeug zog. Nun war Ruben nicht nur angeschossen und voller Glassplitter und Blut, jetzt war er auch noch voller Asche und litt an einer leichten Rauchvergiftung. Da lagen sie nun, die beiden, und sahen mehr tot als lebendig aus. Daneben das brennende Wrack und Ruben, der auch fast am Ende war. In diesem Moment gab es eine Explosion. Der Wagen flog in tausend brennenden Trümmerteilen durch die Wüste und ein ohrenbetäubender Lärm sowie ein Beben der Erde folgten. Doch Ruben zuckte nur etwas erschrocken wegen des lauten Knalls mit seinen schmerzenden Schultern. Dabei sah er zu den beiden, die einfach nur da lagen. Wo waren die wohl gerade?

─ Kapitel 5 ─

Hol mich zurück ins Leben

Angenehm warm hier. Wo war ich? Goldener, feiner Sand, der wie ein dicker Teppich unter mir ausgebreitet lag. Das Rauschen der Wellen des Meeres, die sich an der Küste schaumig schlugen. Da öffnete er langsam seine Augen und setzte sich dabei erstaunt auf. Das, was er zuvor wahrgenommen hatte, nahmen nun auch seine leicht geblendeten Augen wahr und das Bild, das sich ihm hier bot, war unwahrscheinlich schön. Zu schön, um wahr zu sein? Von der verseuchten Wüste direkt an den paradiesischen Sandstrand. Wie konnte das nun wieder sein? Da sah er, immer noch etwas belämmert, an sich hinab. Was war das? Drei Einschusslöcher, verteilt in seiner Brust. Was? Woher? Und warum trug er außer einer regenbogenfarbigen Badehose, die er zuvor noch nie gesehen hatte, nichts weiter? Wo waren seine blutgetränkten Klamotten hin? Noch während er dort verdutzt saß und sich all diese Fragen stellte, erklang überraschend eine freudige Stimme, die seinen Namen rief. Es war die süße Stimme von Naomi. Als er sich nach ihr umsah und ihrer wunderbaren Stimme folgte, erblickte er sie. Verflucht – sah sie mal wieder gut aus! Besonders der regenbogenfarbene Bikini stand ihr hervorragend. Sie sah aus wie eine dieser hawaiianischen Hulamädchen. Es fehlte nur noch ein Bastrock, um das süße Bild zu komplettieren, denn um ihren Hals trug sie bereits eines dieser Blumendinger und ihr braunrotes Haar schlug Wellen wie das Meer. Zuerst sah er sie nur leicht verträumt an und war sozusagen sprachlos. Doch als sie ihn fast erreicht hatte, stand er auf und sie fiel ihm freudig in seine Arme. Obwohl er nicht verstand, was hier gerade abging und wie er hier gelandet war, fühlte sich dieser Ort irgendwie gut an. Fast schon zu gut. Es war bestimmt nur ein Traum. Dafür mal einer zum Genießen, dachte er, während er sie in seinen Armen hielt. Die beiden setzten sich zusammen in den warmen, weichen Sand. Dies war ein angenehm beruhigendes Gefühl der Harmonie.

Giro begann das Gespräch am Traumstrand mit Ausblick aufs blaue Glück:

„Du siehst hinreißend aus."

Dies brachte sie zum Lächeln, wobei sie leicht verträumt sagte: „Dir stehen die Farben auch nicht schlecht. Du solltest mehr Bunt tragen."

Doch dies sah er ein wenig anders und warf ihr einen eher skeptischen Blick zu. „Vielleicht im nächsten Leben, falls ich ein Papagei sein sollte. Ansonsten verzichte ich eigentlich lieber auf zu viel Bunt. Nein, ich steh mehr auf neutrale Kleidung."

Sie sah ihn dabei nur mit großen Augen an und meinte, während sie sich leicht auf die Unterlippe biss: „Aber hierhin passt es. Ist es nicht wunderschön hier? Wie in einem Traum, oder?"

Er blickte ihr in ihre tief dunkelbraunen Augen und sagte dann mit einem gelassenen Blick: „Das ist es. Keine Ahnung, was es ist, aber es ist unglaublich schön."

Während er sprach, legte sie ihren Kopf sanft auf seine Schulter und er hielt sie daraufhin in seinem Arm. Es fühlte sich alles perfekt an. Auch wenn es vielleicht nur ein Traum war, sollte dieser am besten nie wieder enden. Er vergaß alles, was war, und konnte das erste Mal loslassen, einfach nur loslassen. Als er sie so im Arm hielt und sie der Sonne bei ihrem wunderbaren Untergang zusahen, fragte Naomi auf einmal mit ruhiger Stimme: „Wo wir wohl gerade sind?"

Giro antwortete sichtlich gelassen: „Egal, wo wir hier sind. Es ist der schönste Ort, an dem ich je war. Und egal ob Traum oder nicht. Ich werde ihn solange, wie es nur geht, mit meiner Traumfrau zusammen genießen. Also Traumfrau, was sagst du dazu?"

Zuerst sah sie ihn einen Augenblick lang nur mit ihren bezaubernd schönen Augen an, bevor sie mit feiner Stimme antwortete: „Solange du mein Traummann bist, gerne."

Darauf folgten keine Worte mehr, sondern ein sinnlicher Kuss und sie liebten sich am Traumstrand unter dem roten Himmel des traumhaften Sonnenunterganges. Als die Sonne verschwunden war und sie ihre bunte Badekleidung wieder übergestreift hatten, lagen sie noch ein wenig in dem nun abgekühlten Sand, wobei sich Naomi fest an ihn kuschelte, was er sehr genoss. Doch dann, wie aus dem Nichts, war alles weg. Der Strand, die Palmen, das wunderbare Meer, sogar die viel zu bunte Badebekleidung, einfach alles. Bis auf Giro, Naomi und ein grelles Licht, das nun dort war, wo zuvor die Sonne stand. Was ging hier vor? Als er an sich herunterblickte, musste er feststellen, dass er nun wieder seine blutige Kleidung trug. Na ja, bis auf seine Trainerjacke, die war weg und er stand einmal mehr oben ohne da. War ja schon fast zur Gewohnheit geworden, also was soll's. In seiner Brust waren immer noch die drei Einschusslöcher und Naomi stand auch nur im BH da. Bei ihr war auch die Schusswunde an der Schulter gut zu sehen, jedoch bluteten ihre Wunden nicht. Als er so an sich herabsah und die Dinge betrachtete, sagte Naomi auf einmal sichtlich verwirrt zu ihm: „Was ist passiert? Wo ist alles hin? Was geht hier vor? Und was ist das für ein grelles Licht dort vorne?"

Als sie dies sprach und er sich die tiefe Dunkelheit ansah, in der sie sich befanden, gekoppelt mit dem grellen Licht, das dort leuchtete, wurde ihm schmerzlich bewusst, dass dies höchstwahrscheinlich der Zwiespalt sein musste, in dem sie sich nun befanden. Doch wie konnte das nun wieder sein? Vom Traumstrand zurück in den Zwiespalt, oder wie? Nein, das kann doch nicht wahr sein, oder doch? Und wenn ja, wie kamen sie da nun wieder raus? Er wusste ja noch nicht mal, wie er dies das letzte Mal angestellt hatte. Aber er wusste eines, wenn sie zu lange in dem blöden Zwiespalt bleiben würden, könnten sie am Ende nie mehr zurückkehren und würden zu Paraschatten oder Ähnlichem. Er wusste es einfach nicht mehr, aber es klang übel. Daher sagte er nun ziemlich angespannt zu seiner Liebsten: „Ich sag das jetzt nicht gerne, aber das ist wohl der Zwiespalt. So ein Ding zwischen Leben und – na ja – Tod."

Sie sah ihn nur seltsam an und meinte dann sichtlich geschockt: „Was? Von was verdammt sprichst du da?! Wir waren am Strand! Und jetzt?"

Dabei gestikulierte sie wild mit ihren Armen und schien die Welt nicht mehr zu begreifen. Doch Giro konnte sie gut verstehen. Als er das erste Mal in dieser Scheiße saß, hatte er auch nur Bahnhof verstanden. Beschissener Ort hier. Aber gut, dies motiviert einen wenigstens, einen Ausweg zu suchen. Er wusste nur nicht, wie dieser Ausweg aussehen würde. Also sagte er zu Naomi: „Okay, beruhige dich. Ich versteh deine Reaktion ja. Aber hier kommt man raus. Du musst wissen, ich war schon mal hier. Dieser Ort ist seltsam und macht einen wahnsinnig im Kopf. Aber wenn das Licht dort blau scheint, können wir zurück."

Naomi sah ihn nur verdutzt und verwirrt an. „Du meinst, das grelle Licht wird irgendwann einfach so blau und dann spazieren wir hier raus?"

Giro kratzte sich am Hinterkopf, bevor er etwas unsicher meinte: „Ja, so in etwa."

Naomi war immer noch völlig perplex. „Also müssen wir hier nur auf Blaulicht warten? Und was würde geschehen, wenn wir durch das grelle Licht gehen würden? Wo würden wir dann landen?"

Giro versuchte zu erklären, was echt nicht leicht war. „Na ja, das letzte Mal, als ich hier war und auf das grelle Scheißlicht zugegangen bin, fing auf einmal mein Shirt an zu brennen. Das Licht da ist nämlich nicht nur scheißgrell, sondern auch scheißheiß."

Sie sah ihn nur mit großen Augen an, da sie dies immer noch nicht verstand. Aber er selbst verstand es ja auch nicht. Wie konnte es sein, das sie beide zusammen in demselben Zwiespalt feststeckten? Was sagte sein Großvater noch? Er sei der Einzige, der den Zwiespalt so sehen würde. Aber Naomi sah ihn doch auch. Hatte er sie hierher gebracht? War ihr Zwiespalt vielleicht der Sandstrand mit Sonne, von dem man nicht mehr weg wollte, und seiner war die Scheiße hier? Doch aus seiner Scheiße kam man wieder raus. Nur wie? Das Blaulichtfoto! Wie konnte er das grelle Todesloch nur in ein mehr oder weniger angenehm blaues Wackelfoto verwandeln? Während er dies überlegte und voll in Gedanken war, rief Naomi auf einmal panisch von weither: „Giro! Giro! Wir entfernen uns voneinander! Was geschieht hier nur an diesem seltsamen Ort?"

Was war das für eine …? Sie entfernte sich tatsächlich von ihm, oder er von ihr? Keine Ahnung, denn sie standen beide still. Jedoch wurde die pechschwarze Lücke zwischen ihnen zunehmend größer und größer. Was konnte er tun? Was konnten sie tun? Ehrlich sein, bevor sie zu weit weg ist, dachte er und sagte mit lauter Stimme:

„Naomi! Ich weiß nicht, warum das hier alles geschieht. Aber ich muss dir noch einige Dinge erzählen, bevor du zu weit weg bist, um mich zu hören. Großvater ist gestorben und dies weiß ich nun schon seit meinem Erwachen in dem Ekelhotel. Ich wusste einfach nicht, wie du dies aufnehmen würdest, und hatte Angst, dass es dich zu sehr trifft. Aber so ist es nun mal. Dazu kommt, dass ich keine Ahnung habe, wo Sunny sein könnte. Dafür weiß ich eines, er ist bestimmt nicht mehr im Restaurant, und das ist mir schon klar, seit wir in Russland entführt wurden. Es wurde von Cai Li's Leuten sowie auch anderen beschattet. Cai Li ist übrigens meine Tante und die Frau des Triadenbosses Wei Li. Womit wir zu dem Teil kommen, wo ich dir erzähle, dass ich nicht in Hongkong war, um Kampfsport zu trainieren, sondern um mich dort den weißen Tigern anzuschließen und so auch ein Triaden-Mitglied zu werden. Was ich auch eine ganze Weile lang war. Dabei hab ich schreckliche Dinge getan, die unverzeihlich sind. Es tut mir leid, dass ich dich in all dies mit hineingezogen habe und dass ich nicht aufrichtig zu dir und Sunny war. Ich bin eigentlich ein schlechter Mensch und du hast definitiv was Besseres als wie mich verdient!"

Sie waren nun schon ein Riesenstück voneinander entfernt. Doch da kam eine Antwort ihrerseits: „Daher hast du auch diese hässlichen Tätowierungen, oder? Ich meine den blöden Feuervogel auf deinem Rücken und die hässliche Tigerfratze auf deinem Ellbogen. Hab ich mir übrigens schon fast gedacht. Hör zu, ich kenne dich nun gut genug, um zu wissen, dass du eigentlich immer nur das Richtige tun willst und dadurch auch die Dinge tust, die dir missfallen, jedoch notwendig sind. Du bist kein übler Kerl, nur manchmal überfordert. Dazu kommt, dass ich dir auch schon lange etwas sagen wollte und sollte. Weißt du noch die Geschichte mit dem winzigen Waldmann/Kannibalen? Du meintest zwar, sie sei nur ein Märchen, das ich und Sunny erfunden hätten. Aber das war es nicht und der winzige Kerl wurde auch nicht von einem Bären erledigt, sondern von mir. Ich hab ihn umgebracht! Einfach wie ein Ferkel abgestochen! Danach tat ich vor Sunny, als ob es nichts gewesen wäre, den winzigen Kerl abzustechen. Aber das war nicht so, denn ich habe ihm sein so schon winziges Leben genommen. Und nun, was sagst du dazu? Bin ich nun auch ein schlechter Mensch, weil ich das Leben von Sunny über das des wahnsinnigen Winzlings stellte?"

Bevor er ihr eine Antwort geben konnte, erklang eine Art lauter Knall und dann wurde alles um sie herum unwahrscheinlich hell. Es war wie beim ersten Mal, als Giro allein hier gelandet war. Nachdem das blendend grelle Licht sich endlich verzogen hatte, hing dort, wo zuvor das Licht herkam, ein flackerndes Blaulichtbild. Ja, endlich, darauf hatten sie gewartet. Obwohl sie nun extrem weit voneinander entfernt waren und zwischen ihnen ein Riesenspalt tiefster Dunkelheit klaffte, schrie er laut zu ihr durch die Finsternis hindurch. „Das Blaulichtfoto! Es ist so weit! Wir müssen rennen! Lauf einfach auf das Bild zu, ohne zu überlegen oder zu stoppen! Also, los geht's! Laufen wir!"

Und sie liefen. Sie rannten, was das Zeug hielt, und machten keinen Halt dabei. Nun ging es zurück und dies war ein krasses Gefühl. Denn man flog regelrecht durch tausend Wolken, um dann unsanft in einem völlig versteiften und übel riechenden Körper wieder aufzuwachen und dies irgendwo, vielleicht sogar in einem Sarg oder auf einem Scheiterhaufen.

⁓ Kapitel 6 ⁔

Wiederauferstehen ist niemals leicht

Nach dem Zwiespalt und dem heftigen Flug zurück nach Hause in seinen Körper fühlt man sich wie zerschlagen. Als ob man in tausend Teile zerfallen und nun mit Schnellleim wieder zusammengefügt worden wäre. Für Naomi ein ganz neues Gefühl. Für Giro ein alt verhasstes Gefühl. Nicht schon wieder! Doch leider schon wieder.

Irgendwo in der Wüste Texas, früh am Morgen. Naomi erwachte in einer Holzkiste. Diese befand sich bei genauerem Hinsehen in einem riesigen Erdloch. Als sie ihre Augen offen hatte und dies realisierte, stand sie mühselig auf. Doch noch bevor sie richtig stand, bekam sie eine Ladung Sand über den Kopf gestreut. Was ist hier …? Sie sah nach oben und erblickte dort eine Schaufel, die in diesem Moment noch mehr Sand runterkippte. Wurde sie etwa gerade begraben und das in einem offenen Sarg? Was ging hier vor sich? Da schrie sie laut und voller Kraft: „Hey, aufhören! Ich lebe noch! Wer auch immer du bist, hör auf damit! Bitte nicht!"

Sie vernahm eine Männerstimme, die sie jedoch nicht kannte. Diese sagte zu jemand anderem: „Ich glaube, deine Freundin lebt noch!"

Der andere antwortete: „Sie ist nicht meine Freundin, sie ist meine Schwester." Ruben?! Da sah sie in sein ziemlich verdutztes Gesicht, das sie kaum in der Dunkelheit erkennen konnte und das lediglich wie ein Schatten wirkte. Sie blickte ihren Bruder nur mit großen Augen und sandigen Haaren von unten her traurig an. Er hingegen sah sehr ungläubig aus. Bis er schließlich mit zitternder Stimme sichtlich überwältigt sagte: „Kann das sein?! Du … du … du lebst? Stehst du wirklich gerade da, kleine Schwester?"

Sie sah ihn weiterhin nur mit großen Augen an und nickte leicht dabei. Daraufhin Hektik. Ruben griff sich die Schaufel und zog sie aus dem tiefen Loch. Doch wo war Giro? Und wer waren die vier Mexikaner dort? Aber zuerst – wo war Giro? Noch während Ruben seine Schwester fest in seine Arme schloss, wobei ihm sogar einige Tränen die Wange herunterliefen vor lauter Erleichterung, sagte diese nur grob zu ihm: „Wo hast du Giro abgelegt? Ich meine, liegt er auch in einer Holzkiste und in einem beschissenen Erdloch?"

Da wich ich ein Stück zurück und sah sie erstaunt an. „Ähm … Na ja, den hab … Wie soll ich's sagen …"

Da sah sie ihn entsetzt an und sagte aufgebracht: „Du hast ihn aber nicht verbrannt, oder?!"

Ein flehender Blick ihrerseits und darauf endlich auch eine Antwort von ihrem Bruder. „Nein, nein! Das hab ich nicht getan! Ich meine, nach dem letzten Mal … Na ja, ich hab mir schon Gedanken gemacht. Ich hab ihn nur schon zugeschüttet und … na ja … Er liegt gleich dort drüben!"

Dabei zeigte er auf eine Stelle direkt rechts neben dem Loch, in dem sie zuvor gelegen hatte. Naomi eilte sogleich los zu der Stelle, und während sie wie irre mit ihren bloßen Händen anfing, den Sand wegzuschaufeln, sagte sie erbost zu ihrem Bruder: „Ich hoffe, bei ihm hast du wenigstens einen Deckel draufgepackt! Von wegen Gedanken gemacht! Hilf mir lieber mal!"

Da eilte ihr Bruder mit der Schaufel hin und schob seine Schwester zur Seite, wobei er anfing, fleißig zu graben. Zwei der vier seltsamen Männer, die da noch waren, halfen ihm dabei. Er sagte dann sichtlich betroffen: „Ich hab übrigens bei ihm einen Deckel draufgemacht. Das Problem war, dass ich nicht mehr als einen auftreiben konnte, und da ich ihn zuerst begraben habe, bekam er ihn halt. Ich dachte, dort, wo du jetzt bist, brauchst du eh keinen mehr. Tut mir alles wirklich leid, Schwesterherz. Aber wir graben ihn aus und dann ist alles wieder gut. Hoffe ich zumindest …"

Seine Schwester sah ihn mit finsterem Blick an, während sie schnippisch erwiderte: „Wie meinst du das? Dann ist alles wieder gut! Ich bitte dich! Es war noch nie alles gut!"

Da stoppte er abrupt mit dem Schaufeln und meinte ernst zu ihr, während er sich auf der Schaufel abstützte: „Okay, okay!

Nehmen wir mal an, dein Freund ist tatsächlich, mir nichts, dir nichts, einfach so wieder am Leben und liegt da unversehrt in der Kiste. Dann wäre dies doch wirklich … Na ja, wie soll ich das am besten benennen …"

Da mischte sich auf einmal einer der seltsamen Kerle mit südamerikanischem Akzent ein. „Chica! Was dein Bruder dir versucht klarzumachen, ist, dass der Kerl hier unter der sandigen Erde drei verfluchte Kugeln in seiner Brust stecken hat. Also wenn er nicht mit Jesus verwandt sein sollte, dann ist er unwiderruflich hin!"

Doch Naomi sah den Kerl nur mit verschränkten Armen an und erwiderte immer noch äußerst schnippisch: „Na gut, Chico! Dann erkläre mir doch meine Wiederkehr! Denn eines kann ich dir versichern, ich bin nur mit dem Idioten hier neben dir verwandt und das reicht mir vollends!"

Dabei sah sie Ruben bitterböse an, während dieser sich die Schaufel griff und weiter grub, bevor er noch sagte: „Der Idiot, der deinen vermeintlichen Leichnam und den deines Freundes aus dem brennenden Autowrack zog, wollte euch am Ende bestimmt nicht lebendig begraben. Aber schon okay, lass es raus, wenn es sein muss."

Die Holzkiste.

Wo bin ich? Au, mein Kopf! Scheiße ist das dunkel und eng hier! Zuerst Hustenanfall. Scheiße ist die Luft hier trocken und staubig! Er erkannte gar nichts, so dunkel war es dort. Trotz seines speziellen Auges sah er nichts. Das konnte nur eines bedeuten, dass er an einem vollkommen dunklen Ort sein musste, und dieser fühlte sich verdammt noch mal scheiße eng an. Aufstehen – keine Chance. Nach etwa 5 cm Ende Gelände und der Kopf traf auf hartes Holz. An der Seite sowie unten und oben derselbe Mist. Unter ihm war alles sandig. Jedoch nicht angenehm fein wie zuvor am Traumstrand. Nein, grob und trocken. Dieser raspelte sich richtig fies in die schweißige Haut ein. Dazu die echt dicke Luft, die herrschte. Da wurde es ihm schlagartig klar. Er war zwar nicht auf einem brennenden Scheiterhaufen erwacht. Dafür jedoch in einer Art billigem Holzkistending, das höchstwahrscheinlich ein Sarg sein sollte oder so was in der Art. Nicht mal ein Kissen hatte der verdammte Scheiß. Da schlug er gegen den Holzdeckel der Kiste und versuchte, sie verzweifelt mit aller Kraft aufzustemmen. Doch keine verdammte Chance. Dann schrei ich halt mal, so laut ich kann, dachte er, was er dann auch tat. Doch nichts geschah. Nein, nein, nein! Ich muss hier raus! Und Naomi? Lag sie etwa auch in einer Scheißholzkiste vergraben? Das konnte doch nicht wahr sein! Hatten sie den Zwiespalt nur überwunden, um nochmals zu sterben? Dann Ruhe. Unbeschreibliche Stille. Totenstille. Da lag er nun, in der Holzkiste vergraben. Er lag nach dem ersten Schreck einfach nur noch regungslos mit offenen Augen da, nach oben in die Finsternis starrend. In ihm brodelte es und er wäre explodiert, wenn er es gekonnt hätte. Doch er konnte gerade gar nichts, außer an seinen qualvollen Erstickungstod zu denken, der ihn hier drin erwarten würde. Warum nur eine Kiste unter der Erde? Wäre es ein Scheiterhaufen gewesen, hätte er wenigstens noch um Hilfe schreien können, doch so … Wer sollte ihn schon hören? Er konnte einfach nichts tun außer warten. Aber auf was warten? Wieder mal auf den Tod, oder wie? Keine Ahnung, wie lange er da so starrend lag. Wenn man nur seine Gedanken hat und ansonsten Schwarz sieht, verliert man jegliches Zeitgefühl. Und in seinem Fall auch die Hoffnung. Zum Glück konnte er nicht auch noch seinen Glauben verlieren, da er nie einen besaß. Die Dunkelheit. Langsam war er selbst zu ihr geworden und schleppte sie gezwungenermaßen wie einen mühseligen Teil von sich mit sich herum. Was sind die am häufigsten gestellte Fragen überhaupt. Wieso? Wieso dies? Wieso das? Wieso so? Wieso nicht? Wieso, wieso, wieso! Scheiß drauf. Weiter geht's. Er hatte die Schnauze voll vom Wieso. Denn sein Großvater hatte recht: Es ist, wie es ist. Man muss das Beste daraus machen, das ist schon alles. Doch was war das Beste, was er nun in seiner Situation hätte tun können? Ihm fiel nichts ein als daliegen und in die Finsternis starrend abzuhängen. Nach einer schieren Ewigkeit und längst aufgegebener Hoffnung ein Kratzen und Stimmen, die durch das dicke Holz drangen. Dann einige Lichtstrahlen, die durch die Spalten des dicken Holzes hindurchfielen. Erster Gedanke: Oh ich danke dir, wer auch immer du bist! Doch dann stoppte das Kratzen und eine Stimme, die Giro nur zu gut kannte, sagte zu jemandem, ein wenig unsicher klingend: „Hör zu, ich öffne die Kiste ja gleich! Jedoch muss dir eines klar sein. Wenn er noch so aussieht wie zuvor, dann wird es ein schlimmes Wiedersehen. Und entschuldige bitte nochmals, dass ich dich vergraben wollte! Aber ich tat es aus Respekt und Trauer."

Was – dieser Idiot schon wieder! Er hatte ihn vergraben. Und mit wem sprach er da? Dann die Stimme von Naomi. Erster Gedanke: Sie lebt und ihr geht's gut! Doch sie war beachtlich sauer und das bekam Ruben volle Kanne ab. „Ich hab Kopfschmerzen! Also halt die Klappe und öffne endlich die verfluchte Kiste!"

Als sie diese Worte sprach, ohne darüber nachzudenken, bekam sie gleich Gänsehaut. Dies waren die Worte von Salvo, diesem schrecklichen Monster, und nun hatte sie diesen Satz, ohne nachzudenken, auch verwendet. Die verfluchte Holzkiste! Wegen ihr mussten sie alle sterben. Einfach alle. Wie? Egal! Weiter geht's. Während ihr dies durch den Kopf ging, öffnete ihr Bruder die Holzkiste, in der zum Glück keine abgetrennten Köpfe wie damals lagen, sondern wie erwartet Giro. Doch als Ruben die Kiste offen hatte und Giro nur regungslos in die Luft starrend dalag, noch gut sichtbar die Einschusslöcher in seiner Brust, hechtete Ruben erschrocken zurück, wobei er seine Schwester mit großen Augen erschrocken ansah. „Verflucht! Siehst du, er ist tot!"

Warum bewegte Giro sich nicht? Na ja, ganz einfach. Erstens war er stinksauer. Zweitens wollte er Ruben mal so richtig erschrecken. Und drittens tat ihm mal wieder so ziemlich alles weh. Besonders der Kopf. Doch egal, er würde gleich aus dem Loch hüpfen und Ruben den Schrecken seines Lebens verschaffen. Da nahm er auch die Schmerzen gerne in Kauf. Ruben sollte sich vor lauter Schreck vollpissen. Also starrte er noch einen Moment lang und hielt den Atem an. Doch dann, mit einem großen Satz die Kante hoch gepresst und – oh fuck, hatte sich Ruben erschrocken. Doch nicht nur er rannte panisch ein Stück in die Wüste hinaus, auch die anderen Männer erschraken und schrien irgendwelche spanischen Gebete hinauf in den Himmel. Doch

Giro hatte nur einen im Blick, und zwar Ruben. Er rannte ihm ein Stück weit hinterher, bis dieser auf einmal eine Waffe zog und sie wieder mal an jenem Punkt angelangt waren. Giro dachte sich nur, was für ein Idiot, ich hätte ihn besser verprügeln, anstatt erschrecken sollen. Als Ruben angespannt die Waffe auf ihn richtete, holte Giro zuerst mal tief Luft. Denn wie gesagt, er lebte, aber fühlte sich noch nicht wirklich so. Da kam auch schon Naomi angerannt und schrie dabei wütend: „Nimm sofort die Knarre runter, Ruben! Spinnst du eigentlich jetzt komplett?!"

Da sah Giro, wie Ruben verwirrt seine Schwester ansah und dabei die Hand mit der Knarre leicht hängen ließ. In diesem Augenblick: Angriff. Er schlug ihm gekonnt die Waffe aus der Hand und stieß ihn dabei zu Boden. Dann folgten etliche harte Fäuste nach, die allesamt in dem Gesicht von Ruben landeten. Einen Augenblick lang vergaß Giro alles und Ruben war eine Art Sandsack für seine Gefühle geworden. Wobei er im Augenblick nur puren Hass fühlte. Als ihn schließlich die Stimme von Naomi wachrüttelte und er begriff, dass er gerade die Birne von Ruben zu Brei schlug, hörte er abrupt damit auf. Oh fuck, was hatte er bloß angerichtet? Doch es sah am Ende schlimmer aus, als es tatsächlich war, und das Gesicht von Ruben blieb danach nur einige Tage dick angeschwollen. Doch im Moment sah es noch schlimm aus und er tat sich sichtlich schwer, wieder auf die Beine zu kommen. Naomi, die zuvor noch ziemlich wütend auf ihren Bruder gewesen war, half ihm nun und sorgte sich um ihn. Giro war anscheinend ein wenig zu weit gegangen. Jedoch hatte er sich in diesem Augenblick einfach nicht mehr kontrollieren können. Während Naomi ihrem mehr als nur angeschlagenen Bruder wieder auf die Beine half, begab sich Giro, noch in Gedanken und eher zerstreut, zurück zu den ausgehobenen Gräbern. Dort waren auch noch die vier Gringos, und als sie ihn sahen, fingen sie an, ihm ihre Kreuze entgegenzustrecken, wobei sie irgendwas faselten, das er nicht verstand. Als Giro sich daraufhin eines der Kreuze schnappte und es sich gleichgültig ansah, sagte er nur: „Was soll ich damit? Wenn ihr mir was sagen wollt, dann sprecht wenigstens in einer Sprache, die ich verstehe! Ansonsten nehmt eure billigen Aluminiumkreuze und verzieht euch! Muchas gracias, Muchachos, oder so!"

Dann streckte er dem einen von ihnen wieder das Kreuz entgegen. Als der es jedoch nicht nahm, sondern nur dumm ansah, ließ er es achtlos auf den staubtrockenen Boden fallen, denn er hatte etwas erblickt. Konnte es sein oder war es nur Einbildung? Stand dort tatsächlich eine Flasche Tequila im Sand herum? Oder war der Inhalt vielleicht nur gelbe Mexikaner-Pisse? Man weiß ja nie. Er ging ungläubig auf die Flasche zu und dann, als er sie sich ansah, auf einmal eine Stimme. Es war einer der Muchachos, nur diesmal sprach er dieselbe Sprache wie Giro und dieser verstand endlich was. „Hey Amigo. Wir wollten dir gerade nicht zu nahetreten mit den Kreuzen. Aber entweder bist du der Teufel höchstpersönlich oder gehörst in die Bibel, eines von beidem. Scheiße, du bist von den Toten zurückgekehrt!"

Giro sah ihn nur stirnrunzelnd an. „Immer mit der Ruhe, kleiner Mann. Du schlägst gerade ein wenig übers Ziel hinaus, findest du nicht? So von wegen Bibel und Teufel. Na, dann bin ich halt zurück. Naomi ist es auch, oder? Das ist kein Wunder oder Zeichen Gottes. Es ist, wie es ist. Komm klar damit und bitte labert mich nun nicht andauernd mit Gott oder dem Tod zu! Ich bin's leid!"

Danach lenkte der seltsame Südamerikaner ein und sie tranken den Tequila gemeinsam, wobei Giro dies sichtlich genoss. Endlich was Anständiges zum Trinken und vor allem zum Vergessen. Wenigstens ein wenig. Da die Südamerikaner praktischerweise mit einem Wohnwagen unterwegs waren, konnte Ruben sich dort ein wenig erholen, während Naomi ihm die Wunden, die durch den Sandstaub total verdreckt waren, reinigte. Doch auch das rechte Bein von Ruben sah übel aus und die beiden Schusswunden in seinem Oberschenkel hatten sich schon stark entzündet. Was auch mit ein Grund für seine holprige Flucht gewesen war, als Giro ihm hinterherjagte. Ruben schien schon eine halbe Blutvergiftung zu haben und dies beunruhigte Naomi sehr. Vor ihrem Bruder tat sie jedoch so, als ob alles gut sei. Doch sie wusste, wenn er nicht anständig versorgt werden würde, dann würde das mit der Blutvergiftung übel enden.

—ᨀ Kapitel 7 ᨀ—
Wenn der Zufall so will

Es war nun schon 7.00 Uhr in der Früh. Die Sonne stand bereits am Firmament und die Temperatur überschritt die 40 °C, wobei die Luft schwül und ätzend trocken zugleich war. Sie befanden sich noch immer inmitten der texanischen Wüste, in der Nähe von Las Vegas, in dem schrottreifen Wohnwagen. Der Schrotthaufen war nicht groß und sehr alt, viel zu alt. Wie der schrottreife Mitsubishi Colt von Shiyan damals. Nur dass diese Schrotbüchse mehr eine Schrotkiste war und man außer einem völlig durchgelegenen Doppelbett, das äußerst geschändet aussah, auch noch eine Sitzecke mit einer Art Schrank-Klo zur Verfügung hatte. Aber was soll's, Tequila kann man schließlich zu jedem Anlass trinken. Sei es bei einer Totenwache oder einer Wiederauferstehung. Dies hier hatte von beidem was und – na ja – er war halt, wie er war. Darum trank er auch liebend gerne harten Alkohol, weil er ihn trinken konnte. Dank dem Gen B89 hatte er so wenigstens einen wirklich praktischen Vorteil, den er nicht missen wollte. Einfach ein wenig Wärme von innen, als ob dort wirklich ein Herz schlagen würde. Denn wenn er trank, dann fühlte er, dass es pumpte und dies stärker, als er dachte. Da waren sie nun mal wieder, mehr oder weniger völlig planlos. Irgendetwas hielt sie hier fest und schob sie dabei hin und her, denn eigentlich wollten sie doch ursprünglich mal nach Alaska, um dort einen nun etwa 100-jährigen Wissenschaftler aufzusuchen, der nach der Meinung von Ruben die Lösung für die Rettung der Menschheit sein sollte. Doch das Virus war nun schon ausgebrochen und es wurden anscheinend regelrecht Anschläge damit verübt. Vielleicht waren es ja auch mehrere Viren, denn die Infizierten im Wal-Mart waren irgendwie anders als die nach dem Schauer. Nach dem Gasangriff dauerte es bei diesen nur Minuten und sie fielen um, wobei ihre Bäuche explodierten. Und dies, bevor sie losschlichen auf Beutejagd. Als Giro gegen sie kämpfte, fiel ihm eines gleich auf. Sie reagierten stark auf Vibrationen. Er hatte das Gefühl, sie orientierten sich wie Fledermäuse über Schallwellen. Was konnte das bloß für ein schrecklicher Virus sein? Und handelte es sich dabei wirklich nur um einen, den sogenannten Lotox-Erreger, von dem alle sprachen, wobei keiner wirklich wusste, was er war? Eines war jedoch klar, es war ein Krieg am Toben und dieser hatte mehrere Gesichter. Doch welche? Wer steckte dahinter und vor allem, um was ging es ihnen wirklich? Beginnend bei diesem Adam Marlon Jones und seinem koreanischen Ex-Freund zog sich die Kette nun bis in seine eigene Familie. Seine Tante Cai Li – was war bloß ihre Rolle in dem schrecklichen Spiel? Daneben dieser seltsame Agent Paul Hagner, der zugleich auch der Boss der weißen Tiger und somit Wei Li sein sollte, welcher der Ehegatte von Cai Li war. Was sagte Admind, bevor sie Giro aufs Übelste verraten hatte? Paul Hagner sei der Mann der tausend Gesichter. Doch Admind war auch eine von denen. Na ja, für wen sie nun wirklich arbeitete, wusste er nicht. Aber die Kleine war eine Schlange, genauso wie Cloé. Irgendwie verrückt und unberechenbar, aber trotz allem ein netter Anblick. Doch was hatte er schon von einem netten Anblick, wenn er danach übelst aufs Kreuz gelegt wurde? Na gut, er wusste nun zumindest mehr als vor Hongkong und Russland. Doch nun war er nicht mehr auf Rache aus, sondern sein Ziel war, sie aufzuhalten. Er musste sie stoppen und daran hindern, die Arbeit seiner Mutter weiterhin zu missbrauchen, denn Admind hatte gesagt, ohne das Gen B89 gebe es auch kein Lotox-Virus. Also bestand das Lotox-Virus teilweise aus dem Gen B89. Was wahrscheinlich der Grund war, warum Giro auch krank von dem Gas wurde, wenn auch nicht so wie die andern im Wal-Mart. Aber hätte Naomi ihm damals nicht die Maske aufgesetzt, wer weiß, was dann mit ihm geschehen wäre. Da sie jedoch nicht wussten, wer genau für das Chaos verantwortlich war, konnten sie auch nur eines tun. Sie mussten selbst einen Wirkstoff aus dem Gen B89 gewinnen, um so gegen das Virus und seine Erschaffer vorzugehen. Mit den Forschungsergebnissen von Jose war dies auch möglich, wenn man wusste, wie. Dazu kam, dass sie dafür auch noch die sogenannten 8 Probanden brauchten, von denen zum Glück Naomi und er schon mal zwei war und so nur noch 6 fehlten. Kein Stress, wenn man wusste, wo sie waren. Jedoch hatten sie keine Ahnung und null Anhaltspunkte, wo oder wer sie waren. Doch trotz der mehr oder weniger aussichtslosen Lage, in der sie sich befanden, und der Tatsache, dass er nicht mal wusste, wie es seinem kleinen Bruder ging, geschweige denn, wie er ihn jemals wiederfinden sollte, dachte er nur: Was soll's? Weiter geht's. Sein Großvater hatte noch selbst im Zwiespalt zu ihm gesagt: Es ist, wie es ist. Diese Worte klangen unwahrscheinlich demotivierend und doch trieben sie ihn weiter an, nicht vollkommen aufzugeben. Irgendwie seltsam, aber es leuchtete ihm einfach ein und trieb ihn an, weiterzumachen, warum auch immer. Also saß er nun, unbekümmert wirkend, in der Sitzecke auf dem Sofa mit den seltsamen vier Südamerikanern und soff Tequila. Diese waren immer noch sichtlich angespannt in seiner Gegenwart und sahen ihn lediglich schweigend mit großen Augen sowie leicht offen stehenden Mündern an. Giro, der noch immer kein T-Shirt trug und auch immer noch die drei Einschusslöcher wie blutige Plaketten gut sichtbar auf seiner Brust aufwies, saß gelassen auf der abgenutzten, hässlich erdnussfarbigen Eckcouch in dem Schrottmobil. Sein rechtes Bein hatte er gemütlich auf der stinkigen Couch abgelegt, und während er relativ genüsslich den pisswarmen Tequila runterkippte, lehnte er sich entspannt zurück. Da sah er sich die seltsamen Amigos mal genauer an. Der eine war etwa zwanzig, auf keinen Fall älter. Er hatte zuvor mit ihm in einer Sprache geredet, die er verstand. Die anderen sprachen allesamt Spanisch oder so was. Der jüngere Kerl hatte ziemlich volles und eher lockiges Haar und trug eine abgenutzte Baseballkappe auf dem Kopf. Ansonsten war er nur spärlich bekleidet, denn außer einem grauen Unterhemd und einer abgenutzten, dunkelbraunen Jeans trug er nur noch echt schreckliche Laufschuhe. Er sah aus, als hätte er seine Klamotten von einem toten Penner ergaunert. Die andern sahen auch nicht viel besser aus und waren etwa zwanzig Jahre älter. Der eine von ihnen hatte einen dicken Schnäuzer und graue Haare. Dafür hatte der mit der billigen, schwarzen Plastiksonnenbrille auf der Biernase – oder besser gesagt Tequilanase – einen echten Ballonbauch und sah aus, als wäre bald der Entbindungstermin fällig. Nur dass dieser auf dem Klo stattfinden würde, das wiederum nicht wirklich für seine Masse ausgelegt war, aber gut. Der jüngere Amigo hatte an seinem Arm eine Schlangentätowierung, die sich von seiner Schulter um seinen Arm herum wand und sich dann bis zu seiner Hand zog, wo sich der Kopf der Schlange über seine Handfläche ausbreitete. Ihr Mund stand dabei weit offen und ihre Giftzähne standen hervor. Noch während er die Tätowierung ansah und sich dabei ernsthaft fragte, was der Kerl damit wohl ausdrücken wolle, fühlte er ein schreckliches Stechen in seiner Brustgegend, wobei ihm das Glas Tequila aus den Händen fiel und er sich schmerzerfüllt nach vorne krümmte. Scheiße tat das weh! Was hatte er? Es waren die Einschusslöcher und er hatte das ungute Gefühl, dass er die verdammten Kugeln noch in sich hatte. Während er sich schmerzerfüllt die Brust hielt und dabei in die immer noch starrenden Gesichter der Amigos sah, sagte er zu ihnen: „Hey Baseballkappe. Du sprichst doch meine Sprache, oder?"

Zuerst sah ihn der Kerl nur erschrocken an und zeigte dabei fragend selbst auf sich. Woraufhin Giro jedoch lediglich nickte. Da antwortete der Kerl endlich. „Ja, tu ich. Mein Name ist übrigens Raffael."

Doch Giro interessierte sich in dem Moment wenig für den Namen des Kerls, denn er hatte echt ein übles Stechen in der Brust. Also sagte er nur: „Na, dann halt Raffael."

Dabei wendete er diesem seinen blanken Rücken zu. „Siehst du da vielleicht Austrittswunden?"

Dann drehte er sich wieder zurück und hielt sich sichtlich angeschlagen weiter die Brust. Doch die Kerle sahen ihn nur wie einen Außerirdischen an. Bis schließlich der mit der Baseballkappe erklärte: „Nein, da ist nichts."

Was? Konnte das wirklich sein und steckten die Kugeln etwa noch in ihm? Aber wie konnte das sein bei solchen Geschossen? Bei Naomi war es schließlich auch ein glatter Durchschuss gewesen, und zwar durch ihre Schulter. Aber wenn es tatsächlich die Kugeln sein sollten, die ihm nun solche Schmerzen bereiteten und sich anscheinend schlecht mit seinem Organismus vertrugen, dann musste er sie da rausholen. Nur wie? Eines stand fest, ein Krankenhaus kam nach seinem letzten Besuch nicht mehr infrage. Also gut, er konnte ja bestens mit dem Messer umgehen und dank des Gens B89 würde es danach auch schnell abheilen. Jedoch bedeutete dies auch zunächst schreckliche Schmerzen. Aber egal, Augen zu und durch, denn es ist, wie es ist, und danach ist es hoffentlich anders. Also ran ans Springmesser! Doch dann, nach dem vergeblichen Griff zur Hosentasche, die Frage: Wo sind meine Springmesser hin? Ach ja, die lagen noch in Hongkong. Also stellte er Raffael die Frage: „Hat einer von euch ein anständiges Messer dabei?"

Da wurden ihm auf einmal von allen Seiten Messer angeboten. Verstanden die in etwa alle? Egal, ich nehme das Springmesser des schwangeren Kerls. Giro griff sich das Messer, das ihn an seine geliebten Springmesser erinnerte. Na, dann wollen wir mal, ging ihm durch den Kopf, während er sichtlich unwohl den Blick senkte und sich dabei die Scheiße in seiner Brust vornahm. Als die Amigos begriffen, was er da mit dem Messer vorhatte, wurden sie wieder ziemlich panisch und versuchten, es ihm auszureden. Aber er zog es voll durch, fand jedoch nur zwei Kugeln und das schlechte Gefühl in der Magengegend blieb. Doch die stechenden Schmerzen in der Brust verschwanden und ihn schmerzten lediglich die nun wieder stark blutenden Wunden. Sie waren sehr tief und er hatte sie noch mehr aufgerissen, als er mit der Klinge des Springmessers die Kugeln mühselig und unter schrecklichen Schmerzen aus seiner Brust rauspulte. Doch nun konnte es heilen, was zuvor nicht der Fall war. Noch während er die Flasche in einem Zug leer trank, um so dem Schmerz entgegenzuwirken und seinen Verstand ruhig zu stellen, betrat Naomi mit ernster Miene den Aufenthaltsbereich. Als sie Giro beim Leeren der Flasche sah, sagte sie ziemlich grob zu ihm: „Da sie nun leer ist, können wir reden?"

Während er die Flasche unsanft auf den Tisch beförderte, sah er sie nur mit von Schweißperlen glänzender Stirn und schmerzerfülltem Blick an, wobei er sich einen Lappen auf die stark blutende Brust drückte. Dabei erwiderte er gleichgültig lallend: „Dann schieß mal los! Aber bitte nicht in die Brust."

Doch Naomi war es gar nicht zum Lachen, sondern sie sagte ernst: „Allein! Also kommst du nun mit mir raus oder bleibst du lieber bei deinen neuen Fans?"

Darauf gab er ihr außer einem Nicken keine Antwort, denn er verstand nicht, warum sie ihn so anfuhr. Aber gut, man musste nicht alles verstehen. Er begab sich dann notgedrungen mit seiner Liebsten hinaus in die sengend heiße Sonne. Die Hitze fühlte sich unerträglich an nach all den scheiß Schmerzen und Strapazen. Nicht mal ihr reizender Anblick konnte ihn darüber hinweg-bringen, er konnte sich einfach nicht auf ihre Worte konzen-trieren. Er wollte es zwar, aber er fühlte sich auf einmal so selt-sam. Alles drehte sich und schien verschwommen zu sein. Auf einmal überkam ihn Übelkeit. Er spürte es in der Magengegend und musste speien. Dies direkt vor die Füße seiner Liebsten, die zum Glück gerade noch zurückweichen konnte. Dabei stieß sie ein sichtlich angewidertes Geräusch von sich. Doch alles war gut, er musste dies wohl einfach loswerden. Während er sich den Mund mit der Hand abwischte, spürte er ein Kratzen in seinem Hals und dann kam plötzlich ein schrecklicher Hustenanfall. Noch während er sich die Seele aus dem Leibe hustete, spie er auf einmal etwas aus seinem Mund, was genau zwischen Naomis Augen landete. Sie griff verdutzt danach. Es war eine Kugel. Was zum Teufel? Wo kam die her? Etwa aus seiner Lunge? Was für eine kranke Scheiße, dachte Naomi sich, während sie die Kugel zwischen ihren Fingern verwundert ansah. Giro hatte es noch gar nicht mitbekommen und war immer noch dabei, sich von dem schrecklichen Hustenanfall zu erholen. Der Arme hatte schließlich gerade eine Kugel durch seine Atemwege hoch ge-pustet und dies war ein sehr anstrengender Vorgang. Es war ein-fach unfassbar, zu was das Gen B89 alles imstande war. Doch führ Giro fühlte es sich gerade an, als wenn er ersticken würde und dies mit einem ziemlich schweren Kloß im Hals. Er bekam zwar mit, dass etwas seinen Mund in Richtung Naomi verließ, jedoch hatte er keine Ahnung, was dies war. Erst als er sich wieder ein wenig eingekriegt hatte, konnte er einen Blick auf das werfen, was zwischen ihren Fingern war, und auch er sah ziemlich verdutzt aus. Naomi sah ihn erstaunt an. „Befand die sich etwa in deiner Lunge?"

Er blickte sie nur unsicher an und meinte, selbst höchst erstaunt: „Hätte ich's nicht gerade schmerzlich am eigenen Leib gespürt, würde ich es auch nicht für möglich halten. Aber ja, ich fürchte, die befand sich wohl in meiner Lunge, und zwar rechts. Aber alles ist wieder gut. Ich hoffe, du wurdest nicht von meinem Tequila-Kotz-Strahl getroffen. Das wollte ich nicht … In deine Richtung … Na ja, du weißt schon … Entschuldige."

Doch sie streckte ihm nur die Kugel entgegen, und während er danach griff, meinte sie bedrückt: „Sei mal froh, dass du solche Superkräfte hast."

Da sah er ihr in ihre besorgten Augen und sagte dabei. „Superkräfte? Dann haben wir beide welche, würde ich behaupten, denn dir geht's auch erstaunlich gut, oder? Bis auf deine Laune natürlich. Aber ich gewöhne mich schon langsam daran, also tu dir keinen Zwang an."

Das war ziemlich gefühllos und nicht sehr hilfreich, was ihre Laune betraf. Jedoch war Giro schon immer ein Meister gewesen, wenn es um unsensible Kommentare ging, und dies meistens nicht mal absichtlich. Während seine Liebste die Arme verschränkte und traurig zu Boden starrte, sagte sie mit ernster Stimme: „Hör zu, Ruben hat eine schwere Blutvergiftung dank den beiden Kugeln in seinem Bein und muss ins Krankenhaus, sonst stirbt er. Ach, und übrigens, auch ich lebe nur noch dank des Gens B89, denn Ruben hat mir das Mittel, das Jose erfolgreich entwickelt hatte, verabreicht, als er dachte, dass ich sterbe. Also du siehst, er wollte uns nichts Böses und das noch nie. Du solltest dich für die Schläge entschuldigen, bevor es vielleicht dafür zu spät ist. Aber das ist natürlich ganz allein deine Entscheidung."

Daraufhin wollte sie ihm ihren bezaubernden Rücken zuwenden und wieder den Wohnwagen betreten, doch er hielt sie am Oberarm fest und meinte reumütig:

„Das wusste ich nicht … Ich wollte deinen Bruder auch nicht verdreschen, sondern nur erschrecken … Bis er – na ja – die Waffe zog und du kamst und ich … Ach, siehst du, ich bin wirklich miserabel im Entschuldigen … Nicht mal bei dir krieg ich's wirklich hin. Und dann bei Ruben! Er ist ein Mann … Das ist doch schwul. Ich werde ihm danken für deine Rettung, und wenn's sein muss, auch für meine. Aber bitte sei mir dann nicht mehr böse."

Doch sie blieb hart und sagte nur kalt zu ihm: „Wie gesagt, es ist deine Entscheidung, schwul hin oder her. Und böse? Ich bin nicht böse, ich bin höchstens enttäuscht und traurig. Aber das sei mal dahingestellt."

Was für ein bitterer Blick, den sie ihm zuwarf, bevor sie wieder in dem schrottreifen Wohnwagen verschwand. Sie hatte es wirklich sehr ernst gesagt. Aber gut, da musste er jetzt wohl durch und sich bei Ruben irgendwie entschuldigen. Noch während er da stand und sich die Kugel, die zuvor noch in seiner Lunge hauste und sich nun zum Glück in seiner Hand befand, ansah, wobei ihm all die Dinge durch den Kopf gingen, erklang auf einmal der grummelnde sowie schrecklich wackelige Motor des Wohnwagens. Der Kerl mit der Baseballkappe streckte seinen Kopf aus dem Beifahrerfenster, wobei ihm der schwarze Qualm des ratternden Motors mitten ins Gesicht pustete, und rief Giro zu: „Hey Hombre, steig schon ein! Die süße Senorita sagte, wir müssten in die Stadt und das muy rapido! Schnell, schnell!"

Na, dann halt mal wieder rein in die marode Kiste und mal sehen, wie wir das wieder geradebiegen können. Er stieg also wieder in die ratternde Schrottkiste. Außer dem scheinbar schwangeren Kerl waren alle nach vorne verschwunden. Naomi und ihr Bruder befanden sich im hinteren Teil des Wohnwagens. Na gut, ich kann das. Einfach rein da und sich entschuldigen, klingt doch ziemlich simpel. Doch für Giro war dies eine größere Hürde als zuvor die Kugeln aus sich heraus zu pulen. Dann der erste Schritt in die richtige Richtung und den hässlichen braunen Vorhang zur Seite geschoben, um dann in das traurige Gesicht seiner Liebsten zu blicken. Sie saß auf dem Bettrand und tupfte ihrem Bruder mit einem nassen Lappen die Stirn ab. Wow, Ruben sah echt übel aus und dies auch dank der Faustschläge von ihm. Also mal ran an die Sache und versuchen, fürs Erste mit passenden Worten die Gemüter ein wenig zu besänftigen. Doch was sollte er nur sagen? Was waren die richtigen Worte in dieser Situation? Er war weiß Gott ein schlechter Trostspender und traf meist genau die falsche Wortwahl. Aber dann, als er sich zu ihr und Ruben ans Bett gesetzt hatte, musste er irgendwo anfangen. Denn es herrschte eine bedrückende Stille und dies nicht nur, weil Ruben tief und fest schlief, sondern auch, weil Naomi ihn gänzlich ignorierte. Na ja, bis er schließlich sagte: „Wow, das wollte ich wirklich nicht. Ich weiß nicht, was da in mich gefahren ist."

Da unterbrach ihn auf einmal jemand, doch nicht Naomi, sondern Ruben, der ein wenig zynisch und erschöpft meinte: „Soll das etwa eine Entschuldigung werden? Darin bist du ja noch miserabler als im Sterben. Du solltest beides am besten lassen."

Giro sah ihn erstaunt an, denn dies hatte er nicht erwartet, sondern gedacht, dass er schlafe. Aber gut, dann geben wir ihm mal eine Antwort auf seinen schlagfertigen Einwand. Also sagte er eher kleinlaut: „Da hast du wohl recht. Ich wollte mich auch eigentlich bei dir und nicht bei deiner Schwester entschuldigen. Also ich hoffe, du nimmst sie an, meine miserable Entschuldigung."

Da stand Naomi auf und ging nach vorne in den Zwischenbereich, wobei sie den Vorhang hinter sich zuzog. Was? Warum ließ sie die beiden allein? Doch dann sagte Ruben, inzwischen noch kraftloser: „Hör zu. Naomi besteht darauf, mich ins Krankenhaus zu bringen, und sie lässt sich da nicht mehr reinreden. Aber die Seuche … wir müssen handeln. Als meine Schwester nach dem schlimmen Unfall so leblos dalag und ich die Tasche mit dem Impfstoff neben dem brennenden Autowrack liegen sah … Ich konnte sie doch nicht sterben lassen, wenn die Möglichkeit bestand, dass es sie retten könnte und dies tat es. Es hat sie gerettet. Aber damit habe ich auch gänzlich das einzige Beispiel der korrekten Formel vernichtet. Nun werden durch meine Handlung viele Menschen sterben. Dafür kann ich mich jedoch nicht entschuldigen, denn es tut mir nicht leid."

Giro beschwichtigte. „Das muss dir auch nicht leidtun. Ich bin echt überrascht, dass du so gehandelt hast. Hab dich wohl doch ein wenig falsch eingeschätzt. Aber du solltest dir nicht zu viele Gedanken darüber machen, denn zurzeit steht noch nicht fest, ob unser Plan mit Alaska überhaupt etwas bringt. Ich bin deiner Meinung, wir müssen versuchen, etwas zu unternehmen, jedoch müssen wir realistisch dabei bleiben. Wir haben ja immer noch die Forschungen von Jose auf Papier und ich sowie auch deine Schwester stehen ja auch noch zur Verfügung, um einen neuen Impfstoff zu entwickeln. Na ja, sobald wir jemanden finden, der dies zustande bringen kann und dem wir vertrauen können oder zwingen, wie auch immer. Doch jetzt hat deine Schwester recht, zuerst musst du wieder zusammengeflickt werden."

Ruben zeigte sich kooperativ. „Ging lange, aber wir sind uns für einmal einig. Danke, dass du mich nicht selbstsüchtig nennst."

Giro meinte nur locker. „Jeder ist teilweise selbstsüchtig, dies ist ganz normal und gehört nun mal zum Überleben dazu."

Nach seinem Gespräch mit Ruben ging er zurück zu Naomi, die nun auf der hässlichen Couch neben dem schwangeren Kerl saß. Sie sah in Gedanken versunken mit ihren großen, dunkelbraunen Augen aus dem völlig verdreckten Seitenfenster des Wohnwagens hinaus und wirkte ziemlich zerbrechlich. Dieses Gefühl kannte er nur zu gut und er setzte sich zuerst einen Moment lang schweigend neben sie. Doch dann griff er nach ihrer Hand, die sie auf ihren Schoss gebettet hatte, und sagte: „Es ist alles ziemlich viel, oder? Wir werden das Pferd schon schaukeln. Das war einer der liebsten Sprüche meines Vaters, musst du wissen. Aber egal, ich wollte dir damit nur sagen, wir kriegen das hin."

Zuerst sah sie nur weiter traurig durch das Fenster. Bis sie dann scheinbar mutlos zu ihm sagte: „Ich frage mich nur, was? Was kriegen wir schon hin? Die Welt zu retten? Oder bleibt uns am Ende nur, uns selbst zu retten, wenn überhaupt?"

Echt eine gute Frage. Aber was war bloß die korrekte Antwort darauf? Er wusste sie nicht, aber er versuchte, ihr wieder ein wenig Mut zuzusprechen. „Egal, ob wir am Ende nur uns oder die ganze verdammte Welt retten, eines ist klar, wir dürfen auf keinen Fall aufgeben. Naomi, wir sind zurückgekehrt von den Toten. Auch wenn ich es bislang runtergespielt habe, ist es trotz allem echt eine krasse Scheiße, wenn auch ziemlich beängstigend. Ich meine damit die Sache mit dem Zwiespalt und dann die krasse Sache mit den Kugeln. Wie ist das bloß möglich? Ich habe keine Ahnung. Aber eines weiß ich, wir müssen versuchen, dieses Virus aufzuhalten und das mithilfe des Gens B89. Also tun wir das und fangen gleich nach der Wiederherstellung deines Bruders damit an. Wir werden schon einen Weg finden, um denen ans Bein zu pissen und ihre kranken Pläne irgendwie zu vereiteln."

Naomi wurden nun hellhörig und fragte neugierig: „Giro, wie viel weißt du wirklich über das Gen B89 und die Forschungen deiner Mutter? Sei bitte ehrlich zu mir. So, wie du nämlich sprichst, scheinst du mehr über all das hier zu wissen, als du bisher preisgegeben hast."

Er wollte ihr eine ehrliche Antwort darauf geben, doch im selben Augenblick sah er etwas, das seine volle Aufmerksamkeit erregte. Er sprang auf, um nach vorne zu hechten. Dort befahl er laut und hastig dem Kerl am Steuer, er solle den Schrotthaufen anhalten und dies sofort. Als dieser schließlich den klapprigen Wohnwagen am Straßenrand stoppte und Giro daraufhin wie von Sinnen nach draußen stürmte, wo er ein großes Plakatschild anstarrte, ging ihm Naomi hinterher. Was war nun wieder in ihn gefahren? Ein Auf und Ab mit dem Kerl, dachte sie. Doch noch bevor sie ihn nach seinen Beweggründen fragen konnte, war auch sie geblendet vom Anblick des Plakates. Was zum Teufel? Sie konnten beide nicht fassen, was sie da sahen. Doch dann sagte Naomi verdutzt, während sie mit ihrem Finger auf das Plakat deutete. „Das kann doch ...? Sehen deine Augen da dasselbe wie meine ...? Ist das etwa echt Sunny auf dem Plakat?"

Erst nach einem kurzen Moment antwortete Giro sichtlich verwirrt. „Ja, das ist wohl tatsächlich Sunny auf dem Plakat und den anderen kenne ich auch, der heißt Maxim. Wie kann das sein? Was geht hier bloß vor sich?"

Naomi war genauso ahnungslos wie er und meinte nur mit den Schultern zuckend: „Keine Ahnung! Ich versteh überhaupt nichts mehr. Und was ist UFC? Was hat das alles zu bedeuten?"

Giro musterte weiter verwirrt das Werbeplakat. „Das ist ein Kampfsportverband. Aber Sunny kann nicht kämpfen, nur kochen.

Was soll das sein und warum sollte Sunny gegen Maxim antreten? Das ergibt doch alles keinerlei Sinn!"

Da Naomi sah, wie verwirrt und konfus er war, versuchte sie, ihn zu beruhigen, obwohl sie selbst auch völlig überrascht war. „Giro, beruhige dich! Ich verstehe dich, es ist auch äußerst seltsam. Aber auch ein Wunder. Ich meine, Sunny ist auch hier und er lebt. Du musst ihn aufsuchen. Du musst zu diesem Kampfsport-Event und der Sache auf jeden Fall nachgehen."

Der Sache nachgehen. Aber die Sache war so seltsam. War das hier alles wirklich oder spann er sich etwa alles nur zusammen. Doch egal, was hier auch abging, es war wunderlich und er konnte sich keinen Reim darauf machen. Trotzdem beschloss er, der Sache nachzugehen, denn was hatte er schon für eine andere Wahl. Es ging schließlich um seinen keinen Bruder. So setzten sie ihn in der Nähe des Events ab. Während er die Sache mit seinem Bruder klären wollte, sollten Naomi und die anderen Ruben ins Krankenhaus bringen. Sie mussten sich trennen, denn Ruben musste ins Krankenhaus und das sofort. Das Event wiederum begann schon in wenigen Stunden und Giro wollte seinen Bruder vorher abfangen, wenn dies möglich war. Was ging hier bloß vor? So verwirrend, dachte er, bevor er entschlossen die Suche nach Sunny begann.

—◦ Kapitel 8 ◦—

Wenn Missverständnisse aufkommen

Da stand er nun wieder einmal ganz allein auf der staubigen Straße inmitten von Las Vegas bei Nevada. Er kannte die Steppe und die Stadt aus Ulaanbaatar in der Mongolei nur zu gut. Doch hier war trotzdem einiges anders, besonders die Leute und ihre Kleidung. Aber gut, nicht weiter darüber nachgedacht und rein da. Doch noch während er die Stufen emporstieg und sich den Weg zur Tür bahnte, bemerkte er die vielen seltsamen Blicke der Leute um ihn herum. Was hatten die alle? Lag höchstwahrscheinlich daran, dass er immer noch kein T-Shirt trug und nun auch noch einen schicken Druckverband um seine immer noch blutende Brust und dies gut sichtbar. Doch in dem Schrottwagen gab es einfach nichts, das er hätte anziehen können, und seine Klamotten waren alle im Auto-wrack abgefackelt. Doch dann kam er, wie es der Zufall so wollte, an einem Tisch mit lauter Werbe-Shirts vorbei. Während er sich eines davon griff, sah er, was da draufstand. Er zögerte einen Augen-blick, bevor er es dann doch überstreifte. Denn auf dem dämlichen T-Shirt stand doch tatsächlich: Lutsch meinen Vegas. Was sollte der dumme Spruch? Doch egal. Die meisten Leute sahen sowieso nicht aus, als ob sie lesen könnten, dachte er sich. Zum Glück sah er nicht, was hinten auf dem T-Shirt stand, denn sonst hätte er es bestimmt zurückgelegt. Doch nun trug er diesen Scheißdreck halt, besser, als weiterhin allen sein Waschbrettbauch vor Augen zu halten, ganz abgesehen von seinem blutigen Brustverband. Es fühlte sich angenehm an, wieder mal was auf der Haut zu spüren außer der trockenen Hitze und dem sandig kratzenden Wind. Als er weiterging, ertönte die Stimme der Dame hinter dem Tisch mit den schrecklichen Shirts, die ihm nacheilte, wobei sie haspelte: „Stopp! Nicht so schnell! Die kosten was!"

Was zum …? Als er sich umdrehte und sich die Person mit der piepsigen Stimme ansah, musste er zuerst seinen Blick senken. Wow, bunt! Aber echt, so was von bunt. Doch in ihrem Gesicht schwarze, dicke Schminke. Sie sah aus wie eine von den Bräuten, die immer auf den Heftern seines jüngeren Bruders zu sehen waren. Wie nannte er diese Dinger immer? Manga-Bräute oder so was. Na ja, er hätte nie gedacht, dass es so was wirklich gibt, doch nun … Wow, es gibt sie tatsächlich. Da war er mal ausnahmsweise einen Augenblick sichtlich konfus, denn sein Gehirn musste den Anblick erst verarbeiten. Während er das Manga-Girl so dämlich von oben herab ansah, sagte dieses auf einmal zu ihm, während sie ihre offene Handfläche hinhielt: „69 Dollar macht das dann bitte!"

Da fing er auf einmal an zu lachen und sah sie dabei unbeeindruckt an. „Dein Ernst gerade? Du willst 69 Dollar von mir für das schreckliche Ding hier?"

Doch sie blieb stur stehen und sah ihn nur mit ihren unnatürlich großen Augen an. Also sagte er, während er das Mistding wieder auszog: „Dann behalt das Scheißding halt!"

Doch als er es ihr entgegenstreckte, sagte sie gleichgültig: „Das nehmen wir nicht zurück! Das ist vollgesaut mit Blut! Nein, nein, es kostet genau 69 Dollar! Also bitte! Oder muss ich den Sicherheitsdienst rufen?"

Giro fand ihre Reaktion übertrieben und antwortete aufgebracht: „Wow! Beruhige dich doch! Siehst du nicht, dass ich verletzt bin? Echt, sprichst du etwa mit all deinen Kunden so?"

Das Manga-Girl sah ihn wütend an und meinte verärgert: „Nein, nur mit denen, die mich bestehlen wollen. Aber wenn du es bezahlst, dann haben wir auch keine Probleme miteinander. Ansonsten tut dir mehr als nur deine Brust weh, Dante. Dir hat wohl jemand dein Kostüm geklaut? Aber das heißt noch lange nicht, dass du dich hier einfach bedienen kannst, wie es dir gefällt! Ihr scheiß Nerds immer!"

Dies machte ihn leicht wütend und so entgegnete er ihr aufgebracht: „Okay, du kleine Verrückte! Ich habe keine Ahnung, aus welchem Märchenbuch oder Horrorheft du entsprungen bist, aber bitte kehre dahin zurück und laber mich nicht mit Scheiße zu, die mich echt kein Stück interessiert! Als ob ich Zeit für so einen Mist übrig hätte!"

Doch das Manga-Girl blieb hartnäckig und sagte selbstsicher: „Warte! Ich lass dich nicht weg, ohne dass du es bezahlst."

Giro, der nun ziemlich genervt war, antwortete grob: „Okay, Sailor Moon! Es tut mir ja unendlich leid, dass ich dich enttäuschen muss, aber ich habe kein Geld bei mir. Also auch wenn ich es wollte, ich könnte es nicht bezahlen. Bitte nimm das T-Shirt einfach zurück und lass mich zufrieden damit! Es ist eh so hässlich, wie du seltsam bist!"

Das Manga-Girl verdrehte jedoch ihre zugeschminkten Augen, wobei sie etwas lächelte. „Sailor Moon? Gerade dein Ernst? Ich bin Marie Rose. Na ja, zumindest mein Kostüm."

Giro wurde neugierig. „Ich bereue es jetzt schon, aber warum trägst du das schrecklich schöne Kostüm? Warum tragen hier so gut wie alle schrecklich schöne Kostüme? Was läuft hier eigentlich genau? Und hast du mich vorhin etwa echt Dante genannt? Mein Name ist bestimmt nicht Dante!"

Das Manga-Girl belächelte ihn immer noch und meinte selbstbewusst: „Du hast ja echt null Plan, oder? Was tust du hier überhaupt, wenn du keinen Plan hast?"

Giro verschränkte seine Arme, bevor er erklärte: „Ich suche meinen jüngeren Bruder. Entschuldige, dass ich mich zuvor nicht über die Kleiderordnung informiert habe, hatte leider anderes zu tun!"

Das Manga-Girl fragte gleich neugierig. „Ach, dein Bruder ist der Nerd und du willst ihm hier Gesellschaft leisten? Trägt er etwa ein Vergil-Kostüm? Schade, dass ihr keine Zwillinge seid."

Giro war jedoch genervt und wurde wieder abweisend. „Okay, es reicht! Ich habe keine Ahnung, von was du sprichst, und verstehe auch immer noch nicht, was das mit den dummen Kostümen soll. Aber hör jetzt bitte auf, mir oder meinem Bruder seltsame Namen zu geben! Ich heiße Giro und das reicht mir auch."

Das Manga-Girl versuchte gleich einzulenken. „Aber das tue ich doch gar nicht! Verdammt, du bist hier auf einer riesigen Game Convention! Ein cooles Kostüm muss da schon sein und ich dachte, du wüsstest dies! Hör zu, ich drück mal mit dem T-Shirt ein Auge zu und vielleicht kann ich dir helfen, deinen

Bruder zu finden. Wenn du mir sagst, wie er aussieht – ich stehe hier schließlich schon seit heute früh, und wenn er da rein ist, ist er auch an meinem Tisch vorbeigegangen."

Giro sah nur zu einem der Plakate hoch und meinte: „Der Dünnere von beiden auf dem fucking Plakat dort!"

Das Manga-Girl sah ihn überrascht mit ihren unnatürlich großen Augen an, wobei sie neugierig fragte. „Dein Bruder ist der Kerl, der im Showkampf gegen den Pantera antritt? Nicht schlecht!"

Giro ging jedoch nicht darauf ein, er war ja ahnungslos. „Was ist das für ein Showkampf, der an einer beschissenen Games Convention stattfindet?"

Das Manga-Girl stellte gleich eine Gegenfrage. „Dein Bruder und du, ihr habt wohl nicht miteinander gesprochen, oder?"

Giro meinte nur genervt: „Darüber? Nein! Wie sollten wir auch, ich lag zwei Jahre im Koma. Aber egal. Danke für die wenigen Infos. Na dann."

Er lief davon, wobei das Manga-Girl ihm jedoch überraschend nachrief. „Nein, warte!"

Doch Giro antwortete nur genervt. „Warum sollte ich? Zeitverschwendung!"

„Ich hab ihn gesehen! Deinen Bruder!"

Giro wurde hellhörig und fragte nun interessierter. „Na dann, lass mal hören! Ich hoffe, es lohnt sich wirklich, sonst krieg ich noch üblere Laune, als ich eh schon von Natur aus hab."

Das Manga-Girl erklärte ihm daraufhin: „Dein Bruder ist höchstwahrscheinlich mit den anderen Statisten hinten im Umkleidebereich, denn er ist vorhin kurz vor seinem Gegner einmarschiert. Aber dort kommst du nicht rein, wenn du keiner vom Personal oder den Statisten bist."

„Na gut. Aber ich krieg das nicht auf die Reihe. Ist das nur eine Show oder ein Kampf und was hat es mit Videogames zu tun?"

Das Manga-Girl erklärte, etwas überrascht über seine Unwissenheit: „Oje, du hast echt mehr als nur null Plan. Lagst wohl echt zwei Jahre im Koma. Der Kampf ist echt und findet statt, um ein Videogame zu promoten, das neu auf den Markt kommt. Na ja, eigentlich ist es nur ein weiterer Teil, jedoch soll die Grafik unglaublich realistisch sein. Also zuerst ein echter Kampf, um so das Publikum heißzumachen, und dann ein virtueller Kampf, um zu zeigen, wie real er wirkt!"

Giro schien ernüchtert und wenig begeistert. „Das klingt alles ziemlich dämlich."

Das Manga-Girl lächelte darüber und meinte, nur scheinbar strahlend: „Viva Las Vegas Baby! Das gibt's nur hier!"

Giro teilte ihren Optimismus jedoch wenig und entgegnete nur zynisch: „Na super. Dann such ich meinen bekloppten Bruder mal zwischen all dem."

Das Manga-Girl zeigte sich überraschend hilfsbereit. „Es gibt da einen ziemlich leichten Weg, dich dort reinzubringen. Dafür musst du dich aber ein wenig ins Zeug legen, was dein Outfit betrifft."

Brauchte er wirklich noch die Hilfe dieses seltsamen Mädchens? Er sah den Eingang und bereits dort standen zwei, die offensichtlich jeden kontrollierten, der eintrat. Dazu die Videokameras, die gut sichtbar vor dem Eingang positioniert waren. Also sagte er zu dem Manga-Girl: „Sprich weiter. Wie muss ich mich denn äußerlich verändern, um da reinzukommen, ohne Aufmerksamkeit zu erregen."

Das Manga-Girl lachte scheinbar freudig, wobei sie erklärte: „Das höre ich mal echt gerne, denn ich liebe Herausforderungen, auch wenn diese hier nicht allzu groß ist. Denn wie ich bereits gesagt habe, du siehst dem einen aus dem Videospiel ziemlich ähnlich. Frisur passt. Nur die Klamotten und – na ja – deine Augen müssen wir aufmotzen. Heute ist dein Glückstag, ich hab nämlich alles in meinem Wagen, um dich perfekt auszustatten."

Giro fand diese Vorstellung jedoch kaum sehr prickelnd und sagte daher wenig überzeugt: „Du willst mich also wie eine Gamefigur anziehen und mir somit ein ganzes Kostüm geben, aber bei dem dummen T-Shirt von vorhin schiebst du so eine Riesenwelle?"

Das Manga-Girl erklärte munter: „Ich mache eine Ausbildung zur Gesichtsbildnerin. Aber mit den dummen T-Shirts, wie du sie nennst, verdiene ich mir das Geld fürs Studium. Eine Game

Convention wie diese ist ziemlich interessant für jemanden wie mich. Aber egal. Möchtest du nun, dass ich dir helfe, oder verzichtest du lieber?"

Giro überlegte einen Augenblick, bevor er überraschend antwortete: „Ja, doch. Das möchte ich."

Das Manga-Girl lief derweil schon los. „Dann folge mir bitte! Ach übrigens, hast du das, was hinten auf den dummen Shirts steht, auch mal gelesen? Ist echt der Knaller! Ich schwör dir, die Dinger gehen weg wie nichts sonst!"

Er folgte ihr nach, wobei er einen Blick auf die Rückseite warf, woraufhin er nur zynisch den Kopf schüttelte. Da stand doch echt drauf: Ficken für Rührei. Wo war er hier nun wieder gelandet? Und folgte er wirklich gerade dieser unwirklichen Manga-Braut nach, um so seinen Bruder zu finden, den er zuvor auf einem beknackten Plakat gesehen hatte, das nun überall um ihn herum hing, wobei es zu einer seltsamen Games Convention gehörte? Er kam noch weniger mit als im tiefsten Dunkel des Zwiespaltes, doch er wusste, er musste es ergründen. Was es auch immer war.

Der nächste Wohnwagen.

Überall Kostüme und Masken. Der gesamte Wohnwagen war voll gehängt mit dem Scheiß. Dazwischen etliche echt üble Perücken. Er kratzte sich unwohl am Kopf, während er sie betrachtete. Bäh, wie eklig! In dem engen Wohnwagen begann nun eine ziemlich unangenehme Tortur des Umwandelns für ihn. In was auch immer. Doch das Manga-Girl fand, das er perfekt gelungen sei. Als sie ihm am Ende an die Haare wollte und das mit irgendeiner üblen Farbe, stoppte er sie allerdings, wobei er wütend sagte: „Nein, auf keinen Fall." Doch sie meinte, ohne weiße Haare ginge es nicht. Aber er weigerte sich. Spinnt die Alte eigentlich? Zuerst verpasst sie mir ein echt schwules Plastikschwert und dann verlangt sie von mir, dass ich so eine hässliche Halskette um den Hals trage, um mir dann auch noch zum guten Schluss die Haare wie bei einem Opa weiß zu färben. Nein, nicht mit mir. Nicht mal ein kleines bisschen. „Die lassen dich sonst nicht rein", sagte sie noch. „Nein, auch kein kleines bisschen", war seine Antwort darauf. Es reichte. Zum Glück bestand der Rest seiner neuen Klamotten nur noch aus einem Unterhemd und ein paar Boots, dazu seine nun ziemlich mitgenommenen Jeans. Sie sagte, er brauche eigentlich noch einen Ledermantel, aber es gehe auch gut ohne. Na dann. Doch nein, sie kam mit Kontaktlinsen an und sagte dabei: „Hier, Grau für deine speziellen Augen." Er ignorierte ihre Anspielung auf seine verschiedenfarbigen Augen und setzte die blöden Dinger ein. Sie nannte ihm etwa tausendmal den Namen des Charakters, den er darstellen sollte, und erzählte ihm von dem Spiel. Doch er wusste den dummen Namen keine drei Sekunden lang und den andern Scheiß hatte er eh nicht kapiert. Er war mal wieder ziemlich planlos. Aber egal, er würde das Pferd schon schaukeln, irgendwie.

Also rein da. Aber schon die beiden Kerle an der Eingangspforte wollten mehr als nur das nette Kostüm sehen, nämlich einen Personalausweis. „Ach, wie dumm, dass ich meinen Ledermantel drin liegen gelassen habe, da ist doch mein Personalausweis drin", sagte er nur genervt zu den beiden schmächtigen Kerlen. Doch der eine meinte, er müsse dann jemanden bitten, ihm den Personalausweis zu bringen. So begann eine ziemlich hitzige Diskussion, bis schließlich ein als Schildkrötenmann verkleideter Kerl dazukam und sagte, er bürge für ihn. Nachdem er mit dem Schildkrötenmann in das riesige Arena-Gebäude eingetreten war und sie im Eingangsbereich standen, sagte Giro zu diesem nicht sehr dankbar. „Danke, aber mit dem Schwachkopf wäre ich auch gut selbst fertig geworden."

Der Schildkrötenmann war ein afroamerikanischer Kerl. Er hatte was von Chris Brown. Aber egal. Er antwortete gelassen: „Du nimmst das mit deiner Rolle wohl sehr ernst, oder? Aber kein Stress, ich kenne das. Zurzeit bin ich auch voll in meiner Rolle, musst du wissen."

Giro sah ihn etwas skeptisch an und meinte dann zynisch: „Nicht wirklich. Ich hab keine Ahnung, was ich darstellen soll. Ich wäre auch lieber nur eine dämliche Schildkröte wie du."

Da fing der Kerl laut und fast schrill an zu lachen, wobei er amüsiert sagte: „Ich bin Leonardo, der Anführer der Teenager

Mutant Hero Turtles! Ich bekämpfe das Böse mit meinen drei Brüdern zusammen."

Giro sah ihn wenig begeistert an. „Uninteressant … Das alles interessiert mich kein Stück. Warum du wie eine Schildkröte rumläufst, das ist dein Problem. Schlimm genug, dass es noch drei weitere Idioten in Schildkrötenkostümen gibt."

Dann lief er dem Schildkrötenmann davon, denn er hatte etwas erblickt, dass seine Aufmerksamkeit erregte. Ein Stück vor ihm an einem Werbestand sah er Rio Mazuro im schicken Anzug. Er kannte den Widerling nur zu gut, und zwar aus seiner Zeit bei den weißen Tigern. Mazuro war kein Geringerer als der älteste Sohn des neuen Yakuza Bosses, Hayabusa Mazuro. Dazu kam, dass sein Vater Hayabusa auch der Vater von der eher speziellen Kasumi war und Rio somit auch ihr älterer Bruder. Doch sie wurde von ihrer gesamten Familie verstoßen und war nun zum Schoßhündchen von Cai Li geworden, wobei sie so für die Gegenseite arbeitete. Was hatte der Kerl hier verloren? Was hatten alle hier verloren? Es war, als ob er alles Üble anzog wie ein verdammter Magnet. Doch egal, weiter geht's und schnell vorbei an dem Kerl. Ein Stück weiter sah er eine Tür, die nach hinten zu führen schien. Er wusste ihren Namen nicht mehr, aber das Manga-Girl hatte zu ihm gesagt, die Tür mit dem Dreieck. Okay, die Tür hatte ein Dreieck, also rein da. Doch hinter der dummen Tür war keine Menschenseele. Er hätte das blöde Kostüm überhaupt nicht gebraucht, außer dem Unterhemd und den Boots, um die er echt froh war. Also rasch seinen Bruder finden und dann weg da, denn alles war ziemlich seltsam. Irgendetwas stimmte hier ganz und gar nicht. Aber gut, hier hatte es gerade ziemlich viele Türen und er wollte nicht jede davon öffnen. Auf den Türen standen nur Zahlen. Aber was bedeuteten diese? Er hatte mal wieder keine Ahnung. Da – eine Tür, die sich öffnete, wobei einige verkleidete Statisten den Raum verließen und zu ihm auf den Flur traten. Die ersten gingen wortlos an ihm vorbei, bis zum Schluss einer folgte, der so ziemlich dasselbe Kostüm trug wie er. Na ja, bis auf die Tatsache, dass er den Ledermantel anhatte, von dem das Manga-Girl sprach, und die blöden weißen

Haare. Als der dumme Kerl ihn sah, hielt er sogleich an und sagte bestürzt und ziemlich vorlaut für seine schmächtige Statur: „Was soll das? Wer bist du, dass du dieses Kostüm trägst?"

Giro entgegnete nur lustlos und wenig interessiert: „Na, der Kerl, der die Welt rettet oder so. Ist doch immer dasselbe, oder? Wen juckt das schon? Am Ende geht's so oder so immer nur um Leben oder Sterben, mein Freund, und jetzt verzieh dich, Idiot!"

Der dumme Statist nahm dies äußerst persönlich und meinte aufgebracht: „Wie bitte? Wie sprechen Sie mit mir? Sie sind bestimmt kein Statist, also was tun Sie hier hinten?"

Giro antwortete ihm drohend: „Ich sagte doch, verzieh dich! Du nervst gewaltig, wie eine verdammte Fliege! Such dir ein Stück Scheiße und geh spielen! Also echt! Hackfresse!"

Der Statist rannte entsetzt zu dem Schildkrötenmann, der nun auch dort im Gang stand, wobei er aufgebracht haspelte: „Hey Sebastian! Komm her! Schnell!"

Giro sah sich um und erblickte hinter sich den Schildkrötenmann, dessen Name anscheinend Sebastian war. Aber gut, wen kratzt das schon, wie der Kerl heißt? Diesem stand das Grinsen ins Gesicht geschrieben, als er Giro erblickte, der ihm zuvor noch so selbstsicher den Rücken gekehrt hatte und nun sichtlich angepisst da stand mit der Nervensäge an der Backe. Als er die beiden erreicht hatte, meinte er zu dem nervösen Wrack: „Tomi, beruhige dich doch! Ich weiß schon, dass er kein Statist ist. Aber das ist kein Grund, so auszurasten. Wir sind hier schließlich nicht in einem Irrenhaus oder bunkern Juwelen. Dazu kommt, dass dem Kerl die Rolle wie auf den Leib geschneidert ist. Er ist echt ein Arschloch, einfach fantastisch!"

Giro war nun echt genervt und sagte grob und beleidigend: „Wie bitte? Hast du mich im Ernst gerade ein Arschloch genannt und es dabei auch noch wie etwas Gutes klingen lassen?! Ihr seid echt zwei jämmerliche Scheiß Vollidioten! Verpisst euch doch bitte einfach und lasst mich mit eurem Scheiß endlich in Ruhe!"

Sebastian schien durchaus angetan von Giros Wut. „Siehst du, wie er die Rolle perfekt ausfüllt? Einfach herrlich! Du solltest dir ein Stück davon abschneiden!"

Giro schüttelte entnervt den Kopf, während der Statist Tomi sehr pikiert reagierte und wütend wurde. „Wie bitte? Ich studiere Schauspielerei und das nicht erst seit heute! Also muss ich mir hier bestimmt nicht so eine Blöße geben und einen Vergleich von dem Nichts hier neben mir mit meiner Wenigkeit erlauben! Ich glaube, es hakt! Wo leben wir denn eigentlich? Ich bin Dante!"

In diesem Augenblick dachte Giro, du willst spielen, Kleiner, dann spielen wir halt. „Nein, ich bin Dante!"

Der Kerl sah ihn wutentbrannt an und meinte dann immer noch pikiert: „Wie bitte? Ich bin Dante!"

Giro blieb jedoch extra stur und beharrte weiter auf seiner Rolle. „Ich denke nicht! Da ich Dante bin!"

Da lachte Sebastian, doch der Statist Tomi fand das gar nicht witzig, sondern wurde rot vor lauter Wut. „Nein! Nein! Nein! Du kannst nicht auch Dante sein! Es kann nur einen geben! Mich! Ich bin Dante!"

Giro belachte dies frech, wobei er belustigend sagte. „Wow! Schon gut! Beruhige dich mal wieder! Wir wollen doch nicht, dass dein Kopf platzt. Die arme Puze! Also wirklich!"

Der dumme Statist Tomi hatte nun jedoch genug davon und sagte immer noch vollkommen aufgebracht: „So, es reicht! Ich hole den Sicherheitsdienst. Die sollen sich um diesen Irren kümmern."

In diesem Moment wollte der Dummkopf tatsächlich den Feueralarm betätigen, um so Hilfe zu rufen. Doch Giro unterband dies und schlug seine dürftige Rübe gegen die angenehm harte Wand. Es klang ziemlich böse, aber dieses Geräusch liebte er, denn danach war meist eine ganze Weile lang Ruhe. So auch hier, der Kerl hielt sich erst mal, leicht blutend, den schmerzenden Kopf, wobei er reichlich verwirrt war. Giro bückte sich runter zu ihm und sagte grob: „Okay, du hast recht, ich bin nicht Dante! Ich bin Giro und Sprechen liegt mir nicht so, ich habe eher andere Hobbys! Wie zum Beispiel, dummen Spastikern, die in dämlichen Kostümen rumrennen, wobei sie denken, dass sie etwas seien, was sie nun wirklich kein Stück sind, ihre dummen Köpfe gegen die harten Wände zu schlagen, bis sie irgendwann platzen. Also halte deine Fresse und vor allem deine beschissenen Finger bei dir oder ich schneide sie dir einzeln ab und stopf sie dir dann in jede einzelne deiner verfetteten Körperöffnungen!"

Der Kerl zitterte vor lauter Angst und Schmerz. Doch eines hatte Giro bei den Triaden gelernt: Wenn es nicht mit der netten Tour funktionierte, musste die harte Tour her und dann volle Kanne ohne Gnade bis zum Ende, wenn es sein musste, was leider meist der Fall war. Also wandte er sich nun auch dem Schild-krötenmann namens Sebastian zu, wobei er ihm das dämliche Plastikschwert vor die Nasse hielt und mit echt bösem Blick zu ihm sagte: „So, nun zu dir, du abgehalfterte Teeny Schildkröte! Ich habe keine Ahnung, warum du noch lachst in dieser Situation. Ist es, weil du unter Drogen stehst, oder denkst du etwa immer noch, dass ich nur eine Show abzieh, um dich zu unterhalten? Um hier mal eines klarzustellen, ich bin ein wirklich böser Junge! Zumindest, wenn man mich dazu herausfordert, was man lieber lassen sollte. Ich bin bestimmt kein Superheld oder etwas in dieser Richtung, sondern eher das komplette Gegenteil davon. Also streich dir lieber das dumme Grinsen aus deinem dämlichen Ge-sicht und schieb deinen unnützen Panzer zur Seite, sonst knall ich dich auch gegen die Wand!"

Dabei drückte er dem Schildkrötenmann das Plastikschwert in die Hand und stülpte ihm dann auch noch die schwule Kette über sein dickes Schildkrötenhandgelenk. Danach wandte er sich achtlos ab, wobei der Schildkrötenmann verdutzt fragte: „Wa-rum gibst du mir die Dinge?"

Giro betonte nur: „Wie gesagt, mein Name ist Giro!" Während er weglief, rief er ziemlich ärgerlich: „Was soll das andauernde Vergleichen? Ich bin Giro und Punkt! Die Scheiße hier geht mir echt so was von auf die Eier!"

Der Schildkrötenmann Sebastian staunte mit offenem Mund und dem Schwert fest in seinen Händen: „Du bist so was von Dante!"

Doch dies bekam Giro zum Glück nicht mehr mit, denn sonst wäre er höchstwahrscheinlich explodiert, da seine Nerven nun völlig blank lagen. Während er wütend den langen Gang mehr oder weniger planlos nach oben stampfte, öffnete sich eine Tür direkt vor seiner Nase. Er wäre beinahe volle Kanne reingelaufen. Doch dank seines Auges und der extrem schnellen Reaktionen gab es keinen Stress. Bis auf einmal die Stimme von Maxim erklang und dieser auch noch beinahe in ihn hineinlief beim eiligen Verlassen des Raumes. Da die beiden jungen Männer sich seit etlichen Jahren nicht mehr gesehen hatten, erkannten sie sich zuerst nicht. Beim letzten Mal waren sie schließlich noch Kinder und Gefangene des Horrorheimes gewesen. Aber nun waren sie erwachsen. Auch Maxim zeigte zunächst kein Wiedererkennen, was wahrscheinlich auch an Giros Kontaktlinsen lag und nicht nur am Alter. Aber gut, auf den zweiten Blick machte es dann doch Klick und er war sehr erstaunt über das Erscheinen seines alten Freundes. „Giro! Bist du das echt?!"

Giro entgegnete überrascht: „Sieht wohl ganz danach aus, oder?"

Maxim war komplett verwirrt und meinte ungläubig, während die beiden Männer einander musterten: „Ich fasse es nicht! Wie kann das möglich sein? Ich meine, nach dem, was dein Bruder erzählt hat, solltest du ein Gespenst sein, wenn überhaupt noch was!"

Giro runzelte seine Stirn und fragte aufgebracht: „Wie bitte?! Denkt er etwa, dass ich tot bin, oder wie?"

Maxim erklärte. „Er? Wir alle dachten, du seist tot! Inklusive deiner netten Tante Cai Li!"

Giro riss völlig überrascht seine Augen auf und fragte neugierig: „Cai Li? Warum? Was geht hier bloß Verrücktes vor sich?"

„Das dachte ich auch, als ich erfahren habe, dass die Tante meines Blutsbruders eine der Oberhäupter der Triaden ist und dies auch noch nur durch seinen Tod! Aber das Beste ist dieser Moment gerade! Denn er steht vor mir und lebt, wobei er einen äußerst gesunden Eindruck macht. Also bitte erkläre mir das, wenn du überhaupt kannst!"

Giro war selbst verwirrt. „Ich kann dir gerade gar nichts erklären! Ich bin total konfus im Kopf. Ich muss meinen Bruder sprechen. Und dies sofort! Wo ist er?"

Maxim meinte immer noch ungläubig: „Alter! Ich weiß wirklich nicht, ob du echt oder nur eine Halluzination bist! Entschuldige meinen Ausraster gerade! Dein Bruder ist da vorne im Raum 317, hier gleich um die Ecke."

Giro wollte sofort loseilen, doch Maxim hielt ihn am Arm fest und sagte dabei etwas. Aber Giro zog es auf einmal in eine Art Traumwelt, blau, aus der Sicht einer fremden Person. Ein dumpfer Klang der Stimmen um ihn und die Sicht verschwommen. Dies kannte er, er war schon einmal in so einer Art – wie nannte es Admind? – Erinnerung an seine Mutter. Die Person, in der er sich befand, sah gerade an sich herunter, wobei er deutlich sah, dass es eine Schwangere war. Sie befand sich in einem Krankenzimmer. Doch dann ein schreiendes Baby und ihr Blick wandte sich zur Seite, wobei sie den Schreihals erblickt. Dann der Griff nach dem Baby und an die Brust damit. Nein, muss das sein? Und ich steck hier drin, bäh! Da hätte er mal wieder gut auf den Platz in der ersten Reihe verzichten können. Wegschauen ging leider auch nicht. Aber gut, die weibliche Brust hatte schon was an sich, wenn sie so prall war. Ohne den eierförmigen Schädel des saugenden Minimonsters war es sogar ein relativ netter Anblick. Doch noch während des Stillens des niemals satten Eierkopfs öffnete sich die Tür des Zimmers und Ruri trat ein. Seine Mutter. Dies musste wieder so eine Art Erinnerung sein. Er war sich sicher. Da die Schwangere, die zu ihr sagte: „Ruri! Wie schön, dass du doch noch kommen konntest! Sieh ihn dir an, ist er nicht wunderschön, mein Knabe? Sedrik sagte, er sei mir wie aus dem Gesicht geschnitten!"

Ruri antwortete: „Er ist einfach perfekt, Aneta! Ich gratuliere dir und Sedrik! Ich bin euch dankbar, dass ihr euch so selbstverständlich zur Verfügung gestellt habt."

„Ruri, du darfst auf keinen Fall daran zweifeln! Ich und Sedrik stehen da voll und ganz hinter dir!"

Ruri sagte: „Wenn ihr euch wirklich hundertprozentig sicher seid! Ich meine, es geht hier um euer Kind."

„Ging es das nicht auch bei dir und wie hast du dich entschieden? Nein, wir sind uns sicher, er soll es werden", bestätigte Aneta.

Ruri sah das eierköpfige Baby an, es schrie wieder wie am Spieß. Was Giro wiederum gut verstand, denn er wollte auch nie sein, was er nun mal war. Da packte seine Mutter Ruri schließlich eine Spritze aus ihrer Doktortasche, deren Nadel länger war als das Baby dick. Sah echt übel aus und dann erst das grüne Zeugs in der Spritze. Schreckliche Schreie aus dem winzigen Mund und eine Mutter, die es durch Runterspielen beruhigen wollte. Da tat ihm das eierköpfige Baby schon fast leid. Echt Mist, die beiden Hexen, dachte er. Dann seine Mutter Ruri, die wieder zu Aneta sagte: „So, das war's schon. Du solltest einfach seine Temperatur die nächsten Wochen im Auge behalten und ihn wenn nötig herunterkühlen. Wie heißt er denn, unsere neue Nummer 4?"

Aneta entgegnete: „Maxim ist sein Name! Wie einst sein Großvater, ein wahrlich großer Seemann!"

„Ein wirklich schöner Name."

Dabei hielt Ruri sich den Bauch und sah ein wenig bedrückt an sich herab.

„Habt ihr euch den auch schon einen Namen überlegt? Ich meine, ihr habt noch genug Zeit. Doch nun, wo ihr wisst, dass es ein Junge wird, dachte ich, ihr habt vielleicht schon eine Idee."

Ruri sagte: „Ähm … Nein, ich meine, mir ging da schon mal was durch den Kopf, aber ich weiß noch nicht …"

„Wenn es so weit ist, weißt du es. Es ist immer schwer beim ersten Baby. Ging mir auch so und dann mein Mann erst. Echt, den konntest du ab dem 8. Monat gar nicht mehr gebrauchen. Übel, ich sag's dir. Aber du und Jerome, ihr packt das schon."

Dann bum und zurück, wobei er nun am Boden lag und Maxim ihn wachrüttelte. Dabei fragte er ihn: „Was geht bei dir, Alter?! Ja, komm endlich wieder zu dir! Klappst einfach so zusammen ohne eine Vorwarnung. Was ist bloß los mit dir?"

Während Giro sich aufrappelte, meinte er, immer noch sichtlich benommen: „Du bist einer von den acht."

„Was faselst du da von einer Acht?"

Giro hielt sich jedoch nur den dröhnenden Schädel. Warum immer der Kopf?! Aber dann sagte er, als er sich wieder ein wenig gefangen hatte und klarer sah: „Ach nichts. Ich klapp manchmal zusammen, liegt wohl an der unerträglichen Hitze hier. Mach dir keinen Kopf. Ich geh mal zu meinem Bruder und du wolltest ja auch irgendwohin, also lass dich nicht weiter von mir aufhalten."

Maxim rief: „Ach, die Pressekonferenz! Stimmt, ich bin zu spät! Mist! Aber kann ich dich echt so allein lassen, geht's wirklich?"

„Klar! Was denkst denn du? Geh schon zu dem Scheiß!"

Dies tat Maxim auch und rannte los. Also begab sich auch Giro auf den Weg um die Ecke zu Raum 317, in dem sein Bruder sein sollte. Vor der Tür des Raumes einen Augenblick verschnaufen und dann der Schritt hinein, mal wieder ins Ungewisse.

～๛ Kapitel 9 ๛～

Das (kranke) Spiel hat noch nicht mal begonnen,
mein Freund

Das Wiedersehen war sehr – wie sollte man es beschreiben –
frustrierend, zumindest die erste Zeit und diese kam Giro ewig
vor. Dazu kam, dass er mal wieder der Buhmann war und Rede
und Antwort stehen musste. Nur dass er selbst ahnungslos war und
langsam immer mehr das Gefühl bekam, eine Marionette zu sein.
Nur welcher Arsch spielte hier mit ihm eine Art übles Puppen-
theater? Sein Bruder war so wütend auf ihn, dass er ihm den Tod
anscheinend sogar wünschte. Er dachte nämlich, dass Giro vor
zwei Jahren Naomi dem Entführer überlassen und sich wie ein
feiges Stück Scheiße das Leben genommen hätte, indem er sich
den Kopf nach einem Bordellbesuch wegschoss. Wer hatte ihm
diese Scheiße bloß erzählt und warum glaubte er so etwas auch
noch? In jenem Augenblick erkannte er seinen kleinen Bruder
nicht mehr und fragte sich ernsthaft, wer ihn so manipuliert
habe. Aber dies sollte er bald erfahren, denn in ihrem ach so
heftigen Zwist sagte sein jüngerer Bruder auf einmal, er wüsste
auch über die weißen Tiger alles und über Mutters wahnsinnige
Experimente. Dabei nannte er Giro ein missratenes Exemplar.
Das schmerzte schon ziemlich. Danach sagte er noch, Tante Cai
Li habe ihm alles darüber erzählt und ihm endlich die Augen
geöffnet. Doch da ging Giro nur eines durch den Kopf, war sein
Bruder etwa auch dank seiner Tante Cai Li hier in Las Vegas?
Das konnte alles kein Zufall sein. Was ging hier vor und war
am Ende doch seine Tante das wahre Übel oder auch nur eine
weitere Marionette wie er selbst? Da betrat ein Kerl das Zimmer,
während die beiden so heftig diskutierten. Er unterbrach sie
mittendrin und sagte zu Sunny, er müsse nun zur Pressekonferenz.
Dies ließ sein Bruder sich nicht zweimal sagen und lief einfach
davon, ohne dass sie sich richtig ausgesprochen hatten. Giro lief
ihm wie ein Hündchen nach, was eine äußerst seltsame Situation
war, die es in dieser Konstellation noch nie zuvor gegeben hatte.

Jedoch alles umsonst. Während sie die Tür zur großen Halle durchquerten, sahen sie überall Leute und Kameras. Was für ein schreckliches Chaos und diese Hektik! Dann auf einmal jemand, der Giro packte und ruckartig zur Seite zog, wobei dieser fast nach hinten umkippte. Es war ein Kerl in schwarzen Klamotten mit Kopfhörern und einer Mütze, auf der ein Firmenname stand. In seinen Händen hielt er ein Klemmbrett. Noch bevor Giro sich beschweren konnte, fragte der Kerl ärgerlich und immer noch Giro mit sich schleifend: „Wo warst du? Du bist über eine halbe Stunde zu spät! Und wo ist dein Mantel? Mal ganz abgesehen von den andern Utensilien. Ihr beschissenen Statisten immer! Wollt groß rauskommen, aber nichts dafür tun. Nur weil das hier eine Games Convention ist, meint ihr, es sei nichts Ernstes. Aber hier werden Milliarden mit den Spielen verdient und das im Sekundentakt. Also strengt euch gefälligst an!"

Wer war dieser widerliche, kleine, fette Mann und warum sprach er so mit Giro? Das gefiel ihm gar nicht und er bremste hart ab. Der kleine Fettsack wäre beinahe über seine fetten Stummelbeine gestolpert. Während Giro ihn böse von oben herab anblickte, sagte er zu ihm voller Zorn: „Fass mich nicht an, du erbärmliches Stück Scheiße! Mit deinen widerlichen Fettgriffeln und deinem üblen Haarausfall! Was kann ich dafür, dass du wie ein fettes, kleines Stück Scheiße aussiehst und auch riechst? Wenn du mich noch einmal ansprichst oder mich auch nur ansiehst, schneide ich dir deinen fetten, kleinen Kugelbauch wie eine beschissene Melone auf und lass dich deine Scheiße in Form deines Dickdarms fressen! Du verdammter Zwergpinscher einer verlausten Hundefotze!"

Wow … Das waren sehr üble Worte und er sprach sie voller Zorn, herab auf den halb kahlen Schädel des vor Angst zitternden kleinen Fettsacks. Er konnte sogar seine Zähne schlottern hören, wobei der Idiot aus Versehen während des bösen Anfalls von Giro auf den Knopf des Mikros in seiner Hand gekommen war und dies schon ziemlich am Anfang des cholerischen Megaanfalls. So starrten ihn alle Leute geschockt an. Okay, er hatte wohl einige äußerst unschöne Worte mit ziemlich viel Nachdruck und vielleicht sogar drohend geäußert, aber war das ein Grund, so entsetzt auf ihn zu starren? Es waren schließlich nur Worte und keine Taten, auch wenn sie vielleicht eine Nummer zu drastisch waren. Da auf einmal – ein Kerl, der klatschte. Es war Rio Mazuro, der in seinem teuren Anzug und mit einem Mikrofon bewaffnet auf die beiden mit einem begeisterten Strahlen in seinem Rattengesicht zukam. Dabei sagte er, die Menge animierend und zugleich beruhigend (er war ein echt schleimiger kleiner Wichser, aber egal): „Meine Damen und Herren! Ich hoffe, Ihnen hat unsere Einführung und spektakuläre Darbietung unseres neuen Spielcharakters gefallen. Ich entschuldige mich für die Ausdrucksweise. Jedoch ist dies eine wichtiger Charakterzug unseres Hauptdarstellers im eigentlichen Spiel, was das Erlebnis noch realistischer macht. Denn seien wir mal ehrlich, wer würde nicht manchmal auch gerne so ein Vokabular verwenden? Jeder dreht mal ab, unser Held dreht halt immer mal wieder ab. Was uns auch direkt zu unserem Hauptanliegen führt, ihnen ein optimales Gefühl und Spielerlebnis zu gewährleisten. Meine Damen und Herren, dies ist der Augenblick, auf den sie alle schon lange sehnlichst gewartet haben! Hier ist das wohl realistischste und wahrhaftig großartigste Spiel, das es jemals gegeben hat!"

Alle Besucher starrten gespannt nach vorne und dann gingen die Lichter aus, bis auf eines und das war riesig. Dann fuhr eine riesige Leinwand von der Decke herab und dabei wieder Rio, der stolz sagte: „Das Gen!"

Dann eine Art Trailer mit Zusammenschnitten des besagten neuen super Games mit dem Namen „Das Gen". In der Hauptrolle Giro, na ja, sie nannten ihn passenderweise Hero. Was er wiederum echt dämlich fand. Es war einfach voll krank, denn alles, was in dem bescheuerten Trailer vorkam, hatte er in der scheiß Zeit hier erlebt. Neben dem Regenschauer und Joses Angriff kam da auch der Angriff im Wal-Mart sowie die plötzliche Wiederauferstehung und Giros Angriff auf Ruben vor. Doch dies alles in Form eines Spiels. Was ging hier gerade ab, verdammt? Noch während es in seinem Hirn ratterte, erklang wieder die widerliche Stimme dieses Drecksacks. „Das Gen! Ich kann Sie beruhigen, das war natürlich nur ein kleiner Teil des riesigen Gameplays, es bietet natürlich noch eine Menge mehr. So viel kann ich ja schon mal vorab preisgeben. Es wird insgesamt über 60 Levels und noch etwa um die hundert Minispiele sowie auch eine riesige Onlineplattform beinhalten. Das nachfolgende Level, Level drei, wird in einem Krankenhaus stattfinden und Level vier – halten Sie sich gut fest, meine Damen und Herren – an einer riesigen Games Convention! Dem Spieler ist es in „Das Gen" möglich, eine einmalige Art von Bindung zu den jeweilig völlig unterschiedlichen Charakteren sowie der Geschichte zu entwickeln, und er kann dabei ihren Verlauf zu seinen eigenen Gunsten sowie auch Vorstellungen verändern. Dies jederzeit. Dies wiederum macht nur das neue und intelligente Spielkonzept der W-Global-Eta Corporation möglich und dessen Leistungen in der intelligenten Vernetzung sowie weiteren spektakulären Neuheiten."

Was zum Teufel sprach der schleimige Wichser da nur? Das ergab doch alles keinen verdammten Sinn. Seine Wut war groß. Scheiß auf die Leute, den nehme ich mir vor. Dies ging durch Giros Kopf, und während er mit Teufelsaugen, auf ihn fixiert, losmarschierte, sagte er laut und voller Zorn: „Ein Spiel? Was ist das hier?! Ein Spiel? Du Wichser willst spielen? Ich zeig dir ein Spiel! Es nennt sich: Schlag den Kerl im Anzug zu Brei!"

Dies waren nicht nur böse Worte. Nein, diesen Worten folgten sogleich Taten nach und er schlug den Anzugkerl vor all den Leuten nieder. Als dieser ein kleines Katana zückte und Giro damit die Kehle aufritzen wollte, riss er ihm das Ding, das in diesem Augenblick wie ein Zahnstocher schien, aus den Händen und schnitt ihm eine Scheibe seines Ellbogens wie ein Stück Sushi ab. Die Wellenklinge des gut geschliffenen Messers durchtrennte den Gelenkknochen wie nichts. Das nippelartige Fleisch samt Knochenstück fiel zu Boden und dazu kam helles Blut, das wie ein sichelförmiger Kreis durch die Luft auf den Linoleumboden spritzte. Doch Giro konnte nicht mehr aufhören und wollte ihn kaltmachen. Als er ihm seine Kehle schließlich mit dem Katana wie bei einem nutzlosen Schwein aufschlitzen wollte und schon dazu angesetzt hatte, spürte er einen Stich und dann einen Griff im Nacken, wobei er einen Pfeil in den Händen hielt. Doch noch bevor er weiterdenken konnte, wurde alles schwarz – Timeout.

─☙ Kapitel 10 ❧─

Der virale Ausbruch

Erwachen mal anders, und zwar mit Handschellen an einen Blechmann gekettet. Doch noch bevor er seine Augen richtig offen hatte, eine panische Frauenstimme, die hysterisch schrie: „Er wacht auf! Der Irre wacht auf!"

Na klasse, nun war er der Irre, oder wie? Doch sein Kopf schmerzte mal wieder und seine Hände waren an das dumme Werbeblechteil gefesselt. Also hockte er nur schweigend mit finsterem Blick an der Werbefigur festgekettet da, auf einem grässlichen Linoleumboden. Während er da saß, starrten ihn einige weitere Leute seltsam an. Was ging hier vor und wer hatte ihn wie einen Eisbären narkotisiert? Da – sein Bruder inmitten der starrenden Leute. Doch als er ihn ansah, bekam er nur einen verächtlichen Blick als bittere Antwort. Da – zwei große Kerle in Schwarz und gut sichtbar ihre Panzerwesten. Genauso wie ihre gut sichtbaren Knarren und die Schlagstöcke in ihren Händen. Was wollten die von ihm? Im gleichen Moment die Stimme von Maxim, der zu den beiden Kerlen sagte: „Hey! Halt! Was soll das? Er tut doch niemandem mehr was!"

Da sahen die Männer ihn grimmig an, doch noch bevor sie ihm antworten konnten, erklang die ätzende Stimme von Rio Mazuro. Er lief direkt vom Podest herab und auf die Menge zu, wobei ihm schon jemand seinen lädierten Arm verbunden hatte, den er ihn in einer Schlinge trug. Er meinte, immer noch grinsend: „Schon gut. Alles in Ordnung, es lief doch alles wie geplant. Mein liebes Publikum, ich weiß ja nicht, wie es Ihnen gerade ergangen ist, aber Sie sehen alle ziemlich in den Bann gezogen aus. Das ist das Leben! Das ist echt! Das ist unser Konzept! Echt und ohne Umschweife oder Vorwarnung!"

Dann kniete dieser Widerling sich auf die Höhe von Giro, wobei er ihn dumm von der Seite angrinste. Doch dieser reagierte nicht darauf und würdigte diesen Widerling keines Blickes.

Da flüsterte Rio leise neben seinem Ohr: „Du bist wahrhaftig wie dein Vater. Aber du kannst es nicht aufhalten. Niemand kann das."

Dann stand er auf und wollte gehen, doch Giro rief ihm grob hinterher: „Vielleicht kann ich und auch sonst niemand es stoppen, aber das Gen B89 kann es!"

So offen hatte er das noch nie ausgesprochen. Doch nun war es ihm gerade scheißegal, wer alles zuhörte oder zusah. Der Kerl sollte sich ins Knie ficken, und zwar mitten durch. Giros Ansage bekam Aufmerksamkeit. Die Ratte blieb stehen, um sich dann sichtlich angestachelt zu Wort zu melden, diesmal ohne Grinsen. „Was dann ja wiederum du wärst! Jaja, ich habe meine Hausaufgaben gemacht im Gegensatz zu dir, mein Freund. Aber gut für uns, wenn du weiterhin planlos bleibst. Denn nur dank dir und der tollen Tests haben wir nun all die Daten, die wir brauchen für unseren großen Durchbruch. Aber nun gut, ich muss noch in ein Meeting und sollte mich langsam verziehen, denn … na ja, du wirst schon sehen! Ihr werdet schon sehen!"

Nicht nur Giro war sichtlich verwirrt von den Worten des Kerls, sondern auch die vielen Besucher. Doch als einer etwas zu Rio Mazuro sagen wollte, zogen etliche Kerle ihre Knarren vor und begleiteten Rio Mazuro sicher zum Ausgang, wobei sie sonst keinen herausließen. Die Türen wurden einmal mehr verschlossen. Wieder war er eingeschlossen mit etlichen Menschen in einem Gebäude, das wahrscheinlich bald infiziert werden würde, mit was auch immer. Doch er konnte nichts tun, da er an den blöden Werbescheißdreck gekettet war. Aber eigentlich war dies gerade jetzt angenehm. Er entkam so ein wenig der Hektik und Panik, die nun auf einmal herrschte. So saß er da und versuchte nur zu verstehen. Doch er begriff einfach nichts, und noch während er da saß und sichtlich in Gedanken versunken fassungslos ins Nichts starrte, kam auf einmal sein Bruder, wobei dieser nun nicht mehr wütend, sondern ebenfalls fassungslos war. Als er bei Giro ankam, sah er ihn mit großen Augen erschreckt an. „Was geht hier vor?"

„Diese Frage stellst du dir erst jetzt?!"

Sunny antwortete: „Ich hab sie mir vor zwei Jahren mal gestellt, aber nie eine Antwort bekommen, zumindest nicht von dir. Also ja, ich stelle sie mir jetzt."

„Wie es aussieht, wurden wir hier von einem irren Japsen eingeschlossen. Keine Ahnung, was als Nächstes geschehen wird. Aber eines weiß ich, es wird etwas kommen. Wir sind schließlich in Level 4, nicht wahr? Spiel doch das Spiel, dann weißt du's."

Doch noch während Giro sprach, fielen auf einmal Dutzende der Leute einfach um. Da sagte er, während er sichtlich angeekelt war: „Na toll! Wenn man von der Scheiße spricht, kriecht sie einem auch gleich zum Arsch raus! Das 4. Level hat wohl soeben begonnen!"

Dabei lachte er ein wenig zynisch und sah dabei zu den in Massen umkippenden Leuten. Doch dann erblickte er zwischen den am Boden Liegenden auch Maxim. Diesen hatte es wohl auch erwischt, nur wie? Giro hatte kein Gas gerochen noch welches gesehen. Wie hatten die sich angesteckt? Aufgeregt wandte er sich zu seinem Bruder. „Sunny! Ich weiß, dir wurde wirklich eine Menge Scheiße erzählt. Aber eines musst du wissen! Naomi geht's gut und diesen Akai hab ich in die eisige Hölle geschickt!"

„Naomi! Sie lebt also? Und ihr geht's wirklich gut?!"

„Na ja, vor etwa sechs Stunden ging es ihr den Umständen entsprechend eigentlich ziemlich gut. Doch nach dem, was der Yakuza Spasti da Irres von sich gegeben hat, bin ich mir nun nicht mehr so sicher, ob es ihr wirklich immer noch gut geht."

Sunny fragte: „Was meinst du damit?"

„Er sagte doch, Level 3 finde in einem Krankenhaus statt."

„Ja und?!"

„Naomi wollte in ein Krankenhaus, um ihrem Bruder zu helfen", erklärte Giro.

„Bruder?!"

„Ja. Lange Geschichte. Dafür haben wir jetzt keine Zeit, denn wenn hier dieselbe Scheiße wie im Wal-Mart abgeht, dann will ich nicht inmitten der Monster an einen Blechhaufen gekettet sein."

„Wal-Mart?!"

Giro mahnte drängend: „Sunny!"

„Ja doch, ich befreie dich von den dummen Handschellen und der Transformer-Werbefigur. Einen Moment, ich muss nur …"

Da sah ihn Giro an und sagte nur: „Siehst du die Lücke da oben an dem Transformerding? Wenn du mit genug Schwung gegen den Scheißhaufen trittst und ihn so ein wenig zum Schaukeln bringst, kann ich mich an der Wand abstützen und die Kette mit ein wenig Geschick durch den Spalt zwängen. Komm schon, du bist härter als der Blechmist."

Sunny zögerte. „Das ist eine riesige Transformer-Werbefigur und dazu noch aus Blech … Wie soll ich das Ding denn zum Schwanken bringen?"

„Keine Ahnung! Renn dagegen oder tritt es, mir egal! Aber beeile dich bitte! Die Ersten von denen schwellen schon an und du willst nicht sehen, was danach mit ihnen geschieht!"

Da sah sich Sunny kurz um und rannte dann entschlossen auf die Statue zu, wobei er ihr einen echt starken Tritt verpasste. Aber außer einem lauten Klang und dem schmerzenden Bein von Sunny geschah nichts. Das Teil war wirklich stabil und schwer dazu. Aber was nun? Doch noch bevor Giro etwas sagen konnte, holte Sunny ein zweites Mal Anlauf und rannte wieder zielgenau auf die Figur zu, wobei er sie diesmal mit dem gesamten Körper über den Haufen rannte. Na ja, sie gab nicht ganz nach, wobei sein Bruder schmerzlich an ihr abprallte und zu Boden fiel. Aber dabei wackelte sie und dies reichte schon, um sich zu befreien, was Giro auch tat. Er trug zwar immer noch die viel zu engen Handschellen, konnte sich jedoch nun wieder mehr oder weniger frei bewegen. Er half seinem Bruder wieder auf die Beine und sagte: „Wir müssen weg von den Infizierten! Komm schon!"

„Was? Aber was ist mit all den anderen Leuten?"

Dann sah Sunny sich um und stellte fest, dass sein Bruder recht hatte. Es gab nicht nur Infizierte, sondern auch viele, die noch auf ihren Beinen standen und verwirrt umherhuschten. Also griff Giro sich das Mikrofon des nun infizierten kleinen, fetten Arschlochs von vorhin und sagte zu allen: „Keine Ahnung, was ihr von mir denkt! Aber ich möchte euch nur warnen! Das, was in den nächsten Minuten mit den Leuten geschehen wird, die umgekippt sind, ist eine echt üble Scheiße! Anders kann ich es nicht nennen und jeder, der hierbleibt, wird unweigerlich auch so enden! Ihr solltet alle hier weg und das schnell! Ach – und schließt wenn möglich die Türen hinter euch …"

Dann warf er das Mikro weg, und noch während die Leute panisch die Arena in Richtung des verschlossenen Eingangs stürmten, griff er seinen Bruder am Arm. „Wir müssen Maxim mitnehmen! Da ich die Hände gefesselt habe, musst du mir helfen, ihn zu tragen. Also komm!"

Dabei griff er Maxim unter die Schultern und sah seinen Bruder an. Nach einem Augenblick griff dieser wortlos zu und packte sich die Beine. Sie schleppten ihn schließlich mit bis zum Eingang, wo schon alle panisch herumschrien und verzweifelt gegen die dicken Scheiben schlugen. Da sagte auf einmal sein Bruder zu ihm, während er Maxim beunruhigt ansah. „Du meintest eben, Infizierte! Ist er nicht auch infiziert?"

„Ja, das ist er! Aber ich kann ihm vielleicht helfen!"

Sunny fragte: „Wie das?! Ich meine, wenn du ihm helfen kannst, warum dann nicht gleich allen anderen, die es haben?"

Giro entgegnete: „Hör zu, ich weiß nicht, ob ich ihm helfen kann. Aber wenn es klappt, dann nur, weil sein Blut anders ist. Keine Ahnung, wie ich dies nun wieder erklären soll. Auch egal, hilf mir mal und suche mir einen Kugelschreiber oder sonst was, wie zum Beispiel ein Messer."

Doch Sunny musste nicht suchen, sondern griff in seine Hosentasche, wo er ein Springmesser rausholte. Dies war jedoch nicht irgendeines, sondern gehörte Giro. Er trug es immer mit sich, eigentlich sogar vier davon. Giro sah seinen Bruder nur leicht genervt an, denn warum rückte er erst jetzt damit heraus? Während er sich das Messer griff und sich gekonnt damit von den lästigen Handschellen befreite, sagte er nur verständnislos zu seinem kleinen Bruder: „Du bist und bleibst ein Chaot! Warum rückst du erst jetzt mit dem Schätzchen raus? Also echt, hättest dir damit die peinliche Nummer mit der Blechfigur ersparen können!"

Im gleichen Moment erblickte er hinter den dicken Scheiben auf der anderen Seite eine Person, die ihm zuwinkte und dies ziemlich energisch. Während er auf sie zulief, sagte sein Bruder nur kleinlaut hinterher: „Wusste ich, dass du so was kannst?"

Doch Giro war schon ganz woanders und bekam diesen Satz gar nicht mehr mit. War auch irrelevant. Als er näher an die Scheibe kam, sah er Naomi. Sie stand draußen und winkte ihn energisch zu sich. Neben ihr stand ihr Bruder Ruben und es schien ihm erstaunlich gut zu gehen. Doch für Giro zählte nur eines, Naomi ging es gut. Durch das dicke Glas verstand er jedoch kein Wort und so sah er sie nur an, bis auch sein jüngerer Bruder dazukam und sich riesig freute, Naomi zu sehen. Auch Naomi kamen gleich die Tränen, als sie Sunny erblickte, wenn auch nur durch dickes Glas. Als sie einen Filzstift von Ruben erhielt und auf die Scheibe schrieb: „Wir holen euch da raus", sah auch Giro sich um und erblickte eine Frau mit viel Schminke im Gesicht. Er griff sich ihre Handtasche von Gucci und kramte einen weinroten Lippenstift heraus. Obwohl dies der Schnepfe sichtlich missfiel, hielt ihn keiner davon ab. Nicht mal der quietschende Zwergpudel unter ihrer schweißigen Achsel. Als er zurück zum Fenster kam und etwas schreiben wollte, erklang auf einmal eine Art Kriegsschrei und der summende Motor eines Rollators dazu. Der Opa im Hawaiihemd mit der Kakihose rollte mit vollem Tempo auf die Scheibe der Eingangstür zu, wobei er laut schrie: „Heureka!"

Es war verrückt, aber alle sahen mal wieder nur zu und der Alte krachte mitsamt seinem Beinersatz mit vollem Elan in die Scheibe. Wie eine alte Taube, die nach einem Herzkasper mit etwa 100 Sachen an einem Schaufenster abprallt. Na ja, außer dem Alten und seinen Knochen war nichts gebrochen. Leider auch nicht die Glastür, sie hatte scheinbar nichts außer dem Fettfleck durch den Aufprall und ein wenig Blut abbekommen. Erst einige Sekunden nach dem ersten Schreck eilten ein paar zu dem Opa, hoben ihn sowie seine Zähne vom Linoleumboden auf und richteten ihn so wieder einigermaßen her. Doch Giro war schon wieder bei Naomi und schrieb an die Scheibe: „Alles dicht! Aber wir haben ein anderes Problem!"

Dabei zeigte er mit dem Finger auf Maxim, der schon allmählich aufging. Dann schrieb er weiter: „Muss helfen. Einer von 8."

Da riss sie ihre Augen weit auf und sah ihn verdutzt an, wonach sie wieder den Stift griff und auf die Scheibe kritzelte: „Dein Blut. Gib es."

Da die Schrift gespiegelt war, brauchte er einen Augenblick, um es richtig zu lesen. Sein Blut geben? Ja, das wollte er. Doch wie? Vorhin in der Handtasche der Frau war doch in der Seitentasche auch eine Spritze. Er hatte es gefühlt. Also ging er noch mal zu ihr und griff sich ihre Tasche einfach ein zweites Mal. Wobei sie die Tasche nun fest in ihren Händen hielt und er sie ihr regelrecht entreißen musste. Doch wieder hinderte ihn niemand daran. Er griff nach der Spritze, woraufhin die Frau jedoch gänzlich ausrastete und wie eine Furie auf ihn einschrie. „Geben Sie das zurück! Hören Sie sofort auf, mich zu bestehlen! Zuerst mein Lippenstift von Dior und nun auch noch meine einzige Insulinspritze! Hilfe! So helfen Sie mir doch!"

Er sah sie nur mit der Spritze in der Hand an. Und als sie ausgetobt hatte, sagte er in aller Ruhe, denn sie war schließlich eine Frau, wenn auch eine, die man um jeden Preis loswerden wollte: „Insulinspritze? Hören Sie zu, sehen Sie meinen Freund da? Er braucht seine Medizin und das gleich, sonst stirbt er. Also bitte ich Sie, mir die Spritze zu überlassen ohne weiteres Theater. Und unter uns, ich hab nicht nur die Spritze in Ihrer Tasche gefunden, sondern auch noch einen angesengten Löffel. Ich sage nur so viel, Sie sollten damit aufhören, sonst zerstört es nicht nur Ihr Aussehen."

Dann ging er ohne ein weiteres Wort los zu seinem Kumpel Maxim, wobei die Frau, sich seltsam die Arme haltend, noch verlegen sagte: „Insulin. Ich bin nur zuckerkrank. Insulin."

Als Giro sich mit der Spritze sein Blut abzapfte, um es Maxim zu verabreichen, öffnete dieser unerwartet seine Augen. Mit einem gequält wirkenden Grinsen im Gesicht und schwacher Stimme flüsterte er: „Was ist hier los? Und warum, verdammt, fühle ich mich, als ob ein Alien mich in den Arsch gebumst hätte? Bin ich etwa schwanger? Ich geb aber eine echt beschissene Mutter ab, das Kind kann nur ein Krüppel werden. Du musst uns töten! Töte mich und vor allem töte es!"

Giro antwortete: „Was? Nein, ich töte niemanden und du bist sicher nicht schwanger, außer ich hab einen Teil verpasst. Nein, es liegt an dem Virus, dass du wie ein Muffen aufgehst. Aber ich glaube, ich kann dir helfen. Halt einfach still."

„Ich bin nicht schwanger. Das ist ja schon mal was. Dann sind es also nicht die Außerirdischen. Aber wer tut so was? Und was ist das für ein Zeug in der Spritze, Herr Doktor?", wollte Maxim wissen.

„Nein, leider sind es keine Außerirdischen, sondern nur ätzend böse Leute mit zu viel Geld und Kontakten. Du weißt schon, das Übliche halt."

„Wie der Taubenschiss am Morgen, schon klar. Aber was ist in der Spritze?"

„Ach, in der Spritze ist lediglich mein Blut. Also nichts Schlimmes, wenn man auf Geschlechtskrankheiten steht, versteht sich natürlich."

Maxim musste lächeln. „Haha. Lach mich rund. Ach nein, geht ja nicht, bin ich schon. Aber schon klar, dass du der größte Weiberheld bist, wusste ich schon, langweilig. Eines jedoch find ich cool. Mal abgesehen von deinen Geschlechtskrankheiten sind wir nun echte Blutsbrüder, oder?"

Giro bestätigte. „Klar sind wir das und ich hab auch keine Geschlechtskrankheiten, also beruhige dich wieder."

„Sehe ich etwa angespannt aus? Egal, welche Geschlechtskrankheit du auch hast, ich hatte sie vor dir. Ich sag nur eines, Cloé."

„Was? Woher … Ach, auch egal! Ich bin gesund und das ist sicher, Cloé hin oder her."

„Schlampe", schimpfte Maxim.

„Hab's verstanden! Aber, Alter, dein Bauch geht zurück. Du siehst wieder einigermaßen normal aus."

„Voll, mir entweichen die Fürze so schnell, dass man sie nicht mal mehr hört …"

Im gleichen Augenblick ein lautes Krachen, gefolgt von zwei Motorrädern, die von außen durch die Scheibe geflogen kamen, wobei sie mit voller Wucht durch den Eingangsbereich krachten und alles mit sich rissen auf ihrem langen Weg. Das eine schlitterte mit vollem Tempo und nur einige Zentimeter an Giro und Maxim vorbei. Da die großen Türen zur Arena noch immer weit offen standen und einige der Infizierten sich schon auf dem Weg in Richtung Eingang befanden, wurden praktischerweise gleich einige von ihnen umgenietet von den Motorrädern. Die Leute stürmten nach draußen und diesmal wurden sie nicht über den Haufen geballert wie im Wal-Mart. Da – Naomi und ihr Bruder Ruben. Giro packte sich Maxim und sie verließen mit Sunny zusammen die Arena. Endlich draußen und das mit mehr Anhang als gedacht. Sie stiegen allesamt in den rostigen Wohnwagen. Diesen hatten Naomi und ihr Bruder zuvor ein Stück die Straße runter abgestellt. Dann ging Naomi aufs Gas und fuhr drauflos.

⸎ Kapitel 11 ⸎
Von der Eingebung zur Erkenntnis

Sie waren zurück in dem schrottreifen Wohnwagen und auf dem noch immer unklaren Weg, den sie nun alle gemeinsam beschritten. Für einmal nicht allein mit dem ganzen Scheiß. Ein Gedanke, der Giro wie ein Segen vorkam. Sonst stand er immer allein mit dem Mist da und musste sich mühselig durch die Einsamkeit kämpfen. Doch nun war er nicht mehr allein und damit der Einzige mit seinem Wissen. Sie wussten alle von dem Gen B89 und nun, da er es laut vor Dutzenden von Menschen ausgesprochen hatte, wussten es sogar völlig Fremde. Obwohl diese Menschen keine Ahnung hatten, was es damit auf sich hatte, war es doch ein eher gewagter Schritt von ihm gewesen. Vor allem, da er es diesem Rio Mazuro unter die Nase gerieben hatte. War dies wirklich eine kluge Aktion? Er wusste es nicht und konnte sich noch immer keinen richtigen Reim auf die Geschehnisse machen. Doch dies war er schon langsam gewöhnt, blind umherzuirren und dies trotz seine ausgezeichneten Augen. Im Wohnwagen, den Naomi gekonnt lenkte, begann die Suche nach der Erkenntnis, die sie nun wirklich brauchten, denn zurzeit waren sie anscheinend wie Marionetten und das Spiel war ätzend düster. Maxim, der langsam wieder eine normale Körperform annahm und anscheinend gut auf die pure Blutinfusion reagierte, lag auf dem geschändeten Doppelbett im hinteren Teil des Wohnwagens, wo er sich noch erholen musste. Als Giro mit seinem Bruder und Ruben im Zwischenteil des Wohnwagens um den klebrigen und völlig abgenutzten Tisch auf der widerwärtig erdnussfarbigen Eckcouch saß, sagte er zu Ruben: „Das war mal wieder echt eine üble Scheiße! Aber was geht bei euch ab? Dir ging's doch zuvor so beschissen übel?! Wart ihr etwa in einem Wunderkrankenhaus?!"

Ruben antwortete: „Wunder? Du meinst wohl eher Horror! Ein Wunder ist es wohl eher, dass wir dort überhaupt wieder lebendig rausgekommen sind!"

„Ihr wart also in einem Krankenhaus! Und was habt ihr dort so Schreckliches erlebt? Ich meine, du siehst lebendiger aus als zuvor."

„Das stimmt", berichtete Ruben, „jedoch nicht dank des Besuchs im Krankenhaus, sondern dank meiner lieben, kleinen Schwester! Sie hat mir den Rest des Impfstoffes verpasst, kurz bevor ich abgekratzt bin. Kurz nachdem wir da ankamen und in das Krankenhaus gegangen sind, hat es begonnen!"

„Was?"

„Dieselbe Scheiße wie im Wal-Mart, nur dass diesmal nicht Gas, sondern wie beim Schauer das Wasser verseucht war. Denn zuerst gingen die Sprinkler an der Decke an – und dann Panik. Doch die Türen aller Ein- und Ausgänge waren verschlossen, wobei auch das Personal verwirrt umherirrte. Rafael und seine Amigos Pedro, Josef, Caspar, sie sind alle tot! Sie wurden zu – na ja – solchen Dingern. Mich hätte es auch beinahe erwischt. Nur dank Naomi bin ich noch hier!"

Giro meinte: „Ich dachte, du hättest ihr alles verabreicht?!"

„Dachte ich auch. Ich habe jedoch die Spritze behalten, und als sie diese in meiner Jacke fand, hat sie mir den kleinen Rest verabreicht, was jedoch schon gereicht hat. Aber die Wirkung hat schon wieder nachgelassen. Zumindest bei mir, denn ich hab mich vorhin beim Sprung vom Motorrad aufgeschürft und es heilt überhaupt nicht ab. Schau! Bei Naomi ist das so eine Sache. Ich habe ihr wohl eine Art von Überdosierung verabreicht und bei ihr lässt die Wirkung nicht nach. Was ihr wiederum im Krankenhaus auch das Leben gerettet hat. Sie war die Einzige, die trotz durchnässter Klamotten keinerlei Symptome der Krankheit zeigte."

„Was meinst du mit Überdosis?! Das klingt ziemlich beunruhigend und gefällt mir überhaupt nicht! Erklär es!"

„Ähm … Na ja, ich wusste nicht, wie viel von dem Zeug man verabreichen muss. Also verabreichte ich ihr einfach alles, was da drin war. Was am Ende auch nicht alles war, da ein minimaler Rest übrig blieb. Im Nachhinein betrachtet hätte wohl eine solch kleine Menge auch bei ihr gereicht. Aber es sollte ihr nichts passieren. Die Wirkung hält anscheinend einfach länger an. Keine Ahnung, wie lange noch, jedoch bestimmt nicht für immer!"

Giro sah ihn wenig begeistert an, und noch bevor er ihm antworten konnte, mischte sich Sunny ein, der spitzfindig zu Ruben sagte: „Stand denn nichts auf dem Beipackzettel?"

Ruben sah ihn erstaunt an und sagte dann verwundert zu Giro: „Wer soll das bitte sein? Und warum stellt er mir eine solch dämliche Frage?"

„Er ist mein Bruder und von seinem derzeitigen Wissensstand her betrachtet macht die Frage Sinn."

Während Sunny nur fragend in die Runde sah, meinte Ruben: „Ist das so? Na dann prost, Junge, willkommen in der Hölle!"

Sunny gab zurück: „Hölle? Meint er etwa Las Vegas damit oder den ekligen Wohnwagen? Giro, erkläre mir nun endlich mal die ganze Scheiße hier! Mein Hirn kollabiert gleich!"

Doch bevor Giro etwas sagen konnte, meldete sich Naomi, die vorne am Steuer saß und gerade das Wohnmobil lenkte, überraschend: „Sunny! Komm und setz dich zu mir. Ich versuch, dich auf den neusten Stand zu bringen, soweit ich kann. Du hast mir bestimmt auch eine Menge zu erzählen. Es sind nun schließlich über zwei Jahre vergangen, in denen wir kein einziges Wort zusammen gesprochen haben."

Dabei klopfte sie mit einer Hand auf den Beifahrersitz. Als Giro nichts außer einem leeren Blick von sich gab, stand Sunny auf und begab sich schließlich zu Naomi nach vorne. Giro war froh, dass sich Naomi um seinen Bruder kümmerte und er so mit Ruben einen Augenblick allein sprechen konnte. Ihm gingen nämlich gerade ziemlich viele Dinge durch den Kopf und Ruben konnte ihm vielleicht helfen, etwas Ordnung dort hineinzubringen.

Giro wandte sich also an Ruben. „Ich habe langsam das Gefühl, ich werde komplett irre. Seit du mich da aus der Geheimbasis befreit hast, fühle ich etwas. Ein seltsames Gefühl und das nicht nur wegen dem Psychoscheiß, den ich andauernd erlebe. Es ist, als ob jemand mit mir spiele. Mich hin und her schiebt, wie es ihm gerade so in den Kram passt."

Ruben meinte: „Mann, ich verstehe das. Es ist alles ziemlich viel und auch …"

„Nein, tust du nicht! Denn das, was ich meine, ist, dass die, wer auch immer sie sein mögen, in den zwei Jahren was mit mir angestellt haben."

„Okay ... Ja, bestimmt haben die das, und zwar rumexperimentiert. Aber das solltest du vergessen. Du hast zum Glück nichts davon wirklich mitbekommen. Na ja, es ist natürlich trotzdem eine üble Sache."

„Es geht mir nicht um das, was sie an mir rumexperimentiert haben. Es geht mir darum, was sie mir eventuell immer noch antun."

Ruben widersprach: „Dir? Falls du es verpasst hast, auch wenn du nicht da bist, geschehen solch schreckliche Dinge."

„Okay, vielleicht hast du recht und ich liege falsch. Aber du hast auch nicht gesehen, was für eine Show an dem Gamedings abgegangen ist. Nach der Nummer würdest du die Dinge auch ein wenig anders betrachten."

„Was lief denn da so, außer Panik und dem Virus?"

„Gute Frage. Ich versuche noch immer, es irgendwie zu verstehen, aber es ergibt keinen Sinn. Da war dieser Kerl, Rio Mazuro. Ein echt übler Drecksack. Aber eigentlich ein Mitglied der Yakuza und, na ja, kein Spielentwickler oder so. Doch er benahm sich, als ob er ein neues Spiel promoten würde. Dieses Spiel präsentierte er schließlich voller Stolz. Danach waren etliche Leute auf einmal infiziert. Frag mich nicht, wie dies passiert ist, denn als ich dem Kerl vor allen Leuten die Gurgel aufschlitzen wollte, wurde ich wie ein verdammter Eisbär betäubt, und zwar mit einem Pfeil in meinem Nacken."

„Wem wolltest du die Gurgel aufschlitzen, dem Yakuza Arsch etwa? Warum das?", wollte Ruben wissen.

„Na wegen dem Spiel! Er nannte es, glaube ich, ‚Das Gen' oder so. Aber der Name ist scheißegal, es geht um den Inhalt."

„Und der wäre?"

„Wir! Wir sind der Inhalt! Das, was wir hier erleben! Einfach alles! Vom Schauer bis hin zum Gamedings und dem Krankenhaus. Er sprach davon, als ob es lediglich Levels eines völlig kranken Spiels seien. Nach dem Level 1, dem Schauer, gab es noch

Level 2, was unser Zwist war, und dann Level 3, das Krankenhaus. Level 4 ist das Gamedings. Danach sagte dieser Arsch, dass es über 60 Levels und dazu noch 100 von Minispielen sowie eine Onlineplattform geben würde. Ich meine, was zum Teufel … Ergibt das irgendeinen Sinn für dich?"

„Das klingt äußerst krank! Aber nun verstehe ich, glaube ich, auf was du hinauswolltest. Sie spielen mit dir! Aber nicht einfach nur so, sondern um ihre Tests durchzuführen. Sie wollten, dass ich dich da raushole, und haben dich verwanzt oder so. Die Anschläge, die hier verübt werden, sind lediglich Tests, um herauszufinden, wie das Virus am besten eingesetzt werden kann. So was hab ich oft beim Militär gesehen. Die Übung vor dem Einmarsch. Doch weißt du was? Das ist unser Glück, denn bis jetzt dachten wir, dass es schon begonnen habe. Doch es waren nur die Warnglocken! Was bedeutet, wir haben nun ein neues Zeitfenster, um dagegen vorzugehen, bevor … na ja … das Schlimmste eintritt …"

Giro hatte Zweifel. „Keine Ahnung, warum du das als was Positives ansiehst. Ich kann da beim besten Willen nichts Gutes oder Hilfreiches erkennen. Auch wenn es lediglich Test waren, waren diese äußerst krank und mehr als nur beunruhigend. Ich meine, was kommt bitte als Nächstes?"

Ruben überlegte. „Eine Frage. Du meintest, als dieser Yakuza-Heini das Spiel präsentierte und eine Art Trailer abspielte, seien die Leute ein wenig später einfach umgekippt?"

„Ja, so in etwa … Nur, ich war dazwischen weggetreten."

Ruben wiederholte: „Zuerst eine Art großflächiger Schauer, der viele langsam infiziert. Dann ein Angriff mit Gas auf eine scheinbar ausgewählte Gruppe von Menschen im Wal-Mart. Kurze Zeit später noch ein Angriff und wieder mit Wasser, nur nun auf eine eher gezielte Gruppe von Menschen sowie in einem geschlossenen Gebäude. Zum Schluss der Anschlag auf der Spielmesse."

„Ich war dabei! Also warum zählst du die Scheiße so penibel auf?", fragte Giro.

„Na, um ein Muster zu erkennen!"

„Ein Muster? Gerade dein Ernst? Wir sind hier nicht bei: Ich strick dir was, Oma! Also hör auf, unnütze Scheiße von dir zu geben! Sonst erkennst du bestimmt ein Muster, und zwar das meiner Faust in deinem Gesicht! Altbekannt aus neuer Hand, versteht sich."

Ruben konterte: „Was meine Schwester bloß an dir findet? Du bist ein echt sturer Hitzkopf und dazu auch noch eine Spur zu selbstsicher. Echt eine üble Kombi! Andauernd fährst du einen teilweise völlig grundlos an und dann gleich aufs Übelste!"

„Sie liebt halt meine nette Seite! Was interessiert es dich überhaupt?"

„Darüber lässt sich streiten, ob du so eine Seite besitzt oder nicht! Und sie ist meine Schwester, natürlich interessiert es mich. Aber nun gut! Noch mal zu den Anschlägen, ich wollte da nämlich vorhin auf etwas hinaus. Wenn meine Annahme stimmt, dann müsste der Anschlag auf der Spielmesse durch das Spiel selbst ausgelöst worden sein. Dazu kommt, dass sie bei jeder Variante verschiedene Variablen ausprobiert haben. Darunter auch das Gen B89 und dessen Reaktion darauf. Also deine! Verstehst du, auf was ich hinauswill?"

Giro begriff. „Sie testen nicht nur den Erreger, sondern auch das Gen B89."

„Genau und dies auf eine äußerst perfide Art und Weise."

„Doch wer sind die? Und vor allem, wie können wir sie aufhalten?"

Ruben erwiderte: „Gute Frage! Keine Ahnung! Aber ich weiß, wer uns da helfen kann."

„Und das wäre?"

„Eine junge Wissenschaftlerin. Ich kenne sie schon mein ganzes Leben und ihre Familie hängt auch tief in dieser Sache mit drin. Ihr Name ist Admind."

Giro rief: „Admind? Admind! Nein! Nein! Nein! Nicht, nein! Ich sage Nein!"

Ruben fragte erstaunt: „Was hast du nun wieder? Kennst du Admind etwa?"

„Nein! Ich sage Nein! Nein!"

„Was?! Auch egal, was du wieder hast. Sie ist die Einzige, die uns noch helfen kann."

Giro wiederholte: „Nein. Nein. Nein."

„Was ist bloß kaputt bei dir? Hör zu, sie kann auch den Nanochip wieder aus dir rausholen. Ich bin überzeugt, die haben dir so ein Ding implantiert. Wäre ich doch nur früher darauf gekommen! Es war alles zu leicht! Es konnte nur ein Trick sein!"

Giro sagte: „Diese Admind fasst mich nicht an und sie holt bestimmt auch kein Nanodings aus mir raus! Ich weigere mich, auch nur in ihre Nähe zu gehen. Wenn sie die einzige Person ist, die uns noch helfen kann, dann sind wir wohl verloren."

„Was?! Nicht dein Ernst, oder? Was läuft bei dir bloß? Ich sage dir, dass sie uns verfolgen und du einen Nanochip irgendwo in deinem Organismus mit dir rum trägst, und du schiebst weiter einen Anfall wegen dem Namen der Person, die dich davon befreien kann. Das kann einfach nicht wahr sein!"

„Du hast ja keine Ahnung! Nur dank der Alten hat die ganze Scheiße doch begonnen!"

„Was? Nein, die Scheiße hat schon vor unserer Geburt begonnen und wir müssen nun helfen, sie runterzuspülen, denn sie hat den Abfluss verstopft. Also hör auf und gib dir einen Ruck! Ansonsten stehen unsere Karten ziemlich übel, da du der Joker bist!"

Giro lenkte ein. „Also, wo geht's jetzt hin?"

Ruben war erleichtert. „Geht doch! Wir sollten zuerst eine kurze Rast machen und ich schau, dass ich mit meinem Smartphone und ein wenig Glück eine Internetverbindung herstellen kann. Da ich nur so mit Admind Kontakt aufnehmen kann. Dein Freund mit den Symptomen muss sich auch erst mal erholen. Du meintest, er sei einer der acht?"

„Ja."

„Woher weißt du das?"

„Ich weiß es einfach! Nenn es eine Eingebung, wenn du willst."

„Eine Eingebung. Na gut, wenn das stimmt, ist es fabelhaft! Aber du musst vorsichtig sein, denn nach dem, was wir nun wissen, könnte alles eine Falle sein, auch dein alter Freund. Oder … sogar dein kleiner Bruder …"

„Was? Sunny? Sicher nicht! Vielleicht haben sie ihn extra hierher gebracht, doch er würde nie wissentlich gegen mich arbeiten! Nun ist er bei uns und somit auch mit an Bord!"

„Klar doch! Das sagte ich nicht! Ich meine damit nur, dass sie ihn auch gut gegen dich verwenden könnten!"

Giro hörte seine warnenden Worte, jedoch gab er keine Antwort darauf. Nachdem Naomi den Wohnwagen am staubigen Straßenrand abgestellt hatte und sie auf irgendeiner endlos wirkenden Landstraße irgendwo in der trockenen Wüste standen, versuchte Ruben, ein Stück entfernt vom Wagen ein gutes Signal zu erhaschen, um Admind zu kontaktieren. Während er damit herumirrte, begab sich auch Giro an die frische Luft. Als er neben dem Schrottmobil stand, stieß auch sein Bruder Sunny dazu. Er streckte ihm auf einmal eine Packung Zigaretten entgegen und dies ziemlich locker. Giro sah sich zuerst die Packung und das Feuerzeug nur an, bevor er ihm beides unsanft aus den Händen riss. Noch während er sich mit wütendem Blick eine Kippe ansteckte, sagte er grob zu seinem jüngeren Bruder: „Ich hoffe, die hast du im Wohnwagen gefunden?!"

Sunny antwortete: „Na klar! Sie lagen genau neben – lass mich überlegen – nein, es sind natürlich meine! Und wenn, wen juckt es schon!"

Da – ein harter Schlag auf den Hinterkopf und ein schmerzhafter Tritt gegen das Schienbein. Dies war die Antwort von Giro auf die dumme Aussage seines Bruders. Doch dieser maulte, noch während er sich hüpfend das Schienbein hielt: „Was soll der Scheiß wieder?! Das tat verdammt weh, Mann!"

Da sah ihn Giro nur bitterernst an und sagte wieder grob: „Ich will nur, dass dir eines klar ist. Solltest du weiter rauchen, sind es nicht die Zigaretten, die dich umbringen. Lass die Finger davon!"

Sunny fragte: „Was dann, wenn nicht die Zigaretten? Du etwa? Mein eigener Bruder? Du spinnst völlig! Ach, und danke übrigens, dass du mir immer alles wegnimmst! Du bist ein echtes Arschloch, weißt du das?"

„Klar doch! Mein Job! Aber cool, dass es dir auch endlich mal auffällt. Dein Bruder ist ein Arschloch! Komm schon, gründen wir einen Klub und nennen ihn, Giro das Arschloch! Weißt du was, ich habe gleich eine ganze Liste von Leuten, die liebend gerne Mitglieder werden, um so gemeinsam über mich herzuziehen! Aber weißt du was, ich scheiß drauf, kleiner Bruder! Das tun Arschlöcher schließlich, oder? Und daher kratzt es mich herzlich wenig."

Sunny erwiderte: „Ach, das ist ja mal wieder so typisch für dich! Du kennst einfach keine Gefühle!"

„Gefühle? Kommt drauf an, von was für welchen du sprichst. Ich meine, ich habe etliche Gefühle. Die meisten davon beinhalten hauptsächlich Hass, dies ist jedoch kein Grund, sie auszuschließen, oder? Denn es sind trotz allem Gefühle."

„Ja, ich sehe schon, du hast keine Ahnung!"

„Sunny! Was wird das hier? Bist du schwul oder so was in der Art? Ich meine, was willst du mir damit sagen?"

„Wie bitte?! Du spinnst völlig! Was ist bloß falsch bei dir? Bist du etwa schwul, oder was? Du bist nicht nur ein Arschloch, sondern auch ein unglaublich großer Idiot!"

„Wollen wir uns nicht besser gleich prügeln, um das hier aus der Welt zu schaffen? Ich meine, ich verdresche dich und dann entschuldigst du dich bei mir. Eigentlich ganz simpel, wie immer."

„Prügeln? Warum sollten wir? Ich meine, du hast doch schon alles von mir. Warum solltest du einen Grund dazu haben? Kannst mir nun eh nichts mehr wegnehmen, wie immer!"

Giro lenkte ein. „Okay, was hab ich dir bitteschön außer den dummen Zigaretten weggenommen? Wenn es wirklich nur wegen der dummen Dinger ist, hier hast du sie!"

Dabei streute er die Zigaretten vor die Füße seines jüngeren Bruders, wobei sie alle auf dem sandigen, staubtrockenen Boden landeten. Sunny reagierte weiterhin wütend, er zerstampfte die Zigaretten mit seinem Turnschuh und sagte mit verschränkten Armen zu Giro:

„Denkst du echt, dass es um die Scheißdinger geht? Auf die kann ich gut verzichten, jedoch nicht auf Naomi!"

Dann lief er einfach davon, hinaus in die karge Wüste, wobei Giro ihm noch hinterherrief: „Dein Ernst gerade?! Bist du nicht vielleicht doch lieber schwul oder möchtest du dich prügeln? Ach, komm schon, Sunny!"

Na toll, als ob er nicht so schon genug Probleme hätte. Nun war er zwar nicht mehr allein, dafür türmten sich nun die Probleme nur so und von allen Seiten kamen immer wieder neue dazu. Er müsste lügen, wenn er behaupten würde, er habe es nicht gewusst. Nein, er wusste es. Sein Bruder war auch in Naomi verknallt und dies schon ziemlich lange. Aber er hatte gehofft, er würde es einfach hinnehmen. Na ja, wie ein Mann halt. Aber nein, er war scheinbar echt angepisst deshalb. Doch Giro dachte, lassen wir ihn mal, er kriegt sich schon wieder ein. Im gleichen Moment öffnete sich die Tür des Wohnwagens, wobei erstaunlicherweise Maxim den Schrotthaufen verließ. Er sah schon recht gut aus, zumindest im Vergleich zu vorhin, und meinte, sich dabei die Hand vors Gesicht haltend, um sich vor den Strahlen der untergehenden Sonne zu schützen: „Scheiße, ich fühle mich wie ein Säugling!"

Giro entgegnete: „Ein eierköpfiger Säugling!"

„Wie bitte, Sie meinen?"

„Ach nichts! Ich denk an Möpse."

Maxim meinte: „Wer tut das nicht, mein Freud?"

„Keine Ahnung! Ist ein schöner Gedanke, oder?"

Maxim stimmte zu. „Oh … Ja, der Gedanke ist einer der besten! Ich meine, der hat mir schon über so manch einsame Zeit hinweggeholfen, besonders in Kombination mit meiner Rechten in meinem Schritt."

„Das Gefühl kenn ich. Aber ich krieg das am besten, wenn ich mir zu den hübschen Brüsten auch noch einen netten Arsch vorstelle."

„Scheiße, ja! Ein unbezahlbarer Gedanke! Besonders, wenn der Arsch so nett wackelt wie der von Cloé!"

„Cloé! Was hast du nur mit ihr? Andauernd kommst du mit ihr an! Es gibt Millionen von Weibern, die mit dem Arsch wackeln und das andauernd! Warum sie?", wollte Giro wissen.

„Verdammt! Ich hab keine Ahnung! Eigentlich hasse ich sie. Aber dann wiederum ist sie die Einzige, die ich, sagen wir mal, wirklich mag bzw. mochte. Es ist kompliziert. Ach, und die Tatsache, dass du sie auch gebumst hast, hat die Lage nicht verbessert. Aber schon gut, du warst nicht der Einzige. Du bist nur der Einzige, den ich nicht dafür verprügelt hab!"

„Ach, und warum hast du mich verschont?"

Maxim erklärte: „Ich dachte, du seist tot. Tote lässt man ruhen!"

„Und jetzt? Warum schlägst du mich nicht oder versuchst es zu mindest?"

„Weil wir uns sowieso scheiden lassen."

„Was? Wer lässt sich scheiden?"

„Na, ich und Cloé."

Giro fragte verdutzt: „Das heißt, du und Cloé, ihr seid verheiratet, oder wie?"

„Bingo, würde ich mal sagen. Aber es war eine harte Zeit mit ihr. Die schlimmsten sechs Jahre meines Lebens. Schlampe bleibt Schlampe!"

„Wow! Na gut, wenn das so ist. Es tut mir leid, dass ich deine Ehefrau gebumst hab. Das wusste ich noch nicht mal!"

Maxim zeigte sich versöhnlich. „Schon gut! Wie gesagt, alles kein Stress mehr. Sie ist das wahre Übel. Am Ende wollte sie mir sogar noch ein Kind unterjubeln. Aber da stoppte ich den Scheiß. Ich meine, als ich das hässliche Baby sah, wusste ich gleich, das ist nicht von mir. So hässlich! Ich träume heute noch von dem Ding. Wie es schreit, so ganz ohne Haare und mit seinem unnatürlich eierköpfigen Schädel! Ich meine, ich hab noch nie einen so hässlichen Jungen gesehen."

Giro stutzte. „Eierköpfig? Kommt mir bekannt vor. Bist du sicher, dass es nicht doch von dir sein könnte?"

„Sehe ich etwa irgendwie eierköpfig für dich aus? Nein, der ist bestimmt nicht von mir!"

„Ja, schon gut. Ich dachte nur, man weiß ja nie."

„Bäh … Lass uns das Thema schnell wechseln, mir wird übel! Warum sprechen wir nicht über die kleine, braune Schönheit in dem Wohnwagen? Ich dachte kurze Zeit, als ich erwachte, ich sei im Himmel, bis ich die durchnässte Matratze unter meinem Arsch sowie die ranzige Umgebung um mich herum erblickte.

Aber sie! Ich sag dir, ein karamellfarbener Traum auf zwei unwahrscheinlich langen sowie wohlgeformten Beinen, mal ganz abgesehen vom Rest an ihr. Wo habt ihr die Kleine her?"

Giro fragte: „Sprichst du etwa von Naomi? Lass sie bloß in Ruhe, sonst …"

„Wow! Sonst was? Schlägst du mich etwa? Ist sie so was wie die heilige Jungfrau, oder wie? Oder nein! Ich weiß, du liebst sie. Stimmt's? Ich sehe doch die Eifersucht in deinen Augen, da helfen auch deine dummen Kontaktlinsen kein Stück, man sieht es trotzdem!"

Ohne ihm darauf zu antworten, nahm Giro die blöden Kontaktlinsen aus seinen Augen und warf sie achtlos auf den Boden. Er hatte vollkommen vergessen, dass er die noch immer trug. Aber war ja auch egal, nun waren sie raus. Da trat auch Naomi aus dem Schrotthaufen und sagte zu den beiden: „Und – wie sieht es aus? Wann geht's weiter?"

Sie schien ziemlich aufgeputscht und dies, seitdem sie das Mittel erhalten hatte. Lag wohl daran und löste eine Art anhaltenden Adrenalin-Schub aus. Sie sah Giro nur an und er sagte: „Sobald dein Bruder die kleine Schwester vom Teufel erreicht hat, geht's weiter."

„Kleine Schwester vom Teufel? Ähm …?"

„Admind."

„Admind? Warum sollte er sie kontaktieren?"

„Weil sie anscheinend, nach seiner Meinung, die Einzige ist, die uns noch helfen kann."

Naomi fragte: „Und du stimmst ihm dabei etwa einfach so zu?"

„Nein. Aber er soll sie nur kontaktieren. Das ist gut."

„Giro, was hast du vor?"

„Du meinst, mit ihr, oder wie? Na ja, ich sag's mal so, sie wird uns auf die eine oder andere Art helfen. Dafür werde ich sorgen und diesmal scheiß ich drauf, dass sie ein verdammtes Mädchen ist. Wenn es sein muss, mein Engel, dann steinige ich die Hexe höchstpersönlich."

Naomi meinte: „Ich stimme dir zu, dass sie eine Hexe sein könnte. Aber deshalb muss man sie nicht gleich steinigen."

„Dank ihr sind wir hier! Warum kapiert das hier keiner von euch?"

„Beruhige dich! Ich weiß, dass sie mitunter daran Schuld trägt. Aber neben ihr kommen da noch etliche weitere Faktoren zusammen, die uns an diesen Punkt hier führen. Also krieg dich gefälligst wieder ein! Wir hängen schließlich alle in dieser Scheiße mit drin."

Maxim bestätigte: „Wahre Worte spricht der goldene Engel!"

Giro betonte: „Mein goldener Engel! Ja, du hast schon recht. Tut mir mal wieder leid, oder so!"

Naomi meinte: „Kleine Schritte in die richtige Richtung sind auch Schritte, würde ich mal sagen."

„Ist ja schrecklich!", warf Maxim ein. „Sollte das etwa gerade eine Entschuldigung sein? Und du, schöne Frau, nimmst diese auch noch an?"

„Was bleibt mir anderes übrig? Ein erschöpfter Brunnen kann kein Wasser mehr geben. Entweder man akzeptiert es oder zieht weiter."

Maxim erwiderte: „Wow! Schlagfertig, klug, hübsch und verdammt noch mal atemberaubend! Bist du echt, Kleines, leb ich noch!"

„Nicht mehr lange, wenn du so weitermachst!", warnte Giro.

Noch während er Maxim zurechtwies, hielt ein Streifenwagen am Straßenrand, woraufhin Naomi sich zu den beiden Polizisten begab, die irgendwas auszusetzen hatten. Hatten sie doch immer. Maxim grinste frech und sagte:

„Sie war meine Ehefrau. Nicht vergessen! Ach übrigens, ich verstehe, warum du so reagierst bei dem Anblick, den deine Kleine bietet."

Giro wurde wütend. „Hör auf mit der Scheiße! Und ihr Name ist Naomi. Also nenne sie auch so! Ich schwör dir, du kennst mich: Wenn ich noch einmal von dir höre, dass du sie Kleine oder sonst wie nennst, breche ich dir alle Knochen im Leib, die ich zu fassen kriege!"

„Ja doch, dann nenne ich sie ab jetzt halt nur noch süße Naomi! Wie findest du das?"

„Scheiße!"

„Fantastisch! Passt doch!"

Da kam Naomi mit den beiden Polizisten im Schlepptau, die beiden wollten den Wohnwagen untersuchen. Warum auch immer. Aber gut, warum nicht? War ja so oder so nur ein Haufen Schrott. Die fünf standen schweigend da, wobei Ruben immer noch an seinem Smartphone hing, und sahen den Polizisten gelangweilt beim Ausräumen des Scheißhaufens zu. Als diese schon fast alles gefilzt hatten, kam einer auf einmal auf die Idee, einen Spiegelstock aus dem Wagen zu Hilfe zu nehmen. Mit diesem sah er nun penibel unter die Karre, wobei Giro und die anderen sich nicht vorstellen konnten, dass dort mehr als ein Haufen Rost zu finden sei. Doch dann Hektik bei dem noch jungen Polizisten, wobei er zu seinem älteren Kollegen sagte: „Wir haben sie!"

Was? Da eilte der ältere Polizist zu ihm und sah sich den Wagen von unten an. Dann der Griff zur Dienstwaffe, wobei er sie auf die fünf sichtlich Verwirrten hielt und energisch forderte: „Hände hoch, und zwar alle! Sie sind festgenommen wegen illegalen Drogenschmuggels und Menschenhandels! Auf die Knie und Hände über eure widerlichen Köpfe! Ihr ekelt mich allesamt an!"

Während sie auf die Knie gingen und ihre Hände hinter ihren Köpfen verschränkten, sagte Giro zu dem Polizisten mit ruhiger Stimme: „Immer mit der Ruhe. Wir ergeben uns ja schon. Sie haben uns erwischt und dies akzeptieren wir."

Was sollte das? Warum gab er etwas zu, das er nicht getan hatte? Ganz einfach, der Scheißpolizist war total überzeugt davon, dass er hier eine Gruppe skrupelloser Schwerverbrecher vor sich hätte. Da hätte auch kein „Ich weiß von nichts" oder „Ich war's nicht" was dran geändert. Der war überzeugt und musste anders ausgeschaltet werden, und zwar schnell. Also tat Giro so, als ob sie keine Gefahr darstellen würden, und flößte dem Polizisten durch seinen Zuspruch falsches Selbstvertrauen ein. Das sollte ihn unachtsamer werden lassen, sodass Giro ein Zeitfenster bekam, um ihn und seinen Anhang auszuschalten. Dies klappte auch, und zwar in dem Augenblick, als der jüngere Polizist Naomi die

Handschellen umlegen wollte. Denn der ältere sah ihm dabei zu und sagte noch großspurig was dabei. Noch während er seinen dummen Spruch aufsagte, schäumte ihm das klare Blut aus seinem Munde, da in seiner Kehle die Klinge des Springmessers steckte. Sie hatte ihm die rechte Halsschlagader durchtrennt und durchstieß seinen gesamten Rachen. Als sein jüngerer Kollege zur Waffe greifen wollte, zog Giro die Klinge aus der Kehle des älteren Polizisten und warf sie dem jüngeren mit Schmackes in dessen rechte Schulter, wobei dieser rückwärts auf den staubigen Boden der Wüste aufschlug. Noch während er da am Boden lag und wimmernd nach seiner Waffe tastete, erfolgte ein starker Tritt gegen seine Hand und die Waffe flog weg. Weit weg. Dann ein Blick in seine ängstlichen Augen. Nur allzu bekannt für Giro. Setz ihm ein Ende, wenn du schon angefangen hast, sagte er sich. Also der Griff zum Messer in der Schulter und dann der Stich mitten ins Herz, bevor er die Klinge nochmals drehte, um es so etwas zu beschleunigen und ihm ein wenig Schmerz zu ersparen. Aber gut, es war, wie es war. Wenn auch unschön, es musste sein. Nun mehr als je zuvor. Doch diesen schrecklichen Ausdruck in den Augen von Naomi und Sunny würde er nie vergessen. Als ob sie in jenem Moment einen Dämon in ihm gesehen hätten. Aber sie schwiegen, und zwar alle, sogar Maxim war still. Nachdem Ruben mithilfe des Polizeizubehörs endlich auch Internet hatte und Admind so kontaktieren konnte, wussten sie nun auch endlich, wo sie hin mussten, und fuhren mit dem Schrottmobil los. Unter diesem hatten sie zuvor noch um die 100 Kilogramm Kokain in Form von fußballgroßer und mit Isolierband an dem Unterteil des Fahrzeugs festgeklebter Schmuggelware hervorgekramt, um sie dann den toten Polizisten in den Kofferraum ihres Fahrzeuges zu legen.

⟵ Kapitel 12 ⟶

Das Vermächtnis der Amigos

Es herrschte echt dicke Luft in dem Wohnwagen. Während Ruben den Schrotthaufen fuhr, saßen die andern vier um den Ekeltisch und schwiegen sich zuerst eine Runde lang mühselig an. Doch dann irgendwann ließ Naomi die Bombe platzen, wobei sie grob zu Giro sagte: „Wie konntest du so etwas tun?"

Sunny bekräftigte. „Schrecklich! Einfach grausam! Er ist ein Monster! Ganz einfach skrupellos!"

Auch Maxim schloss sich an. „Alter, zu krank! Ich meine, irgendwie notwendig, aber gleich so! Das waren schließlich zwei Bullen und nicht irgendwelches Rindvieh!"

Naomi zweifelte: „Notwendig? Die wollten uns nur verhaften und nicht töten! Das hätte man auch irgendwie anders regeln können."

„Ja, hätte", meinte Sunny, „wenn das Monster nicht zugeschlagen hätte! Was geht bloß in deinem Kopf ab? Denkst wohl noch immer, du seist bei den Triaden!"

Während sie hitzig über die Aktion von Giro diskutierten, saß dieser zwischen ihnen und starrte schweigend ins Leere. Da meldete sich auf einmal Ruben aus der Fahrerkabine zu Wort. „Jetzt hört auf damit! Es ist, wie es ist! Hätte ich eine Waffe gehabt, dann hätte ich dasselbe getan. Es war richtig, denn es ging nicht anders. Mal ganz abgesehen davon, dass wir für die üblen Dinge, die der Bulle uns da unterstellt hat, höchstwahrscheinlich die Todesstrafe erhalten hätten. Also ging es da schon ziemlich um Leben, oder nicht? Aber gut, wenn ihr weiter streiten wollt, tut euch keinen Zwang an!"

Maxim beschwichtigte. „Wir diskutieren lediglich! Ich meine, wie gesagt, vielleicht hätte man sie auch anders ausschalten können."

„Lebendig! Ohne all das Blut!", meinte Sunny.

„Warum habt ihr dann selbst nichts getan?", fragte Giro.

Sunny entgegnete: „Ach, tu jetzt nicht so! Du hättest sie ebenso gut ausknocken können."

„Hätte ich das? Sehe ich für dich etwa aus wie Bruce Lee oder der beschissene Sandmann? Ich denke nicht."

„Nein, du siehst für mich eher wie der beschissene Sensenmann aus!"

Nun reichte es, er hatte keine Lust mehr, sich der Scheiße zu stellen. Diese Auren waren beschissen und zogen ihn noch mehr in die Tiefe der Dunkelheit seines Lebens. Egal, was er tat, er war immer der verdammte Arsch oder sogar der Sensenmann, wie sein Bruder gerade sagte. Doch der Sensenmann brauchte jetzt Ruhe und verzog sich allein in den hintersten Bereich des Schrotthaufens. Er zog den widerlichen Vorhang hinter sich zu und setzte sich auf das Doppelbett von der Marke Igitt. Wie widerlich! Aber es war ihm so was von egal, zumindest gerade jetzt. Er lehnte sich erschöpft zurück, wobei er noch halbwegs saß. Als er die widerliche Ablage an der wackelnden Decke über sich ansah, krabbelte auf einmal was an ihm vorbei. Es war eine fette Kakerlake. Zuerst sah er sie einen Moment nur an, bevor er sie in seine Hand nahm und dabei zu ihr sagte: „Wir sind uns ziemlich ähnlich, oder?"

Nach der eher sarkastischen Frage an das Panzertier zerdrückte er es eiskalt zwischen seinen Händen und strich den widerlichen Rest davon an dem ekligen Vorhang ab. Dann legte er sich wieder mehr oder weniger entspannt auf das Doppelbett, wobei er einen Augenblick die Augen schloss, um zu ruhen. Auf einmal zog jemand den Vorhang vor und gesellte sich zu ihm. Es war Naomi, die anscheinend wieder ein wenig besser gestimmt war. Sie sagte: „Tut mir leid, dass ich dich so angefahren habe. Es war nur eine echt … Nennen wir's mal, eine spezielle Situation … Ich muss es immer noch verarbeiten, denke ich."

„Schon gut. Ich verstehe das, denke ich."

„Wirklich? Ich meine, es sah nicht so aus, als ob es dir wirklich schwergefallen wäre. Na ja, es zu tun."

Giro erklärte: „Das tat es auch nicht. Sondern danach damit klarzukommen."

„Und wie kommst du mit so was klar?"

„Versuchen, es wegzuschieben. Ich glaube, das nennt sich verdrängen oder so."

„Verdrängen? Das heißt, du lenkst dich ab. Und klappt es denn?"

Giro meinte: „Kommt drauf an, was ich gerade tu. Manchmal mehr, manchmal weniger."

„Und gerade?"

„Geht so. Wärst du nackt, würde es besser klappen, glaube ich."

„Ach, ist das so? Nur dumm, dass ich meine Klamotten gerade mag."

Doch er sah sie nur an und zog sie dabei zu sich aufs Bett. Als er sie küsste und sich über sie beugte, legte sie ihren Kopf aufs Kissen. Doch noch bevor ihr Kopf richtig auf dem gelben Kissen lag, krabbelten von überallher unter dem Kissen Dutzende Kakerlaken hervor und rannten in alle Richtungen über die vergilbte Matratze. Naomi schrie panisch und stieß ihn unsanft von sich. Während sie, sich hektisch dabei schüttelnd, aus der Schlafkammer floh, war sie förmlich außer sich vor lauter Ekel und bekam nicht mit, dass Giro, als sie ihn unsanft von sich stieß, mit dem Hinterkopf übelst mit der Ablage über dem Bett kollidiert war. Noch während er sich schmerzlich mal wieder den Kopf hielt, sagte er zu seinem Herzblatt, das nun bei seinem Bruder und Maxim vor der Eckcouch stand, wobei sie sich noch immer vor lauter Ekel schüttelte: „Ich kann auch unten liegen, wenn du dich so vor dem Bett und seinen Bewohnern ekelst."

Naomi erwiderte: „Du meinst wohl eher Kakerlakennest! Niemand bringt mich auch nur in die Nähe von dem Horrording!"

Während sein Bruder und Maxim sichtlich amüsiert über die Sache waren und sich kaum mehr einkriegten, wurde er einmal mehr verdammt wütend. Was sollte der Mist? Nicht mal vögeln durfte er, oder wie? Nach all der Scheiße! Da – ein saftiger Tritt voller Wut gegen das Scheiß-Kakerlakennest, wobei das Klappbett einfach hochkam und dabei die echt große Ladung an verstecktem Koks aufriss. Na ja, eigentlich platzte die Scheiße, und zwar mitten in seine verdammte Fresse. Noch während sich die weiße Ladung direkt vor ihm entlud, um sich dann in dem ganzen verfluchten Wohnmobil zu verteilen, ging Ruben volle Kanne auf die Bremse, wobei ihnen auch noch jemand hinten auffuhr. Doch noch bevor der Schrottwagen richtig stand, flohen auch schon alle aus dem weiß stäubenden Wohnmobil. Nur einer nicht, und zwar Giro. Als die anderen mit großen Augen das weiß bestäubte Fahrzeug ansahen und sichtlich verwirrt schienen mit ihren weiß gepuderten Haaren durch das Koks, kam auch Giro aus dem Wohnwagen, weiß wie ein Eisbär. Er sah ziemlich übel aus. Auch die drei Leute, die ihnen bei ihrer Vollbremsung aufgefahren waren, stießen dazu und waren zuerst nur mit Staunen beschäftigt. Da sagte der ziemlich coole, jedoch kleine Afroamerikaner in seiner Hip-Hop-Montur zu seinen beiden Bitches, die ebenfalls gerade aus dem teuren Mustang stiegen: „Wow! Ist das etwa eine riesige Kokswolke, die da gerade aus dem krassen Hippiebus entweicht? Ich meine, bei allem, was heilig ist! Was geht ab bei denen?"

Bitch eins meinte: „Hey Jerry! Zieh dir erst mal den Schneemann dort vorne rein!"

Dabei zeigte sie mit ihren schrecklich manikürten Nägeln, die leuchtend gelb strahlten, auf direktem Luftweg auf Giro. Während die zweite Bitch, die in der Luft rumschnüffelte, sagte: „Das ist auf hundert Koks! Auf meine Nase ist Verlass!"

Jerry beschwichtigte. „Hey Mädels, beruhigt euch mal wieder! Jerry Berry klärt das schon!"

„Hey, pass auf, Jerry! Die könnten gefährlich sein!", warnte die Erste.

„Kein Stress, ich kann gut mit solchen Leuten. Vielleicht werden sie ja sogar neue Freunde von Jerry Berry!"

„Ja klar! Weil alle Jerry Berry so toll finden. Weil dieser immer von sich in der dritten Person spricht! Idiot!", so die Zweite.

Währenddessen waren bei den vier anderen auch leichte Verwirrung und Hektik ausgebrochen. Als alle auf den Wagen und Giro starrten und dabei ihre Münder fast nicht mehr zu bekamen, sagte Naomi geschockt: „Oh mein Gott! Was war das nun wieder?"

Maxim erklärte. „Koks, und zwar eine Menge davon. Da, sieh doch, wie es durch die Luft gleitet!"

Naomi wandte sich an Giro: „Alles okay bei dir?! Du bist mehr als nur voll mit dem Zeugs!"

Da streckte dieser nur seine schneeweiße Hand in die Luft und hob dann den Zeigefinger, bevor er den Mund öffnete, um eine Menge von dem weißen Zeug auszuhusten. Es war überall auf und sogar in ihm. Sogar seine Augen waren voll davon. Warum Koks? Konnte es nicht einfach nur ein Kakerlakennest sein? Nein, ein Kakerlaken/Koksnest. Supergeil, eine Koksdusche hatte er sich schon immer (nicht) gewünscht. Da stieß dieser Jerry dazu und sagte starrend sowie sich die zu großen Hip-Hop-Hosen hochziehend: „Hey Leute! Alles weiß bei euch. Fast wie an Heiligabend. Bis auf den Schneesturm, alles klar bei euch?"

Zuerst sahen ihn alle nur dumm an, bis Sunny schließlich ziemlich grob meinte: „Sieht's für dich vielleicht aus, als ob hier irgendwas klar sei?!"

„Wow! Komm runter, mein Freund! Alles easy! Ich wollte dir oder deinen Freunden bestimmt nicht zu nahetreten mit meiner Frage!"

„Alles gut, Alter! Musst dich nicht gleich vollpissen! Wir sind nur gerade ein wenig angespannt. Wer bist du eigentlich?", fragte Maxim.

„Ach so, easy! Ich bin Jerry. Aber alle nennen mich Jerry Berry. Easy, wie auch immer. Seht ihr das geile Baby dort zwischen meinen beiden Schlampen? Na ja, das gute Schätzchen hat recht was an seiner schönen Nase abbekommen bei dem Aufprall nach eurer gewagten Vollbremsung, nebenbei bemerkt. Das Ding ist, ich muss sie nun zu einem Spezialisten bringen, der sie wieder herrichtet. Denn so kann ich sie doch beim besten Willen nicht mehr spazieren fahren. Aber das wird teuer. Also ihr versteht bestimmt, auf was euer Freund Jerry Berry gerade hinauswill, oder?"

Da sahen sie ihn alle nur echt dämlich an. Bis der gänzlich weiße sowie unter Koks stehende Giro echt nahe vor dem Hip-Hop-Kerl stehen blieb, wobei er ihm mit seinen starren Koksaugen voll in die seinigen blickte. Da wich der Kerl prompt ein Stück zurück, da Giro ihm wirklich sehr nahe kam. Er sagte dann zu Giro, der ihn wie ein weißer Geist anstarrte: „Hey, immer easy, Mann! Ich glaube, du hast ein wenig viel davon abgekriegt!"

„Sieht man mir wohl an, Jerry! Ich dachte, wenn's schon zur Genüge da ist, spring ich gleich mal mitten rein, Berry!"

„Ähm … klar doch oder so! Aber meinen Namen sagt man zusammen oder nur Jerry. Verstehst du? Sonst klingt es nämlich, als ob man mit zwei Leuten spricht. Wie nennt man dich denn eigentlich so, weißer Mann?"

Da sah Giro zuerst einen Augenblick seltsam umher, wonach er zu dem Kerl mit großen Koksaugen und einem seltsamen Lachen auf den Lippen sagte: „Ich habe viele Namen! Aber die Renner bei meinen Freunden sind zurzeit ‚das Arschloch', geführt von ‚das Monster', und was neu dazukam und gleich einen der ersten Ränge erhielt, war natürlich ‚der Sensenmann'. Also du hast die Qual der Wahl, Jerry! Wie möchtest du mich nennen, Berry?"

„Keine Ahnung! Klingt alles ziemlich mies. Und deine Freunde nennen dich echt so?"

„Ja, tun sie."

„Krass! Und warum? Ich meine, gibst du ihnen einen Grund, dich so zu nennen?"

„Kann schon sein, Jerry. Aber weißt du was, es ist scheißegal. Und weißt du auch warum, Berry?"

„Ähm … Nein!"

„Weil es nur Worte sind, Jerry. Ich meine, wenn ich zu dir, Berry, sage, dass ich dich und deine beiden Huren zusammen mit dem Koksmobil abfackle, um dann mit deinem Mustang zu verschwinden, wären es nur Worte und noch keine Taten, oder?"

Dabei sah er ihn mit großen, glänzenden Koksaugen an und drehte die ganze Zeit über seltsam wie eine Eule den Kopf. Dann fing er auf einmal an, echt verrückt zu lachen wie ein Wahnsinniger. Woraufhin Jerry anfing, rückwärts von ihm wegzugehen. Doch Giro sprang ihn regelrecht an, und während er seinen weißen Arm über die Schulter des Kerls legte, sagte er zu ihm: „Warum läufst du weg, Jerry? Hab ich was Falsches gesagt, Berry?"

Der Kerl sah ihn nur seltsam an, während Naomi dazukam und Giro am Arm griff. „Komm, lass den kleinen Kerl in Ruhe und putz dir das Zeugs aus dem Gesicht! Wir haben so schon genügend Probleme am Hals."

Jerry mischte sich ein. „Hey, du solltest lieber auf deine Bitch hören! Ihr alle habt echt schon den Hals voller Probleme, wenn ich nur schon mal die Scheiße hier betrachte!"

Giro wiederholte nur ein Wort: „Bitch!"

Da – ein Kung-Fu-Schlag in den Magen und einen zweiten an die Gurgel. Der kleine Kerl keuchte nur noch. Seine beiden Bitches schrien und rannten zu ihrem kleinen Möchtegernzuhälter. Diesem hatte Giro bereits wortlos die Schlüssel entwendet, wobei er, immer noch schneeweiß und voll drauf, zu den andern dreien sagte: „War das besser? Seid ihr nun endlich mal zufrieden?"

Maxim bemerkte: „Bruce Lee lässt grüßen, Alter!"

„Mein Name ist Giro! Einfach nur Giro."

Naomi besänftigte. „Klar doch, das wissen wir doch, Giro. Aber du willst jetzt nicht im Ernst den Sportwagen da klauen?"

„Doch, natürlich! Das tu ich doch gerade! Damit sind wir im Nu in Miami unten und somit auch bei der Hexe. Je schneller desto besser! Die Scheiße hier geht mir langsam so was von gegen den Strich!"

„Stopp, Giro! Du kannst doch nicht in deinem Zustand ans Steuer!"

„Und wie ich das kann! Ich bring uns schneller dahin, als das Ding fährt. Mein Herz, siehst du das auch so?"

„Ich finde das eine sehr schlechte Idee! Ihr beiden", wandte sie sich an die anderen, „sagt doch auch mal was dazu!"

Sunny bemerkte nur: „Es ist Giro!"

„So was von …!", ergänzte Maxim.

Von Jerry kam: „Arschloch …"

Und so nahm Naomi schließlich widerwillig neben dem voll aufgeputschten und zugekoksten Giro Platz in dem Todesmobil. Dieser zuckte und war kaum noch zu bremsen. Als schließlich auch die drei andern Männer auf dem Rücksitz Platz gefunden hatten, ging Giro, teilweise immer noch voller Koks, voll aufs Gas. Der Rücksitz war eng und Sunny musste sich gezwungenermaßen zwischen die beiden größeren Männer in die Mitte zwängen, da er der Einzige war, der sich außer Naomi nicht den Kopf anstieß durch die Anhebung des Mittelteils des Rücksitzes. Nun ging es also nach Miami und dies mit vollem Tempo. Echt eine üble Fahrt, zumindest anfangs, solange Giro noch voll drauf war. Sie hatten viel Glück, dass sie keinem Polizeiwagen begegneten, denn dies wäre echt übel ausgegangen. Genau wie ein Unfall bei der hohen Geschwindigkeit und dem Kokskonsum. Aber alles gute Zureden der anderen brachte nichts, Giro zog es durch, und zwar bis zum Ende der Tankfüllung. Dabei ließ er Reggaemusik laufen und dies extrem laut, sodass man kein einziges Wort mehr wechseln konnte. Außer der Musik war so ziemlich alles äußerst unangenehm in dem viel zu schnellen Fahrzeug.

—◌ Kapitel 13 ◌—

Der Zwischenhalt

Während der 13-stündigen Horrorfahrt wechselten die fünf kein Wort. Dies wäre bei der Lautstärke der Musik auch nicht möglich gewesen. Als ihnen jedoch schließlich in Houston, Texas, der Sprit ausging und die Karre endlich an Tempo verlor, ließ sie Giro an den Straßenrand rollen und sie durften endlich aussteigen. Naomi, die schon seit Stunden dringend pieseln musste, stieg als Erste wortlos aus und suchte verzweifelt ein Klo. Sie hatte Glück, denn der Wagen gab genau an einem gut besuchten Strand den Geist auf. Dort gab es auch öffentliche Toiletten für die vielen Strandbesucher. Nachdem sie eilig den Wagen verlassen hatte, stiegen auch Giro sowie die drei anderen Männer aus, die durch den engen Rücksitz völlig geschändet waren. Verflucht, war diese Fahrt beschissen. Bevor auch Maxim auf die Toilette verschwand, sagte er zu Giro: „Du fährst auf Koks schlimmer als ein blinder Inder mit zu engem Turban!"

Doch Giro sah nur gleichgültig aufs Meer hinaus. Da sagte Sunny zu ihm, sich den Kopf haltend: „Du konntest keines der dummen Schlaglöcher auslassen, oder? Hast jedes der verdammten Dinger getroffen. Als ob die laute Kiefermusik und dein Drang zu sterben nicht schon genug des Guten wären! Nein, du musstest meinen Kopf auch noch mit der Decke des Wagens drangsalieren und gleichzeitig meinen Arsch, mal ganz abgesehen vom Rest da unten, mit dem unangenehmen Mittelteil des Sportsitzes zu Tode quälen!"

Dabei sah er seinen Bruder böse an, während Giro, immer noch auf das Meer blickend, erwiderte: „Vielleicht hilft dir ja ein entspannter Tag am Meer, um darüber hinwegzukommen, dass deine Eier nun Geschichte sind, kleiner Bruder."

Huch, das war wohl nicht so hilfreich und es folgte ein äußerst strenger sowie pikierter Blick seines Bruders, bevor auch dieser wortlos in Richtung Strand verschwand. Doch Giro gab gerade einen Scheiß auf die Launen und vor allem die Belange der anderen in seiner Gruppe. Er spürte zwar nichts mehr vom Koks. Aber das Scheißzeug hing noch überall an ihm, sogar in seinen Ohren. Auch seine Haare waren immer noch leicht weiß. Doch dann trat Ruben zu ihm. „Hey, alles klar bei dir?"

„Ja, muss doch. Und bei dir – irgendwelche Einwände oder Vorwürfe? Immer her damit."

„Nein, eigentlich im Gegenteil. Du bist der Einzige außer mir, der anscheinend verstanden hat, in was für einer prekären Lage wir zurzeit sind, und der auch dementsprechend agiert. Lass dich nicht von den anderen abbringen, das Richtige zu tun. Sie verstehen es, jedoch ein wenig langsamer als wir. Also lass ihnen die Zeit, um sich dieser neuen Situation anzupassen, denn sie stehen hinter dir, auch wenn sie manchmal zuerst anderer Meinung sind als du."

Giro sah ihn nur an und antwortete ihm nichts darauf, jedoch war er überrascht über die Worte von Ruben. Sie ergaben sogar Sinn und dies, ohne dass er der Buhmann war. Vielleicht musste er ihnen wirklich nur Zeit lassen, um es zu verstehen. Als er bei diesem Gedanken zum Strand herunterblickte, sah er dort seinen Bruder Sunny. Dieser lief mit Maxim zusammen über den Sand, durch die vielen Leute hindurch Richtung Meer. Da überlegte er nicht lange und rannte los. Noch während er rannte, zog er sich das Unterhemd aus und warf es achtlos in den feinkörnigen Gold-Sand. Als er schließlich seinen Bruder sowie auch Maxim erreicht hatte und sich zwischen sie hängte, indem er seine Arme über ihre Schultern warf, sagte er lächelnd: „Wisst ihr noch im Heim? Da haben wir doch immer um Karamellbonbons gespielt!"

Maxim erinnerte sich. „Klar doch! Die leckeren Dinger hat die junge Nonne mit den zwei prallen Möpsen immer für uns mitgebracht, wenn sie mal wieder den Leiter besucht hat, um – na ja – ihm Freude zu bereiten. Die war wirklich nett! Ich meine, so als Mensch."

„Emilia! Ja, die war nett!", meinte auch Sunny.

Giro sagte: „Ja, aber mir geht's nicht um die dumme Nonne. Mir geht's um das Spiel, das wir gespielt haben!"

Sunny fragte: „Das Spiel mit der Münze?"

„Das war keine echte Münze, sondern nur der runde Teil eines Bierdeckels", verbesserte Maxim. „Aber ich weiß schon, warum dein Bruder damit ankommt. Er hat das blöde Spiel immer gewonnen. Wegen dir habe ich immer alle Karamellbonbons verloren. So blieben mir am Ende nur die prallen Möpse der Alten über!"

„An denen du länger Vergnügen hattest als ich mit meinen Karamellbonbons! Aber gut, ihr beide wolltet doch immer wissen, was mein Trick war, um das Spiel zu gewinnen."

„Du meintest damals, es gebe keinen und es sei nur Glück!"

„Glück gibt es in dem Ausmaß nicht, ich hab gelogen. Aber einen Trick, den gibt's dafür."

„Ich wusste es immer! Du hast geschummelt! Wie hast du das angestellt, sag schon!", drängelte Maxim.

„Okay, beruhige dich! Ich sage es euch. Aber nur, wenn einer von euch beiden vor mir im Meer sein sollte. Was meint ihr dazu?"

Maxim hakte nach. „Egal, wer von uns beiden vor dir im Meer ist, hat gewonnen und du offenbarst uns dann deinen ach so tollen und doch so miesen Trick?"

„Genau so ist es! Also, Interesse an einem erfrischenden Sprint?"

Da sah Maxim zu Sunny und meinte locker: „Klar doch! Aber wenn du uns verarscht, prügle ich die Wahrheit bezüglich des Tricks aus dir raus!"

„Klar doch! Also seid ihr bereit? Los geht's!"

Doch als er losrennen wollte, riss ihn Maxim zu Boden in den Sand wie ein verdammter Footballspieler, wobei er laut zu Sunny rief: „Lauf, Kleiner! Lauf! Ich halte ihn so lange fest!"

Während Giro mühsam versuchte, sich von Maxim und dessen starkem Klammergriff zu lösen, um irgendwie wieder auf die Beine zu kommen, rannte sein Bruder wie der Wind Richtung Meer und sprang rein. Dabei schrie er laut und schadenfroh. „Du hast so was von verloren! Verlierer!"

Na gut, war vielleicht nicht gerade nett, aber sie lachten wenigstens und Giro versuchte, auch ein wenig lockerer zu sein. Na, dann hatte er halt verloren. Aber nur, weil die beiden ihn zusammen übers Ohr gehauen hatten und dies ziemlich mies.

Hatten wohl selbst Angst zu verlieren, denn wer hat die nicht? Noch während Giro aufstand und sich vom Sand befreite, sagte Maxim, noch im Sand hockend, zu ihm: „Also spuck es schon aus! Wie hast du's gemacht, dass der Bierdeckel immer genau an der Kante der Mauer liegen blieb?"

„Nach der miesen Nummer? Lass uns zuerst auch ins Meer springen! Dann erzähl ich's."

Also gingen sie auch eine Runde schwimmen, wobei Giro ihnen seinen Trick trotz der miesen Aktion zuvor preisgab. „Schieß jetzt endlich los!", drängte Maxim.

„Na ja, ich glaube, mein sogenannter Trick wird dich gänzlich enttäuschen, denn es liegt lediglich an meinen Augen."

„Deinen Augen?"

„Na ja, eigentlich liegt es, besser gesagt, an einem meiner Augen. Durch das Gen B89 ist das eine nicht nur grün, sondern ich sehe auch anders damit."

„Anders? Wie anders? Was meinst du damit?", fragte Maxim.

„Keine Ahnung, anders halt. Irgendwie besser. Ich kann damit Distanzen extrem gut einschätzen. Meine Mutter sagte immer, ich sei ein Adlerauge."

Sunny sagte: „Krass! Und dies nur durch das Gen B89?"

„Nein, die Frage muss anders lauten", meinte Maxim, „wie konntest du dies auch in völliger Dunkelheit? Denn das eine Mal, als ich dich bat, es im Dunkeln zu versuchen, hat es auch geklappt. Also wie war das möglich? Hattest du dort etwa nur Glück oder bist du auch eine Art Fledermaus?"

„Nein, ich kann dank des Gens B89 und des Auges nur besser in der Dunkelheit sehen als du oder mein Bruder. Außerdem war es da auch nicht stockfinster."

„Und wie siehst du im Dunklen? Ich meine, siehst du alles einfach heller oder hast du eine Art Nachtsichtmodus drauf wie mit einer dieser speziellen Brillen?"

„Sehe ich aus wie ein Roboter? Nein, ich meine, es ist schon anders. Da sich das Restliche in meinem Auge irgendwie bündelt und ich dadurch eine Art Reflexion entwickle, die mich besser sehen lässt, dies leicht grünlich. Was, denke ich, daran liegt, dass das Auge diese Farbe hat. Aber ich bin kein Arzt, also weiß ich auch nicht viel mehr darüber."

Sunny meinte: „Klingt irgendwie wie bei einer Katze. Sehen die nicht auch so in der Dunkelheit?"

„Hatten wir schon mal eine Katze oder sehe ich aus, als hätte ich mich über die Augen von Katzen informiert? Ich denke nicht. Also woher soll ich das wissen? Aber eins steht fest, ich bin weder ein Kater noch ein Adler, das liegt nur am Gen B89."

Maxim schien etwas enttäuscht. „So ein Scheiß! Dann ist es ja gar kein wirklicher Trick. Es liegt nur an dem Gen."

„Kommt drauf an, wie du es betrachtest. Der Trick, wenn du so willst, ist, das Gen B89 in dir zu tragen. Und nun – zufrieden? Ich meine, ich habe meinen Part erfüllt und dies, ohne euch an der Nase rumzuführen. Also komm mir jetzt nicht so!"

Maxim lenkte ein. „Nein, schon gut! Ist nur ein wenig frustrierend. Ich dachte immer, du wärst einfach durch Üben so gut darin geworden. Deshalb hab ich es bis heute fast jeden Abend vor dem Schlafen geübt, um so gut oder eventuell sogar besser als du zu werden. Doch nun, da ich die Wahrheit kenne, ist dies so gut wie unmöglich."

„Na ja, wer weiß, vielleicht schaffst du es ja doch, irgendwie besser darin zu sein als ich. Übung macht schließlich den Meister und ich übe nie. Aber wenn du mich irgendwann doch schlagen sollst, weißt du, dass dies nur durch dein hartes Training und deinen Willen möglich war."

„Weise Worte, die da gerade deinen Mund verlassen", meinte Sunny. „Woher hast du die? Ich meine es ernst, das kommt doch niemals von dir!"

„Doch, das kam gerade von mir. Jedoch hat mir das zuvor einmal ein Mönch gepredigt. Ich fand es gerade ziemlich passend. Als der Mönch es mir gesagt hat, fand ich es schrecklich langweilig und unglaublich großspurig, aber nun, hier gerade, fand ich es äußerst passend."

„Dachte ich's mir doch. Aber gut, ich will mal nicht so sein. Schön, dass du gerade ein wenig versuchst, du selbst zu sein. Ich dachte schon, mein Bruder sei bei den Triaden doch gestorben."

„Ach, komm schon, Sunny. Mag vielleicht sein, dass mich die Zeit dort ein wenig geprägt hat. Aber dies ist kein Grund, mich gleich als jemand ganz anderes zu betrachten. Das klingt geradezu, als ob ich ein völlig Fremder wäre."

Maxim unterbrach sie. „Hey, ich will euch ja nicht stören bei eurem Bruderding, aber ich hab gerade fünf Dollar in meiner nassen Hose gefunden und werde mir nun ein kühles Eis damit gönnen und eventuell noch ein Bier. Wenn du erlaubst, nehm ich auch ein Eis für Naomi! Ich meine – sieh sie dir nur mal an, wie traurig sie dort im Sand sitzt! Vielleicht hilft ihr ein Eis. Natürlich nur, wenn du es mir gestattest."

Da blickte Giro zu Naomi und sie sah wirklich traurig aus, wie sie dort so neben ihrem Bruder, scheinbar ins Leere starrend, im Sand saß. Also sagte er schnell: „Klar doch. Das ist nett von dir. Sie mag alles mit Karamell."

Sunny sagte hastig: „Noch lieber als Karamell hat sie Vanille."

„Dann bring ich ihr mal Karamell in Form von Eis und Vanille in Form von mir. Oder sie ist das Karamell und ich die Vanille, aber dann fehlt das Eis. Mal sehen, mir fällt bestimmt was ein."

Die beiden Brüder sahen ihn ziemlich grimmig wegen seiner zweifelhaften Aussage an, woraufhin er sich verzog, um zu tun, was er nun mal tun wollte. Während Sunny ihm noch wütend hinterherblickte, sagte sein Bruder zu ihm: „Hey, das mit Naomi tut mir leid. Ich meine, dass es dich so getroffen hat. Das wollte ich bestimmt nicht damit bezwecken."

Sunny erwiderte: „Ach, mich hat es nicht getroffen, dass sie dich ausgewählt hat. Das war fast von Anfang an klar. Aber du weißt, die Hoffnung stirbt bekanntlich zuletzt. Trotz allem kann ich damit leben, dass sie halt immer nur meine beste Freundin und eine Art Schwester sein wird. Na ja, zumindest komm ich damit besser klar, als ich dachte. Ich habe nur Angst, dass du sie verletzt und dies, indem du sie wie all deine anderen Weiber nur für deinen Spaß ausnutzt. Aber sie liebt dich und du wirst sie übel damit verletzen, wenn du dieselbe Nummer wie sonst immer abziehst. Wobei auch ich diesmal dabei verletzt werde, da sie mir eine Menge bedeutet."

„Keine Ahnung, von welchen anderen Weibern du sprichst. Außer Spaß, wie du es nennst, hatte ich nichts mit den Weibern und es war bestimmt nicht wie das mit ihr. Ich meine, sie liebe ich. Also falls du darauf hinauswolltest …“

„Ich hoffe es! Und ich hoffe, dass du dein Glück schätzt, das du mit ihr hast! Behandle sie gefälligst auch so!“

„Klar doch, ich geb mein Bestes. Aber wenn ich bei ihr verspielen sollte, was ich natürlich nicht vorhabe, hättest du wieder Chancen bei ihr. Na ja, eventuell. Aber ich möchte dir natürlich auch keine falschen oder neuen Hoffnungen machen, sie betreffend.“

„Dann hör gefälligst auf damit!“

„Klar doch, sorry, mein Fehler.“

„Schon gut, ich denke, wir verstehen uns wieder ein Stück besser. Ich geh mal zu den anderen und lass meine Klamotten ein wenig von der Sonne trocknen.“

„Klar doch. Ich wasch mir nur noch das restliche Koks aus den Ohren und dann komm ich auch zu euch.“

„Vergiss deine Haare nicht. Einfach schrecklich. Du hast die Scheiße überall an dir dran. Also lass dir ruhig genug Zeit beim Planschen.“

Dies tat er auch und ließ sich endlich von den Wellen sowie dem Salzwasser von dem Koksdreck sauber waschen. Dies tat echt gut, und als er sich endlich mal wieder einigermaßen frisch fühlte, begab er sich auch zu den anderen. Naomi, die relativ genüsslich eine Magnum mit Karamellkern aß, saß immer noch neben ihrem Bruder Ruben im Sand. Neben ihr nun auch Maxim, der ebenfalls ein Eis aß, jedoch ein Schokokornett, und dazu relaxt ein Bier in der Hand hielt. Sein Bruder Sunny hatte neben Maxim seinen Platz und sah aufs Meer hinaus. Er sah äußerst nachdenklich aus und Giro fand, dass auch sein Bruder sich verändert hatte. Wo waren seine ständigen Witze und seine Unbeschwertheit? Auch ihn hatte in den letzten zwei Jahren etwas verändert. Den Grund dafür würde Giro bestimmt noch aus seinem Bruder rauskriegen. Doch wollte er im Augenblick nichts erzwingen, was eh nie gut endete. Also setzte er sich einfach neben Ruben zu ihnen. Er war noch ganz nass und der Sand klebte gleich überall, da sie keine Tücher dabeihatten. Da sah ihn Naomi an und zog unter ihrem netten Po sein Unterhemd hervor, das er zuvor achtlos weggeworfen hatte. Als sie ihm das Shirt hinhielt, sagte er, während er danach griff: „Danke dir! Ich dachte schon für einen Moment, ich stände wieder mal ohne da."

„Was diesmal jedoch ganz allein dein Verdienst gewesen wäre, da du es einfach achtlos hingeworfen hast."

„Ja, das stimmt wohl."

Ruben meldete sich. „Leute, es ist ja echt schön hier und so weiter. Aber die Zeit drängt. Also wie geht's weiter?"

„Na, Miami, Florida!", antwortete Giro.

„Schon klar! Aber wie? Wir sollten nicht gegen noch mehr Gesetze verstoßen und uns unauffällig dorthin begeben – sofern dies überhaupt mit deinem Nanochip im Gehirn möglich ist!"

„Wie bitte! Wo befindet sich der Nanodreck? In meinem Gehirn? Nicht dein Ernst! Hab ich darum immer die stechenden Kopfschmerzen? Warum erzählst du mir erst jetzt, wo sich der Scheiß befindet?"

„Darum! Es regt dich auf und dies unnötig! Denn wie gesagt, nur Admind kann ihn entfernen, also krieg dich wieder ein!"

„Na klar! Ich soll mich einkriegen, nachdem ich erfahren hab, dass ich ein Nanodings in meinem Hirn hab. Dazu verlangst du von mir, dass ich die Entfernung einer Irren überlasse. Du willst also, dass ich Admind an mein Gehirn lasse?! Admind?"

Ruben entgegnete: „Hör zu, nun ist es ja noch nicht so weit und dir bleiben noch ein paar Stunden, um dich damit abzufinden, denn es wird sein müssen. Aber nun zu unserem wahren Problem, dem Geld! Ohne Geld kommen wir nicht nach Miami und hängen weiter hier fest. Dazu kommt, dass wir nicht nur tanken müssen, sondern auch ein anderes Fahrzeug benötigen, da der kleine Penner mit den zu weiten Hosen und dem zu kurzen Schwanz definitiv schon die Bullen alarmiert hat und diese den Wagen suchen. Also, da ich kein Geld habe und immer offen für neue Ideen bin, schieß ruhig los."

Das Schweigen der Armen oder so. Nein, alle sahen ihn nur dumm und müde an, bis auf einmal Maxim die Hand ausstreckte und dabei viele kleine Münzen vorzeigte, wobei er stolz sagte: „Zurzeit mein gesamter irdischer Besitz, was das Thema Bargeld betrifft. Das sind insgesamt 89 Cent, abzüglich der 3 Cent, die mir aus Versehen dort in die Ritze des Holzbodens der blöden Terrasse beim Kiosk gefallen sind. Ich hab mich gebückt und gesucht, aber keine Chance!"

„Lag wahrscheinlich an deinen Metzgerklauen! Ich meine, du hast echt übel die großen Hände!", kommentierte Naomi.

Und Giro fügte hinzu: „Das liegt wahrscheinlich an seinen Genen, alle in seiner Familie haben so abartig große Hände und auch eklige Eierköpfe!"

Maxim wurde wütend. „Was zum Teufel …! Hast wohl zu viel Mut gefressen oder liegt wohl eher an deinen Genen, die zur Dummheit neigen. Wenn du nicht aufpasst, dreh ich dir mit meinen Pranken die Luft ab! Und nun zu dir meine Süße. Meine Hände können Wunder vollbringen und Frauen stehen doch auf große Dinge! Ich sag nur so viel dazu, ich hab nicht nur große Hände, und wenn du möchtest, kann ich es dir jederzeit beweisen. Musst mich nur nett darum bitten!"

Naomi antwortete: „Das war ziemlich widerlich! Du scheinst überhaupt ziemlich widerlich zu sei, zumindest Teile von dir."

„Er erzählt gerne Blödsinn", meinte Giro, „musst ihm einfach nicht zuhören! Ich meine, schon allein die Stelle mit dem großen Ding. Wenn seines groß ist, dann ist meines riesig. Also nein, bei ihm sind nur die Hände groß und – na ja – die Füße, wenn man die Dinger überhaupt noch so nennen darf. Bei der Größe verdienen sie schon fast wieder eigene Vornamen."

„Sein Mund ist auch ziemlich groß, oder?", kam wieder von Naomi.

„Das sind Dimensionen, über die man nicht mal mehr sprechen sollte! Wie ein schwarzes Loch, man weiß, es ist da irgendwo, aber man vermeidet es möglichst."

„Warte nur, bis ich mein Eis gegessen hab und dir die Luft abdreh, du Großmaul!", wehrte sich Maxim. „Denkst wohl, ich hab nichts mehr drauf, aber du wirst dich noch wundern! Wenn ich mit dir fertig bin, wünschst du dir ein schwarzes Loch, und zwar um dich zu verkriechen wie ein Baby, das du nämlich auch bist! Ein kleines, in die Windel scheißendes Baby!"

Giro konterte: „Wenigstens hab ich keinen Babyschwanz!"

Jetzt mischte sich Ruben ein. „Habt ihr's mit eurem Kindergarten, den ihr hier veranstaltet? Ich hab euch gesagt, um was es geht, und das ist nicht eure Schwanzlänge!"

Sunny fasste in die Tasche, wobei er eine Kreditkarte zückte und dabei nur sagte: „Da sind 50.000.00 Dollar drauf!"

Alle sahen ihn nur fragend und verdutzt an. Dann sagte Giro: „Eine Mastercard mit 50.000.00 Dollar drauf? Woher hast du die? Ich meine, wem gehört das Geld?"

„Mir natürlich. Beziehungsweise uns, da du zum Glück doch noch lebst."

„Woher haben wir so viel Geld?"

Sunny erklärte: „Lange Geschichte. Aber in der Kurzfassung: Als das Restaurant abbrannte und Großvater dabei starb, dachte ich, alles sei verloren. Als ich ihn beerdigte, mit dem letzten Geld, das ich noch hatte, kam überraschend Cai Li, die ich zuvor noch nie gesehen hatte zu seiner Beerdigung. Als sie mich aufklärte, wer sie war, und mir auch von deinem scheinbaren Tod berichtete, bot sie mir im selben Zuge etwas an. Sie wollte nachträglich eine falsche Versicherung auf das Restaurant abschließen und mir so 50.000.00 beschaffen, wobei ich Büroarbeiten für sie ausführen sollte. Dies für die nächsten drei Jahre und dann sei ich frei von der Schuld. Na ja, ich hatte nicht viele Optionen, also nahm ich an. Und hier auf der Kreditkarte ist das ganze Geld, von dem ich noch keinen Cent verbraucht habe, nebenbei bemerkt. Ach, und ich vergaß zu erwähnen: Großvater starb schrecklich und ist qualvoll in dem Feuer erstickt. Ich wollte ihm noch helfen und trug ihn nach draußen, aber er hatte keine Chance. Hat mich irgendwie sehr an Mama und Papa erinnert, dieser schreckliche Abend."

Schweigen und düstere Blicke, dann Ruben, der auf einmal unsanft sagte: „Na, dann haben wir ja doch weniger Probleme als gedacht. Ich meine, mit dem Geld können wir einen Wagen mieten und uns auch sonst ausstatten. Das ist doch prima! Lasst uns gleich damit beginnen und einen Wagen mieten! Und Naomi kann mit Giro zusammen ein paar Dinge besorgen, wie Kleidung – und etwas zu essen wäre auch mal wieder nicht übel."

Also trennten sie sich, und während Ruben mit Sunny sowie Maxim einen geeigneten Wagen auftrieb, gingen Giro und Naomi mit 200 Dollar bewaffnet so was wie shoppen. Dabei blieb die Sache zwischen den beiden Brüdern ungeklärt, jedoch wusste Giro nun wenigstens, warum sein Bruder so in sich gekehrt wirkte. Wobei er ihn für einmal gut verstehen konnte. Aber sie mussten nun zuerst die Dinge für ihre Weiterreise besorgen, wobei Ruben extra dafür gesorgt hatte, dass Giro und sein Bruder nicht gemeinsam loszogen, denn er wollte unbedingt weiteren Stress vermeiden. Was durch das Temperament von Giro sowie auch das von Maxim zusätzlich erschwert wurde. Aber die beiden Männer waren eben noch jung. Die beiden gingen erst auf die Dreißig zu und Maxim war nur wenige Jahre älter als Giro, dazu waren beide ziemlich selbstsicher und sehr von sich überzeugt. Auch wenn sie dies gemein hatten, führte es doch immer wieder zu Zwist zwischen ihnen. Aber gut, man musste dann halt ab und zu einschreiten, wenn es zu weit ging. Falls man noch dazu kam, war natürlich die Voraussetzung.

—๑ Kapitel 14 ๑—
Spontane Hitzewelle

Eine Mall mit vielen kleineren sowie größeren Geschäften war ihr Ziel. Als sie die große Einkaufslandschaft betraten, sagte Giro zu seiner Liebsten: „Denk daran, wir haben nur 200 Dollar dabei. Das teure Zeug fällt damit gleich weg."

Naomi entgegnete: „Was soll das bedeuten? Sehe ich für dich etwa aus, als ob ich auf teures Zeug stehen würde oder so was bräuchte?"

„Nein, nur weiblich."

„Na klar, so ein dummer Spruch kann nur aus deinem Mund kommen. Als ob alle Frauen gleich wären, seid ihr Männer ja schließlich auch nicht, oder?"

„Na ja, ich denke, dieser Spruch, wie du es nennst, hätte auch von jedem anderen Mann kommen können. Aber ich will damit eigentlich sagen, dass ich dir hier alles kaufen würde, sogar die gesamte Mall, jedoch reicht mein Budget zurzeit nicht ganz aus."

„Ach, ist das so? Na, dann darf ich über die 200 Dollar bestimmen und sie frei nach meinen Wünschen ausgeben? Dafür kriegst du einen dicken Kuss! Cool, du bist einfach der beste Freund, den man sich wünschen kann, und wenn du mir in ein paar Jahren die Mall kaufst, heirate ich dich vielleicht sogar!"

Ähm, okay, das war aber gar nicht so geplant. Aber gut, sie hatte ein fettes Strahlen auf ihren Lippen, während sie wirklich jede Kleiderboutique mit ihm im Schlepptau wie in einem Horrormarathon durchlief. Oh mein Gott, dachte er, gibt es viele verschiedene Farben, mal ganz abgesehen von den tausend verschiedenen Schnitten, Formen oder was auch immer. Kauf es doch einfach, wenn es dir dann endlich schon mal passt. Dass er ihr diese Scheiß-Mall auch noch eines Tages kaufen sollte, kam nach dem Albtraum bestimmt nicht mehr infrage, denn dann hätte er hier wahrscheinlich auch noch einziehen müssen und dies für immer. Nur über seine Leiche, auch wenn das heißen würde, dass sie nie heiraten würden, auch egal. Der Scheiß wurde in seinen Augen sowieso mehr als nur überbewertet. Aber gut, als sie schließlich eine Tasche von Esprit nicht mehr loslassen wollte, obwohl er ihr sagte, dass alles, aber wirklich auch alles, sogar ein Schlüsselanhänger, nützlicher sei als so eine dumme Ledertasche, in die kaum was reinpasste, sagte sie nur, er habe keine Ahnung. Er war sowieso am Ende seiner Kräfte und das Diskutieren mit ihr endete eh immer damit, dass sie recht behielt, warum auch immer. Lag wahrscheinlich auch an ihren optischen Argumenten, dass er oft den Kürzeren zog. Das einzig wirklich Positive an der Tasche war, dass sie 140 Dollar kostete und sie so nichts mehr außer dem, weswegen sie eigentlich mal herkamen, kaufen konnten. Also Freiheit oder so etwas in der Art für den armen und geschändeten Männerverstand. Als sie mit der neuen Ledertasche den Laden verließen, gab's noch einen Kuss, gefolgt von einer netten Bemerkung ihrerseits. „Ich glaub es immer noch kaum, dass du mir die teure Tasche tatsächlich gekauft hast!"

Giro meinte nur erleichtert. „Frag mich erst mal. Aber wenn's dich glücklich stimmt – mir soll's recht sein."

Naomi sah ihn jedoch eher unglücklich an, wobei sie dann scheinbar schüchtern fragte. „Giro?"

„Ja."

„Ich muss dir was gestehen."

Giro antwortete ziemlich ironisch: „Was denn, willst du vielleicht noch eine etwas größere Tasche, um die kleinere darin zu transportieren, oder so was in der Art?"

Naomi meinte jedoch ernst: „Ähm … nein, ich denke nicht. Aber es geht schon um die Tasche. Ich glaube, ich mag sie doch nicht."

Giro blieb abrupt stehen und sah sie verwirrt an, wobei er ein wenig entsetzt fragte: „Was? Wiederhol das bitte! Ich glaube, die Akustik hier drin ist schlecht, denn ich dachte, du hättest tatsächlich gerade gesagt, dass du die Tasche nicht magst."

Naomi gestand dann zögerlich: „Das habe ich auch. Giro, ich mag die Tasche echt nicht. Sie ist klein und – na ja – auch ziemlich hässlich."

Giro war etwas aufgebracht und zugleich verwirrt. „Meine Worte! Aber warum aus deinem Mund? Hör jetzt bitte auf damit!"

Naomi entschuldigte sich, blieb jedoch hart, was die Tasche betraf. „Okay, hör zu, es tut mir leid. Aber als du so über sie hergezogen bist, dachte ich … ach, keine Ahnung, was ich dachte. Hier, nimm! Ich will sie nicht mehr."

Giro verstand dies kaum und war immer noch ziemlich durcheinander. „Nein, was soll das jetzt? Okay, warte hier, ich bring das Ding zurück und dann nimmst du dir einfach was anderes! Wie zum Beispiel Unterwäsche! Das kann man schließlich immer gut gebrauchen, oder?"

Naomi gefiel die Idee wenig und sie meinte verständnislos: „Unterwäsche? Gerade dein Ernst?"

Giro antwortete selbstbewusst und schmeichelnd: „Ja klar. Obwohl, für mich kannst du auch ohne was drüber oder drunter rumrennen. Du siehst immer Fantasy anregend aus."

Naomi ging jedoch wenig auf sein Flirten ein und sagte nur. „Ach, schon gut. Aber bring das Teil einfach zurück und dann holen wir die Dinge, die wir wirklich benötigen. Ich weiß, du meinst es nur gut. Es liegt gerade an mir."

Na gut, dann lag es halt an ihr. Aber war trotzdem ziemlich beschissen. Dann bring ich die Scheiße halt zurück, waren seine Gedanken beim Betreten des Ladens. Aber verstanden hatte er ihre Reaktion nicht. Wie konnte man zuerst etwas so sehr wollen und dann auf einmal wie aus dem Nichts verabscheuen? Würde sie das mit ihm etwa auch eines Tages tun, ihn einfach umtauschen? Vielleicht sogar gegen seinen Bruder oder noch schlimmer jemanden wie Maxim? Während er die Tasche zurückgab und diese Gedanken ihm übel im Kopf rumspukten, kam auf einmal die Befreiung. Beim Verlassen des Ladens hatte er die Eingebung, es lag alles an der Tasche, zum Glück ist sie weg und mit ihr auch die Zweifel, oder? Im Großen und Ganzen war er schließlich ein attraktiver, junger Kerl und hatte doch was zu bieten außer nur Schlechtem, oder etwa nicht? Verdammt, diese Tasche hatte sein Ego erwischt und dies voll mitten rein. Wie kann so etwas sein, es war doch nur eine dumme Tasche? Und nun stellte ich alles infrage, sogar mein Aussehen. Dies dachte er und es machte ihm ein wenig Angst, dass eine kleine Ledertasche ihn so an sich selbst zweifeln ließ. Okay, aber egal, ignorieren wir mal die Tatsache, dass er gerade etwas zurückgeben durfte, das er selbst niemals gekauft hätte. Und auch, dass er etliche Stunden zwischen überteuerten Stoffffetzen herumgeirrt war, um so seiner Liebsten eine Freude zu bereiten. Wobei am Ende eher das komplette Gegenteil der Fall war und sie nun fast trauriger als zuvor schien. Wirklich verstehen konnte sein Männergehirn dies nicht. So verließ er den Laden und sagte zu Naomi: „Okay, sie ist weg. Ist wieder alles gut bei dir?"

„Ja. Sorry, aber ich glaube, ist besser so."

„Schon gut. Ich meine, ich verstehe es nicht. Aber es ist okay."

„Du denkst jetzt bestimmt, ich spinne völlig?"

„Wegen der Tasche? Nein, mein Schatz. Du spinnst völlig, weil du mich liebst. Aber das ist in Ordnung, zumindest für mich. Aber nun lass uns die Dinge von der dummen Einkaufsliste von deinem Bruder besorgen und dann nichts wie raus hier. Das ist eine Welt des Schreckens für mich."

Naomi stimmte zu. „Klar doch. Sind gar nicht mal so viele Dinge. Ich glaube, der Lebensmittelladen dort vorne sollte alles davon im Sortiment haben, sogar die seltsamen Dinge hier."

Giro sah sich die Einkaufsliste an, wobei er mit einem Lächeln fragte: „Was? Für was braucht dein Bruder bitteschön eine Fahrradpumpe und Vaseline? Das passt so gar nicht zusammen. Außer er hat vor, an der Tour de France teilzunehmen, was ich mir nicht wirklich vorstellen kann!"

Naomi antwortete: „Was weiß ich! Wir müssen den Mist schließlich nur kaufen und nicht verwenden. Mein Bruder weiß schon, für was er das Zeugs braucht."

„Na ja, bei der Vaseline fallen mir gerade selbst einige nette Dinge ein, die wir tun könnten. Aber ohne die Fahrradpumpe, versteht sich. Obwohl, wenn ich so darüber nachdenke … Nein, lassen wir das."

„Lass mich raten, du bringst einfach deine eigene Pumpe mit, oder wie? Was geht bloß bei dir zurzeit ab! Hast du nur das eine in deinem Schädel? Die Welt geht vor die Hunde und du denkst seit Tagen nur ans Vögeln, oder wie?"

„Nicht nur, aber oft genug! Hab irgendwie zu lange nicht mehr ... oder so! Keine Ahnung, es staut sich an wie Wut, nur viel weiter unten, du verstehst."

Naomi schlug vor: „Holen wir lieber einfach die Fahrradpumpe aus dem Regal! Komm schon!"

Klar doch, Frau Generalstaatsanwalt, ich folge Ihnen nach und das im Eiltempo. Er liebte sie, jedoch gerade war sie anstrengend und dies ziemlich. So hatte er sie zuvor noch nie erlebt. Aber okay, sie waren zuvor auch noch nie gemeinsam shoppen. Nun kannte er wenigstens auch die üble Seite an seiner neuen Beziehung. Dies allein schon war eine neue Welt für ihn, denn wie er zu seinem Bruder gesagt hatte, vor ihr hatte er keine Beziehungen außer auf körperlicher Basis. Aber emotional waren die Weiber ihm mehr als nur scheißegal gewesen. Er hatte so schon einen Arsch voller Probleme und neue Freunde hieß zusätzliche Probleme. Aber mit ihr war es anders, denn sie hatte ihn voll erwischt und er wollte sie. Auch wenn dies neue Probleme mit sich brachte, waren sie es wert, und zwar wegen ihr. Einfach seltsam, wenn man jemanden mehr als sich selbst liebte und alles für dessen Wohl tun würde, sogar wenn es einen glatt den Verstand kostete oder auch die Freiheit. Nach der Fahrradpumpe folgte der Gang zu den Getränken, wobei sie fragte: „Also, sechs Flaschenwasser und was noch?"

Naomi musterte konzentriert die Einkaufsliste und meinte nachdenklich: „Hier steht einfach nur, einige Süßgetränke. Was auch immer das bedeuten soll. Versteh ich nicht ganz."

Giro antwortete locker: „Na, Eistee, Cola und Rum."

Naomi fragte mit seltsamem Blick: „Rum? Warum Rum? Das ist kein Süßgetränk."

Giro meinte jedoch gelassen. „Mit Cola zusammen schon ziemlich, oder? Und echt lecker!"

Naomi erklärte leicht genervt. „Das nennt sich Cuba Libre und ist bestimmt kein Süßgetränk, sondern ein Cocktail."

Giro belächelte das und konterte selbstsicher: „Was wiederum ein Süßgetränk mit einem Schuss Alkohol ist, wenn ich mich nicht irre."

Naomi fand dies wenig amüsant und wies ihn zurecht. „Okay, sieh mich genau an, sehe ich aus, als wenn ich mit dir jetzt über so einen Blödsinn diskutieren wollte? Wir brauchen keinen Alkohol, sondern nur Süßgetränke!"

Giro blieb gelassen und riet ihr: „Nein, du siehst eher aus, als ob du einen Drink vertragen könntest und ein wenig Entspannung gleich dazu."

Naomi ging darauf nicht ein und meinte nur: „Nehmen wir zwei Flaschen Cola und Orangina. Ich weiß ja nicht, was die andern so mögen, aber Sunny liebt Orangina."

Giro sagte zynisch, bevor er einlenkte: „Sunny liebt zu viele Dinge! Aber gut, nehmen wir das, was du sagst, mein Engelchen!"

Naomi blieb bei der Sache und sagte konzentriert: „Also gut, als Nächstes brauchen wir noch was zu essen. Hier stehen Chips, Kekse und so ein Zeug. Wir gehen am besten zuerst zu den Konserven und holen die Knabbereien am Ende."

Er lächelte sie nur nett an, wobei sie loslief und er nach der Rumflasche griff sowie auch zum Wodka und natürlich einem großen Kasten Bier. Als er dann auch noch eine Flasche Scotch im Regal entdeckte, landete auch die im Einkaufswagen. Ja, so ging das doch. Er war, wie er war, und sie wusste, wie er war, also alles kein Stress, oder? Danach lief er zu den Konserven, und als er dort ankam, war sie gerade dabei, fleißig die Dosen zu durchsuchen, wobei sie sich nett bückte und dabei ihren wunderbaren Popo in ihrer kurzen Jeans präsentierte. So genoss er zuerst mal eine Runde die Aussicht auf die nette Landschaft, bis sie sich auf einmal umdrehte und ihn dabei genervt ansah. „Da bist du ja endlich! Warum stehst du nur da wie eine unnütze Vogelscheuche? Hilf mir doch lieber stattdessen!"

Giro grinste nur und lehnte gelassen über dem Einkaufswagen. „Ich genieße die Aussicht, tun Vogelscheuchen doch, oder? Aber bei was soll ich dir dort helfen? Ich meine, es sind nur Dosen, oder?"

Naomi war sichtlich angespannt und sagte genervt, die Arme verschränkt: „Na, dann nehm ich einfach irgendwas, mir doch egal! Ich fress die Scheiße eh nicht!"

Was hatte sie bloß? Es wurde immer schlimmer und er musste noch nicht mal was tun. Da ging er auf eines der Regale zu und griff sich eine Dose mit Pfirsichen. Noch während er diese in seinen Händen hielt und musterte, fragte sie: „Hast du was gefunden, was du außer dem Alkohol zu dir nehmen möchtest auf unserer langen Fahrt?"

„Ja, Pfirsiche!"

Naomi sah ihn hart an und meinte zynisch: „Natürlich, warum nicht? Kommt bestimmt Hammer gut mit dem Hochprozentigen zusammen. Du solltest dir am besten auch noch eine Dose Sardinen gönnen und dazu eine Tüte, um danach reinzukotzen!"

Giro schüttelte verständnislos seinen Kopf. „Was hast du bloß? Ich mag Pfirsiche! Dein Arsch hat übrigens die Form davon und ich hab gerade irgendwie Lust auf Pfirsiche bekommen."

Naomi antwortete jedoch nur grob: „Dann hättest du wohl lieber weniger die Aussicht genießen sollen. Denn eines weiß ich, du verabscheust Pfirsiche fast noch mehr als Sardinen, also leg die Dose wieder hin!"

Giro verstand sie nicht und sagte beharrlich: „Nein, heute mag ich Pfirsiche und das nicht nur in Form deines Arsches. Also lass mich die Dose in den Wagen legen und hör auf, dich wie ein Leutnant zu benehmen. Das ist wie eine Domina, nur noch viel schlimmer!"

Dabei legte er die dumme Dose in den Wagen und sah sie nur fest an. Woraufhin sie zu einer Tüte mit Trockenfisch griff, während sie zu ihm sagte: „Nimm das raus oder ich leg das rein, und zwar mitten auf alles drauf."

Giro sah sie entsetzt an und wehrte ab. „Nein, das tust du nicht! Du legst den stinkigen Fisch bestimmt nicht auf die Lebensmittel. Geh weg mit dem Scheißdreck!"

Naomi blieb jedoch beharrlich und drohte weiter. „Zuerst legst du deinen Scheißdreck zurück und erst dann leg ich meinen zurück!"

Giro konnte es kaum fassen und fragte überrascht: „Soll das etwa ein Erpressungsversuch werden?! Du setzt Trockenfisch gegen mich ein? Wie kannst du nur? Und mich nennen die Leute ein Monster!"

Naomi konterte nur: „Ich nenn dich nicht Monster, nur manchmal Idiot. Und jetzt leg endlich die Pfirsiche weg! Der Fisch stinkt nämlich entsetzlich."

Doch er sah sie nur an, während sie mit der Fischtüte rumwackelte und er fast speien musste. Dieser Geruch – einfach widerlich. Also griff er nach den Pfirsichen und stellte sie zurück, woraufhin sie den Fisch endlich auch wieder an seinen Platz legte. Sie gingen zum nächsten Regal, wobei sie kein Wort sprachen und sich fast totschwiegen. Nun war die Vaseline dran und diese befand sich bei den Binden, Windeln und sonstigen Pflegeprodukten. Als Giro davorstand, fragte er: „Wie viel davon braucht dein Bruder wohl? Meinst du, eine kleine Packung reicht ihm oder braucht er gleich eine Jumbopackung davon?"

Naomi antwortete: „Da wir nicht wissen, für was das genau ist, können wir auch nicht wissen, wie viel er davon braucht, ist doch logisch, oder?"

Giro grinste sie frech an. „Also ich kann dir gerne erzählen, für was die gut ist, oder sogar zeigen, wenn du möchtest."

Naomi verdrehte die Augen und antwortete, wenig angetan von dem Angebot: „Schon klar, für was das gedacht ist, aber ich glaube nicht, dass Ruben das damit vorhat, also lass die dummen Sprüche endlich!"

Während er eine Packung von dem Zeug in den Wagen legte, sah er sie prüfend an. „Okay, sag es mir. Was hast du genau?"

Naomi meinte schnippisch: „Nichts! Alles in Ordnung!"

Giro sah ihr jedoch tief in ihre dunklen Augen, wobei er ernst nachhakte: „Nichts ist in Ordnung, nur Unordnung. Also sag schon! Ich will jetzt wissen, was dich in deinem hübschen Köpfchen so sehr bedrückt, dass du mit mir regelrecht Streit suchst."

Naomi erwiderte wieder schnippisch, während sie ihre Arme verschränkte: „Tu ich das?"

„Ein wenig sehr."

Naomi erklärte sichtlich unwohl: „Du machst immer so dumme Kommentare und dann werd ich halt wütend oder so!"

Giro wollte jedoch die Wahrheit wissen und sagte beharrlich: „Nein, du stehst, warum auch immer, auf meine dummen

Kommentare. Denn sonst wärst du nicht mit mir zusammen. Es ist auch das erste Mal, dass du so bist wie jetzt. Sag mir bitte nur den wahren Grund, mehr will ich im Moment gar nicht von dir und brauch ich auch nicht. Also sag schon!"

Naomi sah ihn auf einmal verführerisch an, wobei sie überraschend fragte: „Wir hatten echt lange keinen Sex mehr, oder?"

Giro kam nicht mehr mit und meinte nur verwirrt: „Was?"

Da hob sie einfach mal so ihr Shirt, wobei sie ihm ihre beiden herrlichen Brüste präsentierte. Was? Warum tat sie das? War sie vorhin nicht noch echt wütend und angepisst gewesen? Doch sein Blick war starr auf die beiden netten Argumente gerichtet, die er da vor sich sah. Oh ja, sie waren so nett und gut, diese beiden Argumente. Doch dann fiel der Vorhang wieder und er sah nur in das dumme Gesicht der kleinen Katze auf ihrem Shirt. Da sagte er verwirrt zu ihr: „Warum hast du das getan? Zieh das Shirt sofort wieder hoch!"

Naomi lächelte, während sie ihn musterte, und fragte frech: „Hat dir wohl zugesagt?"

Giro sah an sich hinab und meinte verwirrt: „Nicht nur mir, auch meinem besten Freund! Also warum tust du das?"

Naomi folgte seinem Blick, und während sie die Delle in seiner Hose ansah, sagte sie scheinbar schadenfroh: „Huch, deine Hose drückt dich wohl ein wenig im Schritt, wie es aussieht."

Giro fühlte sich ziemlich angegriffen und fragte verständnislos: „Was hab ich dir nur getan, dass du so fies zu mir bist?"

Naomi erklärte nur frech: „Ich dachte nur, ich zeig dir auch noch meine Frontseite, da du meine Rückseite vorhin so penibel betrachtet hast."

Giro war verärgert. „Klasse! Und jetzt ist mir die Hose zu klein. Dies dank dir und deiner wunderbaren Frontseite. Und wer hilft mir, die Wogen nun wieder zu glätten? Oder soll ich etwa mit der Delle in meiner Hose durch den ganzen Laden rennen?"

Naomi riet ihm sogleich: „Bleib doch einfach noch eine Weile hier stehen und warte ab. Vielleicht wird ja dann irgendwann aus der Delle wieder eine Senke."

Giro fand dies wenig witzig. „Und dich stören meine dummen Sprüche?!"

„Ich dachte, ich pass mich mal meinem Gegenüber an."

Giro fragte daraufhin überraschend einsichtig: „Es ist wegen dem Alkohol, oder?"

Naomi sah ihn ernst an. „Kann schon sein."

Giro wollte beschwichtigen. „Ach komm schon, wegen der paar Flaschen. Wir haben schließlich genug Geld übrig und die andern Jungs freuen sich bestimmt auch darüber."

Naomi erklärte enttäuscht: „Es geht nicht um den Alkohol als solchen, sondern darum, dass du ihn hinter meinem Rücken eingepackt hast."

Giro verstand ihren Stress nicht. „Ich wollte nicht diskutieren, sondern lediglich einkaufen. Ich wusste nicht, dass ich dir Bescheid geben muss, bevor ich was in den Scheiß-Einkaufswagen lege, den ich übrigens schiebe."

Keine Ahnung, warum, aber nach dieser Ansage hob sie erneut ihr Shirt, wobei sie ihn diesmal kurze Zeit später auch küsste und sie – na ja – zwischen den Windeln und Binden eine eher improvisierte Nummer schoben. Aber diese, wenn sie auch eher kurz war, hatte es in sich. Der arme Linoleumboden lag mitten drin, genau wie der Einkaufswagen, und die beiden dazwischen. Nach den Chips ging's zur Kasse, wobei die beiden noch ein wenig wirr schienen. Als es hieß, zu bezahlen, und er in seiner Hose das Geld suchte, fiel ihm auf, dass er noch seinen Hosenstall offen stehen hatte. Als ob das nicht schon gereicht hätte, trug sie auch noch ihr Shirt falsch herum. Doch egal, keiner wusste etwas, und wenn doch, konnte es ihnen egal sein, denn wer kannte sie dort schon? Als sie Richtung Ausgang gingen, sagte er zu ihr: „Wir sollten öfters shoppen gehen." Draußen vor der Mall standen bereits die drei anderen, wobei diese froh waren, dass sie nicht eintreten mussten. Waren schließlich alles Männer. Da sahen sie den Land Range Rover, den sie für die Fahrt gemietet hatten, und setzten somit ihre Reise fort. Der Wagen war okay und man hatte gut Platz. Während Ruben fuhr, saß Maxim breitbeinig auf dem vorderen Beifahrersitz und qualmte dabei eine Zigarette. Auf dem Rücksitz saßen links Sunny, in der Mitte Naomi, rechts Giro. Kurz nachdem sie losgefahren waren, sagte Sunny ein wenig seltsam zu Naomi: „Dein T-Shirt ist, glaube ich, falsch rum."

Sie sah verdutzt an sich hinab, wobei sie feststellte, dass er recht hatte. Doch dann rettete sie Giro, der sagte: „Tut mir leid, dass ich dich beim Kleideranprobieren so gestresst hab."

Sie sah ihn mit seltsamem Blick an, bevor sie meinte: „Schon okay. Aber nun ist mein Shirt halt verkehrt rum. Auch egal."

Maxim grölte gleich unsanft vom Beifahrersitz los: „Ihr Schweine! Sunny, was die beiden wirklich damit ausdrücken wollen, ist …"

Giro unterbrach ihn sogleich: „… dass ich Bier habe! Und zwar für uns alle, bis auf Ruben natürlich. Sowie einen 95 Dollar teuren Scotch, den ich jedoch, weil ich ein Egoschwein bin, ganz für mich allein trinken werde. Sorry, Sunny! Aber für dich gibt's, und halt dich bloß gut fest, Orangina. Aber vergiss nicht, es zuvor zu schütteln, sonst bleiben die ekligen Krümelstücke allesamt unten am Boden kleben und die magst du doch so gerne an der Scheiße!'"

Sunny griff sich eine der Orangina-Flaschen und sagte dabei zweideutig zu seinem Bruder: „Danke, wirklich reizend von dir, Bruderherz! Dass du auch immer an alle denkst und dich dabei vor allem nie vergisst!'"

Wahrscheinlich wusste nicht nur dieses Großmaul Maxim von der ersten Sekunde an, dass die beiden zusammen aktiv waren, sondern auch sein Bruder. Dieser war zum Glück ein wenig zurückhaltender als Maxim. Die ganze Sache war den beiden so schon unangenehm genug, besonders Naomi. Hätte sie nicht leicht braune Haut gehabt, wäre sie wahrscheinlich knallrot gewesen, so zwischen Stuhl und Bein gezwängt. Aber mit der Zeit, als alle außer Ruben einen sitzen hatten, ging es wieder ein wenig und die Stimmung wurde besser. Naomi schlief irgendwann mit dem Kopf auf der Schulter von Giro ein, wobei dieser ziemlich besoffen schweigend zum Fenster hinaus starrte. Da er seinem Bruder am Ende doch was von dem Scotch abgegeben hatte, schlief auch dieser wie ein Baby, sein Gesicht platt gedrückt am Fenster sowie leicht sabbernd. Maxim, der so viel Bier gesoffen hatte, dass er nur noch lallte, sang sehr fragwürdig zu der kubanischen Musik, die Ruben laufen ließ, um so den Besoffenen zu entfliehen. Ihm war es ziemlich egal, dass sie alle tranken, da sie nun endlich still waren, bis auf Maxim, der ihm noch mit seinem Geheul sowie seinem andauernden Qualmen auf die Eier ging. Aber Ruben wollte halt nur eines, nach Miami gelangen und dies bald, ohne weiteren dummen Zwist oder unnötige Zwischenstopps.

— Kapitel 15 —

Der Hexentanz endet, wo der Feuertanz anfängt.

Die tolle Fahrt sollte etwa 18 Stunden dauern, wobei sich Ruben nicht wirklich an die Verkehrsregeln hielt und andauernd mehr auf dem Tacho stehen hatte, als eigentlich erlaubt war. Aber gut, dafür kamen sie schon nach weniger als 16 Stunden an ihrem Ziel an und standen nun endlich an der richtigen Küste. Doch die Leute hier kamen Giro noch seltsamer vor als die in Houston. Sie waren alle viel farbiger gekleidet und zu seiner Freude so ziemlich alle am Kiffen. Dies kam ihm entgegen und er hätte am liebsten auch am Strand einen durchgezogen. Aber man kann nicht alles haben, schließlich hatte er zurzeit immer noch das dumme Nanodings in seinem Kopf. Ruben hatte gesagt, die wüssten dadurch nicht nur haargenau, wo er gerade stecke, sondern würden auch fleißig seine Aktivitäten messen, was auch immer das heißen sollte. Also musste das Dings nun endlich da raus und dies hoffentlich ohne neue Überraschungen. Doch da Admind anscheinend die Einzige war, die ihn davon befreien konnte, war schon fast klar, dass noch eine Überraschung kommen würde. Aber er würde sich nicht nochmals von ihr in den Tiefschlaf legen lassen. Diesmal wusste er ziemlich genau, auf was er bei ihr aufpassen musste, denn sie kam schließlich immer mit Spritzen und so einem Scheiß an. Dann, nach nicht mal ganz 16 Stunden, hatten sie endlich das Ziel vor Augen und die Aufregung von Ruben war groß, was bei den andern kaum der Fall war. Doch Ruben schien voller Zuversicht, für ihn war Admind die große Lösung. Doch Giro traute dem Ganzen nicht und blieb vorsichtig. Er sah in Admind nicht die letzte Hoffnung, sondern lediglich eine Weggabelung, um weiter voranzukommen und dies egal wie. Miami, Florida, Palmen ohne Ende und das Meer blau strahlend unter der prallen Sonne. Badekleidung und Shorts waren ein Muss. Doch die Gruppe interessierte sich wenig dafür, denn sie hatten andere Sorgen und eine davon hieß Admind. Ruben fuhr schließlich auf einen Friedhof. Das kam Giro sehr seltsam vor und erinnerte ihn gleich an sein erstes Treffen mit der Verrückten. Er blickte wenig begeistert durchs Fenster und sagte zu Ruben: „Was soll das hier genau werden?"

„Was denn? Wir treffen Admind!"

Giro fragte jedoch beharrlich nach, gestresst und neugierig zugleich: „Der Friedhof! Was soll das mit dem Friedhof?"

Ruben antwortete: „Hier treffen wir sie! Hast du etwa Angst vor den Toten?"

„Nein, und wenn du mir jetzt damit sagen willst, dass Admind auch zu ihnen gehört, schmeiß ich eine Riesenparty und das gleich neben ihrem Grabstein!"

„Na ja, das kannst du gerne tun, denn einen Grabstein gibt's hier mit ihrem Namen drauf."

„Admind ist tot? Dein Ernst? Was zum Teufel tun wir dann hier? Ihr die letzte Ehre erweisen, indem wir auf ihren Grabstein spucken?"

„Nein, das tun wir sicher nicht und jetzt beruhige dich wieder! Du wirst gleich sehen, warum wir hier sind."

Eins war sicher, wenn es einen Grabstein gab, dann würde Giro auch kräftig drauf spucken. Im Moment hätte er auch ohne Mühe drauf pissen können, denn seine Blase war genügend voll. Dann hielt Ruben und parkierte den Wagen, wobei er zu allen sagte: „Wir müssen ein kleines Stück laufen."

Also liefen sie alle ein kleines Stück, bis sie schließlich hinter einem riesigen und alles verschlingenden Baum mit herabfallenden Ästen auf einen verwitterten Grabstein trafen. Vor diesem blieben sie stehen. Giro las sofort den Namen auf dem Grabmal, und schon als er ‚Admind' las, rotzte er einmal kräftig drauf. Wobei er genau wie gewollt ihren beschissenen Namen traf. Ruben, der ein Taschentuch aus seiner Hose zog, wischte es weg. „Konntest es echt nicht gut sein lassen, oder?"

„Nein, warum sollte ich auch? Wenn du fertig bist, mach ich's gleich noch mal! Da gehört Rotze drauf, wenn nicht sogar Pisse!"

Ruben gab zurück: „Unter steh dich! Eigentlich ist es mir scheißegal, ob du drauf rotzt oder pisst! Von mir aus kannst du drauf scheißen, wenn es dir hilft. Aber ich muss den Stein noch

anfassen und habe keine Lust, dabei in deine ekligen Körper-
flüssigkeiten zu fassen. Also hör jetzt auf und hilf mir lieber, den
Stein anzuschieben!"

Da sah er Ruben nur fies grinsend an, wobei er genüsslich
sein bestes Stück rausholte, um dann provokant vor den Augen
aller drauf zu pissen. Dabei sagte er zu Ruben, der ihn wütend
ansah: „Ich verschiebe hier gar nichts. Falls Admind da unten
sein sollte, tot oder lebendig, soll sie auch da unten bleiben und
das für immer!"

Ruben konterte: „Na klasse! Du bist gerade echt widerlich!"

Sunny sprang ihm bei. „Das ist er! Besonders, wenn jemand
überlegen in etwas ist, das bringt ihn zur Weißglut. Ich bin sicher,
diese Admind ist einfach nur eine Nummer zu klug für ihn!"

„Klug!", spottete Giro. „Die meint nur, dass sie klug und
allwissend sei. Aber sie kann und ist nur ein Freak! Ein äußerst
nervender Freak mit Brüsten."

Sunny meinte: „Klar, mit Brüsten! Also ein Mädchen! Als
ob wir das nicht schon alle wüssten und das mit dem Freak. Du
bist selbst ein ziemlich großer Freak, wenn du so willst, also habt
ihr doch was gemein – du und diese Admind!"

„Im Nachhinein betrachtet, schon fast schade, dass ich auf
den Grabstein gepisst habe, hätte doch lieber dich als Ziel wählen
sollen."

Maxim mischte sich ein: „Da du deine Waffe eingepackt
hast, könntest du nun den vollgepissten Grabstein bitte allein
verschieben? Ich meine, nichts für ungut, aber wir müssen zu
dieser mysteriösen Admind, egal, wie sehr du die Alte auch hasst.
Hör zu, ich weiß, wie Weiber sein können und wie sehr man sie
hassen kann. Denk nur mal an Cloé! Aber manchmal muss man
ihnen eine zweite Chance geben, wenn dies auch bedeuten kann,
dass man nochmals auf die Fresse fliegt. Danach stehst du einfach
wieder auf und bist trotz allem ein Stück schlauer. Denn eines
lehren uns die Weiber andauernd, in Dingen besser zu werden.
Und diesmal ganz abgesehen vom Sex mit ihnen!"

Giro sah Maxim zuerst nur an, wobei auch ihm klar war, dass
er wohl nicht daran vorbeikommen würde, den Stein zu ver-

schieben, besonders nach seiner Pissaktion. Aber gutgetan hatte es ihm trotz allem, denn seine Blase war eh randvoll gewesen und er hasste Admind nun wirklich mehr als nur zur Genüge. Also gut, ran an den Pissstein und dies möglichst, ohne in die eigene Pisse zu fassen, dachte er, als er den Stein vorsichtig verschob. Es fühlte sich an, als ob etwas einrastete, und dann ging auf einmal, wie in einen blöden Indiana-Jones-Streifen, die Wand mit den Urnen hinter ihnen auf. Sie verschob sich zur Seite, sodass eine Art Türspalt offen stand, der schließlich in den Stein führte. Als sie sich alle durch den Spalt gedrängt hatten, schloss die Mauer sich einfach wieder. Im gleichen Augenblick ging das Licht an. Da sahen sie hell und klar einen engen Gang, der zu einer Treppe führte. Die Decken waren abgerundet und alles war aus grauem Beton gegossen. Es war wie eine Art Schacht, in dem sie sich befanden. Auf beiden Seiten hing eine endlos wirkende Lichterkette, fast wie in einem Bergwerk, an der Deckenkante entlang. Dann eine Treppe aus Metall, die in die ungewisse Tiefe hinunterführte. Giro meinte großspurig: „Wie originell! Lass mich raten, ihr Labor! Der Wahnsinn stirbt zuletzt, oder wie? War der Grabstein also doch nur eine Art Klingel!"

Ruben sagte: „Türgriff trifft es wohl eher!"

„Ach, easy! Das heißt, du hast der Alten nur vor die Tür gepisst und bist kein übler Grabschänder, sondern nur ein übler Besucher!", kombinierte Maxim.

Naomi meinte: „War trotz allem eine mehr als nur peinliche Aktion! Wie ein räudiger Straßenköter!"

„Ich glaube nicht, dass ein Straßenköter sich die Mühe gemacht hätte, genau auf ihren Scheißnamen zu pissen", sagte Giro trotzig, „was ich übrigens gut hinbekommen hab, trotz dem langen Sitzen im Wagen und der Tatsache, dass mein Schwanz vollkommen eingepennt war."

Sunny höhnte: „Klasse, Bruder, echt super Leistung! Bin so stolz auf dich, dass du ausnahmsweise mit deiner Pisse was anderes getroffen hast als nur den Rand der Toilette. Dazu kommt, dass du dabei deinen Schwanz unter Kontrolle hattest, was dir ja oft schwerfällt!"

146

Giro zahlte Gleiches zurück. „Nur weil dir die Eier fehlen, um im Stehen zu pissen, und du dich immer in meine Pisse setzen musst, ist das ganz allein dein Problem, nicht meines!"

„Ich besitze nur etwas, was du nie ganz besitzen wirst, und das nennt sich Selbstbeherrschung."

„Ja, so siehst du aus, wenn du dich ranhältst und genügend in dich reinstopfst, so zum Frustabbau. Durch die Beherrschtheit, die du stets an den Tag legst, kannst du dich bald als Sohn Buddhas verkaufen und so der Inbegriff der Selbstbeherrschung werden, um es dann an andere weiterzugeben, wie zum Beispiel mich. Aber zurzeit hältst du am besten einfach deine Klappe!"

Naomi setzte dem ein Ende: „Haltet einfach beide die Klappe! Und übrigens bin ich die Einzige, die andauernd in eurer ekligen Pisse sitzen muss. Denn was diesen Punkt angeht, besitzt keiner von euch auch nur ein Stück Selbstbeherrschung und ihr trefft beide nicht recht die Riesenschüssel!"

Die Ansage hatte gesessen und fand Anklang, denn sie waren still. Was auch besser war, denn das hätte sonst nie geendet. Sie spielten Beleidigungs-Ping-Pong bis zum Zweikampf. Doch die Treppe war lang und Lust, den beiden Brüdern bei ihrem endlosen hin und her Beleidigen zuzuhören, hatte nun wirklich keiner. Also war Naomi eingeschritten und brachte wieder Ruhe rein, wenn auch eher grob. Dann endlich das Ende der dummen Treppe und dort, wer hätte es gedacht, befand sich ein Labor. Dieses schien fast identisch mit dem Labor in Russland vor zwei Jahren. Die Lichter waren an und der große, weiße Raum strahlte förmlich, doch keine Admind weit und breit. Wo war die Verrückte? Doch dann öffnete sich auf einmal eine Tür am Ende des Raums und Admind betrat in ihrem Wissenschaftlerkittel das Labor. Zuerst starrte sie nur stumm zu der Gruppe, bevor sie schließlich sagte: „Wie schön, da seid ihr ja endlich! Ich hoffe, du hast gut hergefunden, Ruben?! Ich meine, nach der eher groben Beschreibung, die ich dir gegeben habe. Aber ich konnte nicht anders, du weißt warum."

Ruben ging zu ihr und umarmte sie ziemlich vertraut. „Schon gut, du musst es mir nicht erklären, es ist in Ordnung. Wie gesagt, ich bin froh, dass es dir gut geht, das ist alles, was zählt."

Giro meldete sich. „Stopp! So geht das hier nicht! Mag sein, dass du keine Erklärung von der Verrückten willst. Aber ich schon. Denn die ist sie mir schuldig. Ansonsten nehme ich hier alles auseinander, besonders dich, Admind!"

Admind antwortete: „Giro! Wie lange ist es jetzt her?! Wir konnten uns das letzte Mal gar nicht recht voneinander verabschieden. Ich bin froh, dass es dir gut geht."

„Hätte ich mich richtig von dir verabschiedet, dann hätte ich dir den Hals umgedreht. Und meintest du gerade wirklich, du seist froh, dass es mir gut geht? Geht es mir aber nicht, und zwar dich betreffend. Denn dir geht's anscheinend leider auch immer noch zu gut, oder?"

Ruben unterbrach ihn. „Hör auf damit! Admind, wie ich dir bereits geschrieben habe, brauchen wir dringend deine Hilfe."

„Ja, aber um was geht es dabei genau? Du meintest in der Mail nur, dass ihr durch W-Global-Eta verfolgt werdet. Was kann ich schon gegen die tun?"

Giro höhnte: „Was, außer dumme Pflanzen züchten und Menschen grundlos betäuben, kannst du überhaupt? Nichts! Weil du ein Nichts bist! Ein Stück Nichts! Du kannst und bist nichts! Das hörst du wahrscheinlich heute zum ersten Mal, aber da hilft dir auch dein IQ nicht. Denn du bist ein Nichts! Und weißt du, was ich mit dir mache? Gar nichts, du Nichts!"

„Giro", rief Ruben, „geht's noch? Was läuft bei dir?"

Admind beschwichtigte. „Nein, lass ihn! Ich sehe schon das Problem."

Giro beharrte trotzig: „Nichts ist das Problem, weil es nichts außer einem Nichts gibt!"

Maxim schüttelte den Kopf. „Das ist doch nicht normal, oder? Was hat der Kerl?"

Admind erklärte: „Das macht der Nanochip in seinem Gehirn. Seid ihr etwa deshalb hier?"

„Warum spricht es nichts? Nichts kann es mehr, nicht geben!", kam von Giro.

Naomi fragte: „Was hast du? Ist er etwa irgendwie kaputt oder so? Ich meine den Nanochip."

Admind meinte: „Das kommt durch die dicken Wände sowie die Tiefe, in der wir uns zurzeit befinden. Der Nanochip, der sich in seinem Gehirn befindet, versucht, das Signal stärker zu senden, so stark, dass es seine Hirnwellen stört. Doch trotz allem, weiter als aus seinem Mund kommen die Informationen von hier unten nicht, wir sind viel zu tief unter der Erde dafür."

Giro fragte: „Wo sind wir hier?"

„Amnesie – im Ernst?! Das darf doch nicht wahr sein! Admind, kannst du das Ding bitte aus seinem Gehirn entfernen, bevor es seine restlichen Hirnzellen zerstört?", bat Naomi.

Von Giro kam: „Nichts ist! Nichts passiert! Kann den Fehler nicht senden!"

Admind sagte: „Das kann ich nicht!"

„Was?", wollte Naomi wissen.

Ruben mischte sich ein. „Naomi, immer mit der Ruhe! Warum kannst du es nicht, Admind?"

Admind entgegnete: „Weil der Chip genau zwischen seinem Augennerv und seinem Gehirn liegt. Wobei beim Entfernen nur die Möglichkeit besteht, das Auge mit zu entfernen. Anders geht es nicht. Er würde sterben."

Ruben warf ein: „Aber wir können ihn doch nicht weiter mit dem Chip im Kopf rumrennen lassen, mal ganz abgesehen davon, dass wir nicht wissen, was der Chip alles auslösen kann!"

„Ruben, ich lasse nicht zu, dass sie ihm das Auge herausreißt!", versicherte Naomi.

In diesem Augenblick sah Giro trotz des störenden Nanochips klar in seinem Kopf und hörte, was Naomi da von wegen Auge herausreißen von sich gab. Dabei sah er auch noch in das Gesicht der ach so verhassten Admind. Da ging es mit ihm durch. Er trat mit einem gezielten Kick an ihren dünnen Hals, wobei sie mit Wucht an eines der Regale knallte, bevor sie regungslos auf den Boden sackte. Ruben wollte sich sogleich auf ihn stürzen, doch Sunny und Maxim hielten ihn zurück. Warum auch immer, er hatte gerade eine Frau geschlagen und dies mit voller Kraft in den Hals. Naomi, die gleich zu Admind eilte, sagte, während sie zuerst nur hinsah: „Ich glaube, er hat sie umgebracht!"

Ruben schrie: „Du Wahnsinniger hast ihr das Genick gebrochen! Was hast du bloß getan? Wir werden alle sterben und du kommst direkt in die Hölle dafür!"

Doch Giro sagte: „Ist doch nichts! Nichts passiert!"

Naomi bückte sich nach unten, wobei sie den Puls von Admind an deren Hals ertastete. Aber nichts, wie Giro sagen würde, zumindest im Augenblick. Dann schob sie Adminds lange, schwarze Haare zur Seite, um nach dem Zustand ihres Nackens zu sehen, wobei ihr gleich ein seltsamer Spalt auffiel. In diesem Spalt war das Stück einer kleinen Festplatte zu erkennen, das leicht vorstand. Als sie danach griff und die Festplatte mit zwei Fingern aus der unnatürlichen Spalte im Nacken zog, brach sie entzwei, da sie schon angebrochen war. Während Naomi erstaunt den anderen das Festplattendings zeigte, sagte sie: „Er hat ihr nicht das Genick gebrochen, sondern lediglich ihre Festplatte zertrümmert."

Maxim fragte: „Was zum Teufel geht hier vor sich?! Hast du das etwa tatsächlich aus dem Nacken der Alten gezogen?"

Sunny rief: „Ein Computer! Sie war ein Roboterdings!"

Da rastete auf einmal Ruben völlig aus und schlug um sich wie von Sinnen. Dabei fluchte er und sagte immer wieder: „Sie haben sie ausgetauscht! Gefunden und ausgetauscht! Gegen einen verdammten Organbot! Wie sollen wir nur gegen sie ankommen? Dieser Barle! Ich verfluche ihn! Alles nur Lügen!"

Naomi versuchte verzweifelt, ihren Bruder zu beruhigen, wobei sie verwirrt zu ihm sagte:

„Ruben! Was sprichst du da? Was ist ein Organbot und wer ist dieser Barle?"

„Geh weg von mir! Geht alle weg! Weg von mir!"

Ruben stieß seine Schwester dabei unsanft von sich, wobei sie hinfiel. Alle dachten, dass Giros Gehirn ausgeschaltet wäre, zumindest zeitweise. Doch er bekam seit Admind wieder alles mehr oder weniger mit und war nur noch bemüht, gegen das Leersignal in seinem Kopf, durch den Nanochip verursacht, anzukämpfen. Doch es ging immer besser, das energische Unterdrücken löste nur ein ätzendes Stechen in seinem Kopf aus. Als er sah, wie Ruben seine Schwester von sich stieß, und vor allem hörte, was er da von sich gab, zückte er in seiner blinden Wut sein Springmesser und sprang ihn über den Haufen, wobei er ihn zu Boden warf, um ihm dort unsanft die Klinge vors Auge zu halten, während er mit der anderen Hand sein Gesicht fixierte. Dann sagte er grob zu Ruben, der sich zuerst noch wehrte, aber dann regungslos mit wütendem Blick genau in die glänzende Spitze der Klinge starrte: „Meinst du etwa Barle Henkhock? Was spielst du hier für ein falsches Spiel mit uns? Hä, Ruben? Na sag schon, bevor ich aus Versehen ausrutsche!"

Naomi rief: „Giro, hör auf damit!"

„Tut mir leid, aber das kann ich nicht und dein Bruder weiß, warum. Ruben, erkläre mir und den anderen diese Situation hier! Ich meine, es sieht gerade ziemlich danach aus, als ob du uns übel hintergangen hättest und mehr weißt, als du uns immer gepredigt hast."

Ruben keuchte: „Nein, das geht nicht! Das kann ich nicht!"

„Oh, und wie das geht! Das ist leichter, als dir das Auge auszu-stechen, um danach dein Gehirn rauszupulen. Nicht dass ich ein Problem damit hätte, dies zu tun. Jedoch mag ich deine Schwester wirklich sehr und diese wäre ziemlich sauer auf mich, wenn ich dies tun würde. Aber wir beide wissen, dass ich es trotz allem tun würde, wenn du mir keine andere Wahl lässt. Also mach es doch nicht so kompliziert und sag, was Sache ist! Vielleicht muss ich es ja dann doch nicht tun."

Ruben erwiderte: „Ich bin überzeugt, dass du das ohne einen Augenblick zu zögern tun würdest, Naomi hin oder her! Aber es ist alles viel komplexer, als du denkst, und nicht leicht zu er-klären, besonders in dieser unbequemen Lage hier mit dir."

„Na ja, da muss ich dich leider enttäuschen. Aber solange du es nicht wenigstens versuchst zu erklären, wird die Lage, wie soll ich's sagen, sekündlich unbequemer, da meine Geduld bald den Nullpunkt erreicht hat."

„Ja, ist schon gut! Ich versuch es ja schon! Admind und ich kennen uns schon, seit wir kleine Kinder sind. Unsere Väter waren wahrlich gute Freunde und so wurden auch Admind und ich zu guten Freunden sowie Vertrauten. Eines musst du wissen,

Admind sowie auch mir ging es immer nur darum, es aufzuhalten. Sie aufzuhalten!"

„Wer sind sie?"

„Na die von W-Global-Eta und Viral-Neco! Wir wollten sie zerschlagen und dies mit ihren eigenen kranken Methoden. Doch sie haben Admind aufgespürt und dies kann nur bedeuten, dass sie Barle zuerst erwischt haben und dieser sie und somit unsere Operation verraten hat. Wie konnte er nur! Sie war doch immer wie eine Tochter für ihn! Ich verstehe es nicht!"

„Na gut, dann hat euch Barle halt verraten, sie war eh nur ein dummer Roboter. Was ich mir schon immer gedacht habe, aber das ist eine andere Sache. Erzähl ruhig weiter, noch hör ich dir mehr oder weniger gespannt zu, trotz dem ätzenden Freizeichen in meiner Birne."

Ruben berichtete weiter. „Nein, Admind war kein Roboter! Das ist sie nicht. Sie haben lediglich einen äußerlich identischen Organbot aus ihrer DNA hergestellt und ihre Erinnerungen auf der zerbrochenen Festplatte beigefügt, damit der Organbot im Besitz der notwendigen Informationen war. Ich war bei einigen von den Experimenten dabei, als sie solche Dinger getestet haben. Doch ihnen fehlte dort noch das Gen B89 zur Vervollständigung, so wollten sie eigentlich perfekte Soldaten erschaffen. Roboter, die Haut haben wie Menschen und durch unsere Erinnerungen sogar Gefühle jeglicher Art sowie eigene Wesenszüge besitzen. Diese kranke Sache, die du da siehst, hat nichts mit Admind zu tun und ist lediglich eine weitere Folgeerscheinung durch den Missbrauch des Gen B89. In den zwei Jahren haben sie durch dich und das Gen B89 ziemlich viele ihrer kranken Erfindungen umgesetzt. Mehr noch, als ich bisher angenommen hatte, wenn ich mir nur allein das Ding dort ansehe. Wir müssen sie einfach stoppen und dafür brauchen wir dich, Giro! Ohne dich geht es nicht! Also wenn du mir nicht mehr traust, dann stich zu! Denn dann brauche ich meine Augen so oder so nicht mehr, da die Welt zu einem Schlachtfeld wird, das man sich eh nicht mehr ansehen möchte."

Giro fragte: „Wer steckt dahinter? Ich meine, der Virus oder die Viren und dann die Organdinger. Steckt da ein und derselbe dahinter oder mehrere? Und wer ist für meinen Chip im Hirn verantwortlich? Ich will Antworten und ich glaube, du kannst sie mir geben. Also weiter im Takt, jetzt nicht nachlassen!"

„Ich weiß, dass es ein Virus ist und das heißt Lotox. Wobei davon mehrere Stämme existieren. Jeder Stamm ist ein wenig anders, was die Ansteckung sowie Verbreitung angeht. Auch die Symptome sind leicht unterschiedlich, jedoch am Ende kommt meist dasselbe dabei raus."

„Untote!"

Ruben bestätigte. „Ja, so wirkt es am Ende immer. Denn der Virus übernimmt die Kontrolle über den toten Organismus und sucht einen Weg, sich weiter auszubreiten. Dieser Virus kommt von der Viral-Neco Gruppe, wobei sie mit der W-Global-Eta gemeinsame Sache machen."

„Also kommt das Virus von Viral-Neco – und das Organdings? Von wem kommt der Scheiß?"

„Das kranke Ding stammt aus dem Sortiment der W-Global-Eta Gruppe, von denen übrigens auch der Nano-Chip in deinem Gehirn stammt! Die haben auch das ansteckende Videospiel entwickelt. Wobei sie das Virus der Viral-Neco Gruppe digitalisiert haben. Aber keine Ahnung, wie sie das geschafft haben. Die sind auf jeden Fall die Spitze des Eisbergs. Jedoch führt der Weg nur über Viral-Neco. Na ja, jetzt zumindest, da Admind weg ist und wir den Nanochip nicht mehr aus deinem Gehirn entfernen können, wissen die von W-Global-Eta über alle unsere Schritte Bescheid. Was die Sache so gut wie unmöglich macht."

„Also können wir nicht gegen W-Global-Eta vorgehen, zumindest im Augenblick nicht. Und was ist mit Viral-Neco? Was können wir gegen sie unternehmen?"

„Ich weiß nicht!"

„Denk nach, Ruben!"

„Das mach ich ja! Ohne die Klinge direkt vor meinem Auge und dein Knie in meiner Lunge würde es mir bestimmt leichterfallen!"

Da stieg Giro von seinem Brustkorb, blieb jedoch mit der Klinge an ihm dran.

Ruben meinte erleichtert: „Schon besser! Es gibt nicht viele Möglichkeiten und dazu kommt, dass die ihren Hauptsitz in Nordkorea haben. Da reinzukommen, ist schon ein wahres Wunder. Aber dann auch noch den Konzern stürzen … Ein Ding der Unmöglichkeit! Und mit deinem Nanochip im Kopf beim W-Global-Eta Konzern in Tokio einzumarschieren, wäre noch irrwitziger! Aber ich habe etwas von Admind erhalten und sie sagte damals, wenn es nicht anders gehe, müsse ich es einsetzen, auch ohne sie."

Er zog eine kleine Metallschachtel aus seiner Hose und hielt sie Giro hin. Dieser sah sie nur an und sagte grimmig: „Was soll da drin sein?"

„Keine Ahnung, sie sagte nämlich auch, ich dürfe sie nur mit dem passenden Schlüssel öffnen. Aber ich besitze keinen!"

„Dann brich die Scheiße doch einfach auf, wenn du schon überzeugt bist, dass es die Rettung enthalten könnte!"

Naomi sagte plötzlich: „Das wird nicht nötig sein! Hier, ich glaube, der gehört dazu!"

Giro staunte. „Was? Woher hast du den Schlüssel?"

Sunny meinte: „Ist das nicht der Schlüssel, den wir zusammen im Nationalpark gefunden haben? Der von Mutter?"

Naomi bestätigte. „Ja, für den stand ich knietief in der Gülle! Ich hoffe, es hat sich ausgezahlt und die Metallschachtel enthält tatsächlich die Rettung!"

Dann der Augenblick der Wahrheit, was war da drin? Ein Stück Papier mit den Namen der acht sowie dem von Giro. Daneben eine Kapsel mit einer dicken, dunkelblauen Flüssigkeit. Ansonsten nur noch ein Memory-Stick mit dem Logo des W-Global-Eta Konzernes darauf. Dieses war echt zweideutig, da darauf war ein Gras knabberndes Reh zu sehen. Was wollten die wohl damit ausdrücken? Frieden und Harmonie etwa? Und was war W-Global-Eta? Der Jäger, der es aus dem Hinterhalt skrupellos erschoss, ohne dass es jemand mitbekam? So kam es Giro vor, als er das Logo ansah. Dann sagte er zu Ruben: „Na gut, gehen wir hoch und schauen, was auf dem Stick drauf ist! Vielleicht ändert er ja meine Meinung, dich abzustechen! Und vor allem geht dann hoffentlich endlich das Freizeichen wieder weg aus meiner Birne, die platzt sonst noch. Das macht mich noch komplett wahnsinnig!"

Naomi meinte: „Das sehen wir dann!"

„Hey, Alter, auf der Liste steht mein beschissener Name!", rief Maxim. „Was bedeutet das? Und da steht auch dein Name, Naomi!"

Giro sagte: „Meiner steht da auch drauf!"

„Voll, stimmt, da unten! Was bedeutet die Liste?"

Ruben schlug vor: „Hört zu, Giro hat recht, wir sollten raus hier und das schneller, als wir rein sind! Wenn der Nanochip in seinem Kopf kein Signal mehr sendet, suchen die uns! Glaubt mir, ihr wollt nicht, dass das passiert! Denn dann stehen die schneller vor dem Eingang des Grabes, als wir brauchen, um uns durch die Öffnung zu quetschen. Dazu kommt der zerstörte Organbot, der auch Signale sendet. Also lasst uns hier verschwinden und dann auf dem Stick nachsehen! Währenddessen erklär ich dir, Maxim, gerne, was es mit der Liste auf sich hat und was du bist."

Maxim stutzte. „Was ich bin?! Was soll das bedeuten? Das klingt nicht gut. Aber ich bin kein Organdings, oder?"

Giro lächelte: „Nein, du bist kein Organdings, nur sonst ein seltsames Ding. Maxim halt!"

Ruben erklärte genauer: „Was Giro damit meint, ist, dass du nicht Angst haben musst, denn du bist ein Mensch. Es ist etwas an deiner Blutzusammensetzung, das speziell ist. Aber ich erklär dir das alles auf dem Weg nach oben, der ist schließlich lang genug."

„Anders? Wie? Gut und besser als normal oder anders, wie besorgniserregend und zum Tode führend?", wollte Maxim wissen.

Und so verließen sie, wenn auch wieder mal angespannt, das Labor und begaben sich zurück zu ihrem Wagen, wobei Ruben dem aufgebrachten sowie völlig zerstreuten Maxim seine Lage erklärte. Als Giro beim Hochgehen seine Hand auf den knackigen Arsch von Naomi abstützen wollte, schob diese sie unsanft von sich und warf ihm nur einen verächtlichen Blick zu. Na toll, nun war sie schon wieder angepisst, nahm es denn nie ein Ende? Anfangs fand er es noch ziemlich heiß, wenn sie wütend aussah, doch jetzt wünschte er sich ein Lächeln. Nur schien dies immer mehr ein Ding der Unmöglichkeit zu werden. Aber er musste so handeln und konnte keine Rücksicht auf sie nehmen. Es ging schließlich auch um ihre Sicherheit. Er musste langsam die Wahrheit erfahren, sonst würde weiter jeder wie mit einer Marionette mit ihm spielen. Sein Bruder Sunny war auch immerzu enttäuscht und würdigte ihn nur noch selten eines netten Blickes. Auch beim Verlassen des Labors ignorierte er ihn völlig und tat, als ob er weit entfernt von ihm sei. Giro sprach sogar mit ihm, wartete jedoch vergebens auf eine Antwort. Aber gut, er war wie immer der Arsch und das würde wohl noch lange Zeit so bleiben, wenn nicht sogar für immer. Also gewöhn dich doch einfach dran, dachte er beim Schweigegang die elend lange Treppe hoch. Dazwischen hämmerte es immer wieder wegen dem ätzenden Leerzeichen des Nanochips in ihm: nichts, nichts, nichts. So ein nerviger Scheiß! Als sie im Wagen saßen und Ruben den Rückwärtsgang einlegte, sagte Sunny auf einmal vom Rücksitz her: „Was ist das? Warum liegt hier bitteschön eine Fahrradpumpe rum?"

Giro antwortete: „Im Kofferraum findest du noch ein halbes Kilo Vaseline, vielleicht kannst du dir darauf ja einen Reim machen!"

„Was? Soll das etwa wieder einer deiner perversen Scherze werden? Nicht witzig! Gar nicht witzig!"

„Ausnahmsweise mal kein Scherz! Aber es ist inspirierend, wenn ich nur schon an die vielen Möglichkeiten denke. Jedoch nein, ich lasse es und sage nur, es war alles die Idee von Ruben. Die Dinge gehören ihm und gehen mich nichts an. War das gut so?"

Ruben rief: „Oh, fuck! Das hab ich vollkommen vergessen in der ganzen Hektik! Gib die Pumpe her, schnell!"

Giro meinte: „Okay, ich hab's echt versucht, aber keine Chance, ich muss es tun! Hier – ein Tütchen mit Zucker!"

„Was soll ich damit?"

„Es dir in den Arsch blasen!"

„Und da hätten wir es wieder!", grollte Sunny. „Nicht mal drei Sekunden kannst du dich normal benehmen!"

Maxim meinte: „Ach komm schon, der war echt nicht schlecht. Schlag ein, Alter! Ich bin mit dir."

Ruben stieg währenddessen aus dem Wagen und hastete zum Kofferraum, um die Vaseline rauszuholen. Dann ging er zu der Urnenwand, wobei ihm Giro, nachdem er mit Maxim eingeschlagen hatte, folgte. Er traute Ruben nicht mehr und wollte wissen, was dieser da tat. Als er vor einem der Urnenkästen stand und anfing, den Stein rund um die Kanten einzufetten, sagte Giro schließlich: „Okay, warum tust du das?"

„Siehst du gleich."

Als der Stein fertig eingefettet war, griff er mit beiden Händen nach der Steinplatte und öffnete die Urnennische. In dieser befand sich jedoch keine Urne, sondern eine Bombe. Als Giro sie sah, sagte er mit großen Augen: „Bitte sag mir jetzt, dass dies nur die größte Eieruhr der Welt ist!"

„Schön wär's! Aber nein, es ist eine Bombe. Und wir werden sie nun zünden. Das heißt, falls du mir hilfst."

„Ich soll dir helfen, eine Bombe zu zünden?"

„Ja! Allein ist dies ein wenig kompliziert, da Admind sie vernetzt hat und dies äußerst speziell."

„Du hattest mich schon beim Wort zünden! Lass uns die Scheiße in die Luft jagen! Aber so was von … Was muss ich tun?"

„Siehst du die Engelsstatue gleich dort neben dem Baum?"

„Ach, das soll ein Engel sein? Ich dachte, es sei ein kleines, fettes Baby mit Flügeln und einem Donat auf dem Kopf. Aber gut, dass du mich aufklärst."

„Nein, es ist ein Engel. Aber auch egal. Nimm die Pumpe und dann …"

Giro zögerte. „Nein, sag mir jetzt bitte nicht, dass ich das fette Engelbaby mit dieser Pumpe schänden soll! Reicht nicht schon der Donat auf seinem Kopf? Muss man ihm das auch noch antun? Das arme Baby, kein Wunder, dass es tot ist. Tod durch Fahrradpumpe und darum auch die Flügel, oder wie?"

„Steck ihm einfach den Schlauch, der da liegt, in den Mund und dann pumpst du! Und es wäre angenehmer, wenn du dabei deine Klappe halten würdest."

Also tat er dies halt und stopfte dem armen Engelchen den Schlauch tief in seinen steinernen Rachen, wobei er die Pumpe daran befestigte und dann loslegte. Pumpen wir den kleinen Scheißer halt mal voll mit Luft und sehen, wie explosiv seine Fürze sind, dachte er, als er kräftig pumpte. Dann sagte er auf einmal zu Ruben: „Du stehst echt auf die Irre, oder? Ich meine Admind."

„Was soll das heißen? Sie ist nicht anders als du oder ich. Einfach ein normaler Mensch mit Eigenheiten."

„Na ja, ich pumpe hier gerade Luft in einen Babyengel, um mit dessen Fürzen ihr Geheimlabor zu sprengen. Hört sich nicht wirklich normal an, oder? Ich meine, ich hab's nicht erfunden, sondern verwende es nur soeben, also?"

„Ja, schon klar, dass Admind in deinen Augen ein Freak ist, aber du kennst sie einfach nicht so wie ich."

„Oh doch, leider hatte ich, wie schon gesagt, bereits das Vergnügen. Außer dem furzenden Killerengel hier hat sie auch noch einen LSD-Pilz erfunden. Dieses Genie! Sie erfindet unwahrscheinlich bescheidene Dinge, findest du nicht? Auf diese ist sie dann auch noch äußerst stolz. Als ob ein furzender Engel oder ein Drogenpilz uns irgendetwas Nützliches bringen würde! Oder wie war das mit ihren witterungsfesten Pflanzen? Waren die nicht ihr ganzer Stolz? Die Scheiße! Die Kleine mag einen IQ von einer Million besitzen und trotzdem kommt nur unnützer Müll dabei raus. Auch das hier – wie lange muss ich noch Luft da reinpumpen, bis der endlich zündet? Die Scheiße funktioniert doch gar nicht!"

Da rannte Ruben einfach weg und das ziemlich schnell. Warum rennt der so, hab ich was verpasst? Doch noch während er dies dachte – bum! Die Scheiße zündete und wie! Die Urnenwand flog in tausend Stücken durch die Luft und alles sackte in sich zusammen. Wobei nur noch ein Riesenkrater übrig blieb, wo zuvor noch das Labor von Admind gewesen war. Dieses war nun komplett zugeschüttet. Noch als es krachte, wurde Giro unsanft von der riesigen Druckwelle mitgerissen, wobei ihn der Kopf des Engels genau an einer Stelle traf, wo der Mann wirklich empfindlich ist. Daraufhin flog er auch noch schmerzlich gegen den Stamm des Baumes, um dann mit dem Gesicht voran schließlich den Boden zu küssen. Er hatte sich die Wirbelsäule übelst geprellt beim Zusammenstoß mit dem Baumstamm und zuvor die Eier an dem

Engelsgesicht gequetscht. Es tat unwahrscheinlich weh, und zwar beides. Warum hatte Ruben ihn nicht gewarnt? Da kamen auf einmal Naomi und sogar Sunny angerannt, wobei sie sich gleich zu ihm setzte und besorgt sagte: „Oh mein Gott! Giro!"

„Hau bloß ab mit Gott! Der hat mich gerade kastriert!", stöhnte er.

„Das heißt, Gott gibt's also tatsächlich!", kommentierte Sunny.

Ruben schlug vor: „Nennen wir es doch Karma!"

„Nein, das warst du, Ruben! Warum hast du das getan? Ich spüre meine Beine nicht mehr, mal abgesehen vom Rest."

„Ach, sei nicht so ein Baby, sonst kauf ich dir einen Donat! Dir mit deinem Gen B89 kann so ein kleiner Sturz nichts anhaben."

Giro rief: „Ich bring dich um! Wegen dir sind meine Beine und mein Schwanz defekt!"

„In ein paar Stunden ist das schon wieder alles vergessen", tröstete Ruben, „und du rennst mit deinem Schwanz um die Wette. Und wenn du das nächste Mal so eine Riesenklappe reißt, denkst du vielleicht vorher nach, was genau dein Schandmaul verlässt. Ich hab's satt! Du kannst dich auch mal ein wenig zusammenreißen. Ich hoffe, das hier ist dir wenigstens mal eine Lehre."

Dann streckte er Giro die Hand hin, um ihm aufzuhelfen. Wobei dieser ihn zuerst nur böse ansah, bevor er dann doch einschlug. Was sollte er auch tun, Ruben brauchte zurzeit nicht nur ihn, sondern auch umgekehrt. Giro ahnte nicht, was er noch alles wusste und für sich behielt. Also musste er dies herausfinden und gute Miene zum bösen Spiel machen. Dies beherrschte Giro wie kein anderer, wenn es sein musste, und dann, wenn er hatte, was er wollte, weg mit dem Rest. Nur, bei Ruben war das so eine Sache, da er der Bruder von Naomi war und somit eine Art größeren Spielraum besaß, denn sonst hätte er schon lange kurzen Prozess mit ihm gemacht. Nachdem sie wieder im Wagen saßen, fuhr Ruben los. Nun mussten sie irgendwo einen Computer oder Laptop herbekommen und dies schnellstmöglich, um auf den Stick zu sehen. Würde dieser endlich Klarheit bringen und vielleicht sogar eine Lösung enthalten? Eines war sicher, sie hofften es alle vier und dies von ganzem Herzen.

⟶ Kapitel 16 ⟵
Die Weiterentwicklung

Okay, die Stimmung war mal wieder angespannt, wobei alle still-schweigend aus dem Fenster starrten. Keiner hatte dem anderen mehr was zu sagen. Ruben fuhr direkt in die Scheißstadt, die er so hasste und am liebsten abgefackelt hätte. So ein Scheiß, all die blöden Leute und ihr Scheißbenehmen. Wer waren die alle, dass sie sich so etwas erlaubten, diese elenden Krüppel. Waren doch alles nur Egoisten und Arschlöcher. Sie stahlen und be-logen sich alle andauernd nur gegenseitig, nett lächelnd versteht sich, in ihre krüppligen Gesichter. Dreckige Bastarde von einem Haufen Idioten. Die Menschheit war doch so vollkommen und doch auch so verkommen. Für was sie retten, wenn man dabei auch die Dummen mit retten musste? Doch er musste es tun, und zwar für die wenigen Gescheiten unter ihnen. Für die, die nicht stahlen und logen, die nicht quälten und mordeten. Er musste es für die tun, die bestohlen und belogen wurden. Er musste es für die tun, die gequält und ermordet wurden. Die Dummen mussten sterben, denn sie kannten ihre Grenzen nicht. Aber er würde alles dafür geben, dass die Gescheiten nicht scheiterten, und sein Bestes tun, diesen Teil der Menschheit zu beschützen. Nun war es an der Zeit, das Geheimnis um den mysteriösen Stick zu lüften. Dafür wollten sie ein Online-Café aufsuchen. Als sie jedoch vor einem standen, war es gerade geschlossen, da es Mittagszeit war. Da meinte Ruben genervt und völlig aufgebracht: „Was soll der Dreck? Welches Internetcafé ist bitteschön mittags geschlossen und das an einem Montag, in so einer großen Stadt wie dieser Scheiße hier? Wollen die mich verarschen? Das gibt's doch nicht! Eine Tätowierung kann ich mir um jede beschissene Uhrzeit stechen lassen und dies an jeder verschissenen Ecke hier! Aber wenn ich um 12.30 Uhr dringend an einen Computer muss, stehe ich vor verriegelten Türen. So ein Irrsinn! Ich hasse diesen Ort! Ich verfluche ihn und seine Bewohner! Alles Freaks!

Ihr alle seid Scheiß-Hipster-Freaks! Auf euren Longbords und mit euren Blümchenshorts für Schwule! Liegt alle nur faul und kiffend in der Sonne an eurem Pissstrand und sonnt eure ach so geilen Waschbrett-Bäuche oder auch Waschbär-Bäuche! Ihr seid alle Scheiße!"

Naomi fragte: „Geht's noch gut? Du kannst doch nicht einfach die Leute hier so anschreien und sogar beleidigen! Spinnst du?"

Ruben erwiderte: „Ich kann anschreien, wen ich möchte! Schließlich lüge ich nicht – oder bist du etwa blind? Die sind alle dumm im Kopf hier! Richtige Spastiker! Ich meine, sieh dir nur mal den dort an! Sieht er nicht haargenau so aus wie Ken und die Alte dort wie Barbies Oma? Und dann die dort drüben, die hat Lippen, als würde sie gerade aus der Marine kommen, und zwar als Schlauchboot-Ersatz. Der dort sieht aus wie ein Affe auf Koks. Und dann der geile Typ da drüben mit der ultrastarken Palmenfrisur, sieh genau hin, Schwesterherz! Das passiert, wenn die Mutter eine Palme war und der Vater ein Junkie."

Doch seine Schwester sah ihn nur geschockt an ebenso wie die eben beleidigten Leute. Was hatte Ruben bloß geritten, dass er so impulsiv und unbeherrscht verbal auf Wildfremde losging? Jetzt stiegen auch die andern drei aus der Karre, wobei Giro immer noch nur unter Schmerzen vorwärtskam. Doch auch er stieg mühselig aus dem Dreck. Als er Ruben da so rumbrüllen sah, sagte er, während er sich wie ein alter Mann das Rückgrat hielt: „Naomi, komm, lass ihn. Anscheinend braucht er ein Ventil und ich brauche im Augenblick was zu essen. Also komm mit mir dort in den Sandwichladen, um was zu essen, was nur teilweise aus der Dose kommt. Maxim, Sunny, auch dabei?"

Sunny stimmte zu. „Ja, warum nicht, hab auch Hunger."

Maxim schloss sich an. „Hey, da deine Kleine mit dem runden Popo alle Chips aufgegessen hat und ich auch bald sterbe, ja! Obwohl ich schon sagen muss, dass die Show von Ruben gerade gar nicht mal so übel ist! Sieh doch, er schlägt dem Palmenkerl voll in die Fresse! Oh und der schlägt zurück! Jedoch knapp vorbei, doch ist immer noch daneben. Uh, Ruben trifft ihn voll in den Plexus. Oh, jetzt der Blümchenkerl und uh, das Longbord traf auf den Hinterkopf. Rubens Hinterkopf! Ruben sieht wütend aus. Und er blutet. Oh nein, Ruben, tu das nicht! Die Barbie-Oma – oh, voll in seine Eier, der ach so spitze Damenschuh! Krass, der krümmt sich und der Palmenkerl spuckt auch noch auf ihn. Du Widerling! Geht weg von ihm! Ihr seid ja wie die Tauben! Verzieht euch oder ihr kriegt es mit uns allen zu tun! Husch, husch, weg mit euch!"

Naomi schüttelte den Kopf. „Ich sag dazu nichts mehr. Ihr seid einfach alle nicht ganz dicht! Ich geh in den Sandwichschuppen."

Giro sagte: „Ich folge dir langsam und mit Schmerzen nach. Den Mist muss ich mir nämlich auch nicht geben, nach der ganzen Scheiße von vorhin."

„Ist dieses Verhalten eine Art von Krankheit?", wollte Sunny wissen. „Ich zieh mir auch lieber ein Sandwich rein."

Also betraten die drei zusammen den Sandwichladen, wobei sie sich an einen Platz am Fenster setzten. Nachdem sie das Essen bestellt hatten, mussten sie auch nicht lange auf die Sandwiches warten. Sie waren ziemlich groß. Naomi sah ihres nur mit verwunderten Augen an, wobei Giro meinte: „Das packst du schon! Einfach immer gut kauen dazwischen."

„Natürlich doch! Musst nicht denken, dass ich auch nur einen Krümel für dich übrig lasse! Ich, mit meinem Popo!"

„Runden Popo, war es, glaube ich. Aber das kam nicht von mir, sondern von Maxim und deshalb beklag dich bei dem Schnellstarter!"

„Na ja, nur dass dieser Schnellstarter nicht mein Freund ist."

Sunny warf ein: „Nach der Quetschung von vorhin kann mein Bruder vielleicht nie mehr irgendwas starten."

„Und wie ich das kann!", widersprach Giro. „Angefangen bei diesem Schinkensandwich bis hin zu meiner wunderschönen Freundin. Und dabei liebe ich sie wie sonst keinen anderen Menschen, denn sie ist ein Teil von mir. Naomi, mein Schatz, ich liebe dich, und wenn es wirklich dein Wunsch ist, dass ich Maxim für seine Worte seine Affenfresse poliere, musst du es mir nur sagen. Aber dann darfst du auch nicht wütend auf mich sein und musst mit den Konsequenzen leben."

„Was? Ähm … ja, ich liebe dich doch auch und eigentlich ist es schön, dass du ihn nicht gleich dafür umgeschlagen hast. Ist doch auch egal, genug der Worte, lasst uns essen."

Sunny sagte: „Der Spruch von Dong! Klingt gut. Also lasst uns essen!"

„Das ist echt ein unwahrscheinlich gutes Sandwich!", lobte Giro.

Dann rein damit und sie aßen, wobei es sich mal wieder wie früher in Ulaanbaatar anfühlte. Einfach wie eine kleine Familie. Noch während sie gemütlich aßen, sah Giro zum Fenster hinaus. Dabei sah er Ruben und Maxim, wie diese in dem Online-Café verschwanden, und zwar mit dem Palmenkerl im Schlepptau. Er war anscheinend der Besitzer des Cafés. Während er dies beobachtete, sagte er zu den andern beiden am Tisch: „Wie es scheint, hat Ruben an der richtigen Palme gerüttelt."

Naomi fragte: „Was? Warum meinst du?"

Giro antwortete: „Dem Kerl mit der schicken Palmenfrisur gehört das Online-Café. Was zum Teufel …"

„Was siehst du da? Wer ist der Kerl da?", fragte Sunny.

Naomi hatte ihn erkannt. „Akai! Was? Giro, hast du ihn nicht …"

„Anscheinend nicht! Fuck, der kommt auch noch hier rein! Ich wusste, das Sandwich war zu gut …"

Sunny wollte wissen: „Ist das nicht der Kerl, der mich aufs Übelste verprügelt hat und dann auch noch Naomi entführte?! Und vor allem, was ist mit seinem Gesicht passiert?"

Akai kam zu ihnen. „Meine Freunde! Lange her, nicht wahr?! Naomi, du stiehlst der Sonne glatt die Show! Warum siehst du mich so seltsam an, hab ich etwa was im Gesicht?"

Sunny wurde wütend. „Du Wichser, fass sie nicht an, ich kill dich! – Lass mich los", fauchte er zu Giro, „ich stech den Kerl ab!"

„Beruhige dich wieder, Bruder! Ich versteh dich ja! Aber der Scheißkerl hält Naomi eine Knarre an den Bauch! Also halt die Klappe, leg das alberne Buttermesser weg und setz dich wieder auf deinen Arsch!"

Akai meinte: „Ach, du merkst wohl alles, mein Freund! Da du so aufmerksam bist, ist dir bestimmt auch die kleine Delle in meinem Gesicht aufgefallen. Für die wollte ich mich noch bei dir bedanken. Ach ja, und natürlich für mein Auge."

Naomi sagte: „Giro, warst du das etwa? Gut gemacht!"

„Lob für dein Hündchen, oder wie? Ist das nicht niedlich! Krault sie dir auch schön fleißig deinen Bauch, du Wauwau!", höhnte Akai.

„Wauwau? Auch egal! Was willst du hier?", fragte Giro.

„Na ja, nach dem du mich in Russland, lediglich mit Unterwäsche bekleidet, auf dem zugefrorenen Teich mit einer Knarre am Kinn und dem Finger fest am Abzug zusammen mit meinen Männern abgesetzt hattest, musste ich mich durch eine ziemliche Scheiße kämpfen. Dabei habe ich mein Auge sowie einen Teil meines Kopfes verloren. Dies geschah, weil mein linker Fuß abgefroren ist. Na ja, er war noch dran, jedoch ist er bis heute schwarz und ich fühle nichts mehr damit. Aber ich hatte Glück, denn die Kugel hat mich nur fast das Leben gekostet und nun sitze ich hier neben Naomi. Was meine Männer leider nicht mehr erleben können, da diese weniger Glück hatten als ich bei ihrem Todesmarsch übers Glatteis."

Giro erwiderte: „Ich hab dich nicht nach deinem Lebenslauf gefragt. Also komm endlich zum Punkt!"

„Okay, mein Freund! Wenn dich meine Geschichte so langweilt, komm ich halt gleich zum Teil, wo ich euch zwinge, mit mir zu kommen, und zwar alle drei versteht sich. Denn wir haben schließlich alle noch eine Rechnung offen. Stimmt's nicht, meine Süße?"

„Lass endlich deine Finger von ihr!", rief Sunny.

„Nun passt sein Äußeres zu seinem ekelhaften Inneren! Er ist eine Kakerlake und sonst nichts weiter!", sagte Naomi.

Da grapschte er nach ihr und rückte ihr unangenehm nahe. Doch auf einmal schmiss sich Naomi, die anscheinend auf ihn ansprang, an ihn ran, wobei der Kerl gleich meinte: „Na, geht doch! Stehst wohl auf Kerle mit Augenproblemen! Muss ich deinem Freud am Ende doch noch danken für die Scheiß-Entstellung von meinem Gesicht!"

Da fuhr sie ihm übers Knie und sagte: „Nein, nur auf Kerle, die wissen, was sie wollen, steh ich total und du scheinst ein echt harter Kerl geworden zu sein, der genau weiß, was er will, oder?"

Noch während sie sprach, auf einmal ein lauter Knall. Es fiel ein Schuss – und dann der Kopf von Akai, der regelrecht explodierte. Na ja, eine Seite davon zumindest. Während Giro und sein Bruder sowie einige der Leute nur schockiert zusahen, wie der Kerl auf den Tisch knallte, meinte Naomi, wobei sie die Waffe auf den Tisch legte: „Wohl doch nicht hart genug! Wir sollten, denke ich, besser gehen!"

Giro stimmte zu. „Ja, das ist eine ziemlich gute Idee!"

Sunny sagte: „Zum Glück ist das nicht unser Restaurant. Stell dir vor, das wäre im Chinarestaurant passiert, dann hätten wir den Scheiß auch noch aufräumen müssen!"

Beim Verlassen des Sandwichladens griff sich Giro noch die Knarre vom Tisch und steckte sie ein. Einfach wunderbar, wenn sich auf einmal ein Problem löste und dies ohne allzu großen Aufwand. Draußen angekommen, sagte er zu seinem Bruder: „Sunny, hol schnell Ruben und Maxim! Wir müssen sofort weg hier! Also los, beeile dich bitte! Ich starte mit Naomi die Karre."

Also begab sich Sunny in das Online-Café, um die anderen beiden zu holen. Währenddessen stiegen Naomi und Giro in den Wagen. Noch während er ihn startete, öffneten sich die beiden hinteren Türen des Wagens, wobei zwei Leute einstigen. Doch dabei handelte es sich nicht um seinen Bruder oder einen der andern beiden. Nein, es waren zwei Leute, die Giro nur zu gut kannte – leider. Auf der einen Seite stieg Rio Mazuro ein und auf der anderen Kasumi. Was war hier los? Kasumi und Rio zusammen? Warum? Da beide bewaffnet waren, zog auch Giro die Knarre und spannte den Lauf. Aber verstanden hatte er mal wieder nichts. Also sah er sie zuerst nur verwirrt an, wobei Kasumi meinte: „Giro, schön, dass ich dich mal wiedersehe! Das ist wohl deine Freundin, oder?"

„Das geht dich einen Scheißdreck an! Schiebt eure Ärsche wieder aus meinem Wagen, und zwar zackig!"

Rio sagte: „Du hattest recht, er kennt wirklich keine Grenzen."

„Und trotz allem ist er stärker, als man denkt, mein Bruder!", versicherte Kasumi.

„Na klasse! Bruder! Dein Ernst, Kasumi, du gehörst auch zu der Mazuro-Sippe? Wie ätzend!", kam von Giro.

„Man tut alles für die Familie, die man sich übrigens nicht aussuchen kann, da man hineingeboren wird. Dies solltest du am besten wissen."

„Dass ich nicht lache! Als du noch das Lieblingsmädchen von Cai Li warst und dich die Mazuro-Sippe verstoßen hatte, waren auch die weißen Tiger deine neue Familie, oder etwa nicht? Woher dein plötzlicher Sinneswandel, dich nun gegen sie zu stellen?"

„Allem Anschein nach hast du wohl etwas missverstanden. Ich wurde niemals verstoßen. Ich habe schon immer ausschließlich meiner Familie gedient und niemals Schande über sie gebracht."

Rio bestätigte: „Meine Schwester spricht die Wahrheit. Cai Li ist ihre Mutter und auch die meinige. Unsere ehrbare Familie regiert im Hintergrund über Japan sowie auch China. Wir kontrollieren die Triaden sowie die Jakuza. So bleibt alles immer schön unter Kontrolle, ist doch logisch!"

„Unter eurer Kontrolle, meinst du wohl", warf Giro ein.

Kasumi korrigierte: „Unserer! Du und dein Bruder, ihr gehört schließlich auch zu dieser Familie. Du bist mein Cousin."

„Was?! Ich bin ein Scheiß! Du bist die Alte, die mir einen geblasen hat, und dem Kerl da wollte ich schon einmal den Garaus machen. Also steigt aus und verzieht euch. Falls ihr auf eine Familienzusammenführung aus seid, kein Bedarf! Ich hab meine eigene Familie und die reicht vollkommen aus."

Rio bemerkte: „Ach, sieh an, dein Bruder und die andern zwei kommen. Los, fahr schon, und zwar gleich! Sonst schieß ich deiner Freundin mitten in ihr Köpfchen!"

Dann gebe ich halt Gas, du Arschloch, dachte er, und fuhr seinem Bruder sowie den andern beiden davon. Was hätte er tun sollen? Er konnte sie schließlich nicht beide gleichzeitig erschießen mit nur einer Waffe. Und da saß auch noch Naomi. Er konnte sie doch nicht schon wieder der Gefahr aussetzen. Jedoch schienen sie die Scheiße wieder mal mehr als nur anzuziehen. An was lag es, dass sie alle hier auftauchten? War es etwa wegen dem Nanochip? Arbeiteten die alle etwa für W-Global-Eta? Oder waren sie vielleicht sogar W-Global-Eta? Scheiße, was ging hier vor? Eines war sicher, wenn die beiden tatsächlich die Abkömmlinge von

Cai Li waren, dann wären sie leider auch verwandt mit ihm und seinem Bruder. Bäh, warum nur? Aber gut, deshalb musste er sie nicht mögen oder anders behandeln. Für ihn würden diese zwei Individuen eh nie und nimmer zur Familie dazugehören, Blut hin oder her. Doch jetzt war auch klar, dass Cai Li tiefer in der Scheiße mit drinsteckte als gedacht. Aber wo war sie und wo war ihr Gatte? Vielleicht würde sich ja einer von den beiden persönlich blicken lassen, wenn er die beiden Sprösslinge umnietete. Na ja, wobei sich zuerst eine geeignete Möglichkeit ergeben musste. Er wollte auf keinen Fall dabei Naomi noch mehr in Gefahr bringen. Nachdem er an einer Uferstelle den Wagen anhalten sollte und ihm von Rio noch die Knarre abgenommen worden war, stiegen sie aus. Rio, der Naomi unsanft die Knarre in den Rücken drückte, ging voraus, wobei Kasumi ihm mit Giro im Visier nachfolgte. Sie begaben sich in die Kanalisation und dies war echt eklig. Mal ganz abgesehen von dem Geruch der Gase dort unten und dem widerwärtigen Fäkalwasser, das echt so ziemlich alles übertraf an Widerlichkeit. Es gab dort Dinge, die sich bewegten und dies ziemlich schnell, wobei klar war, dass diese größer als normale Rattenviecher waren. Als sie auf dem matschigen, schmalen Grat zwischen Fäkalwasser und schmuddeliger Stinkwand durch die Kanalisation wateten, sagte Giro auf einmal: „Jetzt kapiere ich das! Ihr beide seid auch solche Organdinger!"

Kasumi fragte: „Organ… was? Von was sprichst du?"

Giro antwortete: „Ja klar! Das würde ich auch sagen, wenn ich ein Scheißroboter wäre."

„Roboter? Ich bin kein Roboter! Wie kommst du auf so einen Blödsinn?"

„Blödsinn? Ich hab dem Admind-Roboter selbst die Festplatte aus dem Gehäuse geschlagen. Also erzähl mir keinen Müll oder ich stell auch dich ab."

Rio rief: „Was hast du getan? Du hast meinen Organbot zerstört! Du Dilettant! Wie konntest du nur?!"

„Was meintest du da mit Elefant? Aber ja, klar, ich hab das Teil voll kaputt gemacht. Und weißt du was? Es hat verdammt Spaß gemacht!"

„Du hast keine Ahnung, oder? Wir, unsere Familie, hat die Möglichkeit, über die Welt zu herrschen und davon sind wir nur noch einen Schritt weit entfernt. Aber deine Eltern und auch du, ihr wollt es einfach nicht sehen. Ihr tut alles, um uns zu sabotieren und dies, obwohl dasselbe Blut durch unseren Aden fließt."

„Wir haben nicht dasselbe Blut, das durch unsere Adern fließt. Meines ist bestimmt anders als eures, denn nur darum braucht ihr mich doch – wegen meinem ach so speziellen Blut. Also Klappe!"

Kasumi sagte: „Da hast du wohl recht! Doch als du bei Cai Li anfingst, sah unser Plan eigentlich auch noch anders aus. Wir wollten, dass du ein Teil von uns wirst. Dich eingliederst. Aber trotz unserer Bemühungen konnten wir dich einfach nicht bekehren. Obwohl es dir zuerst nur um Rache und die Wahrheit hinter dem grausamen Tode deiner Eltern ging, hast du am Ende doch mehr als nur die Antworten darauf erhalten. Jedoch hast du dich im Augenblick der Entscheidung auf die falsche Seite geschlagen. Du gingst zu Admind und dann kontaktiertest du auch noch Barle Henkhock. Du musst wissen, er ist einer der größten Feinde unserer Familie, und du, unser Schlüssel zum Ziel, rennst blindlings in seine Arme. Wie ein Lamm! Das alles konnten wir doch nicht über uns ergehen lassen! Du hast mehr als nur Schande über uns und die Familie gebracht. Wir werden dich nun so behandeln wie jeden sonst auch. Keine Sonderprivilegien mehr!"

Giro höhnte: „Oh, wie schrecklich! Und ich dachte, ihr kauft mir ein Eis und wir drücken uns alle eine Runde hier unten im Dreck. Was wollt ihr von mir und Naomi? Uns hier unten in der Kanalisation erschießen und die abartig großen Menschenratten, oder was da rumhuscht, den Rest erledigen lassen? Oder macht ihr vielleicht lieber Dosenfleisch aus uns, ihr zwei kranken Bastarde?"

Rio blieb abrupt stehen und befahl Naomi grob: „Stopp! Treppen da runter und bleib vor dem Tor stehen, Kleine!"

Während Rio das Tor aufschloss, das zu einer weiteren Treppe führte, fragte Giro: „Warum musstet ihr uns beide entführen? Ihr wollt doch nur das Gen B89 oder was wird das hier gerade?"

Kasumi erwiderte: „Wir wissen, was sie ist. Denkst du, wir haben dir den Chip nur zum Wiederfinden ins Gehirn gesetzt?

Wir wissen alles und haben euch verfolgt über die Daten auf dem Chip. Da gibt es nur drei Phasen, in denen wir kein Signal empfangen haben. Keine Ahnung, wie ihr das hinbekommen habt, das Signal zu stören. Beim ersten Mal dachten wir, du seist tot. Als das Signal jedoch nach drei Tagen zurückkam, war uns klar, dass du von dem Chip wahrscheinlich weißt."

„Ihr wart das also mit dem Chipdings in meinem Hirn! Na toll! Ihr wisst schon, dass man das nicht mehr entfernen kann, ohne mir gleich das Auge mit rauszureißen. Und wenn ich zu tief unter der Erde bin, spinnt der Chip völlig. Dazu kommen die andauernden Kopfschmerzen, die ich seitdem habe."

Rio meinte: „Keine Angst, ich werde mich gleich persönlich darum kümmern. Wobei du mir und meiner Schwester brav erzählen wirst, wo sich die Blue-Moonlight-Gen-Komplex-Lösung zurzeit befindet. Denn eines sehe ich, angewendet habt ihr sie anscheinend noch nicht."

„Blau was? Von was sprichst du Gockel? Weißt du selbst überhaupt, was für dumme Wörter deinen stupiden Mund da verlassen? Alles nur Blödsinn!"

Naomi meinte: „Wie förmlich deine Beleidigungen heute sind! Der Zusammenprall mit dem Engelchen hat dir wohl doch gutgetan! Ich bin angenehm überrascht."

„Und dies in der prekären Lage, in der wir uns zurzeit befinden, nicht wahr? Ich bin selbst überrascht! Aber das liegt nicht an dem Engelchen, sondern mehr an deiner Präsenz, denke ich."

Kasumi drohte: „Mein Bruder will dir dein Auge samt Chip aus dem Schädel reißen und dies ohne Narkose oder Schmerzmittel. Dabei ist deine größte Sorge, der billigen Frau da zu gefallen und dies um jeden Preis. Wobei du dir auch noch hauptsächlich um deine Ausdrucksweise Gedanken machst!"

„Billige Frau!", äffte Naomi nach. „Und das von einer im zu kurzen sowie auch engen Marco-Polo-Kleidchen! Lass stecken, du schicker Büro-Locher für notgeile Schlipsträger!"

Kasumi konterte: „Ich sehe schon, was er an dir findet. Du gibst ihm oft einen Grund, dir dein unverschämtes Maul zu stopfen, so, wie es sich gerade anhört."

„Deine ach so schicke Cousine ist wohl ein wenig neidisch auf meine vollen Lippen und großen Augen! Na, was ist, Strichgesicht?"

Kasumi meinte wütend: „Strichgesicht? Was soll das bitteschön wieder heißen?"

„Ich denke, sie meint damit deine schmalen Augen, deine zu dünnen Lippen und deine gänzlich fehlenden Wangenknochen sowie auch Augenbrauen", erklärte Giro. „In Kombination mit deinen nicht vorhandenen Kurven sowie deinen winzigen Titten wirkst du wie ein zwölfjähriges Schulmädchen oder, na ja, ein Strich in der Landschaft!"

Kasumi schäumte vor Wut. „Hm … Bruder! Reiß ihm das Auge raus und lass ihn dabei leiden! Ich will ihn schreien hören und um sein Leben bangend vor mir wimmernd um Gnade flehen sehen!"

Rio versprach: „Hatte nichts anderes vor, Schwesterherz! Warum, denkst du, hab ich mich für dieses Versteck entschieden? Ich hoffe, Shiyan hat die anderen schon hergebracht. Dann können wir gleich loslegen. Aber auf den Dummkopf ist ja genauso wenig Verlass wie auf die anderen Idioten aus deiner Idioten-Gruppe."

„Das ist nicht meine Schuld! Cai Li und die anderen drei Köpfe entscheiden das, nicht ich! Ich muss mich am Ende nur immer mit den Idioten rumschlagen und dafür sorgen, dass sie ihren Job machen. Aber Dank oder Anerkennung dafür bekomme ich nie von euch. Nein, es muss immer noch besser und ertragreicher sein."

„Natürlich! Und für eine Frau machst du die Arbeit auch wirklich gut! Aber nach der Sache mit der neuen Globalisierung und unserem endgültigen Durchbruch kannst du dich so oder so zurücklehnen, denn dann übernehmen wir Männer die harte Arbeit des Wiederaufbaus."

Giro mischte sich ein. „Was habt ihr Verrückten bloß vor? Ihr seid so was von seltsam! Keine Ahnung, wie euer Plan aussieht, die Weltherrschaft an euch zu reißen, aber warum muss ich ein Teil davon sein? Geht das nicht auch ohne mich und meine Freunde? Wir wollen das nicht! Wir wollen nicht, dass ihr die Welt beherrscht. Wir wollen, denke ich, alle nur eines am liebsten und das ist Frieden. Warum muss immer jemand alles haben? Man kann nicht alles haben, weil nicht alles zu haben ist, okay? Das war schon immer so. Das ist doch ein wirklich simples Prinzip, noch simpler als die blöde Schwerkraft."

Naomi fragte: „Zitierst du etwa gerade ein Reggae-Song?"

„Nein, nur Teile davon. War doch passend, oder etwa nicht? Ich meine, was soll ich zu zwei völlig Verrückten sagen? Mir fiel nichts Schlaueres ein. Und, na ja, ist doch die Wahrheit, wir wollen nicht von denen beherrscht werden, zumindest ich will das nicht."

Rio sagte: „Hier wären wir! Die Tür zu deinem Schicksal!"

Hinter der Tür befand sich ein kalter, großer Wartungsraum. Darin waren bereits Shiyan sowie Kuan und Mia, die Tochter von Meng. Doch sie war gefesselt und sah schon ein wenig verprügelt aus. Was ging hier vor? Was suchte die Tochter des Schuldners Meng hier? Und was tat Kuan hier? Die Anwesenheit von Shiyan verstand er ja noch irgendwie, denn dieser tat schließlich alles für Geld oder besser gesagt für harte Drogen. Aber Kuan, was hatte er damit zu tun? Giro sagte genervt: „Na toll! Wenn das mein Schicksal sein soll, dann will ich es umtauschen, und zwar gleich. Wie die beschissene Tasche von dir, Liebling. Gegen was anderes, Besseres. Das ist doch scheiße hier! Gefällt mir überhaupt nicht!"

Rio befahl: „Shiyan, mach dich nützlich und fessle das Großmaul! Wir haben schon genug Zeit verloren."

„Mit Vergnügen doch!", kam die Antwort.

Während Shiyan sich darum kümmerte, Giro an einen Metallstuhl in dem grausigen Raum zu fesseln, und Naomi von Kasumi an einem Rohr an der Wand fest gemacht wurde, sagte Giro zu Kuan, der nur da stand und ins Leere sah: „Du kiffendes Stück Scheiße! Was tust du hier?"

Kuan erwiderte: „Alter, ich habe keine Ahnung, was du angestellt hast, aber die wollen dich allesamt tot sehen. Bitte, ich hatte doch echt keine andere Wahl!"

„Ach komm, mach den Kopf zu!"

Rio spottete: „Ist das nicht wunderbar? So werden aus Freunden von einer Sekunde auf die andere Feinde!"

„Freunde? Ich und der Kiffer? Nie!", versicherte Giro. „Das war eine reine Zweckbeziehung zwischen uns. Ich hab dem Kerl nie getraut. Genauso wenig wie dem ganzen Rest von euch. Ihr seid das Letzte vom Letzten!"

„Schade, dass du das so siehst!"

Während Kuan dies sagte, wurde Giro von Rio Blut abgenommen, wobei er die Kanüle einer Spritze damit füllte. Doch Giro tat, als wäre da nichts, obwohl die Nadel einen echt unangenehmen Durchmesser hatte. Rio sagte dann, noch mit der Spritze in seiner Hand: „Ja, wirklich schade, dass du so manches siehst, wie du es nun mal siehst, denn dabei entgehen dir doch so einige Dinge. Nicht wahr, Cousin?"

„Teilweise besser, wenn man nicht alles zu genau unter die Lupe nimmt, wie zum Beispiel deine hässliche Visage. Nicht wahr, Idiot?"

Noch während Giro dies sagte, rammte Rio wie aus dem Nichts heraus die Nadel der Spritze in die Schulter von Kuan, woraufhin dieser erschrocken zurückfuhr. Da sagte Rio nur, während er mit einem fiesen Lachen zu Giro blickte: „Lieber eine hässliche Visage als eine stupide. Weißt du, was dein Freund Kuan dir eigentlich sagen wollte – und jetzt halt dich gut fest –, er ist ein Bulle! Und weißt du, was er will? Den Kopf von Cai Li. Und weißt du auch, wieso er dies mehr als alles andere auf dieser Welt will?"

Giro meinte: „Nein, aber da du anscheinend in Erzählerlaune bist, wirst du mich bestimmt gleich aufklären."

„Du machst dir wohl aus jeder Lage einen Spaß, oder?"

„Also Spaß sieht anders aus, als meine Zeit mit ein paar völlig Irren in einer Art Kanalisationsverlies/Bunkerloch zu verbringen mit Aussicht auf eine baldige Augenentfernung."

Doch noch während Giro dies sprach, kippte Kuan um und sah echt schlecht aus. War das die Reaktion auf sein Blut, oder wie? Da griff Rio zu einer weiteren Spritze und verabreichte ihm ein gelbes Mittel. Daraufhin hörte er auf zu zucken und schien sich zu beruhigen. Als Giro das sah, äußerte er geschockt: „Was wird das? Was tust du da?"

Rio sagte: „Endlich zeigst du ein wenig Interesse! Das hier ist unsere neuste Entwicklung. Ein Wirkstoff, der mit dem Gen B89 zusammen aus einem Organismus wie dem des Menschen eine lebendige Atombombe macht. Was Kuan nun übrigens auch ist. Also fasst ihn lieber nicht an, sonst – bumm! Ihr versteht schon."

„Warum tut ihr das? Warum tut ihr solche Dinge? Was ist bloß kaputt bei euch?", wunderte sich Giro.

„Also schön, wenn du das wissen willst, musst du mir zuerst etwas verraten. Wo ist die Blue-Moonlight-Gen-Konzentrat-Lösung? Ich weiß, dass ihr sie von Admind habt. Also wo ist sie?"

„Ich hab keine Ahnung, von was du sprichst! Und das ist die Wahrheit. Admind hat uns nichts gegeben und ich hab die Alte eh schon seit über zwei Jahren nicht mehr gesehen. Na ja, bis auf den Roboterscheiß, aber das Ding hat mir auch nichts gegeben oder so."

„Ach, ist das so!"

„Ja, so ist das!"

„Shiyan, halt seinen stupiden Kopf gut fest, denn wir entfernen jetzt eines seiner unnützen Augen. Mal sehen, was so auf dem Chip drauf ist, und zwar aus den Phasen, als das Signal gestört wurde."

Shiyan antwortete eilfertig: „Ja doch! Welches soll's denn sein, Boss, braun oder grün? Sie haben heute ausnahmsweise mal die Qual der Wahl!"

„Da der Chip hinter seinem grünen Auge liegt, hab ich nicht wirklich eine Wahl. Aber vielleicht, wenn er danach immer noch so stur bleibt, nehme ich ihm auch noch gleich das andere ab. Ich meine, Cai Li wollte ihn schließlich nur lebendig und nicht unversehrt."

Naomi schrie: „Nehmt eure Finger von ihm weg! Aufhören mit der Psychoscheiße hier! Hört sofort auf damit!"

Rio meinte: „Beruhige dich wieder! Du kommst schon auch noch an die Reihe!"

„Sei still und hör auf damit, du Wahnsinniger! Lasst uns gehen!"

„Naomi", sagte Giro, „du kannst sie nicht davon abbringen, sie werden es trotzdem tun. Aber wenn es vorbei ist, dann wird sich das Blatt wenden, das verspreche ich dir. Du kannst immer auf mich zählen, das weißt du doch! Mach einfach die Augen zu und denk an was Schönes, wie z. B. an den Strand."

Rio kam mit dem Skalpell an und dann unmenschliche Schmerzen. Eine schreckliche Prozedur und er schrie sich die Seele aus dem Leib. Das Blut lief ihm aus der Augenhöhle über die Wange herab wie ein warmer, blutiger Wasserfall aus dicken Tränen. Doch der Schmerz war unbeschreiblich und er erbrach sich sogleich. Im Hintergrund das widerwärtige Lachen von Shiyan und dazu sein ätzender Körpergeruch. Doch Giro war benommen und halb ohnmächtig von dem Schock. Dabei hielt Rio vor lauter Stolz strahlend das Auge in seiner Hand wie eine beschissene Trophäe. Naomi, die mehr als nur geschockt die Augen fest zusammenkniff und innerlich stark mit ihm mit litt, weinte. Während ihr Bruder konzentriert den Chip auf dem Tisch in der Ecke mit dem Skalpell feinsäuberlich vom Augennerv abtrennte, sagte Kasumi: „Das ist also der Chip! Größer, als ich dachte, das Teil!"

„Das ist auch nicht nur ein Chip, Schwesterchen. Das ist ein komplexes Speichergerät und beinhaltet sogar eine Festplatte mit speziellen Funktionen."

„Das ist ein Stück Scheiße wie ihr!", fauchte Giro.

„Immer noch ein Großmaul! Ich sollte dir wohl einen Spiegel vorhalten, wenn der Schmerz noch nicht genug für dich ist!"

„Shiyan geh weg von ihm!", befahl Kasumi. „Ich will mir sein Gesicht von Nahem ansehen."

Noch während sie unsanft nach seinem übel lädierten, blutüberströmten Gesicht griff, um sich die leere Augenhöhle von Nahem anzusehen, spuckte er ihr mitten ins Gesicht. Dabei machte er mit seiner Hand eine schnelle Bewegung gegen ihren Hals, woraufhin sie sich gleich die Stelle hielt, da das Blut nur so herausspritzte. Wie konnte er sich befreien und mit was hatte er sie angegriffen? Doch noch während Rio seine Schwester auffing und versuchte, die Wunde an ihrem Hals abzudrücken, wendete sich Giro dem ziemlich überrumpelten Shiyan zu: „Und welches Auge soll's sein, kackbraun oder kackbraun? Ich hab wohl die Qual der Wahl, wie's aussieht."

Shiyan rief erschreckt: „Was hast du da in deiner Hand? Was ist das?"

„Das ist ein Souvenir! Das nette kleine Teil hab ich gegen eine überteuerte Ledertasche eingetauscht. Ich wusste, dass es nützlich sein würde, aber gerade übertrifft es alles. Ich meine, ich hab mich damit nicht nur von den Fesseln befreit, sondern auch Kasumi abgemurkst und das für nur 16 Dollar!"

„Na klar! Nur dass ich und Rio Knarren haben und ich dich jetzt über den Haufen schieße, du Klugscheißer!"

„Nein, das tust du nicht! Weil ich das Gen B89 in mir trage. Ohne das keine Weltherrschaft – oder was sonst noch so Krankes in euren Köpfen rumspukt!"

„Du Dilettant!", rief Rio dazwischen. „Du nichts könnendes und nichts bringendes Subjekt! Du verkommenes und verdummtes Geschöpf! Du bist nicht nur eine Schande für die Familie, du bist eine Schande für die gesamte Menschheit!"

„Und trotz all deiner ach so schlauen Beleidigungen brauchst du mich! Aber weißt du was? Ich brauch dich nicht!"

Da Shiyan ihm seine Knarre direkt auf die Brust und Rio ihm seine direkt in den Rücken hielt, entschied er, etwas Riskantes zu tun. Noch während er seinen Satz aussprach, wich er zur Seite aus und stach dabei mit der kleinen Klinge gezielt in das Handgelenk von Shiyan, wobei er genau den Nerv des Fingers am Abzug durchstach und dieser abdrückte. Bum, voll in die Brust von Rio und dann drei Kugeln, die Shiyan trafen. Das war wohl die Antwort darauf. Dann, bevor Shiyan auf dem Boden aufschlug, noch eine Kugel genau in das rechte Bein von Rio, der auch zu Boden sackte. Wenn auch nur aus einem Blickwinkel betrachtet, durch das fehlende Auge, war dies trotz allem eine angenehme Show für Giro. Die hatten nun wirklich nichts anderes verdient, und zwar alle drei. Denn sie waren mehr als nur böse und verkommen. Sie waren wahnsinnig und komplett durchgedreht. Doch dann der Gang zu Naomi und Mia, die beide verstört an dem dicken Rohr hingen. Er schnitt ihre Fesseln durch und Naomi fiel ihm gleich um den Hals, wobei sie entsetzt sagte: „Was haben sie dir nur angetan?!"

„Genug! Wir sollten weg hier! Aber Kuan – wir müssen ihn mitnehmen. Er lebt noch!"

Naomi zog ihr Shirt aus und presste es auf sein stark blutendes Auge, wobei sie meinte: „Nein! Der Kerl hat gesagt, er würde explodieren, wenn man ihn bloß berührt. Lass uns einfach nur von hier verschwinden!"

„Nein! Er ist nicht nur eine Bombe, sondern eine verdammte Atombombe. Was bedeutet, wenn er wirklich explodieren sollte, verschwindet ganz Florida, wenn nicht Amerika! Also haben wir keine Wahl. Entweder wir entschärfen den Kerl irgendwie oder ich sehe Schwarz für uns alle hier."

„Und wie bitte? Es ist ein Mensch und nicht eine Bombe mit Drähten oder so was. Wie willst du das bitteschön anstellen?"

„Keine Ahnung und das nicht nur, weil er ein Mensch ist, sondern auch, weil ich keine Ahnung von Bomben habe. Aber weißt du, wer Ahnung davon hat? Dein dämlicher Bruder! Also schleppen wir ihn hier raus und sehen, ob wir deinen Bruder noch rechtzeitig finden. Ich meine, bevor er hochgeht oder so."

„Oder wir lassen ihn hier liegen und holen Ruben hierher!", schlug Naomi vor.

„Na klar! Wir können schon von Glück sprechen, wenn uns genug Zeit bleibt, um ihn hier rauszuschaffen, und dann sollen wir nochmals mit Ruben zusammen hierher zurückkommen? Nein! Ich trage ihn hoch und du versuchst, Ruben zu erreichen."

„Aber sei bloß vorsichtig! Ich glaube, nach der zweiten Treppe hatte mein Mobiltelefon ein Netz, aber hier nicht. Zum Glück hat Maxim mir das gegeben!"

„Zum Glück hab ich deine Tasche gegen diesen Schlüsselanhänger eingetauscht! Schau, ein Herz und da eine kleine Klinge, die uns allen drei das Leben gerettet hat. Den Schlüsselanhänger wollte ich dir übrigens schenken. Aber irgendwie kam ich noch nicht dazu. Hier, für dich!"

„Danke, wie aufmerksam! Ich wisch das Blut später ab."

„Dieser BH steht dir übrigens ausgezeichnet! Türkis trägst du wirklich gut, betont deine dunklen Augen."

Er brauchte gerade ein wenig Ablenkung von dem schrecklichen Schmerz und der Tatsache, dass er gerade eine Atombombe hochheben sollte. Also sah er sich mit seinem einen Auge das wunderbare Dekolleté an, das er so an ihr liebte. Denn das Shirt mit der dummen Katze drauf war nun zu einem Blutstopper geworden und zierte sein geschändetes Gesicht. Also ran an Kuan und hoch über die müde Schulter mit den 70 Kilogramm Atombombe. Aber dabei nur nicht stolpern und etwas herausfordern. Dies dachte er, während er sich nach Kuan bückte. Doch im selben Augenblick rief Mia aufgeregt: „Stopp! Fass ihn nicht an!"

„Was? Warum, was ist?"

„Kasumi weiß, wie man es deaktiviert!"

„Kannst du mit Toten sprechen?! Bist du eine Art Minimum oder so?"

Naomi verbesserte: „Du meinst wohl eher Medium!"

„Wie auch immer, mir fehlt ein Auge, okay? Und ziemlich viel Blut mit dazu."

Mia sagte: „Kasumi ist nicht tot! Seht doch, sie atmet!"

Da sah er zu Kasumi und stellte fest, dass Mia recht hatte, die Kuh atmete noch. Also ging er zu ihr hin und stieß sie mit dem Fuß an. „Wenn du deine Augen nicht öffnest, dann tret ich dich noch fester!"

Da öffnete sie langsam ihre schmalen Augen, wobei sie leicht Blut hustete. Als sie ihn so daliegend ansah, sagte sie nur: „Du hast keine Ahnung, mit wem du dich anlegst."

„Das hatte ich noch nie! Aber trotz allem lebe ich und du stirbst! Also habt ihr mich wohl auch ein wenig unterschätzt, wie es den Anschein hat. Jedoch egal, sag mir einfach, wie man Kuan wieder entschärfen kann, und ich lass dich weiter in Ruhe sterben."

„Ich sehe keinen Grund dazu!"

Naomi mischte sich ein. „Ich gebe dir einen Grund! Sieh her, da auf dem Kanister steht Lauge drauf! Wenn du nicht sprichst, heißt es: Lauge ins Gesicht!"

„Liebling, das ist ein toller Einfall und Lauge ins Gesicht passt echt klasse! Aber wenn wir sie das Zeug saufen lassen, ist der

Effekt noch viel krasser. Ich meine, so von innen nach außen," schlug Giro vor.

Mia fragte: „Das würde sie von innen heraus zersetzen, nicht?"

„Ja, Mia! Das wäre wohl die Folge davon", gab Naomi zurück.

Giro forderte sie auf: „Okay, gib mir den Kanister! Jetzt ist Löwenzahnstunde. Meine Cousine sieht etwas durstig aus. Gibt's noch einen Schlauch dazu? Ich hab schon ein wenig Übung im Aufpumpen durch das Engelchen. Abfühlen kann nicht viel komplexer sein."

Kasumi rief: „Mia!"

„Was ist mit Mia?", wollte Giro wissen.

„Sie ist der Stopper! Du musst Kuan nur von ihrem Blut geben. Rio hat ihr den Blocker schon injiziert für den Fall, dass wir Kuan entschärfen müssen. Aber du musst vorsichtig sein und darfst ihm das Blut nur über seine Halsschlagader links injizieren. Dabei darfst du jedoch keinerlei Körperkontakt ausüben! Haut auf Haut – und bum! Die Spitze der Nadel darf nur die Halsschlagader links durchstechen und dies, ohne dabei andere Zellen zu beschädigen."

„Na klasse, und das mit nur einem Auge sowie kaum noch Blut im Leib! Wir werden sterben und dies wie Ratten in einem russischen Gulag. Du hast fast meine gesamte Familie und nun sogar auch noch mein Auge, mal ganz abgesehen von meiner verkümmerten Seele. Was willst du noch alles von mir? Reicht es dir denn nie, oder wie?"

Naomi beschwichtigte: „Giro, beruhige dich! Mit wem sprichst du da überhaupt?"

„Keine Ahnung! Mit einem Kerl, der nie zuhört, ich denke, er ist taubstumm oder einfach nur überfordert, denn der Alte gibt mir nie eine Antwort. Zumindest keine, die ich verstehe."

„Vielleicht spricht er eine andere Sprache", meinte Mia.

„Ja, Mia, das kann gut sein. Zeichensprache oder so."

Naomi schlug vor: „Gib mir die Spritze! Ich mach das!"

„Aber du hast gehört, was Kasumi sagte, von wegen dem Bum!"

„Ja, und darum werde ich es tun. Du gehst jetzt mit Mia los, und wenn du bei der Treppe bist, rufst du Sunny an! Hier nimm das Handy."

„Was wird das hier? Ich lass dich sicher nicht allein mit der Atombombe und meiner halb toten sowie psychisch gestörten Cousine!"

„Doch, das wirst du! Weil du mir vertraust. Also nimm das Mädchen und lauf los! Ich komm nach, keine Angst!"

Giro weigerte sich. „Nein!"

„Doch, und jetzt geh schon! Ich hab Mia bereits genügend Blut abgezapft!"

Viel Zeit zum Überlegen hatte er nicht, und wenn er die Injektion gemacht hätte, wäre zu 99 % ein Bum dabei herausgekommen. Denn er sah so ziemlich alles doppelt und dies mit nur einem Auge. Da war auch noch Mia und die war noch fast ein Kind. Also tat er, was Naomi wollte, obwohl er ein wirklich mieses Gefühl dabei hatte. Aber wenn es bum machen würde, dann wären sie so oder so beide tot, also was sollte der Mist. Während er mit Mia loslief, machte sich Naomi an die heikle Sache ran und die hieß Kuan. Als sie sich links neben ihn kniete und seinen Hals ansah, sagte Kasumi auf einmal von der Seite: „Du denkst, Giro liebt dich, und du würdest dein Leben für seines geben. Aber du vergisst dabei eine wichtige Sache. Um zu lieben, braucht man eine Seele."

Naomi antwortete: „Und das kommt aus deinem Mund! Als ob du irgendwas von Liebe verstehen würdest. Du kannst Leuten nur Böses tun und sie manipulieren. Aber nicht mit mir!" Dabei stach sie zu. Was nun? War alles vorbei oder doch getroffen?

— Kapitel 17 —

Der Anfang der Mitte

Während Giro mit Mia die Treppen hoch eilte, sagte er zu ihr: „Mia, du kennst mich doch noch, oder?"

„Ja, du hast meinem Vater die Knie mit dem Hammer zertrümmert, um seinen Wagen zu stehlen. Ich wollte dir schon seit Langem dafür danken. Dank dir sitzt der Arsch nun im Rollstuhl und kann nicht mehr … Na ja, du weißt schon! Wie auch immer, danke dafür!"

„So ein Riesenarsch ist Meng also! Na, dann muss ich mir ja kein schlechtes Gewissen machen. Also nicht, dass ich jemals eines gehabt hätte. Ach, auch egal. Hier, nimm das Handy! Wenn du oben bist, rufst du diese Nummer an. Das ist mein Bruder Sunny. Sag ihm einfach, er soll dem Signal folgen und schnell herkommen. Sag ihm, dass ich und Naomi hier feststecken. Schaffst du das, Mia?"

„Ja, ich denke schon. Aber wo gehst du hin?"

„Zurück! Ich muss Naomi helfen. Aber du schaffst das schon und wir treffen uns draußen an der frischen Luft."

„Okay."

Also lief er die Treppen wieder hinab und begab sich zurück in den Wartungsraum. Doch was er da vorfand, war ein anderes Bild, als was er erwartet hätte. Da standen Naomi und Kasumi und hielten beide eine Knarre in den Händen. Die beiden Frauen standen sich direkt gegenüber und hatten sich dabei fest im Visier, den Lauf gespannt, den Finger am Abzug, bereit, abzudrücken. Da auch er vorhin eine Waffe vom Boden aufgehoben hatte – wobei er sich gedacht hatte, man weiß nie, ob vielleicht doch noch eine Menschenratte angreift oder nicht –, griff auch er seine und richtete sie auf Kasumi, wobei er sie aufforderte: „Leg sie weg oder du liegst schneller wieder am Boden, als dir lieb ist!"

Kasumi erwiderte: „Oh, auch schon zurück! Hast wohl auf das Bum gewartet und es ist nichts geschehen. Ja, deine Freundin hat wirklich begabte Hände. Aber ob sie mit ihnen auch ein Ziel aus Distanz trifft, bezweifle ich."

Naomi gab zurück: „Dich träfe ich noch auf tausend Meter Distanz und dies mit verbundenen Augen, immer der Nase und dem vielen Parfüm von Chanel nach!"

„Hör zu, Kasumi, lass es doch einfach gut sein!", riet Giro. „Denn auch wenn Naomi dein Strichgesicht verfehlen sollte, wäre da immer noch ich, der es mit Sicherheit trifft. Und dies auch mit nur einem Auge!"

Nachdem Kasumi endlich klein beigegeben hatte, kettete er sie an das Rohr. Er hievte Kuan auf seine müde Schultern und sie begaben sich auf den Weg nach draußen, wobei sie die Sicherheitstür hinter sich fest zuschlossen. Naomi wickelte zuvor noch, wenn auch angewidert, das Auge von Giro in ein Stück Stoff, wobei sie auch den Chip einsteckte. Dann mal nichts wie raus hier, war wohl der Hauptgedanke, den die beiden beim Hocheilen hatten. „Was hast du da in deiner Hand?"

„Dein Auge!"

Giro ekelte sich. „Igitt! Ich meine, das ist schon widerlich. Oder findest du das nicht auch abartig und abstoßend? Du trägst mein Auge in deinen Händen!"

„Nimm es! Nimm es schon! Sonst lass ich es fallen. Ich dachte, vielleicht kann man es dir wieder einsetzen oder so. Aber jetzt – das ist echt eklig!"

Dann ließ sie es einfach fallen und dies auf den widerlichen Boden. Dabei kullerte es aus dem Stoffffetzen raus und lag da so nackt vor ihnen. Während Giro es erschrocken ansah mit seinem anderen Auge, sagte er sichtlich entsetzt zu ihr: „Was soll das? Mein Auge! Warum hast du das getan? Auf den Fäkalienboden! Ich glaub das nicht! Jetzt kannst du das mit dem wieder einsetzen gleich vergessen. Verarschst du mich etwa? Also wirklich, Frau!"

Dabei ließ er Kuan los und bückte sich nach seinem Auge, um es wieder aufzusammeln. Da er Kuan einfach losließ, plumpste dieser mitten in das Fäkalwasser. Igitt, zum Glück war er ohnmächtig. Na ja, zumindest war er das, bis er im Fäkalwasser landete und, wahrscheinlich durch den abartigen Geruch sowie die kalte Nässe, wieder erwachte. Er war verstört und schien völlig schockiert, als er wie ein Zweijähriger ohne Schwingflügel im nicht mal knietiefen Wasser um sein Leben zappelte. Nachdem Kuan schließlich begriff, dass das Wasser zwar gesundheitsgefährdend war wegen der Keime, jedoch nicht, was dessen Tiefe betraf, stand er verwirrt auf. Während er sich völlig orientierungslos umsah, war Giro noch immer dabei, sein Auge wieder sachte einzuwickeln. Da sagte Naomi auf einmal: „Giro, es tut mir leid, das wollte ich nicht! Geht's wieder?"

„Schon gut, war ja nur mein Auge und nicht mein Herz!"

Kuan fragte: „Was ist passiert? Wo zum Teufel bin ich hier?"

„Scheißgefühl, oder? Kenn ich nur zu gut!", erwiderte Giro.

Naomi erklärte: „Wir sind noch immer in der Kanalisation, wie du bestimmt auch riechst und siehst. Und du stehst übrigens gerade voll in der Scheiße und, na ja, auch Pisse und so weiter."

Kuan sah angewidert an sich herab, bevor er eilig aus dem Fäkalwasser hechtete. Dabei klagte er sichtlich unzufrieden: „Ich bin voll mit dem Zeugs und das von Kopf bis Fuß! Warum habt ihr mich da reingeworfen?"

Giro gab zur Antwort: „Ich würde mal sagen, du bist genau dort gelandet, wo du hingehörst!"

„Was soll das nun wieder bedeuten?"

„Na, dass du Scheiße bist! Aber gut, mit deinem zugekifften Schädel kein Wunder, dass du nichts kapierst."

„Was ist überhaupt mit deinem Gesicht passiert?"

„Dein Ernst gerade? Ach, leck mich doch!"

Daraufhin lief Giro einfach davon Richtung Ausgang. Bevor Naomi ihm nachfolgte, sah sie Kuan nur nichtssagend an, woraufhin auch dieser, wenn auch verwirrt, mitlief. Da, endlich – der Lichtschein des Ausganges. Nun nichts wie raus hier und dies im Eiltempo. Doch als Giro seinen Fuß aus dem Gulag setzte, rannte ihn jemand über den Haufen und dies mit aller Kraft. Es war Ruben, der ihn wie ein Footballspieler umrannte, wobei er ihm etwas in den Mund stopfte und ihn auch noch zwang, es zu schlucken. Was ging nun schon wieder ab hier? Noch während er zu Boden flog, fiel ihm der Stofffetzen mit dem Auge aus der Hand. Er stieß Ruben von sich und versuchte, das, was er da gerade runterwürgen musste, wieder auszuspucken. Dieses unangenehme Ding hatte einen ziemlich großen Durchmesser und er dachte zuerst, er würde daran ersticken. Noch während er keuchte, sagte Naomi entsetzt: „Ruben, hör auf damit! Was tust du da? Runter von ihm!"

Sunny sagte: „Naomi, beruhige dich! Ruben musste das tun!"

„Was musste Ruben tun?"

„Ihm das Extrakt verabreichen!"

„Was für ein Extrakt? Von was sprichst du? Und warum müsst ihr ihm das auf so eine Art und Weise geben?"

Giro blieb einfach liegen und bekam wieder mal nichts mit. Ruben ordnete an: „So packen wir ihn ein und dann nichts wie weg hier! Ich erkläre dir alles später, Schwesterchen. Aber nun müssen wir weg und das wieder mal schneller als überhaupt möglich."

Naomi erwiderte: „Du hast ihn einfach angegriffen! Ich hoffe, deine Erklärung ist gut, denn sonst haben wir ein großes Problem miteinander."

Während Ruben mithilfe von Maxim den bewusstlosen Giro in den Wagen hievte, hob Naomi den Stofffetzen mit dem Auge auf, wobei sie es bedrückt ansah. Sunny fragte: „Was hast du da?"

„Das Auge deines Bruders!"

„Was?! Dein Ernst? Nein, oder?"

Da wickelte sie das Auge aus, wobei Sunny fast speien musste. Naomi fragte: „Meinst du, man kann das wieder einsetzen oder so?"

„Naomi, das ist widerlich! Einfach nur widerlich! Ich habe keine Ahnung. Das Einzige, was ich weiß, ist, dass es wirklich widerlich ist! Einfach nur widerlich!"

Maxim mahnte: „Kommt ihr beiden auch? – Wow, was ist das?"

„Ein Auge!", erklärte Naomi.

„Giro oder wie? Scheiße! Die haben ihm echt das Auge rausgerissen! Nicht cool! Aber so was von nicht cool! Was habt ihr vor damit?"

„Keine Ahnung! Wieder einsetzen, wenn möglich."

„Wieder einsetzen? Ich denke nicht, dass dies möglich ist. Sorry, Süße. Wirst dich wohl daran gewöhnen müssen, mit einem einäugigen Piraten zusammenzuleben. Aber sei froh, dass es nur eines seiner Augen war und nicht eines seiner sonstigen Körperteile! Weißt du was, ich hab da eine tolle Idee, um das Auge zu ehren. Gib es mir, ich verspreche dir, dass ich es gut behandeln werde. Vertrau deinem alten Freund Maxim!"

„Na gut! Hier, nimm, wenn du willst! Es ist eh ziemlich widerlich. Na ja, so ohne Gesicht."

Also übergab sie das Auge Maxim. Aber was dieser genau damit vorhatte, wusste keiner außer ihm selbst. Aber Naomi war es recht, denn sie ekelte sich echt vor dem Auge. Obwohl sie das grüne Auge immer sehr mochte, glich es jetzt eher einer widerlichen Nacktschnecke. Einfach deprimierend. Jedoch waren sie schon so viele seltsame und schreckliche Dinge gewöhnt, dass nicht mal mehr dies sie aus den Schuhen hauen konnte. Es war einfach so. Pech gehabt, konnte man nichts tun. Also weiter im Takt und dies ohne Halt. Der Wagen war nun mehr als nur voll und die beiden Neuen fanden nur noch im Kofferraum Platz. Aber egal, jetzt nichts wie weg da. Denn sie hatten nicht nur die Polizei auf dem Hals, die nach ihnen fahndete, sondern noch viele mehr, die sie jagten. Doch Ruben und Maxim hatten auf dem Memory-Stick etwas entdeckt, das sie ans Ziel bringen könnte und ihnen neue Hoffnung gab. Daher fuhren sie nun entschlossen zu dem Ort, an dem die Hoffnung warten sollte. Mal sehen, was sie dort nun wieder erwarten würde. Vielleicht hatte ja schon jemand diese Hoffnung beseitigt. Aber das würden sie noch früh genug erfahren.

Drei Tage später.

Ich fühle mich entspannt und ausgeschlafen. Leb ich noch? Das Bett fühlt sich angenehm weich an und die weißen Laken riechen sogar frisch. Da öffnete er seine Augen und wachte langsam aus seinem Dämmerschlaf auf. Als ob er nie woanders gewesen wäre, erhob er sich aus dem ach so gemütlichen Bett und regte sich langsam. Dann sah er sich kurz um und lief achtlos am Spiegel vorbei sowie auch an der engen Toilette, die trotz wenig

Platz genug Luxus bot. Die Frage, wo bin ich?, ließ er diesmal weg. Es war ihm gänzlich egal. Er hatte sich schon daran gewöhnt, irgendwo aufzuwachen, und hier war es ausnahmsweise mal sauber. Da, im Aufenthaltsbereich die anderen. Sie saßen alle wie eine bunt gemischte Familie zusammen und spielten Karten. Auf dem Flachbildschirm lief ein Teil von „Mad Max". Wie passend! Und dazu tranken sie Bier. Da Ruben den riesigen Bus lenkte, war er nicht mit von der Partie. Jedoch waren nun Kuan und Mia dabei. Okay, also war das alles doch kein Traum. Wie schade, aber da kann man wohl nichts mehr dran ändern. Es ist, wie es ist. Da legte auf einmal Maxim seinen Arm um die Schultern von Naomi. Was soll der Mist? Dies darf nicht sein! Also sagte Giro laut: „Wie schön, dass ihr euch alle so glänzend versteht! Mir geht's übrigens gut. Falls es überhaupt irgendjemanden interessiert."

Maxim sah auf. „Ach, sieh mal einer an, wer auch endlich wieder erwacht ist. Wir wollten schon einen Prinzen suchen, um dich wach zu küssen, Prinzessin."

Giro drohte: „Nimm deine Schwimmflossen von meiner Freundin oder ich trete dir in die Warzen, du Kröte!"

„Lag etwa eine Erbse unter deiner Matratze? Oder hast du bloß mal wieder deine Tage, Prinzessin?"

„Wenn du so weitermachst, hat bald deine Nase ihre Tage!"

Naomi schaltete sich ein. „Wow, immer mit der Ruhe. Warum seid ihr denn so gestresst? In der Ruhe liegt die Kraft. Stimmt's, Kuan?"

„Ja, so ist es!", stimmte dieser zu. „Du begreifst schnell, bist ein wirklich kluges Köpfchen."

Sunny lächelte. „Das ist sie! Einfach nur Smiley!"

Mia klagte: „Ich bin müde!"

„Was ist hier bitteschön los? Warum seht ihr alle so zugekifft aus?", wollte Giro wissen.

Naomi antwortete: „Okay, Liebling! Wenn ein Schaf nach einem Schaf aussieht und auch nach einem Schaf klingt, dann ist es wahrscheinlich auch ein …?"

Sunny überlegte. „Ich weiß schon! Warte, warte! Ein Wolf!"

„Deine Oma ist ein Wolf, Alter!", meinte Maxim.

„Ein Schaf! – Ich bin müde!", wiederholte Mia.

Kuan sagte: „Scheiße, dann geh ins Bett und nerv die Erwachsenen nicht mit deinen Kinderproblemen!"

„Ihr seid doch allesamt dumme Schafe! Was soll der Mist hier? Ihr legt mich einfach so flach und dann feiert ihr eine Art Springbracke-Party im Luxusbus."

Naomi besänftigte Giro. „Liebling! Es ist alles gut! Setz dich einfach zu uns und spiel eine Runde Schwarzer Peter mit!"

„Schwarzer was? Auch egal, ich hab eh keine Lust auf ein dummes Kartenspiel."

„Ach, komm schon! Dazu gibt's auch Bier und Chips."

„Sehe ich aus wie ein Bauarbeiter? Ich scheiß auf Bier, da kann ich auch gleich Milch trinken."

„Das Getränk der harten Schulkinder!", warf Sunny ein.

Maxim meinte: „Na dann! Aber wir könnten wetten. Ich hab da was zu bieten, das du eventuell gerne wieder hättest."

„Da du ‚wieder hättest' sagst, heißt das, dass es bereits mir gehört hat, und zwar bevor du es mir weggenommen hast, also her damit! Und falls du damit Naomi meinen sollest, bring ich dich so oder so um!"

Da stellte Maxim was auf den Tisch. Es war eine Art Einmachglas, wobei sich darin eine halb feste Flüssigkeit befand und in dieser schwamm sein Auge. Was sollte der Dreck? Das war nicht witzig. Gar nicht witzig. Während er es angewidert ansah, sagte er entsetzt: „Das ist äußerst geschmacklos, selbst für einen Neandertaler wie dich! Du bist echt krank! Ihr seid alle zusammen echt krank! Ich habe mein Auge verloren und ihr habt nichts Besseres zu tun, als es wie eine Olive einzulegen!"

Mia meinte: „Ich mag Oliven nicht. Die sind eklig!"

„Wie ihr! Eklig! Gemein! Meinem anderen Auge seinen toten Kameraden vorzuzeigen! Einfach unmenschlich! Warum bin ich bloß aufgestanden?"

Sunny sagte: „Bruder, was hast du nur wieder?"

Dabei sahen ihn alle fragend und zugekifft an. Erst da wurde ihm bewusst, dass er nicht mehr alles nur einseitig sah. Also schloss er sein eines Auge, und zwar das braune. Aber er sah trotzdem noch alles klar und deutlich vor sich. Wie war das nur möglich? Sein Auge lag doch wie eine Olive im Einmachglas. Doch als er mit seiner Hand darüber fuhr, spürte er das Auge. Dann schnell zum Spiegel. Was zum Teufel? Das war aber nicht sein Auge. Sein Auge war grün, dieses Auge war grünblau. Noch während er sich verdutzt sein neues Auge im Spiegel ansah, sagte Kuan: „Krass, oder? Sieht aus wie ein Yin/Yang-Symbol! Voll spirituell und so."

„Das Symbol ist schwarz-weiß und nicht grünblau! Das sieht scheiße aus! Was soll das? Wem gehört das Auge überhaupt?"

Maxim erklärte: „Na dir! Das Teil ist dir einfach nachgewachsen wie ein Apfel an einem Baum. Und dies in nicht mal ganz drei Tagen."

Naomi fügte hinzu: „Ja! Ich denke, du hast noch mal Glück gehabt, dass Ruben dir das Extrakt verabreichte. Ansonsten wäre es das mit deinem Auge wahrscheinlich gewesen."

„Mir ist also ein neues Auge nachgewachsen? Oh Mann …"

„Das dachten wir auch! Aber es ist doch einfach wunderbar! Denn mit nur einem Auge sahst du echt blöd aus. Ähm … ich meine natürlich böse. Aber so richtig böse!", kam von Sunny.

Mia sagte: „Besser so! Wirklich besser! Ich bin müde!"

Und Kuan meinte: „Alter, sei doch einfach dankbar und nimm das Geschenk Gottes an!"

Giro erwiderte: „Die dritten Zähne sind vielleicht noch ein Geschenk. Aber ein drittes Auge – ich glaube kaum! Vor allem in so einer Farbkombi. Das geht mal gar nicht. Ich meine, oben grün und unten blau. Was soll der Mist?"

„Du hast das Schwarz deiner Pupille in der Mitte vergessen", erinnerte Sunny. „Hat echt was von Yin-Yang. Fühlst du dich nun auch ausgeglichener?"

„Ich fühle mich mal wieder verarscht! Aber gut, ich muss die bunte Yin-Yang-Scheiße ja nicht ansehen, sondern ihr."

Naomi schien erleichtert. „Ich bin nur froh, dass du wieder mehr oder weniger komplett bist. Wen interessiert da die Farb-zusammenstellung?"

„Ja, Mann!", bestätigte Kuan. „Ist doch so was von egal!"

Mia ergänzte: „Sei froh, dass es nicht Gelb oder Rot ist! Das wäre eher eklig, wie Oliven! Ich bin müde!"

Kuan meinte: „Dann geh endlich schlafen!"

„Mia hat recht!", unterstützte sie Sunny. „Und sonst, wenn es dich wirklich so stört, kauf dir Kontaktlinsen oder eine Augenklappe!"

„Wie gesagt, ich scheiß drauf! Wenigstens sehe ich nun wieder doppelt so viel!"

Daraufhin setzte sich Giro schließlich zu den anderen an den Tisch, wobei Mia aufstand und sich in den Schlafbereich verzog. Er griff sich ein Bier und hebelte den Deckel mithilfe der Tischkante auf. Dabei fragte er die Übrigen am Tisch: „Und wo rollt der Luxusbus hin?"

Sunny antwortete: „Cooles Teil, oder? War mal der Bus von T. I., dem Rapper. Wir konnten ihn zu einem Spottpreis ergattern. Und sieh mal hier, er hat ihn sogar signiert. Plus natürlich dieses Foto, auf dem wir alle mit dem Superstar abgebildet sind. Na ja, bis auf dich natürlich."

Kuan fügte hinzu: „Der Kerl ist der Hammer! Ich meine, nicht nur seine Songs hauen rein, auch sein Gras ist der Burner."

„Seine Villa war cool! Alles so riesig!", erzählte Naomi.

„Ihr verarscht mich doch gerade, oder? Das Foto ist eine Verarsche genauso wie der ganze sonstige Blödsinn, den ihr gerade erzählt."

Sunny versicherte: „Nein, Bruder. Dein Freund Kuan hier hat echt viel Geld. Wirklich, wirklich viel!"

Naomi sagte: „Er ist der Monopoly-Mann!"

„Ach, ist er das … Wie wunderbar …!"

Dabei warf Giro das Foto auf den Tisch und nahm entnervt einen Schluck Bier aus der Pulle. Dann sagte er unbekümmert: „Hör zu, ich kenne den kiffenden Vollidioten gut genug. Jetzt weiß ich sogar, dass er ein Bulle ist. Warum auch immer als Monopoly-Mann. Aber es interessiert mich gerade wenig. Ich möchte lieber erfahren, was in den drei Tagen sonst so lief und vor allem, wo wir nun wieder hinreisen. Also, wenn ihr so gut wärt, mich aufzuklären, und zwar über das, was wirklich wichtig ist."

Gut, was war nun wirklich alles in den vergangenen drei Tagen geschehen? Dieser Frage gingen sie jetzt nach. Nachdem Ruben sich auf Giro gestürzt und ihn unsanft gezwungen hatte, die große Kapsel mit dem Extrakt herunterzuschlucken, um danach in einen Dämmerschlaf zu fallen, mussten sie schnell weg aus Miami. Also quetschten sie sich zu siebt in den viel zu engen Wagen und fuhren weg. Auf der Fahrt erzählten Ruben und Maxim, was sie Unglaubliches auf dem Memory-Stick entdeckt hatten. Der Inhalt übertraf scheinbar alle Erwartungen. Darauf befanden sich die Lösung für die Eindämmung des Virus und somit auch die Lösung, um die seltsamen Pläne der vielen Verrückten zu vereiteln. Diese Lösung hatten Ruri und eine gewisse Caterina Delta entwickelt. Dabei handelte es sich um einen Extrakt mit dem langen Namen Blue-Moonlight-Extrakt-Lösung. Es sollte, wenn man es auf Proband 0 anwendete, die Isolation um das Gen B89 lösen und dieses konnte sich danach frei entfalten. Was es jedoch auch unkontrollierbar machte, da es sich nach eigenem Belieben weiterentwickelte. Jedoch konnte man danach zusammen mit den anderen Probanden und deren Blut einen Wirkstoff entwickeln. Diesen konnte man dann abhängig von der Blutgruppe sowie auch der DNS-Zusammenstellung anwenden und dabei würde das Gen B89 dem Abwehrsystem eine Immunität beifügen, die spezifisch gegen die vorhandene Erkrankung oder sogar alle Erkrankungen half. Doch was hieß das alles nun wieder für Giro, Proband 0? Er selbst dachte gar nicht mehr viel darüber nach. Das war so oder so alles verrückt. Er musste nun mal einfach damit leben. Da diese Caterina Delta anscheinend für einen Konzern in New York arbeitete, war dies nun ihre nächste Anlaufstelle. Wobei Ruben, wie erwartet, fest daran glaubte, dass dort die große Lösung für alle ihre Probleme auf sie wartete. Doch Giro sah der Sache wie so oft eher skeptisch entgegen. Er selbst wusste nach der Aktion im Gulag nur eines mit Sicherheit, und zwar, dass seine Tante Cai Li und ihre üblen Sprösslinge der Kern des Übels sein mussten. Bis heute hatte er jedoch immer vermutet, dass dieser gesichtslose Marlon Adam Jones der Hauptschuldige an allem Übel in seinem Leben sei.

Doch nun war klar, dass Cai Li ihre eigene Schwester verraten hatte und somit hinter ziemlich allem steckte. Sie war auch schuld am schrecklichen Tod seiner Eltern und an den ganzen Qualen, denen er und sein Bruder ausgesetzt wurden. Sie war schuld an allem, oder? Wie auch immer, sie würde dafür auf jeden Fall bezahlen. Sie alle würden dafür bezahlen, und wenn er dabei auch noch gleich das schreckliche Virus aufhalten könnte, umso besser. Zwei Fliegen mit einer Klappe, wie praktisch! Und danach Urlaub mit Naomi am Traumstrand. Nur diesmal lebendig und nicht halb tot im Zwiespalt gefangen. Dieser Gedanke gefiel ihm. An diesem würde er festhalten.

—๑ Kapitel 18 ๑—

Das gekoppelte Schicksal

New York, eine Riesenmetropole der Wolkenkratzer und Anzug-
träger. Die riesigen Wolkenkratzer ragten empor und bildeten zusammen dichte Mauern, dazwischen eingezwängt ein Labyrinth
aus breiten, mit Menschen überfluteten Straßen. Die Menschen
agierten hier wie das Meer, manchmal herrschte Ebbe, manchmal
herrschte Flut, danach konnte man stets die Uhr stellen. Zwischen
all den riesigen Gebäuden und Millionen von Menschen hieß es
nun, den Konzern mit dem tollen Namen, Me-And-You zu finden.
Dieser beschäftigte sich mit künstlicher Befruchtung sowie auch
DNS-Replikation. Der Konzern befand sich in einem gigantischen
Hochhauskomplex. Das moderne Glasgebäude war Hunderte von
Stockwerken hoch. Darin befanden sich Tausende von Menschen
und dies in fast jedem der Stockwerke. Die meisten waren dort
beschäftigt und fleißig am Arbeiten, wie in einem gigantischen,
gläsernen Bienenstock. Jedoch gab es auch etliche Besucher und
Patienten darunter. Wie sollten sie bloß diese Caterina Delta darin finden? Sie konnten schlecht am Empfang nach ihr fragen.
Ruben hatte gesagt, dass dieser Konzern eine direkte Tochter
der W-Global-Eta Corporation sei. Also war er somit auch feind-
liches Gebiet. Sie mussten sich bedeckt halten und durften nicht
zu sehr auffallen. Als Ruben mit dem tollen Plan ankam, Naomi
und Maxim dort reinzubringen, indem sie einen Termin für eine
künstliche Befruchtung in der Riesenklinik wahrnehmen sollten,
sahen ihn zuerst alle eher skeptisch an. Doch er meinte, das sei die
beste Möglichkeit, um nach dieser Caterina Delta in dem Komplex
zu suchen, ohne dabei unnötig Aufmerksamkeit zu erregen. Giro
fand die Idee dumm und wenig durchdacht. Ruben aber sagte, da
Naomi seine Schwester sei und die von W-Global-Eta alle von
ihnen kennen würden außer Maxim, sei dies eine gute Chance,
zumal der ganze Komplex mit Kameras zugespickt wäre und sie
unerkannt am Empfang vorbei müssten. Er meinte, es sei schon

ein Wunder, wenn sie Naomi nicht erkennen würden. Doch Mia war gerade mal 17 und das ging nun wirklich nicht. Also musste die 24-jährige Naomi herhalten. Na gut, einen besseren Einfall hatten sie einfach nicht. Da sie jedoch auf diese Caterina Delta angewiesen waren, mussten sie dies nun durchziehen. Als Naomi und Maxim schon zwei Tage später einen Termin wahrnehmen konnten, wussten beide nicht wirklich, für was genau dieser war. Jedoch ging es ihnen ja auch nicht um den dummen Termin. Sie wollten nur ohne Probleme am Empfang sowie an den Kameras vorbei und sich im 180. Stock umsehen. Wie seltsam die Sache hier, das war der Hauptgedanke von Naomi während ihres langen Aufenthalts im lichtdurchfluteten Fahrstuhl mit Blick in die Tiefe oder auf einen weiteren riesigen Hochhauskomplex. Was dachte Maxim wohl? Nicht viel, denn den kratzte scheinbar nie wirklich irgendwas. Er tat immer cool und seine Sprüche waren echt ge-wöhnungsbedürftig, ebenso wie sein oft böser Humor. Er konnte einen echt nerven und war kein Mann, den sie je auch nur in Er-wägung gezogen hätte, und dies galt für etliche Dinge. Sie ertrug seine Präsenz und das war gerade mal alles, mehr war da wirk-lich nicht. Und nun mussten die beiden ein liebendes Paar spielen, das unbedingt ein Baby zusammen kriegen wollte – das konnte fast nur danebengehen. Sie gingen jedoch nicht davon aus, wirk-lich an dem Termin aufzutauchen. Sie wollten ja lediglich an der Rezeption vorbei und dann diese Caterina Delta suchen. Dies war der Plan und er klang so ganz simpel. Sie befanden sich dort schließlich nur in einer riesigen Praxis für künstliche Befruchtung und nicht in einer Geheimbasis oder so. Wieso sollte dort etwas schiefgehen und wie schwer konnte die Suche nach der Frau schon sein? Es würde bestimmt gut gehen und Giro konnte sich noch ein wenig im Luxusbus erholen. Wobei ihm Mia, Ruben, Sunny und besonders Kuan auf die Nerven gingen. Ohne den reizenden An-blick von Naomi waren die vier echt nervig und es fiel ihm schwer wegzuhören, wenn sie mal wieder endlos quatschten über wirklich langweilige Dinge. Sunny schien sich dabei glänzend mit Mia zu amüsieren. Diese strahlte ihn andauernd an und schien sich leicht an ihn ranzumachen. Aber Giro war das recht, denn so würde sein

Bruder vielleicht Naomi schneller vergessen. Da war nur Kuan, der ihm andauernd in den Arsch kroch und dummen Scheiß laberte. Doch er hatte keine Lust auf dessen dummen Geschichten, die meisten waren eh nur die halbe Wahrheit. Er log nicht wirklich, sondern erzählte es nur so, dass es für ihn am Ende passte. Echt nervig und anstrengend zugleich, so ein Verhalten. Dazu kam sein andauerndes Kiffen. Giro hatte keinen Bock mehr auf den Dreck und war schon fast froh, dass er es los war, und nun Kuan. Er war der Inbegriff davon. Aber gut, lassen wir ihn labern und ignorieren wir seine nervende Art. Dabei blieben ihm jedoch ständig unangenehme Gedanken im Kopf, vor allem das Bild, wie Maxim mit seiner Liebsten im Schlepptau die Scheißklinik betritt. Dieser dumme Idiot. Er war sicher, dass Maxim ihn noch mächtig damit aufziehen würde. Während die anderen eher eine ruhige Kugel schoben, standen die beiden immer noch in einem der Riesenfahrstühle, um in den 180. Stock des Hochhauskomplexes zu gelangen. Die lange Fahrt im lichtdurchfluteten Aufzug fühlte sich für Naomi echt seltsam an. Sie ließ den Ausblick durch die Scheibe in die Tiefe hinab oder auf das nächste Glasgebäude auf sich wirken und dabei wurde ihr ganz mulmig. Während sie eher ein schlechtes Gefühl hatte, war Maxim die Ruhe selbst. Er war ein Dummschwätzer und seine Scherze gingen oft unter die Gürtellinie. Er war einfach eine Nummer zu aufdringlich und unseriös. Naomi konnte seine Worte nie ernst nehmen, trotzdem war er irgendwie doch ein guter Kerl. Na ja, zumindest, wenn man ihn besser kannte. Ansonsten war er ein Arsch und dies sogar voller Stolz. Mehr als Kollegen würden die beiden jedenfalls nie sein. Als sie am Empfang standen, wurden sie gleich von der Empfangsdame in Beschlag genommen. Diese wollte, dass sie einen zweiseitigen Fragebogen zusammen ausfüllten. Darauf standen ziemlich private Fragen und Naomi füllte ihn ein wenig gestresst aus. Während sie den blöden Bogen ausfüllte, hatte Maxim nichts Besseres zu tun, als mit der vollbusigen Empfangsdame zu flirten. Naomi ging dies ziemlich am Arsch vorbei, war schließlich nicht ihr Problem. Doch die Empfangsdame fand das schon ziemlich seltsam. Aber dann, nachdem sie das unnütze Ding endlich fertig ausgefüllt hatte, wurden sie von der Dame in den Wartebereich geführt. Wobei diese sagte, dass der Dr. Schreck gleich da sei, dabei rühmte sie ihn sehr. Zuerst setzten die beiden sich brav in dem Wartebereich hin, wobei Naomi jedoch zu Maxim sagte. „Okay, lass uns gleich nach dieser Caterina suchen, bevor dieser Doktor mit dem schrecklichen Namen auftaucht."

Maxim stimmte zu. „Ja. Ich glaube, die Labore befinden sich in dem Bereich hinter der großen Glastür. Wahrscheinlich finden wir sie am ehesten dort."

„Denkst du? Aber wie sollen wir durch die Glastür gelangen? Dafür braucht man schließlich einen elektronischen Schlüssel. Der Zutritt ist ausschließlich den Mitarbeiter gestattet."

„Ja, das ist mir schon klar. Aber daran kommen wir wohl nicht vorbei, Honey."

„Honey?! Hör auf mit dem Scheiß! Das ist hier nicht der richtige Ort für deine dummen Anmachsprüche. Lass mich einfach damit in Ruhe!"

„Wow, immer mit der Ruhe! Na gut, lass uns mal sehen, wie wir an einen Schlüssel rankommen."

„Die Empfangsdame hatte doch auch so ein Ding!", erinnerte sich Naomi.

„Klar doch, ich verstehe. Während ich mich um sie und ihre dicken Brüste kümmere, schnappst du dir einfach ihre Schlüsselkarte vom Tisch. Guter Plan!"

„Natürlich, das klappt bestimmt prima! Besonders, da sie kein Stück auf dich steht!"

„Wie bitte? Alle Frauen stehen doch irgendwie auf mich! Ich bin heiß! Echt heiß! Meine Mama hieß Lava."

„Ja, so heiß, dass dein Hirn glatt schmilzt und du meist nur Durchfall laberst!"

Während sie sich so eifrig unterhielten, betrat auf einmal Dr. Schreck den Wartebereich und rief die beiden auf. Oh nein, das wollten sie eigentlich vermeiden. Aber gut, nun war es zu spät. Also folgten sie dem seltsamen Doktor nach. Dieser war etwa um die 40 Jahre alt und sah aus wie ein schlechter Elvis-Imitator. Mann, sah der Kerl komisch aus und dann auch noch seine Art und Weise. Als ob er einen Stock tief in seinem … na ja … stecken gehabt hätte. Als sie an seinem großen Schreibtisch in dem kalten, modernen Behandlungszimmer mit Aussicht auf die Riesenmetropole sowie den seltsamen Doktor in seinem pompösen Sessel Platz genommen hatten, sah sich der Doktor penibel genau das doppelseitige Frageblatt an, wobei er sagte: „Ich finde es schön, dass Sie beide zu uns gefunden haben. Vorab muss ich Ihnen jedoch einige persönliche Fragen stellen bezüglich Ihres Kinderwunsches. Sie müssen verstehen, dass wir rechtlich gebunden sind, diese Fragen zu stellen sowie eine Überprüfung Ihrer persönlichen Daten zu veranlassen."

Maxim bemerkte: „Was? Aber wir wollen doch bloß eine Familie gründen und nicht einen Einzelhandel eröffnen!"

„Schon gut!", meinte Naomi. „Beruhige dich, Maxim, und lass den Arzt doch einfach seine Arbeit machen."

„Ja, Herr Aras, diese Vorabaufklärung ist leider vorgeschrieben. Wie ich hier entnehmen kann, sind Sie nun seit über 4 Jahren ein Paar und leben auch zusammen?"

Maxim erwiderte: „Was da steht, stimmt auch!"

„Dies bezweifle ich nicht, jedoch ist bei unseren Abklärungen ersichtlich geworden, dass Sie seit 5 Jahren verheiratet sind mit einer anderen Dame, Herr Aras", bemerkte Dr. Schreck.

„Von der ich mich gerade scheiden lasse!"

„Ja, das stimmt wohl. Doch Sie haben auch eine Vaterschaftsklage am Hals und dies mit derselben Dame. Stimmt dies, Herr Aras?"

Da konnte Naomi es sich einfach nicht mehr verkneifen und fing an zu lachen, wobei sie zu Maxim sagte: „Hut ab, du hast eine Frau gefunden, die verzweifelt genug war, dich zu heiraten. Kaum vorstellbar!"

Dr. Schreck fragte: „Frau Diaz, wussten Sie etwa nichts von alledem?"

„Wie sollte ich? Ich sage dazu nur, unsere Beziehung ist eher anderer Natur."

Maxim ergänzte: „Was die Schnecke meint, ist, dass wir eine ziemlich offene Beziehung führen. Ich mach mein Ding, sie ihres."

Dr. Schreck stutzte. „Das verstehe ich nicht. Warum wollen Sie dann zusammen ein Baby bekommen?"

Maxim entgegnete: „Einfach so, Elvis! Zuerst wollte sie ein Hündchen. Aber ich bin allergisch gegen die Viecher. Also sagte ich zu ihr und unseren weiteren Mitbewohnern, dass ein Baby doch ein guter Kompromiss sein könnte."

„Mitbewohner?"

„Ja, wir leben in einer Art Gemeinschaft, müssen Sie wissen! Naomi ist unsere Cleopatra und, na ja, wir Kerle dienen ihr halt. Sie wissen schon, wie das halt so ist."

Naomi protestierte. „Was erzählst du da für einen Riesenschwachsinn?"

Dr. Schreck wurde energisch. „Ich denke, Sie beide sollten nun gehen! Sie scheinen hier nicht am richtigen Ort zu sein. Ich bitte Sie zu gehen, und zwar sofort!"

Dabei lief der Doktor zur Tür, wobei Maxim auch aufstand, um ihn von hinten zu packen, wobei er ihm mit dem Arm die Luft abdrückte, bis er schließlich das Bewusstsein verlor. Als er den bewusstlosen Doktor auf den Boden sacken ließ, nahm er ihm dabei seine Schlüsselkarte ab. Während er die Karte in seinen Händen hielt, sagte er großspurig zu Naomi: „Herrin, Ihr Wunsch ist mir Befehl!"

„Ach, gib Ruhe, du Dummschwätzer!"

Bevor sie das Zimmer verließen, streifte sich Maxim noch den Arztkittel des Doktors über, wobei er natürlich wenig Ähnlichkeit mit dem Foto auf dessen Namensschild hatte. Danach begaben sie sich zu der Glastür und betraten die andere Seite – die verbotene Seite. Aber kein Stress, sie hatten schließlich alles unter Kontrolle, oder? Der Arzt schlief nun eine Runde lang, wobei seine Assistentin dachte, dass er ein Patientengespräch führe. Lief doch gerade alles echt prima. Also einfach weiter so. Nach der Glastür folgte der eher sterile Bereich mit den vielen Türen und Gängen. Herr Dr. Maxim ging voran, während ihm Naomi folgte und fragte: „Was nun? Das ist riesig hier."

„Na, wir sehen uns um! Ich bin der Arzt, du meine Patientin, ganz leicht, oder?"

„Mal abgesehen von der Tatsache, dass du dem Kerl auf dem Ausweisfoto kein Stück ähnlich siehst, denkst du nicht auch, dass die Ärzte sich hier untereinander höchstwahrscheinlich kennen?"

„Wen soll das bitteschön interessieren? Mich auf jeden Fall nicht. Wir finden die Tussi und dann sind wir hier auch schon wieder raus. Das geht ganz leicht. Los, komm schon!"

Als sie an einer Tür mit der Nummer 2002 vorbeigingen, beschloss Maxim, diesen Raum zu betreten, und öffnete die Sicherheitstür mit der Schlüsselkarte. In dem fensterlosen Raum befanden sich seltsame Computer und Gerätschaften. In der Mitte standen mehrere große Glasbehälter, in diesen hingen abartige Wesen in einer grünlichen Flüssigkeit an Schläuchen. Sie waren glatzköpfig und die Haut war lichtdurchlässig. Ihre großen Glupschaugen standen aus ihren mit Adern übersäten, haarlosen Köpfen heraus und ihre dünnen Augenlider ließen ihre Pupillen durchscheinen. Ihre Haltung glich der eines Fötus im Embryonalstadium und neben ihren aufgeblähten Kugelbäuchen, in denen ein dicker Schlauch steckte, waren ihre Gliedmaßen eher mager. Man sah ihre Knochen unter der dünnen Haut hervorstechen. Was waren das für seltsame und abartige Dinger? Während sich die beiden schockiert und sprachlos zugleich die abartigen Dinger ansahen, öffnete sich auf einmal die Sicherheitstür, wobei eine elegante Dame in Schwarz den Raum betrat. Sie wirkte äußerst selbstsicher in ihrem schwarzen Zweiteiler und den schicken, schwarzen Pumps. Ihre schulterlangen, schwarzen Haare mit dem markanten Pony, der himbeerrote Lippenstift sowie das dezente Make-up im Gesicht wirkten selbstsicher und dominant zugleich. Noch während die Dame mit sicherem Schritt auf die beiden zuging, sagte sie mit einem verhaltenen Lächeln: „Willkommen in der Zukunft, meine Lieben. Die Organhybriden sehen ein wenig gewöhnungsbedürftig aus. Ich hoffe, dass ihr Anblick euch nicht zu sehr erschreckt hat. Mein Name ist übrigens Caterina Delta und ich glaube, ihr beiden wolltet eigentlich zu mir, nicht wahr?"

Maxim erwiderte: „Bin gerade nicht mehr so sicher, ob wir zu dir wollen, Büroschnecke! Ich glaube, wir gehen mal lieber wieder."

Während die Dame vor einem der großen Behältnisse stehen blieb und dabei das seltsame Ding darin betrachtete, sagte sie schließlich: „Was soll das denn? Diese Reaktion ist wohl ganz normal bei solch einem Anblick. Aber ihr habt euch auch völlig in der Tür geirrt. Mein Büro befindet sich auf der anderen Seite des Flurs, die 1008."

„Na, ich denke, wir haben genau die richtige Tür geöffnet. Also, was ist das hier für ein Horrorzeugs?"

Naomi meinte: „Da stimme ich ihm ausnahmsweise mal zu. Was soll das hier Schreckliches sein?"

Caterina Delta erklärte: „Schreckliches Horrorzeugs! Nette Bezeichnung. Aber wie gesagt, es sind lediglich junge Organhybriden. Aus diesen Hüllen werden später mal, wenn die Zeit reif ist, voll leistungsfähige Organbots. Also nichts, was euch beunruhigen sollte. Wir wollen schließlich alle dasselbe, W-Global-Eta vernichten."

Maxim fragte: „Und so ein Organbot ist etwa kein Mensch, oder wie? Ich meine, ich check das nicht. Was soll das sein?"

Naomi sprang ihm bei. „Ich check das auch nicht wirklich. Aber die Dinger sind, glaube ich, mehr wie Roboter. Und ihr Gehirn ist eine Festplatte. Voll seltsam! So wie bei Admind halt!"

Caterina Delta meinte: „So in etwa. Organbots bestehen zu etwa 70 % aus organischen Materialien. Dabei handelt es sich um menschliches Gewebe, das künstlich erzeugt wird, sowie weiteren Organen bis zu Haaren und Zähnen. Wir bilden sozusagen einen kompletten Menschen nach und dann setzen wir ihm durch eine Art Festplatte ein Gehirn ein. Dies und noch ein paar weitere Kleinigkeiten ergeben die etwa 30 % Elektronik, aus dem er besteht. Es ist eine unglaubliche Entwicklung. Jedoch sind dies keine Menschen, sondern lediglich nützliche Maschinen. Und dies hier sind ihre gedeihenden Hüllen."

„Hört sich immer noch äußerst sonderbar an. Das ist doch abartig!"

Maxim stimmte zu. „Ich finde es auch ziemlich fragwürdig. Eigentlich dachten wir, sie seien die letzte Hoffnung, aber jetzt … Hier sieht alles danach aus, als ob Sie genau so krank wie die von W-Global-Eta sind, wenn nicht sogar noch kränker."

„Nein, das sind wir ganz sicher nicht. Wir wollen W-Global-Eta lediglich mit seinen eigenen Waffen schlagen. Wir wollen sie von innen heraus zerschlagen. Ihr wisst ja nicht, was für eine Armee diese aufgestellt haben. Ihr denkt, der Virus sei die Hauptwaffe, aber da habt ihr leider falsch gedacht. Es gibt noch eine viel gefährlichere Waffe als das Virus. Dies war lediglich der Vorbote für das Grauen, das noch folgen wird. Und sie werden es schon bald enthüllen, wobei dies schreckliche Konsequenzen für die gesamte Menschheit haben wird. Es könnte uns auslöschen, und zwar alle!"

„Hör zu, Lady", sagte Maxim, „ich will dir jetzt nicht zu nahe treten. Aber ich und meine Freundin würden gerne zuerst hier weg, um das Ganze, wie sagt man, sacken zu lassen. Ich meine, wir müssen es verstehen! So was hatten wir nicht erwartet."

„Dann geht! Ihr kamt schließlich hierher und dies mithilfe der Schlüsselkarte von einem meiner geschätzten Kollegen. Ich nehme an, wenn ich nach ihm suche, ist er tot. Aber gut, geht ruhig und macht euch einen neuen Schlachtplan, es wird euch keiner aufhalten. Jedoch, wenn ihr euch entschieden habt, dann meldet euch bei mir und dies per Telefon. Hier, meine Karte! Nimm schon und dann raus hier! Ich muss weiterarbeiten."

Maxim nahm etwas unsicher die Karte, wobei er noch sagte: „Dein Elvis lebt noch. Schläft sich nur aus in seinem Luxusbüro."

Naomi drängte: „Lass uns schnell gehen, komm schon!"

Während Naomi eilig vorauslief, sah Maxim Catarina Delta noch einen Augenblick in ihre strengen rotbraunen Augen. Diese durchstachen einen förmlich und wirkten ziemlich einschüchternd. Dann lief auch er wortlos Naomi hinterher. Sie stiegen in den Aufzug und fuhren nach unten, ohne ein Wort zu wechseln. Sie waren beide zu verwirrt. Was war das? Sie verstanden es nicht. War sie vertrauenswürdig? Nein, oder doch? Es war seltsam, sehr seltsam. Was sollten sie den anderen erzählen und wie war das alles einzuordnen? Es gab eine wirklich lange Liste an Fragen, die jedoch noch mehr Fragen aufwarfen. Sie mussten nun zuerst da raus und dann zu den anderen. Alles andere würde sich dann noch ergeben. Hoffentlich. Endlich draußen und auf dem riesigen

Parkplatz angekommen, erblickten sie auch schon den Luxusbus und die anderen. Da um die 35 °C im Schatten herrschten, saßen alle gemütlich unter dem Sonnenschutz an einem Klapptisch auf einer Klappbank. Während Sunny und Mia äußerst amüsiert wirkten, schien Giro ziemlich verärgert sowie zu Tode gelangweilt zu sein. Kuan, der direkt neben ihm seinen bleichen, Bauch sonnte, qualmte genüsslich sein Stinkzeugs. Der gesamte Qualm zog in das genervte Gesicht von Giro. Da sagte auf einmal Mia lachend zu Sunny: „Ich liebe leichte und angenehme Witze!"

Sunny antwortete: „Dann geb ich dir den, Mia. Sitzen zwei Vierecke auf einer Parkbank. Da setzt sich ein Dreieck dazu, woraufhin das eine Viereck zu dem andern sagte: ‚Sieh dir die halbe Portion an!'."

Mia machte sich vor lauter Lachen beinahe ein, wobei Giro sich am liebsten die Kugel gegeben hätte. So ein dämlicher Witz. War es überhaupt ein Witz? So ein dummes Geschwafel und dies ohne Pause. Als würde man eine Endlos-Telenovela ansehen, und zwar eine echt miese. Dazu der stinkende Qualm von Kuan. Als würde man direkt am Rande eines brodelnden Haschisch-Vulkans sitzen. Eigentlich echt übel hier. Nicht witzig. Gar nicht witzig. Dies würde Naomi dazu sagen. Da – auf einmal, kaum an sie gedacht, ihre Stimme, jedoch ziemlich zerstreut und gestresst. Während er zu ihr eilte, stieß er Kuan unsanft von der Klappbank und dies nur, um sie abzufangen. Dabei sagte sie mit großen Augen zu ihm: „Das lief nicht gut! Gar nicht gut!"

„Aber euch geht's doch gut! Was ist geschehen?"

Sunny mischte sich ein. „Beruhigt euch erst mal und setzt euch hin, dann erzählt ganz in Ruhe, was da los war."

Als sie sich setzten und die Geschehnisse schilderten, hörten ihnen die andern vier gespannt zu, wobei Giro nicht wirklich überrascht war. Er sagte, jeder von denen wolle am Ende nur eines und das sei, seinen eigenen Profit aus der Sache zu schlagen. Dabei zähle nur der einzelne Mensch und dessen eigene Vorstellungen und Wünsche. Es sei dabei auch gleichgültig, über wie viele Leichen man gehe, denn am Ende zähle nur jeder für sich selbst. Vielleicht hatte er ja recht und am Ende zählte jeder nur für sich selbst. Man bildete stets Einheiten, kleine Gruppierungen und sogenannte Familienbande. Aber am Ende starb doch jeder für sich ganz allein. Dies hieß jedoch nicht, dass man auch sein gesamtes Leben allein verbringen musste. Nein, das Leben konnte man sich teilen und es mit denen verbringen, die man liebte oder auch hasste. Dies wiederum hing ganz allein an der Lebenseinstellung jedes Einzelnen. Wollte man seine Lebenszeit nun mit dem Jagen alter Sorgen verbringen oder versuchen, etwas Neues zu schaffen in der Zeit, die einem halt so zur Verfügung stand. Giro war zwischen beidem gefangen und fühlte sich zweigespalten. Doch hatte er überhaupt eine Wahl? Er wusste es nicht. Er wusste es noch nie. Er fühlte sich gefangen und gleichzeitig gezwungen, etwas zu sein, das er eigentlich nie sein sollte oder wollte. Was sollten sie nun tun? Dieser Caterina Delta konnten sie nicht trauen und es sah aus, als wenn sie die Seiten gänzlich getauscht hätte. Vielleicht wollte sie W-Global-Eta tatsächlich stürzen, jedoch um selbst deren Platz einzunehmen. Da der Konzern, für den sie arbeitete, ein direkter Schwesterkonzern der W-Global-Eta war, hieß dies auch, dass sie von dem Konzern abhängig waren. Würde man nun W-Global-Eta vernichten, würde auch ihr Konzern den Kopf verlieren. Wobei jemand diesen dann ersetzen musste und das, bevor alles zusammenbrach. Was die Möglichkeit für Me And You wäre, um sich diesen Platz zu sichern. Doch was dann? Würden diese anders agieren oder würden sie dasselbe versuchen wie W-Global-Eta, nämlich alles an sich zu reißen? Die Gier des Menschen hat schließlich keine Grenze, oder etwa doch? Einem Menschen zu trauen, fällt einem meist schwerer, als einer ganzen Gruppierung zu trauen. Warum vertraut man sich lieber vielen Fremden an, als sich einer einzigen fremden Person anzuvertrauen? Dies verstand Giro noch nie. Trauen konnte man meist nicht mal seinem Spiegelbild, denn im Spiegel sah man meist besser aus, als man sich fühlte, oder? Egal, er traute weder Gruppierungen noch einzelnen Personen über den Weg. Außer sie hatten sich sein Vertrauen verdient und dies war weiß Gott nicht leicht bei ihm. Dazu kam, dass er auch nie viel dafür tat, dass jemand ihn mochte. Die Leute mochten ihn oder nicht und das war voll okay. Ihm ging es schließlich auch nicht anders. Manche mochte er eher leiden, was jedoch noch nichts mit Vertrauen zu tun hatte, und andere wiederum mochte er vom ersten Augenblick nicht leiden. Irgendwann stieß auch noch Ruben dazu. Er wollte was für ein Barbecue in einem Ladengeschäft besorgen, wobei er außer Bier und Würsten nichts gekauft hatte. Als er sah, dass die beiden zurück waren, wurde er ganz aufgeregt und warf die Tüten einfach achtlos auf den klapprigen Klapptisch. Während er sich zu ihnen setzte, sagte er aufgeregt zu seiner Schwester: „Ihr seid zurück! Wie ist es gelaufen? Habt ihr diese Caterina Delta gefunden?"

Naomi bestätigte. „Ja, wir haben mit ihr gesprochen."

„Wunderbar, und was sagte sie?"

„Das ist so eine Sache. Ich denke, sie ist nicht das, was du denkst."

„Was soll das bitteschön heißen?"

Giro mischte sich ein. „Hör auf, so rumzustressen! Deine Schwester kann nichts dafür, dass die Alte nicht ganz koscher ist. Nur weil du dich wieder mal geirrt hast, musst du dies nicht an ihr auslassen. Du solltest besser aufhören, nach einer Lösung zu suchen, wenn du dich am Ende so sehr darauf versteifst."

„Natürlich, und diese Worte aus dem Munde eines Egoisten wie dir. Warum stresst es dich nicht? Ich sag dir, warum. Weil du auf alle Menschen außer dir selbst scheißt. Sie sind dir gänzlich scheißegal. Auch meine Schwester ist dir im Grunde scheißegal! Das Einzige, was dich interessiert, ist der Spaß, den du mit ihr haben kannst, und sonst ist auch sie dir scheißegal. Dir ist nämlich immer alles scheißegal!"

Ruben war außer sich und gestikulierte wütend mit den Händen. Man sah in den Augen von Giro sowie seiner Mimik, dass Ruben gerade eine Grenze überschritt, die er lieber nicht überschritten hätte. Noch bevor er richtig ausgesprochen hatte, flog der klapprige Klapptisch samt Getränken und Einkaufstüten in Richtung Ruben. Dieser wehrte den Plastiktisch ab, wobei dem Tisch ein Bein abbrach. Es war ein billiger Tisch, wirklich billig. Doch dem billigen Tisch folgten ein übler Tritt in die Nieren und dann noch ein harter Ellbogen voll in die Wirbelsäule. Bis ihn zum Schluss das Knie auch noch mitten in die Weichteile traf. Da lag er nun, dies jedoch erst, nachdem er etwa fünf Meter durch die Luft geflogen war, um dann schmerzlich auf dem Asphalt aufzuschlagen. Alle sahen nur verdutzt und erschrocken zu, wobei keiner begriff, wie das gerade möglich war. Wo hatte Giro so viel Kraft hergenommen, um Ruben wie einen Fußball über den Platz zu treten. Und dies mit seinem Knie. Ruben war nicht nur nach hinten gefallen, sondern durch die Luft geflogen, um dann wie ein schwerer, nasser Sack auf dem harten Teerboden zu landen. Er wog um die 100 Kilogramm und war etwa 194 cm groß, Giro hingegen war lediglich 182 cm groß und wog knapp 80 Kilogramm. Aber trotz allem hat er ihn wie einen Fußball mit seinem Knie durch die Luft befördert. Unglaublich, sogar Giro selbst staunte nicht schlecht. So was hatte er auch noch nie erlebt und in diesem Augenblick hatte sich Ruben wirklich leicht angefühlt. Alles fühlte sich leicht an und er fühlte sich wie der Wind. Als ob er alles durchschneiden könnte und dies ohne Anstrengung, wobei er unwahrscheinlich fokussiert war. Was war das? Und was hatte es ausgelöst? Naomi eilte aufgeregt zu ihrem Bruder, wobei sie ziemlich verwirrt schien. Als ihr Sunny folgte, um nach dem Bewusstlosen zu sehen, sagte Maxim, der zuvor eher kleinlaut gewesen war nach dem Erlebten: „Dreck, Alter! Wie zum Teufel ...? Das war unglaublich! Und fuck dein Auge! Scheiße, seht ihr das auch?"

Kuan staunte: „Verdammt! Blau wie der Enzian!"

„Was Enzian? Was soll das sein? Was ist mit meinem Auge? Was labert ihr da?"

Maxim erklärte: „Na ja, mal abgesehen von deinen unmenschlichen Kräften ist dein eines Auge nun ziemlich blau."

Mia bestätigte. „Wie bei einem Husky. Stahlblau!"

„Was?"

Dabei betrat Giro den Bus, um es sich in einem Spiegel anzusehen. Oh mein Gott, blau. Unwahrscheinlich blau. Noch während er sich die schräge Sache in seinem Gesicht ansah, wechselte sein Auge langsam die Farbe, wobei es wieder zur Hälfte Grün wurde. Was ging hier ab?! Dieses Auge machte ihm allmählich Angst. Es schien ihn zu verändern. Doch noch während er zurück nach draußen ging, fuhren vier große, schwarze Wagen auf den Parkplatz und dies von beiden Seiten. Dann, als sie sich um den Bus positioniert hatten, stiegen mehrere Männer in Anzügen aus, wobei die meisten nur Handlanger waren. Nur zwei Leute schienen wirklich das Sagen zu haben, und zwar ein Kerl im feinen Blazer und eine Dame im schwarzen, teuren Zweiteiler. Als sie schließlich vor ihnen standen, sagte Maxim gleich angepisst zu der Frau im Zweiteiler: „Caterina, die Bürotussi, und ihre Roboterarmee! Was soll der Dreck? Ich dachte, wir melden uns bei dir, Schnecke, und jetzt läufst du hier ein!"

Caterina Delta erwiderte: „Du hast eine ziemlich niedere Ausdrucksweise. Hast wohl eine dürftige Erziehung genossen."

Der Kerl im Blazer meinte: „Caterina, beruhige dich. Es ist alles gut. Nun haben wir alle Schafe brav beisammen. Nun kann es beginnen."

Naomi rief: „Salvo!"

Der Kerl im Blazer sah sie nur an und begann, Beifall zu klatschen. Giro ging mit festem Blick auf den Kerl zu, wobei seine vielen Hampelmänner schon an ihre Halbautomatikwaffen griffen, um ihn ins Visier zu nehmen, und sagte, wenig zurückhaltend mit dem Finger auf den Kerl zeigend: „Du bist also Salvo? Der schreckliche Barbar der Steppe, vor dem sich alle fürchten. Der erbarmungslose Russe! Ein Hänfling in einem zu engen Blazer. Da hab ich mir echt mehr vorgestellt."

Salvo gab zurück: „Da hab ich dich wohl enttäuscht. Hast dir wohl ein Monster vorgestellt. Aber weißt du was, die übelsten Monster hausen in den unscheinbarsten Hüllen."

Naomi rief aufgeregt: „Sie sind ein Monster! Sie haben meine ganze Familie umgebracht! Sie sind skrupellos und abartig!"

„Ach, beruhige dich, Mädchen! Ich habe viele Familien getötet. Mitunter die deines Freundes hier. Ja, ich habe den Angriff veranlasst. Ich weiß, dass du, Giro, vor drei Jahren einen meiner Klubs gestürmt hast, und zwar mit deinem Freund da. Dabei habt ihr ziemlich viele meiner Männer umgelegt. Darunter auch einen meiner Stellvertreter, Bashko. Nur, wo ihr dessen Leiche entsorgt habt, weiß ich bis heute nicht. Was habt ihr bloß mit Bashko gemacht? Ich komm einfach nicht auf die Lösung."

„Genau dasselbe, das dir blüht. Nämlich gänzliche Zersetzung, gefolgt von der vollen Auflösung deines Leibes, samt deinem hässlichen Blazer versteht sich!"

„Ach, ist das so? Du hast ziemlich große Vorsätze, ob du ihnen auch gerecht werden kannst, sei dahingestellt."

Kuan warf ein: „Nein, er meinte das nicht so. Er wollte Ihnen damit nur mitteilen, dass wir Ihren Stellvertreter nie gesehen und somit auch nichts mit dessen Verschwinden zu tun haben! Ja! Ja!"

Giro widersprach. „Nein, nein, das wollte ich sicher nicht damit sagen, da ich dem Wichser selbst das Hirn weggepustet habe!"

Salvo höhnte: „Sehr ehrlich! Wirklich, schon fast mutig oder eher leichtsinnig. Ja, leichtsinnig trifft es sehr gut, finde ich. Nun ja, wollen wir nicht zu lange um den heißen Brei rumreden und kommen wir endlich zur Sache. Ich meine, die Vergangenheit interessiert doch keinen, wir leben schließlich im Hier und Jetzt. Also ich und meine reizende sowie äußerst kluge Mitarbeiterin Caterina Delta brauchen euch, um das zu beenden, was unvermeidlich ist. Es wäre ratsam, sich nicht gegen uns zu wehren, denn einige von euch haben weniger Wert für uns als andere. Damit will ich sagen, Giro, wenn dir das Leben deiner Freunde wirklich etwas wert ist, dann sei lieber kooperativ, ansonsten endet es bitter und blutig zugleich. Ich hoffe, das war klar genug. Auch für dein Temperament oder besser gesagt, deinen Starrsinn!"

—❧ Kapitel 19 ❧—
Glück im Unglück gibt's doch.

Also folgen wir mal brav der Bitte des Menschenhändlers und bekennenden Massenmörders. Widerlicher Salvo! Er sah so schleimig aus und fieser als jeder Rattenfisch. Wobei er nur die teuersten Kleider trug und dies stets maßgeschneidert aus Mailand. Sogar seine Haare waren auf den Millimeter genau getrimmt, ebenso wie sein übler Schnäuzer. Da er schon etwa 50 Jahre alt war, wenn nicht sogar älter, war sein Haaransatz silbergrau, wobei ihn dies eher menschlicher wirken ließ. Denn ansonsten sah er aus wie Draculas Opa oder so. So ein böser Mensch! Aber gut, dem Teufel soll man ja bekanntlich nichts ausschlagen. Als sie in einem der großen, schwarzen Wagen Platz genommen hatten und auch Ruben wieder ein wenig zu sich kam, waren sie schon allesamt mit Handschellen versehen. So saßen sie mit den Händen hinter ihren Rücken gefesselt da und schwiegen sich an. Als Giro den Ausdruck in den Augen von Naomi sah und ihm klar wurde, dass sie gerade Todesangst hatte, sagte er zu ihr: „Du musst keine Angst haben. Es ist nicht dasselbe wie damals. Es ist nie dasselbe."

Sie sah ihn nur mit großen Augen an, wobei auf einmal Ruben, immer noch leicht belämmert, meinte: „Das wollte ich nicht. Uns in eine solche Situation bringen. Ich wollte doch nur das Richtige tun."

Sunny tröstete ihn. „Keiner von uns hat Schuld daran, dass die alle irre sind. Also mach dir keinen Kopf, Ruben."

Maxim versicherte: „Keiner von uns stirbt und vor allem nicht durch die Hände des Schnauzbartes. Bevor es dazu kommt, bring ich mich lieber selbst um. Ich meine, der ist doch eine Witzfigur. Ich kann so jemanden wie den nicht ernst nehmen."

Kuan warnte. „Pass lieber auf, was du sagst. Auch wenn er vielleicht wie ein Storch aussieht, ist er trotz allem ein Adler."

Giro sagte: „Du meinst wohl eher, ein Aasgeier. Die Hackfresse …"

„Er hat etwas von einer Hyäne und gleichzeitig was von einem Aal", fand Mia. „Dabei sieht er aus wie ein Angst einflößender Pinguin."

„Er ist seelenlos und dies gänzlich. Er hat kein Gewissen und er kennt keinerlei Grenzen. Er ist ein Dämon", versicherte Naomi.

„Ein Dämon mit Geschmacksverstauchung und dies in jeglicher Hinsicht", fügte Giro hinzu.

Maxim meinte: „Der Dämon des schlechten Geschmacks. Das finde ich doch ziemlich passend für den Arsch."

„Kommt hin", bestätigte Sunny.

„Ja, das ist er wohl", kam von Kuan.

Ruben fragte: „Habt ihr den üblen Schnäuzer gesehen? Der Kerl betet Hitler an. Also ja, Dämon. Aber so was von … Und Geschmack? Fehlanzeige."

„Was ist ein Hitler?", wollte Mia wissen.

Sunny sagte: „Ein Schnauzbart!"

„Ein Schnauzbart?", fragte Giro.

„Ein Schnauzbart, ja!"

„Na gut, dann ist Hitler halt ein Schnauzbart. Wie auch immer."

Die Fahrt war sehr kurz, da sich der Me and You Konzern ganz in der Nähe befand. Nachdem sie in der Tiefgarage angekommen waren und aussteigen mussten, sollten sie sich in einer Reihe hinstellen. Als sie alle brav in Reih und Glied standen, sagte Salvo zu Caterina Delta: „Du weißt, was ich erwarte. Also enttäusche mich nicht. Die Kleine da und der eine Kerl mit der zu bunten Mütze, die kannst du zu den Testern bringen. Genauso wie die beiden da. Die anderen drei bringst du hoch zu den Vorlagen. Und dann mach dich an die Arbeit. Zeit hat schließlich die Macht und entscheidet über Sieg oder Niederlage."

Also wurden Mia und Kuan sowie Ruben und Sunny weggebracht, während die anderen nach oben und so woanders untergebracht wurden. Na ja, oder wie Labortiere eingepfercht. Sie wurden alle in enge Käfige gezwängt und die waren aneinandergereiht sowie aufeinandergestapelt an der Wand eines fensterlosen Laborraumes. In einem der Käfige saß schon jemand, jedoch war die Frau bewusstlos. Es war Admind, und als Giro sie sah, war er sichtlich überrascht sowie verärgert. War sie es wirklich? Oh ja, das war sie mit Sicherheit. Na ja, für einmal war die Anwesenheit von Admind ihm mehr oder weniger scheißegal, denn er hatte weitaus größere Probleme als diese Verrückte. Dazu kam, dass auch sie in einem Käfig saß und somit keine Gefahr darstellte. Jedoch sie mögen oder ihr verzeihen, das würde er nie. Als sie wie Affen in den Käfigen saßen und diese üble Caterina sowie ihre Anhängsel verschwunden waren, ging das Licht aus. Es war ein neues, seltsames Gefühl, mal den engen Käfig zu sehen, der einen Gefangenen hielt und einpferchte. Naomi, die einen Käfig unter Giro eingepfercht war, sprach kein Wort. Also sprach Giro zu ihr. „So nah und doch so fern, mein kleiner Stern!"

Maxim meinte: „Ist dir schwindlig oder warum siehst du Sterne?"

„Was? Nein, das ging an Naomi und nicht an dich, Mondgesicht!"

„Ach, und ich dachte schon, du seist dumm im Kopf! Aber so macht die Aussage mehr Sinn, wenn auch äußerst kitschig."

Da Maxim direkt einen Käfig neben ihm auf derselben Höhe war, sahen die beiden Männer sich direkt an, wobei Giro wenig erfreut wirkte. Er war wie so oft mehr genervt, wenn nicht sogar ausschließlich. Da schlug er wie ein irrer Laboraffe gegen den Käfig und dies ziemlich heftig, wobei er laut schrie: „Wie aktiviere ich meine Superkräfte? Verflucht! Komm schon, ich bin stark! So ein Dreck!"

Maxim spornte ihn sogleich von der Seite an. „Alter, du schaffst das! Komm schon!"

Giro meinte nach ein paar weiteren vergeblichen Rüttelversuchen: „Nein, Mann, keine Chance! Ich bin zu schwach und habe keine Ahnung, wie ich das steuern kann."

Maxim riet ihm sogleich: „Vielleicht brauchst du ein Lied?"

Giro fragte verdutzt: „Was?"

„Na so eine Art Schlachtlied oder Ruf, um es zu aktivieren."

„Du meinst, so wie zum Beispiel ‚Auf, auf und davon' oder wie?"

„Ja, so in etwa! Aber das sagt Superman, und zwar bevor er hochfliegt in die Lüfte. Wobei du dir lediglich den Kopf stoßen würdest, obwohl es trotz allem krass wäre. Ich meine fliegen, weißt du, wie geil?"

„Ich weiß nicht. Fliegen ist doch scheiße, so ganz ohne Wände. Das stell ich mir ziemlich kalt und ungemütlich vor. Viel zu windig für meinen Geschmack."

Da stand auf einmal Naomi vor den Käfigen, und während die beiden Männer sie verdutzt ansahen, meinte sie nur ziemlich gelassen: „Versucht es doch mal mit Kamehameha, vielleicht zieht das ja? Habt ihr's dann mit eurem Kinderschwachsinn?"

Maxim sah sie verblüfft wie ein Äffchen im Käfig an, wobei er sie verwundert fragte: „Wie zum Teufel bist du da rausgekommen, Mädchen?"

Da hielt Naomi nur den herzförmigen Schlüsselanhänger mit dem versteckten Messerchen hoch. „Jemand hat mir sein Herz geschenkt und dieses ist äußerst nützlich, wie ich auch gerade feststelle!"

Giro lächelte beinahe freudig und sagte selbstsicher und flirtend zu ihr: „Oh Naomi, wenn du nur wüsstest, wie heiß du gerade aussiehst!"

Naomi antwortete eher ernüchternd. „Och, wie unromantisch! Aber gut, du bist, wie du bist!"

Maxim fand dies herrlich und er machte sich einen Spaß daraus, woraufhin er großspurig sagte: „Ha, voll danebengehauen, mein Freund! War wohl wieder mal der falsche Spruch!"

Giro meinte wenig erfreut über sein Einmischen: „Es war lediglich die Wahrheit und nichts anderes!"

Naomi meinte daraufhin überraschend: „Du solltest vielleicht lieber auf Maxim hören! Er war schließlich sogar mal verheiratet und hat einen Sohn."

Maxim war dies jedoch unangenehm. „Nein, ich …"

Giro unterbrach ihn jedoch und äußerte abfällig: „Ach ja, stimmt, die Hure und das eierköpfige Monsterbaby. Ich vergaß."

Maxim wurde daraufhin wütend und sagte aufgebracht: „Das Baby kannst du nennen, wie du willst, ist eh nicht meins. Aber eine Hure! Meine Ehefrau ist bestimmt keine Hure! Höchstens eine Schlampe, die mit jedem vögelt inklusive dir! Vielleicht ist das eierköpfige Ding ja von dir. Ja, Naomi, vielleicht ist es von ihm. Wer weiß das schon wirklich."

Der Käfig von Giro sprang auf und es folgte ein seltsamer Blick von Naomi. Das waren wohl gerade zu viel neue Infos, aber er war sicher nicht der Vater von dem Kind. Das war unmöglich. Maxim hatte nur gerade eine unnötige Frage aufgeworfen. Also sagte Giro zu seiner Liebsten: „Das Kind ist kein Stück von mir! Er erzählt nur Scheiß, weil ich seine Frau beleidigt hab. Glaub ihm einfach kein Wort und lass es gut sein! Ich bitte dich Liebling, wir haben echt üble Probleme hier."

Ohne ihm darauf zu antworten, öffnete sie auch den Käfig von Maxim. Dabei sagte dieser leicht angepisst: „Ja natürlich, ich lüge! Wie originell!"

Naomi war nun auch ziemlich genervt und meinte grob: „Es interessiert mich nicht, ob er mit deiner Frau gevögelt hat oder nicht. Zu dieser Zeit waren wir eh kein Paar. Also wen kratzt das schon! Er ist schließlich auch nicht mein Erster. Also wirklich! Blödsinn hier!"

Giro fragte sie scheinbar völlig verdutzt: „Bin ich nicht?"

Naomi sah ihn nur hart an und antwortete kühl: „Nein, bist du nicht."

Maxim warf sogleich unpassend ein: „Wie ich sehe, habt ihr noch üblere Probleme, als ich dachte."

Da sah ihn Giro ziemlich böse an, wobei Naomi schon dabei war, auch die arme Admind zu befreien. Diese war jedoch nicht ansprechbar und schien in Narkose zu liegen. Giro protestierte. „Nein, warum tust du das? Lass sie da drin! Das ist besser so. Sie ist gefährlich!"

Naomi antwortete unbesorgt: „Gerade ist sie nun wirklich keine Gefahr und sie könnte was wissen, das uns weiterhilft. Dazu kommt, dass wir anscheinend alle in derselben misslichen Lage stecken."

Maxim unterstützte sie. „Ja, vielleicht kennt die Alte ja einen Weg hier raus oder was weiß ich."

Giro blieb jedoch skeptisch und traute ihr nicht. „Vielleicht gehört sie zu denen und horcht uns gerade aus. So wie ein Scheißspion! Ich trau ihr nicht und das werde ich auch nie. Aber gut, lass sie frei! Ich wollte ihr schon immer mal was auf die Fresse geben."

Naomi öffnete den Käfig, wobei sie sagte: „So, jetzt seid ihr dran! Ich trag sie bestimmt nicht auch noch."

Giro blieb hart: „Wie gesagt, außer um ihr eins auf die Fresse zu geben, mach ich keinen Finger krumm für die Kuh."

Maxim versuchte, ihn umzustimmen. „Mann, Alter, komm schon! Ich will die nicht allein schleppen."

Giro blieb stur und weigerte sich strikt. „Keine Chance! Ich fass die nicht an. Und dazu kommt, dass die höchstens 40 Kilo wiegt. Also bitte, hab dich nicht so, du Pussy!"

Maxim äußerte daraufhin nur wütend: „Klar doch, ich bin die Pussy! Und das aus deinem Maul! Du, der Angst vor ihr hat, obwohl sie noch nicht mal bei Bewusstsein ist. Sie ist doch nur ein kleines Mädchen."

Giro erklärte aufgebracht: „Du hast doch keine Ahnung, zu was dieses kleine, verrückte Mädchen alles imstande ist. Furzende Todesengel, die dich kastrieren, sind nur der Anfang. Die ist voll irre! Komm mir bloß nicht zu nahe mit ihr!"

Maxim sah ihn nur seltsam an, während er die junge Frau auf den Armen trug. Da unterbrach Naomi sie. „So ein Mist! Die beiden Hochsicherheitstüren sind verschlossen und man braucht eine Schlüsselkarte. Keine Ahnung, wie wir hier rauskommen sollen. Also helft mir mal! Vielleicht gibt's ja eine Lüftung oder sonst einen Weg. Wir müssen hier raus!"

Also machten sie sich auf die Suche nach einem anderen Ausgang, wobei sie jedoch nicht erfolgreich waren. In dem Raum gab es kaum etwas außer den Käfigen. Während Maxim am Wasserspender einen Schluck trank und Naomi immer noch fleißig überlegte, wie sie da rauskommen könnten, stand Giro vor einer der Türen und konzentrierte sich, so gut er konnte. Er dachte, wenn er sich bewusst drauf einstelle, dann könne es vielleicht auch klappen. Na ja, die Tür einzutreten. Genau so, wie es ihm gelungen war, Ruben über den Platz zu schlagen. Na gut, volle Konzentration und dann gezielt dagegentreten – oder rennen? Ah, was sollte er tun? Okay, ich trete. Nein, ich renne. Also rannte er und knallte voll gegen die ach so harte Hochsicherheitstür. Au, Scheiße tat das weh! Ich habe mir alles gebrochen, dachte er, als er am Boden lag. Das tu ich nie wieder, das war dumm. Noch während die andern beiden nach einem kurzen Schock lachten, stand er leicht benommen auf. Wobei er sich wie der letzte Vollpfosten fühlte. Das war mehr als nur peinlich. Warum hatte er das getan? Er wurde wohl selbst immer bekloppter. Während er sich an der Wand hochzog und sich dabei mit seiner Handfläche auf dem Kartenlesedings abstützte, auf einmal ein Knall und er flog durch den gesamten Raum, um an der anderen Hochsicherheitstür schmerzlich abzuprallen. Fuck, was war das? Ein fetter Stromschlag, wobei er noch immer am ganzen Körper zitterte. Die anderen beiden waren äußerst geschockt. Während es regelrecht blauweiße Funken schlug und dies in alle Richtungen, flog Giro auch noch wie ein Pingpong-Ball einmal quer durch den Raum. Während sie ihm noch erschreckt zusahen, wie er schmerzlich landete, ging auf einmal die Tür auf und alle Lichter aus. Er hatte wohl irgendwie einen Kurzschluss ausgelöst, nur wie? Er hatte es schließlich nur angefasst. Doch er konnte keine Fragen mehr stellen, da er gänzlich k. o. war. Einfach Timeout, wieder mal. Wie angenehm die Laken, wo bin ich? Bewege ich mich? Wow, sieht aus wie ein Krankenbett und es rollt. Was ist passiert? Da, das Gesicht von Naomi, sie schob das Bett. Dabei sagte sie dann zu ihm: „Endlich! Ich dachte schon, du würdest nie mehr zu dir kommen."

Giro war noch völlig verwirrt und orientierungslos. „Was, Naomi? Was ist passiert? Wo sind wir?"

Naomi erklärte mehr oder weniger einfühlsam: „Immer noch im Me and You Konzerngebäude. Du hast, wie auch immer, einen Stromausfall ausgelöst und dies betrifft nicht nur dieses Gebäude, sondern die gesamte Stadt."

Maxim warf gleich aufgeregt ein, wobei er überraschend von hinten dazustieß: „Alter, du hast die gesamte City lahmgelegt!"

Giro erschrak über dessen plötzliches Erscheinen und zuckte zusammen. „Oh, fuck Maxim! Erschreck mich doch nicht so!"

Maxim blieb locker. „Keine Angst, dein Herz kann was verkraften. Scheiße, das waren aber Tausende von Volt, die dich durch den Raum geschleudert haben. Dabei hast du alles lahmgelegt. Einfach alles! Sieh doch, kein Licht, nur noch Taschenlampen. Dafür stehen seitdem alle Türen offen. Jedoch gehen die Lifte nicht und das Gebäude ist unendlich hoch. Wir sind nun erst im 113. Stockwerk. Das endet nie! Ich und Naomi wandern schon seit über einer Stunde hier rum. Dabei müssen wir den anderen herumirrenden Leuten so gut es geht ausweichen. Das ist mühsam, besonders mit zwei Bewusstlosen im Schlepptau und der Tatsache, dass die uns suchen. Ich musste schon drei Sicherheitsleute k. o. schlagen. Einer hat uns sogar verraten, wo die Tester sind, also wo wir die anderen finden. Sie sind anscheinend im 8. Stock, Zimmer 812. Bis jetzt haben wir schon 50 Stockwerke überwunden."

Naomi klagte genervt: „73, um genau zu sein. Ich könnte kotzen. Es sollte verboten sein, solch hohe Häuser zu errichten. Das ist doch krank!"

Giro stimmt zu. „Ja, das ist es!"

„Meinst du, dass du aufstehen kannst? Dann müssen wir nur noch Admind schieben."

Giro musste nicht lange überlegen und antwortete etwas lahm: „Ich weiß nicht. Ich fühle mich noch ziemlich schlecht, denke ich. Kannst du mich nicht noch ein wenig schieben?"

Naomi nahm dies nicht gut auf und fragte verständnislos: „Dein Ernst gerade?"

Giro fühlte sich jedoch im Recht. „Hallo, ich habe gerade den gesamten Strom der Stadt abbekommen und das in Form eines explosiven Schlags, der mich durch die Luft an eine verdammte Hochsicherheitstür geschleudert hat und dies mit voller Wucht. Du schiebst mich jetzt noch ein Stück!"

Sie sah ihn nur verständnislos an, wobei sie sich umdrehte und weiterging, jedoch ohne ihn und das Bett, in dem er lag. Während Maxim an ihm vorbeiging und Admind in einem Rollstuhl vor sich herschob, sagte er nur fies grinsend: „War wieder mal der komplett falsche Spruch, Alter!"

Na klasse, dann steh ich halt auf. Warum hab ich bloß die Augen geöffnet, war doch so gemütlich in dem Bett? Aber gut, es ist wie immer und genießen oder relaxen gibt es nicht. Zumindest nicht in meinem Leben. Oh Mann, die Beine haben wenig Lust, das Gewicht zu tragen, und fügen sich ihrem Schicksal nur schmerzlich. Als er aufgestanden war und auf einmal merkte, dass ein Luftzug seine Waden strich, wurde ihm bewusst, dass er keine Hose trug. Na ja, außer Boxershorts, die bei näherer Betrachtung auch nicht ihm gehörten. Wo waren seine Jeans und die Unterhose hin? Egal, scheißen wir mal gekonnt drauf und folgen den anderen nach. Da, am Ende des langen, dunkeln Gangs standen sie und sahen durch die Glasfront nach draußen. Als er zu ihnen kam und hinaus in die pure Dunkelheit sah, waren sie sprachlos. Hinter der riesigen Fensterfront sah man nur Dunkelheit. Alle Lichter waren aus, keine Bahn fuhr mehr. Stillstand. War er das etwa tatsächlich gewesen? Hatte er dies ausgelöst? Noch während er da stand und sich diese Fragen stellte, sagte Maxim auf einmal: „Verflucht! Krass, oder? Außer dem Hospital ist alles dunkel. Kein Licht mehr. Einfach alles weg!"

Giro zweifelte noch. „Und ihr meint wirklich, dass ich das ausgelöst hab? Ich meine, das kann doch auch nur ein Zufall sein."

Naomi sah ihn verdutzt an. „Dies wäre ein ziemlich großer Zufall. Aber wer weiß das schon wirklich."

Maxim riet daraufhin: „Ja, Mann, das alles hier ist ziemlich schräg und ich denke, dass wir einfach weitergehen sollten, ohne zu lange über die Gründe nachzudenken. Denn ich habe immer mehr das Gefühl, dass wir sie so oder so nie verstehen werden."

„Klar doch!" Als Giro dann an sich herabsah und die fremden Boxershorts musterte, fragte er: „Wo sind eigentlich meine Jeans hin?"

Während Maxim mit Admind im Rollstuhl weiter in Richtung Treppenhaus ging, erklärte Naomi: „Während des Stromschlags ist dir ein kleines Missgeschick passiert. Dabei wurde deine Jeans ziemlich nass."

Giro war sichtlich fassungslos. „Ich hab mich voll gepisst, oder wie? So peinlich! Okay, und wessen Boxershorts trage ich gerade? Das sind nämlich nicht meine."

Naomi erklärte kurz und knapp, ohne zu sehr darauf einzugehen: „Sagen wir mal so, Maxim trägt keine mehr."

Giro sah sie angewidert an und sagte völlig entsetzt: „Was?! Das sind die Boxershorts von ihm? Nein, oder? Das ist ja echt eklig! Bäh!"

Naomi antwortete nur, scheinbar wenig bekümmert. „Na ja, besser als nichts! Sei doch froh!"

Dann lief auch sie einfach weiter, wobei er sichtlich angeekelt schien. Er hätte mal lieber nicht nachgehakt. Na, dann auf zum Treppenhaus mit einem, nun eher unangenehmen Jucken durch die fremde Boxershorts. Jetzt, da Giro wach war und auf seinen Beinen stand, kamen sie gleich viel schneller voran und überwanden die nächsten Stockwerke ziemlich problemlos. Sie trafen auf niemanden, und als sie im 17. Stock ankamen, ging das Licht wieder an und die Stromversorgung schien wieder zu funktionieren. Sie stellten sich keine Fragen mehr und liefen einfach weiter. Es war natürlich seltsam, dass sie niemand aufhielt und sie so stressfrei durchs Treppenhaus kamen. Aber was hätte es gebracht, sich die Frage zu stellen, wenn man schon mal vorankam nach einem harten Niederschlag. Auch wenn Giro einen echt üblen Stromschlag abbekommen hatte und dazu auch noch gezwungermaßen in den Boxershorts von Maxim rumrennen musste, lebte er trotz allem immer noch. Genauso wie seine Liebste Naomi. Doch was war mit seinem Bruder und befand er sich wirklich irgendwo im 8. Stockwerk in Zimmer 812? Er hoffte es, und dann nichts wie raus hier. Er hatte keine Lust mehr. Er hatte noch nie Lust auf die Bürde, die er trug. Gerade jetzt war er wieder mal an einem Punkt, wo ihn das Retten der Welt echt kein Stück mehr kratzte. Er wollte wieder mal nur eines, raus hier, und zwar gänzlich aus allem. Einfach Naomi und seinen Bruder schnappen und weg von dem irren Kontinent sowie seinen durchgedrehten Leuten. Doch wohin? Sie hatten kein Zuhause mehr, alles war weg außer einem, der Heimat selbst. Er wollte zurück in die Mongolei und dies schnellstmöglich. Doch ob er jemals seinen Kopf aus der ewig währenden Schlinge, die sich um seinen Hals zog, rausziehen konnte, war nun wohl immer mehr ein Wunschgedanke. Da endlich, im 8. Stockwerk angelangt und nun nur noch das Zimmer 812 finden. Doch als sie vor der Tür standen, war diese fest zu und man brauchte einmal mehr eine Schlüssel-karte. Maxim sagte, dass Giro die Sicherung anfassen solle, doch dieser weigerte sich strikt, auch nur in die Nähe des Dinges zu gehen. Noch während die beiden Männer heftigst diskutierten, öffnete sich die Tür von allein und dies, ohne Funken zu schlagen sowie einen kompletten Stromausfall auszulösen. Diesmal war es das Zutun Dritter, die die Tür von innen her öffneten, wobei die drei in die Läufe Dutzender von Halbautomatikwaffen sahen, da Caterina Delta sie schon mit einigen Männern erwartete. Sie wurden sauber abgepasst. Dies war schon fast vorhersehbar nach dem angenehm ruhigen Spaziergang durchs Treppenhaus. Caterina Delta sagte sofort zu den dreien, während sie vortrat: „Ihr habt mir aber lange gebraucht! Liegt wohl an dem un-erwarteten Stromausfall."

Maxim äußerte sichtlich genervt: „Na toll! Die schon wieder!"

Giro sagte nur: „Da siehst du mal! Genauso geht's mir mit Admind."

Naomi wies die beiden Männer überraschend grob zurecht. „Ach, seid doch still, ihr zwei Idioten! Frau Delta, was soll das hier? Sie spielen doch mit uns. Warum tun Sie das?"

Caterina Delta musterte Naomi und antwortete unerwartet vertraut. „Oh Naomi! Du bist deiner Mutter äußerst ähnlich. Weißt du das?"

Naomi, sichtlich betroffen, entgegnete hart und abweisend: „Da ich meine Mutter nicht kenne, kann ich dies auch nicht wissen. Aber eines weiß ich. Ich hätte niemals mein Kind sich selbst überlassen, wie sie es tat."

Caterina Delta meinte nur hochmütig: „Ich verstehe. Dann lass es dir von jemandem sagen, der sie gut kannte. Du siehst aus wie sie und du sprichst wie sie. Selbstbewusst und trotz allem voller Angst. Stella war auch so. Genau so. Aber weißt du was, am Ende hat sie alles verloren. Mache nicht dieselben Fehler!"

„Wie gesagt, ich kannte sie und ihre Fehler nicht. Also kann ich auch kaum dieselben begehen."

Caterina Delta fing überraschend an zu erklären, wobei sie scheinbar gekränkt meinte: „Okay, ich will nur, dass ihr eines versteht. Ich bin nicht der Feind, sondern lediglich ein Opfer wie ihr auch."

Maxim verschränkte die Arme und antwortete verärgert: „Komm, spar dir die, wir sind alle Opfer der ach so bösen Gesellschaft und müssen zusammenhalten. Scheiße! Der zieht hier nicht. Also wirklich!"

Giro stimmte dem zu. „Ja, Maxim hat recht. Für wen hältst du dich eigentlich, dass du uns als solche Dummköpfe hinstellst?"

Caterina Delta berichtigte sogleich. „Dummköpfe? Ich sehe in euch die einzige Hoffnung, um das schreckliche Ende abzuwenden, das uns bevorsteht. Wenn ich euch für Dummköpfe halten würde, dann hätte ich das Handtuch schon lange hingeworfen."

Giro konterte wütend. „Das haben Sie ja auch, und zwar, als Sie die Seiten wechselten, um für Salvo zu arbeiten. Kein normaler oder guter Mensch arbeitet für Salvo!"

Caterina Delta zitterte leicht und erwiderte aufgewühlt: „Außer er wird gezwungen! Salvo hat meinen Sohn. Er ist erst 6 Jahre alt und er setzt ihn gegen mich ein."

Maxim glaubte dies jedoch nicht und sagte grimmig: „Natürlich! Und Ihren nicht existenten Mann hat er wahrscheinlich auch. So eine schlechte Lüge! Von einer Bürotussi wie dir hätte ich wirklich mehr erwartet. Du enttäuschst mich, meine Liebe. Aber so was von!"

Caterina Delta musterte ihn hochmütig. „Ich staune wirklich! Dein Mund und deine Zunge sprechen schneller, als dein Verstand arbeitet! Deine Eltern waren wohl Artisten und Zigeuner. Wie auch immer. Ich habe nie die Seiten gewechselt. Zumindest nicht freiwillig. Also wenn ihr eure Freunde wiedersehen und hier rauskommen wollt, dann kann ich euch helfen. Jedoch müsst ihr mir zuerst helfen. Also was sagt ihr?"

Maxim antwortete sofort entschieden: „Nein!"

Giro fragte sie jedoch überraschenderweise: „Was müssen wir tun?"

Maxim sah ihn entsetzt und aufgebracht an. „Alter, spinnst du? Das kann nicht dein Ernst sein! Die legt uns doch nur rein!"

Caterina Delta warf sogleich ein. „Dein Freund denkt nur logisch. Denn ohne meine Hilfe steckt ihr schneller wieder in den Käfigen, als euch lieb ist, Zigeunerjunge!"

Giro fragte erneut, nun mit mehr Nachdruck: „Also was müssen wir tun? Spuck es schon aus!"

Caterina Delta wurde nun auf einmal vorsichtiger und meinte nur leise: „Das sollten wir nicht hier zwischen Tür und Angel besprechen, also tretet doch bitte ein!"

Sie betraten einen Raum, der für Meetings vorgesehen war und daher einen großen Tisch in der Mitte hatte, um den sie allesamt Platz nahmen. Caterina Delta begann. „Wie gesagt, Salvo hat meinen Sohn. Dies ist jedoch ein wenig kompliziert, da er auch der Sohn von Salvo ist. Jedoch kam dies nicht zustande, wie ihr denkt. Ich und Salvo hatten nie etwas Intimes miteinander."

Maxim machte sich sogleich lustig darüber und zog es ins Lächerliche. „Oje, die unbefleckte Empfängnis etwa? Und ihr wollt der Alten echt glauben?"

Giro sah ihn jedoch ernst an, wobei er klar festhielt: „Wir glauben gar nichts. Jedoch ist sie momentan die einzige offensichtliche Möglichkeit, hier irgendwie vollzählig rauszukommen."

Naomi fügte noch hinzu: „Und sie hat uns noch nicht zurück in die Käfige gesteckt."

Caterina Delta erklärte daraufhin: „Das hab ich auch nicht vor, außer ihr helft mir nicht, dann muss ich es gezwungenermaßen tun. Es ist ganz simpel, zwei von euch befreien meinen Sohn. Giro muss dazu ins Kellergeschoss im Gebäude gehen und dort den Schaltkreis umsetzen, wobei sich die Selbstzerstörung aktiviert. Danach kommt ihr in den 22. Stock, von wo aus ihr in einen Hubschrauber steigt. Eure Freunde werden auch darin sein. Dieser bringt euch weg von hier zu einem geheimen Lager der Phönixe."

Giro fragte neugierig: „Was soll das sein, Phönixe?"

Caterina Delta erklärte: „Ein alter Orden. Dieser ist nunmehr eine Gruppierung geworden. Deine Mutter und dein Vater waren Mitglieder. Genauso wie die Mutter von Naomi und ihrem Bruder Ruben. Auch die Eltern von dem Zigeunerjungen waren dabei. Ich bin natürlich auch ein Mitglied. Ach, und Admind, die liebe, ist auch eines. Der Orden hat etliche Mitglieder. Das Ziel ist die Vernichtung der Diktatur und die Errettung jedes einzelnen Menschen. Wir sind da, um die Forschung des Gens

B89 zu schützen und die Menschen vor den schrecklichen Plänen der skrupellosen Banditen zu schützen."

Maxim warf ein: „Klingt wie Robin Hood, oder?"

Giro stimmte dem zu, wobei er nachhakte. „Hat was! Aber gut, wie sollen die beiden deinen Sohn befreien?"

„Sie müssen in den 63. Stock hoch. Dort befindet sich ein Bereich, der für Notfälle ist. Dieser wird 24 Stunden bewacht und es befinden sich viele Kinder dort. Darunter auch mein Sohn. Er leidet an Autismus. Daher müsst ihr bedacht mit ihm umgehen."

Maxim blieb argwöhnisch. „Klingt doch ganz simpel. Warum holst du den Jungen nicht selbst dort raus? Warum brauchst du uns dazu?"

Caterina Delta erklärte ihm ohne Umschweife: „Salvo hat mir und allen seinen Mitarbeitern Chips verpasst. Damit sieht er jeden Schritt von uns. Doch euch sieht er nicht, da ich euch keine Chips verpasst habe, obwohl er dies eigentlich wollte. Ihr habt bestimmt die Kaninchen gesehen, die mit in dem Raum mit den Käfigen standen. Sie tragen eure Chips, wobei Salvo denkt, dass ihr noch immer brav in den Käfigen sitzt. Ich wusste, ihr würdet einen Weg finden, euch zu befreien."

Giro fragte daraufhin: „Okay, und was soll ich im Keller genau machen?"

„Dasselbe, das du mit dem Kartenlesegerät getan hast. Im Untergeschoss befindet sich ein riesiger Nuklearumkehrpoller. Diesen musst du kurzschließen, wobei es unweigerlich zu einer zeitverzögerten Explosion kommen wird. Nachdem du diese ausgelöst hast, bleiben exakt 13.5 Minuten, um den Komplex zu verlassen, bevor er hochgeht."

Giro verschränkte ernüchtert die Arme und meinte ironisch: „Nur dumm, dass ich keine Ahnung habe, wie ich dies gemacht habe. Also wird das wohl eher nichts mit dem Nukleardings."

Caterina Delta stand entschlossen auf. „Doch, du musst es tun! Me and You muss fallen! Sie müssen alle fallen! Ich werde Admind wecken und sie wird dich begleiten. Sie kann dir helfen, ihr müsst euch einfach in das 26. UG begeben. Ich gebe euch Schlüsselkarten, dann kommt ihr überall rein."

Maxim war sichtlich unzufrieden und forderte: „Ich will eine Knarre! Ich möchte mich schließlich schützen."

Giro schloss sich sogleich an und klagte: „Ich will nicht mit Admind losziehen. Ich hasse sie schließlich!"

Caterina Delta schüttelte verständnislos den Kopf, bevor sie strikt antwortete: „Es interessiert mich nicht, was ihr wollt. Ich hab euch die Fakten mitgeteilt und anders kommt ihr hier nicht raus. Es ist eure Entscheidung."

Naomi willigte überraschend ein. „Wir machen es."

Giro wollte sogleich widersprechen. „Aber ich …"

Naomi unterbrach ihn. „Reiß dich zusammen! Es geht hier nicht nur um dich, sondern auch um deinen Bruder. Also tu es wenigstens für ihn."

Giro sah sie genervt an. „Ist ja gut! Ich tu es für uns alle. Aber es kostet mich trotz allem eine Menge Überwindung. Dazu kommt, dass ich wenigstens eine anständige Hose will. Also wie sieht's aus, Caterina?"

Diese war überraschend entgegenkommend. „Von mir aus. Charles, gib ihm deine Hose!"

Charles schien sichtlich verwirrt, fragte jedoch trotz allem höflich: „Aber Madam, ich kann ihm doch nicht meine einzige Hose geben? Ich bitte Sie!"

Caterina Delta meinte nur: „Doch, das kannst du und wirst du auch. Also hab dich nicht so!"

Giro sagte beinahe erfreut: „Du hast sie gehört, her mit der Hose! Ist das Armani? Sieht gut aus!"

Charles zog wenig begeistert die Hose aus. „Ja, das ist Armani. Wollen Sie vielleicht auch noch mein Hemd dazu?"

Da musterte ihn Giro wie eine Schaufensterpuppe, wobei er selbstsicher sagte: „Nein, ich denke, die Hose reicht schon. Wir wollen ja nicht einen falschen Eindruck erwecken."

Charles blieb förmlich. „Ja Sir, ich verstehe."

Kapitel 20

Selbstkontrolle kann man lernen

So begann der Aufstand, wenn auch nur im Geheimen. Während Giro und Admind die Aufgabe hatten, den Konzern in die Luft zu jagen, mussten Naomi und Maxim den Jungen suchen. Konnte das gut gehen? Es musste, und wenn nicht, dann wären sie wahrscheinlich so oder so verloren. Giro ließ Naomi nur ungern allein mit Maxim losziehen. Bis jetzt war jedes Mal, wenn er sie allein ließ, was schiefgegangen. Doch er hatte keine Wahl, da nur Admind ihm helfen konnte mit dem Nukleardings. Dazu kam, dass es sicherer schien, wenn Naomi nicht in der Nähe der Explosionsquelle sein würde. Es reichte ja schon, dass er selbst nur knapp 13 Minuten Zeit hatte, um in den 22. Stock zu gelangen, bevor nach Aussage von Caterina alles dem Erdboden gleichgemacht würde. Dabei durfte er nicht an die Tatsache denken, dass er es höchst wahrscheinlich nicht schaffen würde, vom 30. UG bis in den 22. Stock zu gelangen in dieser kurzen Zeitspanne. Aber falls er draufgehen würde, dann auch Salvo und all die Arschlöcher von Me and You. Das war das Risiko doch wert, oder? Egal, er musste es tun und dies auch noch in Armani Hosen. Diese waren echt bequem, jedoch viel zu eng und, na ja, man sah zu viel für seinen Geschmack. Der Arsch wurde regelrecht von der Hose eingerahmt. Kein cooles Gefühl. Egal, weiter geht's. Scheiß auf die Klamotten. Am Ende sehen sie eh alle immer gleich geschändet aus, also was soll's.

Der Untergrund und sein Geheimnis.

Als Admind wieder zu sich kam und die drei sah, war sie sichtlich erstaunt, wobei Giro gleich den Raum verließ. Nur weil er mit ihr die Bude hochjagen sollte, musste er nicht zwingend mit ihr kommunizieren, oder? Er wollte sie ignorieren, so gut es nur ging, denn sie löste extreme Hassgefühle in ihm aus. Nach 5 Minuten trat auf einmal Naomi zu ihm auf den Gang, wobei sie ihn nur mit leerem Blick ansah. Er fühlte sich dadurch ein wenig frustriert. „Das scheint kein Ende zu nehmen. Ich meine, sieh dir an, wo wir nun stehen. Wie weit soll das alles noch gehen?"

„Keine Ahnung. Jedoch ist es wichtiger als je zuvor, dass wir kämpfen und nicht klein beigeben. Ich weiß nicht, warum, aber ich habe immer mehr das Gefühl, dass wir die richtige Richtung einschlagen, wenn auch mehr oder weniger planlos. Klingt seltsam, oder?"

„Na ja, da hier so ziemlich alles seltsam ist, passt es doch. Ich hoffe, du hast recht und wir finden irgendwann raus aus dem schrecklichen Labyrinth."

„Und wenn nicht, dann leben wir halt zusammen darin. Wir werden schon eine Lösung finden oder die Lösung findet uns, wie auch immer."

„Ist vielleicht nicht gerade der perfekte Augenblick dafür, aber ich will dich was fragen. Ich meine, es könnte ja sein, dass ich sterbe bei dem Versuch, das Nukleardings zu aktivieren. Also lieber jetzt fragen, bevor es zu spät ist."

Dabei sah er sie gespannt an, woraufhin sie ihn verdutzt ansah. Was wollte er sie in dieser Situation bloß fragen? Doch dann sagte er zu ihr mit ernstem Blick: „Naomi, ich liebe dich über alles und du bist mein Herz. Also bitte sag mir, wer war dein Erster?"

Naomi war perplex. „Dein Ernst?! Du bist unglaublich! Ich hoffe, das Nukleardings verpasst dir noch einen Stromschlag, du Penner. Also wirklich, Idiot!"

Im gleichen Augenblick öffnete sich die Tür und Maxim trat aus dem Raum, wobei er sagte: „Also gut, wir sollten los. Wir funken dich an, wenn wir den Jungen haben, und du stellst dann das Teil scharf. Wir haben jetzt echt keine Zeit für euer Turteltaubenzeugs, also los! Das könnt ihr auch noch danach in Ruhe klären."

Naomi sagte: „Wir müssen nichts klären! Alles gut, lass uns gehen!"

Dann lief sie einfach davon und dies, ohne ihm auch nur einen Blick zu schenken. Oh Mann, warum waren Frauen nur immer so kompliziert? Als würde man ein Puzzle mit 1.000.000 Teilen vor sich liegen haben und davon passte einfach keines auch nur ein

Stück in das andere. So mühsam, aber auch so verdammt scharf und teilweise unwiderstehlich. Einfach gemein – und trotz allem will man es haben. Aber verstehen oder auch nur begreifen – keine Chance. Das war wie mit der Büchse der Pandora. Jeder wollte sie, aber keiner wusste wirklich, was das Ding nun beinhaltete. Genauso ging es ihm mit Naomi. Manchmal dachte er, dass er sie besser als jeden sonst kennen würde, und dann überraschte sie ihn wieder. Was nicht immer freudig war, sondern meist niederschmetternd. Aber trotz allem wollte er sie mehr als alles andere auf dieser Welt. Verrückt, oder? Aber so war es nun mal.

Als die beiden schließlich im Aufzug verschwanden und dann auch noch Admind zu ihm auf den Gang heraus trat, sah er diese nur genervt an, wobei sie gleich sagte: „Das wird ein hartes Stück Arbeit!"

Noch während er loslief, meinte er angepisst: „Mit dir an der Backe ist alles Schwerstarbeit."

Also betraten die beiden schweigend den Lift und fuhren direkt in das 29. UG runter. Dies war mit der Schlüsselkarte kein Problem. Dumme Fahrstuhlmusik und die Präsenz von Admind, wenn auch nur schweigend, in Giro fing es wieder leicht zu brodeln an. Ah, wie lange denn noch? Fahr schneller, du Scheißding. Ätzend, so ein Dreck, und wenn der Lift stehen bleibt, wird's noch schlimmer. Wann endet der Scheiß endlich? Ich mag nicht mehr. Diese Gedanken plagten ihn und natürlich der Gedanke an Naomi.

29. UG. Endlich öffnete sich die Fahrstuhltür und da waren sie nun in der vollkommenen Tiefe, umgeben von plastisch weiß wirkenden Wänden. Von der niedrigen Decke strahlte grelles Licht auf den widerspiegelnden Boden. Die Höhe der Decke betrug nicht mal 170 cm. Während die kleine Admind noch gerade gehen konnte, ohne sich den Kopf zu stoßen, musste Giro in ziemlich geduckter Haltung vorangehen. Am Ende des schmalen Ganges befand sich eine kleine Treppe mit vier Stufen. Danach folgte eine schwere, große Stahltür. Also gut, einmal die Schlüsselkarte gezückt und durch das Kartenlesegerät gezogen. Sesam öffne dich oder so. Und – wow, was ist das? Diese Frage ging

sogleich durch seinen Kopf, als er verdutzt in die riesige Halle starrte. Während Admind ohne ein Wort zu einem Knopf an der plastisch weißen Wand spazierte, sah er sich sprachlos die riesige Halle an, in die er nun eintrat. Weiß und die Wände waren unendlich hoch. Minimum 20 Meter oder sogar mehr. In der Mitte der runden Halle befand sich eine riesige Maschine. Diese war kapselförmig und etwa 15 Meter hoch sowie breit. Um das seltsame Maschinenteil war eine dicke Glaswand gezogen. Diese umschloss dieses Teil gänzlich und zog sich rundherum bis zur Decke hoch. Es war dort eingeschlossen, wobei etliche Warnschilder an der Außenseite befestigt waren. Noch während er alles verwundert ansah, drückte Admind auf den Knopf, wobei sich lediglich ein Wandfach öffnete. Sie zog daraufhin einen weißen Schutzanzug aus dem Fach und fing sogleich an, ihn überzuziehen. Als Giro ihr dabei zusah, sagte er auf einmal: „Krieg ich auch so ein Schutzding?"

„Nein, du brauchst keines. Okay, hör zu, ich öffne die Glaskapsel, sobald sie uns anfunken, und du trittst ein. Da sie sich nach 60 Sekunden von selbst wieder schließt, musst du dich beeilen."

„Wow, immer langsam! Und dann? Was tu ich da drin?"

„Du gibst einfach deine Energie an die Konsole ab und diese wird dadurch überlastet."

„Halt, ich weiß nicht, von was für einer Energie du sprichst!"

Admind erklärte: „Na, die Energie in deinem Kreislauf. Du kannst diese bündeln und dann weitergeben."

„Nein, echt keine Ahnung, von was du wieder sprichst. Du bist doch so was von bekloppt!"

„Ich kann deinen Grimm gegen mich gut verstehen. Jedoch musst du mir nun einfach einmal mehr vertrauen und kommst wohl nicht dran vorbei. Hör zu, du kannst deine Fähigkeiten zwar nicht ganz steuern. Aber du kannst sie alle beeinflussen. Du musst nur deine Mitte finden und dann kannst du auch die anderen Wege einschlagen. Ich sehe, dass ihr die Blue-Moon-Light-Extrakt-Lösung angewandt habt. Durch diese wurde nun jegliche Barriere entfernt und das Gen B89 kann sich ganz entfalten."

„Meine Mitte? Ah, ich hab doch keine Ahnung!"

„Ach Giro, höre auf dein Inneres und dann wirst du sehen. Am Ende bist du der Einzige, der weiß, wie er dies zu kontrollieren hat. Lass dir nur Zeit und sag Bescheid, wenn du bereit bist. Bereite dich ruhig noch vor. Das ist dein Recht."

Zeit! Hatte er die wirklich? Egal, er schloss die Augen und versuchte, in sich zu gehen. Da ist nichts außer Dunkelheit in mir, dachte er. Was tu ich hier bloß? Ich sprenge einen Konzern in die Luft und töte Tausende von Menschen. Wie hatte ihn einst der Bulle Ken Zong in Hongkong genannt – einen Terroristen. Na ja, damals war er kein Terrorist, doch jetzt? Es war, als würde der Bulle direkt auf seiner Schulter hocken und ihm immer wieder diese Worte zuwerfen. Auch wenn er es tatsächlich zustande bringen würde, seine Energie zu bündeln oder wie auch immer das ablaufen sollte, würde er es übers Herz bringen, so etwas damit zu tun? Naomi und Maxim retteten gerade einen Jungen aus einem der Stockwerke, wobei Caterina deutlich gesagt hatte, dieses Stockwerk sei voll mit kranken Kindern. Da öffnete er abrupt seine Augen und sagte selbstsicher zu Admind: „Das tu ich nicht! Nein, das ist falsch!"

„Wie bitte? Giro, das muss sein!"

„Nein, das muss nicht sein! So was kann ich nicht machen."

„Doch, du bist der Einzige, der es kann."

„Selbst wenn! Ich werde dies nicht tun. Auch wenn dies heißt, dass Salvo davonkommt. So werde ich ihn nicht töten. Es würden zu viele Unschuldige sterben. Das ist es nicht wert. Es muss anders gehen. Aber nicht so. Ich bin schließlich kein Terrorist!"

„Giro, der Krieg fordert nun mal Opfer."

„Ich führe aber keinen Krieg. Ich will, dass der Krieg endet. Dabei will ich keine Unschuldigen töten. Es reicht, wenn Salvo und die anderen dies zur Genüge tun."

„Sie werden dich töten, Giro! Es gibt keinen anderen Ausweg als diesen!"

„Doch, vielleicht gibt es den. Jedoch brauche ich deine Hilfe dafür. Also Admind, was meinst du?"

„Ich wollte nie etwas anderes, als dir helfen."

„Na gut, dann kannst du das ja gleich beweisen, denn du wirst Caterina anlügen, und zwar, was die Scharfstellung betrifft. Du sagst ihr, dass ich das Ding scharf gestellt habe, und dann manipulierst du die Anzeige dort. Ich weiß, dass du das kannst. Ich will sichergehen, dass Naomi und die anderen in den Helikopter kommen. Dann suche ich Salvo und schlitz ihn auf oder schieß ihn über den Haufen, wie auch immer. Ist doch ein ziemlich guter Plan, oder?"

„Simpel trifft es wohl eher. Aber gut, wenn du dies für die bessere Variante hältst, werden wir dies so machen."

„Ich halte sie schlicht für die humanere, als gleich alle mit in den Tod zu reißen. Eines noch Admind: Weißt du, wo Salvo sein könnte?"

„Nein. Aber wenn du mir zwei Sekunden gibst, dann sehe ich nach. Die sind schließlich alle mit einem Mikrochip versehen, also kein Problem."

„Was, auch Salvo?"

„Nein. Aber Denis, sein Assistent, hat einen und dieser Lakai befindet sich stets an der Seite von Salvo. – Ah, da ich hab ihn. Er ist momentan in der 162. Etage, wo sich meines Wissens auch sein Büro befindet. Also denke ich, dass er dort sein wird."

Da – im selben Moment der Funkspruch von Maxim, sie hätten den Jungen und seien auf dem Weg in die 22. Etage. Okay, dann legen wir mal los. Admind türkte den Stand des Messgerätes über den Strahlungswert, um Caterina zu täuschen. Dann begaben sie sich in den Lift, um auch in die 22. Etage zu gelangen. Als sie endlich dort ankamen, war auch schon der Helikopter dort und schwebte vor der zerbrochenen Fensterfront des Gebäudes. Während sie noch im Aufzug steckten, hörten sie das laute und bebende Zerbersten des Glases durch Dutzende Kugeln, die die Scheiben wie nichts durchbrachen. Als sie den Aufzug verlassen hatten, sah er sofort Naomi, wie sie dort mit Maxim, der den Jungen im Arm hielt, stand. Maxim bestieg gerade den Helikopter, wobei er den Jungen zuerst nach oben streckte. Es war alles so irreal. Als ob er in einer noch verrückteren Welt stecke als bereits gedacht. Da sah auch Naomi zu ihm, und als sie ihn erblickte, winkte sie ihm hektisch zu, wobei er wie angewurzelt dastand. Admind war schon bei ihr und bestieg auch den Helikopter. Erst da ging er in Richtung Naomi, denn er wusste, sie würde nur einsteigen, wenn sie dachte, dass er auch kommen würde. Doch das konnte er nicht, denn er musste Salvo ausschalten. Aber noch während er auf sie zuging, ein Schuss. Er spürte, wie die Kugel durch seinen Unterarm schoss und dann direkt Naomi in den Bauch traf. Sie fiel sogleich zu Boden. Was? Er konnte es nicht fassen. Noch während er zu ihr eilte, um sie in den Armen zu halten, flog der Helikopter davon. Da riefen auch die anderen, die in dem Helikopter saßen, darunter auch sein Bruder ihm etwas zu. Doch er hatte keinen Kopf dafür, alles war ausgeblendet außer ihr. Naomi – nein – nicht sterben! Nicht sterben! Bitte nicht! Dies war sein einziger Gedanke. Doch dann die Stimme von Salvo, der mit einem widerlichen Lachen sagte: „Dacht ich's mir doch, dass dich das davon abhalten würde, in den Helikopter zu steigen. Das ist schon was mit der Liebe! Aber weißt du was? Ohne sie ist man besser dran! Sie raubt einem nämlich die Freiheit. Und dazu kommt …"

„Ach spar es dir! Es interessiert mich nicht, was du von dir gibst. Du hättest dir das hier sparen können, denn ich wollte gar nicht gehen."

„Ach, wolltest du nicht? Was war denn sonst dein Begehren, wenn nicht die Flucht?"

„Ich wollte zu dir! Aber nun bist du hier, also umso besser für mich."

Dabei stand Giro auf und hielt immer noch Naomi in seinem Arm. Er hielt sie so fest er konnte. Als er den kalten, steifen Salvo dort so ansah, wie er mit seinem Revolver auf ihn zielte, war auf einmal alles klar für ihn. Er hatte seine Mitte gefunden und dabei auch seine Stärken erkannt. Es war, als ob ein Schalter in seinem Gehirn umgelegt würde, wobei er nun einfach wusste, was er konnte. Da – sein Auge wurde blau und dann war alles leicht. Unter seinen Füßen die tausend Glassplitter der Scheiben. Er fuhr sacht mit dem rechten Fuß über die Splitter, während Salvo großspurig meinte: „Bist du etwa wütend wegen der kleinen

Schlampe? Ich kauf dir einfach eine neue und dann sieht die Welt wieder gut aus. Nein, jetzt mal im Ernst, du kommst jetzt brav zurück in deinen Käfig, denn du bist schließlich wichtig für die geplante Übernahme."

Doch Giro hörte dem Geschwafel nicht zu, er war gänzlich woanders. Irgendetwas geschah gerade in ihm. Und zwar in seinem Kreislauf. Es fühlte sich an wie tausend kleine Explosionen. Er spürte alles, aber auf eine andere Art und Weise. Nun kontrollierte er es und nicht es kontrollierte ihn. Er nahm Energien wahr. Und das von allen Seiten. Jedoch schienen sie allesamt kontrollierbar. Er spürte den Aufzug. Na ja, zumindest dessen Stromversorgung und Metall. Da gingen plötzlich alle Aufzugstüren auf, wobei Salvo, der genau dazwischen stand mit seinen Männern, echt dumm aus der Wäsche schaute. Während sie überrascht die Aufzüge ansahen, spürte Giro das Metall in den Glassplittern. Er wusste nicht, warum, aber er spürte es, als er mit dem Fuß darüberfuhr. Als Salvo sich wieder zu ihm umdrehte, warf Giro eine Scherbe, die er aufgehoben hatte, wobei er Naomi immer noch fest mit seinem anderen Arm hielt. Die Scherbe hatte sich zuvor tief in seine Hand eingeschnitten und war daher auch voll mit seinem Blut. Salvo, der sah, dass da etwas geflogen kam, hob sogleich den Arm, um damit sein Gesicht zu schützen. Der Glassplitter steckte deshalb tief in seinem Unterarm. Er sah sehr erbost aus und eröffnete sogleich das Feuer. Doch dieses konnte Giro nicht treffen, da er sich einfach fallen ließ. Er stand an der Kante und hinter ihm war nichts außer der Tiefe. Egal, er hatte keine Angst, denn er kontrollierte es und nicht umgekehrt. Während er die 22 Stockwerke in rasanter Geschwindigkeit auf direktem Luftweg passierte, schloss er Naomi fest in seine Arme und dann folgte schließlich der gewaltige Aufprall, wobei er einen ziemlichen Krater in den Asphalt riss. Giro hatte eine Art Luftkissen während des Falls aufgebaut, wobei die ganze Luft einen harten Schutzwall unter ihm gebildet hatte. Dieser hatte so ein Gewicht, dass er einen Krater in die Straße gerissen hatte. In diesem lag er nun und auf ihm seine Liebste. Er hatte sich das Rückgrat gebrochen und das Genick zertrümmert, ganz abgesehen von all seinen anderen Knochen. Es wäre leichter zu sagen, was nicht gebrochen oder gänzlich geprellt war. Doch nun wusste er, wie es ging, und da – sein Auge wurde grün. Man konnte förmlich zusehen, wie die Schrammen und Wunden abheilten und dies in einem unwahrscheinlichen Tempo. Da setzte er sich auf, Naomi immer noch fest im Arm, wobei diese ihre Augen auf einmal langsam öffnete. Er sah, dass die Wunde in ihrem Bauch schon am Verheilen war. Das Gen B89 schien noch immer seine Wirkung bei ihr zu zeigen. Doch bevor er weiterdenken konnte, sagte sie mit heiserer Stimme zu ihm: „Die Kugel hat echt wehgetan."

„Der Aufprall auch. Aber wir leben", antwortete Giro.

„Tun wir das?"

„Tun wir. Und jetzt gehen wir."

„Wohin?"

„Keine Ahnung. Aber weg von hier. Ich trag dich auch."

„Danke."

„Wofür? Nur wegen mir sind wir doch in der Scheiße. Also danke mir lieber nicht."

„Du hast es nicht getan. Den Konzern gesprengt, meine ich. Das war richtig. Und eine mutige Entscheidung."

„Da bist du wohl die Einzige, die dies so sieht, denn nun können sie weiter ihre kranken Pläne verfolgen. Als ob die das Ableben von Salvo kratzen würde. Die ersetzen den einfach."

„Egal, was die meisten denken. Es war richtig so."

Als er mit ihr auf dem Arm aus dem Krater stieg, sahen sie Dutzende geschockter Menschen. „Das war es wohl. Aber nun sollten wir sehen, dass wir weg von hier kommen. Unsere Landung war wohl doch ein wenig auffällig."

Dabei lief Giro auf einen der breiten Gehwege, wobei ihn, mit seiner Liebsten auf dem Arm, alle anstarrten. Aber egal, einfach weiter, dachte er. Da ertönte auf einmal wieder die Stimme von Naomi. „Ich liebe dich."

„Ich liebe dich auch."

„Du warst es schon immer."

„War ich das?"

Naomi versicherte: „Mein Erster und Bester."

„Ich wusste es! Aber warum hast du vorhin so einen Unfug erzählt?"

„Das machst du und Maxim doch auch andauernd. Ich passe mich nur an."

„Na, dann bin ich ja froh. Das heißt, du wirst nur langsam bescheuert wie wir und bist daher nicht gänzlich verrückt."

Da kam ein sanfter, jedoch beherzter Schlag auf seine Schulter mit einem seltsamen Blick dazu. Doch dabei auch ein feines Lächeln und das Strahlen in ihren Augen, das er so liebte, wenn auch nur versteckt. Es war so viel geschehen und sie hatten alle anderen verloren. Denn sie wussten schließlich nicht, wo dieser Helikopter sie hingebracht hatte. Na ja, zu den Phönixen, hieß es. Doch was oder wer waren die? Keine Ahnung, sie hatten beide noch nie davon gehört. Also zuerst zurück zum Bus auf dem Parkplatz und schnell mitgenommen, was man so brauchte, bevor sie loszogen. Dies war nicht viel, Wasser, Springmesser, Zigaretten. Es wäre zu auffällig gewesen, mit dem Bus umherzuziehen, also mussten sie ihn zurücklassen.

—ↄ Kapitel 21 ↄ—
Die Phönixe finden dich

Da liefen sie nun planlos durch New York. Sie sahen beide ziemlich mitgenommen aus und dies nicht nur, weil ihre Klamotten nur noch aus schmutzigen Fetzen bestanden. Sie ähnelten zwei stinkenden Pennern, die gerade aus der Gosse kamen, wenn auch in Armani Hosen und Esprit Shirt. So, wie sie aussahen, fühlten sie sich auch – am Ende. Doch sie würden nicht aufgeben, niemals. Während sie da so liefen und dabei an einem der Dutzenden von Hotdog-Ständen vorbeigingen, blieb Giro stehen. „Ich hab echt Hunger!"

„Hast du? Aber wir haben kein Geld, schon vergessen? Also komm, lass uns weitergehen!"

„Du hast keine Ahnung, wie hungrig ich bin! Ich muss was essen, okay? Sonst sterbe ich."

„Na klar. Nach all dem, was du überlebt hast, tötet dich am Ende der Hunger, oder wie? Nein, ich denke nicht. Also komm schon!"

Dabei lief sie weiter und sah ihn nur müde an. Es war Nachmittag und brütend heiß, etwa um die 40 °C. Sie mochte nicht mehr und wollte nur noch in den Schatten, egal wo. Während sie Giro den Rücken zuwandte, sah er sich den Stand an. Da der Verkäufer gerade zwei Hotdogs auf den Tresen legte, um das Geld des Kunden zu kassieren, überlegte er nicht lange. Er schnappte sich die beiden Hotdogs, und während ihn alle entsetzt ansahen, wobei sie nicht gleich begriffen, was Sache war, rief er nur davonrennend: „Danke sehr!"

Der Hotdog-Verkäufer sowie der Kunde schrien ihm entsetzt nach, wobei er Naomi am Arm packte und mit ihr weiterrannte. Diese war auch gänzlich verwirrt, doch sie lief brav mit. Nachdem sie sich in einer kleinen Gasse wieder in Sicherheit befanden, hielt er endlich an und beide mussten zuerst Luft holen. Dabei sagte Naomi ziemlich genervt von seiner Aktion: „Was sollte das wieder? Bist du vollkommen verrückt?"

„Ja, und verdammt hungrig dazu! Hier, nimm auch einen! Es wird dir guttun, was zu essen."

Zuerst sah sie sich den Hotdog nur an, wobei sie eigentlich schon ziemlich hungrig war. Na ja, wann hatte sie das letzte Mal was gegessen? Vor zwei Tagen oder so. Sie wusste es nicht mal mehr. Also gut, dann nehm ich das labbrige Teil halt, besser als nichts, dachte sie, während sie nach dem weichen Hotdog in seiner Hand griff, um ein Mal herzhaft reinzubeißen. Dies brachte ihn zum Lachen und er meinte mit halb vollem Mund: „Na siehst du, schon kriegst du wieder ein wenig Farbe im Gesicht. Und hat doch ziemlich Spaß gemacht wegzurennen! Ich meine, war schon fast normal."

„Klar doch, Hotdogs stehlen ist normal wie die Zeitung am Morgen. Aber weißt du was, die Dinger schmecken so fad, dass man einem schon fast dafür bezahlen muss, sie zu essen."

„Ja, kommt Hundefutter ziemlich nahe, der Geschmack des Würstchens oder was das schrumpelige Teil da in dem labbrigen Brötchen sein soll. So stell ich mir einen Hundepenis vor."

Erst ein ziemlich angewiderter Blick von Naomi, dann jedoch ein Lachen, wobei sie weiter den widerlichen Hotdog aß. Nach dem Diner folgte das Gespräch, denn sie hatten beide keine Ahnung, was sie nun tun sollten. Wohin sollten sie gehen? Wie konnten sie Sunny und die anderen wieder finden? Sie mussten sich etwas überlegen. Dazu kam, dass sie kein Geld hatten und wieder mal völlig blank in einem fremden Land festsaßen. Und dies wirklich weit weg von zu Hause. Üble Aussichten, jedoch nicht aussichtslos. Da saßen sie nun auf einer Treppe in einer kleinen Stinkgasse und waren wie so oft planlos. Da Giro im Bus eine Packung Zigaretten gefunden hatte, zündete er sich nun eine davon an. Dabei sagte Naomi gleich ziemlich angewidert: „Bei dieser Hitze rauchst du? Das ist doch eklig!"

„Rauchen ist immer eklig. Zigaretten helfen einem jedoch, eklige Dinge dabei zu verdrängen. Na ja, genauso wie schöne Dinge."

Da sah sie ihn wieder mal äußerst verführerisch an, wobei sie ihm die Zigarette aus der Hand stahl und sinnlich an ihr zog, bevor sie meinte: „Dann lass uns doch lieber schöne Dinge tun."

Sie ließ die Kippe fallen und küsste ihn leidenschaftlich. Die Gasse war zwar ziemlich schmutzig und roch übel, jedoch der Sex war wieder mal superheiß. Dies war auch etwas, das er sehr an ihr liebte, diese Spontaneität. Auch wenn sie manchmal dazu führte, dass er sie nicht verstand, führte sie genauso oft zu den eher speziellen und sehr sinnlichen Momenten, die er äußerst genoss. Diese sollten jedoch nur kurz anhalten, da sie leider unterbrochen wurden und dies sehr unangenehm. Sie waren echt voll bei der Sache gewesen. Naomi lehnte gegen die schmutzige Wand und er war ganz woanders. Doch auf einmal erblickte sie etwas, als sie ihre Augen öffnete und über seine Schulter blickte. Da standen zwei Pferde und auf ihnen saßen zwei Polizisten. Sie sahen äußerst streng auf die beiden, wobei Giro gar nichts mitbekam, da er mit seinen Gedanken weit weg weilte. Als Naomi jedoch die beiden Polizisten erblickte, rief sie schockiert Giro zu: „Hör auf damit!"

Oh Mann, war das mal wieder alles peinlich. Zumindest für Naomi war es äußerst unangenehm. Giro schien mehr genervt als peinlich berührt. Da sagte der eine Polizist, nachdem sie von ihren Pferden gestiegen waren: „Das, was Sie hier gerade gemacht haben, verstößt gegen unsere Gesetze. Ich muss Sie bitten, mit auf die Polizeiwache zu kommen. Madam, sind Sie minderjährig oder gehen Sie der Prostitution nach?"

Naomi fragte verdutzt: „Was?"

Giro antwortete genervt für sie: „Sie ist keines von beidem! Was soll das hier überhaupt werden? Wir hatten nur Spaß! Es ist heiß und hier ist doch niemand! Ach kommen Sie schon!"

Der andere Polizist zeigte mit dem Finger auf einen Karton, aus dem zwei schmutzige Füße herausstanden. „Und Herr Erikson? Er lebt hier in dem Karton und musste alles mit anhören. Oder ist er etwa niemand für Sie! Sie in Ihren Armani Hosen und mit Ihrer Prostituierten fühlen sich wohl ganz groß, oder?"

Doch Giro musterte ihn nur. Was hatten diese Polizisten alle, dass sie so viel Müll von sich gaben? Unglaublich, wie beschränkt die alle waren. Ziemlich ironisch meinte er: „Da Mister Erikson anscheinend obdachlos ist, scheint es mir fast schon eine gute Tat, ihm ein wenig Unterhaltung zu verschaffen. Ich meine, andere zahlen dafür, wie Sie bereits erwähnten."

Da auf einmal die Stimme des Penners, der leicht keuchend sagte: „Die Nummer vor euch beiden war besser. Ihr solltet noch ein wenig üben. Aber dann könnt ihr gerne mal wieder kommen."

Giro sagte gleich: „Sehen Sie! Wir waren heute noch nicht mal die Ersten, die es hier getrieben haben."

Der Polizist hielt fest: „Sie räumen also ein, dass Sie an einem öffentlichen Platz Unzucht mit einer Prostituierten getrieben haben."

Giro antwortete entsetzt: „Was?! Nein, das tu ich bestimmt nicht."

Der Polizist musterte ihn streng, wobei er grob fortfuhr: „Hörte sich aber beinahe danach an. Wir müssen jetzt Ihre Personalien aufnehmen und dann kommt ihr in eine nette Zelle. Natürlich getrennt voneinander, damit die Anziehungskraft euch nicht wieder einfach so zusammenfügt. Man weiß ja nie. Also eure Ausweise!"

Dabei streckte der Polizist ihm die Handfläche entgegen. Giro sah zu Naomi, wobei klar war, dass er keine Ausweise zücken würde. Dann der Griff in die Hosentasche, wobei die Polizisten die eine Hand stets am Griff ihrer Knarre hatten. Doch Giro zog nur eine Serviette aus seiner Hosentasche. Sie stammte noch vom Hotdog von vorhin, wobei sie voll mit Ketchup war. Die beiden Polizisten sahen verdutzt auf das Papier. Auch Naomi sah verwundert hin. Doch dann zog der eine Polizist seine Knarre und fragte: „Ist das Blut? Sofort auf den Boden, Hände über den Kopf und Beine auseinander!"

Dabei hielt er hektisch seine Waffe auf Giro. Da – Blau und alles war auf einmal leicht. Waffe her, du Idiot. Dies dachte er, während er sich gekonnt die Waffe aneignete. Der andere Polizist reagierte sofort und feuerte mit einer Taser Knarre auf ihn. Als ihn der Taser traf und er den endlosen Stromstoß abbekam, fühlte er nichts außer einem angenehmen zusätzlichen Antrieb. Dabei ging auf einmal alles ganz schnell und er versorgte die beiden Polizisten sauber in einer der großen Tonnen.

Naomi sah nur sprachlos zu, wie er dies in Sekunden durchzog, ohne Anstrengung. Dabei hatte er niemanden umgelegt, dafür alles weggeräumt und dies schneller als menschenmöglich. Es sah aus, als hätte man vorgespult. War er etwa echt so anders? Egal, sie setzten sich auf die Pferde und ritten los. Wie unglaublich war das! Sie kamen aus der Mongolei und ritten nun durch New York City. Was für ein Abenteuer! Es fühlte sich unglaublich an und sie wollten nie mehr haltmachen. Nach einer Weile stieg Giro ab. Naomi fragte: „Was nun?"

Giro sagte aufgeputscht: „Zuerst nehmen wir den Gäulen die schweren Sättel ab. Die sind nicht nur eine unnötige Last, sondern auch verdammt auffällig. Ich meine das Polizeilogo und die fette Beschriftung. Na ja, und dann sehen wir weiter. Also steig ab und ich sattle ab."

Also sattelte er die Pferde ab, wobei ihm Naomi einen Augenblick lang zusah, bevor sie ein wenig unsicher meinte: „Giro, ich denke, ich sollte dir noch was erzählen."

„Was denn?"

„Na ja, ich denke, es könnte sein, dass ich etwas weiß, das uns zu den anderen bringen könnte. Aber ich bin mir nicht sicher, ob es wirklich hilfreich ist, also …"

Da sah er sie verdutzt an, wobei er gleich alles hinwarf und aufgebracht fragte: „Was, verflucht, hast du da gerade gesagt?"

Naomi versuchte zu erklären. „Ähm … ich weiß nicht so genau. Aber der 6-jährige Junge war seltsam. Er sprach nichts, sondern schrie die ganze Zeit nur und schien völlig apathisch dabei. Doch dann, ab und zu dazwischen, sagte er ständig gut verständlich: ‚Green Mountain'. Ich denke, dass ihm dies jemand eingebläut hat. Vielleicht ist es ja sein Zuhause."

Giro wurde hellhörig. „Du meinst, das Zuhause der Phönixe? Aber was oder wo soll das sein? Ich meine, das sagt mir echt nichts." Da zückte Naomi ein Smartphone, wobei er sie ziemlich seltsam ansah. „Ich frag wohl lieber nicht, wo du das herhast!"

Naomi meinte locker, während sie auf dem Smartphone rumtippte. „Warum? Du stiehlst Hotdogs. Ich stehle Mobiltelefone, wo ist das Problem? Ach, schau hier, nur knapp 5 Stunden von hier gibt's einen National Forest mit dem wunderbaren Namen Green Mountain. Na ja, es sind 5 Stunden mit dem Auto. Aber mit den beiden lahmen Gäulen brauchen wir Minimum das 10-Fache der Zeit, wenn nicht noch länger. Denn dieser Green Mountain Forest ist riesig. Aber echt riesig."

Giro nahm das Smartphone und sagte neugierig: „Zeig mal her, das Ding! Okay, ohne die schweren Sättel sind die beiden Gäule bestimmt eine Spur schneller, wobei ich echt sagen muss, dass sie ziemlich kaputt geritten sind. Ich meine, sieh dir nur mal die krumme und eingesessene Wirbelsäule an. Aber wenn du dir die Hufen sowie das Gebiss ansiehst, weißt du, dass er erst etwa 6 Jahre alt ist! Wäre es ein Mensch, würde er Invalidenrente erhalten. Aber gut, die Polizei hier reitet wohl gerne Pferde kaputt."

Naomi war überrascht und beeindruckt. „Das siehst du alles, wenn du das Pferd anblickst? Nicht schlecht! Ich wusste, dass du Ahnung hast. Aber ich wusste nicht, dass dir die Tiere so viel bedeuten."

„Tun sie nicht! Aber kein Lebewesen hat es verdient, ausgemerzt zu werden. Auch egal, sitz auf und dann legen wir los, würde ich mal sagen. Du meintest schließlich, dass wir Minimum 50 Stunden Reise vor uns haben. Aber weißt du was, unterwegs besorgen wir uns noch anständige Klamotten. Wir sehen aus wie zwei Penner. Auch wenn du äußerst attraktiv bist, siehst du nun doch sehr verwahrlost aus. Und ich trage noch immer die unaussprechlichen Boxershorts von Maxim. Mein Arsch juckt, mal ganz abgesehen vom Rest."

„Und dies ohne Geld?"

„Lass das meine Sorge sein! Ich besorg uns schon was Nettes. Aber jetzt los, auf den Gaul mit deinem hübschen Po!"

Mit Giro gab es nie Langeweile. Dies genoss Naomi und sie liebte seinen Wagemut. Er war stets tapfer, und egal, wie schlimm es auch kam, auf ihn konnte sie sich immer verlassen. Er tat, was er konnte, und sie sah all das Gute in seinen Taten. Sie liebte ihn so, wie er war. Auch seine dunkle Seite, denn sie wusste aus eigener Erfahrung, dass jeder eine solche in sich trug. Auch sie selbst trug die Dunkelheit in sich. Doch an jede Dunkelheit grenzte ein

Licht. Dieses Licht trug auch Giro in sich, auch wenn er es selbst gar nicht mehr sah, sie sah es. Daher war es umso wichtiger, dass sie bei ihm war und an ihn glaubte. Für sie war er so ziemlich alles auf der Welt, das zählte. Da ging es ihm mit ihr kein Stück anders. Sie war stets sein Ein und Alles. Als die Nacht anbrach und Dunkelheit einzog, waren sie schon beinahe raus aus der Riesenstadt New York. Während sie dort an einer Reihe von Geschäften vorbeitrabten, hielt Giro den Gaul an. Er sah seine Liebste an und sagte neckisch: „Was gefällt dir? Sieh dir die Klamotten gut an und sag mir dann, was du anziehen möchtest."

„Wie meinst du das? Ich denke nicht, dass wir jetzt Zeit für einen Schaufensterbummel haben."

„Na gut, dann suche ich aus. Da, das sieht doch ziemlich gut aus, nicht? Das nehmen wir!"

Während er den Arsch des Gaules auf das Schaufenster der Boutique ausrichtete, sagte Naomi verdutzt: „Marco Polo! Giro, was wird das bitte, wenn's fertig ist?"

„Hör zu, Liebling, die Klamotten werden klasse an dir aussehen! Besser als an der öden Schaufensterpuppe. Also bist du bereit?"

„Bereit für was?"

Doch noch während sie sprach, trat der verdammte Gaul aus und die Schaufensterscheibe zerbrach in tausend Splitter. Während er eilig vom Pferd stieg, sagte er aufgeputscht zu seiner Liebsten: „Komm schon, beeile dich ein wenig! Wir haben höchstens 3 Minuten, um uns in Schale zu werfen."

Okay, dann stehlen wir uns auf Mongolenmanier mal die Klamotten zusammen. Aber dabei bitte nur das Beste. Während sie sich die neuen Klamotten aneigneten, dröhnte das laute Pfeifen der Alarmanlage. Sie hatten wirklich Glück, dass es Polizeipferde waren, denn die beiden schienen trotz all dem Lärm und Stress die Ruhe selbst zu sein. Sie eigneten sich perfekt für einen solchen Überfall. Alles war ein Abenteuer mit Giro, sogar das Shoppen hatte es stets in sich. Anders halt, dachte Naomi. Sie zogen sich an und mit neuen, äußerst bequemen Klamotten ritten sie weiter in Richtung Green Mountain. Endlich raus aus New York. Doch noch immer in Amerika. Sie kamen hier einfach nicht mehr weg.

Es schien sie etwas hier zu halten. Nur was? Je weiter sie sich von der großen Stadt entfernten, umso normaler ritten sie auf ihren Pferden. Die Reise auf dem Rücken der treuen Tiere sollte lange dauern. Die beiden waren jedoch lange Ritte gewöhnt und für sie war dies kein Problem. Auch ohne Sattel, nur mit Decke, machte es keinen großen Unterschied für sie. Doch die Pferde waren definitiv schneller und beweglicher ohne den schweren Sattel. So ritten sie viele Stunden, wobei sie nur zum Trinken sowie Pieseln anhielten. Doch dann, nach etwa 12 Stunden, sah Giro ziemlich elend aus. Er wurde kreidebleich und schien kraftlos. Naomi hielt an. „Du siehst verdammt schlecht aus. Was hast du?"

„Keine Ahnung. Seit dem Sturz aus dem Gebäude fühl ich mich seltsam. Als würden mich langsam die Kräfte verlassen. Aber warum, weiß ich nicht. Nach dem Hotdog ging's wieder ein wenig besser. Aber jetzt wird es wieder extrem schlimm."

„Du hast Hunger, oder wie?"

„Keine Ahnung, vielleicht. Ich weiß nur eines, wenn ich nichts unternehme, dann baue ich einfach ab."

„Na toll, und wo sollen wir ohne Geld essen? Willst du etwa wieder irgendwo eine Scheibe zertrümmern oder einen labbrigen Hotdog stehlen?"

„Keine Ahnung! Ich habe wirklich keine Ahnung!"

Da sie feststellte, dass Giro wirklich übel aussah und anscheinend nur noch halb bei Sinnen war, gab sie schließlich nach. Da sich dort gerade ein Imbiss an der Straße befand, sagte sie zu ihm: „Na gut! Komm, wir gehen in den Imbiss dort! Ich hab näm-lich auch Hunger und auf eine ergaunerte Mahlzeit mehr oder weniger kommt's nun auch nicht mehr an."

Giro nickte ihr nur kraftlos zu und so begaben sie sich zu dem Imbiss, wobei sie die Pferde draußen festbanden, um dann einzutreten. Wow, war das amerikanisch dort drin. Sie setzten sich an einen der Tische an der Fensterfront. Die Fliegen feierten Party auf der Fensterbank, wobei die Hälfte von ihnen schon vor langer Zeit verschieden war. Aber egal, sie wollten ja nur essen und nicht einziehen. Als Naomi ihre Hand auf den Tisch legte, musste sie angewidert feststellen, dass dieser klebte, und zwar so ziemlich überall. Giro bekam dies alles nicht mit und war schon fast in einem komatösen Zustand. Sie machte sich allmählich echt Sorgen um ihn. Was hatte er nur? Es lag bestimmt nicht nur am Hunger. Seitdem sie aus dem Me and You Konzerngebäude geflohen waren, hatte sich etwas an ihm verändert. Dies bemerkte auch Naomi. Doch was war es? Vielleicht würden die von diesen seltsamen Phönixen wissen, was hier gerade wieder abging. Oder sie liefen einmal mehr in eine Falle. Wer wusste das schon? Doch nun mussten sie zuerst sehen, dass Giro nicht zusammenklappte und sie ohne große Probleme weiterkamen. Da kam auch schon die Bedienung an ihren Tisch, und während sie zwei Tassen mit Kaffee füllte, legte sie ihnen die Speisekarte vor, wobei sie ziemlich lustlos sagte: „Guten Tag! Willkommen bei Barney's! Ich bin Shelly und werde Sie heute bedienen. Vorab, unsere Steaks sind so ziemlich das Beste auf der Karte."

Dann lief die lustlose Bedienung mit dem reizenden Namen Shelly einfach davon an den nächsten Tisch. Naomi sah sofort in die schmutzige, klebrige Karte, wobei sie sagte: „Ihre Steaks sind nicht nur das Beste auf der Karte, sondern auch so ziemlich das Einzige, das nicht aus Eiern besteht. Ich meine, hör dir das mal an: Rührei in einem Omelette oder Pfannkuchen mit Rührei und einem Spiegelei. Wer isst bitteschön ausschließlich nur Eier?"

Giro sagte lustlos: „Ich nehme das Steak, und zwar blutig. Oder ist das etwa auch mit Ei?"

Naomi lächelte. „Nein, das ist zum Glück eierfrei."

Während sie die klebrige Karte studierte, saß Giro wie ein bleicher Sack Kreide auf der roten Sitzgruppe. Er schien wie ein Geist. Sein Blick ging geradewegs ins Leere. Auf einmal fing er eine der vielen Fliegen und dies, ohne auch nur hinzusehen, um sie dann wie eine Erdnuss zu essen. Im gleichen Augenblick fing er noch eine und aß auch diese. Dann die Nächste. Als Naomi sah, was er Seltsames tat, griff sie dazwischen und packte entsetzt nach seinem Handgelenk. Während sie ihn geschockt ansah, sagte sie verwirrt: „Giro, was tust du da? Das sind Fliegen und keine verdammten Erdnüsse!" Doch er schien völlig weggetreten zu sein und kaute nur weiter die ekligen Fliegen. Da schüttelte sie ihn, und während sie in seine abwesenden Augen sah, drängte sie bestürzt: „Giro, ich bitte dich! Komm zu dir! Verdammt, was hast du?" Da sah er auf einmal seltsam um sich, als ob er gerade aus einem Traum erwachen würde, wobei sie gleich zu ihm sagte: „Hör bitte auf, Fliegen zu fressen wie eine Kröte! Ich bekomm echt Angst!"

Daraufhin ein verständnisloser Blick von Giro. „Was?"

Sie ließ sein Handgelenk los und sah ihn angewidert an. „Bäh, mach den Mund zu! Du hast Fliegenbeine auf der Zunge. Das ist ja widerlich! Und ich frage dich gerne noch mal, was ist los mit dir?"

Während sie sprach, sah er die Fliege in seiner Hand und dann wurde ihm klar, dass das in seinem Mund nichts Leckeres war und was er da gemacht hatte, ohne es zu merken. Er fing sofort an, in die Serviette zu spucken. Wie eklig! Wieso hatte er Fliegen gegessen? Was war bloß los mit ihm? Diese Fragen stellte sich nicht nur Naomi, sondern auch er. Obwohl er Kaffee hasste und dieser so ziemlich die dunkelste Brühe war, die er je gesehen hatte, leerte er die Tasse in einem Zug. Dann stand er auf und verschwand auf die Toilette, wo er sich zuerst auskotzte. Naomi sah ihrem Liebsten nur beunruhigt hinterher. Sie begriff nichts mehr und machte sich echt Sorgen um ihn.

Auf der Toilette.

Er konnte selbst nicht glauben, was er da gerade getan hatte. Irgendetwas stimmte nicht mehr mit ihm. Er hatte noch nicht mal mitbekommen, wie er die Fliegen fraß. Das war doch nicht er selbst! Sein Bewusstsein war wie ausgeschaltet gewesen und dann das Erwachen mit der Fresse voller Fliegenbeine. Was für eine Freakshow, dachte er. Nach dem üblen Erbrechen folgte der eher wackelige Gang zu einem der Waschbecken. Während er seine Hände wusch und sein Gesicht mit kaltem Wasser benetzte, spürte er deutlich diesen unaussprechlichen Druck in seinem Magen. Was war das bloß? Was ging mit und in ihm gerade vor? Eins war klar, es fühlte sich echt übel an und war höchstwahrscheinlich nichts Gutes. Dieser Druck in seinem Magen betäubte ihn förmlich. Es hatte alles mit der neu gewonnenen Selbstkontrolle angefangen. Seitdem er seine sogenannten Fähigkeiten mehr oder weniger kontrollieren konnte, hatte sich dieser Druck aufgebaut und schien ihm die Energie förmlich aus dem Leib zu saugen. Als würde eine Riesenzecke an ihm saugen, um sich an seinem Blut zu laben. Doch da war keine Zecke. Also was war es, das ihn so ausmerzte? Er wusste es nicht wie so oft. Doch eines wusste er, und zwar, dass er herausfinden musste, was es war, bevor es zu spät war. Als er schließlich in den Spiegel sah und sich selbst in die Augen blickte, musste er feststellen, dass diese blutunterlaufen waren. Das Weiße war gänzlich rot und er sah mit der bleichen Haut aus wie ein Toter. So fühlte er sich auch immer mehr. Oh Mann, was ging nur jetzt wieder ab? Egal, zurück an den Tisch und etwas essen, dann geht's vielleicht besser. Was musste Naomi wohl denken, wenn sie ihn ansah? Bestimmt nichts Gutes, dachte er. Ein Wunder, dass sie noch immer zu ihm hielt und nicht wegrannte. Er hätte es verstanden, aber so was von. Er wollte ja auch nichts lieber, als davonrennen. Doch er konnte nicht und sie konnte wahrscheinlich auch nicht. Denn wo hätte sie hingehen sollen? War es das, was sie bei ihm hielt, die Tatsache, dass es nichts anderes gab, wo sie hin konnte? War sie auch nur gezwungen, bei ihm zu bleiben, wie er gezwungen war, mit dem Gen B89 zu leben? Er hoffte es nicht, aber er hätte es gut verstanden.

Zurück am Tisch musterte ihn Naomi ziemlich geschockt, wobei sie gleich zu ihm sagte: „Oh Giro! Deine Augen! Ich mach mir echt Sorgen! Was hast du?"

„Ich weiß es nicht. Aber mach dir bitte keine Sorgen. Nach dem Essen geht's mir sicher gleich besser. Hast du schon bestellt?"

„Du hast leicht reden! Hast du dich mal angesehen? Du siehst aus wie ein Vampir! Dabei frisst du Fliegen und scheinst teilweise völlig apathisch. Aber gut, tun wir mal wieder so, als ob alles normal wäre!"

„Naomi, ich bitte dich, lass es gut sein. Wir essen was und dann ist alles wieder in Ordnung."

„Ach, echt? Oh, na gut, das Essen sollte gleich kommen. Ich hab dir ein großes Steak, blutig, bestellt. Wie du wolltest und dazu eine Cola. Magst du doch, oder?"

„Ja, das ist gut. Und du was nimmst du?"

„Dasselbe, nur nicht blutig, sondern medium."

„Hast wohl keine Lust auf Eier?"

„Na ja, ich sag mal so, lieber Eier als Fliegen."

Da kam auch schon die unfreundliche Bedienung mit den beiden Steaks und den Getränken an ihren Tisch. Während Naomi das fettige Stück Fleisch zuerst nur unzufrieden ansah, griff Giro gleich zu Messer und Gabel, wobei er das halb rohe Fleisch nur so herunter schlang. Als ob man einem wilden Wolf dabei zusehen würde, wie er mit Messer und Gabel isst. Dabei ließ er die Pommes frites gänzlich außer Acht und verschlang nur das riesige Stück Fleisch. Als er die ganzen 500 Gramm verschlungen hatte, sah er wirklich schon viel besser aus. Man konnte förmlich zusehen, wie er wieder Farbe bekam, und seine Augen wurden auch wieder klarer. Nachdem er auch noch das Blut vom Teller geleckt hatte wie ein Köter, sah er sie nur erleichtert an. Da sagte sie zu ihm, während sie ihr halb so großes Steak rüber auf seinen Teller legte: „Ach weißt du was, iss doch meines gleich mit. Ich nehme die Pommes frites. Das reicht mir auch."

Er sah sie fragend an. „Schon gut", meinte sie. „Es scheint dir wirklich zu helfen, also nimm es. Wir haben noch eine lange Strecke vor uns, also besser, du bist fit."

Giro fragte: „Du machst dir wirklich Sorgen um mich, oder? Aber weißt du was, ich mach mir auch Sorgen um dich."

„Ach Giro, mir reichen die Pommes frites wirklich. Da musst du dir keine Gedanken machen."

„Um die Pommes geht es nicht. Es geht um etwas anderes. Ich wollte dich schon lange darauf ansprechen, jedoch kamen etliche Dinge dazwischen."

„Okay, und um was geht es dann?"

„Ich denke, es geht um Akai und Russland."

Naomi versicherte: „Der ist tot! Es ist vorbei."

„Ja, das ist er wohl. Und dies ist auch gut so. Ich meine, dass du ihn erschossen hast. Jedoch hab ich das Gefühl, dass du mir nicht alles erzählt hast, was ihn betrifft. Was auch okay wäre, wenn ich nicht das Gefühl hätte, dass er dir doch etwas angetan hat, was dich noch immer belastet."

„Was? Nein, da ist nichts. Ich meine, da war nichts. Ich …
Ach, es ist doch egal, er ist tot wie gesagt und es ist vorbei."

Giro musterte sie besorgt, wobei sie dann nach einem Augenblick erklärte: „Er hat es verdient, so viel steht fest, und ich würde es wieder tun. Falls du denkst, dass er mich missbraucht hat oder so. Das hat er, jedoch nicht, wie du denkst."

„Er hat dich missbraucht?"

„Meinen Verstand. Nur meinen Verstand und meine Würde ein wenig sehr. Jedoch finde ich, dass wir nun ziemlich quitt sind, da ich ihm eine Kugel durch seinen Kopf gejagt habe, also lassen wir es ruhen. Es ist schließlich vorbei. Zum Glück. Es tut mir leid, dass ich mich erst so spät gewehrt habe. Aber was sollte ich tun?"

„Nein, dir muss bestimmt gar nichts leidtun! Mir tut es leid, dass ich dir erst so spät zu Hilfe gekommen bin. Das ist alles nur meine Schuld. Du bist das Wichtigste in meinem Leben und ich hab zugelassen, dass dir so was Schreckliches widerfährt. Das kann ich nie mehr wiedergutmachen! Ich habe dein Leben zerstört!"

„Stopp! Nein, genau darum hab ich bis heute nie mit dir darüber gesprochen. Du hast keine Schuld daran. Du und dein Bruder, ihr habt mein Leben gerettet und dies mehr als nur einmal. Euch trifft keinerlei Schuld. Dich trifft keinerlei Schuld! Ich liebe dich, Giro, und dies von ganzem Herzen. Du bist gut. Und ich glaube an dich. Das musst du auch. Glaube an dich! Du bist nicht falsch. Und du bist bestimmt nicht an allem schuld. Das ist niemand."

Wow, wie hart war das denn? Er hatte sich ja schon gedacht, dass mehr dahinterstecke, aber so was. Wie sollte er damit umgehen? Warum musste ihr so etwas widerfahren? Das Leben konnte so böse sein und einem immer wieder unerwartete Tiefschläge verpassen. Egal, wie schlimm es kam, es ging immer noch schlimmer. Doch Naomi hatte recht, Akai war tot. Wahrscheinlich sogar Salvo. Auch wenn Giro nicht sah, wie Salvo starb, wusste er, dass sein Blut ihn getötet haben sollte. Also was sollte Giro tun, Naomi betreffend? Die Zeit zurückdrehen? Nein, unmöglich, leider. Sich ewig die Schuld geben? Würde Naomi nicht helfen. Also verdrängen wie sonst alles? Er wusste keine Antwort darauf. Aber er wusste, dass er nie mehr zulassen würde, dass ihr etwas zustoßen würde. Sie war ein Teil von ihm und für ihn der kostbarste überhaupt. Er würde sie immer schützen und alles tun, was sein musste, um sie in Sicherheit zu wissen. Leichter gesagt als getan, wenn einen die Gefahr ständig jagte. Aber er würde wie ein Löwenherz kämpfen und dies bis zum Ende. Egal, wie bitter oder trist dieses auch sein würde, denn es bestand schließlich immer die Chance auf ein wenig Licht und dies sogar in der dunkelsten Dunkelheit. Da saß er nun, vor ihm das Steak und der traurige Anblick seiner Liebsten, dabei die Gedanken, die ihn plagten. Jedoch wusste er nicht, was er hätte sagen sollen, also schwieg er. Da fragte sie auf einmal, während sie lustlos die Pommes frites aß: „Schon eine Idee, wie wir hier rauskommen, ohne dass die uns erwischen?"

„Ach ja, das Geld. Wir haben keines. Nein, keine Idee."

„Na ja, ich denke, sich davonstehlen wäre vielleicht eine Lösung."

„Ja, klingt gut. Aber die Bedienung steht genau da beim Eingang."

„Ich dachte, ich gehe auf die Toilette und verschwinde durchs Fenster. Dann binde ich die Pferde los, und wenn ich vor dem Laden stehe, rennst du raus und wir hauen ab."

„Ziemlich durchdacht. Du bist echt clever. Ja klar, das machen wir."

„Das hat nichts mit clever zu tun, sondern mit Gewohnheit."

„Du bist aus Gewohnheit clever, ich weiß schon. Darum bist du auch die Beste. Ich meine, du liebst einen Kerl, der Fliegen frisst und der Teufel sein könnte, dabei siehst du noch immer das Gute in ihm. Du bist einzigartig!"

„Sind wir das nicht alle? Und jetzt hör auf, mir Honig um den Mund zu schmieren, es reicht schon, dass der ganze Tisch klebt!"

„Aber da muss ich dir leider widersprechen, mein cleverer Liebling, denn das auf dem Tisch ist bestimmt kein Honig."

„Iss einfach dein Steak und halt die Klappe."

„Ich liebe dich auch!"

Da kam ein kleines, aber beherztes Lächeln ihrerseits. Mehr wollte er gar nicht bezwecken. Aber er wusste, dass Lachen so ziemlich die einzige Heilung war, was Traumata anging. Diese wichtige Lektion hatte er von seinem Bruder gelernt. Dieser hatte durch seine ständige Unbekümmertheit und sein Lachen stets über den Kummer hinweggeholfen. Das war Sunny vielleicht nicht mal bewusst, aber es war sehr wichtig für seinen älteren Bruder und er brachte ihm so unbewusst etwas bei, das ihm schon mehr als einmal das Leben rettete – das Lachen. Neben der Liebe eines der schönsten Dinge im Leben, denn es tat einfach nur gut und dies sogar in den schrecklichsten Momenten. Es zeigte einen Weg auf, die schönen Dinge zu sehen, wenn auch nur unscheinbar. Das sogenannte Licht am Tunnelende. Die Waage zwischen Gut und Böse. Die Kraft, weiterzumachen. Also machten sie weiter und stahlen sich wie besprochen aus dem Restaurant. Dies lief ohne Probleme und der Plan von Naomi funktionierte ziemlich stressfrei. Doch vor ihnen lagen noch Minimum 40 Stunden Ritt und dies in ungewisses Gebiet. Sie hatten schließlich keine Ahnung, was sie dort erwarten würde. Vielleicht sogar nichts außer einer schönen Landschaft. Sie wussten es nicht und es war ihnen auch irgendwie egal, denn schließlich war es der einzige Anhaltspunkt. Also blieb ihnen nichts anderes, als sich wieder mal ziemlich blind vorzutasten und dabei das Beste zu hoffen. Auf ihrem weiteren Ritt führten sie ein Gespräch, wobei Naomi zu ihm sagte: „Du meintest, dass Hongkong verstörend gewesen sei. Wie verstörend? Ich meine, was hast du dort erlebt?"

„Da war so ziemlich alles verstörend und dies vom ersten Tag an. Nach meiner Landung durfte ich gleich meine Tante kennenlernen, die wahrhaftig so was wie der Teufel ist. Na ja, nachdem ich einem Kerl quälen und umbringen durfte, nahmen sie mich bei den weißen Tigern auf. Danach folgten nur noch solche Tage. Einfach nur schreckliche, niemals enden wollende Tage voller kranker und abartiger Aufträge."

„Echt? Und was musstest du außer töten und quälen sonst noch für die weißen Tiger tun?"

„Etliche Dinge. Drogen und Waffenschmuggel waren noch die angenehmeren Tätigkeiten. Zu den schlimmsten zählten definitiv die Kühllasterfahrten sowie das Geldeintreiben. Aber die Kühllasterfahrten waren das Schlimmste. Wirklich das Schlimmste. Lass uns bitte das Thema wechseln, okay?"

„Okay." Dann musterte sie ihn einen Augenblick seltsam schweigend, bevor sie schließlich neugierig fragte: „Stimmt das eigentlich, was du über Kasumi meintest, sie habe dir mal einen geblasen? Oder war das nur, um Rio zu verärgern?"

„Ich wünschte, so wäre es! Einfach ekelhaft! Auch wenn sie nicht mit mir verwandt wäre. Diese Frau ist einfach so unglaublich …"

„Böse?"

„Ja, und wahnsinnig wie alle aus der Sippe. Lass uns das Thema bitte wechseln! Mir wird schlecht!"

„Okay. Da gibt's noch was. Als Maxim sagte, du hättest seine Frau geschwängert, war deine Reaktion ziemlich seltsam. Also, was ist wahr an alledem? Ich meine, falls das Kind von dir ist, musst du es mir nicht verheimlichen. Ich kann damit leben, denke ich zu mindest."

„Könntest du? Ich nicht! Nein, das stimmt nicht. Das Kind ist von Maxim. Er hat nur Schiss, es einzusehen, und das weiß ich mit Sicherheit, aber bitte frag mich jetzt nicht, woher. Ich weiß es einfach. Das Einzige, das stimmt, ist, dass ich und Cloé einmal was laufen hatten. Dies war ein weiterer Fehler, das gebe ich zu. Jedoch wusste ich damals nicht, dass sie mit Maxim verheiratet war. Und trotzdem bereue ich es, eine Nacht mit ihr verbracht zu haben. An die ich mich übrigens nur verschwommen erinnern kann. Und jetzt, denke ich, sollten wir ein wenig schweigen und uns den Atem sparen. Wir müssen schließlich noch weit reiten, also sollten wir auch ein wenig schneller als nur trabend vorankommen. Komm schon!"

Also legten sie ein schnelleres Tempo hin und schwiegen dabei eine Runde lang. Giro waren die Fragen echt unangenehm und anlügen wollte er sie nicht. Aber die ganze Wahrheit war zu viel. Es hätte alles zerstören können. Denn sie war einfach zu dunkel und teilweise auch peinlich oder unangenehm. Schon fast wie ein Gang zum Urologen oder, in seinem speziellen Fall, zum verrückten Wissenschaftler seines Vertrauens. Denn er war ja nie krank. Das Einzige, das ihm zu schaffen machte, war das zusätzliche Gen B89. Dies half gegen alles, nur nicht gegen sich selbst. Klang seltsam, war aber so. Es zerstörte beinahe alles in seinem Leben und dem seiner Eltern, wobei es eigentlich mal Hoffnung bringen sollte. Es war etwas Gutes, das zu etwas Schlechtem gemacht wurde und dies nur durch die Gier. Diese schien beinahe überall zu Hause zu sein und machte alles zu einem endlosen Todesmarsch. Dabei hatte er genug Sorgen, sich und seine Liebsten durch diese niemals enden wollende Schreckensreise zu bringen. Da brauchte er nicht auch noch die unangenehme Entblößung vor seiner Liebsten. Irgendwann würde er es tun und ihr alles, wirklich alles erzählen. Auch die kleinste und unwichtigste Sache. Aber im Augenblick war einfach noch nicht der Zeitpunkt dafür.

─❧ Kapitel 22 ❧─

Egal, wie schmal der Pfad auch ist, ich nehme ihn

Nach endlosen 38 Stunden Reiten kamen sie endlich im Green Mountain National Forest in Vermont an, wobei sie beide völlig erschöpft waren. Doch es war atemberaubend, die riesigen Wälder und farbenfrohen Baumkolonien zu sehen. Dazwischen einige wunderbare Felsformationen sowie schöne Seen und Wasserstellen. In dem Naturgebiet lebten viele Tiere, darunter auch sehr große und seltene. Das grüne, wunderbar friedliche Gebiet lud viele Wanderer und Reiter ein. Es zog Dutzende Camper und Bergsteiger an sowie auch sonstige Naturliebhaber. Dennoch war man an etlichen Orten ganz allein, denn der Forest war riesig. Als die Nacht schließlich einbrach und die Pferde kaum noch geradeaus gehen konnten, kamen sie an einer kleinen Wasserstelle vorbei. Da hielten sie an, und während die Pferde und sie selbst tranken, sah Giro müde und wieder ziemlich neben den Schuhen über die Wasserstelle hinaus, wo er eine kleine Waldhütte erblickte. Da fragte er gleich seine Liebste, die noch mit Gesicht waschen beschäftigt war: „Siehst du das auch?"

Sie sah hoch und sagte zögerlich: „Was? Die Hütte dort?" Doch er gab ihr keine Antwort und griff sich die Pferde, um zu der Waldhütte zu gehen. Naomi folgte ihm, wobei sie fragte: „Was hast du vor?"

Noch während er die Pferde an zwei Bäumen festband, erwiderte er: „Hör zu, die Pferde sind zu erschöpft, mal ganz abgesehen von uns beiden. Also schlage ich vor, wir rasten hier. Oder wenn es sein muss, befehle ich es dir auch. Kommt ganz auf dich an, mein Engel!" Dabei lief er zu der Tür, welche er ohne Mühe mit dem Springmesser öffnete. Als sie offen stand, meinte er zu ihr: „Also nach dir, Schönheit!"

Sie trat zögerlich ein, wobei er so tat, als ob alles normal wäre und sie es gebucht hätten. Auf dem Kopfkissen lag eine kleine Schokolade wie im Hotel und im Kühlschrank fanden sie Lachs und Rohschinken, dazu gab es Toast sowie Rotwein. Es war wunderbar. Als Giro auch noch das Feuer im Kamin anzündete und sie an dem kleinen Holztisch aßen, war es wie ein romantischer Urlaub in der Natur. Während Giro den Lachs gänzlich verschmähte, fand Naomi ihn köstlich. Nach dem wirklich leckeren Essen leerten sie noch die Flasche Rotwein, wobei es nicht bei einer blieb. Sie lachten am Feuer und genossen die Zweisamkeit. Sie waren zwar müde, doch schliefen sie erst sehr spät ein, da sie noch anderen Dingen nachgingen nach dem vielen Rotwein.

Am nächsten Tag gestaltete sich das Erwachen eher wieder mal seltsam. Da lag Naomi zwar wunderbar nackt in seinem Arm, doch sie sah ihn geschockt an, nachdem sie ihn durch hektisches Antippen aufgeweckt hatte. Er fragte, noch halb schlafend: „Warum siehst du bitteschön so geschockt aus?" Da sah sie nur wortlos übers Bett hinweg, wobei er langsam seinen müden Kopf hob, um sich ein Bild zu machen. Als er schließlich ein seltsames Tier erblickte, das so etwas zwischen Kuh und Ziege war, meinte er nur müde: „Was ist das? Eine Kuh?"

„Könnte auch eine Ziege sein."

„Ist das Ding gefährlich?"

„Keine Ahnung. Kommt drauf an, was es ist."

„Solange es uns nicht angreift … Ich scheuch es raus."

Da hielt sie ihn jedoch zurück, wobei sie warnte: „Und wenn es nun eine Art von Riesenziege ist, dann greift es dich doch an."

„Ziegen greifen einen an?"

„Na klar! Ziegen sind sturer als Esel und dickköpfiger als Stiere!"

„Na klar, und Hühner legen keine Eier, sondern Granaten! Das ist bloß ein misslungener Elch oder so. Eine Missgeburt der Natur, wenn du so willst. Also warum sollte dieses hässliche und missglückte Geschöpf angreifen? Dazu kommt, dass es ziemlich dumm aussieht und wahrscheinlich gegen die Wand rennt, wenn ich aufstehe. Also bitte, lass mich das Ding einfach aus der Hütte scheuchen und dann ist gut. Na ja, oder ich erlege es und wir essen es zum Frühstück. Ich hab Honig im Kühlschrank gesehen damit können wir es wunderbar glasieren vor dem Rösten. Du musst verstehen, nach dem wunderbaren Abend lass ich mir doch meinen Morgen nicht durch so eine seltsame Laune der Natur verderben. Dämliches Kuhziegendings!"

Dabei zog er seine Boxershorts an und schien äußerst wütend über das seltsame Erwachen. Als er das Springmesser nehmen wollte, sagte Naomi, während sie das seltsame Geschöpf ansah: „Nein, töte es nicht. Vielleicht ist es selten und es gibt nicht viele davon. Na ja, denn ich hab so was noch nie zuvor gesehen. Auch wenn es, zugegeben, äußerst gewöhnungsbedürftig aussieht."

Da legte er das Springmesser entnervt wieder hin, wobei er aufstand, um den ungebetenen Gast zu verscheuchen. Als er auf das seltsame Tier zuging, sah es ihn nur dumm an, woraufhin er, mit den Armen wackelnd, laut brüllte: „Hör zu, du hässliches Viech, geh zurück zu deinen missglückten Verwandten und verzieh dich! Ich brauch keine Freakshow am Morgen, sondern eher eine Stripshow von meiner Kleinen. Also verpiss dich! Husch oder so! Du dumme Missgeburt!"

Da das Ding keine Anstalten machte, sich zu bewegen, und nur weiter den Vorhang fraß, drehte er sich zu Naomi. „Ich denke, es ist ein hässlicher Albino-Esel. Zumindest sein Benehmen. Darf ich es echt nicht einfach abstechen? Es hört nicht und ignoriert mich gänzlich. Ich denke, wenn ich ein Vorhang wäre, lägen meine Chancen besser, Anklang zu finden."

Doch noch während er dies zynisch sprach, riss Naomi auf einmal die Augen auf und ein lautes „Achtung!" kam aus ihrem bezaubernden Mund. Er wurde von etwas Hartem sowie Starkem mitgerissen. Es war das Kuhziegendings, das ihn mit sich riss und dies durch die ganze Hütte, bis sie schließlich in der Küche verschwanden. Dabei sah Naomi nicht, was abging, da sie hinter der Pendeltür verschwunden waren. Die Küche war klein und eng. Doch aus ihr drangen laute und erschreckende Geräusche. Dann auf einmal ging die Pendeltür auf und Giro trat etwas außer Atem und immer noch in Boxershorts aus der Küche, wobei er in seiner Hand ein blutiges Tranchiermesser hielt. Etwas perplex, jedoch mit einem zynischen Lachen auf den Lippen sagte er: „Ich musste das Kuhziegendings leider doch töten, Liebling.

Ich glaube, es hatte Tollwut oder so. Oder vielleicht war es auch nur die Ziege des Teufels. Wer weiß das schon? Aber wenn du willst, können wir sie jetzt ja doch essen. Ich meine, wäre doch schade um das viele Kuhziegenfleisch."

Doch sie sah ihn nur seltsam an, ohne zu antworten. Okay, dann geh ich halt duschen, dachte er und verzog sich ins Badezimmer. Noch während er seine mehr oder weniger angenehme Dusche nahm und dabei an schöne Dinge dachte, erklang auf einmal ein lauter Schrei von Naomi. Er verließ hektisch und nur mit einem Badetuch bekleidet das Badezimmer. „Was denn, etwa noch so ein Ziegenmonster?"

Im gleichen Augenblick traf in etwas genau in die Mitte seiner Brust. Als er es verdutzt in die Hand nahm und betrachtete, musste er feststellen, dass es ein Narkosepfeil war. Das Vergnügen hatte er nun ja schon einige Male. Noch während er mit leicht belämmerten Blick hoch sah, erblickte er an der Tür drei schwarze Gestalten. Aber er erkannte sie nicht und das Narkosemittel war echt stark. Also fiel er um und alles war schwarz wie die Finsternis selbst. Kein Gedanke, kein Traum. Einfach nichts dort. Eine unerkannte Leere, gegen die man nicht ankam. Man war ihr gänzlich ausgeliefert. Er hasste das, es war nie gut. Wo würden er und seine Liebste nun wieder erwachen? Er konnte sich die Frage noch nicht mal stellen. Das Letzte, was er dachte, war: Dummes Kuhziegendings und was … Narkosepfeil … wer? Dann Blackout.

─ Kapitel 23 ─

Wenn man aus der Asche wiederaufersteht

Mitten in einem weitläufigen Waldstück, in einer kleinen Holzhütte, mit einer Infusion im Arm sollte er wieder zu sich kommen.
Dies ziemlich konfus und wie aus dem Nichts heraus. Er selbst
war noch halb im Schock, und als er einen Kerl neben seinem
Bett sitzen sah, schlug er heftig mit der Faust zu. Er traf den Kerl,
wobei dieser einmal quer durch das Holzhüttchen flog, um an
der Wand abzuprallen. Doch Giro hatte keine Zeit, um sich den
Kerl anzusehen. Er riss sich nur den Infusionsschlauch aus dem
Arm. Als er hektisch aufstand, erklang auf einmal die Stimme
des Kerls, der sich mühsam aufrappelte. „Scheiße! Du hast mir
den Arsch gebrochen!"

Was? Diese Stimme? Da sah er sich den Kerl richtig an und
erschrak. „Sunny?!"

Während er seinen jüngeren Bruder erstaunt ansah, sagte
dieser schmerzerfüllt: „Ja, ich bin's! Dies ist jedoch kein Grund,
gleich vor lauter Freude die Bude mit mir als lebendigem Vorschlaghammer einzureißen!"

Doch Giro war gänzlich verwirrt und aufgebracht. „Freude?!
Ich denke nicht! Ich dachte, du seist einer von denen, die uns
entführt haben. Naomi!"

„Wow, beruhige dich wieder! Naomi ist auch hier. Sie liegt in
einer Hütte gleich neben dieser, Ruben ist bei ihr. Das waren die
Phönixe! Sie haben euch hier in ihr geheimes Lager gebracht."

Giro sah seinen kleinen Bruder nur erstaunt an. „Du meinst
wohl, verschleppt! Die haben uns wie Wild niedergestreckt. Ich
will zu Naomi, und zwar jetzt gleich!"

„Wie gesagt, beruhige dich erst mal! Sie schläft sich noch ein
wenig aus. Du solltest besser auch liegen bleiben und die Infusion
weiterlaufen lassen. Sie ist wichtig. Du wärst uns fast weggestorben!"

„Ich kann vieles, aber Sterben ist so eine Sache. Also erzähl
keinen Unfug! Ich brauch die Infusion nicht. Und ich brauche

keine Hilfe von einer Gruppe, die sich im Wald versteckt, um sich dort selbst mystisch klingende Namen auszudenken, damit sie wie eine krasse Sekte klingen."

„Du bist sturer als jeder Esel! Hör zu, du weißt, ich stehe immer hinter dir, und egal, wie du dich entscheidest, ich ziehe mit. Aber hör mich wenigstens an, okay? Es ist wirklich wichtig und ich hoffe, du verstehst!"

„Oh … Na gut. Was ist denn so wichtig, dass ich es verstehen muss?"

„Das Gen B89 wird dich töten, wenn du es überstrapazierst. Die Nährstoffe, die es deinem Körper entzieht, um die unwahrscheinliche Energie aufzubauen, kannst du nicht in ausreichender Menge zuführen oder produzieren. Was bedeutet, jedes Mal, wenn du es forcierst, könnte es dich im Nachhinein töten. Hätte dir Admind nicht diese Nährstofflösungen verabreicht, es waren übrigens mit dieser etwa 40 Stück, wärst du langsam, aber sicher gestorben."

„Hast du das etwa alles von Admind? Dann glaub ich dir nämlich kein Wort. Also wer hat dir das erzählt?"

„Die Phönixe."

„Die Phönixe? Was soll das bitte für eine bescheuerte Aussage sein? Da kannst du auch gleich ‚die Schlümpfe' sagen. Also ich bitte dich! Wer sind die oder besser gesagt, was sind die?"

„Sie sind die, die aus der Asche wiederauferstanden sind und dabei das Feuer des Lebens mit sich rissen. Sie sind die Beschützer der Erde und die Krieger der Unschuldigen."

Da sah Giro seinen jüngeren Bruder nur kopfschüttelnd an. „Okay, ich denke, ich hab dir genug zugehört. Keine Ahnung, was die hier mit dir in den letzten Tagen angestellt haben, aber wir kriegen das schon wieder hin. Doch jetzt gehen wir weg hier, und zwar gleich, nachdem wir Naomi geholt haben. Wenn ihr beschränkter Bruder Ruben will, kann er auch mitziehen. Ansonsten soll er bei seinen Sektenbrüdern bleiben. Aber dich, kleiner Bruder, bekommen die Vögel nicht! Feuer hin oder her."

„Nein, du verstehst nicht!"

Doch Giro packte ihn am Arm und zog ihn mit sich in Richtung Tür, wobei er sagte: „Oh doch, ich denke, ich verstehe immer besser." Noch während sie vor die Tür traten, fügte er hinzu: „Etwas noch. Wer hat mich in meine Klamotten gesteckt? Ich meine, ich war nur in ein Badetuch gewickelt, als die mich niederstreckten."

„Das war ich, als du hier ankamst. Ich dachte, angezogen sei weniger peinlich. Ich meine, die verehren dich hier alle und … na ja …"

„Was tun die?! Mich verehren? Gleich noch ein Grund mehr, hier abzuhauen. Die sind doch vollkommen bekloppt."

„Sie sehen die Welt lediglich mit anderen Augen. Sie sehen über die Fassaden hinaus. Sie kennen die Wahrheit hinter dem Vorhang aus Lügen."

„Klingt, als wären sie Freunde des Kuhziegendings! Das mochte auch Vorhänge. Aber weißt du, was das Ding noch mehr mochte? Mir in den Arsch treten und dies, als ich ihm den Rücken zuwandte. Die werden dasselbe tun. Zuerst reden sie von Zeugs, das eh keiner peilt, wobei sie dir falsche Schuldgefühle einflößen, um dir dann mitten in den Arsch zu treten."

Als sie da vor der Tür der Holzhütte standen, sah er sich um. Etliche kleine, identisch wirkende Holzhütten zierten die Lichtung zwischen den bunten Baumkronen. Dahinter war eine große Felsformation. Sie zog sich wie ein Hufeisen um die Baumkolonien sowie das seltsame Dörfchen in der Mitte. Dort, wo die Felsen endeten, begann ein strömender Fluss, der anscheinend wie eine nasse Barriere diente. Dies schien der einzige Ausweg zu sein, bei dem man nicht bergsteigen musste. Wo zum Teufel war er hier? Es hatte wirklich was von Schlumpfhausen, nur dass es keine Pilze, sondern Holzhütten waren. In der Mitte der Lichtung befanden sich ein Brunnen sowie eine Art Marktplatz. Es war wie bei den Einsiedlern, nur dass die Leute zeitgemäß gekleidet waren. Jedoch eher wie Hippies oder Ökoaktivisten. Drei von denen geisterten durch die Gegend und sahen seltsam zu ihnen rüber. Das waren sicher Ökofreaks, üble Kuhziegenficker, dachte er. Och, er war so wütend! Ohne große Umschweife ging er zu der Holzhütte nebenan, wobei ihn Sunny zurückhielt. „Nein, das ist die Hütte von Capris! Naomi liegt gleich da vorne, in der Hütte von Ruben."

Dabei zeigte er auf eine Hütte am anderen Ende des Erdpfades in der Nähe des Flusses. Giro erwiderte genervt: „Ich dachte, sie sei gleich nebenan? Das ist so gar nicht nebenan."

Trotz allem traute er seinem Bruder und so begaben sie sich zusammen zu dieser Hütte am Flussufer. Als sie über den Marktplatz liefen, waren dort jeweils rechts und links eine Art von Banketten mit Nahrungsmitteln. Na ja, Obst, Gemüse und sogar Fleisch, wobei die Fliegen schon fleißig daran saugten. Trotz allem sah es frisch aus. In der Mitte stand der Brunnen. Als sie an diesem vorbeigingen, erklang eine Art seltsames Meckern. Da zuckte Giro erschrocken zusammen. „Kuhziegendings! Wo?"

Er sah eine Art kleines Gehege, in dem etwas lag. Dies sah irgendwie aus wie das Kuhziegendings, jedoch war es nackt. Jemand hatte es gänzlich geschoren und es sah nun wirklich wie eine jämmerliche kleine Ziege aus. Während er mit seltsamem Blick langsam auf das Tier zuging, sagte sein Bruder auf einmal: „Das ist eine Schneeziege. Capris macht Kleidung und weitere nützliche Dinge aus dessen dicker Wolle."

„Schneeziege? Oder meintest du Scheißziege? Das ist eine Teufelsziege! Ich wusste, dass die etwas mit dem Irrsinn hier zu tun hatte. Dieses abartige Geschöpf!"

„Wow, Bruder, es ist nur eine Ziege."

Da auf einmal die Stimme einer Frau: „Um genau zu sein, ist dies ein Paarhufer und gehört der Gattung Oreamnos an, von der sie leider das einzige Überbleibsel ist. Wobei sie auch zur Unterfamilie der Antilopinae gehört. Ein nicht wirklich schlaues, dafür jedoch ein äußerst flinkes sowie robustes Tier. Man könnte sie auch Überlebenskünstler nennen. Hat ein wenig Ähnlichkeit mit dir, Giro. Darum versteht ihr euch wahrscheinlich auch eher weniger gut, denn mit sich selbst streitet man schließlich mehr als mit jedem sonst."

„Oh, wie wunderbar! Admind! Du hast gerade noch gefehlt. Lass mich raten, dieses hässliche Geschöpf hast du erschaffen. Du erfindest ja nur unnützen Scheiß."

„Nein, da muss ich dich enttäuschen. Diese Geschöpfe wurden schon im 18. Jahrhundert entdeckt und dies bestimmt nicht von meiner Wenigkeit."

„Okay, damit auch du es verstehst. Dein dummer Streichelzoo mit deinen seltsamen Tieren interessiert mich kein Stück. Dazu kommt, ich hab keinerlei Lust, dir auch nur eine weitere Sekunde meines Lebens zuzuhören, du missratenes Genie!"

Nach seiner Ansage lief er, ohne sie auch nur anzusehen, weiter in Richtung der Hütte. Sunny warf ihr noch einen unsicheren Blick zu, woraufhin sie ihm jedoch zu verstehen gab, dass er seinem Bruder ruhig folgen solle. Dies tat er dann auch und sie gingen zur Hütte vor, wo Giro gleich die Tür aufreißen wollte. Doch bevor er dies konnte, hielt ihn sein Bruder ein weiteres Mal zurück. Giro war nun wirklich mehr als nur genervt. Er war stinksauer und so sah er seinen Bruder auch an, nämlich voller Zorn in den Augen. Da sagte dieser jedoch mit ruhiger und bedachter Stimme: „Du musst noch etwas wissen, bevor du da reingehst."

„Das Einzige, das ich wissen muss, ist, dass Naomi da drin ist! Es reicht mir jetzt echt mit deinem seltsamen Benehmen. Als ob du bekehrt worden wärst. Nur von was? Den Ökofreaks hier, die denken, sie könnten den Planeten retten und dies durch mich? Also ich bitte dich, Sunny! Wach auf, denn du scheinst wirklich zu träumen!"

Daraufhin riss er sich los und öffnete die Tür. Als er in die kleine Hütte blickte, sah er gleich das Bett und darin lag Naomi. An ihr hingen lauter Schläuche und Maschinen. Ruben, der in der Ecke auf einem Stuhl saß, sah äußerst verdutzt aus. Dann hatte er nur noch Augen für Naomi. Er ging gleich an ihr Bett und fragte verwirrt: „Was soll das hier? Was habt ihr mit ihr gemacht?"

Ruben antwortete: „Was? Sunny, hast du ihn etwa nicht über ihren derzeitigen Zustand aufgeklärt?"

Sunny verteidigte sich. „Ich wollte ja! Aber er läuft einem immer gleich davon und zuhören tut er schon gar nicht!"

Da stand Giro auf und ging mit strengem Blick auf seinen jüngeren Bruder zu, wobei er energisch sagte, seine Fäuste fest geballt: „So, jetzt ist Schluss, sag mir, was Sache ist oder ich nehm euch beide auseinander und danach fackle ich Liliput ab samt den Ökofreaks! Also los, erklär mir das hier!"

Ruben beschwichtigte. „Hey, immer mit der Ruhe! Es ist alles mehr oder weniger okay."

„Wie bitte? Was soll hier okay sein? Warum sieht Naomi aus, als ob sie im Sterben liegt?"

„Weil sie im Sterben liegt! Jedoch ist es noch nicht zu spät und es gibt eine Möglichkeit, ihr zu helfen."

„Was hat sie? Warum liegt sie im Sterben? Erklärt es doch endlich!"

„Ihr Serotoninspiegel ist stark erhöht und führt dazu, dass ihre Muskeln unkontrolliert krampfen. Und wenn die Wirkung des Gen B89 nicht dagegensteuern würde sowie die Narkotika, wäre sie schon an den Folgen gestorben. Jedoch ist es so nur eine Frage der Zeit, denn irgendwann wird auch das Gen B89 nicht mehr genügend stark dagegen an wirken", erklärte Ruben.

„Warum ist er erhöht? Was löst das aus?"

„Ein neuartiges Gift! Es muss ihr vor etwa zwei Tagen verabreicht worden sein. Es wurde ihr ins Knochenmark injiziert und befand sich in einer Gen-Kapsel. Dadurch tritt die Wirkung erst jetzt ein. Jemand hat es ausgelöst."

„Das versteh ich nicht. Wer hat ihr das angetan und warum? Das ergibt doch alles keinen Sinn!"

„Salvo! Er hat ihr das Gift verabreicht, als wir im Me and You Konzerngebäude festgehalten wurden. Dies tat er als Absicherung, falls es schiefgehen würde und wir entkommen."

„Salvo! Aber er ist tot. Was können wir nun tun? War er der Einzige, der ihr hätte helfen können?"

„Na ja, da er das einzige Gegenmittel besitzt, wohl schon! Das ist ja auch sein Plan, um dich zurückzulocken."

„Okay, das heißt, wenn ich zurück zu Me and You gehe, dann geben die uns das Gegenmittel?"

„Nein, ich denke, dass die dich einfach behalten und Naomi ihrem Schicksal überlassen. Du musst verstehen, für die hat nur dein Blut wirklichen Wert. Du hast ja keine Ahnung, was die damit vorhaben!"

„Was? Etwa noch ein paar menschliche Atombomben oder vielleicht noch einige Gen-Roboter? Was sollte ihnen mein Blut noch bringen, sie haben doch schon tausend kranke Dinge damit entwickelt. Was noch?"

„Na ja, da hast du wohl recht. Jedoch erhofft sich jemand von deinem Blut nicht nur die Weltmacht, sondern auch die Unsterblichkeit."

„Unsterblichkeit! Na klasse, und wer ist bitteschön so verrückt, dass er sich die Unsterblichkeit wünscht?"

Sunny schaltete sich ein: „Marlon Adam Jones! Bruder, du weißt, wer das ist. Er ist schuld an allem."

Doch Giro sah eher skeptisch aus, wobei Ruben meinte: „Ja, das ist er! Er ist der Kopf der ganzen Sache. Seitdem eure Mutter das Gen B89 erschaffen hat, hatte er eine Möglichkeit gefunden, um einen unglaublich kranken Plan zu verfolgen. Nun ist er fast so weit und der Plan steht kurz vor der Umsetzung. Jedoch hat er ein Problem und das ist sein hohes Alter. Dr. Ferdinand Gräber, so hieß er einst, als er der Stasi diente unter der Führung des großen Diktators mit dem netten Namen Hitler."

„Wie bitte? Hitler?"

„Ja, Hitler! Damals hieß Adam Marlon Jones noch Dr. Ferdinand Gräber. Das war zwischen 1936 und 1939, kurz vor dem Zweiten Weltkrieg. Gräber war dort ein sehr junger und aufstrebender Wissenschaftler. Da Hitler solche jungen Männer gut gebrauchen konnte, bekam er eine gute Stelle. Er hat etliche schreckliche Tests an Zwillingen vorgenommen. Er suchte nach einem Weg, die Unsterblichkeit zu erschaffen. Wobei er auch etliche andere Dinge entwickelte, darunter schreckliche Gifte zur Kriegsführung und Rassenreinheit, versteht sich. Na ja, um am Ende halt die perfekte Rasse zu erschaffen. Dies ist ihm nun durch die Organbots gelungen, jedoch fehlt ihm eines und dies ist die eigene Unsterblichkeit."

„Was nun? Hitler ist tot! Also was hat das alles mit ihm zu tun?"

„Na ja, Hitler ist schon tot. Aber Gräber lebt noch und er verfolgt dieselben Pläne wie einst Hitler. Wenn auch auf einem höheren Level. Bedenkt man nur mal seine Möglichkeiten. Er wird uns alle zerstören!"

„Okay, das klingt ziemlich übel. Jedoch kann ich da nicht viel tun. Aber Naomi! Sie kann ich doch retten, oder?"

„Ja, das kannst du. Du musst wissen, Naomi hat eine Schwester."

„Was? Eine Schwester? Was für eine Schwester?"

„Eine Zwillingsschwester, um ganz genau zu sein."

„Was? Wusstest du davon, Sunny?"

Sunny antwortete: „Ich bin genauso verwirrt wie du, Bruder."

Ruben berichtete weiter. „Ich weiß, es hört sich seltsam an, aber so ist es. Meine beiden Schwestern wissen selbst nichts davon. Es ist nämlich so, die beiden Mädchen sind sehr speziell. Ich hab dir doch mal gesagt, dass sich das Herz von Naomi rechts befinde."

„Ja, das erwähntest du mal. Das war, glaube ich, kurz bevor ich das zweite Mal abgetreten bin."

„Bei ihrer Schwester Max ist es genau anders rum."

„Also normal, und was ist jetzt speziell an ihr?"

„Du meinst, an ihnen! Ihre Genetik! Sie reagiert anders auf das Gen B89 als die anderen Probanden. Dazu kommt, dass nur ihr Knochenmark Naomi noch retten kann."

„Okay, und wo ist diese Max?"

„Salvo hat sie!"

„Salvo ist tot, wie gesagt."

„Da muss ich dich leider enttäuschen, denn Salvo lebt! Deine nette Aktion hat ihn lediglich den einen Arm gekostet und natürlich einen Teil seiner Würde. Er hat uns deutlich zu verstehen gegeben, dass, wenn wir ihm dich nicht ausliefern, er nicht nur Naomi tötet, sondern gleich ganz New York dem Erdboden gleichmacht und dies mit einer viralen Megabombe."

Giro fragte nach. „Wenn ihr mich denen ausliefert, werden sie den Anschlag also nicht ausüben?"

„Nein, das will er. Aber der Anschlag wird trotzdem stattfinden. Das ist sicher. Wir haben nur eine Möglichkeit. Da sich die Bombe in dem Me and You Komplexgebäude befindet sowie auch Max, müssen wir die Bombe entschärfen und dabei auch noch Max befreien. Denn wie gesagt, für Naomi ist dies die einzige Chance."

„Na gut, und wie soll das gehen? Ich meine, habt ihr einen Plan?"

„Ja, den haben wir. Wir werden mit einer Einheit den Komplex stürmen und die Bombe entschärfen. Dabei wird ein Team, das hauptsächlich aus mir besteht, sich von den anderen unauffällig absetzen, um Max zu befreien."

„Okay, und dann bringst du sie hierher, um Naomi zu helfen."

„Ja! Aber da gibt es noch eine kleine Sache. Sie betrifft die Entschärfung der Bombe. Du hast sie schon mal gesehen, als du mit Admind im 30. UG warst. Na ja, sie haben das Ding aufgestockt. Wobei du der Einzige bist, der nahe genug an sie rankommt und sie somit auch entschärfen kann."

„Wie meinst du das? Du versuchst aber nicht gerade, damit zu sagen, dass ich die Atombombe entschärfen soll, oder? Ich meine, das hat beinahe danach geklungen."

„Doch, genau das wollte ich damit sagen. Du bist der Einzige, der imstande ist, sie zu deaktivieren. Du musst es tun – oder Millionen von Menschen werden grausam sterben. Hör zu, ich verspreche dir, dass ich Naomi rette! Aber ich bitte dich, halte die Bombe auf, sonst sterben wir alle, auch Naomi! Es ist der einzige Weg. Aber wir haben ein starkes Einsatzteam mit Spitzenleuten. Die werden dich bis zur Bombe bringen, dann bist du an der Reihe."

„Super! Aber ich habe keine Ahnung von Bomben und weiß nicht, wie man die entschärft. Wie soll ich dann bitteschön eine solch komplexe Atombombe entschärfen? Ich meine, gibt's da etwa einen Knopf oder Hebel? Ich denke, kaum!"

„Das musst du auch nicht wissen. Lenny weiß das! Er wird dich koordinieren und anleiten. Aber du bist der Einzige, der sich der Strahlung und dem Virus aussetzen kann, ohne Schaden zu nehmen!"

Sunny drängte jetzt auch. „Bruder, du kannst das! Und du wirst es schaffen! Das weiß ich. Du bist stärker, als du denkst. Naomi glaubt an dich, ich glaube an dich. Also glaub du auch an dich und rette uns!"

„Was hab ich schon für eine Wahl?", erwiderte Giro. „Es geht um Naomi! Also lass uns die Eieruhr entschärfen, solange ich dafür nicht wieder einen Kopfstoß in meine Juwelen kassiere. Wenn vor allem Naomi sowie du gerettet werden, ist dies Grund genug, es zu versuchen! Wann geht's los?"

Ruben war erleichtert. „Gut! Schon bald! Wir haben nicht viel Zeit, um zu handeln. Wir brechen in vier Stunden auf. Ich werde dich ausrüsten und stelle dir das Team vor. Giro, ich danke dir für deine Unterstützung! Ich weiß, es ist nicht leicht, aber du machst das Richtige und dies ziemlich oft, auch wenn du es noch nicht mal merkst!"

Also bekam Giro erstmals eine private Führung durch die geheime Basis der Phönixe. Diese befand sich in der großen Steinformation und war erschreckend groß. Er verstand noch immer nicht wirklich, was hier vor sich ging. Doch eines war ihm klar. Wenn er sich nicht opfern würde, dann würde Naomi darunter leiden. Sie würden sie sterben lassen. Er glaubte nicht wirklich daran, dass Salvo sie vergiftet hatte. Er nahm viel mehr an, dass es diese Phönixe waren, und zwar, um ihn unter Druck zu setzen. Sie wollten schließlich schon beim ersten Mal, dass er den Komplex hochjagte. Okay, aber diesmal kam er kaum daran vorbei, auch wenn er es immer noch für eine schreckliche Sache hielt. Er konnte ja vieles aufgeben, aber Naomi und sein kleiner Bruder waren das Einzige, das wirklich Wert für ihn hatte. Also würde er wohl oder übel die Sache durchziehen. Terrorist hin oder her. Solange er nur den Komplex und nicht ganz New York damit zerstören würde, war es doch noch halbwegs vertretbar. Na ja, eigentlich nicht. Aber der Verstand war aus und das Herz dachte nun. Das Herz! Oh mein Gott, es schlägt und denkt sogar noch dabei. Wie geht das nur? Zum Glück geschieht es meist unbewusst, da der Verstand dann ausgeschaltet ist. Praktisch, nicht? Fast wie beim Vögeln. Während ihm Ruben stolz die große Basis präsentierte, starrten ihn alle Anwesenden an. Sie trugen Uniformen, als ob sie Soldaten wären. Waren sie das etwa? Doch welchem Land dienten sie? Und warum starrten sie so? Echt ätzend, dachte Giro, jedoch tat er nichts dergleichen und ließ sich schweigend weiter durch die Hallen führen. Als sie schließlich die Haupthalle betraten, die außer etlichen seltsamen Riesencomputern und Displays auch einen großen, runden Tisch in der Mitte stehen hatte, sah sich Giro das Ganze eher skeptisch an. Der Tisch war weiß und stach durch die Glanzlackierung seiner nahtlosen Oberfläche direkt ins Auge. Daran stand ein Kerl in einem weißen Hemd. Um seinen Hals trug er eine hellblaue Krawatte. Mit den schwarzen Hosen und Lederschuhen sah er aus wie jedermann. Er hätte auch ein schlichter Handyverkäufer sein können. Er war etwa in den Vierzigern und wirkte wie ein Durchschnittseuropäer. An dem Kerl war nun wirklich nichts speziell und er sah für sein Alter ziemlich gut konserviert aus. Er ging schließlich auf Ruben zu und sagte dabei enthusiastisch: „Wie schön, dass ihr schon da seid!" Dabei sah er Giro an, wobei dieser eher zurückhaltend blieb. Doch der Kerl sagte dann zu ihm: „Du bist also endlich aufgewacht! Ich bin übrigens Edwin Jakobs. Ich hoffe, du wurdest inzwischen aufgeklärt. Es war sicher schrecklich, all die Jahre in Ungewissheit zu leben. Nun ist dir hoffentlich klar, dass deine Bestimmung wahrhaftig groß ist. Doch du musst keine Angst haben, wir sind alle hier, um dich zu unterstützen. Wir werden den Krieg zusammen gewinnen!"

Giro erwiderte: „Wow, immer langsam, du Teppichverkäufer! Ich hab eigentlich keine Ahnung, was ich hier tu und um was es bei dem besagten Krieg genau geht. Mir wurde nur eines gesagt: Wenn ich die Bombe nicht aufhalte, stirbt meine Freundin, und daher tue ich es halt. Aber wirklich wissen, was oder warum ich's tue? Echt keine Ahnung!"

Edwin Jakobs meinte: „Na gut, dann wird es wohl Zeit, dass du die ganze Wahrheit kennenlernst. Die Phönixe gab es schon lange Zeit vor der Entstehung des Gen B89. Diese Spezialeinheit wurde gegründet und entstand, um gegen die Machenschaften von Adolf Hitler vorzugehen und dessen Gefolgschaft. Doch sie waren nicht da, um Krieg gegen ihn zu führen, sondern um seine schrecklichen Experimente aufzuhalten und deren Folgen einzudämmen. Diese Einheit existiert bis heute und wir beschützen noch immer die Welt, wenn auch verdeckt, vor den schrecklichen Schöpfungen dieser skrupellosen Individuen. Einer seiner Naziwissenschaftler mit dem Namen Gräber ist zurzeit eine der größten Bedrohungen. Dieser Mann, oder besser gesagt dieses Monster, verfolgt noch immer Hitlers schreckliche Pläne, wenn auch ein wenig modifiziert. Wir müssen ihn aufhalten oder er wird uns alle unterwerfen, wenn nicht sogar töten! Du denkst vielleicht, es sei unmenschlich, den ganzen Me and You Konzern zu zerstören. Man könnte die Bombe ja auch nur entschärfen und so alle retten. Schön wäre es! Aber es ist notwendig! Ihr habt die Organbots mit euren eigenen Augen gesehen. Der Konzern ist voll damit. Mit diesen Dingern wollen sie die mächtigsten Menschen austauschen und nach der Katastrophe alles übernehmen. Doch das dürfen wir nicht zulassen! Wir müssen diese Brutstätte des Übels beseitigen. Me and You ist der Mutterschoß des Monsters und wir müssen ihn vernichten. Du weißt bestimmt, wie es in Nordkorea aussieht. Ich sag nur so viel dazu, sie waren lediglich ein Test zur Vorbereitung auf den Krieg. Und sieh dir das Land nun an! Der Plan ging voll auf! Genauso wie ihre Testreihe hier mit den Viren. Sie sind so weit und sie werden die Welt in so großen Schrecken versetzen, dass sie aus den Fugen geraten wird!"

„Na klasse, Nazis! Und ich dachte, schlimmer als die Triaden und Yakuza geht's nicht mehr. Aber na gut, warum nicht Nazis? Die Zombies hatten wir ja schon. Nur die Aliens fehlen noch! Jedoch denke ich, dass diese unseren Planeten angesichts der Lage eher meiden werden!", meinte Giro ironisch.

Edwin Jakobs fragte: „Das wusstest du wirklich nicht? Hast du dich denn nie gefragt, was B89 bedeutet?"

„Nein, hatte irgendwie andere Sorgen, sorry!"

„Das B steht für Braunau, was der Geburtsort von Adolf Hitler ist. Und 89 – na ja, er kam am 20. April 1889 zur Welt."

„Was? Warum sollte meine Mutter ihre Erfindung nach dem größten Sadisten und Monster der Geschichte benennen? Das ist doch verrückt!"

„Das ist eigentlich ganz einfach. Deine Mutter stieß während ihrer Forschungen auf eine alte Forschung. Diese stammte noch aus der Hitler-Epoche. Nur durch sie gelang schließlich das Gen B89 und sie hatte den Durchbruch endlich geschafft. Ich denke, deshalb entschied sie sich für diese Bezeichnung. Sie wollte wohl dezent darauf hinweisen, wem wir das Wunder außer ihr noch zu verdanken haben. Schließlich sollte es Leben retten und nicht zerstören. Doch da waren immer noch Hitlers Jünger, die nun seinen Platz eingenommen hatten, wenn auch verdeckt."

„Du meinst, meine Mutter wusste nicht, dass sie unter den Ex-Gefolgsleuten von Hitler diente und der W-Global-Eta Konzern einem von seinen treuen Lakaien unterstand? Nämlich Marlon Adam Jones oder Griber oder Graber oder wie der Alte hieß?"

Edwin Jakobs bestätigte: „Nein, sie hatte keine Ahnung. Erst als dein Vater sie in Kenntnis setzte, wurde es ihr langsam, aber schmerzlich bewusst. Doch es war schon zu spät, er wusste von dem Gen B89 und den Fortschritten daran. Er wollte es haben, denn er wusste, was er damit alles an Schrecklichem erschaffen konnte. So hat sie am Ende ein Feuer entfacht, das schon beinahe im Keim erstickt war. Und nun ist daraus ein wahrhaftiger Feuerschlund geworden. Diesen müssen wir nun eindämmen und wenn möglich endgültig löschen, denn ansonsten brennt er alles nieder und es bleibt nur noch Asche. Doch dafür brauchen wir mehr als nur Waffen und Männer. Wir brauchen die Hilfe von Feuer, um dieses Feuer zu löschen!"

„Damit meinen Sie die Bombe!"

Edwin Jakobs widersprach. „Nein, damit meine ich dich! Du bist unser Feuer. Die Bombe ist nur der Anfang."

„Sie meinen, falls ich die Explosion überlebe! Ansonsten müsst ihr wohl ohne mich weiter Nazis jagen."

„Du wirst das überleben. Wir brauchen dich schließlich noch. Wir werden dich da ohne Probleme rein- und rausbringen, das verspreche ich. Und deiner Freundin werden wir auch helfen!"

Doch Giro sah total verwirrt und ziemlich erschlagen aus. Es war zu viel. Nazis? Was sollte das? Er konnte es nicht fassen. Jedoch ergab es für einmal schon fast Sinn. Aber es war trotz allem krank und er fragte sich wirklich, was er selbst war. Das Gen B89 in ihm schien wohl doch mehr vom Teufel als von jemand anderem zu stammen. Einfach nur schrecklich zu wissen, dass man so etwas in sich trug. Ein Stück Nazi befand sich in seiner DNS oder wie? So fühlten sich wohl die Deutschen Schäferhunde. Kein prickelndes Gefühl, so viel stand fest. Aber was will man tun? Die Familie kann man sich schließlich nicht aussuchen. Nachdem er einigermaßen wusste, was sie vorhatten und was seine wieder mal eher fragwürdige Aufgabe dabei war, hieß es, sich auszurüsten. Er erhielt echt schicke Swat-Kleidung und neben einer netten Beretta auch noch zwei spezielle Pistolen vom Typ Kimber Custom II im Kaliber.45 ACP. Dazu gab's noch eine unbequeme Schussweste. Als ob man ein Korsett tragen würde! Aber gut, es gab einem ein Gefühl der Sicherheit, wenn auch sehr begrenzt. Es waren insgesamt 4 Einsatzteams von jeweils etwa 20 Mann. Als Giro begriff, wie verflucht groß die ganze Sache diesmal war, hatte sogar er ein wenig Bammel. Dann ging es auf die Landefläche dort. Sie befand sich direkt auf der anderen Seite der Felsformation. Auf ihr standen 6 Kampfhubschrauber bereit. Er bestieg den dritten davon, wobei er sich schreiend neben die anderen zwängte. Eng und laut war die Scheiße hier. Doch er war wie paralysiert. Als ob er in einem Kriegsfilm erwacht wäre. Er wusste noch immer nicht, wie er die Atombombe umpolen sollte. Der Kerl hatte gesagt, er sei der Einzige, der nah genug rankommen würde, ohne gleich dabei zersetzt zu werden. Das waren doch wieder mal echt super Aussichten. Augen zu und durch. Doch noch während er dies dachte, auf einmal die laut brüllende Stimme von Ruben, der gleich vis-à-vis von ihm saß. Er sagte recht zuversichtlich zu Giro: „Jetzt geht's los! Wir schaffen das schon! Lenny ist der beste Sprengstoffexperte, den ich auf der Erde kenne! Wenn er es nicht schafft, dann keiner!"

Als Giro sich den Kerl neben Ruben nur wenig interessiert ansah, sagte dieser selbstsicher: „Ich mach das schon mein ganzes Leben! Ich weiß, was ich tu! Keine Angst, folge nachher nur meinen Anweisungen und es wird problemlos vonstatten gehen!"

Giro sah den jungen US-Amerikaner spöttisch an, wobei er leicht schmunzeln musste. „Wie alt bist du, 25 oder so? Das heißt, selbst wenn du die erste Bombe im Mutterleib entschärft hättest, was unmöglich sein dürfte, siehst du höchstens auf 25 Jahre Berufserfahrung zurück. Ist nicht gerade beruhigend, aber okay! Ich tu, was du sagst, und hoffe das Beste dabei."

Den selbstsicheren Lenny schien dies ein wenig zu pikieren und er sah ziemlich angepisst aus der Wäsche. Doch da intervenierte Ruben und erklärte: „Der ist immer so! Aber am Ende kann man sich auf ihn verlassen. Er ist nicht so übel, wie er tut."

Der Flug dauerte nur etwa 20 Minuten und dann waren sie auch schon in New York. Es war seltsam. Die Straßen schienen leer, obwohl es erst 5 Uhr nachmittags war. Wie ausgestorben. Eine große, kilometerweite Fläche um das ganze Komplexgebäude war evakuiert worden und dies in nur drei Tagen. Beim Komplexgebäude waren Dutzende Einheiten postiert, die die Eingänge bewachten, um niemanden herauszulassen. Auch auf dem Dach des Gebäudes sah man sie. Dann landete der Helikopter eher unsanft und alle sprangen sogleich raus. Giro ging einfach Ruben nach und dachte sich dabei nicht viel. Die großen Türen des Komplexes wurden einfach weggesprengt und das Glas zersprang in alle Richtungen. Über den splittergetränkten Asphalt stürmten sie sofort in das Gebäude und drangen von allen Seiten ein. Die Eingangshalle war leer und sie gingen gleich weiter zum Fahrstuhl. Einige Einheiten stürmten durch die Treppenhäuser, die andern nahmen sich die Untergeschosse vor. Giro stand mit dem Team im Aufzug, um in das 30. UG zu gelangen. Es war die einzige Möglichkeit, in diese Etage zu kommen. Im Aufzug sagte Ruben, während dieser Lenny irgendetwas an ein laptopartiges Gerät eingab: „Wir halten noch im 22. UG, bevor wir dann in das 30. Runtergehen."

Ein anderer aus dem Team fragte verwundert: „Was, ich verstehe nicht? Unser Auftrag war doch klar und deutlich. Wir sollten direkt und ausschließlich das 30. UG sichern, um die Bombe umzupolen."

Ruben sah ihn hart an und machte klar: „Capris, leiten Sie das Team oder ich?" Daraufhin schwieg dieser und Ruben befahl: „Also zuerst 22. UG und dann 30. UG! Dies ist ein Befehl! Wir müssen dort noch etwas sicherstellen. Es ist wichtig, um Klarheit zu schaffen."

Also fuhren sie zuerst in das 22. UG hinab und besuchten wortwörtlich den Keller des Schreckens. Sie waren alle sprachlos, nicht nur Giro. Sogar Ruben sah sich alles nur geschockt an. In diesem riesigen Raum, der einer großen Lagerhalle aus grauem,

tristen Beton glich, befanden sich Dutzende von Kapselbehält-
nissen aus grünlichem Glas. In diesen seltsamen Behältnissen
waren Menschen und dies in Flüssigkeiten. Als er eines genauer
betrachtete und das Metalletikett las, stand darauf ein Name:
„Ma Yin-Jeou". Sichtlich geschockt fragte er Ruben: „Was ist
das hier? Ich meine, ist das hier in dem Fischglas wirklich der
echte Präsident der Republik China?"

Ruben blickte in ein anderes Glas und meinte perplex: „Ja,
und das hier ist Barack Obama!" Dann ging er hastig zu einem
anderen Behältnis und sagte dort: „Und hier siehst du, mit wem
sie begonnen haben. Kim Jong-Il und daneben sein Sohn Kim
Jong-Un!"

Giro war sichtlich verdutzt. „Aber ich dachte, Kim Jong-Il
sei gestorben?!"

„Na ja, nicht er, sondern der Organbot! Sie hatten ihn ersetzt, und da die Technologie noch nicht so weit war, versagte
der Organbot. Als danach sein Sohn an die Macht kam, wurde
auch dieser prompt ersetzt. Ich wusste, dass sie weit sind. Aber
soweit! Sie haben beinahe jedes Oberhaupt ausgeschaltet. Sogar
Deutschland dort drüben, die Trauermiene!"

Giro fehlten die Worte. So ein echt kranker Scheiß hier. Dies
alles überschritt gänzlich seine Vorstellungskraft und trotz allem
sahen es seine Augen. Da erklang auf einmal ein lauter Motor und
an der hohen Decke zwischen den grellen Neonlampen ging ein
Teil auf. Dann fuhr ein großer Bildschirm herab und ragte über
ihren verdutzten Köpfen. Als sie alle auf den schwarzen Bildschirm
starrten, ging dieser auf einmal an, wobei ein knochiger, alter
Mann, in einem imposanten Sessel sitzend, hinter einem schweren
Luxusschreibtisch mit Sauerstoffflasche im Anschlag zu sehen war.
Neben ihm stand Paul Hagner oder Wei Li. Na ja, der Mann mit
den tausend Namen halt. Dieser sah äußerst zufrieden aus, wobei
der alte Opa auf einmal keuchend und trotz allem erhaben sagte:
„Wie ihr seht, kommt ihr zu spät, meine Sammlung ist bereits voll-
ständig. Ihr könnt das Unvermeidliche nicht aufhalten. Es wird
ein neues Zeitalter der perfekten und wahrhaftigen Schöpfung
geben. Meiner Schöpfung! Niemand kann das mehr aufhalten!"

Da trat Ruben selbstsicher vor und sagte spöttisch zu dem alten Opa: „Ich nehme an, Sie sind Adam Marlon Jones. Oder besser gesagt, Gräber, der wahnsinnige Naziwissenschaftler. Mehr oder weniger schön, mal dein Schrumpel-Gesicht zu sehen! Wusste bis heute nicht, dass ich einen Krieg gegen einen Opa aus dem Altenheim führe. Ich denke, dein Regiment wird so oder so nicht mehr allzu lange dauern. Doch für die üble Kacke hier kommst du sicher direkt in die Hölle und dies für länger als ewig!"

Adam Marlon Jones erwiderte: „Ihr wisst also, wer ich bin oder besser gesagt, war. Nur schade, dass euch euer Wissen nichts mehr bringen wird. Es wird geschehen und dies früher, als ihr denkt, und schlimmer, als ihr euch in euren schrecklichsten Träumen vorstellen könnt. Hitler war und ist nicht nur mein Führer, sondern er war auch mein Erschaffer. Und genau so, wie er mich erschaffen hat, werde ich die Welt erschaffen, so, wie sie sein sollte. Denn nichts ist von Anfang an so, wie es sein soll. Man muss es formen und zurechtbiegen, bis es der gewünschten Form entspricht. So wurde auch ich zurechtgebogen und zu etwas gemacht, das zuvor unmöglich schien."

Ruben gab zurück: „Was? Sie wurden zum Schein ein Deutscher, damit Hitler Ihr Genie ausmerzen und Sie für seine üblen Zwecke missbrauchen konnte? Sie waren nie Deutscher und werden es nie sein! Sie verfolgen den völlig wahnsinnigen und irrationalen Plan eines größenwahnsinnigen Diktators. Dabei blenden Sie aus, dass er Ihre gesamte Familie vergast hat, um Ihnen danach eine Gehirnwäsche zu verpassen."

Giro ergänzte: „Hitlers Frankenstein, oder wie?"

Da, ein keuchendes Lachen des Greises, bevor er einen herzhaften Zug aus der Sauerstoffflasche nahm. Dabei half ihm Paul Hagner wortlos, wobei der Alte grob sagte: „Egal, was ihr über mich und meine Beweggründe denkt. Es hat keinen Wert für mich. Geht ruhig und sprengt meinen Konzern, um die Megadetonation aufzuhalten! Aber eines muss euch dabei bewusst sein: Es ändert gar nichts!"

Dann war's vorbei und das Bild wurde wieder schwarz. Da drehte Ruben leicht durch und schoss mit der Faustfeuerwaffe das

Gerät in Stücke. Er jagte etliche Kugeln in das schwarze Plastik-
bild. Danach ging er einfach in Richtung Fahrstuhl, wobei ihm
das Team schweigend folgte. Also gut, nun ging es auf direktem
Weg in das 30. UG. Schweigen füllte den Fahrstuhl. Es war
ziemlich eng, da sie zu sechst schwer bewaffnet sowie ausgerüstet
in dem Metallkasten standen. Keiner sah den andern an. Alle
starrten ins Leere und niemand kommentierte es. Als die Tür des
Fahrstuhles aufging, sagte Ruben zu diesem Capris: „So, du bist
dran! Du übernimmst ab hier. Ich muss noch in die 12. Etage,
um dort etwas zu holen. Du weißt, was zu tun ist, und danach
habt ihr genau 6 Minuten, um den Heli zu erreichen. Ihr müsst
euch genau an die Schritte des Protokolls halten! Verstanden?"

Capris antwortete: „Ja, ich kenn das Protokoll wie meine
Westentasche. Aber warum musst du gehen? Wir brauchen dich
doch!"

„Nein! Das Einzige, was ihr braucht, ist Giro. Also du leitest
ab hier, und jetzt los an die Arbeit! Du hast den Greis gehört.
Sonst ist es wirklich noch zu spät, um etwas zu ändern."

Giro wusste, was Ruben vorhatte. Er wollte diese Max holen,
um Naomi zu retten. Zumindest hoffte er, dass dies der Grund
war, denn schließlich war dies der Hauptgrund, weswegen er
dies tat. Auch wenn dieses Gruselkabinett es wirklich verdient
hatte, in die Luft zu fliegen und dem Erdboden gleichgemacht
zu werden. Aber nun gab es so oder so kein Zurück mehr. Wann
gab es das schon? Er hätte lügen müssen, um zu behaupten, dass
er keine unglaubliche Angst vor alledem verspüre. Denn die hatte
er und wie! Besonders, als er die große, hohe und unsagbar helle
Halle betrat. In der Mitte der weißen Wände stand noch immer
das riesige Nuklearteil inmitten der dicken Glasschutzmauer.
Während er in der Halle stand, blieben bis auf Lenny alle vor
der Sicherheitstür. Doch als dann auch Lenny die Halle verließ
und die Tür hinter sich schloss, war er einmal mehr vollkommen
verwirrt. Warum sperrten die ihn hier allein ein? Doch da auf
einmal die Stimme von Lenny in seinem Ohr. Er sagte über den
Ohrstöpsel: „Alles ist gut! Du hörst mich. Ich bin bei dir. Also
geh zu dem Nuklearantriebssystem in der Mitte!"

Doch Giro entgegnete nur verständnislos und ziemlich grob: „Du bist bei mir? Was soll die Scheiße?! Ich steh hier ganz allein und das ohne Plan. Mach sofort die Tür auf!"

Capris schaltete sich ein. „Giro, ich bin es, Capris! Hör zu, das können und dürfen wir nicht. Die Strahlung ist zu hoch. Aber sobald der Countdown gesetzt wurde, öffnen wir sie und du kannst mit uns abhauen. Wir lassen dich hier nicht zurück, keine Angst! Wir schaffen das! Also los! Je schneller du es angehst, desto schneller können wir hier raus!"

„Ihr seid doch alles Arschlöcher!", war Giros Kommentar.

Na toll, dann geh ich mal zu der Atombombe und spiel an ihr rum, dachte er bei seinem Gang zu der Glaspforte. Als er vor ihr stand, ging sie wie von allein auf. Also trat er ohne zu zögern ein. Dabei war die Strahlung so stark, dass es ihm die Haut ansengte. Es brannte fürchterlich und er roch das verätzte Fleisch. Egal, Augen zu und durch. Da stand er vor der blinkenden Konsole. Und jetzt?, fragte er sich. Da, die Stimme von diesem Lenny. „Siehst du das blinkende Raster oben links auf dem Display?"

„Ja, und was ist damit?"

„Ich habe den Hauptkontrollpunkt mit dem internen Steuerprogramm gekoppelt. Du musst nur deine eine Handfläche auf das Gitternetz legen und dann den Netzzufluss anpassen! Dies ist etwas, das nur du kannst. Ruben sagte, du hättest einen Stromausfall herbeigeführt. Das ist dasselbe Prinzip, nur dass ich die Folgen kontrolliere. Also leg los!"

Okay, dann geh ich mal in den blauen Modus, dachte er, wobei ihm jedoch nicht bewusst war, dass nicht jener den Stromausfall bewirkt hatte, sondern der grüne. Also legte er seine Hand auf das Gitternetz und schloss dabei die Augen. Auf einmal erklang jedoch ein lauter, dröhnender Alarm. Noch während er erschrocken die Augen aufriss, erklang die Stimme von Lenny in seinem Ohr, panisch und hektisch. „Was? Wie kann das sein? Die Werte schießen rapide in die Höhe! Egal, was du da tust, hör auf damit, sonst wirst du uns noch alle töten! Oh mein Gott, was ist das bloß?"

Da schaltete Giro abrupt um, und noch während er auf Grün wechselte, erklang wie aus dem Nichts heraus die Stimme von

Marlon Adam Jones, scheinbar von überallher. „Wie blinde und taube Lemminge, die trotz aller Warnungen über die Klippe springen in ihren sicheren Tod! Doch bald hat dies ein Ende und Lemminge werden zu einer ausgestorbenen Art gehören. Los, macht und versagt!"

Im gleichen Moment die aufgeregte Stimme von Lenny. „Oh mein Gott, er hat sie gegengepolt! Es ist zu spät!"

Capris rief: „Was zum Teufel? Wie kann das sein? Wir müssen hier raus, das ist eine Falle! Alles eine Falle!"

Doch noch während er schrie und Panik ausbrach, wurde das Piepsen extrem hektisch. Da, auf einmal ein helles Licht. Giro wusste nicht, was da geschah, aber es war extrem hell und dann auf einmal spürte er die Welt. Es war, als ob er eins mit ihr geworden wäre. Ein seltsames Gefühl. Er schien körperlos und eine Energie bebte förmlich um ihn. Dann ein Knall, jedoch nur der Klang, und dann Leere. Es war alles weg und er auch. Was war geschehen in diesen Minuten oder Sekunden? Eine Detonation unwahrscheinlichen Ausmaßes. Sie machte ganz New York dem Erdboden gleich und verwandelte es in einen brennenden und verseuchten Trümmerhaufen. In der Mitte prangte ein Riesenkrater, dessen Auge der Me and You Konzern war. Es war also alles umsonst und die Welt wurde erschüttert. Doch was hatte Giro geändert? Nichts, oder?

Kapitel 24

Der Urknalleffekt

Irgendwo in einem halb offenen Lagerhaus. Die Luft war staubig und trocken, überall Sand am Boden. Dabei eine drückende Hitze. Wo war er? Er stand auf einem Podest und sah hinab auf eine brüllende Menschenmenge. Diese bestand hauptsächlich aus Männern südamerikanischer Herkunft. Dabei trugen sie alle Waffen, die sie auch noch teilweise laut brüllend wie Affen in die Höhe streckten. Neben ihm stand ein Kerl, der laut auf Spanisch eine Ansage machte. Auch er trug eine Automatikknarre um die Brust geschnallt. Es war Ruben. Was ging hier ab? Er wollte die Bombe entschärfen und nun stand er hier neben Ruben. Nein, das war nicht Giro, oder? Er sah an sich runter und musste feststellen, dass auch er eine Automatikknarre in den Händen hielt. Doch das war nicht sein Körper. Seine Arme waren tätowiert und er war ziemlich braun. Was war hier los? Wer und wo zum Teufel war er? Die spanische Sprache gehörte nicht zu seinem Arsenal. Aber jetzt verstand er alles, als ob es seine eigene Sprache sei. Noch während er verdutzt Ruben ansah und verwirrt seiner Ansage lauschte, waren die anderen wie in Ekstase. Sie schienen wie besessen den Worten von Ruben zu lauschen. „Der Anfang unseres großen Gegenschlags, meine Freunde! Wir befinden uns mitten in einem Krieg, in den wir hineingeboren wurden. Und dies als Soldaten, als Brüder und natürlich als Feinde, gegen die wir stets furchtlos zusammen angehen, wobei nur die Stärksten überleben. Doch wir geben nicht auf und so wachsen wir täglich. Heute Abend werden wir Mexiko und den verdammten USA zeigen, wer hier wirklich das Sagen hat. Wer hier wirklich das mächtigste Kartell Mexikos ist, nämlich Barrio Azteca und La Linea. Das Sinaloa-Kartell wird heute Abend einmal mehr seinen Kopf verlieren. Für Barrio Azteca und natürlich La Linea geben wir unser Leben!"

Und dann brüllten alle, während sie ihre Waffen in die Höhe streckten, wie besessen und voller Überzeugung. „Barrio Azteca! Barrio Azteca!"

Dabei schossen sogar einige von den Irren in die Luft und darunter waren viele noch Kinder. Was war das hier für eine Aufführung und in wessen Körper steckte er da gerade? War es ein Traum oder nur die Hölle? Wahrscheinlich von beidem etwas, dachte er. Aber gut, er tat nichts dergleichen und sah sich das Ganze erst mal stillschweigend an. Nachdem Ruben seine große Ansprache gehalten hatte, griff er Giro jedoch auf einmal an die Schulter und sagte grob zu ihm: „Tico, warum trägst du so eine Miene? Heute Abend wird Guzmans Blut fließen! Deine Schwester wird gerächt und gleichzeitig werden wir an die Spitze gelangen. Ich hab's dir immer gesagt, wir sind hier die Chefs und bald gehört uns alles. Heute wirst auch du wieder aufsteigen, mein Freund!"

Doch Giro sah ihn nur einen Augenblick lang seltsam an, bevor er zögerlich meinte: „Wenn du es sagst …"

Dabei erschrak er selbst, nicht nur ob seiner nun ziemlich hohen Stimme, sondern noch mehr wegen der Tatsache, dass er fließend Spanisch sprach. Wie konnte das sein? Er verstand und sprach eine ihm völlig fremde Sprache und dies auch noch in einem ihm völlig fremden Körper. Er war kleiner und seine Stimme feiner. Doch trotz allem steckte Giro da drin und sonst keiner. Ruben hatte ihn Tico genannt. War wohl sein Name. Also wusste er schon mal, wie er hieß. Aber der Rest ergab keinen Sinn. Wer waren die Barrio Azteca und all die andere Scheiße? Von La Linea hatte er schon gehört, als er bei den Triaden war, es war ein mexikanisches Drogen-Kartell. Er musste vorsichtig herausfinden, was hier los war. Als Ruben schließlich von dem Podest steigen wollte, griff er ihn am Arm. „Hey, wart mal, Ruben!"

„Officer Tico, was ist dein Anliegen?"

„Officer von was?"

Da sagte Ruben laut in die Menge und voller Überzeugung: „Officer der Götter! Barrio Azteca! Unsere Familie! Aber ich weiß schon, auf was du hinauswillst. Was nützt einem ein Titel, wenn man trotz allem schwarze Schafe mitten in seiner Herde hat. Cesar, bring Ronald her, damit wir hier mal ein wenig Ordnung schaffen können!"

Dabei begab sich ein Kerl, der wie ein riesiger Stier aussah, zu einem der Männer aus der Menge. Er sah ihn nur streng an und der Mann begab sich wortlos, jedoch mit finsterem Blick auf das Podest. Während er Ruben nur ansah, sagte dieser grob: „Ronald, da wir nun kurz vor dem Durchbruch stehen, sollten wir den Zwist zwischen dir und Tico aus der Welt schaffen. Also da Tico dein Officer ist und über dir steht in der Rangordnung, wird er zuerst seinen Standpunkt klarmachen!"

Oh nein!", das war der Hauptgedanke, der in jenem Augenblick durch Giros neuen Kopf ratterte. Was sollte er nun sagen? Er hatte keine Ahnung, um was es hier überhaupt ging. Doch alle sahen ihn an und dies ziemlich finster und äußerst erwartungsvoll. Er musste etwas sagen. Doch ihm fiel nichts Gescheites ein, also sagte er nur zu Ruben: „Ich hab keinen wirklichen Standpunkt, was ihn betrifft! Er ist, denke ich, einfach ein Idiot!"

Dies brachte Ruben zum Lachen, was auch die andern Männer zum Lachen brachte. Nur dieser Ronald schien ziemlich erzürnt und wütend. „Okay Tico, du hast vielleicht keinen Standpunkt zu mir, jedoch ich hab einen zu dir. Du bist schwach und hast keine Eier! Vor dir hat niemand Angst, nicht mal ein Baby. Du bist eine Schande für die Barrio Azteca! Warum sollten wir auf dich hören? Einen Kerl, der nicht mal die einfachsten Regeln befolgen kann. Und warum? Weil er ein weichherziger Feigling ist und sonst nichts weiter. Feigling!"

Als der Kerl ihn so runterputzte, sah Tico (Giro) ihn nur unbekümmert an. Er wusste schließlich nicht, von was der Kerl da sprach. Doch alle sahen ihn immer noch erwartungsvoll an, sogar Ruben. Dieser sagte dann leise von der Seite zu ihm: „Es wird Zeit, ihn fertigzumachen ... Vergiss unser Ziel nicht ..."

Aber er hatte echt keine Ahnung, was hier abging. Jedoch war ihm eines klar, er musste etwas tun. Und so schlug er dem Großmaul eine runter. Dabei blieb es nicht, denn anscheinend war das die richtige Antwort. So prügelte er dem Jungen die Scheiße aus dem Leib. Dieser kam nicht mal dazu, sich zu wehren, und kassierte voll ein. Als er sich nur noch keuchend am Boden hin und her wälzte, wobei sein Gesicht blutverschmiert war, ließ

Giro von ihm ab. Er wollte ihn ja nicht umbringen. Er kannte den Kerl noch nicht mal. Auf einmal streckte Ruben ihm jedoch eine Machete entgegen. Während Tico (Giro) sich diese wortlos ansah, forderte Ruben ihn auf: „Hier, beende es und hack dem Schwein den Kopf ab!"

Doch Tico (Giro) sah ihn nur schockiert an. „Was? Nein! Warum sollte ich! Mach du das doch, wenn du drauf stehst!"

Dann stieß er Ruben zur Seite und verließ das Lagerhaus. Er hatte Glück, denn wenn Ruben die Männer nicht zurückgehalten hätte, wäre er da nie rausspaziert. Sie hätten ihn über den Haufen geschossen und dies, ohne mit der Wimper zu zucken. Doch er verstand nicht, was das hier war. Er schien gerade das Leben eines anderen zu führen. Aber wo war sein Körper und wie konnte dies passieren? Nun fiel ihm wieder ein, dass er auch schon mal von den Barrio Azteca gehört hatte, jedoch im Zusammenhang mit La Linea. Sie waren Fußsoldaten des mexikanischen Kartells La Linea, das hauptsächlich Kokain schmuggelte und dies meist in die USA. Von den Kartellen gab es einige und sie waren alle ziemlich krank im Kopf. Noch perverser als die Japaner. Richtige Barbaren. Sie folterten und töteten auf grausame Art. Sie mordeten und dies ohne Halt oder Erbarmen. Sie herrschen nur durch Verbreitung von Schrecken und Angst. Sie dachten, alles gehöre ihnen, sogar der Knast. Dort entstand die kranke Gruppierung und nun war sie riesig, genauso wie das Sinaloa-Kartell, das auch mit den Yakuza handelte. Das Sinaloa-Kartell war ebenso riesig und die beiden standen auf Kriegsfuß. Jedoch waren sie nicht die einzigen Feinde der Barrio Azteca. Diese hatten Dutzende Feinde und dies mit guten Gründen. Sie waren allesamt Monster und erschufen täglich neue Monster. Dies nur durch die Angst und ihre unaussprechlich grausamen Taten. Er hätte nie gedacht, dass Ruben so jemand wäre, und er selbst war nun auch gezwungen, einer von denen zu sein. Er musste raus aus dem Körper. Nur wie? Er wusste noch nicht mal, wie er da reingeraten war. Als er da rausstürmte und sich verwirrt den Kopf hielt, erklang auf einmal wieder eine ihm vertraute Stimme. Es war Naomi, oder? Er sah verwirrt hin und erblickte sie. Sie sah gut aus, wenn auch ungewohnt in dem knappen Jeanskleidchen. Und wo kamen all die hässlichen Tätowierungen her? Schrecklich, dachte er, wer hat ihr das bloß angetan? Dem würde ich gleich den Kopf abschlagen. Doch als er sie so verdutzt ansah, sagte sie nur: „Was ist los, Tico? Was tust du da? Spinnst du? Warum benimmst du dich so seltsam?"

„Ich benehme mich seltsam? Dein Bruder ist verrückt und enthauptet kleine Jungs, nur weil sie eine große Klappe haben!"

„Ach, mein Bruder ist also verrückt! Ja, das ist er wohl wirklich, wenn er einen so nutzlosen Arsch wie dich auch noch in Schutz nimmt. Am Ende hatte Ronald doch recht mit dir. Du hast nachgelassen und das stark! Beim nächsten Mal kann auch Ruben dir nicht mehr helfen und sie werden dich töten. Du weißt genau so gut wie ich, dass du nur Wert hast, wenn du kämpfst, und dazu gehört töten oder getötet werden. Deine Wahl – aber lass meinen Bruder da raus und zieh ihn nicht mit in den Abgrund!"

Dabei lief sie ihm einfach davon. „Naomi, warte!"

Sie blieb stehen und sah ihn nur mit üblem Blick wütend an. „Mein Name ist Max, du Arschloch!"

Dabei streckte sie ihm auch noch fies den Mittelfinger entgegen, um sich dann einfach zu verziehen. Was ging hier ab? Warum sollte Naomi auf einmal Max heißen. Sie sah aus wie Naomi, aber war sie es auch? Nein, das war sie nicht. Wie konnte das sein? Es wurde immer seltsamer hier. Er war er selbst, aber sah nicht danach aus. Naomi war nicht sie selbst, auch wenn sie vielleicht so aussah. Jedoch Ruben war er selbst und sah auch so aus, oder? Das war alles zu verwirrend, er verstand nichts mehr und sprechen konnte er mit keinem. Oh Mann, was für ein Dilemma! Da packte ihn auf einmal Ruben grob am Arm und zog ihn mit sich. „Komm, wir müssen reden!"

Also folgte er Ruben und stieg schließlich wortlos in einen Wagen ein. Als er neben ihm auf dem Beifahrersitz saß, sagte Ruben: „Ich weiß, dass ich nur dank dir so weit gekommen bin. Wärst du damals nicht gewesen, hätte ich die Zeit im Gefängnis nie überstanden. Ich verdanke dir viel und darunter auch mein Leben. Darum werde ich nun auch nicht zulassen, dass du deines einfach so wegwirfst. Verdammt, du bist wie ein Bruder für mich! Also krieg dich einfach wieder ein und sei endlich wieder der alte Tico!"

„Leichter gesagt als getan, Ruben!"

„Ja, ich weiß, Maria ist tot. Aber sie wollte, dass du lebst. Und sie hätte Rache gewollt, das weißt du. Also bring ich dich jetzt nach Hause und du kriegst dich wieder ein, damit du heute Abend deine verdiente Rache auch genießen kannst. Danach sieht alles wieder ganz anders aus, denn wir werden mit einem Schlag das Spielfeld übernehmen."

„Klar doch! Klingt alles echt super!"

Nur dass er noch immer nicht wusste, was hier abging, aber gut. Als der Wagen hielt und er aussteigen wollte, sagte Ruben noch: „Hey Tico, geh nach Hause!"

„Hatte nichts anderes vor. Wo ist das noch gleich?"

„Jaja, du sollst nur nicht wieder die 202 besuchen!"

„202?"

„Deine nette Nachbarin, du Clown. Die ist nicht gut fürs Geschäft. Du weißt schon. Also tu nicht so!"

„Schon gut! Ich halt mich zurück für die Familie oder so. Also bis später!"

„Andere Straßenseite!"

„Was?"

„Dein Zuhause ist dort drüben!"

„Schon klar! Aber ich brauch noch Zigaretten. Jetzt verzieh dich endlich, Mama!"

Ruben scherzte mit. „Ja doch, mein Kind!"

Dabei lachte er und fuhr endlich davon. Okay, es war schon hilfreich, dass er ihm den Block gezeigt hatte, in dem er anscheinend hauste. Jedoch wollte er nicht, dass Ruben noch seltsamer von ihm dachte. Also überspielte er seine Unwissenheit, auch wenn dies echt schwer war. Auf der anderen Straßenseite betrat er den Betonblock und begab sich in den zweiten Stock hoch. Da Ruben gesagt hatte, seine Nachbarin wohne in 202, hatte er schon eine Richtung. Dabei gab es auch nur fünf weitere Türen in dem Stockwerk. Also beschloss er, einfach sein Glück zu versuchen, und testete den Schlüssel an den übrigen Türen. Als er bei der 206 sein Glück versuchte, öffnete jemand die Tür. Es war eine junge Frau. Er beschloss, den Betrunkenen zu spielen, als diese schließlich überrascht zu ihm sagte: „Was soll das, Tico? Was willst du hier?"

Verdammt, die kannte ihn auch noch. Egal, er spielte den Betrunkenen und sagte lallend und torkelnd zu ihr: „Ich komme nach Hause, mein Liebling!"

„Herrgott, Tico, wie betrunken bist du denn?"

Da tönte auf einmal eine harte Männerstimme aus der Wohnung. „Rosa, wer ist das?"

Rosa rief: „Carlos, es ist nur ein Vertreter ... für Staubsauger!"

„Dann schick den Arsch weg, du kannst mit deinem Mund saugen!"

Noch während er dies grob brüllte, sagte sie leise: „Tico, los, geh schon rüber in deine Wohnung, bevor Carlos dich noch sieht! Los. geh schon! Ich komm dich bald mal wieder besuchen, versprochen! Aber jetzt musst du gehen!"

Dabei schob sie ihn in Richtung von Tür 207, das war wohl seine Wohnung. Als sie hinter ihm die Tür schloss, konnte er endlich wieder normal gehen und begab sich direkt in seine Wohnung. Darin herrschte totales Chaos. Er war ein Chaot, dazu war es verraucht sowie dunkel in dem Drecksloch. Aber egal, er musste Informationen über den Kerl sammeln. Schließlich dachten alle, dass er Tico sei, und er steckte in dessen Körper, wie auch immer das passieren konnte. Also lief er durch die dunkle Wohnung, wobei er auch feststellte, dass dieser Tico ein Faible für billige Pornohefte hatte und natürlich für alle harten Drogen. Sie lagen überall in dem Chaos verteilt. Er hatte ein großes Drogenproblem und zugleich ein Arsenal. Als er vor einem Spiegel stand, erschrak er echt aufs übelst. Neben einer fetten Narbe auf seiner braunen Wange war er auch noch im Gesicht tätowiert. Tränen und ein Kreuz, warum das? Er sah scheiße aus und dann erst der hässliche Nasenring. Als ob er ein Zuchtbulle wäre. Dann zog er sein Shirt aus und sah sich den fremden Körper an. Neben Tausenden Tätowierungen befand sich ein riesiger Schriftzug auf

seinem Brustkorb. Darauf stand „Barrio Azteca" und über seinem
Bauchnabel prangte eine Zielscheibe mit der netten Zahl 187. Der
Polizeicode für Mörder. Wie passend, dachte er sich. Sogar an
seinen Nippeln hingen Ringe, als ob der in seiner Nase und das
Dutzend in seinen Ohren nicht gereicht hätten. Einfach schreck-
lich. Als er sich umdrehte und seinen Rücken betrachtete, dasselbe
Bild, nur dass außer den hässlichen Bandentätowierungen auch
noch üble Narben seinen Rücken zierten. Es sah aus, als ob die
Striemen von einem Riemen oder stumpfen Messer stammten.
Jedoch waren sie schon verheilt. Sie saßen so tief, dass nun dicke
Narben zurückgeblieben waren und seinen Rücken entstellten.
Er setzte sich auf die ranzige Couch in dem zu gequalmten und
äußerst chaotischen Wohnzimmer. Es ratterte wie noch nie in
seinem Schädel bzw. in dem Schädel von Tico. Da sah er die
Crackpfeife auf dem Tisch liegen. Er griff nach der Glaspfeife
und hob sie von den Pornoheften hoch. Als er sie in den völlig
fremden Händen hielt und so ansah, griff er sich auch noch das
Feuerzeug vom Teppichboden. Es lag neben einem gebrauchten
Kondom. Die Wohnung war echt der Horror. Obwohl er selbst
nie Crack geraucht hatte, wusste er von Shiyan, wie das ging
und vor allem, wie es einen weghaute. Dieser Tico konsumierte
anscheinend reichlich von dem Dreck und so war sein Körper
wohl schon daran gewöhnt wie der von Shiyan. Der hätte ein
Kilo Rattengift problemlos überlebt. Also zündete er die Pfeife
an und zog an dem Scheiß. Es schmeckte einfach widerlich und
brannte fürchterlich. Dies nicht nur in Rachen oder Mund, nein,
am ganzen verdammten Körper. Dann war alles egal, sogar das
üble Brennen. Er war weg. Es hatte ihn völlig weggehauen und
er lag wie eine Leiche angespannt auf der Couch. Dabei war er
mit halb offenen Augen weggetreten. Doch in seinem Kopf ging
es nun erst so richtig ab. Wie in einem Schreckenskabinett und
dabei war er das Opfer. Wie bizarr! Er hatte gedacht, dass man
den Ängsten so entfliehen könne, doch nun saß er mittendrin. Er
war in seinem Verstand gefangen, nur im echt üblen Teil davon.
Er hätte mal lieber die Finger von dem Dreck gelassen. Das war
keine Hilfe, sondern eine zusätzliche Bestrafung. Doch dann auf

einmal seine Mutter. Da stand sie einfach vor ihm. Er sah nun wenigstes wieder wie Giro aus und steckte in seinem Körper, wenn auch nur in seinem Verstand gefangen. Da sah er nun seine Mutter direkt an und sie lächelte ihm zu in ihrem strahlend weißen Kleid. Sie sah aus wie ein Engel und ein warmer Schein umgab sie. Als er auf sie zugehen wollte, musste er jedoch feststellen, dass er nicht an sie herankam. Sie war immer gleich weit weg und egal, wie weit er lief, sie kam nicht näher. Da sagte sie auf einmal mit sanfter Stimme zu ihm: „Rio. Mein Kleiner Rio. Du bist so groß geworden. Siehst aus wie dein Vater. Ich bin so stolz auf dich, mein Sohn. Doch du darfst nicht mehr zweifeln. Du bist auf dem richtigen Weg. Du denkst, du hast keine Kontrolle, aber die hast du. Dein Wille hat dich bis hierher gebracht und deinen Geist hier sicher verwahrt. Doch du musst die Aufgabe erfüllen, um am Ende auch zurückzukehren. Nicht nur deine Hülle hat eine Bestimmung, auch seine hat eine. Du musst diese erfüllen und dann wird auch deine Hülle wieder bereit sein, um dich auf-zunehmen. Rio, du kannst das. Ich weiß es. Denn ich hab ge-sehen, zu was du imstande bist. Sei weiterhin stark und du wirst auch dein wahres Glück finden." Auch wenn er gewollt hätte, er konnte nicht sprechen, er war stumm und wie gehemmt. Er konnte nur zuhören und sie ansehen. Dies tat er auch und hatte gleich tausend Fragen. Ihm wurde bewusst das sein Name Rio war. Nicht Krys. Er dachte an das was seine Mutter zu Lebzeiten oft zu ihm und seinem kleinen Bruder sagte. „Rio der Macher. Yoshi der Denker. Meine zwei Helden" Wie war das möglich? Aber dann war es auch schon vorbei und er erwachte auf der widerlichen Couch in dem für ihn völlig fremden Körper.

⎯ Kapitel 25 ⎯

Ich bin nicht, wer ich bin

Während er sich aufrappelte, musste er feststellen, dass er nicht mehr allein war, denn da lutschte doch tatsächlich gerade jemand seinen Schwanz. Es war eine junge Frau, die auch eher zugedröhnt aussah. Er schob sie noch halb belämmert weg von seinem Schoß. Da sah sie ihn mit ihren völlig verquollenen Augen an und sagte seltsam lachend: „Was hast du? Das magst du doch? Oder hast du wieder Crystal geraucht? Das Zeug ist scheiße! Das macht dich impotent und hässlich dazu!"

Er antwortete: „Keine Ahnung, was ich gerade geraucht habe. Ist mir auch scheißegal. Ich hab jedoch gerade keine Lust, eine hässliche Schlampe zu ficken. Also verpiss dich aus meiner Wohnung!"

„Tico Rodriguez! Hör sofort auf, mich wie eine deiner Schlampen zu behandeln! Das ist meine Wohnung, und wenn du meinst, dass ich nur über dich an meinen Stoff rankomme, irrst du dich gewaltig! Es gibt tausend Schwänze bei den Barrio Azteca, die ich lutschen kann, um an mein Zeug ranzukommen. Also benimm dich mir gegenüber lieber ein wenig netter, sonst schmeiß ich dich raus und du kannst zurück in deine Wohnung, wo dich die Killer des Sinaloa-Kartells schon erwarten! Dein Kopf sieht sicher gut aus auf einem Spieß!"

„Dann tu das doch! Scheiß ich drauf! Ich erschieß dich einfach oder erwürg dich blöde Bitch! Wer würde dich Schlampe schon vermissen? Und dann leb ich weiter hier. Das klingt viel besser in meinen Ohren."

„Oder du fickst mich einfach und wir lassen es gut sein."

„Ich will dich aber nicht ficken. Was ist bloß los mit dir? Ich sag, ich will dich umlegen, und du willst ficken!"

„Ich bin spitz und das ziemlich, kommt wohl von den Drogen. Also fick mich oder töte mich, sonst werfe ich dich raus und hol mir einen anderen Stecher!"

War das ihr Ernst? So eine Scheiße. Er überlegte und die Entscheidung fiel ihm nicht leicht. Aber er schlug sie k. o. und verstaute sie daraufhin im Schrank. Natürlich gut gefesselt und mit zugeklebtem Mund. Danach war endlich Ruhe. Diese brauchte er, um einen klaren Kopf zu bekommen. Was war das, was er da gerade erlebt hatte in dem seltsamen Drogentraum? War es die Antwort auf seine Fragen oder nur ein verwirrender Mischmasch seiner Gedanken. Wenn das stimmte, was seine Mutter da erzählte, musste er einfach weiter das Leben von diesem Tico führen, um dann zurückzukehren. Da, in diesem Moment vibrierte sein Smartphone, und als er drauf sah, musste er erschreckt feststellen, dass heute der 22.08.2004 war. Wie konnte das sein, war er etwa über 10 Jahre in die Vergangenheit gereist und dabei in diesem Körper gelandet? Es wurde immer irrsinniger. Wie sollte so was überhaupt möglich sein und warum war er hier gelandet in dem Körper von Tico? Ein Zufall oder hatte es einen Grund? Er hatte wohl keine andere Wahl, als sich weiter überraschen zu lassen. Also musste er Tico sein und sehen, ob er so weiterkam. Er ging also zum Schrank und holte das gefesselte Mädchen raus. Dann setzte er sie auf die Couch und nahm ihr das Klebeband vom Mund. Da fing sie gleich an, wütend zu schreien: „Du Hurensohn! Du Stück Scheiße! Ich hasse dich! Widerling!"

„Okay, beruhige dich! Es tut mir leid. Das wollte ich nicht."

„Was? Bist du verrückt? Natürlich wolltest du das! Du bist so ein Riesenarschloch!"

„Nein, das waren die Drogen! Ich wusste nicht, wer du bist. Es tut mir leid. Ich dachte, du seist ein Hobbit oder so."

„Du dachtest, ich sei ein Hobbit?! Na, okay, das kenne ich. Aber nun mach mich los, okay? Alles gut, versprochen!"

„Echt? Du bist nicht böse oder wütend auf mich?"

Das Mädchen versicherte: „Nein, Tico. Du kennst mich doch. Ich verstehe dich."

„Na gut. Aber du hörst mir zuerst zu, bevor ich dich losmache."

„Ach Tico, komm schon, mach mich jetzt los! Es reicht mit deinem Psychoscheiß!"

„Wie gesagt, zuerst brauche ich Antworten, dann binde ich dich los."

„Dann schieß mal los, Tico! Was hast du dir bloß für eine Scheiße reingezogen, dass du nun so einen Trip schiebst?!"

„Hier geht es nicht um Drogen. Ich hab irgendwie einige Dinge vergessen. Dinge, die mein Leben betreffen, und du hilfst mir, meine Erinnerungen zurückzukriegen."

„Also du hast einige Dinge vergessen, aber es liegt nicht an den Drogen? An was liegt es dann?"

„Na ja, vielleicht liegt es ja doch an den Drogen! Egal, hilfst du mir nun oder soll ich dich einfach wieder im Schrank verstauen?"

„Du bist echt reizend! Na, dann stell deine blöden Fragen! Aber wenn du so gut wärst, mir ein Bier zu bringen! Ich habe Durst. Nicht dass ich dich noch falsch informiere."

Er sah sie genervt an, bevor er aufstand und sich in die kleine Küche begab, um ein Bier aus dem Kühlschrank zu holen. Er nahm sich auch eines und begab sich zurück ins Wohnzimmer. Dort war das Mädchen dabei, mit ihrem Gesicht in einer Schublade rumzuwühlen. Was tat die da?, dachte er nur. Noch während er ihr dabei zusah, fragte er: „Was wird das genau?"

Da drehte sie sich abrupt um und lachte ihn an, bevor sie antwortete.

„Das fragst du noch? Mein Insulin! Hilf mir lieber mal! Ich komm nicht ran, da ich gefesselt bin."

„Insulin? Bist du etwa zuckerkrank?"

„Du hast ziemlich viel vergessen, oder?"

„Setz dich hin, ich mach schon!"

Während sie sich setzte, begab er sich zur Schublade und kramte das Zeugs heraus. Er legte die Spritze und das Fläschchen mit dem Insulin auf den Tisch. Dann sah er sie nur an, bevor er wortlos ihre Hände entfesselte. „Wie nett! Darf ich mich selbst versorgen? Das nenn ich mal Service!"

Doch er antwortete ihr nicht, sondern griff sich nur eine der Bierflaschen, um einen Schluck zu nehmen. Dabei legte er die Füße über die vielen Pornomagazine auf dem Tisch. Die Wohnung war echt ein schreckliches Loch der Sünden und Laster. Ein Priester wäre wohl gleich verbrannt, wenn er sie betreten hätte. Aber es passte zum Rest. Als sie sich das Insulin spritzte, sah er ins Leere hinaus, bevor er schließlich fragte: „Verdammt, wer bin ich?"

„Na, Tico!"

„Klasse! Tico! Ein dummes Stück Scheiße trifft es wohl eher. Verdammt, so ein Dreck! Ich gehör hier nicht hin. Kein Stück!"

Das Mädchen meinte: „Manchmal! Aber eigentlich bist du kein übler Kerl und wer von uns gehört hier schon wirklich hin? Wir sind doch alle nur missverstandene Kinder Gottes!"

„Ist das so?"

„Das waren deine eigenen Worte!"

„Ach, solche Dinge sage ich also! Muss wohl an den Drogen liegen."

„Was redest du denn da? Der Tod deiner Schwester hat dich wohl mehr mitgenommen als gedacht. Du und Ruben, ihr werdet alles ändern. Das hast du mir versprochen. Du bist nicht wie die anderen. Ich meine, du tust schlimme Dinge, ja. Aber du versuchst, etwas zu ändern, und fürchtest die Konsequenzen nicht. Du denkst an alle, und wenn euer Plan gelingt, wird hier endlich wieder Ordnung herrschen. Dann ist die Zeit der Qual endlich vorbei. Tico, komm schon, krieg dich wieder ein!"

„Klar doch, tu ich! Alles gut! Aber da dies hier deine Wohnung ist, wo sind meine Sachen? Ich meine, ich hab doch persönliche Sachen, oder?"

„Na ja, außer den tausend Pornoheften und den Drogen hast du noch deine Sporttasche im Schlafzimmer neben der Kommode. Der Rest ist in deiner Wohnung. Aber seitdem du das Ding mit Martinez abgezogen hast, kannst du dort nicht mehr hin. Aber das weiß du ja, oder? Echt seltsam, deine Fragen. Noch seltsamer als dein Verhalten. Hast wohl zu viel Spülwasser gesoffen!"

„Was?"

„Na, du warst wieder bei Julius in der Opiumhölle. Kein Wunder, dass du danach alles vergisst! Eher ein Wunder, dass du das überlebst. Du solltest damit aufhören! Die Drogen hier reichen doch!"

„Na dann, und ist heute echt der 22.08.2004?"

„Was? Ja, natürlich! Heute ist der große Tag. Der erste Freiheitsschlag! Guzmans Ende!"

Doch er sah sie nur seltsam an und stand dann wortlos mit dem Bier in der Hand auf. Er ging ins Schlafzimmer, um sich den Sportsack anzusehen. Vielleicht war da ja noch was drin, das ihm weiterhalf, diesen Tico kennenzulernen und so auch das Ganze besser zu verstehen. In der Sporttasche war nicht viel außer Klamotten und Waffen. Doch dann griff er nach einem kleinen Notizheft. Es war blau und schien wichtig zu sein. Es war nämlich abgenutzt vom vielen Öffnen, jedoch gut verstaut in einer der Innentaschen. Daneben befand sich eine Brieftasche. Es war natürlich die von Tico. Darin befanden sich seine Ausweise und Kreditkarten sowie 800 Dollar. Dieser Tico war Doppelbürger. Er war Amerikaner und gleichzeitig Mexikaner. Aber warum lebte er hier in Chihuahua, Mexiko, wenn er einfach über die Grenze konnte? Giro kannte sich aus mit gefälschten Ausweisen und die waren echt. Er hieß Ernesto Conmigo und war 22 Jahre alt. Was ihm gleich auffiel, war, dass er am gleichen Tag Geburtstag hatte wie Giro. Aber ansonsten fand er nichts, was auch nur ein wenig mit ihm übereinstimmte. Egal, er griff sich das Notizheft, und als er es öffnete, fiel ihm gleich ein Foto in die Hände von einem Mädchen. Sie war etwa 16 und sah wirklich hübsch aus. Als er es umdrehte und sich die Rückseite ansah, stand dort ein Name drauf: Maria Sole. War wahrscheinlich seine tote Schwester. Er sah sich daraufhin das Notizheft an und stellte fest, dass es ein Tagebuch war. Na ja, nicht das eines pubertierenden Teenagers, sondern das eines eiskalten Kartellmitglieds. Jedoch musste er beim Lesen feststellen, dass dieser Ernesto alias Tico nicht wirklich eine große Wahl hatte und einen Weg da raus suchte. Er und Ruben wollten es wirklich ändern und das, indem sie Guzman und sein Syndikat zerstörten. Doch anscheinend war was schiefgegangen, denn Guzman hatte Lunte gerochen und seine Schwester getötet. Damit hatten sie nicht gerechnet, jedoch wollten sie trotz allem ihren Plan weiterverfolgen. Doch wo war dieser Tico nun, wenn Giro in seinem Körper steckte? Diese Frage blieb offen wie so viele. Egal, nun wusste er wenigstens ein wenig, was hier los war. Aber wie er damit nun umgehen oder weiterverfahren sollte, war ihm noch immer schleierhaft. Am Ende des Tagebuchs fand er noch ein Foto. Es zeigte eine Familie und darauf waren vier Personen. Mutter und Vater sowie das Mädchen vom ersten Bild, nur dass sie hier erst etwa 7 war. Daneben stand auch Tico, nur dass er keine Tätowierungen hatte und wie ein netter Junge aussah. Er war anscheinend mal anständig gewesen oder es sah zumindest danach aus. Was hatte den Kerl so kaputt gemacht? Wahrscheinlich das Kartell, so wie alle Leute hier. Die schienen nicht nur alles zu kontrollieren, nein, sie taten es und dabei schien sie kaum jemand aufzuhalten. Alle fürchteten zu sehr die Konsequenzen, also ließen sie es lieber, wie es war, auch wenn es kein Leben war. Andauernd Schüsse und Tote überall. Es war ein Krieg, über den niemand wirklich sprach, und wenn doch, wurde er auf schrecklichste Art beseitigt, um ein Zeichen zu setzen. So schafften sie Tag für Tag Angst und Schrecken in dem Land. Sie besaßen zu viel Macht und bekriegten sich auch noch gegenseitig. Die Polizei und die Behörden mittendrin. Sie waren ein Teil davon und auch lediglich Marionetten. Dazwischen immer wieder Menschen, die Mut bewiesen und versuchten, sich dagegenzustellen, doch waren sie dem Ganzen nicht gewachsen und bekamen nie genug Rückhalt, um es zu verändern. Doch er selbst hatte nichts mit alledem am Hut, das war nicht sein Leben. Was hätte er schon ändern können? War das überhaupt seine Aufgabe? Er wollte nur eines, zurück, denn da gab es genug Irrsinn, um den er sich kümmern musste. Was sollte ihm die Reise hierher bringen, außer Verwirrung? Doch noch während er überlegte, klopfte es an der Tür, wobei das Mädchen sie öffnete. Es war Ruben, der gleich zu ihr sagte: „Lola, wie geht's? Wo ist Tico, es geht los!"

„Er ist im Schlafzimmer verschwunden. Ich glaube, es geht ihm nicht so gut, er benimmt sich voll seltsam."

Doch da stand Tico schon bereit und sagte zu Ruben, während er mit ihm zur Tür hinaus eilte: „Bin bereit! Kann losgehen!"

Während er Ruben aus der Tür schob, meinte dieser überrascht: „So eilig haben wir's auch wieder nicht. Es bleibt uns noch mehr als genug Zeit."

Aber Tico hastete nur weiter und sagte dabei: „Ich muss aber noch mit dir sprechen, vor dem Ding, und das allein!"

„Okay, dann lass uns zu meinem Wagen gehen und dort erzählst du mir, was los ist."

„Ja, ist gut. Los, gehen wir schon!"

⟶ Kapitel 26 ⟵
Die Entscheidung

Das Gespräch im Wagen von Ruben.

„Also was ist los?"

„Na ja, ich hab mir das alles nochmals durch den Kopf gehen lassen und bin mir ziemlich sicher, dass wir da nicht mehr rauskommen."

Ruben erwiderte: „Ja, aber das war uns doch klar. Wir gehen da rein und erledigen Guzman und das ist schon alles. Danach sieht alles anders aus. Miguel und Carlos sind schon bereit und in einer Stunde werden sie die beiden Drogenlabore vernichten. Wir werden dann Guzman überraschen und ihn erledigen. Danach ist das Kartell so geschwächt, dass Roman und die andern Barrio Aztecas sie zerschlagen können. Dann sind wir an der Macht und gleichzeitig bremsen wir den Energieminister aus."

„Nein, wir sind dann tot! Denn wie gesagt, da kommen wir nicht mehr raus!"

„Doch, das kommen wir und dies lebendig. Denn wir werden uns stellen. Das wissen die anderen nicht, aber wir werden uns der Polizei stellen, bevor die uns umlegen. Die werden uns dann nett und sicher vor die Tür begleiten, ganz ohne Stress. Bruder, das ist ein fantastischer Plan!"

„Wunderbar, und dann sitzen wir im Knast wegen mehrfachen Mordes sowie Terrorismus. Super, das gibt lebenslänglich, was fast noch schlimmer ist als der Tod."

„Bruder, du musst daran glauben! Denn wenn wir nicht daran glauben, an was sollen wir dann noch glauben? Ich verspreche dir bei meinem Leben, wir werden im Knast wie die Könige leben. Ich kann dir nicht mehr dazu sagen, du musst einfach weiter daran glauben. Du kennst mich und weißt, dass ich dich nie anlügen würde. Ich liebte Maria Sole über alles. Du weißt, dass ich das nie wollte. Ich wollte sie immer nur beschützen und so auch dich. Also bitte, lass mich jetzt nicht fallen! Ich mach es auch

ohne dich. Aber ohne dich würde es sich nur halb so richtig an-
fühlen. Ich meine, Guzman zu erledigen."

Tico sah ihn einen Augenblick lang zögernd an, bevor er
selbstsicher sagte: „Dann lass uns das Baby zum Weinen bringen,
bevor wir es für immer verstummen lassen!"

„Der wird sich in seine Armani-Windeln scheißen! Bruder,
den nehmen wir richtig auseinander. Wir nehmen ihm einfach
auf einen Schlag alles weg."

Sie trafen den Rest der Gruppe in einem Hinterhof an. Sie
waren um die vierzig Männer. Allesamt schwer bewaffnet, jedoch
nur dürftig gekleidet. Nachdem die beiden Drogenlager lichterloh brannten und zwei laute Detonationen fast zeitgleich die Stadt
erbeben ließen, ging das Chaos in den Straßen los. Dieses Chaos,
das nun auf beiden Seiten herrschte, bot ihnen ein Fenster, um
Guzmans Villa zu stürmen. Kaum hatten seine Männer das Gelände verlassen, um sich zu den brennenden Drogenlagern zu
begeben, stürmten sie hinein. Trotz allem entstand eine Riesen-
schießerei. Die Kugeln flogen von überallher durch die Luft und
man wusste nicht mehr, wo man hin sollte. Tico folgte Ruben,
wenn auch nur schwer, nach, durch den Eingangsbereich hoch bis in
Guzmans Büroraum. Sie schossen die drei Männer nieder, die sich
darin befanden, und drei ihrer Leute hielten die Tür frei. Als sie in
dem Raum standen, trat Ruben gegen den Schreibtisch, woraufhin sich das Bücherregal zur Seite bewegte. Dahinter befand sich
eine versteckte Sicherheitstür. Dann sah Ruben ihn an und sagte
mit einem breiten Lachen im Gesicht: „So, jetzt bist du dran!"

„Mit was?", wollte er wissen.

„Wir haben keine Zeit für Witze! Öffne das Teil!"

Noch während er dies sprach, eilte er zu den andern zur
Tür vor und half ihnen, die Feinde zu beschießen. Davon gab
es immer noch etliche und nun waren auch schon die Polizei-
sirenen zu hören. Doch wie sollte er die Tür öffnen? Er war ja
eigentlich Giro und nicht Tico. Er wusste nicht, wie man solche
Türen öffnete. Noch während er das Tastenfeld ansah, erklang
auf einmal eine Stimme in seinem Kopf, die sagte: „Greif in deine
Hose! Rechte Tasche, hinten."

Zuerst sah er erstaunt um sich, doch da war niemand. Dann griff er in die besagte Tasche und zog eine kleine Sprühflasche heraus. Dann wieder die seltsame Stimme, die zu ihm sagte: „Nun sprüh das Tastenfeld damit ein."

Was? Egal, er tat, was er hörte, und als er es eingesprüht hatte, erschienen Fingerabdrücke über dem Zahlenfeld. Es waren sechs Zahlen. Da auf einmal wieder die Stimme. „Es sind also sechs Zahlen. Doch einige kommen mehrfach vor. Es sind eigentlich acht Zahlen. Ein Jahrestag. Es ist der 18. 08. 1962. Der Geburtstag des Energieministers. Sie wollen aus ihm den neuen Präsidenten machen. Es muss dieses Datum sein. Guzman denkt, er könne über ihn und seine Armee an die Macht kommen."

Also gab er die Zahlen ein und dann machte es klick. Die Tür ging auf und sie zogen Guzman mit seiner Familie aus dem Panikraum. Sie erschossen die Bodyguards und dann nahmen sie sich Guzman vor. Ruben konnte sich kaum zurückhalten. Es war übel. Während die beiden Frauen von zwei ihrer Männer festgehalten und mit AR-15 Sturmgewehren in Schach gehalten wurden, verfrachtete Ruben den eher dicken Guzman unsanft in den Chefsessel und sagte: „Oh Guzman, ich hoffe, du sitzt bequem in deinem schicken Sessel. Wobei – bei deinem fetten Arsch sitzt du wohl überall bequem."

Während er sprach, spuckte Guzman nur nach ihm und sagte dann, höhnisch lachend: „Wer bist du schon? Denkst du wirklich, du würdest etwas ändern, wenn du dies tust? Ich sag dir was, du hast gerade nur eines geändert und dies ist die Wahrscheinlichkeit, dass du diesen Abend überlebst. Egal, was euer Ziel ist, ihr werdet scheitern. Ich bin doch nur ein kleines Rad in dem Getriebe und austauschbar. Genau wie du ein wahrhaftiges Nichts bist! Also besiegle dein Schicksal und töte mich, du Nichts! Dies wird wahrscheinlich dein größter Kreuzzug, wenn auch völlig sinnlos."

Ruben antwortete nicht und nickte den beiden Männern mit den Frauen im Arm nur zu. Dann fielen die Schüsse und die Frauen sackten zusammen. Doch Guzman lachte wieder nur. Da sagte Ruben: „Es ist vorbei, Guzman!"

„Es ist nie vorbei! Es wird erst noch beginnen."

„Doch, es ist vorbei. Heute Abend endet deine Zeit und somit wird auch der Energieminister einen seiner größten Sponsoren verlieren. Es wird nie zu einer Wahl kommen, und wenn, dann wird er verlieren. Es ist vorbei! Der Krieg wird nicht mehr weiterwachsen!"

„Das glaubst du also wirklich! Dann wirst du aber mehr als nur enttäuscht sein."

Da ging es mit Ruben durch und er leerte das Magazin seines AR-15 Sturmgewehrs. Nach den etwa 80 Schüssen fiel dem fetten Guzman der Kopf von den Schultern und hing nur noch an einem Hautfetzen. Da hörte Ruben auf. Als er zu Tico blickte, sah er in dessen starres Gesicht. Doch im gleichen Augenblick rief einer der Männer an der Tür: „Scheiße Ruben, die Bullen kommen! Sie sind schon im Eingangsbereich und dringen weiter vor. Die sind gleich hier, Mann!"

Darauf sagte Ruben nur: „Ja, ich weiß, GB."

Dabei griff er hinter seinen Rücken und zog eine Knarre vor. Dann erschoss er die beiden Männer an der Tür, bevor er diese hektisch schloss. Dabei meinte er zu Tico: „Okay, es ist so weit! Wir machen das wie besprochen. Hier, leg Guzman die Knarre in die Hand!"

Er warf ihm die Knarre entgegen und Tico fing sie auf, um sie dann in die Hände von Guzman zu legen. Noch während er dies tat, ertönte ein Schuss und etwas traf ihn in seine Hüfte. Er fiel gleich um, und als er sich die Wunde hielt und hoch sah, stand da Ruben mit der Knarre in der Hand. „Es muss echt aussehen, Bruder!"

Dann schoss er nochmals auf ihn und diesmal mitten in die Schulter. Tico krümmte sich vor Schmerz. Doch dann sah er, wie Ruben sich selbst ins Bein schoss, und dann, als er am Boden lag, auch noch in die Schulter, bevor er die Waffe wegwarf. Eine Sekunde später stürmte eine Spezialeinheit der Polizei das Büro. Tico verlor irgendwann das Bewusstsein.

‒◈ Kapitel 27 ◈‒
Im Käfig geht's weiter

Angekettet an ein ungemütliches Gitterbett, Arme sowie Beine, dabei ein stechender Schmerz in der Leiste. Er öffnete langsam seine Augen und sah als Erstes die vergilbte Decke über sich. Was war geschehen? Er sah sich um und stellte fest, dass er nicht allein da lag. Der Raum war groß und in jedem Bett lag einer. Sie trugen allesamt einen grauen Knast-Overall. Auch er selbst trug einen solchen mit einer Nummer. Doch das war ihm egal, denn er hatte starke Schmerzen. Aber er konnte nicht mal in sein Gesicht fassen, geschweige denn sich aufsetzen. Er wusste nicht richtig, was geschehen war. Ruben hatte ihn wohl niedergeschossen und dies ohne Vorwarnung einfach in den Rücken. Jeder andere wäre wahrscheinlich froh gewesen, dass er noch lebte, doch er war verzweifelt, denn er hoffte, danach wieder in seinem Körper sowie in seinem bisherigen Leben zu erwachen. Aber anscheinend hatte er seine Aufgabe noch nicht erledigt. Wie kam er hier nur raus? Gab es überhaupt einen Weg zurück oder war dies nun normal? Noch während seine Gedanken tobten, kamen drei schwer bewaffnete und in Schutzkleidung vermummte Gefängniswärter an sein Bett. Einer stellte sich rechts daneben, einer links und der Dritte stand vor dem Bett. Dann sahen sie alle mit finsterem Blick auf ihn herab. Er war noch immer ziemlich benommen und fragte leise: „Wo bin ich? Ich habe Schmerzen."

Der Gefängniswärter, der vor dem Bett stand, sagte nur kalt: „Du bist zu Hause! Juarez Gefängnis, Hochsicherheitstrakt, Krankenbereich, wenn du es genau wissen willst, Sträfling. Morgen kommst du in einen anderen Trakt zu deinesgleichen. Wir wollen dich ja nicht zu gesund pflegen, bevor sie dich so oder so abstechen, kleiner Hurensohn."

„Und die Verhandlung oder Urteilsverkündung? Was ist damit?", wollte er wissen.

„Bist wohl einer von den ganz Schlauen! Bei einem solchen Abschaum wie dir braucht es keine Verhandlung und dein Urteil lautet 150 Jahre, also wärst du mal lieber gestorben. Aber gut, vielleicht hast du ja wenigstens noch deine Familie, die Barrio Azteca, die zu dir halten. Bei denen hast du nun wahrscheinlich ein hohes Ansehen, wenn man bedenkt, was du getan hast. Jedoch wirst du deine vielen Aktivitäten nun auf den Gefängnishof beschränken müssen."

Während der Gefängniswärter sprach, hörte er ihm kaum zu. Er war ganz woanders und so bekam er noch nicht mal mit, dass sie inzwischen weg waren. Er schlief ein und sollte nach einem seltsamen Traum unsanft erwachen.

In diesem seltsamen Traum stand er Tico gegenüber, was er zuerst nicht richtig verstand. Er dachte, es sei ein Spiegelbild. Doch dann sagte dieser Tico überraschend: „Was geht, mein Freund? Hast dich ja ziemlich ins Zeug gelegt."

Giro antwortete: „Na klasse, ein sprechendes Spiegelbild und das in meinem Verstand. Der ist wohl noch mehr im Arsch, als ich dachte."

„Spiegelbild? Nein, Mann, ich bin's, Tico!"

„Das sehe ich. Aber ich bin auch Tico! Na ja, zumindest sehe ich so aus."

„Ach ja?"

Dabei scannte er Giro seltsam mit seinem Blick von oben bis unten ab. Als Giro sich daraufhin ansah, musste er feststellen, dass er wieder in seinem eigenen Körper steckte. Er konnte es kaum fassen und tastete sich selbst ab vor lauter Ungläubigkeit. Dabei sagte er dann sichtlich erfreut: „Endlich! Wurde auch Zeit! Nichts gegen deinen Körper, aber der war echt scheiße. Wie dein Leben, Alter. Der Horror – und ich dachte immer, meines sei schlimm."

„Wow, komm runter! Ich weiß, mein Leben war kein Zuckerschlecken. Aber so übel war es gar nicht mal. Ich meine, es hatte durchaus auch nette Momente, wenn auch nur kurz und selten. Aber auch egal. Du bist noch nicht fertig hier. Es ist noch nicht vorbei."

„Wie meinst du das?"

„Na, wie ich sage! Es ist noch nicht vorbei. Sie haben mich zum Schweigen gebracht, darum musst du es nun für mich tun.

Du musst Ruben auf den richtigen Weg bringen. Er muss die Wahrheit wissen. Es sollte nicht so ablaufen, aber nun ist es so."

„Okay, immer langsam! Was für eine Wahrheit und wer hat dich zum Schweigen gebracht?"

„Guzman! Ich hab herausgefunden, dass es zwei gibt, und dann hat er mich vergiftet, bevor ich Ruben davon berichten konnte."

Giro staunte. „Du wurdest vergiftet? Und wie?"

„Ein Nervengift! Es wurde mir ins Bier gemischt, von Lola."

„Okay, und von was gibt es zwei? Das versteh ich nicht!"

Tico erklärte: „Guzman! Es gibt zwei! Es wird weitergehen und der Krieg wird erst recht beginnen. Wenn der Energieminister an die Macht kommt, wird das Chaos herrschen. Dies ist jedoch unvermeidbar. Es wird geschehen. Egal, was wir tun."

„Du sagst also, es existieren zwei Guzman. W-Global-Eta! Organbots! Aber warum sollten sie Interesse daran haben, jemanden wie Guzman zu duplizieren? Was sollte ihnen das bringen?"

„Das kann ich dir nicht beantworten. Aber ich denke, du bist hier, um diese Frage zu ergründen, und ich werde dir dabei helfen klarzukommen!"

„Und wie? Du bist tot und wahrscheinlich nur eine Einbildung meines verwirrten Verstandes. Wahrscheinlich sitz ich schon seit Jahren in einer Irrenanstalt, in einer Zwangsjacke verpackt, und bilde mir die ganze Scheiße nur ein."

„Nein, Alter, die Scheiße hier ist wirklich echt und dazu auch noch echt wichtig! Ich bin vielleicht tot und im Niemandsland gefangen. Aber zu dir kann ich sprechen. Es war schließlich auch mal mein Körper, in dem du nun feststeckst."

„Na wunderbar! Und wie läuft das jetzt? Kommst du mich etwa nun im Schlaf besuchen wie eine ungewollte Freundin oder wie hast du dir das mit uns vorgestellt?"

„Nein, das kostet mich zu viel Energie. Ich werde zu dir sprechen, wenn es nötig ist. Du musst wissen, Menschen wie wir, die gegen ihre Grundsätze handeln, werden am Ende mit Schweigen bestraft und vollkommener Stille. Ich weiß nicht, wie lange ich noch hier rumwandeln muss, bis ich meine Buße getan hab. Aber eines ist sicher, wenn man niemanden zum Sprechen hat und nur zusehen darf, ist dies ziemlich zermürbend! Für mich ist es gerade wie ein Segen, wieder sprechen zu können und dabei auch noch Beachtung zu erhalten. Obwohl es nun erst zwei Wochen her ist, dass ich abgetreten bin. Aber Langweile kennt leider keine Grenzen."

Giro erwiderte: „Na klasse, du gehst mir jetzt schon auf den Geist!"

„Du wirst sehen, ich helfe dir. Du kommst wieder zurück, keine Angst, mein Freund!"

Nach seinem Gespräch mit dem Geist folgte das Erwachen, und zwar in Form der Gefängniswärter. Während ihm ein Krankenpfleger noch schnell die Verbände wechselte, wurde ihm mitgeteilt, dass nun seine Verlegung anstehe. Er wurde wie ein Monster gefesselt und konnte sich kaum bewegen. Dabei hatte er sowieso schon Mühe, da seine Leiste echt schmerzte. So hinkte er in kleinen Schritten voran und folgte den Anweisungen der Gefängniswärter. Das Gefängnis war riesig und sie mussten eine ziemliche Strecke zurücklegen, bis sie den richtigen Zellentrakt erreicht hatten. Bei dem unangenehmen Spaziergang sah er viele üble Gestalten. Einige machten klar, dass sie ihn lieber tot als lebendig gehabt hätten, andere wiederum jubelten ihm zu und freuten sich über sein Erscheinen. Ihm selbst war in jenem Augenblick beides Latte. Er war nur froh, als sie endlich die Zelle erreicht hatten. Es war die 339. So eine Scheißzahl, aber wen interessierten schon Zahlen. Die machten einen eh immer nur irre im Kopf. Als er vor der Zelle stand und ein Wärter sie aufschloss, sagte der andere zu ihm: „So, dein neues Königreich! Rein da mit dir!"

Noch während ihm die Handschellen abgenommen wurden, sah er sich den 5 Quadratmeter großen Raum an mit den zwei Pritschenbetten und dem Stinkeklo an der Wand. Auf jenem saß gerade sein Zellengenosse. Wie wunderbar, dachte er. Das hatte er sich schon immer gewünscht, anderen Kerlen beim Scheißen zuzusehen. Doch der Junge auf der Toilette lachte ihn nur an und sagte noch, während er sich die Hose hochzog: „Der große Meister! Ich glaub es nicht, dass ich die Ehre habe, mit dir die Zelle zu teilen."

Dabei wollte er einschlagen und hob die Grußhand, doch Tico wich gleich einen Schritt zurück und meinte: „Lass mal stecken! Du hast dir weder die Hände gewaschen noch den Arsch abgeputzt. Warum sollte ich dich anfassen?"

Der Junge sah ihn zuerst nur erstaunt an, wobei Tico sich aufs harte Bett setzte. Seine Leiste tat noch zu weh, um lange zu stehen. Doch dann begab der Junge sich zu einem Kübel Wasser und wusch sich die Hände darin. Dabei sagte er: „Ich hab nur gepisst!"

„Du pisst im Sitzen und das hier?"

Der Junge eilte zu ihm ans Bett und zeigte ihm seinen Rücken. Er war übersät mit kleinen Brandwunden. Es sah aus, als hätte jemand ihn als Aschenbecher benutzt und das ziemlich oft. Dann drehte der Junge sich wieder um und grinste. „Mama hat mir beigebracht, dass es sicherer ist, im Sitzen zu pissen."

„Ist das so? Na, dann gutes Gelingen! Aber komm mir trotzdem nicht so nah! Ich mag das nicht."

Da ging der Junge gleich ein wenig mehr auf Abstand. Er sah ihn einen Moment gespannt an, bevor er schließlich sagte: „Ich glaube es nicht, dass ihr das durchgezogen habt. Es ist unglaublich! Ruben hat mir alles erzählt und, na ja, Pablo. Pablo nennt euch die Rächer des Zorns. Ach ja, und Pablo möchte dich sehen. Du wirst befördert, hat er anklingen lassen."

„Bist du irgendwie zurückgeblieben oder so? Ich meine, geistig?"

„Ähm, nein, warum? Hab ich etwa etwas Falsches gesagt? Es tut mir leid, das wollte ich nicht. Ich …"

Tico lenkte ein. „Wow, beruhige dich! Alles gut, ich bin nur ein wenig schlecht drauf wegen der Kugel in meiner Leiste. Wie heißt du eigentlich?"

„Gabriel! Gabriel Rafael alias Shorty. Ich war bei der Wiedergutmachung in Tijuana dabei. El Gringo hab ich erledigt und dann hab ich den Arschficker aufgehängt, direkt vor dem Rathaus."

„Ach, das warst du! Nicht schlecht, denke ich. Das hat unseren El Capos bestimmt gefallen."

„Ja, das war der Hammer!", bestätigte Shorty. „Aber deine Aktion hat ihnen mehr gefallen. Viel mehr! Du und Ruben, ihr seid Helden. Und ich bin echt stolz, mit dir die Zelle zu teilen."

„Ja, alles fabelhaft. Und jetzt lass mich schlafen!"

Dann legte er sich auf die untere Pritsche und drehte sich zur Wand. Er brauchte Ruhe, und zwar viel. Doch noch während er sich umdrehte, meinte der Junge aufgedreht: „Ja klar doch, das versteh ich. Nimm dir ruhig das untere Bett! War zwar bislang meines, aber ich schlaf auch oben, wenn's sein muss. Ich meine, ich hab ein wenig Höhenangst und fühle mich unwohl, wenn ich oben schlafen muss. Doch für dich tu ich das natürlich. Selbstverständlich!"

Tico antwortete genervt, ohne sich umzudrehen oder ihn auch nur anzusehen: „Ich schlaf, wo ich will, und jetzt halt endlich die Klappe! Wenn du Höhenangst hast, schlaf auf dem Boden! Ich bleib genau da, wo ich bin, und das vielleicht 150 Jahre lang. Also gewöhn dich dran!"

Shorty staunte. „Was? Echt 150 Jahre hast du dafür bekommen? Davon hat Ruben noch gar nichts erzählt. Na ja, mir hat er es noch nicht erzählt. Das ist heftig! Ich hab nur knapp 30 Jahre bekommen. Aber ihr habt auch echt viele umgelegt. Man sagt, es waren 81 Kartellmitglieder, die ihr an diesem Abend ausgeschaltet habt. Na ja, plus Guzman, den Möchtegern El Chapo."

„Musst du wirklich alles aussprechen, was du denkst? Sei bitte endlich still!"

Danach war er endlich still und Tico schloss seine Augen. Er war unbeschreiblich müde und schlief auch gleich ein. Nun saß er also in einem Knast voller lateinamerikanischer Kartellmitglieder. Dabei stand er bei den Feinden nun auf deren schwarzer Liste und sie wollten ihn tot sehen, wenn überhaupt. Dafür war er nun bei seinem Kartell aufgestiegen und das ziemlich nach oben. Doch was sollte ihm dies bringen, außer Schutz vor den Feinden? Und vor allem, was sollte er hier aufdecken? Sein Schläfchen auf der harten Pritsche endete um 12.00 Uhr. Denn es erklang unüberhörbar ein lautes Bimmeln. Kurz darauf gingen die Türen auf. Noch während er sich langsam aufrappelte und auf die Pritsche setzte, sagte Shorty nervös zu ihm: „Essenszeit! Komm schon, gehen wir zu unseren Amigos. Dazu kommt, dass es heute Paella gibt!"

Dabei grüßte er einige, die gerade an der Zelle vorbeigingen. Der Junge war nie still und sehr zappelig. Er stresste Tico gerade ein wenig, jedoch stand er wortlos auf und ging mit dem hyperaktiven Shorty zur Essensausgabe. Es roch schon stark nach der Paella, also auch nach Fisch. Er wusste bereits in jenem Augenblick, dass er keinen Bissen davon runterbekommen würde. Okay, in dem Knast gab's von allem etwas. Aber am Ende war es ein Krieg zwischen La Linea und dem Sinaloa Kartell. Während die Barrio Azteca die gnädigen Fußsoldaten von La Linea darstlellten, waren Los Mexicles dasselbe für das Sinaloa Kartell. Somit waren sie sowie auch Artistas Asesinos die Hauptfeinde der Barrio Azteca. Doch da gab es auch noch die Jungs der MS-13, deren Loyalität auch den Barrio Azteca galt. Somit standen die Fronten mehr oder weniger klar auch hier im Gefängnis. Außer einer schlug über die Stränge und provozierte zu sehr oder stand auf einer der vielen schwarzen Listen, dann wurde er erledigt. Zumindest, wenn man an ihn rankam. Denn hier blieben alle schön in ihren Reihen und so galt nur Gefahr, wenn man von seinen Leuten fallen gelassen wurde. Daher taten sie auch alles, um was sie gebeten wurden, selbst wenn dies bedeutete, dass sie noch länger einsitzen mussten. Da auch etliche der Capos (Kartell-Chefs) einsaßen, wussten sie immer, was Sache war. Sie regelten ihre Geschäfte einfach von hier aus und bekamen auch immer neue Aufträge. Doch nun stand er da mit Shorty an der Essensausgabe und um ihn herum nur Mörder. Die meisten grüßten ihn, als ob er sie kennen würde. Tat dieser Tico wahrscheinlich auch, nur Giro kannte keinen. Egal, ab und zu die Stimme von Tico in seinem Kopf, die ihm einige Namen zuflüsterte. Dabei gab er ihm auch noch gleich Nachhilfe in der Deutung der Tätowierungen und half ihm so, auch die Kartellmitglieder auseinanderzuhalten. Nachdem er eine Portion der widerlichen Fischreispaste auf seinem Tablett hatte und dazu noch eine labbrige Tortilla, begab er sich mit Shorty an einen der randvollen Tische. Sie wurden gleich brüderlich in Empfang genommen. Als sie sich endlich gesetzt hatten, fing Shorty gleich an zu essen und schaufelte sich seinen Mund randvoll mit dem Zeugs. Jedoch hinderte ihn das nicht daran, gleichzeitig zu sprechen. Alle aßen und schienen das Zeugs echt lecker zu finden, nur Tico wurde schon beim Anblick schlecht. So fing er halt mal mit der labbrigen Tortilla an. Was für ein Freudenfest hier, dachte er und würgte den trockenen Teig runter, dabei der widerliche Geruch von Fisch von überall her. Er schien ihn zu verfolgen wie ein übler Beigeschmack. Da – auf einmal lief Ruben ein und grinste ihn schon von Weitem an. Doch dies wurde nicht erwidert, denn Tico war gerade echt nicht zum Lachen zumute. Nachdem Ruben sich direkt vis-à-vis von ihm hingesetzt hatte, sagte er zu ihm: „Hey, dachte schon, du bleibst ewig im Krankentrakt! Es tut auf jedenfalls gut, dich zu sehen, Bruder!"

Tico erwiderte: „Schön, dann freut sich wenigstens einer von uns beiden."

„Warum? Was geht? Bist du etwa mies drauf wegen irgendwas?"

„150 Jahre, Ruben! 150 Jahre und Paella!"

„Du etwa auch? Na ja, war fast klar. Aber die Gefängnisse hier sind so oder so überfüllt, also werden die uns früher rauslassen."

„Sogar wenn uns die Hälfte der Zeit erlassen wird, sind es noch immer 75 Jahre. Das heißt, wenn wir so lange leben, sind wir etwa 97 Jahre alt."

Shorty mischte sich ein. „Du kannst echt gut mit Zahlen, oder?"

Ruben wies ihn zurecht. „Ach halt die Klappe, Shorty! Du hast doch keine Ahnung. Vollidiot!"

Tico meinte: „Wie auch immer! Es ist, wie es ist, also …"

Da schob ihm Ruben eine kleine Papierrolle über den Tisch. Während Tico das Röllchen erstaunt ansah, sagte Ruben zu ihm: „Nimm schon, Alter! Wir haben echt eine Menge Aufträge erhalten. Steht alles da drauf."

Tico nahm das Röllchen an sich, auch wenn er nicht verstand, was das sollte. Er sah Ruben an. „Okay, wenn's sein muss. Was auch immer."

„Nach dem Essen gehen wir zu Pablo, er hat etwas vorbereitet, und zwar nur für dich."

„Kann es kaum erwarten!"

„Was hast du bloß? Schmeckt dir das Essen etwa nicht? Paella ist das Beste, das man hier vorgesetzt bekommt und das immer nur sonntags!"

Tico sah sich nur angewidert das Tablett an. „Dann bediene dich! Ich krieg das nicht runter. Werde wohl ein paar Kilo abnehmen."

„Dein Ernst? Du bist doch schon klein und schmächtig!"

„Wenn du denkst, dass du stärker bist nur wegen deiner Größe, irrst du dich. Dich mach ich sogar mit gezerrter Leiste fertig. Ich hab heute einfach nicht so einen Hunger. Also lass mich in Ruhe mit dem Scheißfraß!"

„Schon okay, Bruder … Wollte dich echt nicht angreifen."

Shorty war schon dabei, die Paella vom Tablett zu putzen, wobei er Tico wieder ziemlich nahe kam und dieser ihm deshalb sein Tablett rüberschob. Shorty meinte mit vollem Munde: „Danke, Mann! Du bist voll korrekt!"

Nach dem widerlichen Essen und banalen Gelabber war es so weit, er sollte nämlich nun gleich diesen Pablo kennenlernen. Dieser erwartete sie in seiner Zelle und da gingen sie nun hin. In der kleinen Zelle befanden sich etliche Kerle und ihr Chef Pablo saß gemütlich auf der oberen Liege und aß genüsslich ein Brathühnchen. Dabei war einer der Kerle auch noch damit beschäftigt, seine Wade zu tätowieren. Dieser Pablo sah schrecklich aus und war bis auf die Zähne überall tätowiert. Sein Kopf mit der Totenkopftätowierung schien eine Art Maske zu sein, die sein Gesicht verbarg. Auf seiner Stirn stand groß und fett: Barrio Azteca. Er hatte keine Haare, nur eine Glatze, und die Tätowierung zierte seinen kahlen Schädel. Seine Augen waren blutunterlaufen, und als er lachte, stachen seine strahlend weißen Zähne förmlich heraus. Er sah aus wie der Diener vom Teufel, nur dass er das wahrscheinlich auch wirklich war. Als er die beiden Männer erblickte, wurden sie freundlich von ihm begrüßt, wobei er die anderen im Raum hinausschickte bis auf den Tätowierer, der weiter seinen Schenkel verzierte. Während Pablo das Hähnchen zur Seite legte, sagte er mit grober Stimme: „Na endlich! Du musst Tico sein."

Ruben sagte: „El Diabolo, es ist uns eine Ehre!"

Pablo erwiderte: „Ausnahmsweise ist es mir ebenfalls eine Ehre. Ihr habt eurer Familie einen großen Gefallen erwiesen mit eurem Vormarsch. Aber es ist trotz allem noch ein weiter Weg bis zum endgültigen Sieg."

Ruben gab ihm recht. „So ist es wohl! Doch wir werden alles tun, um unserer Familie zu dienen!"

„Ja, Ruben, das weiß ich. Ihr seid loyal und dient ohne Schande den Barrio Azteca. Darum sollt ihr auch für eure Mühen belohnt werden. Ruben, zuerst zu dir. Du hast in den letzten Monaten bewiesen, dass du trotz deinem jungen Alter die Führung unserer Straßensoldaten wunderbar handhabst. Deshalb sollst du dies auch weiter übernehmen. Ich werde dir eine Gruppe unterstellen und du wirst einen der Gefängnistrakte leiten"

Ruben freute sich. „El Diabolo, es ist mir eine Ehre!"

„Das sollte es auch! Nun zu dir, Tico. Wir dachten zuerst, nach dem Vorfall mit Maria seist du tief gefallen, aber da haben wir uns wohl geirrt. Es hat dich bedachter gemacht. Also gebührt dir Ehre für deine Dienste. Wir wollen, dass du die Zahlen unseres Zwischenhandels übernimmst. Ruben ist dir somit wieder unterstellt und du steigst direkt als meine zweite Hand ein. Ich brauche eine kluge zweite Hand. Seit die Hurensöhne Arak umgelegt haben, fehlt mir ein guter Mathematiker. Als ich mich über dich schlau gemacht habe, musste ich feststellen, dass du ein ET-Studium absolviert hast. Bist also einer von den Schlauen."

Tico sagte nur: „Ähm … okay! Ja, das krieg ich hin."

„Davon bin ich überzeugt! Brandano, verpass unserem neuen Zahlenchef seine verdiente Tätowierung!"

„Ja doch, El Diabolo!"

So bekam Tico, wenn auch ungewollt, eine Tätowierung verpasst und dies auch noch mitten ins Gesicht. Mit der noch blutigen Nadel ritzte Brandano ihm den netten Schriftzug „Barrio Azteca" in seine Stirn. Nun stand die Scheiße nicht nur auf seiner Brust, sondern auch noch auf seiner Stirn. Während der schmerzhaften Prozedur durfte er noch nicht mal eine Miene verziehen und musste so tun, als ob er sich über die hässliche Tätowierung auch noch freuen würde. Dabei bot ihm dieser El Diabolo einen Hühnerschenkel an. Diesen nahm Tico gerne, und während er ihn aß, erzählte El Diabolo, dass seine Frau dies zubereitet habe.

Sie bringe ihm jeden Tag vor dem Mittag eines vorbei, da er Brathühnchen liebe. Dabei tippte er auf seinem Smartphone rum. Er hatte im Gefängnis alles, was er gerade wollte, und keiner hinderte ihn daran. Das lag an den vielen Bestechungsgeldern. So war es für die Kartelle ein Leichtes, die Geschäfte von hier aus zu lenken, wobei die Bosse auch noch sicher waren, denn sie waren umgeben von Lakaien. Für Tico hieß es nun, die nächsten Monate Zahlen hüten und Listen durchgehen. Er war eine Art Gefängnisbuchhalter und Shorty wurde sein Briefträger. Echt übel, der Job, wobei man die Hände voller Blut hatte, ohne dabei jemanden anzufassen. Doch El Diabolo, wie sie Pablo nannten, war äußerst zufrieden mit seiner Arbeit. Diese gute Arbeit hätte er jedoch nie abliefern können ohne die Stimme von Tico, die Giro anwies. Giro selbst beschloss, weiter den Schein zu wahren und seine Rolle zu spielen, wobei er Ruben nichts von der Sache mit Guzman erzählte. Er fand es besser, dies noch geheim zu halten, da es gleichzeitig ihr Todesurteil bedeutete, wenn es rauskommen würde. Denn sie hatten ihren Job nicht richtig ausgeführt und der echte Guzman lebte noch. Es war nur eine Frage der Zeit, bis es rauskommen würde. Spätestens, wenn der Energieminister zum neuen Präsidenten ernannt würde, dann würden sie auf der Abschussliste landen. Was wiederum zur Folge haben würde, dass sie von jedem Kartell, sogar ihrem eigenen, erledigt würden. Doch was sollte er tun, er war machtlos und gefangen.

⟿ Kapitel 28 ⟾

Leichter gesagt als getan

Kurz vor der Präsidentschaftswahl kam die Erlösung in Form eines Traumes. Er stand wieder mal vor Tico und dieser hatte wichtige Neuigkeiten zu verkünden. „Wie reizend! Reicht es nicht, dass du mir Tag ein, Tag aus in den Ohren liegst? Was soll das hier?"

Tico gab zurück: „Deine Launen sind wirklich explosiv! Aber gut, wenn man deine Lage bedenkt … Hey, aber du wirst dich gleich freuen, versprochen! Denn ich hab ein paar Dinge herausbekommen. Wirklich wichtige Dinge!"

„Ach, hast du das! Um was geht's denn, dass du mich dafür unbedingt treffen musst?"

„Okay, hör mir jetzt zu, und zwar gut, mein Freund! Es geht um deine Rückreise. Ich weiß, wie du hergekommen bist, und ich weiß auch, wie du wieder zurückkommst."

„Du weißt, wie ich zurückkomme? Dann spuck es schon aus!"

„Klar doch, immer mit der Ruhe! Eins nach dem anderen. Also, sagt dir der Begriff Rotverschiebung vielleicht etwas?"

„Nein, sollte es?"

„Okay, dann versuch ich's mal anders. Sternenlichter kennst du aber?"

„Na ja, wenn du die leuchtenden Punkte am Himmel in der Nacht meinst! Ja, die sind mir schon aufgefallen. Warum? Was ist damit?"

„Das sind nicht nur Punkte", erklärte Tico, „sondern Wanderwege!"

„Wanderwege? Wie soll ich das nun wieder verstehen?"

„Wanderwege für Seelen! Dabei sind einige Sternlichter, die man sieht, lediglich Reflexionen und der Stern befindet sich an einer ganz anderen Stelle. Diese Reflexionen sind gleichzeitig schwache Energiefelder, die einer Seele erlauben, den Seelenweg zu beschreiten. Versteh doch, so bist du hierhergekommen! Ich weiß zwar immer noch nicht, wie du aus deinem Körper gelangt bist, jedoch weiß ich, dass du so hergekommen bist. Und so kommst du am Ende auch wieder zurück."

Giro überlegte. „Okay, dass ich das richtig verstehe, ich bin durchs All gewandert und das über Sterne in die Vergangenheit, wobei ich deinen Platz eingenommen habe. Nein, das kapier ich nicht!"

„Aber genau so ist es und dies können normalerweise nur die Toten. Doch du bist nicht tot. Deine Energie ist die einer lebenden Seele, was bedeutet, dass dein Körper noch irgendwo ist."

„Und was soll ich nun tun – mir die Sterne ansehen?"

„Nein, du musst nur im richtigen Augenblick am richtigen Ort sein! Wenn du unter dem richtigen Sternenbild diesen Körper aufgibst, kommst du zurück."

„Diesen Körper aufgebe? Was meinst du damit?"

„Damit meine ich, du musst sterben! Aber dabei ist wichtig, dass du dort stirbst und dies möglichst bei Nacht. Falls dein Tod woanders eintreten sollte, bist du verloren. Deine Seele kann dann nie mehr zurück."

Giro erschrak. „Was!? Aber ich muss unbedingt zurück! Wo und wann muss ich mich – oder, na ja, dich – umbringen?"

„Okay, das ist nicht so leicht, da du zurzeit im Knast hockst und der Ort außerhalb liegt. Aber ich hab da schon eine Idee!"

„Okay, und die wäre?"

„Ganz leicht! El Diabolo kann dich und Ruben hier rausbringen, wenn du ihm ein lukratives Angebot machst. Ich kann ziemlich gut Hacken und das nutzen wir einfach. Wir transferieren eine nette Summe auf sein Privatkonto und dies als Anreiz. Denn er und das Kartell lieben nichts mehr als leicht verdientes Geld! Also geben wir ihnen das auch. Dabei wirst du ihm etwas unterbreiten, das er nicht ausschlagen kann. Wenn er dich und Ruben herausbringt, werdet ihr dem Kartell im Gegenzug eine Menge Geld zuspielen. Er wird es einfach nicht ausschlagen können, vertrau mir, und so kommt ihr daraus."

Giro war einverstanden. „Na gut, und wenn das klappt, wo muss ich hin, um zurückzukehren?"

„Das verrate ich dir noch nicht. Denn du musst zuerst Ruben helfen und darfst vorher noch nicht weg. Ich glaube, wenn du weißt, wie du wegkommst, machst du deinen Job nicht richtig. Also eines nach dem andern."

„Was soll der Scheiß? Traust du mir etwa nicht?"

Tico war ehrlich. „Nein, eigentlich nicht."

„Und warum nennst du mich dann immerzu Freund? Echt irreführend! Und warum sollte ich dir Arsch vertrauen? Am Ende komm ich nie zurück!"

„Hast wohl keine andere Wahl! Also lass krachen und vergiss nicht: Ich leite dich an, mein Freund!"

„Klar doch, mein Hirngespinst!"

In den nächsten Tagen versuchte er also, den Plan umzusetzen. Der erste Schritt hieß, an das Smartphone vom Gefängnischef ranzukommen. Da Tico diesen noch nie gesehen hatte, jedoch wusste, dass er sich anscheinend immer donnerstags einen Spaziergang durch die ganzen Zellentrakte zumutete, beschloss er, sich den Kerl mal anzusehen und gleich abzuchecken, ob er irgendwie an ihn rankam. Er staunte nicht schlecht, als er feststellte, dass es sich dabei um Salvo handelte. Er war nur etwa zehn Jahre jünger und hieß Antonio Garezo. Aber er war es, und zwar mit 100 % Sicherheit. Wie passte das nur alles zusammen? Egal, nun hieß es, an sein Smartphone ranzukommen. Doch er war keine Sekunde allein und ließ sich nur kurz blicken. Es schien eine Art Zwangsdurchmarsch zu sein. Dabei waren alle Häftlinge eingesperrt und keiner kam wirklich an ihn ran – außer einem, der an alles rankam. Sein Name war Michael, alle nannten ihn jedoch Ladron Sombra. Was so viel hieß wie Schattendieb. Er saß jedoch nicht wegen Diebstahl ein, sondern wie alle wegen Mord und Drogen. Wenn einer ihm das Smartphone besorgen konnte, dann war es er. Also heuerte Tico ihn an und bot ihm im Gegenzug ebenfalls eine gute Bezahlung an. Er weihte Ruben ein und bat ihn, eine gewisse Summe auf Michaels Konto einzuzahlen. Dies übernahm Max und nur eine Woche später war es so weit. Keine Ahnung, wie er es angestellt hatte, aber er übereichte Tico das Smartphone einige Minuten, nachdem die Zellen wieder aufgegangen waren und Salvo wieder verschwunden war. Mehr brauchte Tico nicht, um den Plan nun anzustoßen, denn den

Rest hatte er in seinem Kopf. So begab er sich selbstsicher zu El Diabolo und demonstrierte sein ganzes Können. Da er Kartellbuchhalter war, war es auch kein Stress, auf sein Konto zuzugreifen. Mit der Hilfe des echten Ticos hackte er spielend eines der Schmiergeld-Konten von Salvo und transferierte dann das Geld von dort rüber nach Kuba und dann kurz auf ein Konto in Nordkorea, bevor er es schließlich auf das Konto von El Diabolo schob. Zuerst sah dieser nur genervt auf sein eigenes Smartphone und schien ungeduldig zu sein wie eigentlich immer. Er dachte, das Tico ihn verarschen wolle, und wurde sichtlich wütend. Doch als dieser ihn bat, seinen Kontostand zu prüfen, war er überaus angetan von der neuen Einzahlung. Danach war es ein Leichtes, ihn zu überzeugen, dass sie dem Kartell draußen mehr von Nutzen wären als hier drin. Besonders jetzt vor der kritischen Wahl. Also organisierte dieser El Diabolo einen fixen Austausch. Da im Knast ständig welche niedergestochen und die Leichen beinahe täglich weggeschafft wurden, hieß es nun, Leiche spielen. Dabei waren die Leichenentsorger und die beiden Wachmänner involviert. Sie wurden alle mit einer netten Summe dafür bezahlt, was durchaus normal war.

Kapitel 29

Draußen geht die Scheiße weiter

Sie kamen zwar so aus dem Knast raus, aber beim Kartell steckten sie nun immer tiefer drin, wobei sie ihr Versprechen halten mussten. Was Tico (Giro) Ruben noch verschwieg, war die Geschichte mit Guzman und der Wahl. Doch er fand es so besser. Ruben würde noch früh genug davon erfahren. Nun hatten sie erst mal genug zu tun mit der Durchführung des ach so genialen Plans von Tico. Obwohl dieser meinte, es sei kein Stress, in die Militärbasis einzudringen und dort den Hauptserver anzuzapfen, stellte es sich am Ende doch als beinahe unmöglich heraus. Alles war sehr gut gesichert und bewacht. Doch mit den richtigen Uniformen und zwei gestohlenen Militärpässen kamen sie schließlich an den Wachen vorbei. Während Ruben den Wachposten vor dem Serverraum ablenkte, schlich sich Tico gekonnt an ihnen vorbei und trat in den eher dürftigen Raum ein. Er begab sich sofort zum Rechner und fing an mit seiner Arbeit. Er transferierte das gewünschte Geld auf das zuvor angelegte Konto, wobei er wieder etliche Umwege ging und tausende Finten legte. Eigentlich gab er nur Dutzende von Zahlen ein und tat, was ihm die Stimme vorgab. Er wusste gar nicht, was er da wirklich machte, aber es schien zu klappen. Das viele Geld wechselte in Windeseile den Besitzer. Kurz bevor er fertig war, erklangen Schüsse vor der Tür des Raums. Da sagte die Stimme in seinem Kopf auf einmal: Verdammt, wir haben den stillen Alarm ausgelöst! So ein Scheiß, es hätte doch alles so einfach laufen können. Aber nein, es war ja Giros Leben, also musste es drunter und drüber gehen. Noch während er seine Knarre griff, öffnete jemand ruppig die Tür und stürmte in den Raum. Es war Ruben, der rief: „Fuck! Die beiden vor der Tür konnte ich aufhalten! Aber sie wissen, denke ich, Bescheid. Wir müssen weg! Das schnell!"

Tico sagte: „Scheiße, ich glaub, ich hab den stillen Alarm ausgelöst! Was nun?"

„Viele Möglichkeiten haben wir nicht. Ich denke, wir haben am Ende nur eine und die ist, uns da durchzuschießen. Wenn wir Glück haben, kommen wir so bis zum Hangar und können uns einen Helikopter klarmachen. Dann flieg ich uns hier raus, Bruder!"

„Wenn das so ist, haben wir wohl keine Wahl!"

Also schossen sie sich durch und dies war ziemlich spektakulär. Doch am Ende erreichten sie ihr Ziel, und noch während sie einen der Helikopter bestiegen, meinte Ruben: „Das war mal wieder ein Rodeo! Ich glaub, ich hab mir die Schulter ausgerenkt. Die AR-15 hat echt einen üblen Rückstoß."

Doch dann ertönte ein lauter Schuss und traf ihn genau in die linke Schulter. Es war ein Scharfschütze. Tico erwiderte gleich das Feuer, doch war der Kerl zu weit weg und lag in den Büschen. Da rappelte sich Ruben schmerzerfüllt auf und startete den Helikopter. Dabei sagte Tico zu ihm: „Scheiße, ich dachte, das war's, Alter!"

„Das war ein Scheißscharfschütze! Der soll zielen lernen! Armeeidiot!"

„Das sagst du jetzt! Aber ich erwisch den kleinen Wichser auch nicht!"

Da – im gleichen Augenblick noch ein Schuss, genau durch die Heckscheibe, nur knapp an Rubens Kopf vorbei.

Ruben fluchte. „Verdammt! Nichts wie weg hier! Der kleine Arschficker!"

Als sie aufstiegen, sah Tico den kleinen Arschficker, wobei er auf ihn zielte und ihn auch traf. Erleichtert sah er Ruben an, doch bevor er was sagen konnte, musste er feststellen, dass dieser auf einmal einen roten Punkt auf der Brust hatte. Er wusste nicht, warum, aber er warf sich einfach vor ihn und so traf nicht Ruben die Kugel, sondern Tico, und zwar mitten in den Rücken. Es war ein übler Treffer. Er hustete Blut und glaubte, langsam wegzusterben. Ruben war schockiert und begriff nicht gleich, was da gerade geschehen war. Doch als er Tico blutend neben sich sitzen sah mit einem Riesenloch in der Brust, war klar, was Sache war. Doch da wieder die Stimme: Sag Ruben, er soll dich zum

Cupper Canyon bringen und das gleich. Also bat Tico Ruben darum. Doch dieser bestand darauf, ihn in ein Krankenhaus zu bringen. Tico ließ jedoch nicht locker und konnte ihn schließlich überzeugen. Während des Fluges meinte er dann schließlich zu Ruben: „Ruben, ich muss dir was Wichtiges sagen. Es geht um Guzman und die Wahl!"

Ruben erwiderte: „Guzman ist Geschichte und keine gute! Also lassen wir das Thema!"

„Nein, Ruben, das ist er nicht. Er lebt!"

„Was redest du da? Ich hab ihn selbst erschossen! Er ist tot!"

„Nein, sein Doppelgänger ist tot! Aber Guzman lebt! Ich weiß, es klingt alles echt schräg, aber ich bin auch nicht Tico. Ich weiß, ich sehe so aus. Aber ich bin es nicht."

„Alter, du verblutest gerade und weißt nicht, was du da von dir gibst."

„Doch, das weiß ich. Ich weiß vieles. Ich weiß, dass du noch eine Schwester hast und ihr Name Naomi ist. Ich weiß, dass dein Vater ein verrückter Wissenschaftler ist."

„Stopp, was soll der Scheiß, Tico? Was erzählst du da?"

„Mein Name ist Giro. Ich weiß, es klingt alles wenig glaubhaft, aber ich komme aus der Zukunft. Frag mich nicht, wie es dazu kommen konnte! Es hängt mit einer Atombombe und den Sternen zusammen, mehr weiß ich auch nicht. Aber ich muss zurück!"

„Du bist vollkommen verrückt!"

Giro versuchte weiter, ihn zu überzeugen. „Ich kenne Admind! Ich weiß Dinge, die Tico nicht wissen kann. Davon abgesehen muss ich dich auffordern, das Land zu verlassen. Denn wenn die Wahl in drei Tagen zugunsten des Energieministers ausfällt, werden sie dich und deine Schwester umbringen. Ihr müsst weg! Du musst zu deinem Vater, egal, wo er ist. Finde ihn und rette dich sowie deine Schwester! Dein Handeln ist wichtig für die Zukunft von uns allen!"

Ruben sah ihn nur sprachlos an. Da meldete sich wieder die Stimme von Tico, der zu Giro sagte: Es ist so weit, mein Freund, geh nach Hause! Es war, als würde er loslassen, und dann war er weg. Alles war weg. War er nun verloren und zu einem wahrhaftigen Nichts geworden? Sein letzter Gedanke galt Naomi und er sah ihre wunderbar warmen, dunkelbraunen Augen vor sich.

—၅ Kapitel 30 ၆—

Wenn man am Ende alles zusammenfügt

Phönix-Basis. Die ganze Welt wurde erschüttert und buchstäblich aus den Fugen gerissen. Während der riesigen atomaren Explosion und der Zerstörung ganz New Yorks geschah noch etwas. Etwas Unglaubliches und auch Unerklärliches. Denn die Kontinentalplatten wanderten und dies in einem unwahrscheinlichen Tempo. Sie schienen sich anzuziehen und knallten regelrecht zusammen. Dies führte weltweit zu schrecklichen Erdbeben und Überschwemmungen. Das Schrägste an der ganzen Sache war, dass die Kontinente sich so zusammenfügten, wie sie einst vor Milliarden von Jahren waren. Was zuvor aber etliche Zeit in Anspruch nahm, geschah nun in Minuten und es entstand wieder Pangäa. Doch dies mit verheerenden Folgen. Zumindest für die Menschen und sonstigen Lebewesen der Erde. Aber es dämmte dafür auch die Detonation der Atombombe erheblich. Diese hätte sonst nicht nur New York zerstört, sondern fast die ganzen USA. Dies war nämlich eigentlich ihre wahre Bestimmung, dann alle anderen verseuchen mithilfe des Virus. Dieses wurde mit der Bombe sowie der Strahlung zur Genüge freigesetzt. Ruben hatte es heraus geschafft, und da er das Gespräch mitgehört hatte, war er zeitig genug von dort abgehauen. Doch dies tat er nicht, um sich selbst zu retten oder weil er feige war. Er hatte Max gefunden und musste sie ins Lager bringen. Dazu kam, dass er auch nichts mehr hätte ändern können. Sie wären fast noch von der Druckwelle erwischt worden, wenn der Gegendruck sie nicht noch knapp geschützt hätte. So kamen sie schließlich, wenn auch mit rauchendem Helikopter, im immer noch bebenden Lager an. Doch Ruben rannte nur schnellstens mit seiner Schwester auf dem Arm durch die Basis zur Hütte, wo Naomi lag. Dabei fiel er oft um und wurde hin und her geschleudert. Als ob er auf einem sinkenden Schiff auf rutschigen und ungeraden Deckdielen einen Spurt hinlegen müsse. Das

Wetter schlug sekündlich um und dabei herrschte ein starker, unbändiger Zugwind. Als er jedoch trotz aller Widrigkeiten die Hütte von Naomi erreichte, injizierte er ihr sogleich das rettende Knochenmark. Da auch Max in Narkose lag, war dies ein weniger kompliziertes Unterfangen. Es rettete tatsächlich das Leben von Naomi und sie kam einige Stunden später zu sich. Doch ansonsten war alles zerrüttet und nun wirklich ein neues Zeitalter angebrochen, wenn auch nicht ganz so, wie Adam Marlon Jones eigentlich wollte. Naomi war mehr als nur erschüttert, als sie vom Ableben ihres Liebsten erfuhr. Sie war wütend und traurig zugleich. Sunny blieb still und sprach von da an lange kein Wort mehr. Neben dem Virus, das nun zu einer wahren Bedrohung werden sollte, war auch eine neue Weltordnung eingetreten. Alles würde ab sofort anders sein. Doch dies war nicht das Ende, sondern ein weiterer Anfang. Nur, was nun noch folgte, sollte eine der größten Prüfungen werden für alle, die noch lebten.

August 2017, drei Jahre nach dem schrecklichen Anschlag. Es gab keine Staaten mehr oder Regierungen, alles war ein Chaos und jeder musste für sich selbst sorgen. Es bildeten sich Gruppen und Gemeinschaften, aber weder Recht noch Ordnung herrschten. Die Stärksten überlebten und die anderen starben. So einfach war das. Naomi und Sunny hatten Glück, dass sie den Phönixen angehörten und somit ziemlich sicher waren. Jedoch wurde auch für diese die Seuche immer mehr zu einem Problem, denn die Infizierten waren überall. Es schienen immer mehr aus der verseuchten Zone zu kommen und somit weitere Teile zu verseuchen. Sie waren schnell und gefährlich, jedoch kamen sie nur bei Nacht heraus und mieden das warme Sonnenlicht. An kalten und nassen Tagen kamen sie jedoch auch tagsüber aus ihren nassen, dunklen Verstecken hervorgekrabbelt, um zu fressen, aber auch andere anzustecken. Sie waren wie eine schreckliche, neue Art, wobei sie jeden zu ihresgleichen umwandeln konnten. Widerlich. Drei Jahre danach sah es noch immer mehr als bitter aus und keiner konnte sich an die Scheiße gewöhnen. Es war wie ein endloser Horrorfilm und dies jeden Tag von früh bis spät. Sie kämpften und versuchten, trotz allem weiter durchzuhalten. Sie wollten noch immer überleben, warum auch immer. Sie bauten einen Schutzwall um die Kraterregion New York, um so die Verseuchten dort zu halten. Wer sich ansteckte oder gar gegen die Regeln verstieß, wurde über die Mauer gestoßen und sich selbst überlassen. In dieser neuen Welt gab es kaum noch etwas außer Angst und Kummer. Aber an jenem Tag sollte etwas geschehen, denn inmitten der völlig zerstörten Stadt New York, in dem Riesenkrater zwischen den Trümmern, bewegte sich was. Dann auf einmal eine Hand, die sich den Weg durch den Schutt an die Oberfläche erkämpfte. Dann die zweite Hand und ein Kopf. Komplett schwarz und mit Ruß bedeckt krabbelte mühselig ein Mann an die Oberfläche. Wer war er? Er wusste es selbst nicht. Es war alles weg. Er erwachte, begraben unter einem Berg von Schutt, mit Ruß am ganzen Leib sowie gänzlich zerfetzen Klamotten. Wobei er keine Verletzung spürte, ebenso wie er keine Erinnerungen mehr hatte. Wer war er? Wo war er? Was war geschehen? Er wusste nichts und um ihn war nichts außer einem weitläufigen Krater und der Aussicht auf eine Trümmerlandschaft. Zum Glück war Nachmittag und schönes Wetter, denn sonst hätte er auch gleich noch Bekanntschaft mit den Seuchenträgern gemacht. Der arme Kerl wusste so schon nicht, was abging. Aber gut, er lief irgendwann einfach in eine Richtung los und hoffte, dass ihm irgendwann wenigstens wieder einfallen würde, wie sein Name war. Wie konnte das nur sein und was war mit dem Ort hier geschehen? Er musste zuerst andere Menschen finden. Also begab er sich auf den ungewissen Fußmarsch. Doch ihm war nicht wohl dabei und alles war so seltsam, als ob es nicht echt wäre. Aber er fühlte es und sah es, also war es wohl echt. Egal, einfach weiter und raus aus dem Krater. Wie auch immer er in diesem gelandet war, er musste weg da und seine Erinnerungen finden, denn da musste doch irgendwas sein. Nur was? Ohne jegliche Erinnerung lief er einfach immer geradeaus durch die Trümmerlandschaft. Er wusste nicht, was das für ein Ort war. Jedoch war er komplett zerstört und schien vollkommen verlassen. Er war scheinbar der Einzige, der noch am Leben war. Alles wirkte wie ausgestorben. Als er endlich aus

dem riesigen Krater stieg, musste er feststellen, dass dies anscheinend mal eine Stadt gewesen sein musste. Doch jetzt war sie nur
noch ein Ruinenfeld. Alles war mit schwarzem Ruß bedeckt
und vom Feuer angesengt. Hier musste etwas Schlimmes passiert sein. Kaum noch ein Gebäude war halbwegs intakt. Überall stapelten sich die Reste von Autowracks und Stahlträgern. In
der Erde hatten sich tiefe Spalten gebildet und nichts mehr war
eben. Was war hier bloß geschehen? Es glich dem Weltunter-
gang. Was war das für eine Stadt? Und was hatte sie zerstört?
Gab es noch andere Überlebende außer ihm? Und wenn ja, wo
waren sie? Die Fragen häuften sich in seinem Kopf. Er trug eine
schwarze Schussweste, die ziemlich mitgenommen war. Er trug
auch zwei Pistolen bei sich. Wer war er? Und was machte er hier?
Er hatte keine Ahnung, und wie sehr er die Gegend auch betrachtete, es fiel ihm nichts dazu ein. Vielleicht ein Meteoriten-
einschlag oder eine sonstige Naturkatastrophe, dachte er sich.
Während ihm dies alles durch den Kopf schoss, ging er an einem
riesigen Schiffswrack vorbei. Ein britisches Handelsschiff. Doch
wie kam es mitten in die Stadt? Vielleicht war er irgendwo in
Großbritannien. Aber das passte auch nicht zusammen. Egal, er
ging einfach weiter und weiter durch alle möglichen Trümmer.
Dazwischen teilweise bis zur Unkenntlichkeit verbrannte Leichen von Menschen. Einige waren regelrecht mit dem Teer ver-
schmolzen. Wie konnte es sein, dass er überlebt hatte? Schließlich war er inmitten des Kraters erwacht. Gehörte er vielleicht
einem Rettungsteam an, und wenn ja, warum trug er Pistolen
sowie eine Schussweste am Leib? Befand er sich in einem Krieg
oder so? Egal, einfach weiter, immer weiter. Vielleicht kehrte
die Erinnerung ja zurück. Langsam ging die Sonne unter, wobei
er schon ziemlich weit gekommen war. Doch er begegnete nur
Trümmern und die Aussichten blieben aschegetränkt.

Als schließlich langsam die Nacht anbrach, war er schon
einige Kilometer durch die Trümmerstätte marschiert. Doch er
wusste immer noch nichts und begegnet war er auch niemandem,
nicht mal einer Taube. Er wusste ja nicht, was oder wem er
hier bald schon begegnen sollte. Denn in den Trümmern lebten

etliche, jedoch waren dies keine Menschen oder Tiere, sondern etwas Neues. Etwas Gefährliches. Etwas Heimtückisches. Etwas Tödliches. Die neue Spezies. Ihre blauen Augen leuchteten im Dunkel der Nacht. Sie waren das Einzige, das sie verriet, wenn sie im Dunklen lauerten, um dich zu kriegen. Denn sie folgen dir nach wie Schatten und lauern überall geduldig auf dich. Sie verkriechen sich an dunklen und verborgenen Orten, bis die Sonne das Feld räumt, um dann im Schutze der Finsternis auf die Jagd zu gehen. Sie bilden dann oft auch Rudel wie Wölfe, um ihre Beute einzukreisen und dann erst anzugreifen, dies von allen Seiten. Sie schienen keinerlei Pigmente zu besitzen. Ihre Haut war so weiß, dass man deutlich ihre blauen Adern durchscheinen sah. Sie besaßen keine Haare und hatten Ähnlichkeit mit Nacktmulchen. Nur dass sie in ihren deformierten, breiten Kiefern Zähne wie Haifische hatten und davon gleich vier tödliche Reihen. Außer ihren unwahrscheinlich blauen Augen und den abgeflachten Nasen, die wie Hasenscharten wirkten, hatten sie keine richtigen Ohren, sondern nur Löcher, beinahe wie Echsen. Ihre Pupillen waren weiß und reflektierten das Licht so, dass ihre blauen Augen auch in der Dunkelheit strahlten. Mit ihren deformierten Beinen waren sie extrem schnell und leise zugleich. Diese sahen aus wie krüpplige Straußenbeine. Damit konnten sie bis zu zwei Meter hoch springen, wenn es sein musste. Doch als ob dies nicht schon gereicht hätte, besaßen sie auch noch deformierte Klauenhände, mit denen sie beinahe überall hochklettern konnten. Und wenn sie abstürzten, dann breiteten sie ihre Arme aus, um mit der labbrigen Hautschicht zwischen ihren Oberarmen den Aufprall abzudämpfen. Sie konnten zwar nicht fliegen, jedoch kurze Strecken gleiten mit der dünnen Hautschicht. Sie galten schnell als die schlimmsten und gefürchtetsten aller Raubtiere. Sie steckten manchmal Menschen an, jedoch nur ausgewählte. Es kam auf die genetische Zusammensetzung ihrer DNS an, da nicht jeder mutierte, sondern manche lediglich daran eingingen, um als Halbtote wieder aufzustehen. Diese waren jedoch lediglich ein leichtes Buffet für die anderen Monster. Sie folgten den Infizierten wie Kormorane, um sie, wenn es so weit war, zu schlachten. Da die Mutierten sich auch untereinander fortpflanzten, war schnell eine Epidemie ausgebrochen und die Welt wurde regelrecht von ihnen überrannt. Das Lotox-Virus in Kombination mit der atomaren Strahlung hatte dies ausgelöst. Doch es betraf nur einige und nicht alle. Nur eine gewisse Gruppe von Menschen reagierte so auf die Folgen des Virus und der Strahlung. Aber diese reichten, um eine schreckliche neue Art von Lebewesen zu erschaffen. Die Menschen nannten diese Geschöpfe Reira. Da es sich dabei um eine genetische Weiterentwicklung des homo sapiens (Primat) handelte, waren sie eine neue, wenn auch schreckliche Rasse. Die Menschen fürchteten sich vom ersten Tag an vor den Reira und die Reira verdrängten sie schnell von der Rangliste der gefährlichsten Säugetiere. Der Mensch hatte nun einen wirklichen Feind und diesen hatte er selbst geschaffen, denn er stammte von ihm ab.

Der arme Kerl hatte keine Ahnung, was da in der Trümmerlandschaft hauste und bald auch lauerte, denn die Nacht brach schließlich ein. Diese brachte die Dunkelheit mit sich und die Jagd begann. Doch er war ahnungslos und dachte nicht an Monster. Er dachte an die Tatsache, dass er schon seit etlichen Stunden ausschließlich durch Trümmer und Ruinengebiet wanderte. Dies auch noch ohne jegliche Erinnerung. So lief er ohne Halt weiter. Als er an einem angesengten Trinkbrunnen vorbeikam, dachte er, es sei einen Versuch wert. Er hatte großen Durst und musste an Wasser kommen. Doch bisher sah er nur Asche und Chaos. Also versuchte er sein Glück und drückte den Knopf. Jedoch geschah wie erwartet nichts. Denn außer Ascheluft pumpte der Brunnen nichts weiter hoch. Als er sich entkräftet an diesem abstützte und zu Boden sah, erblickte er eine schwarze Pfütze in einem der Schlaglöcher im Asphalt. Er wusste noch nicht mal, ob es sich dabei wirklich um Wasser handelte, denn auf den ersten Blick sah es aus wie schwarzes Motorenöl. Doch er hatte solchen Durst, dass er sogar dieses getrunken hätte. Aber es war Wasser, wenn auch Aschewasser. War bestimmt ziemlich ungesund, wenn nicht sogar giftig. Aber es war ihm in dem Moment schlicht egal. Danach konnte er wenigstens wieder schlucken, denn seine Kehle war zuvor so ausgetrocknet, dass er nicht mal mehr hätte sprechen können. Na ja, da er völlig allein war, musste er dies zum Glück auch nicht. Was hätte er auch sagen sollen? Was sagt man, wenn man nichts mehr weiß? Noch während er das Aschewasser trank, roch er auf einmal etwas. Es stank wie faulige Gedärme. Er wusste zwar nicht, woher, aber er kannte diesen widerwärtigen Geruch. Wie abstoßend! Woher kam das? Es schien näher zu kommen und wurde immer intensiver. Doch als er sich umsah, war da nichts, alles wie zuvor. Also ging er weiter. Jedoch sollte ihm dieser Geruch folgen. Was war das? Er roch an sich. Nein, er roch zwar übel, aber anders und nicht so. Dann wieder ein Blick über die Schulter. Nein, da war nichts, nur der Geruch. Er schüttelte den Kopf und ging weiter. Aber der Geruch klebte förmlich an ihm und schien immer von hinten zu kommen. Irgendwann, als er an einem großen Gebäude vorbeikam, das nur noch etwa zehn Etagen hoch war und eine weitere Ruine darstellte, hielt er an. Er war müde und seine Beine mochten ihn kaum noch tragen. Also beschloss er, in dem Gebäude zu rasten. Er stieg durch eines der zerbrochenen Fenster ein, wobei er sich in der Eingangshalle eines Reisebüros wiederfand. Dieses war ziemlich mitgenommen und auch hier war alles bis zur Unkenntlichkeit verkohlt. Er begab sich in den großzügigen Wartebereich. Noch während er sich auf die verkohlte Couch setzte, sah er einen Snackautomaten. Er war natürlich defekt und irgendjemand oder irgendetwas hatte ihn umgeworfen. Jedoch bestand die Möglichkeit, dass da noch was drin war. Also ging er zu dem Automaten und sah ihn sich genau an. Als er sich niederkniete, um in die Klappe zu greifen, spürte er etwas an seinem Beinknöchel. Es war ein großes Jagdmesser. Da die Klappe nichts enthielt außer weiterer Asche, beschloss er, das Teil aufzubrechen. Es war nicht leicht und machte eine Menge Lärm. Aber er war ja eh allein, also scheiß drauf. Es hatte sich gelohnt, denn in dem Automaten waren sechs Flaschen Soda und Dutzende Schokoriegel. Klasse, das hatte er nun echt nötig. Also setzte er sich auf die verkohlte Couch und gönnte sich eine Essenspause. Die tat echt gut, jedoch war da immer noch dieser grässliche Geruch und er wurde nun doppelt so intensiv.

Doch er kam immer aus einer anderen Richtung. Als ob er sich bewegen würde. Was war das bloß? Egal, er war müde und legte sich auf die Couch, um die Augen ein wenig zu schließen. Er schlief gleich ein, wobei er sich zur Seite drehte. Als er dort so lag und sich ein wenig erholte, erklang auf einmal ein lautes, metallisches Geräusch, das ihn aufschrecken ließ. Was war das? Noch während er aufblickte, ein Keuchen. Er sah etwas, das anscheinend über die Metalltonne beim Eingang gestolpert war. Nun kroch es seltsam keuchend über den Ascheboden des Eingangs. Als er aufstand und sich dem Ding vorsichtig näherte, sah er, dass es ein Mensch war. Na ja, vielmehr die Überreste davon. Da er keine Ahnung hatte, was hier abging, und der Kerl echt aussah, als ob er einen schrecklichen Unfall gehabt hätte, ging er näher und fragte:

„Du meine Güte, was ist geschehen?"

Doch der Kerl keuchte nur und spuckte eine Art Sekret aus. Sein Gesicht war voller Eiterpusteln und sein Bauch gänzlich aufgerissen, sodass seine gesamten Innereien regelrecht aus ihm rausquollen. Da begriff er, dass dies nicht normal sein konnte. Als der Verseuchte dann auch noch sein Bein packen wollte, trat er langsam zurück, wobei er ihn nicht aus den Augen ließ. Der Verseuchte kroch ihm langsam nach. Da er keine Ahnung hatte, an was der Kerl litt, und ihm die Situation echt seltsam vorkam, beschloss er, die übrigen Schokoriegel und Sodas einzusacken und abzuziehen. Dabei ließ er den Verseuchten nicht aus den Augen. Dieser kroch weiter mühselig in seine Richtung. Da – auf einmal wieder dieser ekelerregende Geruch, nur jetzt extrem intensiv und rasant zunehmend. Er kam nun aus dem hinteren Bereich des Gebäudes und schien den Gang hinaufzuziehen. Was war das? Es war nicht der Verseuchte, so viel stand fest. Dieser, der zuvor noch total fixiert auf ihn war, sah auf einmal auf und blickte scheinbar fauchend in die Richtung des Ganges, aus dem der eklige Geruch kam. Roch er es etwa auch? Doch dann riss der Verseuchte seine rot unterlaufenen Augen weit auf und sah wie geschockt aus. Was sah er? Auf einmal etwas, das wie ein Blitz an ihm vorbeizog, es kam direkt aus dem Gang geschossen. Dabei war es nicht allein, denn dem Ersten folgten gleich drei weitere nach. Diese Dinger, die so übel rochen, stürzten sich direkt auf den Verseuchten, und während sie da hockten, rissen sie ihn in Fetzen mit ihren Klauen und rasiermesserscharfen Zähnen. Dabei stritten sie um das Fleisch und kratzten sich mit ihren Klauen. Dies alles beinahe geräuschlos. Denn bis auf die Knochen und Sehnen, die rissen, war nur das Keuchen des Verseuchten wahrzunehmen. Dieser keuchte sogar noch, als nur lediglich sein abgerissenes Haupt da lag. Wie war das möglich? Er sah sich die Sache perplex an, denn er verstand nichts. War das echt? Und wenn ja, verdammt, was war das? Während er die schneeweißen Wesen betrachtete und zusah, wie sie den Verseuchten wie eine Puppe auseinanderrissen, konnte er sich nicht rühren. Sein Gehirn konnte dies einfach nicht verarbeiten. Doch dann, auf einmal, erhob sich eine der seltsamen Kreaturen. Als sie so dastand und ihr dabei das Blut von den Klauen tropfte, zuckte sie hektisch mit dem kahlen Schädel. Dann auf einmal drehte sich das Wesen um und sah ihn an. Seine Augen strahlten wie zwei blaue Ampeln. Sein Gebiss stand aus dem breiten Kiefer und man sah seine blutgetränkten Haifischzähne hervorblitzen. Dann, als es ihn ansah, wieder das scheinbar unkontrollierte Kopfzucken. Es diente wohl zur Kommunikation mit den anderen Monsterdingern. Diese sahen nämlich alle hoch und blickten ihn genau an. Was sollte er nun tun? Waren es Aliens? Wie auch immer, sie sahen wirklich böse aus und auch ziemlich gefährlich. Er schluckte einmal. Da sämtliche Fenster kaputt waren, so auch das gleich neben ihm, sprang er einfach los. Raus da und dies mit einem beherzten Sprung. Die Wesen folgten gleich nach, wobei sie jedoch lautlos huschten. Doch er roch sie und wie! Dabei waren die Scheißdinger verdammt schnell und er hatte keine Ahnung, wie er denen entkommen sollte. Noch während seines Spurts durch die dunkle Trümmerlandschaft zog er die beiden Pistolen. Nachdem er sie entsichert hatte, folgte der Blick nach hinten. Als er sah, wie eines der Wesen, das direkt hinter ihm war, an einem Trümmerstück absprang wie ein verdammter Federball, um ihn zu katschen, ließ er sich fallen. Denn er hatte keine Chance, die waren viel zu schnell und flink. Noch während er über den Boden schlitterte, schoss er auf das Ding und das mit doppelter Feuerkraft. Er traf es ein Mal und es sprang wie ein Blitz zur Seite in eine dunkle Ecke. Doch er hatte keine Zeit, denn ihm folgten weitere nach. Er beschloss, sich in den Trümmerhaufen hinter sich hineinzuquetschen. Dort verkroch er sich in einer zugeschütteten Telefonzelle. Diese lag da unter Beton und Schutt begraben und ihr fehlte der Boden. Noch während er da hineinkroch, erwischte ihn eines der Wesen am Bein und fügte ihm eine tiefe Wunde zu. Er schoss daraufhin blindlings nach hinten, um es zu verscheuchen. Dies klappte und er nahm Stellung ein. Er lag auf dem Bauch in der umgekippten Telefonzelle, unter schützendem Schutt begraben, und der einzige Ein- oder Ausgang war der offene Boden. Die Pistolen fest in den Händen starrte er hinaus auf die blau leuchtenden Augen dieser Dinger. Diese leuchteten in der Dunkelheit wie blaue Glühwürmchen. Doch er wusste nun, was für Monster zu diesen blauen Leuchten gehörten, und auch, zu was der Geruch gehörte. Auch wenn er nicht wusste, was diese Dinger wirklich waren. Eines war sonnenklar, sie fraßen Menschen. Sie waren auch anscheinend schlau, denn sie mieden die Kugeln und lauerten nun vor dem Eingang auf ihn. Sie kamen nur so nahe, dass er sie nicht treffen konnte. Sie schienen beinahe zu spielen. Denn ab und zu taten sie so, als ob sie angreifen würden, und näherten sich ihm oder rannten hastig starrend vorbei. Wenn er dann schoss, wichen sie flink aus und er hatte das Gefühl, sie wollten ihn dazu bringen, seine Munition zu vergeuden. Also hörte er auf zu schießen und behielt sie einfach genauso im Auge wie sie ihn. Eine schreckliche Nacht, er wusste nicht, ob sie jemals wieder verschwinden würden. Doch dann, nach endloser Zeit, als die ersten Sonnenstrahlen kamen, waren sie und ihr abartiger Geruch auf einmal verzogen. Wo waren sie hin? Er wartete eine Weile ab, da er nicht wusste, ob es nur eine Falle war. Doch dann kroch er langsam raus. Als er endlich aus der Telefonzelle hinaus war und wieder inmitten des Trümmerlandes stand, sah er sich unsicher um. Aber sie waren anscheinend wirklich weg. Waren die echt? Da sah er sich die Wunde an seinem Bein an. Okay, sie waren wohl echt oder das Wasser aus der Pfütze war übler als gedacht. Aber eines war klar, er musste weg hier. Er ging also weiter und versuchte, die Nacht zu vergessen. Er lief trotz der Strapazen und null Schlaf schneller als zuvor. Er wollte weg da. Weit weg. Aber es schien endlos und bald würde es wieder dunkel werden. Was, wenn die Dinger echt waren und diese Nacht wieder auftauchen würden? Er wollte gar nicht daran denken. Als es langsam dunkelte, wurde ihm immer mulmiger. Sollte er sich ein Versteck suchen wie eine Maus oder einfach auf der Hut bleiben wie eine Katze? Beides scheiße, dachte er. Als er dann auf einmal in der Ferne eine riesige Stahlmauer erblickte, blieb er verwundert stehen. Was war das? Zog die sich etwa um das gesamte Gebiet hier? War es vielleicht eine Grenze zwischen der Horrorstadt hier und der normalen Zivilisation? Egal, sie sah ziemlich unbeschädigt aus und vielleicht kam er da raus. Also rannte er los und dies so schnell er nur konnte. Er sprang dabei wagemutig über einen riesigen Kraterspalt und ließ sich von nichts aufhalten. Dabei hatte er nur die Mauer im Blick und die Monster im Hinterkopf. Es war schließlich schon am Eindunkeln. Er war schon beinahe bei der fünfzig Meter hohen Schutzmauer angekommen, da stieg ihm wieder dieser Geruch in die Nase. So eine Scheiße, die waren echt, dachte er. Dabei rannte er einfach weiter, immer weiter. Als er die Mauer erreicht hatte, gingen auf einmal die rissigen Lampen über der Mauer an. Diese hingen in etwa zehn Meter Abstand zueinander über der Mauer verteilt. Dabei handelte es sich jedoch nicht um normale Straßenlampen, sondern Tageslichtlampen. Sollten die gegen die Wesen sein? Er hatte keine Zeit. Er musste hier irgendwie raus. Doch wo war der Ausgang? Die Mauer war schließlich fünfzig Meter hoch. Wenn er nicht fliegen lernen würde, dann war dies wohl keine Option. Er roch schon, dass sie nicht mehr weit waren. Der Geruch war zwar noch ein Stück weg, aber er kam näher und näher. Vielleicht rochen sie ihn ja auch? Noch während er sich die Mauer ansah und verzweifelt einen Weg suchte, ertönte auf einmal ein Schuss und dann gleich wieder. Dann der Schrei eines Mannes, laut und gequält. Er überlegte zuerst und ihm war klar, dass er nicht viele Optionen hatte. Wenn da jemand war, der noch lebte, wusste dieser vielleicht, wie man hier herauskam. Also ging er in die Richtung, woher die Laute kamen. Als er an dem Feuerwehrwagen vorbeiging, erkannte er einen Mann, der gerade von zwei der Wesen brutal zerfleischt wurde. Der arme Kerl war schneller tot, als er geschrien hatte. Er selbst wollte nicht auch so enden und beschloss, sich zurückzuziehen. Er musste schnell ein Versteck finden. Doch noch während er sich abwendete, sah er, wie eines der Wesen aufstand und sich einer abgebrochenen Feuerleiter zuwandte. Als er bemerkte, auf was das Ding es abgesehen hatte, musste er eingreifen. Denn da oben hockte doch tatsächlich ein junges Mädchen, lediglich mit einer Machete bewaffnet. Sie zitterte vor Angst und konnte nirgendwohin. Doch was konnte er tun, ohne dass er mit auf der Speisekarte landete? Verdammt, was ging hier ab? Doch dann musterte er den Feuerwehrwagen neben sich. Dieser war zwar nicht fahrtauglich, doch war er an den Hydranten angeschlossen. Also standen die Chancen ziemlich gut, dass der Schlauch auch Wasser pumpen würde. So beschloss er, sein Glück zu versuchen und die Bastarde wegzuspülen. Na ja, es war eher ein vager Plan, aber es hing eine Menge davon ab. Als er den Schlauch schließlich griffbereit neben sich hatte, zog er seine Pistolen, wobei er lediglich den einen der beiden ins Visier nahm. Er zielte auf dessen bleichen Hinterkopf. Dieser zuckte andauernd, da das Ding anscheinend einen Weg suchte, um an das Mädchen zu gelangen. Da dachte er nur, zum Glück können die nicht auch noch fliegen. Doch dann, als es wieder unkontrolliert zuckte, drückte er ab und traf es doppelt in den Hinterkopf. Die Kugeln durchdrangen den Schädel des Wesens und traten genau bei den Augäpfeln wieder aus. Er hatte perfekt getroffen und war anscheinend ein ziemlich begabter Schütze. Das Mädchen schreckte zuerst zurück, wobei sie nicht begriff, woher das gekommen war. Doch da war noch das zweite Ding und dieses hörte nun abrupt auf, an den Überresten zu nagen. Er nahm es gleich ins Visier und schoss, doch es wich gekonnt aus und preschte im Zickzack auf ihn zu. Es schien äußerst erbost. Nun war die Munition auch verschossen.

Er griff nach dem Schlauch und das in letzter Sekunde. Der starke Druck des Wasserstrahls traf das Ding direkt in seine hässliche, stinkige Fresse und es wurde mit Wucht weg katapultiert. Doch auch ihn drückte es weg und er knallte rückwärts auf den Asphalt. Dabei ließ er den Schlauch los und der wirbelte unkontrolliert umher. Er war klitschnass so wie alles in der näheren Umgebung. Es bildete sich eine große Pfütze in dem unebenen Asphalt der Trümmerstraße. Noch während er sich wieder aufrappelte, sah er das Wesen wieder. Es war gegen einen Mast befördert worden, der dort in den Trümmern steckte. Dabei wurde es von ihm in der Mitte aufgespießt. Nun versuchte es, sich zu befreien, und zappelte im Leeren. Als er das hässliche Geschöpf dort so zappeln sah, wurde ihm klar, dass es nichts fühlte. Weder Schmerz noch Mitleid. Das Einzige, das es sichtlich fühlte, waren Wahnsinn und Wut, wenn überhaupt was. Er hatte keine Kugeln mehr. Doch als er zu dem Mädchen sah, zeigte dieses ihm mit dem Finger etwas, das auf der Straße lag. Es war eine Pumpgun. Wie nett, dachte er, als er sie hochhob. Gehörte wohl dem armen Schwein, den die Scheißwichser zerfleischt hatten. In der Pumpgun waren noch 4 Schuss und davon würde er nun einen an den aufgespießten Wichser abgeben und dies voll in dessen abstoßende Fresse. Als er etwa zehn Meter vor dem Monster stand, setzte er zum Gnadenschuss an und pustete ihm seinen hässlichen Schädel weg. Der Monsterschädel explodierte förmlich und dann war endlich Ruhe. Er half dem Mädchen herunter, wobei diese ohne ein Wort losrannte und er hinterher. Sie eilte zu einem Tiefgarageneingang. Als sie davor stand, winkte sie hektisch in eine Kamera, die sich über dem Eingang befand. Da ihm wieder dieser abstoßende Geruch in die Nasse stieg, sagte er zu ihr sichtlich beunruhigt: „Ich denke, sie kommen! Ich meine, du riechst sie doch auch, oder?"

Das Mädchen sah ihn nur verdutzt an, und als die Tiefgarage aufging, antwortete sie: „Nein, ich rieche sie nicht. Aber sie kommen immer, wenn es genügend dunkel ist. Komm, hier sind wir sicher!" Dann ging sie rein und er folgte ihr nach in die Tiefgarage. Hinter ihnen schloss sich die Pforte wieder. Der Geruch blieb zum Glück dahinter. Als sie zusammen die lange Abfahrt hinuntergingen, sagte das junge Mädchen mit dem hellbraunen Haar und der Zahnspange im trotz allem süßen Bibergesicht: „Ich bin Mirabelle! Wie heißt du und was bringt dich hierher? Du bist keiner von den Roten. Also was hat dich hier hineingebracht?"

„Wirklich gute Fragen. Nur leider kann ich dir keine einzige davon beantworten, da ich schlicht keine Ahnung habe."

„Ach was?! Du weißt noch nicht mal deinen Namen? Komm schon! Sag mir wenigstens deinen Namen oder erfinde einen. Ich meine, wenn du nicht die Wahrheit sagen möchtest oder kannst, denk dir doch was Lustiges aus!"

„Was? Nein, warum sollte ich? Ich mein das voll ernst. Ich hab, glaube ich, mein Gedächtnis verloren. Keine Ahnung, wie. Aber ich bin hier erwacht. Und dies inmitten eines Kraters. Ich weiß weder wer noch wo ich bin! Ich weiß nur eines, hier gibt's schreckliche Kreaturen. Dazu kommt, dass dies hier ausschließlich eine Trümmerlandschaft ist. Die auch noch durch eine Riesenmauer eingeschlossen wird. Wobei mir jedoch sonst so ziemlich alles schleierhaft ist. Du bist der erste Mensch, dem ich hier begegne. Dafür hab ich etliche von den Horrorfratzen gesehen und das immer nachts."

Mirabelle entgegnete: „Na siehst du, und schon erzählst du was. Nur gewusst wie, nachgehakt! Aber hart! Du weißt also wirklich nicht, was hier abgeht? Aber dafür hast du dich gerade echt gut geschlagen. Ich meine, du hast zwei Reira auf einmal erledigt und dies ziemlich gekonnt. Nicht viele schaffen so was. Ich meine, sie in Schach zu halten, ist eines, aber sie gleich zu töten! Wirklich gut!"

Dann zupfte sie am Ärmel seines Hemdes, das er unter der Schussweste trug, und während sie sich die Rückseite der Weste ansah, meinte sie nur: „Swat! So nenn ich dich einfach, okay?"

„Was? Warum?"

„Steht auf deinem Rücken! Klingt doch ziemlich gut, nicht?"

„Steht das so da? Na dann, von mir aus. Hey, aber du meintest vorhin was von Reira. Was soll das sein? Und was ist das für eine Stadt hier?"

Mirabelle erwiderte, während sie schon fast hinabrannte:

„Reira sind die Kreaturen und die Stadt oder das, was davon übrig ist, ist New York City!"

‒ Kapitel 31 ‒
Wer bin ich?

Das Tiefgaragendorf. Er wusste noch immer nicht, wer er wirklich war oder woher er kam. Nach seinem seltsamen Erwachen inmitten des Kraters und seinem Marsch durch die Trümmerstadt – New York, wie er nun erfahren hatte – war er froh, auf einen Menschen zu treffen. Mirabelle war zwar noch ziemlich jung und schien auch nicht besonders stark zu sein, jedoch kannte sie sich ein wenig aus und wusste Bescheid, denn er verstand nichts. Also folgte er ihr nach und sie kamen schließlich in einem Parkgeschoss an. Hier in der Tiefgarage gab es Strom, denn die Lichter waren an. Aber trotzdem wirkte alles gelb und schattig. Das Angenehme war jedoch, dass es hier nur nach schlechter Luft roch und nicht nach den Kreaturen. Noch während sie die seltsam leere Ebene betraten, ging auf einmal das Licht eines Geländewagens an, wobei dieses ihn und Mirabelle gänzlich blendete. Da er noch die Pumpgun in den Händen hielt, zielte er gleich auf den Wagen, wobei er jedoch nicht wirklich etwas sah. Da hörte er von allen Seiten Schritte. Als das Licht des Wagens erloschen war, musste er feststellen, dass er umzingelt war. Eine Gruppe schwer bewaffneter Leute umgab ihn. Dann stieg ein Kerl aus dem Geländewagen. Er trug wie alle anderen ziemlich abgenutzte Kleidung. Doch auch er hatte ein Jagdgewehr in den Händen. Er sagte etwas ruppig zu Mirabelle, die noch neben Swat stand: „Mirabelle, komm weg von ihm! Sofort her mit dir!"

Das Mädchen ging zögernd zu dem Kerl, wobei sie versicherte: „Dean! Er ist keiner von denen! Das ist anders!"

Dean befahl: „Sei still! Hey du, leg die Flinte weg, und zwar zackig! Ansonsten schießen wir dich über den Haufen und verfüttern deine Überreste an die Reira!" Was hatte er schon für Optionen? Also tat er es und warf mit einem entnervten Blick die Pumpgun vor dessen Füße. Der Kerl fragte schnell: „Warum schicken sie dich? Etwa um meine Tochter zu entführen? Was habt ihr kranken Bastarde nun wieder vor?"

Da er nicht wusste, von was der Kerl sprach, sagte er nur:
„Keine Ahnung, von was du sprichst. Aber falls du die seltsamen
Monster meinst, ich bin keines davon und habe auch nicht vor,
eines zu werden. Ich hab übrigens deiner Pflaume von Tochter
das Leben gerettet! Ihr Freund ist leider Hundefutter geworden
für die Monstertölen. Ich glaub, ihr nennt die Dinger Reira oder
so ein Scheiß. Na ja, das waren die!"

Noch bevor er ganz ausgesprochen hatte, bekam er den Knauf
einer Faustfeuerwaffe in den Bauch gerammt, und zwar von
einem kleinen afroamerikanischen Kerl. Dabei sah dieser ihn böse
an und gleich folgte noch ein Schlag in die Fresse. Er hielt sich
schmerzerfüllt die Nase. So ein kleiner Wichser, dachte er, doch
die anderen hatten ihn noch immer fest im Visier und würden
nicht zögern abzudrücken, also Ruhe bewahren. Da sagte auf
einmal der kleine Wichser zappelnd und hektisch: „Warte mal!
Ich kenn den Kerl doch! Ja, Mann, du bist der Koksmann! Klar
doch! Du Arschloch hast mir eine übergezogen und dann einfach meinen Mustang geklaut. Elender Arsch!"

Dann schlug er mehrmals auf ihn ein, und als er auf die Knie
fiel, trat er auch noch nach. Wie ein irrer Chihuahua, der dir das
Hosenbein abkaut, dachte er. Und du darfst den kleinen Wichser
einfach nicht von dir wegtreten, denn sonst zerfleischen dich seine
tollwütigen Rotweilerfreunde. Also gut, lassen wir uns halt von
dem kleinen Wahnsinnigen mit Afromatte verdreschen. Immer
noch besser, als von Monstern zerfleischt oder abgeknallt zu
werden wie ein bescheuerter Wildhase. Doch dann hielt der Kerl
auf einmal inne, wobei er haspelte: „Und du Koksschwuchtel erinnerst dich noch! Ich bin's, Jerry Berry, dein Freund und Helfer!"

Da sah er ihn mit blutigem Gesicht an, wobei er spottete:
„So, wie du gerade abgehst, kleiner Mann, hast wohl eher du das
Koksproblem! Ich kenn dich nicht, und dass ich deine Mama in
den Arsch gefickt hab, ist schon Strafe genug. Also hör auf, mich
mit deinen Minifäusten zu malträtieren, sonst sehe ich am Ende
morgen noch aus, als ob ich die Masern hätte!"

Dabei grinste er fies. Dies brachte den Kerl zur Weißglut und
er spannte den Lauf seiner Faustfeuerwaffe. Dann drückte er ihm

die Mündung direkt an den Kopf zwischen die Augen. Okay, war unangenehmer als gedacht. Großspurig drohte er dann: „Was sagst du da über meine Mama? Ich sag nur noch eines zu dir Schlampe: Fahr zur Hölle!"

Wow, war wohl eine Spur zu hoch gepokert und was jetzt? Sterben. Er schloss die Augen und dachte daran, dass er noch nicht mal wusste, wie sein eigener Name war. Doch dann kam anstelle des erwarteten Schusses die Stimme von Dean. „Stopp, Jerry, tu das nicht! Wir sind nicht so. Wir töten nicht einfach Menschen. Es reicht, wenn die Roten das tun. Du kennst unsere Regeln. Egal, was das Arschloch dir angetan hat, dies geschah vor alledem und hat nichts in unserer neuen Welt verloren. Vergangen ist vergangen. Wir haben schließlich genug Probleme und Feinde. Da müssen wir keine neuen schaffen."

Swat sagte: „Hey Mann, hör zu, Jerry! Egal, was ich dir auch angetan haben soll, ich weiß es so oder so nicht mehr. Ich weiß noch nicht mal meinen beschissenen Namen. Die Kleine dort nennt mich Swat, weil das angeblich auf meinem Rücken stehen soll. Aber warum ich hier bin oder wie ich hergekommen bin, ist für mich genauso ein Mysterium wie deine Entstehung. Also bitte erschieß mich! Komm, mach schon, drück ab und erlös mich von meiner Amnesie! Ist eh nur ein beschissener Albtraum hier!"

Jerry Berry erwiderte: „Du hast recht, der Kerl ist nicht mal eine Kugel wert! Wir stecken ihn einfach ins Verlies, und falls er zu den Roten gehört, fordern wir Essen im Tausch gegen das Arschloch. Ansonsten lassen wir den Bastard eiskalt verhungern."

Dean widersprach. „Nein, wir lassen hier niemanden verhungern. Aber ja, er kommt sicher ins Verlies, bis wir wissen, was Sache ist."

Das Verlies war nichts weiter als ein Paketwagen und er wurde in den Laderaum gesteckt. Sie verriegelten die Tür von außen und die Lesbe mit dem Pferdeschwanz nahm Stellung in der Fahrerzelle ein, wobei sie ihn durch das schmale Fenster im Auge behielt. Dabei hatte sie eine Schrotflinte schussbereit auf dem Schoß liegen. Als er in dem leeren Scheißdreck saß, auch noch mit Handschellen an einem Karabiner befestigt, fühlte er sich mehr als nur ausgeliefert. Hatte er überhaupt eine Möglichkeit, sich irgendwie zu befreien? Die Lesbe starrte unerbittlich und das würde sie noch Stunden so hinkriegen, wenn nicht sogar Tage. Sie schien angewidert und sah ihn an, als ob er eine platt gefahrene Taube sei. Scheinbar unbekümmert sprach er sie an: „Hey Süße, komm doch zu mir und wir schieben eine nette Nummer zusammen!"

„Ach halt doch die Fresse! Du bist nicht mein Typ."

„Bin ich nicht? Ich hätte schwören können, als du mich vorhin auf Waffen gefilzt hast, war da so eine sexuelle Spannung zwischen dir und meinem Schwanz."

Sie drehte sich angewidert und wütend weg und erwiderte: „Wie bitte? Die einzige Spannung, die da vielleicht war, war die zwischen mir und deinen beiden Jagdmessern. Die ich übrigens behalten werde. Danke! Aber deinen Schwanz kannst du behalten. Ich steh auf Brüste und Muschis. Also lass gut sein! Sonst verpass ich dir eine Muschi mitten in dein Gesicht und dies mit deinen eigenen Messern, du Scheißkerl!"

Während sie ihn anbrüllte, befreite er sich von den Handschellen. Er hatte zuvor ein kleines Stück Metall aus seiner Wunde am Bein gepult. Hatte es wohl beim durch den Schutt kriechen eingefangen. Aber nun war es hilfreich, denn er konnte damit die Handschellen öffnen. Als er die Hände frei hatte und sie es merkte, blaffte sie: „Hey, was soll die Scheiße? Spinnst du?"

Doch er sah sie nur an, und während er sich, entspannt wirkend, in die Hose griff, meinte er scheinbar lüstern: „Wie gesagt, du bist jederzeit zu einer Party in meinem neuen Apartment eingeladen. Ich steh auf harte Bräute. Du machst mich voll an! Besonders deine Zahnlücke ist scharf. Nein, weißt du was? Bleib einfach genau so und sieh mir dabei zu, wie ich abspritze, das ist noch viel schärfer."

Dabei tat er so, als ob er sich einen runterholen würde, was er jedoch nicht wirklich tat. Aber er sah, wie angewidert sie davon war und ihm daraufhin den Rücken zuwendete. Er trieb es dann auf die Spitze. „Scheiße, ist dein Rücken geil, soll ich draufspritzen?"

Nach diesem eher niederen Spruch stieg sie wortlos aus und knallte dabei erzürnt die Lastertür zu. Er dachte nur: Na, geht doch. Endlich Ruhe in der Kiste. Nun schnell einen Weg heraus suchen und dann weg hier, bevor die mich noch essen wie Wilde. Man weiß ja nie, dachte er. Noch während er zu dem schmalen Fenster hastete, um zu sehen, ob da was Nützliches in der Fahrerkabine sein könnte, hörte er Schritte und diese kamen genau auf den Laster zu, ebenso der schwache Geruch der Kreaturen. Wie konnte das sein? Wo kam das her? Doch dann die Anhängertür, die sich öffnete. Da standen auch schon dieser Dean und Mirabelle genau hinter ihm. Dean hatte seine Waffen bei sich und sogar die beiden Messer. Als er ihn in dem Laderaum frei stehen sah, sagte er nur: „Bist wohl wirklich aus einem der Versorgungshelikopter gefallen, Swat-Mann. Wie auch immer, du hast anscheinend Mirabelle gerettet und dabei zwei Reira erledigt. Ich müsste lügen, wenn ich behaupten würde, jemanden wie dich könnten wir nicht gebrauchen. Wir sind schließlich mehr als nur am Arsch. Also nehmen wir dich auf bei uns. Falls du allerdings doch zu den Roten gehören solltest und ihr irgendetwas Übles plant, um uns auszulöschen, werde ich dir höchstpersönlich die Haut von deinem Fleisch reißen. Ich hoffe, du verstehst mich. Hier sind deine Waffen und ich würde es begrüßen, wenn du unsere Frauen nicht ungebührlich behandeln würdest. Sonst reiß ich dir die Eier ab. Wir haben hier Regeln und an die musst auch du dich halten. Wir leben hier in den Fahrzeugen. Jeder darf sich bei seinem Einzug eines aussuchen, und was darin ist, gehört dir. In Reihe 4 gibt's noch freie Wagen, such dir einfach einen aus! Da dies hier mal ein Krankenhaus war, haben wir Strom. Irgendwie konnten die Notgeneratoren die atomare Explosion überstehen, was man vom Rest des Gebäudes nicht behaupten kann. Na ja, außer der Tiefgarage hier. Aber hier haben wir alles, was wir brauchen, und die Reira kommen nicht rein."

Swat sah ihn nur an und nahm dann seine Waffen an sich. Kommentarlos verschwand dieser Dean dann, wobei Mirabelle gleich frech sagte: „Venus hat Angst vor dir. Sie sagte, du seist ein Perverser!"

„Venus? Wie der Hügel etwa?"

„Was für ein Hügel?"

„Ach vergiss es! Wie alt bist du überhaupt?"

„Ich bin siebzehn. Warum meinst du?"

„Echt, du bist siebzehn? Du siehst aus wie zwölf. Na, dann darf ich ja auch sprechen, wie es mir passt. Ich dachte schon, ich sei zu weit gegangen."

Mirabelle lächelte. „Schon okay! Ich find dich witzig. Und Venus ist eine verklemmte Zicke. Sie übertreibt ständig. Es ist toll, dass du nun ein Teil unserer Gruppe bist. Komm, ich zeig dir die Gemeinschaft!"

Wie das klang! Als ob er eine Führung durch ein renommiertes Wohnviertel erhalten würde. Was war das bloß für eine kaputte Welt? War die etwa schon immer so seltsam? Nein, er konnte sich zwar an nichts mehr sich selbst betreffend erinnern. Jedoch erinnerte er sich an eine Welt, und zwar die Erde. An die Kontinente und an andere Dinge, die ihm jedoch jetzt nicht weiterhalfen. Wer war er nur und was war mit der Welt passiert? Er musste irgendwie Antworten bekommen und Mirabelle schien die perfekte Anlaufstelle dafür. Sie traute ihm und war ihm gegenüber ziemlich offen eingestellt, was man von den anderen Garagenbewohnern nicht gerade behaupten konnte. Einige wollten ihn am liebsten hängen. Jedoch waren sie so arm dran, dass sie am Ende sogar auf ihn angewiesen waren – auf ihn, einen im Grunde völlig Planlosen. Noch während sie die Ebene 4 entlangliefen, sagte er zu ihr: „Hör zu, Mirabelle! Ich weiß, es ist echt wunderlich, dass ich mein Gedächtnis verloren hab. Aber ich bitte dich, könntest du mir erklären, was das hier für eine Zone ist? Ich meine, was ist mit New York passiert?"

Mirabelle erwiderte: „Ach, du bist nicht der Erste, der seine Erinnerungen verloren hat. Passiert hier oft. Manche wollen sich nicht erinnern, andere können nicht. Das ist ganz normal. Es ist schließlich ein Krisengebiet. Eine Atombombe hat das angerichtet, vor nun genau drei Jahren. Sie hat einfach alles niedergewalzt und dies in Sekunden. Dabei wurde eine schreckliche Strahlung freigesetzt. Bis dies schließlich zur Mutation des Lotox-Virus führte und somit bei einigen Infizierten zur genetischen Weiterentwicklung führte. Dies ließ die Reira entstehen. Man baute sogleich eine Mauer um das am stärksten betroffene Gebiet. Diese sollte die Reira zurückhalten. Aber es war vergebens. Sie sind nun überall. Außer an einem Ort. Man sagt nämlich, als sie merkten, dass die Mauer nicht reichte, bauten sie eine zweite. Diese Mauer schützt den eurasischen Landabschnitt von dem restlichen. Dort soll es keine Reira geben, jedoch regiert ein böser Mann über dieses Reich. Er nennt sich selbst der Vater aller. Anscheinend unterdrückt er die Bürger und schafft eine schreckliche Knechtschaft."

„Wahnsinn! Das klingt ziemlich übel und schon fast aussichtslos. Wie kann es sein, dass ich das alles vergessen hab? Wie kann man eine solche Scheiße vergessen?! Das ist doch beinahe unmöglich! Und wieso sind wir hier hinter der Mauer? Ich meine, wie kommen wir zu unserem Glück?"

Mirabelle berichtete weiter. „Na ja, die abgeriegelte Zone wird nun als Gefängnis und Strafgebiet geführt. Die meisten, die hier reingeschmissen werden, sind Sträflinge. Die haben üble Dinge getan und sind meist von Grund auf böse. Wir landen hier und man beobachtet uns, wie wir hier drin überleben. Ich meine, es ist nicht nur die Gefahr durch die Reira, die wir zu fürchten haben, sondern auch die Strahlung und die zerstörte Umgebung, in der wir überleben müssen. Sie werfen jeden Monat ein paar Esspakete ab und Munition, damit müssen wir klarkommen. Doch mit der Zeit kamen auch Unschuldige oder Kleinverbrecher hierher wie ich und all die anderen hier. Wir hatten halt einfach Pech und fielen durchs Raster. So bildeten sich schließlich zwei Gruppen. Die Roten sind die, die wirklich hierher gehören, und wir, die Blauen, sind die, die eigentlich nicht hier sein sollten, jedoch keine Wahl haben."

„Krass, und ich? Was bin ich wohl? Ein Böser oder ein Guter?"

„Da du es trotz aller Gefahren auf dich genommen hast, die beiden Reira zu erledigen, um mir zu helfen, denke ich, die Frage war schnell beantwortet. Und ich hab gesehen, wie du die Leiche von Kevin angesehen hast. Es traf dich! Einer von den Roten hätte draufgespuckt und gelacht. Du warst bestimmt einer von den Männern, die immer die Nahrung und Munition abwerfen. Du bist wahrscheinlich einfach mit der Ladung abgestürzt oder so und hast dir dabei den Kopf gestoßen, daher auch deine Amnesie. Manchmal ist es einfacher, als man denkt, und schon bald kommen deine Erinnerungen zurück. Denn wie du sagtest, so einen Scheiß kann man nicht komplett vergessen."

„Ich hoffe es. Und hier kommt man nicht raus? Ich meine, wenn man reinkommt, dann kommt man doch auch irgendwie raus!"

„Na, ja, es ist nicht so, dass es noch nie jemand versucht hätte. Es werden andauernd Ausbrüche versucht. Jedoch gelang es noch keinem und die meisten starben bei ihrem waghalsigen Versuch, auszubrechen."

„Und das heißt? Soll man sich etwa damit abfinden und so leben? Nein, sicher nicht, oder?"

Da blieben sie stehen und sie deutete auf eine Reihe geparkter Wagen. „Das sind die letzten vier halterlosen Wagen! Such dir einen gemütlichen aus, denn er wird dein neues Heim sein. Du hast den großen Laster im oberen Teil gesehen. In ihm sind die Toiletten und Duscheimer. Gleich im Anhänger daneben ist die Essensausgabe. Es gibt immer um Punkt sieben Uhr Abendessen. Für jeden eine Portion und dazu 1 l Wasser. Das musst du dir dann selbst einteilen. Wer ohne guten Grund nach halb sechs noch draußen ist, wird ausgeschlossen. Wir dulden keine Gewalt gegen die eigenen Gruppenmitglieder und wir helfen einander. Jeder hat einen Job und diesen erhält er von Dean. Man widerspricht Dean nicht, sondern bringt höchstens Einwände zum Ausdruck. Wenn einer der Gruppe schadet, kann er jederzeit von Dean ausgeschlossen werden. Ach – und ich hab dein Bein gesehen. Wenn du die Wunde versorgen lassen möchtest, kannst du den Krankenwagen besuchen. Gleich da, siehst du? Darin befindet sich unsere Krankenstation und natürlich Eloise, die nette Krankenschwester. Also dann! Fühl dich wie zu Hause und leb dich ein!"

Dann ging sie einfach weg. Aber es war ihm auch recht, denn er war erst mal bedient. So ein Riesenscheißdreck! Er musste hier weg. Egal wie und wenn er dafür einen Helikopter bedienen müsste. Er würde alles tun, um diese Mauer zu überwinden. Denn egal, was hinter ihr lag, es konnte nicht schlimmer sein als das hier. Er wusste zwar noch immer nicht, wer er war. Aber hierher gehörte er nicht, so viel wusste er und dies war nicht nur ein Gefühl. Als er sich die vier Wagen schließlich ansah, zog ihn einer wie magisch an. Es war ein Nissan GTI. Er hatte das Gefühl, als ob er ihn kennen würde. Also entschied er sich für diesen, auch wenn er wenig Platz bot, um darin zu hausen. Er dachte, vielleicht kommen die Erinnerungen zurück, wenn ich auf mein Gefühl höre. Da der Wagen verschlossen war, zerschlug er mit seinem Ellbogen die Scheibe der Fahrerseite, um ihn aufzukriegen. Als er dies tat, kam wieder dieses vertraute Gefühl wie ein Déjà-vu. Er setzte sich erschlagen auf den Fahrersitz, und als er da so saß, durchkramte er das Handschuhfach. Doch dies war sehr ernüchternd, denn außer einer Packung zuckerfreiem Kaugummi und einem fliederfarbenen Lippenstift lag dort nur noch ein Energie-Drink. Dieser Wagen gehörte wohl mal einem Weibchen. Na ja, besser als nichts, dachte er und griff sich den Drink. Als er die Dose öffnete, kam auf einmal Mirabelle an sein Fenster und sagte: „Ach, so kommt man also an teure Autos ran. Und ich dachte, dafür müsse man hart arbeiten."

Er sah sie nur verwundert an, woraufhin sie erklärte: „Nur ein Scherz! Hier, die Schlüssel! Hättest nur fragen brauchen. Wir haben von jedem Wagen die Schlüssel, musst du wissen. Dean hat sie aus dem Parkhäuschen beim Eingang. Die Leute, denen die Wagen mal gehörten, sind eh alle tot, also was soll's, oder?"

Er griff sich nur schweigend die Schlüssel. Es kam ihm alles so vertraut vor, als hätte er diese Situation schon mal erlebt, nur woanders. Noch während er verdutzt die Schlüssel einsteckte, hielt sie ihm eine Zigarette hin. Zuerst sah er sich diese nur an, bis sie sagte: „Die ist nicht umsonst! Ich will einen Kaugummi dafür das ist das Minimum!"

Er blickte in das offene Handschuhfach und griff sich einen. Noch während er ihr den Kaugummi hinstreckte, meinte er: „Hier! Und was gibst du mir für einen fliederfarbenen Lippenstift – aus zweiter Hand versteht sich?"

Sie nahm den Kaugummi und überreichte ihm die Zigarette, wobei sie nachdachte. „Ein Lippenstift aus zweiter Hand. Das ist wirklich was! Lass mich überlegen! Wie wär's mit diesem Kirschschnaps? Ist zwar nur eine winzige Flasche, aber dafür auch eine Rarität, wie dein Lippenstift."

Dabei hielt sie ihm die kleine Flasche vors Gesicht. Er musste echt nicht lange überlegen und kramte den Lippenstift hervor. Dann tauschten sie und Mirabelle war außer sich vor Freude. Sie rannte gleich los und wollte den Lippenstift ausprobieren. Klasse, nun hatte er eine Zigarette, Alkohol und Ruhe. Was wollte er mehr in der Hölle hier? Also lehnte er sich zurück, wobei er den Alkohol mehr für die Wunde an seinem Bein benutzen wollte. Doch als er das Hosenbein hochstülpte, war diese schon beinahe verheilt. Wie konnte das sein? Als er vorhin den Metallsplitter rausgezogen hatte, war sie noch klaffend offen und schmerzte übel. Doch jetzt … Ach, auch egal, er hatte ja noch genug Prellungen und Schnitte im Gesicht von den Schlägen des kleinen Wichsers Jerry. Also klappte er die Blende runter, um sich im Spiegel zu betrachten. Erst da dachte er daran, dass er ja keine Ahnung hatte, wie er aussah. Das war genau so weg wie alles andere. Vielleicht würde ihm ja nach einem Blick in den Spiegel einfallen, wer er war. Da wurde die Aufregung größer und dann der ersehnte Blick in ein Gesicht. Sein Gesicht? Das hätte jeder sein können, war er das? Er fasste sich an, dann schlug er die Blende wütend hoch. Er hatte keine Ahnung, wer er war. Da griff er zu der Flasche und leerte sie auf einen Zug, um danach das Fläschchen aus dem Fenster zu schmeißen. Er war wütend und alles war scheiße. Doch dann atmete er durch, klappte die Blende ein zweites Mal runter und sah genau hin. Was zum Teufel? Seine Augen waren echt seltsam. Er blickte erneut hin und dann ging er näher ran. Was war das? Das war doch nicht normal, oder? Das eine Auge war braun und das andere grünblau. Aber nicht einfach gemischt, sondern beinahe wie ein Yin-Yang-Symbol. Was war das für eine seltsame Sache? Hatte er das schon immer und warum konnte er sich an nichts erinnern? Irgendwann steckte er sich die Kippe an, wobei er den Wagen anließ, um das Steckfeuerzeug zu erhitzen. Da ging auch die Stereoanlage an und es lief Lionel Richie. Der Wagen hatte wirklich einem Weibchen gehört. Er stellte sogleich die Musik ab. Dann folgte der Griff zum Feuerzeug, wobei etwas geschah. Er bekam einen mächtigen Stromschlag und warf das Feuerzeug ruckartig nach hinten, wobei es in der Heckscheibe stecken blieb. Wie konnte das passieren? So ein krasser Scheiß. Aber er hatte nur im ersten Augenblick einen Schmerzkrampf, dann ging es wieder. Jedoch zerdrückte er die Zigarette gänzlich in seiner geballten Faust. Anscheinend sollte er nicht rauchen. Dann schlaf ich halt, dachte er und dies gelang ihm gleich, denn er war sehr erschöpft. Da hatte auch der Energie-Drink wenig genutzt. Er schlief beinahe wie ein Stein und wusste nicht, wie lange er weggetreten war. Doch das Erwachen war wieder mal sehr unangenehm, denn es kamen laute Schreie von beinahe überall, dabei dieser eklige Geruch, der nun wieder bedrohlich nahe war. Als er seine Augen öffnete, sah er alles in einen grünen Schein gehüllt. Beinahe so, als würde er durch ein Nachtsichtgerät blicken. Es war anscheinend auch der Strom ausgefallen. Er stieg verwundert aus, wobei er eines der Jagdmesser in der Hand hielt. Er roch, dass das Ding weiter weg sein musste, jedoch irgendwo in der Tiefgarage. Da auf einmal Dean, der laut sagte: „Hört zu, irgendeiner hat das Schutzgitter von der Klimaanlage entfernt, und als Jeff es wieder zuschließen wollte, brach eines der Reira ein. Ich bitte euch, in eure Fahrzeuge zu steigen und Ruhe zu bewahren, wir kümmern uns darum."

Ein bärtiger Mann fragte: „Ist Jeff etwa tot? Hat es ihn gefressen oder verschleppt?"

Dean antwortete: „Ja, Aron, das ist er wohl! Aber dies nur, um uns zu schützen, und darum werden wir auch überleben, weil wir nie aufgeben! Also los, steigt in die Wagen, wir nehmen Stellung ein. Hier draußen sind wir zu leichte Beute."

So stiegen sie alle in die Wagen. Doch Swat begriff es nicht ganz. Was sollte das bringen? Egal, er stieg auch wieder ein und dann warteten sie. Doch er sah noch immer alles grün und voll fokussiert. Was war das? Noch während er dies dachte, fielen die ersten Schüsse. Als er sich ein Bild machen wollte, sah er, dass die Leute aus den Fahrzeugen schossen, und zwar auf das durchflitzende Ding. Er selbst konnte nicht schießen, denn er hatte schlicht keine Munition mehr. Als die Scheibe eines Wagens durch einen Querschläger zerbrach und die Kreatur die Lesbe herausriss, um sie zu verschleppen und in Ruhe zu fressen, stieg er aus. Eigentlich war die Alte ihm scheißegal. Aber es waren schon genug gestorben und für was? Um von solchen Monstern ersetzt zu werden. Nein, es reichte und er fühlte sich unbeschreiblich stark, als ob ihn etwas puschen würde. Es kam von innen wie seine besondere Sichtweise. Es fühlte sich an wie ein Zeitlupenspiel und dies in Grün. Die Augen der Wesen waren so nicht mehr blau, sondern lediglich weiße, grelle Löcher. Dummes Viech, dachte er und stand furchtlos inmitten der Parketage zwischen den Autoreihen. Vor ihm das Ding. Es riss gerade Venus ein Bein ab, wie ein Kind bei einer Fliege. Da seine Pistolen leer waren, nahm er irgendeine und warf sie dem Ding in sein deformiertes Rückgrat. Hockende Missgeburt, dachte er, und sagte laut: „Hey du hässlicher Albino-Scheißer! Ganz allein auf Fresstour heute? Falls du deine Vielfraß-Freunde suchst, ich hab sie umgelegt!"

Das Ding stand dabei wie die anderen zuvor seltsam auf, wobei es den Kopf ruckartig hin und her bewegte. Dann die seltsame Drehung und der übel stechende Blick, bevor es lospreschte. Oh Fuck, was tat er da nur wieder Dummes. Egal, er musste es nun durchziehen, es gab kein Zurück. Also rannte er davon in Richtung der Wand. Da er wusste, wie die Dinger rumhüpften, hüpfte er nun auch. Er sprang an der Wand ab, und während er einen krassen Backflip riss, zog er die beiden Jagdmesser. Es war sehr knapp, er sah direkt in das widerliche Gesicht des Dinges und dies auch noch kopfüber. Es versuchte, ihn mit seinen Haifischzähnen zu erwischen und der widerliche Sabber traf ihn auf die Wange. Wie widerlich!, dachte er kurz, bevor er landete und ihm eine der Klingen durch das verkrüppelte Sprunggelenk jagte. Dies ließ es sogleich zusammenknicken, da es am Abspringen war. Es knallte mit voller Wucht auf den Betonboden der Tiefgarage. Als es schneller wieder aufstehen wollte, als es umgefallen war, stürzte er sich auf es und rammte ihm die zweite Klinge durch eine seiner Klauenhände. Er drückte mit aller Kraft zu und spießte die Klauenhand am Boden fest. Er war wie von

Sinnen und doch war alles so klar. Dann wollte es ihn mit der anderen Klaue treffen, wobei es auch immer wieder versuchte, seine Zähne in sein Fleisch zu rammen. Doch er griff blitzartig nach dem Messer in dessen Bein und spießte auch die zweite Klaue auf. Das Ding sah aus, als würde es schreien, aber es blieb totenstill. Er hörte sogar seinen Herzschlag. Aber dann, wie aus dem Nichts, hob es seine starken Krüppelbeine und schlug zu. Er flog in hohem Bogen in einen Wagen, der da stand, und dies so heftig, dass er ihn eindrückte und in der Windschutzscheibe steckte. Beinahe wie ein Stein. Das Ding hatte ihn einfach so, mit nur einem beherzten Tritt, hinwegkatapultiert. Er verlor sofort sein Bewusstsein. Dabei verpasste er, wie die anderen das Feuer eröffneten und den Bastard über den Haufen schossen. Dean ging auf den durchsiebten Reira zu und sah nur wortlos zu, wie dieser noch immer versuchte, anzugreifen. Dann schoss er ihm das Hirn weg und er war endgültig tot. Sie brachten Swat in den Krankenwagen, um ihn zu versorgen, und verschlossen die Lüftung wieder sicher.

Kapitel 32

Ich spür dich

Zwei Wochen zuvor irgendwo in Marrakesch. Die Welt hatte sich verändert und somit auch ihre Kontinente. Als das Chaos vor nun drei Jahren auf der Erde ausbrach und sich alles auch noch gleichzeitig verschob, entstanden nicht nur die Reira, sondern auch ein komplett neues Weltbild wurde erschaffen. Dabei wurde vieles zerstört und die Ordnung war wie vom Winde verweht. Ein Wunschgedanke, jedoch unerreichbar. Während Australien nun unterhalb der Antarktis lag, war es zu einem ausgesprochen frostigen und zugleich kaum bewohnbaren Gebiet geworden. Na ja, außer für die Eisbären, die nun einen neuen Lebensraum besiedelten, darunter auch Robben und Pinguine. Ein wirklich seltsames Bild, aber so war es nun. Und alles schmiegte sich um Afrika, bis auf einen Kontinent, der ein wenig abseits lag, der eurasische Kontinent. Dieser wurde dann zum Teil abgeschottet durch eine Mauer. Doch hinter dieser Mauer gab's keine Freiheit oder etwa ein besseres Leben. Nein, dahinter lebten nur keine Reira, dafür herrschten sonstige Qualen, die unaussprechbar waren. Mauer heißt immer Abgrenzung und Beanspruchung. Genauso in diesem Fall. Das Gebiet wurde beansprucht und dahinter befand sich schon fast eine kleine andere Welt. Sie war modern und wurde von Maschinen dominiert. Diese standen jedoch im Dienst der neuen Generation, wie sie sich und ihre „Welt" nannte. Zu dieser gehörte eine Gehirnwäsche und vollkommene Kontrolle durch das neue System. Wer durch das System flog, wurde ausgestoßen und der schmutzige Rest der Welt sich selbst überlassen. Es war die führerlose und von den Reira heimgesuchte Welt. Na ja, die restlichen Kontinente halt. Da so gut wie alle Menschen, die die schreckliche Katastrophe überlebt hatten, anfangs im neuen System die einzige Hoffnung sahen und völlig verzweifelt waren, wollten sie alle ein Teil davon sein. Ein Teil der großen, neuen Welt. Als sich die Reira schließlich trotz der

ersten Mauer um das verstrahlte Gebiet New York weiter ver-
breiteten und dies rasant schnell, wurde ein Teil des noch nicht
befallenen und klimatechnisch sowie geologisch bewohnbaren
Kontinents Eurasien abgeschottet, um dort ein sicheres Leben
zu gewährleisten und das Überleben der menschlichen Rasse
zu sichern. Ein guter Gedanke, nur von einem skrupellosen
Menschen zu seinen Gunsten am Ende umgesetzt. Es geschah
alles sehr schnell. Bevor die Ersten begriffen, was wirklich vor
sich ging, war es schon zu spät. Dazu kamen die Gehirnwäsche
und die vollkommene Abhängigkeit, die das System schuf. Es
gab dennoch auf den restlichen Kontinenten trotz einem teilweise extremen Klimawandel durch Gravitation und erneuter
Zusammenführung der Kontinentalplatten immer noch reichlich Leben. Jedoch hatten sich die Struktur und die Ordnung
von Grund auf verändert. Dies nicht nur wegen der Bedrohung
durch die Seuche und die Reira. Die Menschen hatten alles verloren. Es gab keine Regierungen mehr. Es herrschte Anarchie und
diese zog weitere Probleme nach sich. So etwas wie Geld oder
Rechte existierte nicht mehr, denn der Wert war schlicht gleich
null. Geldnoten dienten nur noch als Brennstoff. Regeln wurden
von jeder Gruppe selbst geschaffen, dabei hatten die Kartelle das
Sagen. Diese rissen schnell die Macht an sich, da es kaum möglich war, allein zu überleben. Eine der militärischen Gruppen,
die gleichzeitig auch eine der größten Rebelleneinheiten bildete
und die Welt, wenn auch neu geordnet, wieder zusammenführen
wollte, waren die Phönixe. Diese kämpften noch immer gegen
die W-Global-Eta Corporation, die nun die Weltmacht darstellte und dies hinter der eurasischen Mauer. Die Hauptbasis
der Phönixe befand sich in Marrakesch, Marokko. Sie bildeten
dort ihre Einheiten aus und rüsteten sich für den Krieg gegen
die Unterdrücker, wie sie die Herrscher von Eurasien nannten.
Alles das geschah in nur knapp 3 Jahren und die Welt würde sich
nun trotz der Jahrtausendkatastrophe, die schon beinahe der Eis-
zeit gleichkam, was ihre Zerstörung betraf, schneller wandeln,
als einem lieb war. Dabei ging die Entwicklung in eine scheinbar
völlig verkorkste Richtung. Naomi war wie die anderen nun ein

Mitglied der Phönixe, wenn auch mehr gezwungen als gewollt. Sie fand es zwar richtig, gegen Anarchie und Versklavung vorzugehen, doch war da nur noch Gewalt und Tod, egal, wo sie hinsah. Dies nicht nur nachts durch die Reira, die alle so fürchteten. Sondern mehr noch tagsüber durch die Menschen selbst, die nun keinen Wert mehr in ihren Artgenossen sahen, sondern nur einen weiteren Feind. Dabei war sie überzeugt, dass Giro noch lebte. Sie spürte es einfach. Sie sah ihn in ihren Träumen. Na ja, es war nicht er, sondern ein zutätowierter Latinokerl und die Träume ergaben keinen Sinn. Doch sie wusste, dass er es war, auch wenn sie es nicht verstand. Aber niemand sollte davon erfahren und so schwieg sie. Doch die Träume hörten nicht auf und jeden Abend, wenn sie die Augen schloss, war da dieser Latinokerl und dies in einem Gefängnis. Wie er sprach und sich benahm, war genau so, als ob es Giro sei. Als sie eines Morgens aufwachte und dies, ohne von dem Latinokerl geträumt zu haben, beschloss sie, eine Reise zu unternehmen. Er war da und dies ständig, warum war er nun weg? Er war das Einzige, das sie hoffen ließ und zugleich an früher erinnerte. Aber an diesem Morgen fehlte ihr die Klarheit, dass er lebte. Also musste sie alles tun, um ihn zu finden und damit auch die Gewissheit. Doch wo sollte sie suchen? Wie auch immer, sie würde ihn suchen und dabei waren ihr die Strapazen egal, genauso wie der Krieg. Sie hatte nun schon so lange diesen Drang, jetzt war sie dazu entschlossen. Sie hatte keine Angst, denn eines musste man den Phönixen lassen, ausbilden konnten sie. Sie war in nur knapp zwei Jahren zu einer Superrebellensoldatin trainiert worden und kannte kaum noch Angst oder Hemmungen. Giro war schließlich immer das Wichtigste für sie gewesen und erwärmte ihre Seele. Sie würde alles tun, um ihn endlich wiederzusehen, das Verlangen war groß. Doch sie durfte nicht erwischt werden, denn auch die Phönixe hatten Regeln und eine davon war, dass man ihnen unterstellt war, um Krieg zu führen. Sie war eine Soldatin und diese private Sache hatte hier nichts verloren. Sie hätte dafür nie das Einverständnis erhalten. Da sie jedoch jemanden brauchte, der ein Flugzeug bedienen konnte, musste sie Maxim einweihen. Dieser war zwar ein Großmaul, aber ziemlich zuverlässig und trotz allem ein guter Mensch. Maxim selbst wollte auch raus aus dem Dreck und frei sein. Er sagte immer: Was hab ich hier nur verloren, ist doch nicht mein Krieg? Außerdem war er überzeugt, dass die Phönixe durch Spione unterwandert wurden. So stahl er einen der Flieger und in der Dunkelheit flohen sie aus Marrakesch, wobei sie ziemlich viele Waffen und Verpflegung mitgehen ließen. Als Maxim irgendwann auffiel, dass sie schwerer waren, als sie sein sollten, sah Naomi sich im Flieger um. Als sie eine der Bodenklappen öffnete, entdeckte sie zwei ungebetene Gäste. Es waren Mia und natürlich Sunny. Dieser war wütend, dass Naomi ihn nicht eingeweiht hatte. Doch er war nun mit Mia glücklich zusammen und sie sollten nicht auf die gefährliche Reise mitkommen. Sie waren doch sicherer bei den Phönixen. Aber nun war es zu spät und so begaben sich alle vier auf die Suche nach dem Totgesagten.

Während Maxim das Flugzeug durch die regnerische und beinahe sternenfreie Nacht navigierte, saßen die anderen drei im mittleren Teil des kleinen Kampffliegers. Naomi, die unzufrieden über die Überraschungsgäste war und der dies auch deutlich anzusehen war, starrte nur mit verschränkten Armen durch das kleine, runde Fenster in die Dunkelheit hinaus. Sie schwieg beharrlich und ignorierte die beiden. Da schmiegte sich Mia erschöpft in den Arm von Sunny und schloss ihre Augen, um ein wenig Ruhe zu finden. Auch Sunny war unglaublich müde. Sie hatten schon Stunden zuvor in dem Bodenfach ausgeharrt und das war weiß Gott kein Spaß. Aber er wusste, dass Naomi ihm und Mia sonst nie erlaubt hätte, mitzukommen. Also musste er sich und Mia halt an Bord schmuggeln. Er verstand, dass sie sich Sorgen machte und dachte, dass sie bei den Phönixen sicherer seien als hier. Auch wenn dies vielleicht sogar stimmte, waren sie doch immer noch eine Familie und mussten zusammenhalten. Egal, wie gefährlich es auch kommen würde, sie würden es zusammen überstehen. Als Mia eingeschlafen war, sagte er auf einmal zu Naomi, die immer noch in die nasse Dunkelheit hinaussah: „Ich verstehe dich nicht ganz. Wir sind eine Familie, also warum lässt du uns zurück?"

„Genau deshalb! Es ist nämlich gefährlich."

„Das ist es überall. Aber wenn wir uns auseinanderreißen lassen, wird es nur noch schlimmer. Wir sind ein Team, wenn auch ein kleines. Aber wir halten zusammen und das immer. Wenn wir sterben, dann als Familie und nicht allein."

Naomi seufzte. „Die Welt ist am Ende, Sunny. Es gibt keine Hoffnung mehr für sie. Es ist, wie uns die Phönixe predigen. Das Licht in ihr ist am Ersticken und wir können nur zusehen, wie es geschieht. Ich will nicht mehr töten, um es aufzuhalten, ich will nur leben und das bis zu meinem Ende. Darum werde ich nun meinem Herzen folgen und mein Feuer wiederfinden – Giro. Er lebt noch und egal, wo das ist, ich werde auch dorthin finden, das weiß ich. Aber ihr, du und Mia, setzt euch nur unnötig der Gefahr aus. Die Welt ist nun eine Hölle voller Dämonen und Aasgeiern. Wir wissen nicht, was uns erwartet."

„Er ist mein Bruder, und auch wenn er ein Arsch ist und ich nie verstehen werde, was du an ihm so liebst, ich liebe ihn auch. Klingt völlig bescheuert, ist aber so. Ich will den Spinner auch finden, und wenn er wirklich noch lebt, dann fall ich vor ihm auf die Knie, um ihm die Füße zu küssen, so wahr ich hier sitze."

Maxim meinte: „Ich glaube nicht, dass er dies mögen würde! Also ja, mach es! Hey Leute, keine Angst, egal, was wir finden, es ist besser, als ein Sklave zu sein. Endlich frei und auf sich allein gestellt! Wir packen das schon. Reira und Rebellen hin oder her!"

„Und wo beginnt die Suche?", wollte Sunny wissen.

„Wie sagt man noch gleich? Im Auge des Sturmes ist man geschützt, ich glaub, so war das. Auch egal, wir fliegen direkt zur Zone. Na ja, da ist alles weg, die Bombe und die Epidemie … Aber Giro hat ja schon so einige Dinge weggesteckt."

„New York City, die tote Zone! Da kommen wir nie rein, und wenn doch, dann nie mehr raus!"

Naomi erklärte: „Darum wollte ich nicht, dass du und Mia mitkommt! Dazu kommt die angekündigte Einäscherung."

Doch Sunny sagte entschlossen: „Nein, wir gehen da alle zusammen rein und wieder raus! Wir schaffen das!"

„Ich denke nicht, dass …"

„Doch, wir machen das alle zusammen! Du wirst mich nicht los, Naomi."

Und so flogen die vier in Richtung New York City. Sie landeten in Santa Barbara not, da die Triebwerke versagten, und mussten nun anders vorankommen. Maxim hatte den Flieger auf einer großen Wiesenfläche notgelandet. Diese war äußerst uneben und das Gras unwahrscheinlich hoch, weshalb die Landung sowie der Weg auf eine Straße ausgesprochen holprig waren. Der Marsch nach der gefährlichen Landung durch das brusthohe Gras war ein ziemlicher Kraftakt. Sie hatten alle Prellungen und waren unsanft in die Gurte geschleudert worden. Dies hatte echt wehgetan und dann erst der Rückstoß, der sie mit Schmackes in den Sitz zurückkatapultiert hatte. Als sie dort durch die Waldwiese wateten und sich zur Straße vorkämpften, sagte Sunny leicht gereizt zu Maxim: „Und ich dachte, ein erfahrener Pilot wie du schafft auch eine Landung auf einer Wiese. Aber das war wohl eher ein Reinfall. Ich denke, wir haben Glück, dass wir noch leben bei deinen Flugfähigkeiten!"

Mia verteidigte Maxim. „Ach, komm schon, er hat bestimmt sein Bestes gegeben. Er ist ein guter Pilot!"

„Verdammt, ja, ich bin ein fantastischer Pilot! Was kann ich dafür, dass die Welt am Arsch ist? Das Wetter ist genauso unberechenbar geworden wie die Bodenstruktur. Also halt lieber die Klappe! Denn du kannst noch nicht mal Auto fahren, Idiot."

Da – plötzlich ein mächtiger Knall, gefolgt von einer Erschütterung. Als sie sich alle geschockt umdrehten, sahen sie, wie der Flieger explodierte und ein Riesenfeuerwerk entfachte. Ein riesiger Feuerball fegte die Maschine in tausend Teilen über die Waldwiese, wobei sich die Trümmer meterweit in alle Richtungen verteilten. Zum Glück waren sie schon genug weit von der Maschine weg und die Teile trafen sie nicht. Aber der Schreck saß tief. Naomi sagte: „Sunny kann vielleicht kein Auto lenken, jedoch ist deshalb auch noch nie eines explodiert. Nicht mal der Roller!"

„Ich sag's ja! Wir hatten mehr Glück als Verstand. Aber das ist ja ein Normalzustand für dich, Maxim, oder? Idiot!"

Dann drehten sich alle wieder um und gingen einfach weiter, wobei Mia zu Maxim sagte: „Sorry!", bevor auch sie den anderen folgte. Maxim sah sich noch einen Augenblick das Wrack an. „Na gut, vielleicht hatten wir ein wenig Glück."

—ᘒ Kapitel 33 ᘓ—
Die Welt der Reira

Nachdem Swat sein Bewusstsein verloren hatte und sie das Monster über den Haufen geschossen hatten, brachten sie ihn gleich in den Krankenwagen. Dabei schlossen sie auch den Luftschacht so, dass keine weiteren Reira eindringen konnten. Leider war es da schon zu spät, denn sie waren schon da und lauerten. Der erste war nur eine Finte. Als Eloise sich um den Verletzten kümmerte, wurde die Leiche der Lesbe abgedeckt. Sie hatte es nicht geschafft und starb durch den Blutschock. Doch das alles sollte gleich zur Nebensache werden, denn sie waren da und dies zu Dutzenden. Eine Gruppe Reira hatte sich um sie geschart und dies vollkommen unbemerkt. Als alle hektisch und durcheinander in den Parkebenen rumhasteten, griffen sie an. Sie rissen beinahe alle in Stücke. Schüsse fielen wie Schreie und dies im Sekundentakt, bis irgendwann Ruhe war. Swat, der nun im Krankenwagen lag, kam dazwischen kurz zu Bewusstsein. Dabei sah er nur verschwommen, wie eine Frau von einem der Monster brutal aus dem Wagen gerissen und schrecklich schreiend verschleppt wurde. Als er dann wieder kurz zu sich kam, wurde er über den Boden geschleift, und während ihn eines der Monster unsanft mit sich schleppte, knallte er überall hart gegen Trümmerstücke. Als es in ein enges Erdloch sprang und er sich dabei den Kopf an einem Trümmerstück stieß, war er wieder weg.

Die schreckliche Wahrheit befindet sich unter der Oberfläche.

Was? Wo? Er hatte keine Ahnung und war noch völlig benommen, als er langsam zu sich kam. Dabei war er auch noch komplett orientierungslos. Alles war wieder so, als ob er durch ein Nachtsichtgerät blicken würde, nur diesmal nach einer Flasche Wodka. Sein Kopf tat weh, und als er verwirrt aufstehen wollte, rutschte er aus und fiel gleich wieder hin. Was war das für eine matschige Pampe unter ihm? Als er hinsah, musste er feststellen, dass es Innereien waren und dies von Menschen. Da schreckte er zurück, denn er sah nun um sich und erblickte den puren Horror. Überall um ihn herum lagen menschliche Überreste und dies übel zugerichtet. Der erdige Boden war überschwemmt mit Blut und Eingeweiden. Dazwischen die noch ziemlich frischen Leichen. Dann der Blick auf die weitere Umgebung, wobei ihm klar wurde, dass er sich in einem Erdstollen befand. Dieser war unwahrscheinlich hoch und ausgedehnt, jedoch wie von Maulwürfen entworfen. Wo war er hier? Es ähnelte einem blutigen Massengrab. Noch während er dort verdutzt saß und sich die Scheiße geschockt ansah, schoss auf einmal ein widerliches Ding aus dem seltsamen Loch vis-à-vis von ihm. Es sah aus wie eine schleimige Geweberöhre. So ein widerlich abstraktes Ding hatte er noch nie gesehen. Wie eine schleimige, überdimensionale Seegurke, dachte er. Sein Mund stand offen, ebenso wie seine Augen. Er glaubte nicht, was er da sah. Das Röhrending tastete sich über den Boden, wobei es fast wie ein Staubsauger mit Klemmen die frischen Überreste einsammelte und durch seinen Rüssel zog. Es schien zu fressen oder so. Da, noch während er ihm wie paralysiert zusah, griff es nach dem Bein einer Leiche, wobei diese auf einmal panisch schrie. Es war ein Mädchen und sie lebte noch. Er kroch durch die Leichenstücke und packte ihren Arm. Da sah er, dass es Mirabelle war. Doch das widerliche Ding hatte ihr Bein und wollte sie mit Gewalt verschlingen. Also packte er eines seiner Messer und stach zu. Das Ding gab einen ätzenden Laut von sich und zog sich dabei blitzartig zurück durch das Loch in der Wand. Sein Messer war damit auch weg. Aber er hatte ja zum Glück noch eines. Er packte Mirabelle und sie hinkte gleich mit ihm. Es gab zwei Gänge außer dem Loch und er nahm den rechten, wobei er eine kleine Nische in der Wand fand, wo er sich mit Mirabelle hineinquetschte. Zum Glück, denn es huschten etliche Reira an ihnen vorbei und schienen sie zu suchen. War wohl die Reaktion auf den Schrei des Dinges. Dieses war anscheinend enorm und der Schlauch nur ein Teil davon. Was konnte das Schreckliches sein? Und wie sollten sie hier herauskommen, umzingelt von den vielen Monstern? Neben der Dunkelheit und dem schrecklichen Geruch von verwesten Überresten befanden sie sich anscheinend in einem Labyrinth aus unterirdischen Gängen. Dabei humpelte Mirabelle übel, ihr Bein war höchstwahrscheinlich gebrochen. Als sie da in der Spalte hockten, hielt er ihr den Mund zu, wobei er leise in ihr Ohr flüsterte: „Ich bin's, Swat. Mirabelle, du musst ganz leise sein, hier sind überall Reiradinger."

„Swat! Es ist stockdunkel hier. Ich sehe nichts."

„Besser so. Glaub mir, das will man nicht sehen. Aber wir müssen hier irgendwie raus, ohne dass die uns erwischen. Geht es mit deinem Bein? Kannst du gehen?"

„Ja, das geht schon. Nur rennen kann ich wohl nicht. Aber wie kann es sein, dass du was siehst?"

„Keine Ahnung, Mirabelle. Aber ich sehe genug, glaub mir. Wir müssen raus hier und dies schnell. Halt dich an meiner Hüfte fest und geh mir einfach nach. Packst du das?"

„Ja doch, wenn du mir zeigst, wo deine Hüfte ist. Ich meine, ich sehe nichts und tasten kann auch schiefgehen."

Also hielt sich Mirabelle an seiner Hüfte fest und er ging voran durch die seltsamen Gänge. Er ging der Blutspur nach und das ausschließlich. Dabei dachte er, dass sie wahrscheinlich irgendwann herausführen würde, da sie ihre Beute ja hier hinab- schleppten. Als er schließlich einen Lichteinfall sah, der sich am Ende eines Ganges befand, sagte er gleich zu Mirabelle: „Dort muss es hinausgehen. Siehst du das Tageslicht?"

„Ja, muss wohl schon Tag sein. Nichts wie raus hier."

Dann lief sie los und er folgte ihr in Richtung des erhofften Ausganges. Doch etwa drei Meter, bevor er den Ausstieg erreicht hatte, zog etwas seinen Blick an. Es war eine Kammer, die sich rechts befand. Sie war riesig und voller Monster. Diese waren alle um einen widerlichen Fleischberg versammelt, der sich inmitten des Raumes befand, um die acht Meter hoch und etwa dreimal so breit. So etwas hatte er noch nie gesehen. Zu dem enormen Fleischberg, der wie ein überdimensionales Organ wirkte und zu leben schien, gehörten auch zwei dieser Schläuche. Diese waren wie Arme und zugleich Körperöffnungen des Dinges. Während es diese durch die Löcher in der Wand führte und anscheinend fraß, klebten die zahlreichen Reira an seinem wabbeligen Organkörper. Sie hatten sich alle irgendwie angedockt an ihre Ladestation oder so. Es sah abartig aus. Was war das? Er konnte seinen Blick nicht mehr lösen und war einmal mehr vollkommen perplex. So ein absurder Scheiß, den seine Augen da sahen und sein Gehirn versuchte, einzuordnen. Doch noch während er dem abartigen Treiben zusah, erblickten ihn auf einmal Dutzende von blau leuchtenden Augen der Reira, die ihre Köpfe nun ihm zuwandten. Aber er war wie versteinert und sein Mund stand offen. Da riss das Wabbel-Organ seine feinen Synapsen aus den Wesen, woraufhin sie lospreschten, und zwar alle. Doch er schien immer noch wie festgewachsen und rührte sich kein Stück. Bis schließlich die hektische Stimme von Mirabelle erklang: „Swat! Komm endlich raus da!"

Da fiel der Schalter in seinem Kopf und er preschte auch zum Ausstieg. Dieser war abfallend und wie eine sehr steile Schanze, so um die zwölf Meter hoch. Also hochkraxeln da und dies schneller als runtergefallen, denn die Reira waren gleich hinter ihm. Kurz bevor er die Oberfläche erreicht hatte, krallte sich eines seinen Fußknöchel und riss ihn wieder ein ganzes Stück hinein in die dunkle Grube. Als er verzweifelt nach seinem Messer griff und sich umdrehte, sah er all die widerlichen Geschöpfe, wie sie den Gang verstopften, um ihn zu erwischen. Er stach zu, was ihm diesmal auch gelang, sodass er, wenn auch völlig außer Atem und geschockt, aus dem Schreckensbau lebend herauskam. Endlich Sonnenlicht und frische Luft. Verdammt, was war das? Da saß Mirabelle auf einer verbrannten Motorhaube eines Jeeps. Sie hatte sich den Schienbeinknochen gebrochen und er stand heraus. Doch sie sah Swat nur geschockt an und sagte zitternd: „Oh, zum Glück! Ich dachte schon, die haben dich!"

„Verdammt, was war das?"

„Keine Ahnung! Ich hab so etwas noch nie erlebt!"

Dabei ging er zu ihr hin und sah sich ihr Bein an, das echt übel aussah. „Scheiße, Mirabelle! Dein Bein sieht schrecklich aus! Wie konntest du nur damit gehen?"

„Na ja, ich wollte da raus! Du hast da übrigens auch was am Bein."

Er sah an sich herunter und erschrak. Widerliche Scheiße, in seinem Schenkel krallte sich noch immer eine der Klauen des Monsters fest. Seine Krallen hatten sich tief in sein Fleisch gebohrt und er blutete stark aus den tiefen Fleischwunden. Er hatte nicht mal gemerkt, dass er die abgetrennte Klaue noch immer am Bein trug. Während er diese mühsam von seinem Bein löste, sagte er zu Mirabelle: „Das war so was wie ein Nest. Ich glaube, die leben da unten in den Gängen."

„Zum Glück siehst du so gut, sonst wären wir dort nie rausgekommen! Ich wusste nicht, dass die Reira unterirdische Gänge besiedeln. Wir dachten immer, sie leben ausschließlich in den dunklen Trümmern. Aber dass sie sich ein unterirdisches Reich geschaffen haben, und dort hausen, wussten wir nicht."

Noch während sie sprach, fiel ihm die Mauer auf, gleich rechts von ihnen. Sie war nicht mal drei Meter weit weg. Da kam ihm eine Idee. „Mirabelle, ihr unterirdisches Reich führt hier heraus!"

„Was? Wenn du damit den Tod meinst – ja, dann wird es wohl so sein. Aber ansonsten führt hier kein Weg raus, sorry!"

„Doch, ein Weg führt hier raus. Nur dass dieser unterirdisch verläuft. Hör zu, Mirabelle, als wir da unten waren, sah ich nicht nur die Reira, sondern auch ein anderes Ding. Es war enorm und die Reira kümmerten sich um es. Sie schienen es anzubeten oder ihm zu huldigen. Dieses Monstergeschwür befand sich direkt in einer riesigen Halle und diese befand sich hinter der Mauer. Ich bin sicher! So konnten die Reira auf die andere Seite gelangen und so können auch wir auf die andere Seite gelangen."

„Okay, auch wenn das stimmen würde, wir müssten durch eine stockfinstere Hölle voller Reira, um dies zu schaffen. Das ist unmöglich! Und dies selbst mit Taschenlampen oder Fackeln, denn die Reira spüren Wärme, auch geringe. Wir hatten Glück, dass du anscheinend übermenschliche Sinne besitzt und wie auch immer in der Dunkelheit sehen kannst. Aber selbst damit stehen unsere Chancen gering, es auch nur bis in die Nähe der Halle zu schaffen, das ist Fakt."

„Na gut, auch egal. Lass uns erst mal zurück zur Tiefgarage gehen und dein Bein versorgen! Vielleicht haben ja auch andere überlebt. Komm schon, ich trag dich und du sagst, wo's lang-geht. Ich hab nämlich keinen Plan, okay?"

Und so gingen sie zurück zur Tiefgarage, um das Bein von Mirabelle zu versorgen und nach den anderen zu sehen. Zum Glück kannte sich Mirabelle in der Trümmerstadt gut aus und wusste somit, wo's langging. Er trug sie auf den Schultern. Mirabelle war nicht schwer und zierlich gebaut, dennoch fühlte sie sich an wie ein Amboss, den er auf den Schultern trug. Als sie schon von Weitem den Eingang der Garage erblickten, war er erleichtert, wobei Mirabelle freudig ausrief: „Schau, dort sind Dean und Jerry, sie leben!"

Als Dean sah, dass sich Swat mit Mirabelle auf den Schultern mühsam voranquälte, kam er gleich angerannt. Bevor er sich seine Tochter griff, um sie in den Armen zu halten, sah er sie un-gläubig an. Mit Tränen in seinem sonst so harten Gesicht sagte er: „Meine Kleine, du lebst! Ich dachte, sie haben dich! Ich … Ich …"

Da übernahm der besorgte Vater seine verwundete Tochter und Swat war den kleinen Amboss endlich los. Noch während sie vorgingen, fragte Dean: „Was ist nur mit deinem Bein passiert? Swat, danke, dass du meine Kleine zurückgebracht hast!"

„Nicht der Rede wert!"

Mirabelle meinte aufgeregt: „Nicht der Rede wert! Ich denke schon! Papa, er hat mich aus dem Nest befreit. Die Reira leben unter uns und haben sich ein Reich aufgebaut. Es ist schlimmer, als wir dachten! Sie übernehmen den Planeten und dies, ohne dass wir es sehen!"

„Von was sprichst du da? Die Reira leben in der Dunkelheit der Totenwinkel. Sie haben kein Reich außer der Dunkelheit."

Swat mischte sich ein. „Na ja, das stimmt wohl, da es in den Höhlengängen echt finster ist. Aber Ihre Tochter hat auch recht, die bauen enorme unterirdische Labyrinthe und scheinen dort zu hausen wie Maulwürfe oder besser gesagt, Nacktmulche!"

„Was? Das kann doch nicht sein!"

Mirabelle bestätigte: „Aber so ist es! Wir haben's selbst ge-sehen. Na ja, Swat hat's, besser gesagt, gesehen. Er sieht nämlich auch im Dunkeln, musst du wissen."

„Was, du siehst im Dunklen?"

„Ja, aber mal abgesehen davon – die Gänge führen hinaus. Hinter die Mauer und dies mit Sicherheit."

Dean überlegte. „Du meinst, die unterirdischen Gänge führen hinter die Mauern? Das würde erklären, wie es die Reira trotz Mauer herüber schafften. Das ist ja grauenhaft! Und wo ist der Eingang? Ich meine, wir müssen ihn schließen, damit sie nicht wieder nachts hinausstürmen."

„Dean, ich habe da eine andere Idee. Ich weiß ja nicht, wie es euch geht, aber ich will unbedingt auf die andere Seite dieser Mauer und endlich raus hier. Daher dachte ich, es sei vielleicht ein guter Weg, um hier wegzukommen. Wir nutzen einfach die Gänge der Reira, um hier zu verschwinden!"

Dean hatte starke Zweifel. „Was? Das ist doch verrückt! Und wie soll das gehen, ohne dass die uns fressen? Ich meine, ich will ja auch weg hier wie alle, aber dies lebendig und nicht als Reirafutter."

„Na ja, darüber hab ich mir auch schon Gedanken gemacht. Jedoch denke ich, dass es einen Weg gibt, bei dem wir es ohne große Verluste schaffen könnten", meinte Swat.

Dean fragte: „Ach, wie denn? Lass hören, bin schon ganz gespannt."

„Die Höhlen und Gänge sind hoch sowie breit, fast wie ein Tunnel, nur ohne Licht und staubig. Wenn wir den schmalen Eingang breiter machen und ein wenig plätten, hätte man beinahe eine Abfahrt. Da die Wagen alle noch ziemlich viel Sprit haben, dachte ich, wir könnten da durchdriften. Wäre wahrscheinlich sogar echt cool!"

„Und du denkst, dass die Kreaturen uns einfach durchlassen, ohne uns die Windschutzscheiben einzuschlagen und uns aus den Wagen zu reißen? Das können und tun sie nämlich ohne Problem."

„Na ja, dieses Problem ließe sich lösen mit solch einer netten Tageslichtlampe wie denen über der ätzenden Mauer. Wir montieren sie auf den Dächern der Wagen und dann blenden wir die Wichser weg. Aber da ist noch ein anderes Problem. Das Geschwür in der großen Halle muss weg. Also brauchen wir Sprengstoff oder eine Bazooka, was auch immer. Wenn die Gänge das aushalten und das Geschwür dadurch verschwindet, dann sehe ich auch kein Problem für die Durchfahrt."

„Ich glaube nicht, was ich gleich sagen werde", erwiderte Dean. „Aber verdammt, das ist der beste Plan, den ich seit dem Helikopter-Massaker vor zwei Monaten gehört habe. Also ja, warum nicht? Versuchen wir's!"

Auch Mirabelle stimmte zu. „Solange ich sitzen kann, gefällt mir der Plan!"

—∾ Kapitel 34 ∾—
Nur zusammen sind wir stark

Der Ausbruchsplan benötigte Vorbereitung. Zuerst fingen sie damit an, den engen Einstieg für eine genügend breite Abfahrt zu planieren. Diese Arbeit führten sie tagsüber durch, da sie dann sicher vor den Reira waren. Diese starrten nur aus der Dunkelheit hinauf, wobei sie sichtlich hungrig und verärgert schienen. Mehr als einen Nachmittag brauchten sie nicht, um die Abfahrt herzurichten, und noch in derselben Nacht bereiteten sie auch die Wagen vor. Da sie nach dem Angriff der Reira lediglich noch zu sechst waren, brauchten sie nur drei gute Fahrzeuge. Neben dem Nissan GTI entschieden sie sich für einen gut aussehenden Audi R8. Doch nun gab es noch zwei Probleme und das war einmal das Geschwür, das den Durchgang verstopfte, sowie die Monster, die es beschützten. Da sie über keinen Sprengstoff verfügten und auch Munition echt Mangelware war, gab es nur eine Möglichkeit: die Roten. Diese hätten ein Arsenal an Waffen sowie auch Elektronikzeugs, meinten Dean und die anderen zumindest. Da die Roten jedoch auf Kriegsfuß mit ihnen standen und jeden, der ihr Gebiet betrat, gleich niederstreckten, gab es kaum eine Möglichkeit, an die benötigten Dinge ranzukommen. Aber Swat sagte, er wolle es versuchen, schließlich wollten sie am Ende alle nur eines und das war, auf die andere Seite zu gelangen. Also warum nicht zusammenarbeiten, um so eine Lösung erfolgreich umzusetzen? Nachdem er eine Skizzenkarte der Trümmerstadt von Mirabelle erhalten hatte mit einem direkten Weg zu dem Lager der Roten, machte er sich bei Tagesanbruch auf den Weg. Er wusste, dass er die Strecke schnell überwinden musste, denn wenn es dunkel wurde, kamen die Monster aus ihren Löchern gekrochen. Also legte er eine Parkour ab und dies ziemlich flink. Er hatte eine Menge auf Lager. Da er jedoch seine kompletten Erinnerungen verloren hatte, war es wie, sich selbst kennenzulernen. So spurtete er durch die Trümmer und dies machte trotz all der

Schrecken sogar Spaß. Einfach rennen und über die Hindernisse hinwegjumpen. Dies fühlte sich angenehm leicht an und äußerst befreiend, so wie ein Samenkorn im Wind. Doch irgendwann ließ der Wind nach und es war gezwungen, sich niederzulassen. Genauso er, denn da waren die Mauer und die Monster. Dazu kam sein Gedächtnisverlust sowie die Tatsache, dass er gerade im Begriff war, bei Schwerverbrechern einen Schlichtungsversuch zu machen. Na ja, er dachte, wenn reden nicht hilft, schieß ich sie einfach über den Haufen. Kann nicht viel schwerer sein, als einen Reira zu erledigen. Vielleicht würde er sie auch einfach nur bestehlen. Doch zuerst musste er die Lage abchecken und sehen, welche Option wohl die beste sein würde. Dabei hatte er keine Angst vor den Monstern oder den Mördern. Das Einzige, das ihm Angst machte, war zu sterben, ohne zu wissen, wer er war. Er wollte nicht als Swat sterben und dies an einem fremden Ort ohne eine Erinnerung an früher. Denn das musste es geben, ein Früher, eine Vergangenheit. Die hatte doch jeder. Nur dass seine weg war und dies vollkommen. Er musste sie wiederfinden und dies würde er nicht hier drin im Chaos, so viel wusste er nun. Okay, an dem Schiffswrack vorbei und dann über die Autoschlucht hinweg bis zur Citibank rüber. Diese befand sich einst auf der anderen Seite der Stadt. Als er diese schließlich erreichte, war es schon am Eindunkeln und die Sonne am Sinken. Er wusste, dass sie ihn schon seit der Autoschlucht gesehen hatten. Da waren nämlich überall Kameras um ihren Bereich aufgestellt. Dean hatte ihn schon gewarnt und daher wusste er davon. Jedoch wich er ihnen nicht aus, sondern präsentierte sich sogar noch extra und sprang dabei durchs Bild. Er wollte ihre Aufmerksamkeit erregen und hoffte, dass sie so aus ihrem Versteck kommen würden. Dean hatte ihm klipp und klar gesagt, dass es nur einen Eingang gäbe und dieser sei stets verriegelt sowie streng bewacht. Also mussten sie ihn reinlassen und dies egal wie. Er stand nun vor dem Eingang der Citibank. Na ja, vor dem Rest, der noch von ihr übrig war. Als er eintrat und durch den Empfangsbereich ging, sah er schon zwei Videokameras, die ihn sichtlich verfolgten. Doch er tat, als ob nichts wäre und lief zielstrebig hinter den großen Banktresen. Er wusste, dass der Eingang zu ihrem Versteck sich in dem Riesensafe befand. Doch der Safe war zu und er stand einfach nur vor der riesigen Tür. Da war über ihm wieder eine dieser dummen Kameras und die Linse starrte ihn förmlich an. Er sah in die Videokamera und dann streckte er die Zunge raus. Was sollte er tun? Waren wohl doch mehr Feiglinge als sonst was, dachte er. Also hock ich mich hin und warte ab, vielleicht reagieren sie ja irgendwann auf meine Anwesenheit. Während er da saß und sich an die Wand neben der Tür lehnte, sah er durch den Eingangsbereich. Die Videokamera hatte ihn gut im Bild, doch niemand kam. Wie öde, wenn man warten musste! Die Sonne war nun beinahe verschwunden und der Himmel schien rot, als würde er brennen. Bald kommen sie und das bestimmt nur, weil es die Monster waren. Er roch sie schon wieder und sie würden bald hier sein. Egal, er hatte keine Angst mehr und würde sie wenn nötig alle umlegen. Er wusste nicht, warum, aber er war ziemlich stark und flink. Also dachte er diesmal nur: Kommt doch, wenn ihr euch traut. Und dies taten sie auch. Sie schienen ebenfalls keinerlei Angst zu kennen, sondern nur Hass und Wut, oder war es nur Hunger? Es war unglaublich, aber er tötete sie und dies wie eine Maschine. Lediglich mit einem verdammten Messer sowie zwei Pistolen. Die Dinger wussten gar nicht, wie ihnen geschah und er landete einen Kopftreffer nach dem andern. Dabei trennte er ihnen ihre deformierten Gliedmaßen ab und stach gezielt zu. Den letzten der fünf Scheißhaufen stach er wie eine hässliche Postkarte an der Wand fest, und als die Klinge durch seinen knorpligen Hals drang, um dann die Wand zu durchdringen, schoss er ihm das Hirn weg. Die blaue Hirnmasse explodierte förmlich aus dem bleichen, kahlen Schädel des Wesens. Es spritzte über den gesamten Schalter der Bank. Alles war echt übersät mit der Scheiße. Wobei es noch nicht vorbei war, denn er roch, wie noch mehr kamen und diesmal viel mehr. Verdammt, was nun? Er hatte noch zwei volle Magazine, also lud er nach. Dabei ging er hastig zurück hinter den Schalter zum Safe. Er fixierte dabei den Ausgang und war total konzentriert. Er wusste nicht, was da vor sich ging. Aber er fühlte sich unwahrscheinlich stark und egal, was da kommen würde, er hatte keine Angst. Es war wie die Tatsache, dass er im Dunkeln sah, für ihn unerklärlich, jedoch genauso real wie der Rest hier. Auch wenn er echt alles dafür getan hätte, dass es nur ein Albtraum wäre, es war leider keiner. Jedoch schien er gewappneter als gedacht und war anscheinend selbst ein anderer, nur wer? Da, sie kamen und er sah ihre blauen Augen aufleuchten in der Dunkelheit. Es waren unzählbar viele. Er würde sterben und dies in ein paar Minuten, wenn nicht Sekunden. Er schloss die Augen eine Sekunde, doch da spürte er auf einmal, wie sich ein Lauf in seinen Rücken drückte. Dabei flüsterte eine Männerstimme in sein Ohr: „Langsam rückwärts gehen und keine falsche Bewegung!"

Er öffnete seine Augen und dann tat er, was die Stimme wollte, mit Blick auf die herannahenden Monster. Als er etwa fünf Schritte zurück gemacht hatte, stieß der Kerl die Tür des Safe wieder zu. Da eines der ungeduldigen Viecher schon seine Klaue durch die Öffnung geschoben hatte, quetschte die schwere Tür sie beim Zufallen einfach ab. So hing die widerliche Scheiße nun zwischen der dicken Sicherheitstür. Dabei zappelte und zuckte das Wesen, als ob es noch leben würde. Was waren das bloß für Geschöpfe? Während er die immer noch reichlich aktive Klaue ansah, fing der Kerl an, ihn abzutasten. Da reagierte er und wendete kurzerhand das Blatt zu seinen Gunsten. Es ging ganz schnell. Er stieß dem Kerl seine Flinte in den Plexus, um dann eine seiner Pistolen auf seinen Kopf zu richten. Dabei sah er nach hinten in drei ernste Gesichter. Es waren zwei Ladys in eher fragwürdigen Klamotten mit Automatikknarren unter ihren Brüsten, die echt mächtig waren. Dazwischen ein Muskelberg, der wahrscheinlich aus Anabolika und Silikon bestand. In seiner Hand sahen die beiden vollautomatischen Knarren wie kleine Spielzeuge aus und seine Fäuste schienen sie regelrecht zu zerquetschen. Dabei stand er zwischen den beiden Kampf-Divas oder Schlampen, wie man es sehen mochte. Doch er hielt dem Glatzkopf die Knarre an den Schädel und nahm mit der anderen Knarre gleich auch die anderen ins Visier. Sie schienen nicht zu wollen, dass dem Glatzkopf was geschah, und er schien den Richtigen erwischt zu haben. Aber waren das etwa alle? Dean hatte doch gesagt, dass sie mehr als dreißig Mitstreiter hätten. Also sagte er zu den drei seltsamen Gestalten und dem Glatzkopf: „Ihr wisst, dass ich euch schneller auseinandernehme, als ihr abdrücken könnt. Also lasst den Blödsinn! Ich will nur etwas, das ihr habt, und das ist nicht euer nutzloses Leben."

Doch sie schwiegen und nahmen ihre Knarren trotz allem nicht herunter, bis der Glatzkopf grob zu ihnen sagte: „Ihr habt den Kerl gehört. Runter mit den Knarren, und zwar plötzlich!"

Da senkten sie langsam, jedoch unsicher ihre Knarren, wobei der Glatzkopf noch hinzufügte: „Hey, wir haben gesehen, was du mit den fünf Reira angestellt hast. Also kannst du deine Knarre auch runternehmen, wir werden uns nicht gegen dich aufspielen. Wir sind zwar vieles, aber nicht dumm und schon gar nicht lebensmüde."

Swat sah ihn wenig interessiert an und meinte grob:

„Weißt du was, da scheiß ich drauf! Wenn es sein muss, leg ich euch alle um. Kratzt mich nicht. Also steh auf und dann zeigst du mir euer Reich! Ich hab viel davon gehört, bin schon gespannt und dann zuckt mein Finger immer so unkontrolliert!"

Der Glatzkopf sah ihn nur schweigend an, wobei eine der beiden Kampf-Divas ihre Waffe wieder hob und aufgebracht ankündigte: „Vincent, ich leg den Wichser jetzt um. Mir reicht's!"

Die andere bremste sie: „Nein, Pepsi! Tu das nicht! Nimm sie runter! Hör doch auf Vincent! Wir sind schließlich die Letzten."

Swat fragte: „Die Letzten? Seid ihr etwa alle? Die Roten, das seid ihr vier? Das kann nicht euer Ernst sein. Na dann, warum so abwehrend, Pepsi? Ich meine, ihr könnt doch bestimmt jemanden wie mich brauchen. Nur blöd, dass ich euch kein Stück brauche, würde ich mal bescheiden behaupten."

Der Glatzkopf erklärte: „Ja, wir sind alle und du magst ja recht haben. Jedoch denke ich, dass auch du uns brauchen könntest, denn wir können auch einige Dinge. Wir sind schließlich alles Kriminelle, wie du vielleicht weißt, und wir verstehen uns daher auf ziemlich praktische Dinge."

„Ach, ist das so? Das werden wir noch sehen. Und jetzt führ mich durch euer Reich! Dabei zeigst du mir eure Waffen und euren Elektroschrott. Ich hab da eine Einkaufsliste im Kopf und hoffe, ich finde diese Dinge hier. Ansonsten könnte es sein, dass ich die Kontrolle verliere. Seit ich hier bin, passiert mir dies leider ziemlich oft. Seltsam, oder? Liegt wohl an der schlechten Infrastruktur dieser Stadt oder so."

Da warf dieser Vincent dem überdimensionalen Muskelprotz einen Blick zu, woraufhin dieser zu den Bankschließfächern ging. Als er eines davon öffnete, löste dies einen Mechanismus aus und ein geheimer Abstieg wurde sichtbar. Während die beiden Ladys und das Muskelpaket voraus die lange, schmale Treppe hinuntergingen, folgten ihnen der Glatzkopf und Swat nach. Dieser dachte gar nicht daran, die Waffe herunterzunehmen, auch wenn sie ihre weggesteckt hatten. Also hielt er den Glatzkopf weiterhin mit ihr in Schach, indem er ihm die Knarre unsanft in den Stiernacken drückte. Noch während sie die weiße Treppe hinabstiegen, meinte dieser glatzköpfige Vincent auf einmal: „Wer schickt dich? Die Regierung etwa? Ist es nun so weit? Haben wir ausgedient?"

„Keine Ahnung, was du da brabbelst, Glatzkopf!"

„Ach, komm schon! Zu welcher Einheit gehörst du?"

Da erreichten sie das Ende der Treppe und standen am Anfang eines langen, beinahe endlos wirkenden Ganges. Dieser war schneeweiß wie die Treppe zuvor und wirkte beinahe plastisch. Rechts und links befanden sich im selben Abstand Türen und dies bis zum Ende des Ganges. Es waren genau 18 Türen und auch diese waren weiß. An der Decke waren Spots eingelassen und dies über den gesamten Gang verteilt. Als sie dort standen, antwortete er dem Glatzkopf: „Ich denke, zu Swat. Aber wie auch immer, wo sind eure Waffen?"

Vincent erwiderte: „Am Ende des Ganges! Die letzte Tür, links. Aber ich verstehe wirklich nicht, warum ihr Roboterkerle immer so verschwiegen und sachlich sein müsst."

Während sie den Gang hoch gingen, fragte er ahnungslos: „Von was für Roboterkerlen sprichst du da? Bist wohl ein wenig zu lange hier in dem Dreck."

„Ach ja, ich vergaß, ihr seid ja Organbots! Das ist nicht dasselbe wie ein herkömmlicher Roboter. Wollte dich nicht beleidigen."

„Sorry, aber echt null Plan, was das sein soll. Ich bin nichts von beidem. Sondern lediglich ein Kerl, der hier raus will und dies um jeden verdammten Preis. Also quatsch mich bitte nicht mit seltsamer Scheiße zu!"

Pepsi unterbrach: „Na klar, und ich bin eine Jungfrau!"

Swat kommentierte: „Aber auch nur als Sternzeichen, so viel steht fest."

Diese Aussage brachte den Muskelberg zum Lachen, worauf er jedoch einen mehr als nur bitteren Blick von der aufgebrachten Pepsi erhielt. Dieser ließ den Muskelkerl wieder gänzlich verstummen und er sah weiter schweigend ins Leere.

Vincent sagte: „Hör zu, wir wissen doch längst, was du bist, und ich denke, ich weiß auch, wer dich schickt. Also lassen wir das Spiel! Kein Mensch kann es allein mit fünf Reira aufnehmen. Aber es ist okay. Wir wollen nur eines, hier raus und weiterleben. Also bitte nimm uns mit, bevor die Einäscherung stattfindet!"

„Okay, immer langsam! Von was genau sprichst du da? Hier wurde doch schon alles angesengt und eingeäschert."

„Na, die komplette Vernichtung und Entfernung New Yorks von der Weltkarte. Darum hat die Regierung doch auch extra die Reira vor zwei Tagen in unser Versteck gelassen. Dabei starben alle, außer uns vieren. Wir sind stark. Uns könnt ihr brauchen."

„Das kapiere ich nicht. Vincent war dein Name? Hör zu, ich komm von den Blauen und auch die wurden vor zwei Tagen beinahe alle ausgelöscht. Doch dabei entdeckten wir einen unterirdischen Durchgang. Dieser führt hinter die verdammte Mauer und somit raus hier. Nur dass diese Gänge voller Reira sind und wir Waffen sowie Sprengstoff benötigen, um dort durchzukommen. Deshalb bin ich hier. Und um eventuell Tageslichtlampen zu ergaunern. Das ist dann aber auch schon alles. Also sorry, falls ich falsche Hoffnungen bei euch geweckt haben sollte!"

Als sie vor der Tür standen, die zur Waffenkammer führte, sagte dieser Vincent auf einmal, während er vor ihm auf die Knie fiel: „Also gut! Ich kann dir all die Dinge besorgen und euch auch bei allem andern helfen. Aber bitte nimm uns mit! Wir wollen raus hier!"

„Na klar! Ihr seid eine Gruppe aus Schwerverbrechern und Mördern. Warum sollte ich euch brauchen können? Ihr stellt doch nur zusätzlich eine Gefahr dar!"

„Okay, ja, es gab viele Mörder und Schwerverbrecher unter uns. Aber die sind alle tot. Die beiden Mädels hier, Pepsi und Lexy, waren früher berühmte Westlerinnen. Und unser Pen hier war ein berühmter Bodybuilder."

„Und du warst wahrscheinlich ein berühmter Friseur. Lass stecken! Seht selbst, wie ihr hier rauskommt. Aber ohne mich!"

Vincent bedrängte ihn. „Nein, warte! Ich war kein Friseur. Ich war ein Automechaniker. Jedoch hab ich mich an illegalen Straßenrennen beteiligt und dies nicht nur, weil ich die Wagen getunt habe. Ich bin selbst gefahren, und als sich mein Wagen eines Tages bei einem Rennen überschlug, tötete ich drei Menschen. Die Welt war doch eh schon im Arsch, aber es war trotz allem falsch. Ich hatte dabei nämlich noch nicht mal einen Kratzer. Danach wurde ich hier hineingeworfen. Somit bin ich der einzige Mörder und Schwerverbrecher, wenn du so willst."

SWAT stutzte. „Du hast also Ahnung von Autos?"

„Ja, warum?"

„Na ja, dann können wir dich und dein Team von seltsamen Berühmtheiten vielleicht doch gebrauchen."

Vincent war erleichtert. „Ja, wirklich?"

„Ja, echt!"

Nachdem ihm klar war, dass sie selbst auch nur weg wollten und dies um jeden Preis, dachte er, dass sie eventuell doch hilfreicher sein könnten, als er zuerst meinte. Besonders dieser Vincent konnte ihnen mit den Wagen helfen, und je mehr sie waren, desto größer wären ihre Chancen, dass sie es rüber schafften. Nachdem er Vincent und den anderen von dem Plan berichtet hatte und er eine Führung durch ihr Waffenlager erhalten hatte, sagte Vincent: „Wir haben so ziemlich alles hier, was Amerika an Spreng- und Schusswaffen zu bieten hat. Das haben wir alles aus dem unterirdischen Lager eines riesigen Waffenkonzerns. Um den Durchgang frei zu räumen, denke ich, eignen sich diese Setzsprengsätze am besten. Man kann sie auch aus hundert Metern Entfernung noch problemlos zünden. Und hier haben wir neben panzerbrechender Munition auch noch Sprengmunition. Die netten Patronen explodieren sofort, nachdem sie ihr Ziel getroffen haben!"

Nachdem er ihm stolz die vielen Waffen präsentiert hatte, meinte er noch: „Okay! Ich denke, ich sollte dir noch ein besonderes Stück zeigen. Komm mit, es ist gleich nebenan!"

Dieser Raum führte durch einen geheimen Stollen. Auf der anderen Seite angekommen, standen sie in einer großen Halle voller Militärfahrzeuge. Swat sah sich die Panzerwagen und Motorboote verdutzt an, dabei sagte Vincent: „Unglaublich, oder? Das sind einige der Militärfahrzeuge. Leider kann keines davon fliegen. Aber der Panzerwagen hier fährt auch durch die Trümmer. Mit ihm könnten wir morgen ohne Mühe zum Lager der Blauen gelangen und gleichzeitig all die Dinge transportieren. Dazu kommt, dass wir die Lichter der Boote verwenden können, um die Wagen auszustatten. Dies sind nämlich Tageslichtlampen."

So machten sie es und demontierten die Lampen von den Booten. Danach beluden sie den Panzerwagen. Als sie fertig waren, gab es Bier und Dosenfraß. Die vier waren gar nicht mal so übel, und wenn man sich an ihr Aussehen gewöhnte, konnte man sie sogar ertragen. Eines war klar, hier wollten alle weg, außer vielleicht die Reira. Aber wenn das stimmte, was Vincent befürchtete, würde diese Trümmerstadt bald nicht mehr existieren. Umso wichtiger, dass sie hier wegkamen und dies möglichst bald.

⟶ Kapitel 35 ⟵

Die unerwünschte Unterbrechung

Beim Dinner war die Stimmung am Boden, und während alle Hamburger aßen, starrte Naomi auf die völlig leere Straße hinaus. Sie hatte keinen Hunger und wollte nur eines, vorankommen. Als sie endlich wieder aufbrachen, war es schon Nachmittag und somit blieben ihnen nicht mehr viele Stunden vor Sonnenuntergang. Vor diesem mussten sie einen Unterschlupf finden, in dem sie nachts vor den Angriffen der Reira sicher waren. Maxim und die andern beiden wurden jedoch auf einmal seltsam langsam. Es schien ihnen nicht gut zu gehen und dann musste sich Mia auch noch übergeben. So hielten sie an. Doch Mia ging es äußerst schlecht, und nachdem sie sich buchstäblich die Seele aus dem Leib gekotzt hatte, kippte sie einfach um. Als Naomi nach ihr sah, übergab sich auf einmal auch Sunny. Was hatten sie nur? Da kippte jedoch auch Sunny um und Naomi fragte etwas panisch Maxim, der auch sehr schlecht aussah: „Scheiße, was haben die? Maxim, hilf mir doch!"

Doch noch während sie zu ihm sprach, übergab sich auch Maxim. Danach sagte er nur: „Ich komme gleich! Muss nur …"

Da fiel auch er um und dies mitten in die Kotze. Verdammt, was ging hier ab? Waren es die Burger vom verlassenen Dinner? Hatten die jetzt etwa Rinderwahn oder eine Lebensmittelvergiftung? Doch noch während sie dort stand, spürte sie Schwingungen, und zwar üble. Diese kamen immer näher. Zuerst wollte sie sich ihnen stellen. Jedoch waren es Minimum 8 Personen und noch was anderes, das sie jedoch nicht einordnen konnte. Also versteckte sie sich im Wald. Dort fand sie ein Erdloch. Es war wohl von einem Dachs oder Ähnlichem. Sie passte knapp rein und das Grünzeug verbarg sie gut von außen. Doch sie sah durch seine feinen Blätter, wobei sie direkt auf die Straße blickte und somit auch auf ihre Freunde, die dort so hilflos lagen. Da kamen auch schon die Männer angestapft und dies mit einer Bulldogge im

Schlepptau. Was waren das für üble Kerle? Hatten sie etwa etwas mit der plötzlichen Erkrankung zu tun? Sah ganz danach aus. Sie fesselten die drei wie Wild, wobei einer der Kerle laut lachend sagte: „Fehlt nur noch ein Häschen! Wo ist es wohl hin gehüpft? Los, Hashko, such!"

Da lief die Bulldogge los und sie brauchte nicht lange, um die richtige Richtung zu finden. Als Naomi sie auf sich zukommen sah, dachte sie, es sei vorbei. Doch dann, als sie ihr in die Augen sah, blieb sie stehen. Dann nur noch den Gedanken verworfen und durch einen neuen ersetzt. Da drehte sich die Bulldogge um und rannte brav zurück, wie gedacht, so getan. Das war unglaublich, aber sie hat wohl die Bulldogge manipuliert und dies ohne ein einziges Wort. Es war der Blick. Ja, sie spürte ihre Gedanken und dies ziemlich klar. Dies rettete sie, jedoch nicht ihre Freunde. Denn diese wurden nun verschleppt. Sie musste ihnen unbemerkt folgen, schließlich lebten sie noch. Also schlich sie ihnen hinterher. Sie erreichten ein Lager, das sich abgelegen im Wald verbarg und ziemlich versteckt hinter all den Bäumen in einer Senke lag. Sie ging nicht zu nahe ran, gerade so weit, dass sie sehen konnte, wie ihre Freunde in Käfige gesteckt wurden. Was hatten sie bloß mit ihnen vor? Aber nun ging die Sonne langsam unter und sie musste sich Schutz suchen. Sie fand einen guten Platz im Laderaum eines Lastwagens. Sie schloss die große Tür und setzte sich in die Mitte des leeren Laderaums. Dann stellte sie die kleine Lampe auf eine Seite neben sich und eine Uhr auf die andere. Sie hatte den Wecker auf sieben Uhr gestellt. Dann war es wieder sicher vor den Reira. Danach legte sie sich auf den harten, kalten Boden und schloss die Augen. Dabei fühlte sie sich mal wieder völlig allein und verloren. Warum wiederholte sich scheinbar alles, wobei es immer ein wenig schlimmer wurde und nie besser? Dann dachte sie an ihre erste Nacht im Laderaum eines solchen Lastwagens. Damals hatte sie sich genauso gefühlt und hatte alles verloren. Dann war sie in Ulaanbaatar aufgewacht und hatte wie durch Zufall Sunny getroffen. So begann alles einst und sie fand ein neues Leben. Mit diesen Gedanken schlief sie ein, wobei sie Giro unwahrscheinlich vermisste. Drei Jahre waren nun schon vergangen und nun lag sie hier. Doch vielleicht hatte Giro recht, es war nie dasselbe. Um Punkt 7.00 Uhr vibrierte der Wecker und sie stand gleich auf, um den Laderaum zu verlassen. Sie hatte Hunger und der kleine Einkaufsladen, auf dessen Parkplatz der Laster stand, wurde bereits geplündert. Doch sie hatte riesigen Hunger und musste ein gewisses Risiko eingehen. Da die Scheiben allesamt zerbrochen waren, beschloss sie kurzerhand, mal zu sehen, ob da noch eine Kleinigkeit zu holen war. Sie betrat behutsam das Geschäft. Schließlich wusste man nie, ob da jemand lauerte. Als sie den ersten Fuß hineinsetzte, zerbarsten gleich einige der Scherben unter ihrer Stiefelsohle. Dies störte wiederum einen Waschbär, der sich hinter einem Regal den Bauch vollschlug. Er erschreckte sie sehr, als er wie ein Plüschgeschoss hervorpreschte und dabei auch noch einen Einkaufswagen umstieß. Sie zog gleich ihre Waffe und wollte schon schießen, doch da erkannte sie das panische Tier. Sie hatte schon befürchtet, es sei eines der Monster oder schlimmer, einer der Barbaren, die nun überall hausten. Sie atmete tief durch und steckte die Pistole wieder weg. Sie hasste Waffen, besonders Schusswaffen. Aber in dieser Welt hier war man ohne schneller tot als geboren. Sie hatte schon Schreckliches gesehen. Etwa wie eine gebärende Mutter, die zuvor infiziert worden war, das Neugeborene samt der Nabelschnur verschlang. Dabei infizierte sie den Arzt und tötete auch noch eine Krankenschwester. Dies geschah alles in der Phönix-Basis und sie konnten nichts tun, außer die Frau am Ende zu erschießen. Sie hatten einfach kein Heilmittel außer Munition und nach dem Tod von Giro war die Aussicht, jemals eines zu finden, sehr gering. Sie hatten bislang nur eines erfolgreich geschafft und dies war, Waffen aus dem Gen B89 zu kreieren. Doch die wahre Bestimmung schien dem Gen B89 verwehrt zu bleiben und nach dem Tod von Giro war die Hoffnung gleich null, dem Virus und seinem Erschaffer auf humanem Wege entgegenzuwirken. So war nun ein unglaublicher Krieg ausgebrochen, wobei die einen trotz allem wieder Ordnung schaffen wollten und die anderen weiter alles neu erschaffen wollten, als wären sie Götter. Dabei wandelte sich die Welt von selbst und dies ständig. Sie meinten, die Zusammenführung von Pangäa sei eine Laune der Natur. Doch was, wenn es eine Antwort wäre auf die Zerstörung der Erde und dem Handeln der Menschen selbst? Vielleicht wollte sie uns retten, indem sie zusammenführte und uns aufzeigte, was wir eigentlich sind. Eine Einheit. Ein Ganzes. Dabei ist die Erde unser Spielfeld und wir lediglich dessen Spieler, nur dass man sich bei einem Spiel auch irren kann. Was dann? Es endet und beginnt von Neuem. Dies bietet einem die Möglichkeit, weiterzuspielen, nur dass man diesmal die Fehler erkennen sollte und somit das Spiel zu seinen Gunsten beeinflussen kann. Oder man bleibt stur. Doch dabei muss man eines bedenken: Genau wie zuvor wird es nie kommen und man muss auf alles gefasst sein. Denn auch dein Gegenüber hat nun neue Tricks auf Lager. So auch hier, die Welt war anders und sie würde nie mehr die gleiche werden. Das hieß jedoch nicht, dass man sie nicht retten konnte und so wieder lebenswert gestalten. Nein, im Gegenteil, nun konnte man die Dinge wieder geradebiegen und versuchen, ein neues Kapitel aufzuschlagen – wie die Eisbären, die nun in Australien eine neue Heimat fanden. Natürlich waren da die Reira und auch die atomaren Zonen sowie der wirtschaftliche Untergang. Nur in Eurasien nicht. Es wurde komplett modifiziert und alles sah gleich aus. Sie zogen überall dieselben Gebäude hoch. Diese sahen aus wie in die Höhe gezogene Streichholzschachteln in freundlichem Anthrazit. Dabei war auf jedem der imposanten Gebäude das Dach mit einer schwarzen Karbonschicht überzogen. Diese absorbierte das Licht am Tage und wandelte es in Energie um. Sie reichte für alles, selbst die Wagen. Sie waren allesamt von Tesla und fuhren ausnahmslos mit Strom. Genauso wie die Flugzeuge und Helikopter. Die Möbel waren nun aus Metall und Holz. Dabei wurde Plastik kaum noch verwendet. Sogar die Computergehäuse waren aus Holz, Zedern, um genau zu sein. Jedoch wurde auch Bambus in großem Maße eingesetzt. Doch neben dieser Wandlung wurden auch die Menschen umgewandelt. Sie waren Sklaven des Systems. Sie mussten wie Roboter funktionieren, sonst wurden sie einfach durch einen anderen ersetzt. Denn ein Organbot war nun etwas Alltägliches.

Jeder zweite Bürger wurde durch einen solchen ersetzt oder hatte jemanden in der Familie, der durch einen ersetzt wurde. Da Organbots alles konnten und dies sogar besser und schneller als ein herkömmlicher Mensch, außer dem Fortpflanzen, waren sie nur noch auf Menschen angewiesen, um die nötigen Vorlagen zu haben. Dabei wurden die verschiedenen Rassen eingeteilt und bekamen Regionen zugewiesen. Diese sahen jedoch alle gleich aus. Grenzübertretung wurde mit sofortigem Ersetzen durch einen Organbot bestraft. Da sie alle Chips trugen, die gleichzeitig zur Erkennung wie auch zur Bezahlung dienten, gab es kein echtes Geld mehr, sondern nur noch virtuelles, wobei es einem auf den Chip im Handknöchel überwiesen wurde. Über sogenannte Checkpoints konnte man den Stand überprüfen, ob nun den seines Eta-Kontos oder den seiner Wertigkeit in der Gesellschaft. Ja, es gab da ein System, das einem klar in Prozenten aufwies, inwieweit man seine Pflichten erfüllte. Wenn diese zu niedrig waren, wurde man ersetzt durch einen Organbot. Nur die Kinder nicht. Diese wurden jedoch gezwungen, an ihre Grenzen zu gehen, und zwar durch ständiges Lernen. Kinder, die einen zu niedrigen IQ aufwiesen, wurden einfach beseitigt, um Platz zu schaffen für die wertvollen. Die Ausbaufähigen bekamen eine Gnadenfrist, um die gewünschte Leistung zu erbringen, wobei meist klar war, dass sie am Druck zerbrechen würden. Aber es war so oder so ihre einzige Chance. Die, die versagten, wurden jedoch nicht umgebracht, sondern nur hinter die Mauer verstoßen und dies schon mit knapp 10 Jahren. Sie waren erbarmungslos. Doch es würde ihnen trotz allem bald der Platz ausgehen und sie würden weitere Teile besiedeln, um sich auszudehnen, beinahe wie der Virus und die Reira. Ja, sie hatten wirklich alle etwas gemein und dies war die Gier nach mehr, als sie vermochten. Die Hölle war nun überall, wobei die Menschen immer noch die schützende Hand der gnädigen Sonne über sich spürten, die sie wie ein Hoffnungsschein weiterhin nach Kräften beim Überleben unterstützte. Nun noch mehr als je zuvor. Denn in der Zeit, in der sie sich zeigte, schien wenigstens halbwegs alles ein Stück weit normal zu sein. Während Naomi durch den chaotischen und völlig leer geräumten Laden schlenderte, sah sie sich die umgestoßenen Regale an, die jedoch allesamt leer waren. Der dumme Waschbär hatte die letzte Chips-Tüte aufgerissen und dabei dessen krümeligen Inhalt auf dem Linoleumboden verteilt. Da sah sie zum Kassentresen herüber, wo sich auch schon jemand bedient hatte. Warum auch immer, denn Geld hatte schließlich schon lange keinen Wert mehr. Sie ging hinter den Tresen, um dort nach etwas Brauchbaren zu sehen. Doch da war nichts außer einem Tresor, der sich unter dem Tresen verbarg. Sie machte sich sogleich daran, ihn aufzuknacken. Dabei horchte sie und drehte das Zahlenrad. Darin war sie als Kind wirklich gut gewesen, als sie noch wie eine Elster stahl. Es war anscheinend wie Fahrrad fahren, einmal gelernt, immer gekonnt. So öffnete sich der Tresor schneller, als man bis zehn zählen konnte. Sie war nicht stolz, solche Dinge zu können, aber nur so hatte sie bis heute überlebt und nun brauchte sie diese Fähigkeiten mehr als je zuvor. In dem Tresor war zwar nicht viel, aber die zwei Handgranaten und die Flasche Cola nahm sie gerne an sich. Nachdem sie den Tresor wieder geschlossen hatte, sah sie etwas, das etwas verborgen auf ihm lag. Sie griff danach und zog einen Schokoriegel hervor sowie ein fragwürdiges Heft mit pornografischen Bildern. Eine Wichsvorlage, wenn man so will. Egal, ich ess den Schokoriegel trotzdem, dachte sie. Ist schließlich eingepackt in Plastik. Dabei ließ sie das klebrige Heft fallen. Dann verließ sie den Laden und machte sich auf den Weg, um zu sehen, was bei den Barbaren so abging und wie es um ihre Freunde stand. Als sie beim Lager angekommen war und sich ein wenig abseits versteckte, um die Lage einzuschätzen, erschien auf einmal ein Mann auf der Bildfläche, der anscheinend das Sagen hatte. Es war kein Geringerer als Salvo. Wie konnte das sein? Hatte ihn die neue Welt etwa verstoßen? Und wie war es möglich, dass er im Besitz von zwei Armen war? Sie verstand nichts mehr, jedoch sah sie, dass ihre Freunde noch lebten, wobei sie immer noch in Käfigen eingepfercht saßen. Was hatte Salvo bloß mit ihnen vor, dieser kranke Bastard? Und vor allem, wie sollte sie ihnen helfen? Was konnte sie allein gegen all die Männer tun? Ein Plan musste her und dies schnell. Noch während sie dort im Gebüsch hockte, hörte sie auf einmal, wie jemand durch das Laub schlurfte. Als sie sich umdrehte, sah sie, dass einige Infizierte direkt auf sie zusteuerten. Dies ziemlich schnell und wie immer zuckend und spuckend. Doch sie konnte nicht schießen, die Barbaren hätten sie gehört und das konnte sie nicht riskieren. Also beschloss sie, zu fliehen, und dies leise, ohne noch mehr Aufmerksamkeit zu erregen. So schlich sie schnell weg von den Infizierten. Diese folgten ihrer Witterung. Doch als sie das Lager der Barbaren erspähten, waren sie auf einmal an der größeren Beute interessiert und sie war ihre Verfolger los. Da diese sich nun den Hang hinabstürzten, wobei sie teilweise mehr rollten, nutzte sie ihr Glück zur Flucht. Als die Barbaren sie schließlich erblickten, ging die große Schießerei los und sie schossen ihre Magazine leer. Danach verbrannten sie die Kadaverreste der Infizierten, die trotz Kopfschuss noch heftig zappelten. Ihr verbranntes Fleisch stank grässlich, als die schwarze Rauchwolke über das ganze Gebiet hin weg zog. Einfach widerlich dieser Geruch, jedoch war es die einzige Möglichkeit, das Virus abzutöten und die Ansteckungsgefahr einzudämmen. Zumindest im Moment noch.

—ᴄᴑ Kapitel 36 ᴄᴑ—
Ein Ab und Auf ohne Ende

Die Reaktion der übrigen fünf Blauen auf die Ankunft der Roten mit dem Panzerwagen war äußerst reserviert und wenig erfreut. Doch Swat konnte Dean klarmachen, dass sie gemeinsam einfach besser dran waren, was den Ausbruch anging. Sie mussten da weg, denn wenn sie nicht die Monster fressen würden, dann würden sie eines Tages einfach eingeäschert und das endgültig. Dies konnte auch schon heute Abend geschehen. Jede Minute zählte. Also war es nun so weit, nach einigen Verbesserungen und einem weiteren Wagen konnte es losgehen. So wagte sich Swat mit einem Sprengsatz bewaffnet in die Grube der Monster. Diese war leer, da ihre hässlichen Bewohner durch Einsatz eines Radios und die Klänge von Celin Dion abgelenkt wurden. Dabei versammelten sie sich um den Kran, an dem das Radio befestigt war. Sie waren dumm und trotzdem gefährlich, wenn man nicht ständig auf der Hut blieb. So begab sich Swat nun mit einem Sturmgewehr und einem C4 Sprengsatz von fünf Pfund in der Hosentasche hinab in die dunklen Gänge. Das Ding befand sich genau in der Halle, nur etwa zehn Meter von dem Einstieg entfernt, und war somit schnell erreicht. Doch dann der Blick auf die schreckliche Geschwulst inmitten der Halle. Er wusste nicht, was es war, jedoch sah es aus wie ein überdimensionales Organ. Während er es sich so ansah, schien es wieder mit dem schlauchartigen Teil zu fressen. Beinahe wie ein Staubsauger zog es die Überreste durch den Schlauch in das organförmige, riesige Geschwür, das in der Mitte hin und her wabbelte. Dann zog es den zweiten Schlauch aus dem schützenden Erdloch und pumpte scheinbar mühsam etwas hinaus. Zuerst kam nur eine Menge blutige Schleimmasse herausgeschossen und verteilte sich um das Geschwür herum auf dem Erdboden. Doch dann folgte etwas Großes nach und dies würgte sich durch den Schlauch wie eine fette Ratte durch einen Schlangenbauch. Dann, als es das Ende endlich erreicht hatte, flutschte es auf den Schleim übersäten Boden direkt neben das Geschwür. Das platschende, triefende Geräusch, als es auf den Boden aufschlug, war einfach widerlich. Da lag der schleimige, madenähnliche Auswurf des Geschwüres nun zuerst regungslos in dem Blutschleimsekret. Doch dann fing es an, wie verrückt in dem Blutschleim rumzuzappeln und sich unsanft zu winden. Noch während er es verdutzt ansah, durchdrang eine bleiche Klaue die schleimige Schutzhaut des seltsamen Kokons. Es sah abartig aus, aber in dem schleimigen Hautkokon befand sich anscheinend ein Reira. Also zückte er das Sturmgewehr und schoss die Madengeburt zu einem blutigen Haufen Brei. Doch das gefiel der Mama des fragwürdigen Auswurfkindes gar nicht und diese griff ihn nun, nach einem ätzenden Hilfeschrei, mit dem ekligen Saugschlauch an. Noch bevor es ihn jedoch erreicht hatte, räumte ihn jemand wie ein Footballspieler aus dem Weg. Es war der Muskelberg von einem Kerl, der sich nun das C4 aus der Hose von Swat griff. Dabei war dieser noch leicht benommen, da er direkt unter dem etwa 200-Kilo-Kerl gelandet war und dies äußerst unsanft. Während er belämmert hoch sah, ging der Muskelmann zielstrebig auf den Schlaucharm zu und hatte dabei das C4 in seiner Hand. Das Ding packte ohne zu zögern zu und verschlag ihn einfach. Er schrie, und als es seinen gesamten Unterkörper verschlungen hatte, folgte der Rest. Swat dachte in jenem Augenblick nicht an den Zünder und die Tatsache, dass das Ding auch die Bombe verspeist hatte. Er war zu belämmert. Doch als das Ding schließlich einen weiteren Madenauswurf durchpumpte, der dreimal so fett war wie der erste, stand er auf und begab sich, immer noch benommen, in Richtung des Ausstiegs. Da klatschte das riesige Madenkind auf die schleimig triefende Bodenerde hinab. Als er hinsah, erblickte er eine unwahrscheinlich große Madenkreatur. Hatte es dies etwa aus dem Muskelkerl gemacht? Ihn umgewandelt in das da? Ein Reira-Monster-Kerl? Wie skurril. Aber dann war dies wohl so was wie die Mutter der Reira oder des Virus. Da durchbrach eine der unwahrscheinlich großen Klauen die Schutzhaut und sogleich den Rest des Monsters. Es war drei Meter hoch und fast genauso breit und sah aus wie eines von den bleichen Reira. Doch da spürte er den Zünder in seiner Hosentasche. Als das Ding lospreschte, zündete er und das C4 ging hoch. Er wurde etwa 10 Meter nach draußen geschleudert durch die Druckwelle. Dabei erlitt er auch Verbrennungen, aber er hatte überlebt und das Monster war nun hinüber. Eine Grillleber war nun aus ihm geworden und sein Madenkind war mit ihm verbrannt. Etwas hatte er noch gesehen dort unten, und zwar die drei Gänge, die hinter dem Geschwür weiterführten. Doch führten sie alle heraus? Führte einer heraus? Wie auch immer, es war ihre einzige Chance. Also drei Tunnel und drei Wagen. Da waren die Chancen 50/50, dass einer es heraus schaffen würde. Sie setzten sich in die Wagen und dann ging's auch schon abwärts in die finsteren Gänge. Dabei sahen sie schon die Reira nahen. Sie hatten trotz der zwei Kilometer Entfernung auf den Schrei des Geschwüres reagiert und natürlich auch auf die Detonation. Nicht mal 10 Minuten brauchten sie, um zwei Kilometer zurückzulegen und dies über Trümmerberge. Man konnte den blauen Schein ihrer großen Augen schon von Weitem wie Kristalle im dunklen Mondschein aufblitzen sehen und dies zu Dutzenden. Also gab es nun kein Zurück mehr, nur noch ein Vorwärts. Dies zuerst durch den wahrhaftigen Untergrund. Im ersten Wagen, dem Nissan, saß Swat am Steuer mit Dean auf dem Beifahrersitz sowie Mirabelle auf dem Rücksitz, das geschiente Bein über der Mittelkonsole abgelegt, und Jerry neben ihr. Im zweiten Wagen, dem Audi, saßen der Bärtige am Steuer und eine Frau, die niemand wirklich kannte. Den dritten und schließlich letzten Wagen, der ein Mustang war, steuerte Vincent mit seinen beiden Kampf-Diven an der Seite. Der erste raste mitten durch, der zweite dann prompt links hindurch und der Dritte schließlich nach rechts. Vor ihnen war alles mehr als unklar und hinter ihnen kamen die Reira angeprescht. Augen auf und durch, einfach dem unebenen sowie stockfinsteren Erdbau weiter folgen, dabei nicht zurückblicken oder zu viel Tempo verlieren. Denn wenn die Reira etwas waren, dann schnell und das außerordentlich. Doch so eng, wie es war, und kurvenreich dazu, war es schon viel, wenn man über 30 Stundenkilometer auf dem Tacho stehen hatte. Für die ohne Nachtsichtblick wie Swat blieben nur das Licht der Wagen sowie die aufgebauten Tageslichtleuchten, um sich zu orientieren. Diese hatten sie überall als Schutzmaßnahme gegen die Reira an den Wagen angebracht. Nun dienten sie auch als sonstige Lichtquelle. Diese war dringend notwendig, da sie keine Nachtsichtgeräte zur Verfügung hatten. Wie konnte es nur sein, dass die Reira hier noch was sahen? Oder, noch eine bessere Frage, wie konnte Swat hier bloß etwas erkennen? Er musste wissen, wer er war, denn eines stand fest, er war völlig anders. Vielleicht hatte dieser Vincent ja recht und er war eine Art seltsamer Roboter. Aber wie konnte es dann sein, dass er Schmerzen spürte und blutete. Oder das mit seiner Amnesie, wobei dies auch für den Roboter sprechen könnte. Egal, er war kein Roboter, denn ein Roboter sollte doch Minimum wissen, dass er ein Roboter war, und auch seine Fähigkeiten kennen. Aber er kannte nichts an sich. Das Einzige, das er echt seltsam fand, war die Farbe oder besser gesagt, die Farben seines einen Auges. Dies wirkte auf ihn selbst ein wenig seltsam, als er es zum ersten Mal sah. Aber gut, es war nur ein Auge, oder? Doch dank diesem Auge konnte er schneller reagieren und nun auch schneller durch die engen Gänge navigieren. Diese waren scheinbar endlos und zogen sich Kilometer durch den Untergrund. Es war unglaublich, was diese Monster hier geschaffen oder besser gesagt, geschaufelt hatten. Dazwischen gab es immer wieder kleinere Gänge, die abzweigten. Doch sie folgten nur dem Hauptgang. Wobei dieser nicht bei allen weiterführte, denn der linke sollte direkt in eine Falle führen und dies in Form von zu Zombies mutierten Opfern der Reira, meterhoch gestapelt auf einem Fleischhaufen. Da die Reira sie verfolgten, rasten sie ohne Halt in den Zombieberg. Was sie jedoch genauso umbrachte wie die nachfolgenden Reira. Denn die Windschutzscheibe zersprang und die Zombieleiber zerrissen sie. Da sie ungebremst in den riesen Zombiehaufen hineingefahren waren, hatte dieser sie matschig und blutig unter sich begraben. Wobei die zerquetschten Zombieleiber sie auch gleich anfraßen und in Stücke rissen – das Übliche halt. Die anderen beiden Gänge führten immer weiter durch die völlig unklare Dunkelheit. Swat gab sich echt Mühe, aber es ging einfach kaum, ohne anzuecken. Dabei gingen einige der Tageslichter kaputt. Aber scheiß drauf, war so schon krass genug die Fahrt durch den endlos langen Erdbau. Zuerst schien der Gang trotz allem ruhig und frei von Monstern. Dies sollte jedoch nicht lange so bleiben und nach einer engen sowie wurzelreichen Kurve erreichten sie einen Abschnitt des Grauens. Aus der erdig brüchigen Wand des Ganges drangen auf einmal von beiden Seiten Reira und jumpten auf den Wagen, wobei sie durch die Tageslichter leicht abgeschreckt wurden. Trotzdem nahmen sie nun allesamt die Verfolgung auf. Swat konnte gar nicht mehr zählen, wie viele es waren. Aber er überfuhr Dutzende und dies am laufenden Band. Dabei stürzte der Gang auch noch ein – zum Glück hinter ihnen. Er sah im Rückspiegel noch, wie die steinige Erde die Reira regelrecht unter sich begrub. Da ging er voll aufs Gas und schoss ziemlich unkontrolliert einfach geradeaus. Als er eine leichte Rechtskurve nehmen musste, raste auf einmal ein anderer Wagen vor ihn. Er kam aus einem Seitengang und Swat wäre ihm beinahe aufgefahren. Es waren Vincent und die Kampf-Diven. Ihr Gang führte anscheinend dort mit seinem zusammen. Der Wagen sah ziemlich mitgenommen aus, sie hatten wohl auch eine harte Strecke hinter sich. Doch nun befanden sie sich im selben Gang, der jetzt ebenfalls hinter ihnen einstürzte. Dabei wussten sie nicht, wie weit der Gang noch war und ob er überhaupt jemals nach draußen führen würde. Auf einmal ertönte ein lauter Knall und dann folgte ein heftiges Erdbeben. Als ob eine Riesenbombe detoniert wäre. Doch sie hatten keine Zeit zu überlegen, denn nur einige Sekunden später kam auch schon eine enorme Druckwelle. Diese katapultierte die Wagen wie Spielzeuge den Gang hoch. Dabei flogen diese wie Kieselsteine aus dem Bau heraus. Während das Fahrzeug von Vincent sich mehrfach überschlug, um dann gegen zwei große Baumstämme zu knallen, raste das Fahrzeug von Swat genau mit dem Dach gegen einen Felsen. Das Dach wurde komplett eingedrückt und somit auch die Beifahrerseite, da das Fahrzeug nun auf dieser Seite lag. Es war zum Glück schon Morgen und die Sonne ging langsam auf, also keine Reira. Swat öffnete langsam seine Augen, weil Jerry ihn hysterisch anschrie. Dieser klemmte unsanft auf dem Rücksitz zwischen der Tür und dem Fahrersitz fest und dies mit seinem gesamten Unterkörper. Swat war zuerst ziemlich benommen, denn er hatte sich den Kopf übel aufgeschlagen und sich wahrscheinlich auch die Schulter gebrochen. Aber dann der Blick zur Seite. Dean war weg. Nur noch ein blutiger Fleck auf dem sonst leeren Beifahrersitz. Dann ein Blick in den noch vorhandenen, wenn auch schief hängenden Rückspiegel. Alles im Arsch und nur noch der eingequetschte Jerry außer ihm übrig. Da roch er den dichten Qualm sowie die herannahende Hitze. Es brannte und dabei hing zusätzlich der beängstigende Geruch von Benzin in der Luft. Also nichts wie raus da, egal wie, und dies am besten mit dem jammernden Jerry. Zuerst trat er die Fahrertür auf, was ihm sichtlich Mühe bereitete mit der gebrochenen Schulter. Aber er schaffte es, wobei sich der Wagen nun immer mehr mit dem schwarzen, dichten Rauch füllte. Jerry war nach einem keuchenden Hustenanfall auf einmal still. Doch Swat riss den Sitz mit aller Kraft weg und befreite ihn so weit, dass er ihn am Ende rausziehen konnte, wenn auch bewusstlos. Noch während er sich und den Bewusstlosen wegschleppte, explodierte das Fahrzeug und sie flogen noch einmal durch die Luft. Wieder war er weggetreten, da er sich ein weiteres Mal den Kopf hart anschlug. Als er wieder zu sich kam, konnte er sich das erste Mal wirklich ein Bild machen. Außer ihm hatten noch Jerry, Vincent sowie eine seiner Kampf-Divas und Mirabelle überlebt. Dean war tot. Er wurde unglücklicherweise gegen den Felsen katapultiert, da er leider nicht angeschnallt war. Auch seine Tochter Mirabelle wurde herausgeschleudert, jedoch landete sie in einem Morastloch und dies rettete ihr glücklicherweise das Leben. Die andere der Kampf-Divas war leider gänzlich zu einem Fleischhaufen zwischen Baum und Seitenkarosserie des Mustangs zerquetscht worden. Dabei waren ihre Körperteile in Fetzen zwischen den beiden Baumstämmen hindurch gespritzt. Die noch lebende Kampf-Diva hatte einen Arm weniger und Vincent fehlte außer einem Ohr auch noch die halbe Zunge. Diese hatte er sich abgebissen und wäre dabei fast an ihr erstickt. Jerry war der Einzige, der außer einer Ganzkörperprellung und Quetschung nichts wirklich Gravierendes hatte. Wobei er kaum stehen oder gehen konnte. Sogar liegen tat ihm weh. Swat hatte sich die rechte Schulter gebrochen und neben den zwei Platzwunden am Kopf klaffte auch noch eine Wunde in seinem rechten Unterbauch. Ein Splitter steckte tief in seiner Haut. Diesen bemerkte er jedoch erst jetzt und zog ihn schmerzerfüllt raus, wobei Mirabelle dreckverschmiert zu ihm sagte: „Wir haben's endlich geschafft. Dies ist die andere Seite. Und dies im letzten Moment. Sieh doch!"

Dabei wies sie mit ihrem Finger nach hinten. Dort, weit weg, jedoch noch gut zu sehen, befand sich unter einem Abhang ein schwarzer Krater. Dieser war riesig und schien unendlich. Als er sich diesen unwahrscheinlich riesigen Krater ansah, meinte Vincent nur: „Die vollkommene Einäscherung! Sie wurde vollzogen!"

Kapitel 37
Nun ist es zu spät

Kurz vor der Einäscherung New Yorks, irgendwo in einem Waldstück ein paar Kilometer entfernt. Hier rannte mal wieder Naomi um ihr Leben, denn die Infizierten hatten ihre Witterung aufgenommen. Dazu schossen auch noch die Barbaren auf sie. Also rannte die junge Frau, was das Zeug hielt. Als sie endlich an einem alten, verwitterten Haus ankam, dachte sie nicht lange nach und versuchte, in das scheinbar leere Holzhaus einzusteigen. Da die Fenster allesamt mit Brettern vernagelt waren, blieb ihr nur die Eingangstür oder die Hintertür. Da auch diese verriegelt waren, sah sie nach oben. Doch im zweiten Stock dasselbe Bild. Alle Fenster mit Brettern versperrt. Dann entdeckte sie eine kleine Holzveranda hinten am Haus mit wunderbarem Ausblick auf eine herrliche Waldwiese. Nur dass diese mit Überresten gesprenkelt war. Da waren wohl wieder mal die Monsteraugen größer gewesen als der Monstermagen. In der Sonne roch dies ziemlich streng, aber sie hatte sich allmählich an diesen alltäglichen Geruch gewöhnt. Sie sah sich den Birkenbaum neben dem Haus an, der ziemlich nahe an der Veranda stand. Okay, sie würde wohl Äffchen spielen müssen, um da hinauf zu gelangen, denn eine Leiter war weit und breit nicht zu sehen. An der Birke war eine Schaukel befestigt. So kletterte sie eines der Seile hoch, um sich auf den Ast zu schwingen. Dies war weiß Gott nicht leicht und ihre Handflächen brannten wie Feuer durch die Reibung des groben Seiles. Doch sie schaffte es, und nachdem sie noch zwei Äste mühselig erklettert hatte, folgte der Sprung auf die Veranda. Da es dabei etwa vier Meter nach unten ging, kam sie ziemlich hart auf und vertrat sich bei der Landung auch noch ihren Fußknöchel. Während sie da lag und ihren Knöchel schmerzlich hielt, murmelte sie genervt: „Verdammt! So ein Scheißdreck!"

Im gleichen Augenblick ging die Verandatür auf, und noch bevor sie ihre Waffe greifen konnte, sah sie in den Lauf einer Schrotflinte. Eine Blondine stand im Türrahmen, hielt ihr die Waffe vor und sagte spöttisch: „Hast du dich verlaufen, Karamellbonbon? Oder tankst du nur Sonne auf meiner wunderbaren Veranda? Wie auch immer, steh auf und leiste mir drin ein wenig Gesellschaft! Ich liebe kleine Äffchen, musst du wissen."

Dabei sah Naomi in ihre stahlblauen, riesigen Augen. Sie sah aus wie Rotkäppchen in ihrem roten, einem Poncho ähnlichen Mantel und mit dem goldblonden, lockigen, langen Haar sowie dem unscheinbaren Puppengesicht. Da sie jedoch in ihren zierlichen und manikürten Händen anstelle eines harmlosen Brotkorbs eine Schrotflinte hielt, war sie eher eine russische Version von Rotkäppchen, mit Granate im Schlüpfer. Naomi hatte keine Angst vor der Tussi, wollte sich aber auch nicht mit der Schrotflinte anlegen. Also stand sie nur schweigend auf. Sie betraten das Haus, wobei sie gleich den Lauf der Schrotflinte zwischen den Schulterblättern zu spüren bekam. Die Blondine schlug spöttisch vor: „Gehen wir doch lieber ins Wohnzimmer runter. Ist schließlich unser erstes Date. Und das sollten wir doch nicht gleich im Schlafzimmer beginnen, oder? Also lauf schon, nubische Prinzessin!"

Während Naomi eher störrisch weiterging, sagte sie genervt zu der Blondine: „Ich komm nicht aus Ägypten, ich bin Latina. Also lass die dummen Sprüche, wenn du schon keine Ahnung hast!"

Dies brachte die Blondine jedoch nur zum Lachen und sie meinte amüsiert, während sie die Holztreppe heruntergingen: „Ich weiß mehr, als du denkst, Naomi. Ein wirklich schöner Name! Gefällt mir wirklich! Schau, da, die Couch, setz dich doch, meine Hübsche! Der Kamin beißt auch nicht."

Sie sah die Blondine verdutzt an, wobei sie sich auf die Couch setzte. Die Blondine setzte sich gleich in einen Sessel daneben, wobei sie die Schrotflinte auf ihrem Schoss ablegte, um sich dann genüsslich eine Zigarette anzuzünden. Dabei sah Naomi sie nur mit ihren dunklen Augen an. „Rauchen kann tödlich sein!"

Die Blondine erwiderte: „In fremder Leute Häuser einzubrechen, auch, Schätzchen!"

„Da du bereits meinen Namen kennst, sind wir ja keine allzu Fremden mehr, Tussi."

„Das stimmt wohl! Ich weiß halt gerne, wer mich besuchen kommt. Nur scheinst du ziemlich planlos zu sein. Du hast wohl deine Leute an die Monster im Wald verloren?"

„Falls du damit die Barbaren meinen solltest, sieht wohl ganz so aus. Hast uns wohl schon eine Weile beobachtet, deinem Wissensstand nach zu urteilen."

„Natürlich meine ich die Barbaren und nicht die herumstreunende Meute von verstrahlten Missgeburten. Ich denke, es ist Schicksal, dass wir uns hier und heute begegnen. Das muss es einfach sein, anders ist es nicht erklärbar. Denn ich bin kein Stalker, sondern nur jemand, der anscheinend zur rechten Zeit am rechten Ort feststeckt. Ich sitze nun schon seit über vier Wochen in diesem Dreckloch fest und habe es seither nicht ein Mal verlassen."

„Wow, das klingt echt einsam. Und du hast nicht mal eine Katze oder so? Wie traurig! Ich leide mit dir!"

Die Blondine erwiderte: „Du verspottest mich also! Na gut, ich erzähl dir mal eine Geschichte. Sie handelt von einem kleinen Mädchen, das alles hatte, da ihr Vater ein wahrhaftiger König war. Das Mädchen war sein größter Schatz und er hätte alles für ihr Strahlen getan. Er wollte immer nur ihr Glück und egal, was sich das kleine Mädchen mit den strahlend blauen Augen und dem herrlich goldenen Haar auch wünschte, sie bekam es und dies, bevor sie ihren Wunsch aussprach. Ihr liebstes und mit Abstand wichtigstes Geschenk, das sie von ihrem Vater erhalten hatte, war kein edler Schimmel, sondern ein frecher Affe. Das Mädchen liebte ihren kleinen Affen. Er war ihr einziger wahrer Freund und dies bedingungslos, wie es schien. Als das Mädchen ihren sechsten Geburtstag feierte und ihr Vater wie immer eine große, pompöse Feier auf dem wunderbaren Grundstück in Nannte verrichtete, um ihr gebührend zu huldigen, geschah es. Sie verlor alles! Den liebenden Vater, das Geld, das Ansehen und auch sonst alles, da ihr Vater von der SIS abgeführt wurde. Sie warfen ihm vor ein, Terrorist zu sein. Doch es kam nie zu einem Prozess und das Mädchen sah ihren Vater nie wieder. Ihre Mutter und sie verloren alles. So mussten sie ins kalte, erbarmungslose

Russland zurückkehren, um beim Bruder der Mutter unterzukommen. Dabei hatte das Mädchen nichts mehr, nur der kleine Affe blieb ihr erhalten. Bis sie eines Morgens aufstand und mit ansehen musste, wie ihr Onkel den kleinen Affen fraß. Er hatte ihn gegrillt und dann verspeiste er das kleine Tier. Dabei lachte er nur fies ins Gesicht des kleinen Mädchens. Doch das kleine Mädchen ging nach oben und griff sich das Jagdgewehr über dem Bett. Die Waffe war schwer und größer als sie selbst. Aber nichtsdestotrotz entsicherte sie die Waffe und schoss ihm in den Fuß. Dabei flog sie zurück und knallte unsanft gegen den Herd in der Küchenecke. Er schrie vor Schmerz und Wut, schmiss den Teller in die Luft und hob das Jagdgewehr vom Boden auf. Er wollte nun das kleine Mädchen erschießen und setzte mit finsterem Blick an. Während das Mädchen ihn ängstlich ansah, wurde ihm plötzlich der Kopf entzweigespalten. Es war ihre Mutter! Als die Polizei kam, wurde ihr die Tochter entrissen und sie wurden beide eingesperrt. Die Tochter im Heim, die Mutter im Knast. Drei Wochen später starb ihre Mutter, jemand hatte sie niedergestochen! Doch die Tochter lebte und war nun ganz allein. Sie hatte nun endgültig alles verloren, sogar ihren kleinen Affen. Diesen hatte sie Giro genannt."

Naomi erschrak. „Wer zum Teufel bist du?"

„Na endlich zeigst du ein wenig Interesse an meiner Person! Warum nicht gleich so. Clodette ist mein Name. Aber du kannst mich gerne Cloé nennen, das tun nämlich alle."

„Cloé … Etwa die Cloé?! Das fass ich nicht! Das kann nicht sein!"

„Ach, sieh mal einer an, du kennst mich ja doch! Na ja, zumindest meinen Namen. Man hat dir wohl schon ein wenig von mir erzählt. Wie spannend!"

„Es geht, ist nicht so, dass man sonderlich viel über dich sprechen würde. Du bist eher eines der nervigen Themen."

Im gleichen Augenblick ertönte eine laute Detonation und dann folgte ein übles Erdbeben. Die Frauen wussten beide, was dies bedeutete, und Naomi rief sichtlich betroffen:

„Die Einäscherung! Nein, es ist zu früh!"

Cloé dagegen meinte: „Wurde doch Zeit! Das mit Mutanten verseuchte Gebiet musste endlich zerstört werden."

„Was weißt du Barbiepuppe schon! Du hast doch keine Ahnung, was das bedeutet! Also halt deine künstlich aufgepumpten Lippen und geh mir nicht auf den Geist!"

Cloé entgegnete: „Uh, wie bissig! Hast wohl zu viel Zeit mit Maxim verbracht. Männer wie er können Frauen wie wir schon mal verderben!"

„Frauen wie wir? Jetzt, wo ich dich so live vor mir sitzen habe, verstehe ich auch die negative Einstellung, die dein Mann dir gegenüber hegt – oder besser gesagt, dein Exmann. Ich denke, er schämt sich. Obwohl ich echt sagen muss, für eine Mutter sind deine Hüften und dein Arsch gar nicht mal so ausgeleiert. Ob man dies auch von deiner Schmuckschatulle behaupten kann, bei dem vielen Gebrauch, ist wohl eher fragwürdig."

Cloé wurde wütend. „Okay, du willst also um jeden Preis die harte Nummer durchziehen. Liegt wohl daran, dass ich was mit deinem Äffchen hatte. Wie eifersüchtig! Wenn er dies wüsste, es würde ihm so gar nicht gefallen. Aber weißt du was, die Nacht mit ihm war echt nichts Besonderes. Falls du trotz allem immer noch einen Machtkampf austragen möchtest, soll mir dies auch recht sein. Ich hab meine Krallen schließlich schon lange nicht mehr gewetzt. Also immer her mit deinem makellosen Gesicht, ich verleihe dir gerne ein paar Sorgenfalten!"

Dabei hob sie die Schrotflinte und befahl: „Leg die Waffen auf den Tisch, und zwar alle, auch die in deinem Stiefel, und dann lass sehen, was du so auf Lager hast außer Beleidigungen und zu viel Arroganz!"

Mit finsterem Blick legte Naomi langsam alle Waffen, die sie am Leib trug, auf den Couchtisch. Dies waren eine Menge. Denn neben drei Halbautomatikwaffen trug sie noch vier Messer und zwei Granaten bei sich, ganz abgesehen vom Pfefferspray und dem Elektroschocker. Sie war gut ausgestattet. Als sie alles weggelegt hatte, legte auch Cloé ihre Schrotflinte auf den Tisch, wobei sie auch noch ein ziemlich großes Messer aus ihrem Ausschnitt zog. Dann sah sie Naomi wütend an, bevor sie sich wie eine Wahnsinnige auf sie stürzte. Sie kämpften und dies ziemlich grob und gnadenlos. Sie traten sich, verpassten sich Fäuste, kratzten und bissen einander. Dabei ging einiges in der Hütte zu Bruch. Zu guter Letzt durchbrachen sie auch noch eines der Fenster und landeten samt Brettern hinter dem Haus auf dem harten Boden.

─◦ Kapitel 38 ◦─
Der letzte Gedanke bleibt erhalten

Swat und die anderen, die es zum Glück noch aus der Zone heraus geschafft hatten, sahen sprachlos hinab auf den Krater, der als Einziges übrig geblieben war von der einst so großen Stadt. Es war ein wahrhaft eindrucksvolles Bild, das sich ihnen da bot. Die Stadt hatte sich in eine Mondlandschaft verwandelt und war gänzlich ausgebrannt. In der Mitte brannte es immer noch lichterloh, es war eine gigantische Feuerkugel inmitten des Kraterloches. Die Flammen wirbelten und verschlangen dabei alles um sich herum, um dann nur noch ein Häufchen Asche zurückzulassen. Eine Feuerwalze. Während sie gespannt dem Schauspiel zusahen, bemerkten sie leider nicht, dass gerade eine Horde von Infizierten ihre Witterung aufgenommen hatten. Diese wurden durch den Lärm der Katastrophe regelrecht angelockt und zuckten nun von allen Seiten her durch den Wald in ihre Richtung. Sie waren weder schnell noch langsam. Sie bewegten sich nur äußerst unkontrolliert und eher spastisch. Das machte sie jedoch noch gefährlicher, denn sie waren kaum totzukriegen. Riss man ihnen das Herz heraus, lebten sie immer noch, und selbst wenn nur noch ihr stinkendes Haupt übrig blieb, wackelte es noch. Na ja, wenn man das überhaupt Leben nennen konnte. Es war schließlich nur noch ein Mikroorganismus und dieser kontrollierte die einzelnen Zellen. Dabei war der Wirt bereits tot und der Virus übernahm die Kontrolle über den nun verwesenden Organismus. Da rief auf einmal Pepsi mit großen Augen ängstlich: „Vincent, wir haben ein Problem! Ein großes und äußerst hässliches Problem! Sieh doch, da und dort!"

Vincent sah sich um und erschrak ebenfalls. Sie kamen von allen Seiten und waren dabei schon ziemlich nahe. Doch noch während er sich die Scheiße ansah, wurden auch die anderen auf die Besucher aufmerksam. Als Swat nach rechts sah und eine Gruppierung erblickte, die unkontrolliert auf sie zu eilte, zog er die Knarren. Er feuerte sofort, wobei er zwei der Infizierten auch direkt in deren Schädel traf. Doch er dachte nicht daran, dass er Sprengmunition geladen hatte, und erschrak ziemlich, als die Köpfe wie Wassermelonen zersprangen und sich dabei auch noch die Infizierten neben ihnen in widerlichen Stücken über die Waldwiese verteilten. Vincent rief laut: „Das ist amerikanische Spitzenmunition! Ein wahres Fest! Nun weißt du, warum es keine Indianer mehr gibt. Guter Treffer übrigens. Noch ein paar solcher und wir sind die Stinker los!"

Swat sah nur kopfschüttelnd herüber und sagte mit den Schultern zuckend:

„In engen Räumen verwendet man die besser nicht und man sollte immer genug Abstand zum Ziel haben. Das wäre noch praktisch zu wissen, bevor man die Scheiße benutzt. Aber sonst – ziemlich krass!"

„Steht doch alles auf der Anleitung!"

„Auf der was? Das Land ist verrückt! Aber so was von!"

Vincent meinte: „Sind wir das nicht alle, mein Freund?"

Also schossen oder besser gesagt, sprengten sie sich den Weg frei und holten noch die übrige Munition aus dem zwar nicht explodierten, jedoch ziemlich eingedrückten Autowrack des Mustangs. Teile des Körpers von Lexy hingen noch dazwischen. Sah recht widerlich aus und dann wieder mal das ganze Blut. Dabei hingen auch noch Eingeweide überall zwischen den Bäumen und auf dem Kofferraumdeckel. Ekelhaft für Vincent, der den Kofferraum öffnen durfte. Swat schoss in der Zeit mit der nun einarmigen Pepsi die Infizierten über den Haufen. Wobei er echt aufpassen musste. Die Infizierten, die zu nahe kamen, musste er halt mit seinem Messer tranchieren, da die Munition zu stark explodierte. So stark, dass noch drei Meter entfernt alles in Stücke flog. Als Vincent sich endlich die gesamte Ausrüstung gekrallt hatte, wobei ihm Jerry geholfen hatte, ging's weiter. Jerry war kein Kämpfer, mehr ein Schwätzer. Doch gab er sich Mühe und half auch Mirabelle beim Laufen mit ihrem Gipsbein. Vincent fragte Swat: „Und jetzt? Wohin? Wir müssen einen Unterschlupf finden! Sieh dir den Arm von Pepsi an oder besser gesagt, den blutigen Rest davon!

Und dann die Kleine mit dem Gipsbein. Wir können nicht weglaufen! Es könnte hier nur so wimmeln von den Zombiedingern!"

Swat erwiderte: „Was fragst du mich? Ich sehe hier dasselbe wie du. Wir sind in einem Scheißwald. Aber mehr weiß ich auch nicht! Eigentlich weiß ich gar nichts!"

Vincent sah ihn nur ratlos an und hinter ihm kam schon wieder eine Gruppe von den Pissern herbeigehastet. Ohne ein Wort drehte sich Swat um und lief über die bereits eliminierten Überreste der Seuchenträger hinweg. Er wusste nicht, wo lang, aber die anderen folgten ihm und er nahm den Weg mit den besten Aussichten. Er führte genau über die Waldwiese. Diese war noch immer mit den noch zuckenden Überresten von vorhin übersät, jedoch lagen dazwischen auch ältere Leichenteile. Ansonsten einfach wunderbar! Die Sonne, die Blumen, das hohe Gras und da – ein Haus, wie bestellt. Er schlug der Gruppe vor: „Steigen wir doch einfach dort ein!"

Vincent meinte: „Klar doch, wenn es noch frei steht!"

„Ansonsten machen wir's uns einfach frei, würde ich mal sagen", meinte Jerry. „Oder noch besser, ihr beide macht es frei, während ich auf die beiden Ladys achtgebe. So machen wir's!"

Dann lief er mit Mirabelle ein Stück voraus, wobei Pepsi spottete: „Ich geh mal lieber mit, sonst stolpert unser Bodyguard noch über seine zu kleinen Füße oder eine Biene greift ihn an. Man weiß ja nie! Wir wollen ja nicht auch noch am Bienensterben Schuld haben!"

Etwa zehn Meter vor dem Haus blieb Jerry jedoch abrupt stehen und sagte aufgeregt: „Hey! Kommt schnell her mit euren Knarren! Da drin scheint ein Riesenungeheuer zu wüten. Schnell, macht schon!"

Die beiden Männer sahen ihn zuerst nur erstaunt an. Dann jedoch hörten sie es auch. Es klang, als ob da drin jemand oder etwas tobe. Er und Vincent zogen die Knarren und gingen dann langsam auf das Haus zu. Während Swat zum rechten Fenster ging, nahm sich Vincent das linke vor. Auf einmal sagte er: „Ich kenne das Geräusch! Da sind zwei Weiber übelst am Fighten. Die prügeln sich da drin gerade die Scheiße aus dem Leib. Glaub mir, ich weiß, wie zwei wilde Furien klingen, wenn sie sich aufeinanderstürzen. Nämlich genau so!"

Swat sah ihn nur verblüfft an und Vincent gab den anderen Entwarnung. „Das Monster sind lediglich zwei Kätzchen, die sich um den Rahm streiten. Also kriegt euch wieder ein! Besonders du, Jerry! Also wirklich, ein Riesenmonster! Und sonst noch Wünsche, kleiner Idiot?"

Noch während er dies laut und unbekümmert sagte, durchbrachen die zwei Ladys auch schon das rechte Fenster samt Brettern. Sie flogen regelrecht hinaus und erwischten dabei nicht nur die Bretter, sondern auch Swat, der ahnungslos Vincent lauschte. So landeten sie alle samt Brettern auf dem Boden und dies ziemlich unsanft. Doch die beiden Frauen waren mit ihrem Zweikampf beschäftigt, dass sie die Gruppe gar nicht bemerkten. Genauso wenig wie den armen Kerl, den sie gerade unsanft auf den Boden gerissen hatten. Die Blonde lag oben und die Brünette unter ihr, wobei beide wie Wahnsinnige aufeinander einprügelten. Während Vincent gleich die Waffe auf sie richtete, sah Swat sich nur verdutzt die Brünette an. Da kam alles wie ein Geistesblitz und er erinnerte sich wieder. Noch während er sie wortlos anstarrte, griff diese sich, ohne ihm auch nur einen Blick zu schenken, seine Waffe, die neben ihm auf der Erde lag. Dann setzte sie an und hielt der Blonden die Waffe an den Schädel, wobei sie wütend schrie: „Du blondes Miststück!"

Die Blondine höhnte: „Du willst mir in den Kopf schießen? Das kannst du doch gar nicht! Du schaffst es ja noch nicht mal, richtig zuzuschlagen, Prinzessin!"

Doch die Brünette entsicherte die Waffe und sagte kalt: „Dich zu töten ist, wie eine Fliege zu erschlagen. Ziemlich lästig, jedoch kaum belastend und umso befreiender."

Da meldete sich jedoch Swat, der zuvor wie weggetreten gewirkt hatte, überraschend. „Tu das lieber nicht! Ich meine, du darfst es tun. Aber du solltest dabei einen Sicherheitsabstand wahren. Das ist nämlich Sprengmunition."

Die Brünette sah ihn verdutzt an, wobei sie mehr als nur irritiert wirkte. Auch die Blondine stutzte. Nach einem verwunderten Blick und ungläubigem Schweigen rief die Brünette schließlich: „Giro!"

„Naomi!"

──๑ Kapitel 39 ๑──

Wiedersehen mit Zweifeln

Da sahen sie sich nun in die Augen, und nachdem die Namen ausgesprochen waren, blieb nur noch der beidseitige Blick. Beide glaubten nicht, was sie da sahen. War es wahr? Unglaublich und dies einfach so. Für Giro, der bislang noch nicht mal mehr seinen Namen kannte, war der Augenblick wie eine Offenbarung, mit ihr kehrten auch seine sonstigen Erinnerungen zurück. Noch während sie sich so gebannt und ungläubig ansahen, sagte Cloé ironisch: „Wie unglaublich passend! Davon sollte man ein Foto schießen!"

Naomi gab zurück: „Du hast Glück, wenn ich dir nicht ins Puppengesicht schieße!"

„Also wirklich! Diese ständigen Aggressionen …"

„… sagt die Person, die mich mit einer Schrotflinte bedrohte und mich dann auch noch zum Zweikampf herausforderte. War doch deine tolle Idee!"

Cloé verteidigte sich. „Du bist in mein Haus eingebrochen und nicht andersherum! Wir sind hier schließlich in Amerika. Ich darf mich und meinen Boden schützen. Dies ist mein Recht."

„Wenn das so ist und ich mich von dir bedroht fühle, darf ich dich auch ohne Bedenken erschießen. Wie praktisch, ich mag dieses Land immer mehr!"

Vincent meldete sich. „Hey, Mädels, ich unterbreche euch ja nur ungern, aber kommt zum Punkt, denn wir bekommen Besuch und der sieht ziemlich unangenehm faulig aus!"

Giro besänftigte: „Naomi, lass gut sein! Mit der Munition verletzt du dich am Ende nur noch selbst."

Doch Naomi sah nur genervt auf Cloé und sagte dann mürrisch: „Runter von mir, du Tussi! Und zwar jetzt!"

Dies tat Cloé, wobei sich Naomi nur wütend abwandte. Dabei sah sie den Vordersten der Infizierten über die Waldwiese taumeln. Sie schoss sofort und sein Unterleib detonierte regelrecht, als ihn die Kugel traf. Da staunte sie nicht schlecht und war sichtlich überrascht. „Krass! Das ist ja übel!"

„Da siehst du mal! Die Scheiße ist gefährlich! Gib her das Ding!"

Dabei nahm Giro ihr die Waffe wieder ab und sie standen auf. Sie flohen alle in das Haus und stiegen durchs Fenster ein. Dann schossen sie die Infizierten von dem Fenstereinstieg weg und verbarrikadierten ihn wieder. Erst dann hatten sie endlich einen Moment Ruhe, um sich einen Überblick zu verschaffen. Doch kaum sahen sich Naomi und Giro wieder an, ging die nächste Scheiße los, denn nun richteten sich die Roten gegen die Blauen. Na ja, es stand zwei gegen eineinhalb, denn Jerry war nicht ganz vollwertig. Als sie wütend die Waffen gegeneinander richteten, fragte Naomi verwirrt: „Was soll das jetzt genau?"

Cloé kommentierte: „Es wird immer amüsanter hier!"

Mirabelle klagte: „Wir können ihnen nicht trauen! Sie haben schreckliche Sachen getan. Die beiden sind böse, Swat!"

„Was?", rief Vincent. „Ihr habt doch zuerst die Waffen auf uns gerichtet und das, nachdem wir zusammen – ich wiederhole – zusammen aus der Hölle der Höhlen geflohen sind!"

Pepsi mischte sich ein. „Was Vincent damit sagen will, ist, dass nicht wir eure verdammten Feinde sind, sondern die Monster! Also nehmt die Waffen runter, bevor ihr euch noch selbst verletzt!"

„Übermut kommt selten gut! Also halt die Klappe, du Monster!", kam von Jerry.

Giro mahnte: „Wow! Kommt alle mal wieder auf den Boden! Jetzt sind wir schon aus der Scheiße raus, also produziert doch nicht gleich wieder neue!"

„Du hast ja recht, Swat!", gab Mirabelle zu. „Aber du weißt einfach nicht, was die getan haben. Sie sind noch schlimmer als die Kreaturen des Untergrundes. Wir dürfen solche Menschen nicht leben lassen. Die sind schuld an der Scheiße, weil sie selbst die Scheiße sind!"

„Mirabelle, ich bitte dich, sei nicht so dumm und mach die-selben Fehler wie die! Du weißt, wie es wirklich sein soll, und du weißt auch, was richtig ist. Dein Vater hat es dir beigebracht.

Also hör auf zu tun, was sie tun würden, und tu wieder das, was du tun würdest, nämlich das Richtige!"

„Ich … Ich kann nicht … Es ist so falsch, was sie tun … So falsch! Ich will das nicht! Ich kann das nicht! Ich hasse euch! Ihr seid böse! Ihr habt das Leben nicht verdient! Aber trotz allem lebt ihr es und raubt dabei auch noch andern ihre Lebenszeit. Ihr seid Monster. Doch ich werde keines. Swat hat recht, ich bin nicht dazu bestimmt, über euer Leben oder euern Tod zu entscheiden. Also hier, ich lege ab, im Namen meines nun toten Vaters Dean. Ich vergebe euch jedoch nicht! Das werde ich niemals tun!"

Jerry schloss sich an. „Ich folge ihren wahren Worten und werde mich auch dem Zusammenhalt verschreiben. Jedoch vertrauen oder verzeihen tu ich euch auch nie. Ihr beide bleibt Monster!"

So senkten alle langsam, jedoch angespannt ihre Waffen. Auf einmal sagte Naomi verwundert zu Giro: „Warum nennt die Kleine dich Swat? Sie meinte doch dich damit, oder?"

Cloé sagte: „Ich nehme an, weil es auf seinem Rücken steht. Aber was weiß ich schon, bin schließlich nur eine Blondine."

„Oh mein Gott! Trägst du etwa tatsächlich noch immer die Klamotten vom Einsatz? Das ist nun drei Jahre her!"

„Sieht wohl ganz danach aus", erwiderte Giro. „Ich denke, genauso lange hab ich nicht mehr geduscht. Eigentlich ziemlich eklig, jetzt, wo ich weiß, wie lange das wirklich war. Bin zum Glück erst vor einer Woche erwacht. Ein Wunder, dass ich noch so human rieche und die Klamotten sich nicht zersetzt haben."

Cloé scherzte: „Klingt fast wie eine Swat-Mumie! Bist wohl tatsächlich ein Wunderknabe oder so was in der Art! Hatte Schwester Agnes doch recht mit ihrer Vorahnung!"

„Haha! Du nervst! Was tust du überhaupt hier? Ich meine, Naomi, okay, das versteh ich noch irgendwie, aber du?"

Naomi warf ein: „Meine Worte!"

Mirabelle fragte: „Swat, kennst du diese beiden Frauen etwa?"

„Ja, Mirabelle, das tu ich wohl und mein Name ist Giro. Also lass das mit dem Swat, okay?"

„Ach, erinnerst du dich etwa wieder? Das ist ja wunderbar!"

„Ja, ist mir wieder eingefallen. Endlich!"

„Was, du hast dein Gedächtnis verloren?", wollte Naomi nun genau wissen.

Cloé meinte spöttisch: „Die Kleine ist wie Einstein, ein wahres Genie!"

„Gegen dich ist sogar eine Henne ein Genie, also keine allzu schwere Sache", gab Naomi zurück.

Giro schritt ein. „Okay, ihr hasst euch, wir haben's kapiert. Aber können wir mal wieder zur Sache kommen. Cloé, was tust du hier?"

„Vieles! Aber nichts, das dich oder deine Freundin was angehen würde. Also lass stecken, Bruder. Mir geht's gut. Es hat nichts mit dir zu tun und es tut hier auch nichts zur Sache. Ein reiner Zufall, wenn man so will."

„Klar doch! Glaub ich sofort. Wenn ich eines weiß, dann das, dass nichts Zufall ist und alles hier einen Hintergrund hat, auch wenn dieser meist schockierend ist. Ich kann es verkraften. Aber gut, wenn du es nicht erzählen willst, erstick doch dran!"

Naomi rief: „Was? Nein! Ich will wissen, warum die hier ist! Das ist kein Zufall, die lügt!"

„Ja, das tut sie wohl. Sie verheimlicht etwas. Doch denke ich nicht, dass es für uns eine Rolle spielt. Es ist ihr Problem und wir haben unsere. Und eines davon ist, was nun? Wohin und wie?"

Naomi erzählte: „Das ist so eine Sache! Ich kam mit Maxim und deinem Bruder hierher, um dich zu suchen, bevor die Einäscherung stattfindet. Als wir hier landeten, wurde unser Flugzeug zerstört. Danach wurden wir von Barbaren überfallen. Sie entführten die anderen und ich war die Einzige, die entkommen konnte. Als ich das Lager beobachtete, stellte ich fest, dass sie dort festgehalten werden."

„Was? Okay, aber die Einäscherung war schon!"

„Ja, ich weiß. Aber eigentlich sollte sie erst in drei Wochen stattfinden. Ich dachte schon, es sei zu spät. Giro, dein Bruder! Wir müssen ihm helfen und auch den anderen beiden. Sie wollten mir dabei helfen, dich zu suchen."

„Und nun müssen wir sie retten! Na gut, wer sind diese Barbaren und wo finden wir die?"

„Na ja, das ist auch so eine Sache. Es ist Salvo! Er führt die Gruppe an. Giro, er lebt und dies wie ein Wolf, hier in diesem Wald! Sein Rudel ist groß und sie scheinen etwas mit ihnen vorzuhaben. Ich meine, er weiß schließlich, wer sie sind, und kennt sie. Es muss etwas Schlimmes sein!"

„Salvo! Es ist immer etwas Schlimmes, wenn es von Salvo kommt. Der ist noch dümmer als wahnsinnig und dies macht ihn unberechenbar. Egal, ich muss das dunkle Kapitel anscheinend, ob ich will oder nicht, durchschreiten. Also los, lass uns Salvo und seine Hunde endlich in die Hölle schicken!"

„Und ich steh dir zur Seite! Er ist schließlich auch ein dunkles Kapitel in meinem Leben."

„Unserem Leben!"

Cloé sagte: „Dein Ernst gerade, Bruder? Du bist noch schlimmer als Maxim! Der hat mich auch von morgen bis abends zugesülzt."

„Vermisst den Arsch wohl! Wie niedlich!", spottete Naomi.

„Ach, halt doch deinen Mund, wenn du mich schon nicht verstehen willst! Als ob du irgendeine Ahnung hättest!"

Jerry meinte: „Ich will euch ja nicht unterbrechen, aber wir folgen Giro. Damit meine ich, Mirabelle und ich werden euch unterstützen."

„Ich und Pepsi auch!", versprach Vincent. „Wir stehen in deiner Schuld, mein Freund. Danach werden wir wieder unsere eigenen Wege gehen."

Giro erwiderte: „Wow, echt nobel von euch! Nur denke ich, dass Mirabelle und Pepsi eher hierbleiben sollten."

„Natürlich dürfen sie bleiben!", willigte Cloé ein. „Deine neuen Freunde scheinen viel netter als deine alten. Na ja, sie hier!"

„Oder du da! Ich hab's kapiert. Aber keine Sorge, ich und Naomi gehen gleich wieder."

„Ja, das kannst du gut, abhauen! Wie Maxim! Kein Wunder, dass ihr beide so dicke Freunde geworden seid."

„Alles klar, Cloé, wir gehen schon", versprach Giro. „Also krieg dich einfach wieder ein!"

Doch Cloé sagte überraschend: „Ich komme mit euch!"

„Was? Warum? Was hast du davon?"

„Salvo hat etwas, das ich wieder zurück will. Nur darum bin ich hier."

„Okay, da ich nicht annehme, dass es sich dabei um Maxim handelt, um was geht's? Spuck es schon aus!"

„Er hat Jack!"

Giro fragte: „Wer oder was ist Jack?"

„Mein Sohn!"

„Ach, und wie kommt Salvo zu deinem Sohn?"

„Giro, ich bitte dich! Es ist eine lange Geschichte. Zu lang. Du kennst mich. Ich bin vieles, aber keine Lügnerin."

„Du lügst vielleicht nicht, aber du verheimlichst und gibst nur preis, was dir gerade nützt. Das ist auch nicht viel vertrauenswürdiger."

„Nach allem, was wir zusammen durchgestanden haben, solltest du wenigstens wissen, wann ich etwas ernst meine und wirklich Hilfe brauche!"

„Na dann, wenn Salvo tatsächlich dein Kind entführt hat, komm halt mit!"

Naomi widersprach. „Nein! Sie spielt ein falsches Spiel, ich sag's dir! Wir sollten ihr nicht trauen."

„Doch, ich werde ihr helfen. Naomi, es ist wichtig! Sie hat mir schließlich auch schon mehr als einmal geholfen."

„Na dann, aber ich behalte sie im Auge."

Cloé sagte: „Dito, meine Liebe. Ach, und danke, Bruder, für deine Unterstützung!"

So blieben am Ende die beiden verletzten Mädels in dem verbarrikadierten Haus zurück, während die anderen sich auf den Weg zum Lager der Barbaren machten. Sie hatten keinen wirklichen Plan und waren in der Unterzahl. Als sie durch den Wald gingen, zog Naomi Giro auf einmal zur Seite, um mit ihm unter vier Augen zu sprechen. Sie schien etwas durcheinander und meinte zerstreut zu ihm: „Wie kann das sein? Wie konntest du das überleben? Ich habe die Hoffnung nie aufgegeben! Jedoch wie ist es möglich? Ich verstehe es nicht."

„Das kann ich dir nicht beantworten. Zumindest noch nicht. Ich hab in den drei Jahren nicht geschlafen, so viel weiß ich nun wieder, dank dir, mein Engel. Bitte vertraue mir. Ich werde es wieder besser machen. Es wird nie mehr so, wie es mal war. Aber es muss nicht so enden, wie die wollen. Ich hab's gesehen. Es war echt."

„Wo warst du? Ich kann dir nicht folgen. Von was sprichst du überhaupt?"

„Das ist gerade Nebensache. Wir müssen zuerst Sunny und Maxim da rausholen und dann können wir uns dem Eigentlichen widmen."

„Und Mia."

„Mia? Warum? Ist sie etwa auch mit auf dem Ausflug?"

„Ja. Wie gesagt, wir sind geflohen und Mia gehört nun zu Sunny, also kam sie mit. Ging irgendwie nicht anders. Ich wollte zuerst nur mit Maxim kommen. Aber du kennst deinen Bruder ja."

„Das dachte ich zumindest bis jetzt. Er und Mia sind also echt ein Paar."

„Es geht. Sind eigentlich ganz niedlich, die beiden. Na ja, ab und zu nervig, aber trotz allem liebenswert."

„Wie auch immer. Weißt du, wo wir deinen Bruder finden?"

„Ruben? Der weiß nicht, dass wir hier sind. Er hätte das nie zugelassen. Er hat sich extrem verändert, musst du wissen. Ich traue ihm einfach nicht mehr."

„Das war mir schon klar, dass er diese Aktion von dir missbilligt. Aber du bist stur, das ist gut, und ihm trauen, das ist auch so eine Sache. Aber wir brauchen ihn. Also weißt du nun, wo er ist?"

„Ähm … ja, das weiß ich."

„Das ist sehr gut. Also dann wollen wir uns zuerst um Salvo kümmern und dann um deinen komplizierten Bruder sowie den bescheidenen Rest. Es ist Zeit, abzuschließen und weiterzugehen."

„Wie? Was hast du vor, Giro?"

Doch er sah ihr nur tief in die Augen und dann küsste er sie sanft, bevor er sagte: „Ich liebe dich! Und jetzt komm. Die Zeit drängt mal wieder."

Als sie schließlich das Lager erreicht hatten, fanden sie folgendes Bild vor. Inmitten einer Lichtung standen drei Armeezelte. Das in der Mitte war das größte und wahrscheinlich das Hauptzelt.

Neben dem großen Lagerfeuer vor den Zelten campierten die vielen Barbaren, wie sie Naomi so treffend nannte. Doch das waren keine wirklichen Barbaren, sondern Kartellmitglieder, und zwar lateinamerikanische. Na ja, sie hatten weiß Gott schon was von Barbaren und er verstand, warum Naomi sie so nannte. Jetzt war es so weit und Giro wusste, wie er an Salvo rankam. Während Cloé und Vincent die beiden Nebenzelte in Brand steckten mithilfe der Sprengmunition und den Propanflaschen, befreite Naomi im Schutze der Ablenkung durch die Detonationen die anderen drei aus den Käfigen. Dann war sozusagen Showtime angesagt und Giro schoss sich mit einem AR-15 Sturmgewehr den Weg frei. Er war total konzentriert und schoss sich durch die Mexikaner. Doch es waren echt viele und nach dem dritten Magazin warf er eine Granate, die er noch auf Lager hatte. Aber es folgten immer mehr von den Arschlöchern nach und der Leichenhaufen vor dem Zelt wuchs. Es schien endlos. Nachdem Maxim und die anderen frei waren, halfen auch sie beim Niederstrecken. Als dann auf einmal wie aus dem Nichts ein Kampfhelikopter am Himmel erschien, sahen alle nur erstaunt hoch. Zum Erstaunen von Giro schoss dieser auf die Feinde und dies ziemlich erfolgreich. Dies ermöglichte ihm, weiter vorzudringen. Doch als er den Eingang des Zelts erreicht hatte, trat auf einmal Salvo heraus. Aber er war nicht allein, in seinem Arm hielt er einen kleinen Jungen. Diesem hielt er einen Revolver an den Kopf. Es war wohl das Einzige, was dem abgehalfterten Kerl von seiner glorreichen Zeit geblieben war. Mit seinem Armani Anzug und dem perfekt gestutzten Schnäuzer hatte er wohl auch den letzten Fetzen seines Verstandes verloren. Doch nun stand er da wie vom Wahnsinn gestochen und drohte, den etwa sechsjährigen Jungen zu erschießen. Also blieb Giro stehen. Sofort kam auch Cloé angerannt und schrie hysterisch zu dem feigen Arschloch: „Nein, Salvo, lass meinen Sohn sofort in Ruhe! Tue Jack nichts, ich bitte dich, du verdammter Höllenhund!"

Maxim hielt sie zurück, wobei er voller Zorn sagte: „Salvo, ich sag dir, wenn du dem Kleinen auch nur ein Haar krümmst, werde ich dich deinen Darm fressen lassen! Also lass meinen Sohn jetzt sofort in Ruhe und zieh ihn nicht auch noch mit hinein, in diesen Strudel des Wahnsinns!"

Dabei sah Cloé ihn nur mit großen Augen an und schien nicht zu verstehen, was Maxim da von sich gab. Doch Salvo brüllte laut: „Ja, natürlich! Ihr nehmt mir alles und denkt, dass ich es euch so leicht mache! Ich werde heute vielleicht sterben, aber euch nehme ich allesamt mit! Das habt ihr euch nur selbst zuzuschreiben!"

Giro versuchte zu beschwichtigen. „Wir wissen beide, dass du dem Jungen nichts antun wirst, Salvo. Oder soll ich dich lieber bei deinem richtigen Namen nennen, Philip Renard? Du bist schließlich sein Großvater. Also lass das lächerliche Theater! Es amüsiert mich kein Stück."

Cloé fragte: „Du weißt es?"

„Er weiß nichts!", rief Salvo. „Er wusste noch nie was und wird auch nie etwas wissen! Also sei still, Cloé, und halt dich da gefälligst raus!"

Giro war angewidert. „Unglaublich, du bist echt ein widerliches Arschloch! Tötest Kinder, ohne auch nur mit der Wimper zu zucken, und nun sogar deinen eigenen Enkel. Du machst vor nichts halt. Was ist passiert, dass du so geworden bist, oder warst du schon immer so kaputt? Was hat dir Adam Marlon Jones in Aussicht gestellt, das dich zu deinen schrecklichen Taten antreibt? Du hast alles aufgegeben und für was? Das hier! Es ist vorbei. Egal, was er dir versprochen hat, er wird es dir niemals geben! Dass ihr irren Arschlöcher das nie verstehen wollt!"

Salvo erwiderte: „Ich habe nichts aufgegeben. Ich habe getan, was jeder getan hätte. Ich hab mich für das Leben entschieden. Das war keine eigennützige Entscheidung, sondern eine für uns alle. Mich natürlich inbegriffen! Ja, mit einem hast du recht. Es mussten viele Individuen sterben für diese eine Sache. Aber darum geht es ja. Nur die Starken und Schlauen bleiben am Ende übrig. Diese Auserwählten dürfen leben und dies ewig. Ja, ewig, du hast richtig gehört! Doch dann kamst du und hast alles durcheinandergebracht. Dabei musste Adam Marlon Jones seine Pläne ändern, wobei mir ein Teil der Schuld untergeschoben wurde. Darum und nur darum bin ich hier. Wegen dir! Du bist so lästig und trotz allem kann Adam Marlon Jones nur durch dich das Serum herstellen. Also bringe ich ihm das, was er sucht, und bekomme so wieder meinen Platz unter den Auserwählten!"

„Unsterblichkeit! Wie unglaublich lächerlich. Und das glaubst du auch noch. Aber soll ich dir was sagen, du wurdest tatsächlich auserwählt, und zwar von mir. Ich werde dich töten, jetzt und hier, ob du den Jungen nun loslässt oder nicht, das liegt ganz allein bei dir. Du solltest jedoch schnell entscheiden, denn dir bleibt nicht viel Zeit dafür. Versprochen!"

Dabei zielte Giro genau auf seine Kopfmitte und sah ihn eiskalt voller Hass an. Er war zu allem entschlossen und dabei scherte ihn selbst der Junge wenig. Durch die Hand von Salvo mussten schließlich schon so viele Kinder sterben. Nun war es an der Zeit, dem ein Ende zu setzen. Salvo sah ihn zuerst etwas unsicher an, bevor er Cloé einen seltsam kalten Blick zuwarf. Da drückte Giro ab. Die Kugel traf Salvo genau mitten in seine aalglatte Fresse. Er war gerade im Begriff gewesen, seine Waffe zu entsichern und auf den Jungen zu schießen. Als ihn die Kugel traf, sackte er gleich zusammen, wobei sich ein Schuss löste, der jedoch nur den erdigen Boden traf. Der Junge bekam nichts mit, er stand unter Betäubungsmitteln. Dies war auch gut so, denn er landete direkt unter seinem toten Großvater in einer großen Blutlache. Ziemlich verstörend. Cloé schrie hysterisch und rannte zu dem bewusstlosen Kind, um es unter dem blutenden Leichnam zu bergen. Maxim war für einmal sprach- und regungslos zugleich. Als Giro zu Naomi herübersah, flüsterte diese überwältigt: „Er ist tot! Ich meine, die sind alle tot. Aber er, Salvo! Er ist wirklich tot!"

„Ja, er ist gefallen. Wie ein Stück Scheiße halt. War am Ende gar nicht mal so schwer. Ich meine, ihn zu kriegen, war schon echt mühsam. Aber ihn zu töten, war unglaublich leicht! Schon fast zu leicht und kaum befriedigend. Ich meine, ich sollte mich doch nun erleichtert fühlen, tu ich aber nicht. Egal, ich muss, denke ich, weg hier! Wir sollten weg hier!"

Da war Ruben, der auf einmal sagte: „Okay, dann steigt mal alle in den Heli, der sollte groß genug sein, bevor noch die

Monster kommen. Es sei denn, einer von euch hat was anderes vor. Alle anderen dürfen gerne mitkommen. Sogar du, Blondinchen, und dein Bengel!"

Während Naomi und Sunny wortlos in den Heli stiegen, wurde Giro noch von Jerry aufgehalten. Dieser meinte leicht hasplig, wie er halt war: „Hey Alter, war nett, auf dich zu treffen! Ich meine, krass, dass du uns dort rausgebracht hast. Du bist schon fast ein Held! Hör zu, ich wollte mich noch für die Prügel und üblen Beschimpfungen vom Anfang entschuldigen. Ist wohl einfach mit mir durchgegangen. Sorry dafür!"

Giro antwortete: „Ihr könnt auch mitkommen, wenn ihr wollt. Ich meine, du und Mirabelle. Ihr müsst nicht hierbleiben."

„Hä? Ja, vielleicht kommen wir irgendwann drauf zurück. Aber ich hab Mirabelle und vor allem ihrem Vater versprochen, dass ich sie zu ihrer Tante nach Houston bringe, und dies werde ich auch tun. Du hast schon genug für uns getan! Ich meine, wir sind frei. Was wollen wir mehr? Danke dafür! Ehre gebührt dir!"

„Ach hör auf, so ein Schwachsinn! Wie auch immer, wenn du dies tun musst, werde ich dich bestimmt nicht aufhalten. Gib einfach acht auf dich und vor allem auf Mirabelle! Ach, und Jerry Berry oder wie war das noch gleich? Doch, ich glaub, so war das!"

„Wie? Du bist es also doch, oder? Scheiße, ich hatte also recht. Der verdammte Koksmann! Du bist das Letzte, du Arschloch! Aber weißt du was, nach all dem Dreck bist du sogar ein Freund geworden. Und ich hätte nie gedacht, dass ich das jemals zu dem Mutterficker sagen würde, der meine wunderschöne Lady gestohlen hat, nachdem er mir meinen Kehlkopf wie ein Schneeninja gequetscht hat. Aber ich schulde dir wohl was, mein Freund."

„Ich komm drauf zurück, wenn ich mal wieder dringend ein Auto brauche!"

„Meine Güte, und schon hass ich dich wieder, weißt du das? Nein, Mann, alles gut. Wenn ich ein Auto habe, gebe ich's dir! Fuck, ich gebe dir sogar meine Niere, wenn's sein muss. Oder mein Blut, falls du ein Vampir bist. Das bist du doch, oder?"

„Nein! Aber du bist definitiv ein Idiot!"

„Manchmal."

Vincent kam dazu. „Komm schon, Idiot, gehen wir zusammen unsere Mädels holen! Ist sicherer so."

Oh Mann, wie übel und immer noch kein Ende in Sicht. Es wurde immer schlimmer. Es konnte nicht mehr gut enden, oder doch? Nein, es war vorbei und dies mit schrecklichen Konsequenzen, ohne Hoffnung auf Besserung. Nun blieb ihm nur noch ein Ausweg, um das Schlimmste zu verhindern. Denn wenn das stimmte und Salvo die Wahrheit sprach, musste er den wahnsinnigen Plan von Adam Marlon Jones ausbremsen. Aber wie? Es gab nur einen Weg und dieser würde ein Opfer fordern. Er würde alles aufgeben müssen und das war ein schreckliches Gefühl – mal wieder.

— Kapitel 40 —
Das Ende der Zeit

Die Katakomben.

Yakar rief: „Azura! Azura! Hey, mach die Augen auf! Was soll der Mist jetzt wieder?"

„Komm runter, Yakar, und lass sie in Ruhe!", mahnte Richie. „Sie ist momentan nicht hier. Na ja, bis auf ihren Körper. Das ist kompliziert."

„Das ist doch voll durch! Die ist einfach kaputt im Kopf. Ich meine, das könnten auch Anfälle sein. Was ist, wenn sie krank ist und ihr tut es als übersinnlich ab? Sie könnte sterben! Aber gut, wenn du sagst, das sei normal. Ich mach mir nur Sorgen, das ist auch schon alles."

Sam meinte: „Da, wo sie herkommt, sind die Menschen halt noch spirituell. Sie ist doch eine Indianerin oder so was. Das ist ganz normal, denke ich. Drogen können das auch auslösen. Aber falls sie krank sein sollte, dann würde ich sie echt nicht anfassen. Am Ende liegst du morgen auch so da. Wer weiß das schon."

„Was? Nein, sie ist bestimmt keine Indianerin und auch nicht krank", war Richie überzeugt. „Sie kommt von den Inseln. Ein Inselkind, wenn du so willst. Aber im Gegensatz zu euch beiden ist sie meine Freundin. Also hört gefälligst auf, über sie herzuziehen!"

Yakar beschwichtigte. „Wow, wow, wow! Immer langsam mit den Hasstiraden. Wir ziehen hier schließlich über niemanden her. Wir analysieren! Es ist schon seltsam, wenn man es zum ersten Mal mit ansehen muss."

Richie gab ihm recht. „Ja, wirkt ziemlich erschreckend. Aber mal was anderes. Wie lange seid ihr schon hier? Ich meine, kanntet ihr beiden euch schon von früher oder habt ihr euch erst hier gefunden? Das ist alles so krank! Warum tun die das mit uns? Was haben die vor?"

„Sie beschützen uns. Das behaupten sie zumindest. Ich weiß nicht, ob es stimmt, aber sie tun uns auch nichts. Außer dem Abschotten. Ich weiß nicht, was ihre Pläne sind. Als sie mich holten und hierher brachten, war Azura schon hier. Ich weiß nicht, wie viele Jahre sie schon hier ist, und sie weiß es auch nicht. Aber ich bin nun schon seit drei Jahren hier. Man lebt, aber es könnte angenehmer sein."

„Beschützen! Vor was bitte?", fragte Sam. „Mich haben sie auf offener Straße auf dem Schulweg vor meinen Freunden eingefangen. Sie zerrten mich in einen Wagen und betäubten mich mit irgendwas, bevor ich hier erwachte. Das ist nun schon acht Tage her und kein Mensch sucht nach mir!"

Yakar erzählte: „Mann, da geht es uns wohl allen gleich! Ich meine, ich wurde vom Schulhof geräumt und wie du verstaut in einen Wagen, wobei sie mich betäubten. Keiner von uns weiß, was hier abgeht. Aber es sucht sicher jemand nach uns. Ich weiß nicht, wie das bei euch ist, aber meine Eltern sind bestimmt in Sorge."

Azura und ihre Wanderungen.

Willkommen in der Zwischenwelt. Hier komm ich her, wenn es sich ergibt. Hier ist es ruhig, wenn ich will. Hier ist es bunt, wenn ich will. Hier ist es so, wie ich es will und brauche. Ich komme her, weil ich es kann. Weil ich es mag. Weil ich es brauche. Es ist ein Teil von mir. Dies versteht nicht jeder. Auch ich weiß nicht, was es ist und warum ich es kann. Aber ich kann es und ich tu's. Mein Leben ist und war immer sonderbar. Ich dachte oft, ich sei sonderbar, dabei bin ich nur so, wie ich halt bin. Ich kann, was ich kann, wenn ich will, kann ich mehr, als ich mir vorstellen kann, und ich kann mir eine Menge vorstellen, so viel steht fest. Mein Name ist Azura und die Zeit hat mich nie fasziniert, da ich weiß, dass sie nicht wirklich existiert. Schon seit ich drei Jahre alt bin, hab ich es gesehen und durfte es spüren. Es ist wie eine Erleuchtung und Befreiung zugleich. Ich weiß, dass ich mehr als nur eine Fleischmasse bin. Ich weiß, dass dies nur eine Phase der Selbstfindung ist. Eine Prüfung und diese werde ich meistern. Die Zeit spielt dabei keine Rolle, denn der Geist ist frei von Begrenzungen. Ich lerne und erkenne, was ich wissen soll und muss. Wann ich dies jedoch tue, liegt nicht in meinem Ermessen, auch wenn ich dies vielleicht denke. Heute hab ich wirklich Bock auf Action, auf den Rummel. Die vielen Menschen und die Bahnen. Dazu auch noch leckere Schleckereien und tolle Stände, an denen man sein Glück bei lustigen Spielen herausfordern kann. Ja, ich liebe Jahrmärkte. Das war schon immer so. Noch während sie sich alles bildlich zurechtlegte, verschwand auch die dunkelste Dunkelheit um sie herum und sie stand nun inmitten eines gigantischen Jahrmarkts. Die Leute drängten sich an ihr vorbei, mit Zuckerwatte bewaffnet und süßen Getränken in den Händen. Die Musik der Fahrgeschäfte hallte von allen Seiten her, wobei das Lichterspiel faszinierte. Die Budenbesitzer machten Werbung in eigener Sache, um so die vorbeigehenden Leute zum Spielen zu animieren. Es war am Dunkeln und das Riesenrad war voll besetzt. Die Schlange reichte bis zum Freifallturm, an dem auch schon eine Masse von Menschen anstand. Dieses Gefühl, hier zu sein – unbeschreiblich. Es tat so gut, auch wenn es nicht real war. Das wusste sie. Alles hier entsprang nur ihrer Vorstellungskraft. Es fühlte sich zwar einen Augenblick lang echt an, war es aber nicht. Die Leute sahen sie nicht wirklich und sprachen nur, was sie dachte und ihnen in den Mund legte. Aber es war trotzdem ein unbeschreiblich harmonischer Augenblick. Als Erstes gab's einen kandierten Apfel. Die harten und unsagbar süßen Dinger waren das Beste überhaupt für sie. Die feste Zuckerglasur klebte unangenehm stark in den Zähnen und war danach kaum mehr rauszukriegen. Trotzdem – es war der leckersten Sündenträger überhaupt. Noch während sie den Apfel knabberte und über den Jahrmarkt schlenderte, kam sie an einer Schießbude vorbei. Sie war kein Fan von Schießen oder Waffenspielen, also ging sie ohne große Beachtung daran vorbei. Sie hatte den Stand nebenan im Blick. Frösche angeln. Gab es etwas, das mehr Spaß machte als das? Nein, sie war verrückt danach. Dabei fühlte sie sich wie ein Kind. Unbeschwert und fehlerfrei. Also griff sie sich eine Magnetangel und los ging es. Einen nach dem anderen und dies mit einem Strahlen im Gesicht. Alles war so wunderbar und harmonisch. Doch dann auf einmal hörte sie einen Kerl, der anscheinend am Austicken war. Was? Wie jetzt? Das kann doch nicht sein. Hier war doch nichts echt, sondern entsprang alles nur ihrer Fantasie. Aber dieser Kerl entsprang nicht ihrer Fantasie, denn er sprach und tat Dinge, die sie nie erlebt hatte. Er war ihr fremd. Er stand bei der Schießbude und stauchte den Budenbesitzer zusammen. Dieser schien ihn gänzlich zu ignorieren, also schrie er weiter aufgebracht auf den Budenbesitzer ein. „Psychoscheiß hier! Was soll die Scheiße? Warum ignorieren mich hier alle? Hey, Budenarsch, jemand zu Hause? Ich bin in der Hölle, oder? Das ist krank! Die dunkelste Dunkelheit hat mir besser gefallen als der Fuck hier!"

Da drehte sie sich um und sah zum Schießstand rüber. Nein, dieser Kerl war ihr vollkommen fremd. Wo kam er her? Sie ging langsam und unsicher auf ihn zu, wobei er ihr den Rücken zuwandte, und griff mit einer Hand nach seiner Schulter. Doch bevor sie etwas sagen konnte, packte er ihr Handgelenk und stieß sie unsanft weg. Sie fiel zu Boden und sah genau in den Lauf einer Waffe. Er hatte sich eine der Waffen vom Schießstand gegriffen und schien ziemlich aufgebracht. Sie griff sofort nach dem Lauf, wobei er abdrückte. Er traf sie genau ins Gesicht. Na ja, die Waffe war zum Glück nur mit Wasser geladen und somit ungefährlich. Aber Azura war ein wenig durchnässt. „Na, Dankeschön!"

Der Kerl drohte: „Eine falsche Bewegung und ich schlag dir mit dem Teil mitten in die Fresse!"

Azura sagte nur unbeeindruckt und ein wenig genervt: „Na, dann viel Spaß dabei! Und ich dachte schon, du willst mich ertränken." Dabei stand sie auf und klopfte sich den Staub von den Klamotten. Der Boden war nämlich sandig unter den morschen Holzbrettern. Dazu kam, dass sie klitschnass war. Als der Kerl ausholen wollte, sah er verwirrt auf seine Hand. Darin hielt er nun keine Waffe mehr, sondern einen Föhn. Was zum Teufel?, dachte er. Noch während er verwirrt den Föhn ansah, wurde es auf einmal sehr heiß und aus dem Föhn wurde ein Eimer Wasser. Er war so verwirrt, dass sein Mund ebenso weit offen stand wie seine Augen. Er sah verdutzt um sich und stellte fest, dass er mitten in einer Sauna stand. Da, auf einmal die Stimme des Mädchens, die nun, in ein Handtuch gehüllt, auf der Saunabank saß. „Das ist eine schwedische Sauna. Echt beruhigend und entspannend! Wärst du so gut und würdest ein wenig Wasser über die Steine dort geben?" Der Kerl sah sie nur kopfschüttelnd an und ließ den Eimer fallen, wobei das Wasser über den gesamten Holzboden lief. Azura meinte etwas entnervt: „So geht's natürlich auch! Wer zum Teufel bist du?"

„Wer zum Teufel ich bin? Wer bist du? Was soll das hier?"

„Gute Frage! Ich meine, du scheinst echt zu sein. Ich kann dich nicht wegdenken oder kontrollieren. Du bist offensichtlich ziemlich außer Kontrolle. Wie kommst du überhaupt hierher?"

„Wie ich hier hergekommen bin? Na, ich bin draufgegangen! Wie sollte ich sonst hier landen? Ich bin nur verdammt, weißt du. Ich darf nicht weiter und auch nicht zurück. Für immer in der dunkelsten Dunkelheit und so. Ich existiere und ich existiere nicht. Paradox oder so. Ging irgendwie nicht anders. Aber jetzt … Zuerst der Jahrmarkt und nun eine schwedische Sauna. Dazu auch noch du … Wer bist du?"

„Ach, echt? Das ergibt beinahe Sinn!", erwiderte Azura.

„Findest du? Ich finde es ziemlich verwirrend."

„Ja, das ist es wohl. Ich bin Azura und ich komme schon seit Jahren immer wieder hierher. Ich dachte bislang, ich sei die Einzige, die das kann. Ich meine, hierherkommen und wieder zurückkehren. Aber nun …"

„Azura … Du kannst zurück? Du bist also nicht tot?"

„Nein, ich wandere nur."

„Du wanderst? Wie soll ich das verstehen?"

„Na, ich wandere halt. Ich bin manchmal hier und manchmal dort."

„Dort?"

„Im Käfig."

„Käfig?"

„In meinem Körper halt."

„Du nennst deinen Körper einen Käfig? Ich wäre froh, wenn ich noch einen hätte, zu dem ich zurückkehren könnte. Ich meine, es ist echt scheiße hier und das auf eine äußerst grausame Art."

Azura widersprach. „Ach nein. Hier ist das Paradies. Ich meine, wenn man Sauna mag oder Jahrmärkte. Hier gibt's das, was man sich wünscht."

„Nein! Das, was ich mir wünsche, gibt's hier nicht, und bevor du aufgetaucht bist, gab's auch keine Sauna oder Jahrmärkte. Hier war nichts außer mir und der dunkelsten Dunkelheit. Aber ich hab es verdient. Die Einsamkeit und die Kälte. Ich hab mir das alles selbst zuzuschreiben. Es waren alles meine Entscheidungen und ich traf sie. Jede Einzelne traf ich und erst jetzt weiß ich, wie entscheidend alles war. Aber nun kann ich nichts mehr ändern oder bewirken. Es ist vorbei, auch für mich, und ich muss die Bürde tragen, denn ich hab sie mir selbst aufgelastet."

„Verdammt, das klingt alles so traurig."

Auf einmal war die Sauna weg und sie standen in einem Hanffeld mit Blick auf ein Strandhaus. Dahinter war der Urwald. Da – auf einmal ein Mädchen, das durchs Feld huschte und an ihnen vorbei aufs Haus zu, wobei sie hysterisch schrie, in einer Sprache, die er nicht verstand. Noch bevor sie das Haus erreichte, flog alles in die Luft und sie knallte zurück ins Feld, wobei sie nur drei Meter neben ihnen landete. Als sie langsam und benommen aufstand, sah er, dass es Azura war. Jünger zwar, aber definitiv dasselbe Mädchen. Da sah er zu ihr rüber und ihr liefen die Tränen herunter. Er blickte zurück zu der jüngeren Version von ihr, wobei diese dabei war, auf das Haus zuzugehen, das nun lichterloh brannte. Sie griff nach einem Frauenschuh, in dem noch ein Fuß steckte, und sah ihn perplex an. Dann lief sie zielstrebig einige Schritte vor und fiel entsetzt auf die Knie. Vor ihr lag ein völlig verkohlter Kopf, sah echt übel aus. Da schrie sie und weinte. Doch dann fuhr auf einmal ein gelber Wagen vor und zwei Kerle stiegen aus, um das Mädchen zu packen. Sie war völlig perplex und wehrte sich kaum gegen die Männer, die sie schließlich in den gelben Wagen schleppten. Dann wurde es kalt und sie befanden sich im Bauch eines Frachtschiffs. Es war dunkel und nass, überall saßen ärmlich gekleidete und zitternde Menschen auf dem kalten sowie rostigen Metallboden. Da sah der Kerl zu Azura und fragte sichtlich verwirrt: „Was soll das nun wieder? Was läuft hier für ein Film?"

„Das war so traurig. Du hast mich so traurig gemacht."

„Was? Deine Gefühle lösen das aus? Ich meine die Umgebung. Das, was hier gerade geschieht."

„Ähm … nein, nicht ganz. Meine Gefühle steuern nur meine Gedanken und die lösen das aus, wenn man so will", erklärte sie.

„Okay, immer langsam. Du meinst, die Umgebung denkst du dir aus und so entsteht das hier? Das heißt, das sind Erinnerungen von dir, die du, wie auch immer, projizierst, oder wie?"

„Ja, das kommt dem Ganzen schon ziemlich nah."

„Na gut, und wo sind wir jetzt? Ich meine, was ist das für eine Erinnerung?"

„Keine gute. Ich hab gerade Angst, denke ich zumindest. Gefühle sind irgendwie ziemlich verwirrend."

„Warum hast du Angst? Etwa wegen der Erinnerung von vorhin? Die war echt übel."

„Nein, das ist es nicht. Du machst mir, denke ich, Angst. Du solltest nicht hier sein, weißt du? Hier war sonst nie jemand außer mir und meinen Gedanken. Also was soll das?"

Er sah die Verzweiflung in ihrem Gesicht. Da ging er ein paar Schritte auf sie zu, wobei sie jedoch gleich zurückschreckte. Also sagte er ganz ruhig: „Okay, schon gut. Du hast Angst. Die hab ich auch, glaub mir, denn wie gesagt, der Ort hier ist echt wenig prickelnd. Aber ich tu dir bestimmt nichts. Ich bin selbst unsicher und ziemlich verwirrt. Ehrlich gesagt ist es echt schön, dass ich mal wieder mit jemandem sprechen kann außer mir selbst und die Dunkelheit endlich weg ist."

Azura fragte: „Ist das so? Wie lange bist du denn schon hier?"

„Eine Weile. Keine Ahnung, um ehrlich zu sein. Bin schon lange hier. Hab das Zeitgefühl ziemlich schnell verloren. Drei Wochen, drei Jahre oder vielleicht dreißig. Keine Ahnung, wirklich nicht."

„Wow. Okay, da ich nur bei Neumond hierherkommen kann, denke ich, du bist nicht länger als drei Wochen hier. Ich meine, sonst hätten wir uns schon mal gesehen."

„Keine Ahnung, wie gesagt. Vielleicht."

„Wie heißt du eigentlich? Weißt du das?"

„Klar weiß ich meinen Namen. Ich bin Rio."

„Rio also. Okay. Rio, du bist also gestorben und wie, wenn ich fragen darf? Ich meine, du bist ziemlich jung."

„Das musste sein, darum. Egal, weiter geht's oder so. Wie wär's mit einer anderen Kulisse. Ich meine, ich hab ja nichts gegen Schiffe und Rost, aber hier ist es echt unheimlich."

Noch während er sprach, änderte sich die Kulisse und sie standen mitten in einem Kinderzimmer. Rosa weiß waren die Farben, die hier dominierten. Als er zum Fenster heraus sah, fiel sein Blick auf ein Hanffeld. Da war ihm klar, dass sie sich nun wieder im Strandhaus befanden. Dieses war jedoch in die Luft geflogen und das waren keine guten Aussichten. Also sagte er unsicher: „Ähm … okay, die Bude flog doch vorhin in die Luft. Ist es echt eine gute Idee, wenn wir uns ausgerechnet hier befinden?"

„Und das aus dem Mund eines bereits Toten. Du musst keine Angst haben. Das hier ist mein Kinderzimmer und es war dies Jahre vor dem Anschlag. Uns geschieht hier nichts. Ich war schließlich nicht im Haus, als es geschah, sondern im Feld. Also kann ich mich jetzt auch nicht dort aufhalten, wenn es geschieht. Gehört nicht zu meinen Erinnerungen, weißt du? Zumindest nicht aus der Perspektive."

„Okay, wenn du das sagst. Wollen wir uns setzen oder so?"

„Klar, setzen wir uns doch aufs Bett."

„Ja, viele Möglichkeiten gibt's ja hier nicht außer dem rosa Kinderbett."

„Ja, aber hier fühl ich mich am sichersten, wenn du verstehst. Ich meine, zu Hause."

„Ja klar. Was ist denn eigentlich mit deinem Zuhause geschehen? Warum die Explosion und das Drama?"

„Warum? Na, wegen mir. Sie haben mich geholt."

Rio fragte: „Wer sind sie und warum haben sie dich geholt?"

„Ich weiß nicht, wer sie sind. Ich weiß nur, dass eine gewisse Cai Li die Ansagen macht. Es sind hauptsächlich Asiaten, die uns hier festhalten. Ich glaube, Japaner. Ich weiß aber nicht, ob ich in Asien bin. Ich hab keine Ahnung, wo ich bin. Wir alle haben keine Ahnung. Sie nehmen uns Blut ab und unterziehen uns Tests. Dabei behaupten sie, dass sie uns nur schützen wollen. Aber vor was, das verheimlichen sie. Sie behaupten auch, wir seien was Besonderes. Sie sperren uns ein und halten uns wie Gefangene."

„Cai Li?", wiederholte Rio.

„Ja, warum, kennst du sie etwa?"

„Ähm … nein, nein, ich kenne sie nicht. Das klingt ja schrecklich! Und jetzt gerade halten die dich immer noch gefangen, oder wie?"

„Ja, zumindest meinen Körper, da mein Geist gerade hier weilt. Aber ja, sie halten mich immer noch fest, und wenn ich wieder in meinen Körper zurückkehren muss, dann sitz ich wieder in Gefangenschaft."

„Verstehe. Und darum genießt du den Moment hier so sehr?"

„Ja, ich denke schon. Aber ich bin ja nicht allein in der Gefangenschaft. Ich habe Freunde, die mit mir leiden, das macht es erträglicher. Vor drei Wochen kam ein Neuer dazu und vor nun acht Tagen wieder ein Neuer. Der ist aber ein wenig arrogant."

„Okay, und wie viele seid ihr genau?"

„Momentan vier. Aber sie meinen, es gebe acht von uns und sie würden auch die Übrigen finden. Sie sagte, die Schäfchen würden sie schon zusammentreiben, koste es, was es wolle. Cai Li's Worte. Die Frau ist so Angst einflößend!"

Rio bestätigte: „Ja, das ist sie wirklich. Ähm … ich meine, nach dem, was du so erzählt hast, ist die Alte echt ziemlich böse und abgefuckt. Die hat Monsterstatus oder so. Weißt du was, ich versteh jetzt, warum dies hier so wichtig für dich ist. Also lass uns doch einfach Spaß haben. Ich meine, ich will dir den Augenblick hier nicht verderben. Wie wär's mit Jahrmarkt von vorhin oder sonst was, das du magst, und ich mach einfach mit."

Sie sah ihn zuerst ein wenig traurig an und zögerte, bevor sie auf einmal an einem Strand standen. Wow, dachte er, und als er an sich heruntersah, erkannte er, dass er nun Badehosen trug und die waren echt bunt. Das Schlimmste waren jedoch nicht die Farben, sondern die Vertrautheit zwischen ihm, der Hose und diesem Ort. Da sah er zu Azura herüber, die nun in einem netten Bikini glänzte. Sie war hübsch anzusehen und hatte eine zierliche Figur. Ihre schwarzen, vollen Haare reichten bis zu den Schultern. Mandelaugen zierten ihr feines Gesicht, wobei sie jedoch eher hager wirkte, was Gesäß und Brüste betraf. Ein bisschen Asiatin und ein wenig … keine Ahnung, was. Sie sah aus wie ein Inselkind. Im Sand steckten zwei Surfbretter und sie griff sich eines davon, wobei sie scheinbar neckisch zu ihm sagte: „Schicke Tätowierungen. Bist du auch nur halb so mutig, was das Wasser angeht wie mit Nadeln, dann könnten wir vielleicht sogar Freunde werden. Was denkst du, schlägst du eine Hawaiianerin beim Wellenreiten oder blamierst du dich nur wie alle anderen Kerle vor dir?"

Er griff sich zögerlich das Brett und meinte dabei wenig zuversichtlich: „Da ich in der Mongolei aufgewachsen bin, denke ich, Pferde reiten liegt mir mehr als Wellen oder Bretter. Aber gut, wenn es sein muss, Angst hab ich auf jeden Fall keine."

„Umso besser, dann komm und wirf dich mit mir in die Fluten. Es macht echt Spaß und das Wasser ist angenehm kühl."

Nach dem mehr oder weniger gewagten Sprung in die Fluten und einem nassen Balanceakt im salzigen Blau des ach so zauberhaften Ozeans voller Algen und sonstigen Fischungeheuern endlich wieder Sand unter den krampfenden Füßen. Wäre er ein Vogel gewesen, hätte es ihn bestimmt weniger Mühe gekostet, sich am Brett festzukrallen, aber so war es doch ziemlich ein mühevoller Akt der Qual. Aber am Ende hatte er endlich den Dreh raus mit dem Gleichgewicht. Zum Glück, denn er fand es wenig amüsant, mit den Fischen zu schwimmen. Als er das Surfbrett eher unsanft in den Sand plumpsen ließ, sagte sie lächelnd zu ihm: „Du warst gar nicht mal so schlecht. Na ja, für einen Anfänger halt. Erstaunlich, dass du so einen Gleichgewichtssinn hast. Das hat nicht jeder. Mit ein wenig Übung könntest du vielleicht sogar zur Konkurrenz für mich werden. Aber ich bezweifle, dass du dies anstrebst."

„Was soll das heißen? Ich bin jetzt schon fast besser als du! Das ist kinderleicht. Da ist Bügeln ja noch schwerer als der Witz hier."

„Ach, so große Worte, und du meinst das echt ernst, oder wie? Du scheinst mir ein wenig zu selbstsicher. Weißt du was, Großmaul, lass deinen Worten doch Taten folgen. Ich weiß auch schon, wie."

„Ach, echt? Was kommt jetzt – ein Tsunami?"

„Nein, kein Tsunami. Aber etwas, das einschlägt wie deine Augen, die sind unglaublich, weißt du das?"

„Okay, ähm … Kann es sein, dass du gerade ein wenig vom Thema abweichst?"

„Ja, ein wenig vielleicht. Aber es spukt schon in meinem Schädel rum, seit ich dich traf, also dachte ich …"

„Schon gut, ich weiß, ist ziemlich speziell. Ich dachte nur, es klang beinahe, als würdest du flirten. Egal, du meintest, ich soll dir beweisen, wie gut ich bin, also lass uns loslegen."

Azura schlug vor: „Okay. Ich bringe uns an den Strand mit den mächtigsten Wellen. Man nennt die Bucht auch Killerbucht."

„Klingt prickelnd. Solange es dort keine gefährlichen Haifische und Quallen gibt, ist alles gut."

„Oh, die gibt's, und zwar zur Genüge. Aber die tun einem nichts. Na ja, außer sie denken, du seist eine Robbe."

„Na klasse, und ich dachte, das sei hier Monster frei in deiner Fantasy."

„Monster gibt's überall, besonders in der Fantasy. Sie ist schon beinahe die Mutter der Monster. So, da wären wir auch schon an der Killerbucht."

Doch noch während sie sprach, ihn ansah und die Kulisse wechselte, wechselte auch ihr Blick. Er sah sich auch erstaunt um. Da fragte sie sichtlich schockiert: „Was ist das? Wo kommen auf einmal die drei Einschusslöcher in deiner Brust her? Was geht hier gerade vor?"

Rio stotterte: „Ich … Ich hab keine Ahnung. Ich war, denke ich, schon mal hier … Aber das ist nicht möglich … Wie?"

Da drehte er sich um und er traute seinen Augen nicht, wer da auf einmal auf der Bildfläche erschien. Es war Naomi! Wie war das möglich? Noch während er ungläubig zu ihr blickte, sagte er zu Azura: „Oh, das ist Naomi! Wie kann das sein? Ich …"

Er wendete sich wieder zu Azura, doch sie war weg. Wo war sie hin? Sie stand doch eben noch hinter ihm. Egal, er hatte mal wieder nur Augen für Naomi und konnte es kaum glauben. Azura hatte ihn zurückgebracht. Hier war er schon mal, als er und Naomi starben. Aber sie kehrten zurück. War dies das Licht, von dem sein Großvater sprach, eine zweite Chance, alles besser zu machen? Beim letzten Mal war er ziemlich verärgert. Doch diesmal war es eine Wiedergeburt und er stieg beinahe euphorisch hinaus aus der Dunkelheit. Dabei sagte er nur mit einem Grinsen im Gesicht: „Wie hieß der großartige Song des legendären Petter Tosh, Get up, stand up. Ehre gebührt denen, die nie aufgeben und immer wieder aufstehen."

Ende Teil 2.
Es ist, wie es ist.

EIN HERZ FÜR AUTOREN A HEART FOR AUTHORS À L'ÉCOUTE DES AUTEURS MIA KAPΔIA ΓIA ΣY
FÖR FÖRFATTARE UN CORAZÓN POP LOS AUTORES YAZARLARIMIZA GÖNÜL VERELIM
DEN AUTORI ET HJERTE FOR FORFATTERE EEN HART VOOR SCHRIJVERS TEMOS OS AU
KERT SERCE DLA AUTORÓW EIN HERZ FÜR AUTOREN A HEART FOR AUTHORS À L'ÉC
BCEЙ ДУШОЙ K ABTOPAM ETT HJÄRTA FÖR FÖRFATTARE À LA ESCUCHA DE LOS AU
ΓIA ΣYΓΓPAΦEIΣ UN CUORE PER AUTORI ET HJERTE FOR FORFATTERE EE
ÖINKÉRT SERCE DLA AUTORÓW EIN HERZ F
BCEЙ ДУШОЙ K ABTOPAM ETT HJÄRTA

Die Autorin

Delia Konzi wurde 1989 in Basel geboren. Die
Baselerin interessierte sich früh für Literatur sowie
Kunst. Da sie als Kind unter Legasthenie litt, war
es schwer für sie ihrer Leidenschaft nachzugehen.
Geschichten bereichern unser Leben und es ist
wundervoll neue Werke zu entdecken. Ein gutes
Buch ist wie ein gutes Kunstwerk, einmalig und
voller Geheimnisse. Ihr Lebensmotto: Man kann
jede Hürde überwinden, wenn man stets an sich
glaubt.

Bewerten
Sie dieses Buch
auf unserer
Homepage!

w w w . n o v u m v e r l a g . c o m

novum ▲ VERLAG FÜR NEUAUTOREN

Delia Konzi

Gen B89 – Teil 1

ISBN 978-3-99048-330-5
362 Seiten

In Giros DNA wurde das Gen B89 versteckt, ein bahn-
brechender Stoff, der ein Leben ohne Krankheiten ermöglicht.
Doch Gut und Böse liegen oft nahe beieinander, und als er be-
greift, worum es geht, muss Giro um sein Überleben und seine
Zukunft kämpfen.